LES MYSTÈRES DE PARIS

PARIS.

CHARLES GOSSELIN, EDITEUR,

30, RUE JACOB.

SE VEND EGALEMENT A LA LIBRAIRIE GARNIER FRÈRES.

LES

MYSTÈRES DE PARIS.

QUATRIEME ET DERNIÈRE PARTIE.

PARIS. IMPRIMÉ PAR BÉTHUNE ET PLON.

PIQUI-VINAIGRE.

LES
MYSTÈRES
DE PARIS
PAR M. EUGÈNE SÜE.

NOUVELLE ÉDITION, REVUE PAR L'AUTEUR.

QUATRIÈME ET DERNIÈRE PARTIE.

PARIS,
LIBRAIRIE DE CHARLES GOSSELIN,
ÉDITEUR, 30, RUE JACOB.

SE VEND ÉGALEMENT A LA LIBRAIRIE GARNIER FRÈRES.

MDCCCXLIV.

CHAPITRE PREMIER.

PIQUE-VINAIGRE.

Le détenu qui se trouvait à côté de Barbillon était un homme de quarante-cinq ans environ, grêle, chétif, et d'une physionomie fine, intelligente, joviale et railleuse; il avait une bouche énorme, presque entièrement édentée; dès qu'il parlait, il la contournait de droite à gauche, selon l'habitude assez générale des gens accoutumés à s'adresser à la populace des carrefours; son nez était camard; sa tête démesurément grosse, presque complétement chauve; il portait un vieux gilet de tricot gris, un pantalon d'une couleur inappréciable, lacéré, rapiécé en mille endroits; ses pieds nus, rougis par le froid, à demi enveloppés de vieux linges, étaient chaussés de sabots.

Cet homme, nommé Fortuné Gobert, dit *Pique-Vinaigre*, ancien joueur de gobelets, réclusionnaire libéré d'une condamnation pour crime d'émission de fausse monnaie, était prévenu de rupture de ban et de vol commis la nuit avec effraction et escalade. Écroué depuis très-peu de jours à la Force, déjà Pique-Vinaigre remplissait, à la satisfaction générale de ses compagnons de prison, le métier de *conteur*.

Aujourd'hui les *conteurs* sont très-rares; mais autrefois chaque chambrée avait généralement, moyennant une légère contribution individuelle, son conteur d'office, qui, par ses improvisations, faisait paraître moins longues les interminables soirées d'hiver, les détenus se couchant à la tombée du jour.

S'il est assez curieux de signaler ce besoin de fictions, de récits émouvants qui se retrouve chez ces misérables, il est une chose bien plus considérable aux yeux des penseurs : ces gens corrompus jusqu'à la moelle, ces voleurs, ces meurtriers préfèrent surtout les *histoires* où sont exprimés des sentiments généreux, héroïques, les récits où la faiblesse et la bonté sont vengées d'une oppression farouche.

Il en est de même des filles perdues : elles affectionnent singulièrement la lecture des romans naïfs, touchants et élégiaques, et répugnent presque toujours aux lectures obscènes. L'instinct naturel du bien, joint au besoin d'échapper par la pensée à tout ce qui leur rappelle la dégradation où elles vivent, ne cause-t-il pas chez ces malheureuses les sympathies et les répulsions intellectuelles dont nous venons de parler?

Pique-Vinaigre excellait donc dans ce genre de récits héroïques où la faiblesse, après mille traverses, finit par triompher de son persécuteur. Pique-Vinaigre possédait en outre un grand fonds d'ironie qui lui avait valu son sobriquet, ses reparties étant souvent sardoniques ou plaisantes.

Il venait d'entrer au parloir. En face de lui, de l'autre côté de la grille, on voyait une femme de trente-cinq ans environ, d'une figure pâle, douce et intéressante, pauvrement, mais proprement vêtue; elle pleurait amèrement, et tenait son mouchoir sur ses yeux.

Pique-Vinaigre la regardait avec un mélange d'impatience et d'affection.

— Voyons donc, Jeanne — lui dit-il — ne fais pas l'enfant; voilà seize ans que nous ne nous sommes vus; si tu gardes toujours ton mouchoir sur tes yeux, ça n'est pas le moyen de nous reconnaître...

— Mon frère, mon pauvre Fortuné... j'étouffe... je ne peux pas parler.

— Es-tu drôle... va!... Mais qu'est-ce que tu as?...

Sa sœur, car cette femme était sa sœur, contint ses sanglots, essuya ses yeux, et, le regardant avec stupeur, reprit :

— Ce que j'ai! Comment! je te retrouve en prison, toi qui y es déjà resté quinze ans!...

— C'est vrai; il y a aujourd'hui six mois que je suis sorti de la *centrale* de Melun... sans t'aller voir à Paris, parce que la *capitale* m'était défendue...

Déjà repris!... Qu'est-ce que tu as donc encore fait, mon Dieu? Pourquoi as-tu quitté Beaugency, où on t'avait envoyé en surveillance?

— Pourquoi?... Faudrait me demander pourquoi j'y suis allé...

— Tu as raison.

— D'abord, ma pauvre Jeanne, puisque ces grilles sont entre nous deux, figure-toi que je t'ai embrassée, serrée dans mes bras, comme ça se doit quand on revoit sa sœur après une éternité... Maintenant, causons : Un détenu de Melun, qu'on appelait le Gros-Boiteux, m'avait dit qu'il y avait à Beaugency un ancien forçat de sa connaissance qui employait des libérés à une fabrique de blanc de céruse... sais-tu ce que c'est que fabriquer le blanc de céruse?

— Non, mon frère.

— C'est un bien joli métier ; ceux qui le font, au bout d'un mois ou deux, attrapent la *colique de plomb*... Sur trois *coliqués*, il y en a un qui crève... Par exemple, faut être juste, les deux autres crèvent aussi... mais à leur aise... ils prennent leur temps... se gobergent et durent environ un an, dix-huit mois au plus... Après ça, le métier n'est pas si mal payé qu'un autre, et il y a des gens nés coiffés qui y résistent deux ou trois ans... Mais ceux-là sont les anciens, les centenaires des *blanc-de-cérusiens*. On en meurt, c'est vrai... mais il n'est pas fatigant.

— Et pourquoi as-tu choisi un état si dangereux qu'on en meurt, mon pauvre Fortuné?

— Qu'est-ce que tu voulais que je fasse? Quand je suis entré à Melun pour cette affaire de fausse monnaie, j'étais joueur de gobelets. Comme à la prison il n'y avait pas d'atelier pour mon état, et que je ne suis pas plus fort qu'une puce, on m'a mis à la fabrication des jouets d'enfants. C'était un fabricant de Paris qui trouvait plus avantageux de faire confectionner par les détenus ses pantins, ses trompettes de bois et ses sabres *idem*... Aussi c'est le cas de dire : *Sabre de bois !* en ai-je affilé, percé et taillé pendant quinze ans, de ces jouets ! je suis sûr que j'en ai défrayé les moutards de tout un quartier de Paris..... c'était surtout aux trompettes que je mordais... Et les crecelles, donc !... avec deux de ces instruments-là on aurait fait grincer les dents à tout un bataillon, je m'en vante... Mon temps de prison fini, me voilà surtout passé maître en fait de trompettes à deux sous. On me donne à choisir pour lieu de ma rési-dence entre trois ou quatre bourgs, à quarante lieues de Paris ; j'avais pour toute ressource mon savoir-faire en jouets d'enfants... or, en admettant que, depuis les vieillards jusqu'aux marmots, tous les habitants du bourg auraient eu la passion de faire *turlututu* dans mes trompettes, j'aurais eu encore bien de la peine à faire mes frais ; mais je ne pouvais insinuer à toute une bour-gade de trompetter du matin au soir... On m'aurait pris pour un intrigant...

— Mon Dieu... tu ris toujours...

— Cela vaut mieux que de pleurer. Finalement, voyant qu'à quarante lieues de Paris mon métier d'escamoteur ne me serait pas plus de ressource que mes trompettes, j'ai demandé la surveillance à Beaugency, voulant m'en-gager dans les *blanc-de-cérusiens*. C'est une pâtisserie qui vous donne des indigestions de *miserere ;* mais, jusqu'à ce qu'on en crève, on en vit, c'est toujours ça de gagné, et j'aimais autant cet état-là que celui de voleur ; pour voler je ne suis pas assez brave ni assez fort, et c'est par pur hasard que j'ai commis la *chose* dont je te parlerai tout à l'heure.

— Tu aurais été brave et fort, que par *idée* tu n'aurais pas volé davantage.

— Ah ! tu crois cela, toi ?

— Oui, au fond tu n'es pas méchant ; car dans cette malheureuse affaire de fausse monnaie tu as été entraîné malgré toi, presque forcé, tu le sais bien.

— Oui, ma fille; mais, vois-tu, quinze ans dans une maison centrale... ça vous *culotte* un homme comme mon brûle-gueule que voilà, quand même il serait entré à la geôle blanc comme une pipe neuve; en sortant de Melun, je me sentais donc trop poltron pour voler.

— Et tu avais le courage de prendre un métier mortel! Tiens, Fortuné, je te dis que tu veux te faire plus mauvais que tu ne l'es.

— Attends donc... tout gringalet que j'étais, j'avais dans l'idée, que le diable m'emporte si je sais pourquoi! que je ferais la nique à la colique de plomb, que la maladie aurait trop peu à ronger sur moi, et qu'elle irait ailleurs; enfin que je deviendrais un des vieux *blanc-de-cérusiens*... En sortant de prison, je commence par fricasser ma masse, bien entendu augmentée de ce que j'avais gagné en contant des histoires le soir à la chambrée.

— Comme tu nous en contais autrefois, mon frère. Ça amusait tant notre pauvre mère, t'en souviens-tu?

— Pardieu... Bonne femme! Et elle ne s'est jamais doutée, avant de mourir, que j'étais à Melun?

— Jamais... jusqu'à son dernier moment elle a cru que tu étais passé aux îles...

Que veux-tu, ma fille, mes bêtises c'est de la faute de mon père, qui m'avait dressé pour être paillasse, pour l'assister dans ses tours de gobelets, manger de l'étoupe et cracher du feu; ce qui faisait que je n'avais pas le temps de frayer avec des fils de pairs de France, et j'ai fait de mauvaises connaissances. Mais, pour revenir à Beaugency, une fois sorti de Melun, je fricasse ma masse, comme de juste. Après quinze ans de cage, il faut bien prendre un peu l'air et égayer son existence, d'autant plus que sans être trop gourmand le blanc de céruse pouvait me donner une dernière indigestion; alors à quoi m'aurait servi mon argent de prison... je te le demande... Finalement j'arrive à Beaugency à peu près sans le sou; je demande Velu, l'ami du Gros-Boiteux, le chef de fabrique... Serviteur! pas plus de fabrique de blanc de céruse que dessus la main; il y était mort onze personnes dans l'année; l'ancien forçat avait fermé boutique. Me voilà au milieu de ce bourg, toujours avec mon talent pour les trompettes de bois pour tout potage, et ma cartouche de libéré pour toute recommandation. Je demande à m'employer selon ma force, et comme je n'avais pas de force tu comprends comme on me reçoit : voleur par-ci, gueux par-là, échappé de prison! enfin, dès que je paraissais quelque part, chacun mettait ses mains sur ses poches; je ne pouvais donc pas m'empêcher de crever de faim dans un trou pareil, que je ne devais pas quitter pendant cinq ans. Voyant ça, je romps mon ban pour venir à Paris utiliser mes talents. Comme je n'avais pas de quoi venir en carrosse à quatre chevaux, je suis venu en gueusant et en mendiant tout le long de la route, évitant les gendarmes comme un chien les coups de bâton; j'avais eu du bonheur, j'étais arrivé sans encombre jusqu'auprès d'Auteuil. J'étais harassé, j'avais une faim d'enfer, j'étais vêtu... comme tu vois, sans luxe... — Et Pique-Vinaigre jeta un coup d'œil goguenard sur ses haillons. — Je ne portais pas un sou sur moi, je pouvais être arrêté comme vagabond... Ma foi, une occasion s'est présentée, le diable m'a tenté, et malgré ma poltronnerie...

— Assez... mon frère, assez... — dit sa sœur, craignant que le gardien, quoiqu'à ce moment assez éloigné de Pique-Vinaigre, n'entendît ce dangereux aveu.

— Tu as peur qu'on n'écoute? — reprit-il — sois tranquille, je ne m'en cache pas, j'ai été pris sur le fait; il n'y avait pas moyen de nier; j'ai tout avoué, je sais ce qui m'attend; mon compte est bon.

— Mon Dieu! mon Dieu! — reprit la pauvre femme en pleurant — avec quel sang-froid tu parles de cela...

— Quand j'en parlerais avec un sang chaud, qu'est-ce que j'y gagnerais! Voyons... sois donc raisonnable, Jeanne; faut-il que ce soit moi qui te console?... Jeanne essuya ses larmes, et soupira.

— Pour en revenir à mon affaire — reprit Pique-Vinaigre — j'étais arrivé tout près d'Auteuil, à la brune; je n'en pouvais plus; je ne voulais entrer dans Paris qu'à la nuit; je m'étais assis derrière une haie pour me reposer et réfléchir à mon plan de campagne. A force de réfléchir, j'ai fini par m'endormir; un bruit de voix m'a réveillé; il faisait tout à fait nuit; j'écoute... c'était un homme et une femme qui causaient sur la route, de l'autre côté de ma haie; l'homme disait à la femme : — Qui veux-tu qui pense à venir nous voler? Est-ce que nous n'avons pas cent fois laissé la maison toute seule? — Oui — que reprend la femme — mais nous n'y avions pas cent francs dans notre commode. — Qu'est-ce qui le sait, bête? — dit le mari. — T'as raison — reprend la femme; et ils filent. Ma foi! l'occasion me paraît trop belle pour la manquer; il n'y avait aucun danger. J'attends que l'homme et la femme soient un peu loin pour sortir de derrière ma haie; je regarde à vingt pas de là, je vois une petite maison de paysans : ça devait être la maison aux cent francs; il n'y avait que cette bicoque sur la route; Auteuil était à cinq cents pas de là... Je me dis : Courage, mon vieux; il n'y a personne, il fait nuit : s'il n'y a pas de chien de garde (tu sais que j'ai toujours eu peur des chiens), l'affaire est faite. Par bonheur il n'y avait pas de chien. Pour être plus sûr, je cogne à la porte, rien... ça m'encourage. Les volets du rez-de-chaussée étaient fermés; je passe mon bâton entre eux d'eux, je les force, j'entre par la fenêtre dans une chambre; il restait un peu de feu dans la cheminée, ça m'éclaire; je vois une commode dont la clef était ôtée; je prends la pincette, je force les tiroirs, et sous un tas de linge je trouve le magot enveloppé dans un vieux bas de laine; je ne m'amuse pas à prendre autre chose; je saute par la fenêtre... et je tombe... devine où?... Voilà une chance!...

— Mon Dieu! dis donc!

— Sur le dos du garde-champêtre qui rentrait au village.

— Quel malheur!...

— La lune s'était levée; il me voit sortir par la fenêtre; il m'empoigne...

C'était un camarade qui en aurait mangé dix comme moi... Trop poltron
pour résister, je me résigne. Je tenais encore le bas à la main ; il entend sonner l'argent, il prend le tout, le met dans sa gibecière, et me force de le suivre
à Auteuil. Nous arrivons chez le maire avec accompagnement de gamins et
de gendarmes ; on va attendre les propriétaires chez eux ; à leur retour, ils font
leur déclaration... Il n'y avait pas moyen de nier ; j'avoue tout, je signe le
procès-verbal ; on me met les menottes... Et en route...

    — Et te voilà en prison encore... pour long-temps peut-être ?

    — Écoute, Jeanne, je ne veux pas te tromper, ma fille : autant te dire cela
tout de suite...

    — Quoi donc encore, mon Dieu ?...

    — Voyons, du courage !...

    — Mais parle donc !

    — Eh bien ! il ne s'agit plus de prison...

    — Comment cela ?

    — A cause de la récidive, de l'effraction et de l'escalade de nuit dans une
maison habitée... l'avocat me l'a dit : c'est un compte fait comme des petits
pâtés... j'en aurai pour quinze ou vingt ans de bagne et l'exposition par-dessus
le marché.

— Aux galères ! mais toi si faible, tu y mourras ! — s'écria la malheureuse femme en éclatant en sanglots...

— Et si je m'étais enrôlé dans les blanc-de-cérusiens ?...

— Mais les galères, mon Dieu ! les galères !

— C'est la prison au grand air, avec une casaque rouge au lieu d'une brune ; et puis j'ai toujours été curieux de voir la mer... Quel badaud de Parisien je fais... hein ?

— Mais l'exposition... malheureux !... Être là exposé au mépris de tout le monde... Oh ! mon Dieu ! mon Dieu ! mon pauvre frère !...

Et l'infortunée se reprit à pleurer.

— Voyons, voyons, Jeanne... sois donc raisonnable... c'est un mauvais quart d'heure à passer... et encore je crois qu'on est assis... Et puis, est-ce que je ne suis pas habitué à voir la foule ! Quand je faisais mes tours de gobelets, j'avais toujours un tas de monde autour de moi ; je me figurerai que j'escamote ; et si ça me fait trop d'effet je fermerai les yeux : ce sera absolument comme si on ne me voyait pas.

En parlant avec autant de cynisme, ce malheureux voulait moins faire acte d'une criminelle insensibilité que consoler et rassurer sa sœur par cette apparence d'indifférence.

Pour un homme habitué aux mœurs des prisons, et chez lequel toute honte est nécessairement morte, le bagne n'est, en effet, qu'un changement de condition, un *changement de casaque*, comme Pique-Vinaigre le disait avec une effrayante vérité. Beaucoup de détenus des prisons centrales, préférant même le bagne, à cause de la vie bruyante qu'on y mène, commettent souvent des tentatives de meurtre pour être envoyés à Brest ou à Toulon.

Cela se conçoit : avant d'entrer au bagne, ils avaient presque autant de labeur, selon leur profession. La condition des plus honnêtes ouvriers des ports n'est pas moins rude que celle des forçats ; ils entrent aux ateliers et en sortent aux mêmes heures, enfin les grabats où ils reposent leurs membres brisés de fatigue ne sont souvent pas meilleurs que ceux de la chiourme.

Ils sont libres ! dira-t-on. Oui, libres, un jour .. le dimanche, et ce jour est aussi un jour de repos pour les forçats.

Mais ils n'ont pas la honte, la flétrissure ? Et qu'est-ce que la honte et la flétrissure pour ces misérables qui, chaque jour, se bronzent l'âme dans cette fournaise infernale, qui prennent tous les grades d'infamie dans cette école mutuelle de perdition, où les plus criminels sont les plus considérés ?

Telles sont donc les conséquences du système de pénalité actuelle :

L'incarcération est très-recherchée ; le bagne... souvent demandé...

— Vingt ans de galères, mon Dieu ! mon Dieu ! — répétait la pauvre sœur de Pique-Vinaigre.

— Mais rassure-toi donc, Jeanne ; on ne m'en donnera que pour mon argent ; je suis trop faible pour qu'on me mette aux travaux de force... S'il n'y a pas de fabrique de trompettes et de sabres de bois , comme à Melun, on me mettra au travail doux , on m'emploiera à l'infirmerie ; je ne suis pas récalcitrant , je suis bon enfant , je conterai des histoires comme j'en conte ici, je me ferai *adorer de mes chefs*, *estimer de mes camarades*, et je t'enverrai des noix de coco gravées et des boîtes de paille pour mes neveux et pour mes nièces. Enfin le vin est tiré , il faut le boire.

— Si tu m'avais seulement écrit que tu venais à Paris, j'aurais tâché de te cacher et de t'héberger en attendant que tu aies trouvé de l'ouvrage.

— Pardieu ! je comptais bien aller chez toi, mais j'aimais mieux y arriver les mains pleines ; car d'ailleurs, à ta mise, je vois que tu ne roules pas non plus carrosse. Ah çà ! et tes enfants ? et ton mari ?

— Ne me parle pas de lui.

— Toujours bambocheur ? c'est dommage, bon ouvrier tout de même.

— Il me fait bien du mal... va... j'avais assez de mes autres peines sans avoir encore celle que tu me fais...

— Comment ! ton mari...

— Depuis trois ans il m'a quittée , après avoir vendu tout notre ménage , me laissant avec mes enfants sans rien , avec ma paillasse pour tout mobilier.

— Tu ne m'avais pas dit cela !

— A quoi bon !... ça t'aurait chagriné.

— Pauvre Jeanne !... Et comment as-tu fait... toute seule avec tes trois enfants ?

— Dame ! j'ai eu beaucoup de mal ; je travaillais à ma tâche comme frangeuse , tant que je pouvais ; les voisines m'aidaient un peu, gardaient mes enfants pendant que j'étais sortie ; et puis moi, qui n'ai pas toujours la chance, j'ai eu du bonheur une fois dans ma vie ; mais ça ne m'a pas profité, à cause de mon mari...

— Pourquoi donc cela ?

— Mon passementier avait parlé de ma peine à une de ses pratiques , lui apprenant comment mon mari m'avait laissée sans rien , après avoir vendu notre ménage , et que malgré ça je travaillais de toutes mes forces pour élever mes enfants. Un jour, en rentrant , qu'est-ce que je trouve ? mon ménage remonté à neuf , un bon lit, des meubles , du linge ; c'était une charité de la pratique de mon passementier.

— Brave pratique !... pauvre sœur !... Pourquoi diable aussi ne m'as-tu pas écrit pour m'apprendre ta gêne ? Au lieu de dépenser ma masse, je t'aurais envoyé de l'argent !

— Moi libre, te demander, à toi prisonnier...

— Justement... J'étais nourri, chauffé, logé aux frais du gouvernement ; ce que je gagnais était tout bénéfice : sachant le beau-frère bon ouvrier, et toi bonne ouvrière ménagère, j'étais tranquille, et j'ai fricassé ma masse les yeux fermés et la bouche ouverte.

— Mon mari était bon ouvrier, c'est vrai ; mais il s'est dérangé. Enfin,

grâce à ce secours inattendu, j'ai repris bon courage : ma fille aînée commençait à gagner quelque chose; nous étions heureux, sans le chagrin de te savoir
à Melun. L'ouvrage allait, mes enfants étaient proprement habillés ; ils ne
manquaient à peu près de rien, ça me donnait un cœur... un cœur!.... enfin
j'étais même parvenue à mettre trente-cinq francs de côté, lorsque tout à coup
mon mari revient. Je ne l'avais pas vu depuis un an ; me trouvant bien em-
ménagée, bien nippée, il n'en fait ni une ni deux, il me prend mon argent,
s'installe chez nous sans travailler, se grise tous les jours, et me bat quand je
me plains.

G-JT

— Le gueux !
— Ce n'est pas tout, il avait logé dans un cabinet de notre logement une
mauvaise femme avec laquelle il vivait ; il fallait encore souffrir cela pour la
seconde fois. Il recommença à vendre petit à petit les meubles que j'avais.
Prévoyant ce qui allait m'arriver, je vais chez un avocat qui demeurait dans
la maison lui demander ce qu'il faut faire pour empêcher mon mari de me mettre encore sur la paille, moi et mes enfants.
— C'était bien simple... il fallait fourrer ton mari à la porte.
— Oui, mais je n'en avais pas le droit. L'avocat me dit que mon mari pouvait disposer de tout comme chef de la communauté, et s'installer à la maison
sans rien faire; que c'était un malheur, mais qu'il fallait m'y soumettre ; que
la circonstance de sa maîtresse, qui vivait sous notre toit, me donnait le droit
de demander la séparation de corps et de biens, comme on appelle cela....

d'autant plus que j'avais des témoins que mon mari m'avait battue, que je pouvais plaider contre lui, mais que cela me coûterait au moins, au moins quatre ou cinq cents francs pour obtenir ma séparation. Tu juges ! c'est presque tout ce que je peux gagner en une année ! Où trouver une pareille somme à emprunter?... Et puis ce n'est pas le tout d'emprunter... il faut rendre... Et cinq cents francs... tout d'un coup .. c'est une fortune.

— Il y a pourtant un moyen bien simple d'amasser cinq cents francs — dit Pique-Vinaigre avec amertume — c'est de mettre son estomac *au croc* pendant un an... de vivre de l'air du temps, et de travailler tout de même. C'est étonnant que l'avocat ne t'ait pas donné ce conseil-là...

— Tu plaisantes toujours...

— Oh! cette fois, non!... — s'écria Pique-Vinaigre avec indignation; — car enfin c'est une infamie, ça... que la loi soit trop chère pour les pauvres gens. Car te voilà, toi, brave et digne mère de famille, travaillant de toutes tes forces pour élever honnêtement tes enfants... Ton mari est un mauvais sujet fieffé, il te bat, te gruge, te pille, dépense au cabaret l'argent que tu gagnes; tu t'adresses à la justice... pour qu'elle te protège, et que tu puisses mettre à l'abri des griffes de ce fainéant ton pain et celui de tes enfants... Les gens de loi te disent : Oui, vous avez raison, votre mari est un mauvais drôle, on vous fera justice. Mais cette justice-là vous coûtera cinq cents francs. Cinq cents francs !... ce qu'il te faut pour vivre, toi et ta famille, presque pendant un an !... Tiens, vois-tu, Jeanne, tout ça prouve, comme dit le proverbe, qu'il n'y a que deux espèces de gens : ceux qui sont pendus et ceux qui méritent de l'être.

Rigolette, seule et pensive, n'ayant aucun interlocuteur à écouter, n'avait pas perdu un mot des confidences de cette pauvre femme, au malheur de laquelle elle sympathisait vivement. Elle se promit de raconter cette infortune à Rodolphe dès qu'elle le reverrait, ne doutant pas qu'il ne la secourût.

Vivement intéressée au triste sort de la sœur de *Pique-Vinaigre*, elle ne la quittait pas des yeux, et allait tâcher de se rapprocher un peu d'elle, lorsque malheureusement un nouveau visiteur, entrant dans le parloir, demanda un détenu, qu'on alla chercher, et s'assit sur le banc entre Jeanne et la grisette.

Celle-ci, à la vue de cet homme, ne put retenir un geste de surprise, presque de crainte. Elle reconnaissait en lui l'un des deux recors qui étaient venus arrêter Morel, mettant ainsi à exécution la contrainte par corps obtenue contre le lapidaire par Jacques Ferrand.

Cette circonstance, rappelant à Rigolette l'opiniâtre persécuteur de Germain, redoubla sa tristesse, dont elle avait été un peu distraite par les touchantes et pénibles confidences de la sœur de Pique-Vinaigre.

S'éloignant autant qu'elle le put de son nouveau voisin, la grisette s'appuya au mur et retomba dans ses affligeantes pensées.

— Tiens, Jeanne — reprit Pique-Vinaigre, dont la figure joviale et railleuse

s'était subitement assombrie — je ne suis ni fort ni brave ; mais si je m'étais
trouvé là pendant que ton mari te faisait ainsi la misère, ça ne se serait pas
passé gentiment entre lui et moi... Mais aussi tu étais par trop bonne enfant,
toi.....

— Que voulais-tu que je fasse ?... J'ai bien été forcée de souffrir ce que je
ne pouvais pas empêcher. Tant qu'il y a eu chez nous quelque chose à vendre,
mon mari l'a vendu pour aller au cabaret avec sa maîtresse, tout, jusqu'à la
robe du dimanche de ma petite fille.

— Mais l'argent de tes journées, pourquoi le lui donnais-tu ?... pourquoi ne
le cachais-tu pas ?

— Je le cachais, mais il me battait tant... que j'étais bien obligée de lui
donner... C'était moins à cause des coups que je lui cédais... que parce que je
me disais : A la fin il n'a qu'à me blesser assez grièvement... pour que je sois
hors d'état de travailler de long-temps, qu'il me casse un bras, je suppose,
alors qu'est-ce que je deviendrai ?... qui soignera, qui nourrira mes enfants ?...
Si je suis forcée d'aller à l'hospice, il faudra donc qu'ils meurent de faim pendant ce temps-là ?... Aussi, tu conçois, mon frère, j'aimais encore mieux
donner mon argent à mon mari, afin de n'être pas battue, blessée... et de
rester *bonne à travailler*...

— Pauvre femme, va !... on parle de martyrs, c'est toi qui l'as été, mar-
tyre !...

— Et pourtant je n'ai jamais fait de mal à personne, je ne demandais qu'à
travailler, qu'à soigner mon mari et mes enfants ; mais que veux-tu ! il y a des
heureux et des malheureux, comme il y a des bons et des méchants.

— Oui, et c'est étonnant comme les bons sont heureux !... Mais enfin en
es-tu tout à fait débarrassée, de ton gueux de mari ?

— Je l'espère, car il ne m'a quittée qu'après avoir vendu jusqu'à mon bois
de lit et au berceau de mes deux petits enfants... Mais quand je pense qu'il
voulait bien pis encore...

— Quoi donc ?

— Quand je dis lui, c'était plutôt cette vilaine femme qui le poussait ; c'est
pour ça que je t'en parle. Enfin un jour il m'a dit : « Quand dans un ménage
il y a une jolie fille de quinze ans comme la nôtre, on est des bêtes de ne pas
profiter de sa beauté. »

— Ah ! bon, je comprends... après avoir vendu les nippes, il veut vendre
les corps !...

— Quand il a dit cela, vois-tu, Fortuné, mon sang n'a fait qu'un tour, et
il faut être juste, je l'ai fait rougir de honte par mes reproches ; et comme sa
mauvaise femme voulait se mêler de notre querelle en soutenant que mon
mari pouvait faire de sa fille ce qu'il voulait, je l'ai traitée si mal, cette malheureuse, que mon mari m'a battue, et c'est depuis cette scène-là que je ne
les ai plus revus.

— Tiens, vois-tu, Jeanne, il y a des gens condamnés à dix ans de prison qui n'en ont pas tant fait que ton mari... au moins ils ne dépouillaient que des étrangers... C'est un fier gueux !...

— Dans le fond il n'est pourtant pas méchant, vois-tu ; c'est de mauvaises connaissances de cabaret qui l'ont dérangé...

— Oui, il ne ferait pas de mal à un enfant ; mais à une grande personne, c'est différent...

— Enfin, que veux-tu ! il faut bien prendre la vie comme le bon Dieu vous l'envoie... Au moins, mon mari parti, je n'avais plus à craindre d'être estropiée par un mauvais coup ; j'ai repris courage... Faute d'avoir de quoi racheter un matelas, car avant tout il faut vivre et payer son terme, et à nous deux, ma fille aînée, ma pauvre Catherine, à peine nous gagnions quarante sous par jour, mes deux autres enfants étant trop petits pour rien gagner encore... faute d'un matelas, nous couchions sur une paillasse faite avec de la paille que nous ramassions à la porte d'un emballeur de notre rue.

— Et j'ai mangé ma masse !... et j'ai mangé ma masse !...

— Que veux-tu... tu ne pouvais pas savoir ma peine, puisque je ne t'en parlais pas ; enfin nous avons redoublé de travail, nous deux Catherine..... Pauvre enfant, si tu savais comme c'est honnête, et laborieux, et bon ! toujours les yeux sur les miens pour savoir ce que je désire qu'elle fasse ; jamais une plainte, et pourtant elle en a déjà vu de cette misère... quoiqu'elle n'ait que quinze ans !... Ah ! ça console de bien des choses, vois-tu, Fortuné, d'avoir une enfant pareille — dit Jeanne en essuyant ses yeux.

— C'est tout ton portrait... à ce que je vois ; il faut bien que tu aies cette consolation-là, au moins...

— Je t'assure, va, que c'est plus pour elle que je me chagrine que pour moi ; car il n'y a pas à dire, vois-tu, depuis deux mois elle ne s'est pas arrêtée de travailler un moment ; une fois par semaine elle sort pour aller savonner aux bateaux du Pont-au-Change, à trois sous l'heure, le peu de linge que mon mari nous a laissé : tout le reste du temps, à l'attache comme un pauvre chien... Vrai, le malheur lui est venu trop tôt ; je sais bien qu'il faut toujours qu'il vienne, mais au moins il y en a qui ont une ou deux années de tranquillité... Ce qui me fait aussi beaucoup de chagrin dans tout ça, vois-tu, Fortuné, c'est de ne pouvoir t'aider en presque rien... Pourtant, je tâcherai...

— Ah çà ! est-ce que tu crois que j'accepterais ? Au contraire, je demandais un sou par paire d'oreilles pour leur raconter mes fariboles, j'en demanderai deux ou ils se passeront des contes de Pique-Vinaigre... et ça t'aidera un peu dans ton ménage..... Mais, j'y pense, pourquoi ne pas te mettre en garni ! comme ça ton mari ne pourrait rien vendre.

— En garni ! Mais penses-y donc, nous sommes quatre, on nous demanderait au moins vingt sous par jour : qu'est-ce qui nous resterait pour vivre ? Tandis que notre chambre ne nous coûte que cinquante francs par an.

— Allons, c'est juste, ma fille — dit Pique-Vinaigre avec une ironie amère — travaille, éreinte-toi pour refaire un peu ton ménage ; dès que tu auras encore gagné quelque chose, ton mari te le pillera de nouveau... et un beau jour il vendra ta fille comme il a vendu tes nippes.

— Oh! pour ça, par exemple, il me tuerait plutôt... Ma pauvre Catherine!...

— Il ne te tuera pas et il vendra ta pauvre Catherine..... Il est ton mari, n'est-ce pas? Il *est le chef de la communauté*, comme t'a dit l'avocat, tant que vous ne serez pas séparés par la loi; et comme tu n'as pas cinq cents francs à donner pour ça, il faut te résigner, ton mari a le droit d'emmener sa fille de chez toi, et où il veut... Une fois que lui et sa maîtresse s'acharneront à perdre cette pauvre enfant, est-ce qu'il ne faudra pas qu'elle y passe?...

— Mon Dieu!... mon Dieu!... Mais si cette infamie était possible... il n'y aurait donc pas de justice?...

— La justice! — dit Pique-Vinaigre avec un éclat de rire sardonique — c'est comme la viande... c'est trop cher pour que les pauvres en mangent... Seulement, entendons-nous, s'il s'agit de les envoyer à Melun, de les mettre au carcan ou de les jeter aux galères, c'est une autre affaire... on leur donne cette justice-là *gratis*... Si on leur coupe le cou... c'est encore *gratis*... toujours *gratis*... Prrrrenez vos billets — ajouta Pique-Vinaigre avec son accent de bateleur; — ce n'est pas dix sous, deux sous, un sou. un centime que ça vous coûtera... non, messieurs; ça vous coûtera la bagatelle de... rien du tout... c'est à la portée de tout le monde, *on ne fournit que sa tête*... la coupe et la frisure sont aux frais du gouvernement... Voilà la justice *gratis*... Mais la justice qui empêcherait une honnête mère de famille d'être battue et dépouillée par un gueux de mari qui veut et peut faire argent de sa fille... cette justice-là coûte *cinq cents francs*... et il faudra t'en passer, ma pauvre Jeanne.

— Tiens... Fortuné — dit la malheureuse mère en fondant en larmes — tu me mets la mort dans l'âme...

— C'est qu'aussi je l'ai... la mort dans l'âme, en pensant à ton sort... à celui de ta famille... et en reconnaissant que je n'y peux rien... J'ai l'air de toujours rire... Mais ne t'y trompe pas, j'ai deux sortes de gaietés, vois-tu, Jeanne, ma gaieté gaie et ma gaieté triste... Je n'ai ni la force ni le courage d'être méchant, colère ou haineux comme les autres... ça s'en va toujours chez moi en paroles plus ou moins farces. Ma poltronnerie et ma faiblesse de corps m'ont empêché de devenir pire que je suis... Il a fallu l'occasion de cette bicoque isolée, où il n'y avait pas un chat... et surtout pas un chien, pour me pousser à voler... Il a fallu encore que par hasard il ait fait un clair de lune superbe; car la nuit, et seul, j'ai une peur de tous les diables!...

— C'est ce qui me fait toujours te dire, mon pauvre Fortuné, que tu es meilleur que tu ne crois... Aussi, j'espère que les juges auront pitié de toi...

— Pitié de moi? un libéré récidiviste? compte là-dessus! Après ça, je ne leur en veux pas : être ici, là, ou ailleurs, ça m'est égal; et puis, tu as raison, je ne suis pas méchant... et ceux qui le sont, je les hais à ma manière, en me moquant d'eux; faut croire qu'à force de conter des histoires où, pour plaire à mes auditeurs, je fais toujours en sorte que ceux qui tourmentent les autres par pure cruauté reçoivent à la fin des raclées indignes... je me serai habitué à sentir comme je raconte.

— Ils aiment des histoires pareilles, ces gens avec qui tu es... mon pauvre frère ! Je n'aurais pas cru cela.

— Minute !... Si je leur contais des récits où un gaillard qui vole ou qui tue pour voler est roulé à la fin, ils ne me laisseraient pas finir ; mais s'il s'agit ou d'une femme ou d'un enfant, ou, par exemple, d'un pauvre diable comme moi qu'on jetterait par terre en soufflant dessus, et qu'il soit poursuivi à outrance par une *barbe noire* qui le persécute seulement pour le plaisir de le persécuter, POUR L'HONNEUR, comme on dit, oh ! alors ils trépignent de joie quand à la fin du conte la *barbe noire* reçoit sa paye. Tiens, j'ai surtout une histoire intitulée : GRINGALET ET COUPE-EN-DEUX, qui faisait les délices de la centrale de Melun, et que je n'ai pas encore racontée ici. Je l'ai promise pour ce soir ; mais faudra qu'ils mettent crânement à ma tirelire, et tu en profiteras... sans compter que je l'écrirai pour tes enfants... GRINGALET ET COUPE-EN-DEUX, ça les amusera ; des religieuses liraient cette histoire-là, ainsi sois tranquille.

— Enfin, mon pauvre Fortuné, ce qui me console un peu, c'est de voir que tu n'es pas si malheureux que d'autres, grâce à ton caractère.

— Bien sûr que si j'étais comme un détenu qui est de notre chambrée, je serais malfaisant à moi-même. Pauvre garçon... J'ai bien peur qu'avant la fin de la journée il ne saigne d'un côté ou d'un autre... ça chauffe à rouge pour lui... il y a un mauvais complot monté pour ce soir... à son intention...

— Ah ! mon Dieu ! on veut lui faire du mal ?... ne te mêle pas de ça, au moins, Fortuné !...

— Pas si bête !... j'attraperais des éclaboussures... C'est en allant et venant que j'ai entendu jabotter l'un et l'autre... on parlait de bâillon... pour l'empêcher de crier... et puis, afin d'empêcher qu'on ne voie son exécution... ils veulent faire cercle autour de lui... en ayant l'air d'écouter un d'eux... qui sera censé lire tout haut un journal ou autre chose...

— Mais... pourquoi veut-on le maltraiter ainsi ?

— Comme il est toujours seul, qu'il ne parle à personne, et qu'il a l'air dégoûté des autres, ils s'imaginent que c'est un mouchard ; ce qui est très-bête, car au contraire il se faufilerait avec tout le monde s'il voulait moucharder. Mais le fin de la chose est qu'il a l'air d'un *monsieur*, et que ça les offusque. C'est le *capitaine* du dortoir, nommé le *Squelette ambulant*, qui est à la tête du complot. Il est comme un vrai désossé après ce pauvre Germain, leur bête noire s'appelle ainsi. Ma foi, qu'ils s'arrangent... cela les regarde... je n'y peux rien. Mais tu vois, Jeanne, voilà à quoi ça sert d'être triste en prison... tout de suite on vous suspecte ; aussi je ne l'ai jamais été, moi, suspecté.....
Ah çà, ma fille, assez causé, va-t'en voir chez toi si j'y suis, tu prends sur ton temps pour venir ici... moi je n'ai qu'à bavarder... toi, c'est différent.....

G.STAAL

JEANNE DUPORT ET SES ENFANTS.

ainsi, bonsoir... Reviens de temps en temps ; tu sais que j'en serai content.

— Mon frère... encore quelques moments, je t'en prie...

— Non, non, tes enfants t'attendent... Ah çà, tu ne leur dis pas, j'espère, que leur *nononcle* est pensionnaire ici ?

— Ils te croient aux îles .. comme autrefois ma mère... De cette manière, je peux leur parler de toi...

— A la bonne heure... Ah çà ! va-t'en vite, vite.

— Oui, mais écoute, mon pauvre frère : je n'ai pas grand'chose, pourtant je ne te laisserai pas ainsi. Tu dois avoir si froid, pas de bas... et ce mauvais gilet ! Nous t'arrangerons quelques hardes avec Catherine. Dame ! Fortuné... tu penses, ce n'est pas l'envie de bien faire pour toi qui nous manque...

— De quoi ? de quoi ? des hardes ? mais j'en ai plein mes malles... Dès qu'elles vont arriver, j'aurai de quoi m'habiller comme un prince... Allons, ris donc un peu ? Non ? Eh bien ! sérieusement, ma fille, ça n'est pas de refus... en attendant que *Gringalet et Coupe-en-Deux* aient rempli ma tirelire. Alors je te rendrai ça... Adieu... ma bonne Jeanne ; la première fois que tu viendras, que je perde mon nom de Pique-Vinaigre si je ne te fais pas rire. Allons, va-t'en... je t'ai déjà trop retenue...

— Mais, mon frère... écoute donc !...

— Mon brave... eh ! mon brave — cria Pique-Vinaigre au gardien qui était assis à l'autre bout du couloir — j'ai fini ma conversation, je voudrais rentrer... assez causé.

— Ah ! Fortuné... ce n'est pas bien .. de me renvoyer ainsi — dit Jeanne.

— C'est au contraire très-bien. Allons, adieu, bon courage, et demain matin dis aux enfants que tu as rêvé de leur oncle qui est aux îles et qu'il t'a priée de les embrasser... Adieu.

— Adieu, Fortuné — dit la pauvre femme tout en larmes et en voyant son frère rentrer dans l'intérieur de la prison.

Rigolette, depuis que le recors s'était assis à côté d'elle, n'avait pu entendre la conversation de Pique-Vinaigre et de Jeanne ; mais elle n'avait pas quitté celle-ci des yeux, pensant au moyen de savoir l'adresse de cette pauvre femme, afin de pouvoir, selon sa première idée, la recommander à Rodolphe.

Lorsque Jeanne se leva du banc pour quitter le parloir, la grisette s'approcha d'elle en lui disant timidement :

— Madame, tout à l'heure, sans chercher à vous écouter, j'ai entendu que vous étiez frangeuse-passementière ?

— Oui, mademoiselle — répondit Jeanne un peu surprise, mais prévenue en faveur de Rigolette par son air gracieux et sa charmante figure.

— Je suis couturière en robes — reprit la grisette ; — maintenant que les franges et les passementeries sont à la mode, j'ai quelquefois des pratiques qui me demandent des garnitures à leur goût ; j'ai pensé qu'il serait peut-être moins cher de m'adresser à vous, qui travaillez en chambre, que de m'adresser à un marchand, et que d'un autre côté je pourrais vous donner plus que ne vous donne votre fabricant.

— C'est vrai, mademoiselle, en prenant de la soie à mon compte cela me ferait un petit bénéfice... Vous êtes bien bonne de penser à moi... je n'en reviens pas...

— Tenez, madame, je vous parlerai franchement : j'attends la personne que je viens voir; n'ayant à causer avec personne, tout à l'heure, avant que ce monsieur se soit mis entre nous deux, sans le vouloir, je vous assure, je vous ai entendue parler à votre frère de vos chagrins, de vos enfants; je me suis dit : Entre pauvres gens on doit s'aider. L'idée m'est venue que je pourrais vous être bonne à quelque chose, puisque vous étiez frangeuse. Si, en effet, ce que je vous propose vous convient, voici mon adresse, donnez-moi la vôtre, de façon que lorsque j'aurai une petite commande à vous faire, je saurai où vous trouver. Et Rigolette donna une de ses adresses à la sœur de Pique-Vinaigre.

Celle-ci, vivement touchée des procédés de la grisette, dit avec effusion :

— Votre figure ne m'avait pas trompée, mademoiselle, et puis, ne prenez pas cela pour de l'orgueil, mais vous avez un faux air de ma fille aînée, ce qui fait qu'en entrant je vous avais regardée par deux fois. Je vous remercie bien; si vous m'employez, vous serez contente de mon ouvrage, ce sera fait en conscience... Je me nomme Jeanne Duport... Je demeure rue de la Barillerie, nº 1.

— Nº 1... Ça n'est pas difficile à retenir. Merci, madame.

— C'est à moi de vous remercier, ma chère demoiselle, c'est si bon à vous... d'avoir tout de suite pensé à m'être utile ! Encore une fois, je n'en reviens pas.

— Mais c'est tout simple, madame Duport — dit Rigolette avec un charmant sourire. Puisque j'ai un faux air de votre fille Catherine, ce que vous appelez ma bonne idée ne doit pas vous étonner.

— Êtes-vous gentille..... chère demoiselle ! Tenez, grâce à vous, je m'en irai un peu moins triste que je ne croyais; et puis peut-être que nous nous retrouverons ici quelquefois, car vous venez comme moi voir un prisonnier.

— Oui, madame... — répondit Rigolette en soupirant.

— Alors, à revoir... du moins je l'espère, mademoiselle... Rigolette — dit Jeanne Duport après avoir jeté les yeux sur l'adresse de la grisette.

— A revoir, madame Duport...

— Au moins, pensa Rigolette en allant se rasseoir sur son banc, je sais maintenant l'adresse de cette pauvre femme, et bien sûr M. Rodolphe s'intéressera à elle quand il saura combien elle est malheureuse, car il m'a toujours dit : Si vous connaissez quelqu'un de bien à plaindre, adressez-vous à moi... Et Rigolette, se remettant à sa place, attendit avec impatience la fin de l'entretien de son voisin, afin de pouvoir faire demander Germain.

Maintenant, quelques mots sur la scène précédente.

Malheureusement, il faut l'avouer, l'indignation du misérable frère de Jeanne Duport avait été légitime...

Oui... en disant que la loi était *trop chère* pour les pauvres, il disait vrai.

Plaider devant les tribunaux civils entraîne des frais énormes et inaccessibles aux artisans, qui vivent à grand'peine d'un salaire insuffisant.

Qu'une mère ou qu'un père de famille appartenant à cette classe toujours sacrifiée, veuillent en effet obtenir une séparation de corps, qu'ils aient, pour l'obtenir, tous les droits possibles...

L'obtiendront-ils ?

Non, car il n'y a pas un ouvrier en état de dépenser de quatre à cinq cents francs pour les onéreuses formalités d'un tel jugement.

Pourtant le pauvre n'a d'autre vie que la vie domestique; la bonne ou mauvaise conduite d'un chef de famille d'artisans n'est pas seulement une question de moralité, c'est une question de PAIN...

Le sort d'une femme du peuple, tel que nous venons d'essayer de le peindre, mérite-t-il donc moins d'intérêt, moins de protection que celui d'une femme riche qui souffre des désordres ou des infidélités de son mari ?

Rien de plus digne de pitié, sans doute, que les douleurs de l'âme.

Mais lorsqu'à ces douleurs se joint, pour une malheureuse mère, la misère de ses enfants, n'est-il pas monstrueux que la pauvreté de cette femme la mette hors la loi, et la livre sans défense, elle et sa famille, aux odieux traitements d'un mari fainéant et corrompu ?

Et cette monstruosité existe.

Et un repris de justice peut, dans cette circonstance comme dans d'autres, nier avec droit et logique l'impartialité des institutions aux noms desquelles il est condamné.

Est-il besoin de dire ce qu'il y a de dangereux pour la société à justifier de pareilles attaques ?

Quelle sera l'influence, l'autorité morale de ces lois, dont l'application est absolument subordonnée à une question d'argent ?

La justice civile, comme la justice criminelle, ne devrait-elle pas être accessible à tous ?

Lorsque des gens sont trop pauvres pour pouvoir invoquer le bénéfice d'une loi éminemment préservatrice et tutélaire, la société ne devrait-elle pas, à ses frais, en assurer l'application, par respect pour l'honneur et pour le repos des familles ?

Mais laissons cette femme qui restera toute sa vie la victime d'un mari brutal et perverti, parce qu'elle est trop pauvre pour faire prononcer sa séparation de corps par la loi.

Parlons du frère de Jeanne Duport.

Ce réclusionnaire libéré sort d'un antre de corruption pour rentrer dans le monde; il a subi sa peine, payé sa dette par l'expiation.

Quelles précautions la société a-t-elle prises pour l'empêcher de retomber dans le crime ?

Aucune ..

Lui a-t-on, avec une charitable prévoyance, rendu possible le retour au bien, afin de pouvoir sévir, ainsi que l'on sévit d'une manière terrible, s'il se montre incorrigible ?

Non...

La perversion contagieuse de vos geôles est tellement connue, est si justement redoutée, que celui qui en sort est partout un sujet de mépris, d'aversion et d'épouvante : serait-il vingt fois homme de bien, il ne trouvera presque nulle part de l'occupation.

De plus, votre surveillance flétrissante l'exile dans de petites localités où ses antécédents doivent être immédiatement connus, et où il n'aura aucun moyen d'exercer les industries exceptionnelles souvent imposées aux détenus par les fermiers de travail des maisons centrales.

Si le libéré a le courage de résister aux tentations mauvaises, il se livrera donc à l'un de ces métiers homicides dont nous avons parlé, à la préparation de certains produits chimiques dont l'influence mortelle décime ceux qui exercent ces funestes professions[1], ou bien encore, s'il en a la force, il ira extraire du grès dans la forêt de Fontainebleau, métier auquel on résiste, terme moyen, six ans !!!

La condition d'un libéré est donc beaucoup plus fâcheuse, plus pénible, plus difficile qu'elle ne l'était avant sa première faute : il marche entouré d'entraves, d'écueils ; il lui faut braver la répulsion, les dédains, souvent même la plus profonde misère...

Et s'il succombe à toutes ces chances effrayantes de criminalité, et s'il commet un second crime, vous vous montrez mille fois plus sévères envers lui que pour sa première faute...

Cela est injuste... car c'est presque toujours la nécessité que vous lui faites qui le conduit à un second crime.

Oui, car il est démontré qu'au lieu de corriger, votre système pénitentiaire déprave.

Au lieu d'améliorer... il empire...

Au lieu de guérir de légères affections morales, il les rend incurables.

Votre aggravation de peine, impitoyablement appliquée à la récidive, est donc inique, barbare, puisque cette récidive est, pour ainsi dire, une conséquence forcée de vos institutions pénales.

Le terrible châtiment qui frappe les récidivistes serait juste et logique, si vos prisons moralisaient, épuraient les détenus, et si à l'expiration de leur

[1] On vient de trouver, assure-t-on, le moyen de préserver les malheureux ouvriers voués à ces effroyables industries. — (Voir le *Mémoire descriptif d'un nouveau procédé de* FABRICATION DE BLANC DE CÉRUSE, *présenté à l'Académie des sciences par M. J.-N. Gannal.*)

peine une bonne conduite leur était sinon facile, du moins généralement possible...

Si l'on s'étonne de ces contradictions de la loi, que sera-ce donc lorsque l'on comparera certains délits à certains crimes,

Soit à cause de leurs suites inévitables, soit à cause des disproportions exorbitantes qui existent entre les punitions dont ils sont atteints ?...

· L'entretien du prisonnier qui venait visiter le recors nous offrira un de ces affligeants contrastes.

CHAPITRE II.

MAITRE BOULARD.

Le détenu qui entra dans le parloir au moment où *Pique-Vinaigre* en sortait, était un homme de trente ans environ, aux cheveux d'un blond ardent, à la figure joviale, pleine et rubiconde; sa taille moyenne rendait plus remarquable encore son énorme embonpoint. Ce prisonnier, si vermeil et si obèse, s'enveloppait dans une longue et chaude redingote de molleton gris, pareille à son pantalon à pieds; une sorte de casquette-chaperon en velours rouge, dite à la *Périnet Leclerc*, complétait le costume de ce personnage, qui portait d'excellentes pantoufles fourrées. Quoique la mode des breloques fût passée depuis long-temps, la chaîne d'or de sa montre soutenait bon nombre de cachets montés en pierres fines; enfin plusieurs bagues, enrichies d'assez belles pierreries, brillaient aux grosses mains rouges de ce détenu, nommé maître Boulard, huissier, prévenu d'*abus de confiance*.

Son interlocuteur était, nous l'avons dit, Pierre Bourdin, l'un des gardes du commerce chargés d'opérer l'arrestation de Morel le lapidaire. Ce recors était ordinairement employé par maître Boulard, huissier de M. Petit-Jean, prête-nom de Jacques Ferrand.

Bourdin, plus petit et aussi replet que l'huissier, se modelait selon ses moyens sur son patron, dont il admirait la magnificence. Affectionnant comme lui les bijoux, il portait ce jour-là une superbe épingle de topaze, et un long jaseron d'or serpentait, paraissait et disparaissait entre les boutonnières de son gilet.

— Bonjour, fidèle Bourdin; j'étais bien sûr que vous ne manqueriez pas à l'appel — dit joyeusement maître Boulard d'une petite voix grêle qui contrastait singulièrement avec son gros corps et sa large figure fleurie.

— Manquer à l'appel! — répondit le recors; — j'en étais incapable, *mon général.*

C'est ainsi que Bourdin, par une plaisanterie à la fois familière et respectueuse, appelait l'huissier sous les ordres duquel il instrumentait; cette locution militaire étant d'ailleurs assez souvent usitée parmi certaines classes d'employés et de praticiens civils.

— Je vois avec plaisir que l'amitié reste fidèle à l'infortune — dit maître Boulard avec une gaieté cordiale; — pourtant je commençais à m'inquiéter, voilà trois jours que je vous avais écrit et pas de Bourdin...

— Figurez-vous, mon général, que c'est toute une histoire. Vous vous rappelez bien ce beau vicomte de la rue de Chaillot!

— Saint-Remy?

— Justement! Vous savez comme il se moquait de nos prises de corps?

— Il en était indécent... ·

— A qui le dites-vous? nous deux Malicorne nous en étions comme abrutis, si c'est possible.

— C'est impossible, brave Bourdin.

— Heureusement, mon général; mais voici le fait : ce beau vicomte a monté en titres.

— Il est devenu comte?

— Non! d'escroc il est devenu voleur.

— Ah! bah!

— On est à ses trousses pour des diamants qu'il a effarouchés. Et, par parenthèse, ils appartenaient au joaillier qui employait cette vermine de Morel, le lapidaire, que nous allions pincer rue du Temple, lorsqu'un grand mince, à moustaches noires, a payé pour ce meurt-de-faim, et a manqué de nous jeter du haut en bas des escaliers, nous deux Malicorne.

— Ah! oui, oui, je me souviens... vous m'avez raconté cela, mon pauvre Bourdin... c'était fort drôle. Le meilleur de la farce a été que la portière de la maison vous a vidé sur le dos une écuellée de soupe bouillante...

— Y compris l'écuelle, général, qui a éclaté comme une bombe à nos pieds... Vieille sorcière!...

— Ça comptera sur vos états de services et blessures... Mais ce beau vicomte?

— Je vous disais donc que Saint-Remy était poursuivi pour vol.... après avoir fait croire à son bon enfant de père qu'il avait voulu se brûler la cervelle.

Un agent de police de mes amis, sachant que j'avais longuement traqué ce vicomte, m'a demandé si je ne pourrais pas le renseigner, le mettre sur la trace de ce mirliflor... Justement j'avais su trop tard, lors de la dernière contrainte par corps à laquelle il avait échappé, qu'il s'était *terré* dans une ferme à Arnouville, à cinq lieues de Paris. .. Mais quand nous y étions arrivés... il n'était plus temps.. l'oiseau avait déniché !...

— D'ailleurs, il a, le surlendemain, payé cette lettre de change... grâce à certaine grande dame, dit-on.

— Oui, général... mais, c'est égal, je connaissais le nid, il s'était déjà une fois caché là... il pouvait bien s'y être caché une seconde .. c'est ce que j'ai dit à mon ami l'agent de police... Celui-ci m'a proposé de lui donner un coup de main... en amateur... et de le conduire à la ferme... Je n'avais pas d'occupation... ça me faisait une partie de campagne... j'ai accepté.

— Eh bien ! le vicomte !...

— Introuvable !... Après avoir d'abord rôdé autour de la ferme, et nous y être ensuite introduits... nous sommes revenus, Jeans comme devant... c'est ce qui fait que je n'ai pas pu me rendre plus tôt à vos ordres, mon général.

— J'étais bien sûr qu'il y avait impossibilité de votre part, mon brave.

— Mais, sans indiscrétion, comment diable vous trouvez-vous ici !

— Des canailles, mon cher... une nuée de canailles, qui, pour une misère d'une soixantaine de mille francs, dont ils se prétendent dépouillés, ont porté plainte contre moi en abus de confiance, et me forcent de me défaire de ma charge...

— Vraiment ! général !... ah ! bien, en voilà un malheur ! Comment... nous ne travaillerons plus pour vous ?...

— Je suis à la demi-solde, mon brave Bourdin .. me voici sous la remise.

— Mais qui est-ce donc que ces acharnés là ?

— Figurez-vous qu'un des plus forcenés contre moi est un voleur libéré, qui m'avait donné à recouvrer le montant d'un billet de sept cents mauvais francs, pour lequel il fallait poursuivre. . J'ai poursuivi, j'ai été payé, j'ai encaissé l'argent... et parce que, par suite d'opérations qui ne m'ont pas réussi, j'ai fricassé cette somme ainsi que beaucoup d'autres, toute cette canaille a tant piaillé qu'on a lancé contre moi un mandat d'amener, et que vous me voyez ici, mon brave, ni plus ni moins qu'un malfaiteur...

— Si ça ne fait pas suer, mon général... vous !

— Mon Dieu, oui ; mais ce qu'il y a de plus curieux, c'est que ce libéré m'a écrit il y a quelques jours que, cet argent étant sa seule ressource pour les jours mauvais, et que ces jours mauvais étant arrivés... (je ne sais pas ce qu'il entend par là) j'étais responsable des crimes qu'il pourrait commettre pour échapper à la misère.

— C'est charmant, parole d'honneur !

— N'est-ce pas? rien de plus commode... le drôle est capable de dire cela pour son excuse... Heureusement la loi ne connaît pas ces complicités-là.

— Après tout, vous n'êtes prévenu que d'abus de confiance, n'est-ce pas, mon général ?

— Certainement !... est-ce que vous me prendriez pour un voleur, maître Bourdin ?

— Ah! par exemple, général !... Je voulais dire qu'il n'y avait rien de grave là-dedans ; après tout, il n'y a pas de quoi fouetter un chat.

— Est-ce que j'ai l'air désespéré, mon brave !

— Pas du tout ; je ne vous ai jamais trouvé meilleure mine. Au fait, si vous êtes condamné, vous en aurez pour deux ou trois mois de prison et 25 francs d'amende... Je connais mon Code.

— Et ces deux ou trois mois de prison... j'obtiendrai, j'en suis sûr, de les passer bien à mon aise dans une maison de santé. J'ai un député dans ma manche.

— Oh! alors... votre affaire est sûre.

— Tenez, Bourdin, aussi je ne peux m'empêcher de rire ; ces imbéciles qui m'ont fait mettre ici seront bien avancés! ils ne verront pas davantage un sou de l'argent qu'ils réclament. Ils me forcent de vendre ma charge, ça m'est égal, je suis censé la devoir à mon prédécesseur, comme vous dites. Vous voyez, c'est encore ces *Gogos*-là qui seront les dindons de la farce, comme dit *Robert-Macaire*.

— Mais ça me fait cet effet-là, général ; tant pis pour eux.

— Ah çà! mon brave, venons au sujet qui m'a fait vous prier de venir me voir : il s'agit d'une mission délicate, d'une affaire de femme — dit maître Boulard avec une fatuité mystérieuse.

— Ah! scélérat de général, je vous reconnais bien là!... De quoi s'agit-il ! comptez sur moi.

— Je m'intéresse particulièrement à une jeune artiste des Folies-Dramatiques ; je paye son terme, et, en échange, elle me paye de retour, du moins je le crois ; car, mon brave, vous le savez, souvent les absents ont tort Or je tiendrais d'autant plus à savoir si *j'ai tort*, qu'Alexandrine (elle s'appelle Alexandrine) m'a fait demander quelques fonds... Je n'ai jamais été chiche avec les femmes ; mais, écoutez donc, je n'aime pas à être dindonné. Ainsi, avant de faire le libéral avec cette chère amie, je voudrais savoir si elle le mérite par sa fidélité. Je sais qu'il n'y a rien de plus rococo, de plus perruque que la fidélité ; mais c'est un faible que j'ai comme ça. Vous me rendriez donc un service d'ami, mon cher camarade, si vous pouviez pendant quelques jours surveiller mes amours et me mettre à même de savoir à quoi m'en tenir, soit en faisant jaser la portière d'Alexandrine, soit...

— Suffit, mon général — répondit Bourdin en interrompant l'huissier ; — ceci n'est pas plus malin que de surveiller, épier et dépister un débiteur. Reposez-vous sur moi ; je saurai si mademoiselle Alexandrine donne des coups de canif dans le contrat, ce qui ne me paraît guère probable, car, sans vous commander, mon général, vous êtes trop bel homme et trop généreux pour qu'on ne vous adore pas.

— J'ai beau être bel homme, je suis absent, mon cher camarade, et c'est un grand tort; enfin, je compte sur vous pour savoir la vérité.

— Vous la saurez, je vous en réponds.

— Ah! mon cher camarade, comment vous exprimer ma reconnaissance?

— Allons donc, mon général!

— Il est bien entendu, mon brave Bourdin, que dans cette circonstance-là vos honoraires seront ce qu'ils seraient pour une prise de corps.

— Mon général, je ne le souffrirai pas; tant que j'ai exercé sous vos ordres, ne m'avez-vous pas toujours laissé tondre le débiteur jusqu'au vif, doubler, tripler les frais d'arrestation, frais dont vous poursuiviez ensuite le payement avec autant d'activité que s'ils vous eussent été dus à vous-même!

— Mais, mon cher camarade, ceci est différent... et à mon tour je ne souffrirai pas...

— Mon général, vous m'humilieriez si vous ne me permettiez pas de vous offrir ces renseignements sur mademoiselle Alexandrine comme une faible preuve de ma reconnaissance.

— A la bonne heure .. je ne lutterai pas plus long temps avec vous de générosité. Au reste, votre dévouement me sera une douce récompense du *moelleux* que j'ai toujours mis dans nos relations d'affaires.

— C'est bien comme cela que je l'entends, mon général, mais ne pourrai-je pas vous être bon à autre chose? Vous devez être horriblement mal ici, vous qui tenez tant à vos aises? Vous êtes à la *pistole*[1], j'espère?

— Certainement; et je suis arrivé à temps, car j'ai eu la dernière chambre vacante; les autres sont comprises dans les réparations qu'on fait à la prison. Je me suis installé le mieux possible dans ma cellule; je n'y suis pas trop mal : j'ai un poêle, j'ai fait venir un bon fauteuil, je fais trois longs repas, je digère, je me promène et je dors. Sauf les inquiétudes que me donne Alexandrine, vous voyez que je ne suis pas trop à plaindre.

— Mais pour vous, qui étiez si gourmand, général, les ressources de la prison sont bien maigres!

— Et le marchand de comestibles qui est dans ma rue, n'a-t-il pas été créé comme qui dirait à mon intention? Je suis en compte ouvert avec lui, et tous les deux jours il m'envoie une bourriche soignée... Et à ce propos, puisque vous êtes en train de me rendre service, priez donc la marchande, cette brave petite madame Michonneau, qui par parenthèse n'est pas piquée des vers...

— Ah! scélérat... scélératissime de général...

— Voyons, mon cher camarade, pas de mauvaises pensées — dit l'huissier avec une nuance de fatuité — je suis seulement bonne pratique et bon voisin. Donc, priez la chère madame Michonneau de mettre dans mon panier de demain un pâté de thon mariné... c'est la saison, ça me changera et ça fait boire...

— Excellente idée!...

— Et puis que madame Michonneau me renvoie un panier de vins *composé*, bourgogne, champagne et bordeaux, pareil au dernier; elle saura ce que ça veut dire... et qu'elle y ajoute deux bouteilles de son vieux cognac de 1817 et une livre de pur moka frais grillé et frais moulu.

— Je vais écrire la date de l'eau-de-vie pour ne rien oublier — dit Bourdin en tirant son carnet de sa poche.

— Puisque vous écrivez, mon cher camarade, ayez donc aussi la bonté de noter de demander chez moi mon édredon.

— Tout ceci sera exécuté à la lettre, mon général... soyez tranquille, me voilà un peu rassuré sur votre nourriture... Mais vos promenades, vous les faites pêle-mêle avec ces brigands de détenus?

— Oui, et c'est très-gai, très-animé; je descends de chez moi après déjeuner; je vais tantôt dans une cour, tantôt dans une autre, et, comme vous dites, je m'encanaille... C'est *Régence*... C'est *Porcheron!* Je vous assure qu'au fond ils paraissent très-braves gens; il y en a de fort amusants. Les plus

[1] En chambre particulière. — Les prévenus qui peuvent faire cette dépense obtiennent cet avantage.

IV. 4

féroces sont rassemblés dans ce qu'on appelle la *Fosse aux Lions*. Ah! mon
cher camarade, quelles figures patibulaires! Il y a entre autres un nommé le
Squelette... je n'ai jamais rien vu de pareil.

— Quel drôle de nom!

— Il est si maigre ou plutôt si décharné, que ça n'est pas un sobriquet, je
vous dis qu'il est effrayant; par là-dessus il est prévôt de sa chambrée; c'est
bien le plus grand scélérat... Il sort du bagne, et il a encore volé et assassiné;
mais son dernier meurtre est si horrible, qu'il sait bien qu'il sera condamné à
mort sans rémission; mais il s'en moque comme de Colin-Tampon.

— Quel bandit!...

— Tous les détenus l'admirent et tremblent devant lui. Je me suis mis tout
de suite dans ses bonnes grâces en lui donnant des cigares; aussi il m'a pris
en amitié et il m'apprend l'argot. Je fais des progrès.

— Ah! ah! quelle bonne farce! mon général qui apprend l'argot!

— Je vous dis que je m'amuse comme un bossu; ces gaillards-là m'adorent,
il y en a même qui me tutoient... Je ne suis pas fier, moi, comme un petit
monsieur nommé Germain, un va-nu-pieds qui n'a pas seulement le moyen
d'être à la pistole, et qui se mêle de faire le dégoûté, le grand seigneur avec
eux...

— Mais il doit être enchanté de trouver un homme aussi comme il faut
que vous, pour causer avec lui, s'il est si dégoûté des autres?

— Bah! il n'a pas eu l'air seulement de remarquer qui j'étais; mais, l'eût-il
remarqué, que je me serais bien gardé de répondre à ses avances. C'est la
bête noire de la prison... Ils lui joueront tôt ou tard un mauvais tour, et je
n'ai, pardieu! pas envie de partager l'aversion dont il est l'objet.

— Vous avez bien raison.

— Ça me gâterait ma récréation; car ma promenade avec les détenus est
une véritable récréation... Seulement ces brigands-là n'ont pas grande opinion
de moi, *moralement*. Vous comprenez, ma prévention de simple abus de confiance... c'est une misère pour des gaillards pareils... Aussi ils me *regardent
comme bien peu*, ainsi que dit Arnal.

— En effet, auprès de ces matadors du crime... vous êtes...

— Un véritable agneau pascal, mon cher camarade... Ah çà! puisque vous
êtes si obligeant, n'oubliez pas mes commissions.

— Soyez tranquille, mon général : 1° Mademoiselle Alexandrine; 2° le pâté
de poisson et le panier de vin; 3° le vieux cognac de 1817, le café en poudre
et l'édredon... vous aurez tout cela... Il n'y a pas autre chose!

— Ah!... si, j'oubliais... Vous savez bien où demeure M. Badinot?

— L'agent d'affaires? oui.

— Eh bien! veuillez lui dire que je compte toujours sur son obligeance pour
me trouver un avocat comme il me le faut pour ma cause; que je ne regarderai
pas à un billet de mille francs.

— Je verrai M. Badinot, soyez tranquille, mon général; ce soir toutes vos

H. AVOIGNAT   EUSTACHE-LURSAY

MAITRE BOULARD.

commissions seront faites, et demain vous recevrez ce que vous me demandez. A bientôt, et bon courage, mon général.

— Au revoir, mon cher camarade.

Et le détenu quitta le parloir d'un côté, le visiteur de l'autre.

. . . .

Maintenant comparez le crime de Pique-Vinaigre, récidiviste, au délit de maître Boulard, huissier. Comparez le point de départ de tous deux et les raisons, les nécessités qui ont pu les pousser au mal. Comparez enfin le châtiment qui les attend.

Sortant de prison, inspirant partout l'éloignement et la crainte, le libéré n'a pu exercer, dans la résidence qu'on lui avait assignée, le métier qu'il savait : il espérait se livrer à une profession dangereuse pour sa vie, mais appropriée à ses forces ; cette ressource lui a manqué. Alors il rompt son ban, revient à Paris, comptant y cacher plus facilement ses antécédents et trouver du travail. Il arrive épuisé de fatigue, mourant de faim ; par hasard il découvre qu'une somme d'argent est déposée dans une maison voisine, il cède à une détestable tentation, il force un volet, ouvre un meuble, vole cent francs, et se sauve.

On l'arrête, il est prisonnier... Il sera jugé, condamné.

Comme récidiviste, quinze ou vingt ans de travaux forcés et l'exposition, voilà ce qui l'attend. Il le sait. Cette peine formidable, il la mérite.

La propriété est sacrée. Celui qui, la nuit, brise votre porte pour s'emparer de votre avoir, doit subir un châtiment terrible.

En vain le coupable objectera-t-il le manque d'ouvrage, la misère, la position exceptionnelle, difficile, intolérable, le besoin que sa condition de libéré lui impose... Tant pis, la loi est une ; la société, pour son salut et pour son repos, veut et doit être armée d'un pouvoir sans bornes, et impitoyablement réprimer ces attaques audacieuses contre le bien d'autrui.

Oui, ce misérable, ignorant et abruti, ce récidiviste corrompu et dédaigné a mérité son sort...

Mais que méritera donc celui qui, intelligent, riche, instruit, entouré de l'estime de tous, revêtu d'un caractère officiel, volera... non pas pour manger... mais pour satisfaire à de fastueux caprices ou pour tenter les chances de l'agiotage ?

Volera... non pas cent francs... mais volera cent mille francs... un million ?...

Volera... non pas la nuit, au péril de sa vie... mais volera tranquillement, au grand jour, à la face de tous ?

Volera... non pas un inconnu qui aura mis son argent sous la sauvegarde d'une serrure... mais volera un client qui aura mis *forcément* son argent sous la sauvegarde de la probité de l'officier public que la loi *désigne, impose à sa confiance ?*...

Quel châtiment terrible méritera donc celui-là qui, au lieu de voler une

petite somme presque par *nécessité*... volera par *luxe* une somme considérable ?...

Ne serait-ce déjà pas une injustice criante de ne lui appliquer qu'une peine
égale à celle qu'on applique au récidiviste poussé à bout par la misère, au vol
par le besoin ?

Allons donc! dira la loi... Comment appliquer à un homme bien élevé la
même peine qu'à un vagabond? Fi donc!... Comparer un délit de bonne compagnie avec une ignoble effraction?... Fi donc!...

Après tout, de quoi s'agit-il ? — répondra, par exemple, maître Boulard
d'accord avec la loi :

— « En vertu des pouvoirs que me confère mon office, j'ai touché pour vous
une somme d'argent ; cette somme, je l'ai dissipée, détournée ; il n'en reste
pas une obole... mais n'allez pas croire que la misère m'ait poussé à cette spoliation! Suis-je un mendiant, un nécessiteux? Dieu merci, non, j'avais et j'ai
de quoi vivre largement. Oh! rassurez-vous, mes visées étaient plus hautes
et plus fières... Muni de votre argent, je me suis audacieusement élancé dans
la sphère éblouissante de la spéculation; je pouvais doubler, tripler la somme à
mon profit, si la fortune m'eût souri... malheureusement elle m'a été contraire, vous voyez bien que j'y perds autant que vous... »

Encore une fois — semble dire la loi — cette spoliation, leste, nette, preste
et cavalière, faite au grand soleil, a-t-elle quelque chose de commun avec
ces rapines nocturnes, ces bris de serrures, ces effractions de portes, ces
fausses clefs, ces leviers, sauvage et grossier appareil de misérables voleurs du
plus bas étage?

Les crimes ne changent-ils pas de pénalité, même de nom, lorsqu'ils sont
commis par certains privilégiés?

Un malheureux dérobe un pain chez un boulanger, en cassant un carreau...
une servante dérobe un mouchoir ou un louis à ses maîtres : cela, bien et dû-
ment appelé vol avec circonstances aggravantes et infamantes, est du ressort
de la cour d'assises.

Et cela est juste, surtout pour le dernier cas.

Le serviteur qui vole son maître est doublement coupable : il fait presque
partie de la famille, la maison lui est ouverte à toute heure; il trahit indignement la confiance qu'on a en lui : c'est cette trahison que la loi frappe d'une
condamnation infamante.

Encore une fois, rien de plus juste, de plus moral.

Mais qu'un huissier, mais qu'un officier public quelconque vous dérobe l'argent que vous avez forcément confié à sa qualité officielle, non-seulement ceci
n'est plus assimilé au vol domestique ou au vol avec effraction, mais ceci n'est
pas même qualifié vol par la loi.

— Comment!

Non, sans doute! vol... ce mot est par trop brutal... il sent trop son mauvais lieu... vol!... fi donc!... *abus de confiance*, à la bonne heure! c'est plus

délicat, plus décent et plus en rapport avec la condition sociale, la considération de ceux qui sont exposés à commettre ce... délit! car cela s'appelle *délit... Crime* serait aussi trop brutal.

Et puis, distinction importante, le crime ressort de la cour d'assises...

L'abus de confiance, de la police correctionnelle.

O comble de l'équité! ô comble de la justice distributive! répétons-le : un serviteur vole un louis à son maître, un affamé brise un carreau pour voler un pain .. Voilà des crimes... vite aux assises!

Un officier public dissipe ou détourne un million, c'est un *abus de confiance*, un simple tribunal de police correctionnelle doit en connaître.

En fait, en droit, en raison, en logique, en humanité, en morale, cette effrayante différence entre les pénalités est-elle justifiée par la dissemblance de criminalité?

En quoi le vol domestique, puni d'une peine infamante, diffère-t-il de l'abus de confiance, puni d'une peine correctionnelle? Est-ce parce que l'abus de confiance entraîne presque toujours la ruine des familles?

Qu'est-ce donc qu'un abus de confiance, sinon un vol domestique, mille fois aggravé par ses conséquences effrayantes et par le caractère officiel de celui qui le commet?

Ou bien encore, en quoi un vol avec effraction est-il plus coupable qu'un vol avec abus de confiance?

Comment! vous osez déclarer que la violation morale du serment de ne jamais forfaire à la confiance que la société est forcée d'avoir en vous, est moins criminelle que la violation matérielle d'une porte?

Oui, on l'ose...

Oui, la loi est ainsi faite...

Oui, plus les crimes sont graves, plus ils compromettent l'existence des familles, plus ils portent atteinte à la sécurité, à la moralité publique... moins ils sont punis.

De sorte que plus les coupables ont de lumières, d'intelligence, de bien-être et de considération, plus la loi se montre indulgente pour eux...

De sorte que la loi réserve ses peines les plus terribles, les plus infamantes pour des misérables qui ont, nous ne voudrions pas dire pour excuse... mais qui ont du moins pour prétexte l'ignorance, l'abrutissement, la misère où on les laisse plongés.

Cette partialité de la loi est barbare et profondément immorale.

Frappez impitoyablement le pauvre s'il attente au bien d'autrui, mais frappez impitoyablement aussi l'officier public qui attente au bien de ses clients.

Qu'on n'entende donc plus des avocats excuser, défendre et faire absoudre (car c'est absurde que de condamner à si peu) des gens coupables de spoliations infâmes, par des raisons analogues à celles-ci :

« — Mon client ne nie pas avoir dissipé les sommes dont il s'agit; il sait dans quelle détresse affreuse son *abus de confiance* a plongé une honorable fa-

mille ; mais que voulez-vous ! mon client a l'esprit aventureux ; il aime à courir les chances des entreprises audacieuses, et une fois qu'il est lancé dans les
spéculations, une fois que la fièvre de l'agiotage le saisit, il ne fait plus aucune
différence entre ce qui est à lui et ce qui est aux autres. »

Ce qui, on le voit, est parfaitement consolant pour ceux qui sont dépouillés
et singulièrement rassurant pour ceux qui sont en position de l'être.

Il nous semble pourtant qu'un avocat serait assez mal venu en cour d'assises s'il présentait environ cette défense :

« — Mon client ne nie pas avoir crocheté un secrétaire pour y voler la
somme dont il s'agit. Mais... que voulez-vous ?... il aime la bonne chère ; il
adore les femmes ; il chérit le bien-être et le luxe : or une fois qu'il est dévoré
de cette soif de plaisirs, il ne fait plus aucune différence entre ce qui est à lui
et ce qui est aux autres. »

Et nous maintenons la comparaison exacte entre le voleur et le spoliateur.
Celui-ci n'agiote que dans l'espoir du gain, et il ne désire ce gain que pour
augmenter sa fortune ou ses jouissances.

Résumons notre pensée.

Nous voudrions que, grâce à une réforme législative, l'abus de confiance
commis par un officier public fût qualifié vol et assimilé, pour le minimum de
la peine, au vol domestique ; et pour le maximum, au vol avec effraction et
récidive.

La compagnie à laquelle appartiendrait l'officier public serait responsable
des sommes qu'il aurait volées en sa qualité de mandataire forcé et salarié.

Voici, du reste, un rapprochement qui servira de corollaire à cette digres-
sion... Après les faits que nous allons citer, tout commentaire devient inutile.

Seulement on se demande si l'on vit dans une société civilisée ou dans un
monde barbare.

On lit dans le *Bulletin des Tribunaux* du 17 février 1843, à propos d'un
appel interjeté par un *huissier* condamné pour abus de confiance :

« La Cour, adoptant les motifs des premiers juges,

« Et attendu que les écrits produits pour la première fois devant la Cour,
par le prévenu, sont impuissants pour détruire et même pour affaiblir les faits
qui ont été constatés devant les premiers juges ;

« Attendu qu'il est prouvé que le prévenu, en sa qualité d'huissier, comme
mandataire forcé et salarié, a reçu des sommes d'argent pour trois de ses
clients ; que, lorsque des demandes de la part de ceux-ci lui ont été adressées
pour les obtenir, il a répondu à tous par des subterfuges et des mensonges ;

« Qu'enfin il a détourné et dissipé des sommes d'argent au préjudice de ses
trois clients ; qu'il a abusé de leur confiance, et qu'il a commis le délit prévu
et puni par les art. 408 et 406 du Code pénal, etc., etc.,

« Confirme la condamnation à deux mois de prison et 25 francs d'amende. »

Quelques lignes plus bas, dans le même journal, on lisait le même jour :

« — Cinquante-trois ans de travaux forcés. — Le 13 septembre dernier, un vol de nuit fut commis avec escalade et effraction dans une maison habitée par les époux Bresson, marchands de vin au village d'Ivry. Des traces récentes attestaient qu'une échelle avait été appliquée contre le mur de la maison, et l'un des volets de la chambre dévalisée, donnant sur la rue, avait cédé sous l'effort d'une effraction vigoureuse.

« Les objets enlevés étaient en eux-mêmes moins considérables par la valeur que par le nombre : c'étaient de mauvaises hardes, de vieux draps de lit, des chaussures éculées, deux casseroles trouées, et, pour tout énumérer, deux bouteilles d'absinthe blanche de Suisse.

« Ces faits, imputés au prévenu *Tellier*, ayant été pleinement justifiés aux débats, M. l'avocat-général a requis toute la sévérité de la loi contre l'accusé, à cause surtout de son *état particulier de récidive légale*.

« Aussi, le jury ayant rendu un verdict de culpabilité sur toutes les questions, sans circonstances atténuantes, la Cour a condamné Tellier en vingt années de travaux forcés et à l'exposition. »

Ainsi, pour l'officier public spoliateur : — deux mois de prison.

Pour le libéré récidiviste : — VINGT ANS DE TRAVAUX FORCÉS ET L'EXPOSITION.

Qu'ajouter à ces faits ?... Ils parlent d'eux-mêmes. Quelles tristes et sérieuses réflexions (nous l'espérons du moins) ne soulèveront-ils pas !...

Fidèle à sa promesse, le vieux gardien avait été chercher Germain.

Lorsque l'huissier Boulard fut rentré dans l'intérieur de la prison, la porte du couloir s'ouvrit, Germain y entra, et Rigolette ne fut plus séparée de son pauvre protégé que par un léger grillage de fil de fer.

CHAPITRE III.

Les traits de Germain manquaient de régularité, mais on ne pouvait voir une figure plus intéressante ; sa tournure était distinguée ; sa taille svelte, ses vêtements simples, mais propres (un pantalon gris et une redingote noire boutonnée jusqu'au cou), ne se ressentaient en rien de l'incurie sordide où s'abandonnent généralement les prisonniers ; ses mains blanches et nettes témoignaient d'un soin pour sa personne qui avait encore augmenté l'aversion des autres détenus à son égard ; car la perversité morale se joint presque toujours à la saleté physique.

Ses cheveux châtains, naturellement bouclés, qu'il portait longs et séparés sur le côté du front, selon la mode du temps, encadraient sa figure pâle et abattue ; ses yeux, d'un beau bleu, annonçaient la franchise et la bonté ; son sourire, à la fois doux et triste, exprimait la bienveillance et une mélancolie habituelle ; car, quoique bien jeune, ce malheureux avait été déjà cruellement éprouvé. En un mot, rien de plus touchant que cette physionomie souffrante, affectueuse, résignée, comme aussi rien de plus honnête, de plus loyal que le cœur de ce jeune homme.

La cause même de son arrestation (en la dépouillant des aggravations calomnieuses dues à la haine de Jacques Ferrand) prouvait la bonté de Germain et n'accusait qu'un moment d'entraînement et d'imprudence coupable sans doute, mais pardonnable, si l'on songe que le fils de madame Georges pouvait remplacer le lendemain matin la somme momentanément prise dans la caisse du notaire pour sauver Morel le lapidaire.

Germain rougit légèrement lorsqu'à travers le grillage du parloir il aperçut le frais et charmant visage de Rigolette.

Celle-ci, selon sa coutume, voulut paraître joyeuse, pour encourager et égayer un peu son protégé ; mais la pauvre enfant dissimulait mal le chagrin et l'émotion qu'elle ressentait toujours dès son entrée dans la prison.

Assise sur un banc de l'autre côté de la grille, elle tenait sur ses genoux son cabas de paille.

Le vieux gardien, au lieu de rester dans le couloir, alla s'établir auprès d'un poêle à l'extrémité de la salle ; au bout de quelques moments, il s'endormit.

Germain et Rigolette purent donc causer en liberté.

— Voyons, monsieur Germain — dit la grisette en approchant le plus possible son gentil visage de la grille pour mieux examiner les traits de son ami — voyons si je serai contente de votre figure... Est-elle moins triste?... Hum! hum!... comme cela... prenez garde... je me fâcherai...

— Que vous êtes bonne!... Venir encore aujourd'hui!

— Encore!... mais c'est un reproche, cela.

— Ne devrais-je pas, en effet, vous reprocher de tant faire pour moi, pour moi qui ne peux rien... que vous dire merci?

— Erreur, monsieur; car je suis aussi heureuse que vous des visites que je vous fais. Ce serait donc à moi de vous dire merci à mon tour. Ah! ah! c'est là où je vous prends, monsieur l'injuste .. Aussi j'aurais bien envie de vous punir de vos vilaines idées en ne vous donnant pas ce que je vous apporte.

— Encore une attention... Comme vous me gâtez!... Oh! merci!... Pardon, si je répète si souvent ce mot qui vous fâche!... Mais vous ne me laissez que cela à dire.

— D'abord vous ne savez pas ce que je vous apporte...

— Qu'est-ce que cela me fait?...

— Eh bien! vous êtes gentil...

— Quoi que ce soit, cela ne vient-il pas de vous? Votre bonté touchante ne me remplit-elle pas de reconnaissance... et d'...

Germain n'acheva pas et baissa les yeux.

— Et de quoi?... — reprit Rigolette en rougissant.

— Et de... de dévouement — balbutia Germain.

— Pourquoi pas de respect tout de suite, comme à la fin d'une lettre... — dit Rigolette avec impatience. — Vous me trompez, ce n'est pas cela que vous vouliez dire... Vous vous êtes arrêté brusquement...

— Je vous assure...

— Vous m'assurez... vous m'assurez... je vous vois bien rougir à travers la grille... Est-ce que je ne suis pas votre petite amie, votre bonne camarade? Pourquoi me cacher quelque chose?... Soyez donc franc avec moi, dites-moi tout — ajouta timidement la grisette; car elle n'attendait qu'un aveu de Germain pour lui dire naïvement, loyalement, qu'elle l'aimait.

Honnête et généreux amour que le malheur de Germain avait fait naître.

— Je vous assure — reprit le prisonnier avec un soupir — que je n'ai voulu rien dire de plus... que je ne vous cache rien!

— Fi, le menteur! — s'écria Rigolette en frappant du pied. — Eh bien! vous voyez cette grande cravate de laine blanche que je vous apportais — elle la tira de son cabas; — pour vous punir d'être si dissimulé, vous ne l'aurez pas... Je l'avais tricotée pour vous... Je m'étais dit : Il doit faire si froid, si humide, dans ces grandes cours de la prison, qu'au moins il sera bien chaudement garanti avec cela... Il est si frileux...

— Comment, vous ?...

Oui, monsieur, vous êtes frileux... — dit Rigolette en l'interrompant — je me le rappelle bien, peut-être ! ce qui ne vous empêchait pas de vouloir toujours, par délicatesse... m'empêcher de mettre du bois dans mon poêle, quand vous passiez la soirée avec moi... Oh ! j'ai bonne mémoire.

— Et moi aussi... que trop bonne !... — dit Germain d'une voix émue.

Et il passa sa main sur ses yeux.

— Allons, vous voilà encore à vous attrister, quoique je vous le défende.

— Comment voulez-vous que je ne sois pas touché aux larmes quand je songe à tout ce que vous avez fait pour moi depuis mon séjour en prison ?... Et cette nouvelle attention n'est-elle pas charmante ! Ne sais-je pas enfin que vous prenez sur vos nuits pour avoir le temps de venir me voir ? à cause de moi, vous vous imposez un travail exagéré.

— C'est ça ! plaignez-moi bien vite de faire tous les deux ou trois jours une jolie promenade pour venir visiter mes amis, moi qui adore marcher... C'est si amusant de regarder les boutiques tout le long du chemin !

— Et aujourd'hui, sortir par ce vent, par cette pluie !

— Raison de plus, vous n'avez pas idée des drôles de figures qu'on rencontre!!! Les uns retiennent leur chapeau à deux mains pour que l'ouragan ne l'emporte pas; les autres, pendant que leur parapluie fait la tulipe, font des grimaces incroyables en fermant les yeux pendant que la pluie leur fouette le visage... Tenez, ce matin, pendant toute ma route, c'était une vraie comédie... Je me promettais de vous faire rire en vous la racontant... Mais vous ne voulez pas seulement vous dérider un peu.

— Ce n'est pas ma faute... pardonnez-moi; mais les bonnes impressions que je vous dois tournent en attendrissement profond... Vous le savez, je n'ai pas le bonheur gai... c'est plus fort que moi...

Rigolette ne voulut pas laisser pénétrer que, malgré son gentil babil, elle était bien près de partager l'émotion de Germain; elle se hâta de changer de conversation, et reprit :

— Vous dites toujours que c'est plus fort que vous; mais il y a encore bien des choses plus fortes que vous... que vous ne faites pas, quoique je vous en aie prié, supplié — ajouta Rigolette.

— De quoi voulez-vous parler?

— De votre opiniâtreté à vous isoler toujours des autres prisonniers... à ne jamais leur parler... Leur gardien vient encore de me dire que, dans votre intérêt, vous devriez prendre cela sur vous... Je suis sûre que vous n'en faites rien... Vous vous taisez!... Vous voyez bien; c'est toujours la même chose!... Vous ne serez content que lorsque ces affreux hommes vous auront fait du mal!...

— C'est que vous ne savez pas l'horreur qu'ils m'inspirent... vous ne savez pas toutes les raisons personnelles que j'ai de fuir et d'exécrer eux et leurs pareils!

— Hélas! si, je crois les savoir, ces raisons... j'ai lu ces papiers que vous aviez écrits pour moi, et que j'ai été chercher chez vous après votre emprisonnement... Là, j'ai appris les dangers que vous aviez courus à votre arrivée à Paris, parce que vous vous êtes refusé à vous associer, en province, aux crimes du scélérat qui vous avait élevé... C'est même à la suite du dernier guet-apens qu'il vous a tendu que, pour le dérouter, vous avez quitté la rue du Temple... ne disant qu'à moi où vous alliez demeurer... Dans ces papiers-là... j'ai aussi lu autre chose — ajouta Rigolette en rougissant de nouveau et en baissant les yeux; — j'ai lu des choses... que...

— Oh! que vous auriez toujours ignorées, je vous le jure — s'écria vivement Germain — sans le malheur qui me frappe... Mais, je vous en supplie, soyez tout à fait généreuse; pardonnez-moi ces folies, oubliez-les; autrefois seulement il m'était permis de me complaire dans ces rêves, quoique bien insensés.

Rigolette venait une seconde fois de tâcher d'amener un aveu sur les lèvres de Germain, en faisant allusion aux pensées remplies de tendresse, de passion que celui-ci avait écrites jadis et dédiées au souvenir de la grisette; car, nous l'avons dit, il avait toujours ressenti pour elle un vif et sincère amour; mais pour jouir de l'intimité cordiale de sa gentille voisine, il avait caché cet amour sous les dehors de l'amitié.

Rendu par le malheur encore plus défiant et plus timide, il ne pouvait s'imaginer que Rigolette l'aimât d'amour, lui prisonnier, lui flétri d'une accusation terrible, tandis qu'avant les malheurs qui le frappaient elle ne lui témoignait qu'un attachement tout fraternel.

La grisette, se voyant si peu comprise, étouffa un soupir, attendant, espérant une occasion meilleure de dévoiler à Germain le fond de son cœur.

Elle reprit donc avec embarras : — Mon Dieu! je comprends bien que la société de ces vilaines gens vous fasse horreur, mais ce n'est pas une raison pourtant pour braver des dangers inutiles.

— Je vous assure qu'afin de suivre vos recommandations, j'ai plusieurs fois tâché d'adresser la parole à ceux d'entre eux qui me semblaient moins criminels; mais si vous saviez quel langage! quels hommes!

— Hélas! c'est vrai, cela doit être terrible...

— Ce qu'il y a de plus terrible encore, voyez-vous, c'est de m'apercevoir que je m'habitue peu à peu aux affreux entretiens que, malgré moi, j'entends toute la journée; oui, maintenant j'écoute avec une morne apathie des horreurs qui, pendant les premiers jours, me soulevaient d'indignation; aussi, tenez, je commence à douter de moi — s'écria-t-il avec amertume.

— Oh! monsieur Germain, que dites-vous?

— A force de vivre dans ces horribles lieux, notre esprit finit par s'habituer aux pensées criminelles, comme notre oreille s'habitue aux paroles grossières qui retentissent continuellement autour de nous. Mon Dieu! mon Dieu! je comprends maintenant que l'on puisse entrer ici innocent, quoique accusé, et que l'on en sorte perverti...

— Oui, mais pas vous, pas vous!

— Si, moi, et d'autres valant mille fois mieux que moi. Hélas! ceux qui, avant le jugement, nous condamnent à cette odieuse fréquentation, ignorent donc ce qu'elle a de douloureux et de funeste!... Ils ignorent donc qu'à la longue l'air que l'on respire ici devient contagieux... mortel à l'honneur...

— Je vous en prie, ne parlez pas ainsi, vous me faites trop de chagrin.

— Vous me demandez la cause de ma tristesse croissante, la voilà... Je ne voulais pas vous la dire... mais je n'ai qu'un moyen de reconnaître votre pitié pour moi.

— Ma pitié... ma pitié...

— Oui, c'est de ne vous rien cacher... Eh bien! je vous l'avoue avec effroi... je ne me reconnais plus... j'ai beau mépriser, fuir ces misérables; leur présence, leur contact agit sur moi... malgré moi... On dirait qu'ils ont la fatale puissance de vicier l'atmosphère où ils vivent... Il me semble que je sens la corruption me gagner par tous les pores... Si l'on m'absolvait de la faute que j'ai commise, la vue, les relations des honnêtes gens me rempliraient de confusion et de honte. Je n'en suis pas encore à me plaire au milieu de mes compagnons ; mais j'en suis venu à redouter le jour où je me retrouverai au milieu de personnes honorables... Et cela, parce que j'ai la conscience de ma faiblesse.

— De votre faiblesse ?...

— De ma lâcheté...

— De votre lâcheté ?... mais quelles idées injustes avez-vous donc de vous-même, mon Dieu !

— Eh ! n'est-ce pas être lâche et coupable que de composer avec ses devoirs, avec la probité ?... et cela, je l'ai fait.

— Vous ! vous !

— Moi ! En entrant ici... je ne m'abusais pas sur la grandeur de ma faute... tout excusable qu'elle était peut-être. Eh bien ! maintenant elle me paraît moindre ; à force d'entendre ces voleurs et ces meurtriers parler de leurs crimes avec des railleries cyniques ou un orgueil féroce, je me surprends quelquefois à envier leur audacieuse indifférence et à me railler amèrement des remords dont je suis tourmenté pour un délit si insignifiant... comparé à leurs for-faits...

— Mais vous avez raison ! votre action, loin d'être blâmable, est généreuse ; vous étiez sûr de pouvoir le lendemain matin rendre l'argent que vous preniez seulement pour quelques heures, afin de sauver une famille entière de la ruine, de la mort, peut-être.

— Il n'importe, aux yeux de la loi, aux yeux des honnêtes gens, c'est un vol. Sans doute il est moins mal de voler dans un tel but que dans tel autre ; mais, voyez-vous, cela est un symptôme funeste que d'être obligé, pour s'excuser à ses propres yeux, de regarder au-dessous de soi... Je ne puis plus m'égaler aux gens sans tache... Me voici déjà forcé de me comparer aux gens dégradés avec lesquels je vis... Aussi, à la longue... je m'en aperçois bien, la conscience s'engourdit, s'endurcit... Demain, je commettrais un vol, non pas avec la certitude de pouvoir restituer la somme que j'aurais dérobée dans un but louable, mais je volerais par cupidité, que je me croirais sans doute encore innocent, en me comparant à celui qui tue pour voler... Et pourtant, à cette heure, il y a autant de distance entre moi et un assassin, qu'il y en a entre moi et un homme irréprochable... Ainsi, parce qu'il est des êtres mille fois plus dégradés que moi, ma dégradation va s'amoindrir à mes yeux ! Au lieu de pouvoir dire comme autrefois : Je suis aussi honnête que le plus honnête homme, je me consolerai en disant : Je suis le moins dégradé des misérables parmi lesquels je suis destiné à vivre toujours !

— Toujours ? Mais une fois sorti d'ici ?

— Eh ! j'aurai beau être acquitté, ces gens-là me connaissent ; à leur sortie de prison, s'ils me rencontrent, ils me parleront comme à leur ancien compa-gnon de geôle. Si l'on ignore la juste accusation qui m'a conduit aux assises, ces misérables me menaceront de la divulguer. Vous le voyez donc bien, des liens maudits et maintenant indissolubles m'attachent à eux... tandis que, enfermé seul dans ma cellule jusqu'au jour de mon jugement, inconnu d'eux comme ils eussent été inconnus de moi, je n'aurais pas été assailli de ces craintes qui peuvent paralyser les meilleures résolutions... Et puis, seul à seul avec la pensée de ma faute, elle eût grandi au lieu de diminuer à mes yeux; plus elle m'aurait paru grave, plus l'expiation que je me serais imposée dans l'avenir eût été grave... Aussi, plus j'aurais eu à me faire pardonner, plus dans ma pauvre sphère j'aurais tâché de faire le bien... Car il faut cent bonnes actions pour en expier une mauvaise..... Mais songerai-je jamais à expier ce qui, à cette heure, me cause à peine un remords... Tenez... je le sens, j'obéis à une irrésistible influence, contre laquelle j'ai long-temps lutté de toutes mes forces; on m'avait élevé pour le mal, je cède à mon destin : après tout, isolé, sans famille..... qu'importe que ma destinée s'accomplisse honnête ou criminelle !... Et pourtant... mes intentions étaient bonnes et pures... Par cela même qu'on avait voulu faire de moi un infâme, j'éprouvais une satisfaction profonde à me dire : Je n'ai jamais failli à l'honneur, et cela m'a été peut-être plus difficile qu'à tout autre... Et aujourd'hui... Ah! cela est affreux... affreux...

S'écria le prisonnier avec une explosion de sanglots si déchirants, que Rigolette, profondément émue, ne put retenir ses larmes.

C'est qu'aussi l'expression de la physionomie de Germain était navrante, c'est que l'on ne pouvait s'empêcher de sympathiser à ce désespoir d'un homme de cœur qui se débattait contre les atteintes d'une contagion fatale, dont sa délicatesse exagérait encore le danger si menaçant.

Oui, le danger menaçant !

Nous n'oublierons jamais ces paroles d'un homme d'une rare intelligence, auxquelles une expérience de vingt années passées dans l'administration des prisons donnait tant de poids :

« En admettant qu'injustement accusé l'on entre complétement pur dans une prison, on en sortira toujours moins honnête qu'on n'y est entré; ce qu'on pourrait appeler la *première fleur de l'honorabilité disparaît à jamais au seul contact de cet air corrosif...* »

Disons pourtant que Germain, grâce à sa probité saine et robuste, avait long-temps et victorieusement lutté, et qu'il pressentait plutôt les approches de la maladie qu'il ne l'éprouvait réellement.

Ses craintes de voir sa faute s'amoindrir à ses propres yeux prouvaient qu'à cette heure encore il en sentait toute la gravité; mais le trouble, mais l'appréhension, mais les doutes qui agitaient cruellement cette âme honnête et généreuse n'en étaient pas moins des symptômes alarmants.

Guidée par la droiture de son esprit, par sa sagacité de femme et par l'instinct de son amour, Rigolette devina ce que nous venons de dire.

Quoique bien convaincue que son ami n'avait encore rien perdu de sa délicate probité, elle craignait que, malgré l'excellence de son naturel, Germain ne fût un jour indifférent à ce qui le tourmentait alors si cruellement.

Rigolette, essuyant ses larmes et s'adressant à Germain, dont le front était appuyé sur la grille, lui dit avec un accent touchant, sérieux, presque solennel, qu'il ne lui connaissait pas encore :

— Écoutez-moi, Germain, je m'exprimerai peut-être mal, je ne parle pas aussi bien que vous; mais ce que je vous dirai sera juste et sincère. D'abord vous avez tort de vous plaindre d'être isolé, abandonné...

— Oh! ne pensez pas que j'oublie jamais ce que votre pitié pour moi vous inspire!...

— Tout à l'heure je ne vous ai pas interrompu quand vous avez parlé de *pitié*... mais puisque vous répétez ce mot... je dois vous dire que ce n'est pas du tout de la pitié que je ressens pour vous... Je vais vous expliquer cela de mon mieux...

Quand nous étions voisins, je vous aimais comme un bon frère, comme un bon camarade; vous me rendiez de petits services, je vous en rendais d'autres; vous me faisiez partager vos amusements du dimanche, je tâchais d'être bien gaie, bien gentille pour vous en remercier... nous étions quittes.

— Quittes! oh! non... je...

— Laissez-moi parler à mon tour... Quand vous avez été forcé de quitter la maison que nous habitions, votre départ m'a fait plus de peine que celui de mes autres voisins.

— Il serait vrai?...

— Oui, parce qu'eux autres étaient des sans-souci à qui certainement je devais manquer bien moins qu'à vous, et puis ils ne s'étaient résignés à devenir mes camarades qu'après s'être fait cent fois répéter par moi qu'ils ne seraient jamais autre chose... tandis que vous... vous avez tout de suite deviné ce que nous devions être l'un pour l'autre.

Malgré ça, vous passiez auprès de moi tout le temps dont vous pouviez disposer... vous m'avez appris à écrire... vous m'avez donné de bons conseils, un peu sérieux, parce qu'ils étaient bons; enfin vous avez été le plus dévoué de mes voisins... et le seul qui ne m'ayez rien demandé... pour la peine... Ce n'est pas tout : en quittant la maison, vous m'avez donné une grande preuve de confiance... vous voir confier un secret si important à une petite fille comme moi, dame, ça m'a rendue fière... Aussi, quand je me suis séparée de vous, votre souvenir m'était toujours bien plus présent que celui de mes autres voisins... Ce que je vous dis là est vrai... vous le savez, je ne mens jamais.

— Il serait possible!... vous auriez fait cette différence entre moi... et les autres?...

— Certainement, je l'ai faite, sinon j'aurais eu un mauvais cœur... Oui, je me disais : il n'y a rien de meilleur que M. Germain; seulement il est un peu sérieux... mais c'est égal, si j'avais une amie qui voulût se marier pour être bien, bien heureuse, certainement je lui conseillerais d'épouser M. Germain... car il serait le paradis d'une bonne petite ménagère.

— Vous pensiez à moi .. pour un autre... — ne pût s'empêcher de dire tristement Germain.

— C'est vrai ; j'aurais été ravie de vous voir faire un heureux mariage, puisque je vous aimais comme un bon camarade. Vous voyez, je suis franche, je vous dis tout.

— Et je vous en remercie du fond de l'âme ; c'est une consolation pour moi d'apprendre que parmi vos amis j'étais celui que vous préfériez.

— Voilà où en étaient les choses lorsque vos malheurs sont arrivés... C'est alors que j'ai reçu cette pauvre et bonne lettre où vous m'instruisiez de ce que vous appelez votre faute, faute... que je trouve, moi qui ne suis pas savante, une belle et bonne action ; c'est alors que vous m'avez demandé d'aller chez vous chercher ces papiers qui m'ont appris que vous m'aviez toujours aimée d'amour sans oser me le dire. Ces papiers où j'ai lu — et Rigolette ne put retenir ses larmes — que, songeant à mon avenir, qu'une maladie ou le manque d'ouvrage pouvait rendre si pénible, vous me laissiez, si vous mouriez de mort violente, comme vous pouviez le craindre... vous me laissiez le peu que vous aviez acquis à force de travail et d'économie...

— Oui, car si de mon vivant vous vous étiez trouvée sans travail ou malade, c'est à moi, plutôt qu'à tout autre, que vous vous seriez adressée, n'est-ce pas ! j'y comptais bien ! dites ? dites !... Je ne me suis pas trompé, n'est-ce pas !

— Mais c'est tout simple... A qui auriez-vous voulu que je m'adresse ?

— Oh ! tenez, voilà de ces paroles qui font du bien, qui consolent de bien des chagrins !

— Moi, je ne peux pas vous exprimer ce que j'ai éprouvé en lisant... quel triste mot !... ce *testament* dont chaque ligne contenait un souvenir pour moi ou une pensée pour mon avenir ; et pourtant je ne devais connaître ces preuves de votre attachement que lorsque vous n'existeriez plus... Dame, que voulez-vous !... Après une conduite si généreuse, on s'étonne que l'amour vienne tout d'un coup !... C'est pourtant bien naturel.. n'est-ce pas, monsieur Germain ?

La jeune fille dit ces derniers mots avec une naïveté si touchante et si franche, en attachant ses grands yeux noirs sur ceux de Germain, que celui-ci ne comprit pas tout d'abord, tant il était loin de se croire aimé d'amour par Rigolette. Pourtant ces paroles étaient si précises, que leur écho retentit au fond de l'âme du prisonnier ; il rougit, pâlit tour à tour, et s'écria :

— Que dites-vous ? Je crains... oh ! mon Dieu... je me trompe peut-être... je...

— Je dis que du moment où je vous ai vu si bon pour moi, et où je vous ai vu si malheureux, je vous ai aimé autrement qu'un camarade... et que si maintenant une de mes amies voulait se marier... — dit Rigolette en souriant et en rougissant — ce n'est plus vous que je lui conseillerais d'épouser.. monsieur Germain.

— Vous m'aimez !... vous m'aimez !...

— Il faut bien que je vous le dise de moi-même... puisque vous ne me le demandez pas...

— Il serait possible ?

— Ce n'est pourtant pas faute de vous avoir par deux fois mis sur la voie pour vous le faire comprendre... Mais bon, monsieur ne veut pas entendre à demi-mot, il me force à lui avouer ces choses-là... C'est mal peut-être... mais comme il n'y a que vous qui puissiez me gronder de mon effronterie, j'ai moins peur ;... et puis — ajouta Rigolette d'un ton plus sérieux et avec une tendre émotion — tout à l'heure vous m'avez paru si accablé, si désespéré, que je n'y ai pas tenu ; j'ai eu l'amour-propre de croire que cet aveu, fait franchement et du fond du cœur, vous empêcherait d'être malheureux à l'avenir. Je me suis dit : Jusqu'à présent, je n'ai pas eu la chance dans mes efforts pour le distraire ou pour le consoler ; mes friandises lui ôtaient l'appétit, ma gaieté le faisait pleurer ; cette fois du moins... Ah ! mon Dieu .. qu'avez-vous ? — s'écria Rigolette en voyant Germain cacher sa figure dans ses mains. — Là ! veoyz si ce n'est pas cruel ! — s'écria-t-elle — quoi que je fasse, quoi queje dise... vous restez aussi malheureux ; c'est être par trop méchant et par trop égoïste aussi !... on dirait qu'il n'y a que vous qui souffriez de vos chagrins !

— Hélas !... quel malheur est le mien !!! — s'écria Germain avec désespoir. — Vous m'aimez... lorsque je ne suis plus digne de vous !

— Plus digne de moi ? Mais ça n'a pas le bon sens, ce que vous dites là... C'est comme si je disais qu'autrefois je n'étais pas digne de votre amitié, parce que j'avais été en prison... car, après tout, moi aussi j'ai été prisonnière... en suis-je moins honnête fille ?...

— Mais vous êtes allée en prison parce que vous étiez une pauvre enfant abandonnée... tandis que moi !.. mon Dieu... quelle différence !

— Enfin, quant à la prison, nous n'avons rien à nous reprocher... toujours ! C'est plutôt moi qui suis une ambitieuse... car, dans mon état, je ne devrais penser qu'à me marier avec un ouvrier. Je suis un enfant trouvé ; je ne possède rien que ma petite chambre et mon bon courage... pourtant je viens hardiment vous proposer de me prendre pour femme !

— Hélas ! autrefois ce sort eût été le rêve, le bonheur de ma vie !... mais à cette heure... moi... sous le coup d'une accusation infamante... j'abuserais de votre admirable générosité... de votre pitié qui vous égare peut-être !... non, non...

— Mais, mon Dieu ! mon Dieu ! — s'écria Rigolette avec une impatience douloureuse — je vous dis que ce n'est pas de la pitié que j'ai pour vous ! c'est de l'amour... Je ne songe qu'à vous ! je ne dors plus, je ne mange plus. Votre triste et doux visage me suit partout... Est-ce de la pitié, cela ?... Maintenant, quand vous me parlez, votre voix, votre regard me vont au cœur... Il y a mille choses en vous qui, à cette heure, me plaisent à la folie, et que je n'avais pas remarquées... J'aime votre figure, j'aime vos yeux, j'aime votre tournure, j'aime votre esprit, j'aime votre bon cœur... est-ce encore de la pitié cela?... Pourquoi, après vous avoir aimé en ami, vous aimé-je en amant?... je n'en sais rien! Pourquoi étais-je folle et gaie quand je vous aimais en ami... pourquoi suis-je tout absorbée depuis que je vous aime en amant?... je n'en sais rien... Pourquoi ai-je attendu si tard pour vous trouver à la fois beau et bon... pour vous aimer à la fois des yeux et du cœur?... je n'en sais rien... ou plutôt, si... je le sais... c'est que j'ai découvert combien vous m'aimiez sans me l'avoir jamais dit, combien vous étiez généreux et dévoué... Alors l'amour m'a monté du cœur aux yeux, comme y monte une douce larme quand on est attendri.

— Vraiment, je crois rêver en vous entendant parler ainsi...

— Et moi, donc! je n'aurais jamais cru pouvoir oser vous dire tout cela; mais votre désespoir m'y a forcée! Eh bien! monsieur, maintenant que vous savez que je vous aime comme mon ami! comme mon amant! comme mon mari!... direz-vous encore que c'est de la pitié?

Les généreux scrupules de Germain tombèrent un moment devant cet aveu si naïf et si vaillant.

Une joie inespérée le ravit à ses douloureuses préoccupations.

— Vous m'aimez! — s'écria-t-il. — Je vous crois, votre accent, votre regard, tout me le dit! je ne veux pas me demander comment j'ai mérité un pareil bonheur, je m'y abandonne aveuglément. Ma vie, ma vie entière ne suffira pas à m'acquitter envers vous! Ah! j'ai bien souffert déjà... mais ce moment efface tout!

— Enfin .. vous voilà consolé... Oh! j'étais bien sûre, moi, que j'y parviendrais! — s'écria Rigolette avec un élan de joie charmante.

— Et c'est au milieu des horreurs d'une prison; et c'est lorsque tout m'accable, qu'une telle félicité...

Germain ne put achever.

Cette pensée lui rappelait la réalité de sa position; ses scrupules, un moment oubliés, revinrent plus cruels que jamais, et il reprit avec désespoir :

— Mais je suis prisonnier... mais je suis accusé de vol... mais je serai condamné, déshonoré peut-être!... Et j'accepterais votre valeureux sacrifice... je profiterais de votre généreuse exaltation... Oh non! non! je ne suis pas assez infâme pour cela!

— Que dites-vous?

— Je puis être condamné... à des années de prison...

— Eh bien! — répondit Rigolette avec calme et fermeté — on verra que je suis une honnête fille, on ne nous refusera pas de nous marier dans la chapelle de la prison...

— Mais je puis être emprisonné loin de Paris...

— Une fois votre femme, je vous suivrai; je m'établirai dans la ville où vous serez; j'y trouverai de l'ouvrage, et je viendrai vous voir tous les jours!

— Mais je serai flétri aux yeux de tous...

— Vous m'aimez! plus que tous, n'est-ce pas?...

— Pouvez-vous me le demander ?...

— Alors que vous importe ?... Loin d'être flétri à mes yeux, je vous regarderai, moi, comme le martyr de votre bon cœur.

— Mais le monde vous accusera, le monde condamnera, calomniera votre choix...

— Le monde ! c'est vous pour moi, et moi pour vous ; nous laisserons dire...

— Enfin, en sortant de prison, ma vie sera précaire, misérable ; repoussé de partout, peut-être ne trouverai-je pas d'emploi !... et puis, cela est horrible à penser, mais si cette corruption que je redoute allait malgré moi me gagner... quel avenir pour vous !

— Vous ne vous corromprez pas ; non, car maintenant vous savez que je vous aime, et cette pensée vous donnera la force de résister aux mauvais exemples... vous songerez qu'alors même que tous vous repousseraient en sortant de prison, votre femme vous accueillera avec amour et reconnaissance, bien certaine que vous serez resté honnête homme... Ce langage vous étonne, n'est-ce pas ? il m'étonne moi-même... Je ne sais pas où je vais chercher ce que je vous dis... c'est au fond de mon âme assurément... et cela doit vous convaincre... sinon, si vous dédaigniez une offre qui vous est faite de tout cœur... si vous ne vouliez pas de l'attachement d'une pauvre fille qui ne...

Germain interrompit Rigolette avec une ivresse passionnée.

— Eh bien ! j'accepte... j'accepte ; oui, je le sens, il est quelquefois lâche de refuser certains sacrifices, c'est reconnaître qu'on en est indigne..... J'accepte, noble et courageuse fille.

— Bien vrai ! bien vrai, cette fois ?...

— Je vous le jure... et puis, vous m'avez dit d'ailleurs quelque chose qui m'a frappé, qui m'a donné le courage qui me manquait.

— Quel bonheur ! et qu'ai-je dit ?

— Que pour vous je devrai désormais rester honnête homme... Oui, dans cette pensée je trouverai la force de résister aux détestables influences qui m'entourent... Je braverai la contagion, et je saurai conserver digne de votre amour ce cœur qui vous appartient !

— Ah ! Germain, que je suis heureuse ! si j'ai fait quelque chose pour vous, comme vous me récompensez !!!

— Et puis, voyez-vous, quoique vous excusiez ma faute, je n'oublierai pas sa gravité... Ma tâche à l'avenir sera double : expier le passé et mériter le bonheur que je vous dois... Pour cela, je ferai le bien... car, si pauvre que l'on soit, l'occasion ne manque jamais.

— Hélas ! mon Dieu ! c'est vrai, on trouve toujours plus malheureux que soi ..

— A défaut d'argent...

— On donne des larmes, ce que je faisais pour ces pauvres Morel...

— Et c'est une sainte aumône : *La charité de l'âme vaut bien celle qui donne du pain.*

— Enfin, vous acceptez... vous ne vous dédirez pas ?...

— Oh ! jamais, jamais, mon amie, ma femme ; oui, le courage me revient,
il me semble sortir d'un songe, je ne doute plus de moi-même ; je m'abusais,
heureusement je m'abusais. Mon cœur ne battrait pas comme il bat, s'il avait
perdu de sa noble énergie.

— Oh ! Germain, que vous êtes beau en parlant ainsi ! combien vous me
rassurez, non pour moi, mais pour vous-même ! Ainsi, vous me le promettez,
n'est-ce pas, maintenant que vous avez mon amour pour vous défendre, vous
ne craindrez plus de parler à ces méchants hommes, afin de ne pas exciter
leur colère contre vous ?

— Rassurez-vous... En me voyant triste et accablé, ils m'accuseraient sans
doute d'être en proie à mes remords ; et en me voyant fier et joyeux, ils croiront
que leur cynisme m'a gagné...

— C'est vrai ; ils ne vous soupçonneront plus, et je serai tranquille...
Ainsi, pas d'imprudence... maintenant vous m'appartenez... je suis votre petite femme ?

A ce moment le gardien fit un mouvement ; il s'éveillait.

— Vite ! — dit tout bas Rigolette avec un sourire plein de grâce et de pu-
dique tendresse... — Vite, mon mari, donnez-moi un beau baiser sur le front,
à travers la grille... ce seront nos fiançailles.

Et la jeune fille, rougissant, appuya son front sur le treillis de fer.

... qu' ... ...

... ...

... ... votre ... ...

... ...

... Oui! déjà vous ... ... lui ... ...
... ... être partis ... deux ... Allons, ...
s'adressant à la guichet — c'est Dominique, mais il faut que ...

— Oh! merci... merci, monsieur... ... vous ... ...
J'ai donné bon courage à Germain, il ... le ... ...
... ... plus tôt ... ...
... ...

... ...
plus qui de la prison...

— A la bonne heure... ... ...

— Voilà une cravate que j'ai apportée à Ghene... ... ...
golette: — faut-il la déposer au greffe!

— C'est l'usage; mais, après tout, pendant que je suis en dedans, le...
ment, une petite chose de plus ou de moins... Allons... vite... une petite...
plète... donnez-lui vite votre cadeau... ... ...

... ...

... ...
reçu et ... ...
et à bientôt. Maintenant ... ...
le plus tôt possible...

— Ni moi de vous le promettre... Adieu, mes enfants...

— Adieu, ma bonne petite amie...

... ...

— ... ... ?
je ne le quitterai pas... ... la prison ... ...

— Ah çà! maintenant ici ... ... le ... ... j'entends ...
que je vous fasse mon petit régal?

— Certainement, une autre fois j'y tiens beaucoup.

— Soyez tranquille, alors, monsieur le gardien... vous ...
nouvelles. Allons, encore adieu... ... ...

... Si heureuse ... bien ma ... ... adieu, ...

... ... femme ... à la main...

... ...
... ...
... ...
... ...

Germain, profondément ému, effleura de ses lèvres, à travers le grillage, ce front pur et blanc.

Une larme du prisonnier y roula comme une perle humide...

Touchant baptême de cet amour chaste, mélancolique et charmant !

. . . .

— Oh! oh! déjà trois heures ! — dit le gardien en se levant — et les visiteurs doivent être partis à deux... Allons, ma chère demoiselle — ajouta-t-il en s'adressant à la grisette — c'est dommage, mais il faut partir...

— Oh! merci, merci, monsieur, de nous avoir ainsi laissés causer seuls... J'ai donné bon courage à Germain; il prendra sur lui pour n'avoir plus l'air si chagrin, et il n'aura plus rien à craindre de ses méchants compagnons. N'est-ce pas, mon ami ?

— Soyez tranquille... — dit Germain en souriant — je serai à l'avenir le plus gai de la prison...

— A la bonne heure, alors ils ne feront plus attention à vous — dit le gardien.

— Voilà une cravate que j'ai apportée à Germain, monsieur — reprit Rigolette; — faut-il la déposer au greffe ?

— C'est l'usage; mais, après tout, pendant que je suis en dehors du règlement, une petite chose de plus ou de moins .. Allons, faites la journée complète... donnez-lui vite votre cadeau vous-même.

Et le gardien ouvrit la porte du couloir.

— Ce brave homme a raison, la journée sera complète — dit Germain en recevant la cravate des mains de Rigolette, qu'il serra tendrement. — Adieu, et à bientôt. Maintenant je n'ai plus peur de vous demander de venir me voir le plus tôt possible...

— Ni moi de vous le promettre... Adieu, bon Germain.

—Adieu, ma bonne petite amie...

— Et servez-vous bien de ma cravate, craignez d'avoir froid, il fait si humide ! ..

— Quelle jolie cravate! quand je pense que vous l'avez faite pour moi! Oh! je ne la quitterai pas — dit Germain en la portant à ses lèvres...

— Ah çà! maintenant vous allez avoir de l'appétit, j'espère? Voulez-vous que je vous fasse mon petit régal ?

— Certainement, et cette fois j'y ferai honneur...

— Soyez tranquille, alors, monsieur le gourmand, vous m'en direz des nouvelles. Allons, encore adieu... Merci, monsieur le gardien, aujourd'hui je m'en vais bien heureuse et bien rassurée. Adieu, Germain...

— Adieu, ma petite femme... à bientôt !...

— A toujours !...

Quelques minutes après, Rigolette, ayant bravement repris ses socques et son parapluie, sortait de la prison plus allègrement qu'elle n'y était entrée.

Pendant l'entretien de Germain et de la grisette, d'autres scènes s'étaient passées dans une des cours de la prison, où nous conduirons le lecteur.

CHAPITRE IV.

Si l'aspect matériel d'une vaste maison de détention, construite dans toutes les conditions de bien-être et de salubrité que réclame l'humanité, n'offre au regard, nous l'avons dit, rien de sinistre, la vue des prisonniers cause une impression contraire.

L'on est ordinairement saisi de tristesse et de pitié, lorsqu'on se trouve au milieu d'un rassemblement de femmes prisonnières, en songeant que ces infortunées sont presque toujours poussées au mal moins par leur propre volonté que par la pernicieuse influence du premier homme qui les a séduites.

Et puis encore les femmes les plus criminelles conservent au fond de l'âme deux cordes saintes que les violents ébranlements des passions les plus détestables, les plus fougueuses, ne brisent jamais entièrement... L'AMOUR ET LA MATERNITÉ !

Parler d'amour et de maternité, c'est dire que, chez ces misérables créatures, de pures et douces lueurs peuvent encore éclairer çà et là les noires ténèbres d'une corruption profonde...

Mais chez les hommes tels que la prison les fait et les rejette dans le monde, rien de semblable... C'est le crime d'un seul jet... c'est un bloc d'airain qui ne rougit plus qu'au feu des passions infernales.

Aussi, à la vue des criminels qui encombrent les prisons, on est d'abord saisi d'un frisson d'épouvante et d'horreur. La réflexion seule vous ramène à des pensées plus pitoyables, mais d'une grande amertume.

Oui, d'une grande amertume... car on réfléchit que les sinistres populations des geôles et des bagnes... que la sanglante moisson du bourreau... germent toujours dans la fange de l'ignorance, de la misère et de l'abrutissement.

Pour comprendre cette première impression d'horreur et d'épouvante dont nous parlons, que le lecteur nous suive dans la *Fosse-aux-Lions*.

L'une des cours de la *Force* s'appelle ainsi.

Là, sont ordinairement réunis les détenus les plus dangereux par leurs antécédents, par leur férocité ou par la gravité des accusations qui pèsent sur eux. Néanmoins on avait été obligé de leur adjoindre temporairement, par suite de travaux d'urgence entrepris dans un des bâtiments de la *Force*, plusieurs autres prisonniers.

Ceux-ci, quoique également justiciables de la cour d'assises, étaient presque des gens de bien, comparés aux hôtes habituels de la *Fosse-aux-Lions*.

Le ciel, sombre, gris et pluvieux, jetait un jour morne sur la scène que nous allons dépeindre. Elle se passait au milieu d'une cour, assez vaste quadrilatère formé par de hautes murailles blanches, percées çà et là de quelques fenêtres grillées.

A l'un des bouts de cette cour, on voyait une étroite porte guichetée; à l'autre bout, l'entrée du *chauffoir*, grande salle dallée, au milieu de laquelle était un calorifère de fonte entouré de bancs de bois, où se tenaient paresseusement étendus plusieurs prisonniers devisant entre eux.

D'autres, préférant l'exercice au repos, se promenaient dans le préau, marchant en rangs pressés, par quatre ou cinq de front, se tenant par le bras.

Il faudrait posséder l'énergique et sombre pinceau de Salvator ou de Goya pour esquisser ces divers spécimens de laideur physique et morale, pour rendre dans sa hideuse fantaisie la variété de costumes de ces malheureux, couverts pour la plupart de vêtements misérables; car n'étant que *prévenus*, c'est-à-dire *supposés innocents*, ils ne revêtaient pas l'habit uniforme des maisons centrales : quelques-uns pourtant le portaient; car à leur entrée en prison, leurs haillons avaient paru si sordides, si infects, qu'après le bain d'usage [1], on leur avait donné la casaque et le pantalon de gros drap gris des condamnés.

Un phrénologiste aurait attentivement observé ces figures hâves et tannées, aux fronts aplatis ou écrasés, aux regards cruels ou insidieux, à la bouche méchante ou stupide, à la nuque énorme; presque toutes offraient d'effrayantes ressemblances bestiales.

Sur les traits rusés de celui-là, on retrouvait la perfide subtilité du renard;

---

[1] Par une excellente mesure hygiénique d'ailleurs, chaque prisonnier est, à son arrivée, et ensuite deux fois par mois, conduit à la salle des bains de la prison; puis on soumet ses vêtements à une fumigation sanitaire. — Pour un artisan un bain chaud est une recherche d'un luxe inoui.

chez celui-ci, la rapacité sanguinaire de l'oiseau de proie ; chez cet autre, la férocité du tigre ; ailleurs enfin, l'animale stupidité de la brute.

La marche circulaire de cette bande d'êtres silencieux, aux regards hardis et haineux, au rire insolent et cynique, se pressant les uns contre les autres, au fond de cette cour, espèce de puits carré, avait quelque chose d'étrangement sinistre...

On frémissait en songeant que cette horde féroce serait, dans un temps donné, de nouveau lâchée parmi ce monde auquel elle avait déclaré une guerre implacable.

Que de vengeances sanguinaires, que de projets meurtriers couvent toujours sous ces apparences de perversité railleuse et effrontée !!!

Esquissons quelques-unes des physionomies saillantes de la Fosse-aux-Lions ; laissons les autres sur le second plan.

Pendant qu'un gardien surveillait les promeneurs, une sorte de conciliabule se tenait dans le chauffoir.

Parmi les détenus qui y assistaient, nous retrouverons Barbillon et Nicolas Martial, dont nous parlerons seulement pour mémoire.

Celui qui paraissait, ainsi que cela se dit, *présider et conduire* la discussion, était un détenu surnommé le *Squelette*[1], dont on a plusieurs fois entendu prononcer le nom chez les Martial, à l'île du Ravageur.

Le Squelette était *prévôt* ou capitaine du chauffoir.

Cet homme, d'assez haute taille, de quarante ans environ, justifiait son lugubre surnom par une maigreur dont il est impossible de se faire une idée, et que nous appellerions presque ostéologique...

Si la physionomie des compagnons du Squelette offrait plus ou moins d'analogie avec celle du tigre, du vautour ou du renard, la forme de son front, fuyant en arrière, et de ses mâchoires osseuses, plates et allongées, supportées par un cou démesurément long, rappelait entièrement la conformation de la tête du serpent.

Une calvitie absolue augmentait encore cette hideuse ressemblance ; car, sous la peau rugueuse de son front presque plane comme celui d'un reptile, on distinguait les moindres protubérances, les moindres sutures de son crâne ; quant à son visage imberbe, qu'on s'imagine du vieux parchemin, immédiate-

---

[1] À ce propos nous éprouvons un scrupule. Cette année, un pauvre diable, seulement coupable de vagabondage, et nommé Decure, a été condamné à un mois de prison ; il exerçait en effet, dans une foire, le métier de *squelette ambulant*, vu son état d'incroyable et épouvantable maigreur. Ce type nous a paru curieux, nous l'avons exploité ; mais le véritable squelette n'a *moralement* aucun rapport avec notre personnage fictif. Voici un fragment de l'interrogatoire de Decure :

— Le président : Que faisiez-vous dans la commune de Maisons au moment de votre arrestation !

— R. Je m'y livrais, suivant la profession que j'exerce de *squelette ambulant*, à toutes sortes d'exercices pour amuser la jeunesse ; je réduis mon corps à l'état de squelette ; je déploie mes os et mes muscles à volonté ; je mange l'arsenic, le sublimé-corrosif, les crapauds, les araignées, et en général tous les insectes ; je mange aussi du feu, j'avale de l'huile bouillante, je me lave dedans ; je suis au moins une fois par an appelé à Paris par les médecins les plus célèbres, tels que MM. Dubois, Orfila, qui me font faire toutes sortes d'expériences avec mon corps, etc., etc., etc.

Bulletin des Tribunaux.

LE SQUELETTE.

ment collé sur les os de la face, et seulement quelque peu tendu depuis la saillie de la pommette jusqu'à l'angle de la mâchoire inférieure, dont on voyait distinctement l'attache.

Les yeux, petits et louches, étaient si profondément encaissés, l'arcade sourcilière ainsi que la pommette étaient si proéminentes, qu'au-dessous du front jaunâtre où se jouait la lumière on voyait deux orbites littéralement remplies d'ombre, et qu'à peu de distance les yeux semblaient disparaître au fond de ces deux cavités sombres, de ces deux trous noirs qui donnent un aspect si funèbre à une tête de squelette. Ses longues dents, dont les saillies alvéolaires se dessinaient parfaitement sous la peau tannée des mâchoires osseuses et aplaties, se découvraient presque incessamment par un rictus habituel.

Quoique les muscles corrodés de cet homme fussent presque réduits à l'état de tendons, il était d'une force extraordinaire. Les plus robustes résistaient difficilement à l'étreinte de ses longs bras, de ses longs doigts décharnés.

On eût dit la formidable étreinte d'un squelette de fer.

Il portait un bourgeron bleu beaucoup trop court, qui laissait voir, et il en tirait vanité, ses mains noueuses et la moitié de son avant-bras, ou plutôt deux os (le *radius* et le *cubitus*, qu'on nous pardonne cette anatomie), deux os enveloppés d'une peau rude et noirâtre, séparés entre eux par une profonde rainure où serpentaient quelques veines dures et sèches comme des cordes.

Lorsqu'il posait ses mains sur une table, *il semblait*, selon une assez juste métaphore de Pique-Vinaigre, *y étaler un jeu d'osselets*.

Le Squelette, après avoir passé quinze années de sa vie au bagne pour vol et tentative de meurtre, avait rompu son ban, et avait été pris en flagrant délit de vol et de meurtre.

Ce dernier assassinat avait été commis avec des circonstances d'une telle férocité que, vu la récidive, ce bandit se regardait d'avance et avec raison comme condamné à mort.

L'influence que le Squelette exerçait sur les autres détenus par sa force, par son énergie, par sa perversité, l'avait fait choisir, par le directeur de la prison, comme prévôt de dortoir, c'est-à-dire que le Squelette était chargé de la police de sa chambre, en ce qui touchait l'ordre, l'arrangement et la propreté de la salle et des lits; il s'acquittait parfaitement de ces fonctions, et jamais les détenus n'auraient osé manquer aux soins et aux devoirs dont il avait la surveillance.

Chose étrange et significative…

Les directeurs de prison les plus intelligents, après avoir essayé d'investir des fonctions dont nous parlons les détenus qui se recommandaient encore par quelque honnêteté, ou dont les crimes étaient moins graves, se sont vus forcés de renoncer à ce choix, cependant logique et moral, et de chercher les prévôts parmi les prisonniers les plus corrompus, les plus redoutés, ceux-ci ayant *seuls* une action positive sur leurs compagnons.

IV. 7

Ainsi, répétons-le encore, plus un coupable montrera de cynisme et d'audace, plus il sera compté, et pour ainsi dire *respecté*.

Ce fait, prouvé par l'expérience, sanctionné par les *choix forcés* dont nous parlons, n'est-il pas un argument irréfragable contre le vice de la réclusion en commun?

Ne démontre-t-il pas, jusqu'à une évidence absolue, l'intensité de la contagion qui atteint mortellement les prisonniers dont on pourrait encore espérer quelque chance de réhabilitation?

Oui, car à quoi bon songer au repentir, à l'amendement, lorsque dans ce pandémonium où l'on doit passer de longues années, sa vie peut-être, on voit l'influence se mesurer au nombre des forfaits?

Encore une fois l'on ignore donc que le monde extérieur, que la *société honnête* n'existent plus pour le détenu?

Indifférent aux lois morales qui les régissent, il prend nécessairement les mœurs de ceux qui l'entourent; toutes les distinctions de la geôle étant réservées à la supériorité du crime, inévitablement il tendra toujours vers cette farouche aristocratie.

Revenons au Squelette, prévôt de chambrée, qui causait avec plusieurs prisonniers, parmi lesquels se trouvaient Barbillon et Nicolas Martial.

— Es-tu bien sûr de ce que tu dis là? — demanda le Squelette à Martial.

— Oui, oui, cent fois oui... Le père Micou le tient du Gros-Boiteux, qui a déjà voulu le tuer, ce gredin-là... parce qu'il a *mangé*[1] quelqu'un...

— Alors, qu'on lui dévore le nez. — Et que ça finisse! — ajouta Barbillon. Déjà tantôt le Squelette était pour qu'on lui donne une *tournée rouge*, à ce mouton de Germain.

Le prévôt ôta un moment sa pipe de sa bouche et dit d'une voix si basse, si crapuleusement enrouée qu'on l'entendait à peine:

— Germain faisait sa tête, il nous gênait, il nous espionnait, car moins l'on parle, plus on écoute; il fallait le forcer de filer de la *Fosse-aux-Lions*... une fois que nous l'aurions fait saigner... on l'aurait ôté d'ici...

— Eh bien! alors... — dit Nicolas — qu'est-ce qu'il y a de changé!

— Il y a de changé — reprit le Squelette — que s'il a *mangé*, comme le dit le Gros-Boiteux, il n'en sera pas quitte pour saigner...

— A la bonne heure — dit Barbillon.

— Il faut un exemple... — dit le Squelette en s'animant peu à peu. — Maintenant ce n'est plus la *rousse*[2] qui nous découvre, ce sont les *mangeurs*[3]. Jacques et Gauthier, qu'on a guillotinés l'autre jour... *mangés*... Roussillon, qu'on a envoyé aux galères à *perte de vue*[4]... *mangé*.

— Et moi donc! et ma mère! et Calebasse?... et mon frère de Toulon! — s'écria Nicolas. — Est-ce que nous n'avons pas tous été *mangés* par Bras-Rouge! C'est sûr maintenant... puisqu'au lieu de l'écrouer ici on l'a envoyé

[1] Dénoncé. — [2] La police. — [3] Un homme complice ou instigateur d'un crime, qu'il dénonce ensuite à l'autorité, est un *mangeur*. L'action de dénoncer se dit *manger* — [4] A perpétuité.

à la Roquette! On n'a pas osé le mettre avec nous... il sentait donc son tort,
le gueux...

— Et moi — dit Barbillon — est-ce que Bras-Rouge n'a pas aussi *mangé*
sur moi?

— Et sur moi donc! — dit un jeune prisonnier d'une voix grêle, en gras-
seyant d'une manière affectée — j'ai été *coqué* [1] par Jobert, un homme qui
m'avait proposé une affaire dans la rue Saint-Martin.

Ce dernier personnage à la voix flûtée, à la figure pâle, grasse et efféminée,
au regard insidieux et lâche, était vêtu d'une façon singulière; il avait pour
coiffure un foulard rouge qui laissait voir deux mèches de cheveux blonds col-
lées sur les tempes: les deux bouts du mouchoir formaient une rosette bouf-
fante au-dessus de son front; il portait pour cravate un châle de mérinos blanc
à palmettes vertes, qui se croisait sur sa poitrine; sa veste de drap marron
disparaissait sous l'étroite ceinture d'une ample pantalon en étoffe écossaise à
larges carreaux de couleurs variées.

— Si ce n'est pas une indignité!... faut-il qu'un homme soit gredin!... —
reprit ce personnage d'une voix mignarde. — Pour rien au monde, je ne me
serais méfié de Jobert.

— Je le sais bien, qu'il t'a dénoncé, Javotte, répondit le Squelette, qui
semblait protéger particulièrement ce prisonnier; — à preuve qu'on a fait pour

[1] Trahi.

ce mangeur ce qu'on a fait pour Bras-Rouge... on n'a pas non plus osé laisser Jobert ici... on l'a mis au *clou* à la Conciergerie... Eh bien ! il faut que ça finisse... il faut un exemple... les faux frères font la besogne de la police... ils se croient sûrs de leur peau parce qu'on les met dans une autre prison... que ceux qu'ils ont mangés...

C'est vrai !...

— Pour empêcher ça, il faut que les prisonniers regardent tout mangeur comme un ennemi à mort; qu'il ait mangé sur Pierre ou sur Jacques, ici ou ailleurs, ça ne fait rien, qu'on tombe sur lui. Quand on en aura refroidi quatre ou cinq dans les préaux... les autres tourneront leur langue deux fois avant de *coquer la pègre* [1].

— T'as raison, Squelette — dit Nicolas; — alors il faut que Germain y passe...

— Il y passera — reprit le prévôt. — Mais attendons que le Gros-Boiteux soit arrivé... Quand, pour l'exemple, il aura prouvé à tout le monde que Germain est un *mangeur*, tout sera dit... Le *mouton* ne bêlera plus, on lui supprimera la respiration.

— Et comment faire avec les gardiens qui nous surveillent ? — demanda le détenu que le Squelette appelait Javotte.

— J'ai mon idée... Pique-Vinaigre nous servira.

— Lui ! il est trop poltron.

— Et pas plus fort qu'une puce.

— Suffit, je m'entends... Où est-il ?

— Il était revenu du parloir, mais on vient de venir le demander pour aller *jaspiner* avec son *rat de prison* [2].

— Et Germain ? il est toujours au parloir ?

— Oui, avec cette petite fille qui vient le voir.

— Dès qu'il descendra, attention ! Mais il faudra attendre Pique-Vinaigre, nous ne pouvons rien faire sans lui.

— Sans Pique-Vinaigre ?

— Non...

— Et on refroidira Germain ?

— Je m'en charge.

— Mais avec quoi ? on nous ôte nos couteaux !

— Et ces tenailles-là, y mettrais-tu ton cou ? — demanda le Squelette en ouvrant ses longs doigts décharnés et durs comme du fer.

— Tu l'étoufferas ?

— Un peu.

— Mais si on sait que c'est toi !

— Après ! Est-ce que je suis un *veau à deux têtes*, comme ceux qu'on montre à la foire ?

[1] Dénoncer les voleurs. — [2] Causer avec son avocat.

— C'est vrai... on n'est raccourci qu'une fois, et puisque tu es sûr de l'être...

— Archi-sûr; le rat de prison me l'a dit encore hier. J'ai été pris la main dans le sac et le couteau dans la gorge du *pante*[1]... Je suis *cheval de retour*[2]... c'est toisé... J'enverrai ma tête voir, dans le panier de Charlot, si c'est vrai qu'il filoute les condamnés et qu'il mette de la sciure de bois dans son mannequin au lieu du son que le gouvernement nous accorde ..

— C'est vrai... le guillotiné a droit à du son... Mon père a été volé aussi... j'en rappelle! — dit Nicolas Martial avec un ricanement féroce.

Cette abominable plaisanterie fit rire les détenus aux éclats.

Ceci est effrayant... mais, loin d'exagérer, nous affaiblissons l'horreur de ces entretiens si communs en prison.

Il faut pourtant bien, nous le répétons, que l'on ait une idée, et encore *affaiblie*, de ce qui se dit, de ce qui se fait dans ces effroyables écoles de perdition, de cynisme, de vol et de meurtre. Il faut que l'on sache avec quel audacieux dédain presque tous les grands criminels parlent des plus terribles châtiments dont la société puisse les frapper. Alors peut-être on comprendra l'urgence de substituer à ces peines impuissantes, à ces réclusions contagieuses, la seule punition, nous allons le démontrer, qui puisse terrifier les scélérats les plus déterminés.

. . . .

Les détenus du chauffoir s'étaient donc pris à rire aux éclats.

— Mille tonnerres! — s'écria le Squelette — je voudrais bien qu'ils nous voient blaguer, ce tas de *curieux*[3] qui nous croient faire bouder devant leur guillotine. Ils n'ont qu'à venir à la barrière Saint-Jacques le jour de ma représentation à bénéfice; ils m'entendront faire la nique à la foule, et dire à Charlot d'une voix crâne :

— *Père Samson, cordon, s'il vous plaît*[4]...

Nouveaux rires...

— Le fait est que la chose dure le temps d'avaler une chique... Charlot tire le cordon...

— Et il vous ouvre la porte du *Boulanger*[5], dit le Squelette en continuant de fumer sa pipe.

— Ah! bah... est-ce qu'il y a un Boulanger ?

— Imbécile... je dis ça par farce... Il y a un couperet, une tête qu'on met dessous... et voilà.

— Moi, maintenant que je sais mon chemin et que je dois m'arrêter à l'*Abbaye de Monte-à-Regret*[6], j'aimerais autant partir aujourd'hui que demain — dit le Squelette avec une exaltation sauvage — je voudrais déjà y être... le

[1] De la victime. — [2] Repris de justice arrêté de nouveau. — [3] Juges. — [4] Pour comprendre le sens de cette horrible plaisanterie, il faut savoir que le couperet glisse entre les rainures de la guillotine après avoir été mis en mouvement par la détente d'un ressort au moyen d'un cordon qui y est attaché. — [5] Du diable. — [6] La guillotine.

sang m'en vient à la bouche... quand je pense à la foule qui sera là pour me voir... Ils seront bien quatre ou cinq mille qui se bousculeront, qui se battront pour être bien placés ; on louera des fenêtres et des chaises comme pour un cortége. Je les entends déjà crier : Place à louer !... place à louer !... Et puis il y aura de la troupe, cavalerie et infanterie, tout le tremblement à la voile... et tout ça pour moi, pour le Squelette... c'est pas pour un *pante* qu'on se dérangerait comme ça... hein !... les amis ?... Voilà de quoi monter un homme... Quand il serait lâche comme Pique-Vinaigre, il y a de quoi vous faire marcher en déterminé... Tous ces yeux qui vous regardent vous mettent le feu au ventre... et puis... c'est un moment à passer... on meurt en crâne. ça vexe les juges et les *pantes*... et ça encourage la *pègre* à blaguer la *camarde*.

— C'est vrai — reprit Barbillon, afin d'imiter l'effroyable forfanterie du Squelette — on croit nous faire peur et avoir tout dit quand on envoie Charlot monter sa boutique à notre profit.

— Ah bah ! — dit à son tour Nicolas — on s'en moque pas mal... de la boutique à Charlot ! c'est comme de la prison ou du bagne, on s'en moque aussi : pourvu qu'on soit tous amis ensemble, vive la joie à mort !

— Par exemple — dit le prisonnier à la voix mignarde — ce qu'il y aurait de sciant, ça serait qu'on nous mette en cellule jour et nuit ; on dit qu'on en viendra là.

— En cellule ! — s'écria le Squelette avec une sorte d'effroi courroucé. — Ne parle pas de ça... En cellule... Tout seul !... Tiens, tais-toi... j'aimerais mieux qu'on me coupe les bras et les jambes. Tout seul, entre quatre murs !... Tout seul... sans avoir des vieux de la pègre avec qui rire !... ça ne se peut pas ! Je préfère cent fois le bagne à la centrale, parce qu'au bagne, au lieu d'être renfermé, on est dehors, on voit du monde, on va, on vient, on gaudriole avec la chiourme... Eh bien ! j'aimerais cent fois mieux être raccourci que d'être mis en cellule pendant seulement un an... Oui, ainsi, à l'heure qu'il est, je suis sûr d'être fauché, n'est-ce pas ? eh bien ! on me dirait : Aimes-tu mieux un an de cellule ?... je tendrais le cou... Un an tout seul !... mais est-ce que c'est possible ?.. A quoi veulent-ils donc que l'on pense quand on est tout seul ?...

— Si l'on t'y mettait de force, en cellule ?

— Je n'y resterais pas... je ferais tant des pieds et des mains que je m'évaderais... — dit le Squelette.

— Mais si tu ne pouvais pas... si tu étais sûr de ne pas te sauver ?

— Alors je tuerais le premier venu pour être guillotiné.

— Mais si au lieu de condamner les *escarpes* [1] à mort... on les condamnait à être en cellule pendant toute leur vie ?...

Le Squelette parut frappé de cette réflexion.

Après un moment de silence, il reprit :

[1] Assassins.

— Alors je ne sais pas ce que je ferais... je me briserais la tête contre les murs... Je me laisserais crever de faim plutôt que d'être en cellule... Comment! tout seul... toute ma vie seul... avec moi! sans l'espoir de me sauver? Je vous dis que c'est pas possible... Tenez, il n'y en a pas de plus crâne que moi, je saignerais un homme pour six blancs... et même pour rien... pour l'honneur... On croit que je n'ai assassiné que deux personnes... mais si les morts parlaient il y a cinq refroidis qui pourraient dire comment je travaille.

Le brigand *se vantait*. Ces forfanteries sanguinaires sont encore un des traits les plus caractéristiques des scélérats endurcis.

Un directeur de prison nous disait : *Si les prétendus meurtres dont ces malheureux se glorifient étaient réels, la population serait décimée.*

— C'est comme moi — reprit Barbillon pour se *vanter* à son tour — on croit que je n'ai *escarpé* que le mari de la laitière de la Cité... mais j'en ai *servi* bien d'autres avec le grand Robert qui a été fauché l'an passé.

— C'était donc pour vous dire — reprit le Squelette — que je ne crains ni feu ni diable... Eh bien... si j'étais en cellule... et bien sûr de ne pouvoir jamais me sauver... tonnerre!... je crois que j'aurais peur...

— De quoi? — demanda Nicolas.

— D'être tout seul — répondit le prévôt.

— Ainsi, si tu avais à recommencer tes tours de *pègre* et d'*escarpe*, et si, au lieu de centrales, de bagnes et de guillotine... il n'y avait que des cellules, tu bouderais devant le mal?

— MA FOI... OUI... PEUT-ÊTRE... (*historique*) — répondit le Squelette.

Et il disait vrai...

On ne peut s'imaginer l'indicible terreur qu'inspire à de pareils bandits la seule pensée de l'isolement absolu... Cette terreur n'est-elle pas encore un plaidoyer éloquent en faveur de cette pénalité?

Ce n'est pas tout : la condamnation à l'isolement, si redoutée par les scélérats, amènera peut-être forcément l'abolition de la peine de mort.

Voici comment :

La génération criminelle, qui à cette heure peuple les prisons et les bagnes, regardera l'application du système cellulaire comme un supplice intolérable. Habitués à la perverse animation de l'emprisonnement en commun, dont nous venons de tâcher d'esquisser quelques traits *affaiblis*, car, nous le répétons, il nous faut reculer devant des monstruosités de toutes sortes; ces hommes, disons-nous, se voyant menacés, en cas de récidive, d'être séquestrés du monde infâme où ils expiaient si allégrement leurs crimes, et d'être mis en cellule seul à seul avec les souvenirs du passé... ces hommes se révolteront à l'idée de cette punition effrayante. Beaucoup préféreront la mort, et, pour encourir la peine capitale, ne reculeront pas devant l'assassinat... car, chose étrange, sur dix criminels qui voudront se débarrasser de la vie, il y en a neuf qui tueront .. pour être tués... et un seul qui se suicidera.

Alors, sans doute, nous le répétons, le suprême vestige d'une législation barbare disparaîtra de nos codes... Afin d'ôter aux meurtriers ce dernier refuge qu'ils croiront trouver dans le néant, on abolira forcément la peine de mort.

Mais l'isolement cellulaire à perpétuité offrira-t-il une réparation, une punition assez formidable pour quelques grands crimes, tels que le parricide, entre autres? L'on s'évade de la prison la mieux gardée, ou du moins on espère s'évader; il ne faut laisser aux criminels dont nous parlons ni cette possibilité ni cette espérance.

Aussi la peine de mort, qui n'a d'autre fin que celle de débarrasser la société d'un être nuisible... la peine de mort, qui donne rarement aux condamnés le temps de se repentir, et jamais celui de se réhabiliter par l'expiation... la peine de mort, que ceux-là subissent inanimés, presque sans connaissance, et que ceux-ci bravent avec un épouvantable cynisme, la peine de mort sera peut-être remplacée par un châtiment terrible, mais qui donnera au condamné le temps du repentir, de l'expiation, et qui ne retranchera pas violemment de ce monde une créature de Dieu...

L'aveuglement [1] mettra le meurtrier dans l'impossibilité de s'évader et de nuire désormais à personne...

La peine de mort sera donc en ceci, son seul but, efficacement remplacée;

Car la société ne tue pas au nom de la loi du talion;

Elle ne tue pas pour faire souffrir, puisqu'elle a choisi celui de tous les supplices qu'elle croit le moins douloureux [2].

Elle tue au nom de sa propre sûreté...

Or, que peut-elle craindre d'un aveugle emprisonné?

Enfin cet isolement perpétuel, adouci par les charitables entretiens de personnes honnêtes et pieuses qui se voueraient à cette secourable mission, permettrait au meurtrier de racheter son âme par de longues années de remords et de contrition.

. . . .

Un assez grand tumulte et de bruyantes exclamations de joie, poussées par les détenus qui se promenaient dans le préau, interrompirent le conciliabule présidé par le Squelette.

Nicolas se leva précipitamment et s'avança sur le pas de la porte du chauffoir, afin de connaître la cause de ce bruit inaccoutumé.

— C'est le Gros-Boiteux! — s'écria Nicolas en rentrant.

— Le Gros-Boiteux! — s'écria le prévôt... — Et Germain, est-il descendu au parloir?

— Pas encore — dit Barbillon.

— Qu'il se dépêche donc — dit le Squelette — que je lui donne un bon pour une bière neuve.

[1] Nous maintenons ce barbarisme, l'expression de cécité s'appliquant à une maladie accidentelle ou à une infirmité naturelle; tandis que ce dérivé du verbe aveugler rend mieux notre pensée, l'action d'aveugler.
[2] Mon père, le docteur Jean-Joseph Sue, croyait le contraire : une série d'observations intéressantes et profondes, publiées par lui à ce sujet, tendent à prouver que la pensée survit quelques minutes à la décollation instantanée. — Cette probabilité seule fait frissonner d'épouvante.

Le Gros-Boiteux, dont l'arrivée était accueillie par les détenus de la Fosse-aux-Lions avec une joie bruyante, et dont la dénonciation pouvait être si funeste à Germain, était un homme de taille moyenne; malgré son embonpoint et son infirmité, il semblait agile et vigoureux.

Sa physionomie bestiale, comme la plupart de celles de ses compagnons, se rapprochait beaucoup du type du bouledogue; son front déprimé, ses petits yeux fauves, ses joues retombantes, ses lourdes mâchoires, dont l'inférieure très-saillante était armée de longues dents, ou plutôt de crocs ébréchés, qui çà et là débordaient les lèvres, rendaient cette ressemblance animale plus frappante encore; il avait pour coiffure un bonnet de loutre, et portait par-dessus ses habits un manteau bleu à collet fourré.

Le Gros-Boiteux était entré dans la prison accompagné d'un homme de trente ans environ, dont la figure brune et hâlée paraissait moins dégradée que celle des autres détenus, quoiqu'il affectât de paraître aussi résolu que son compagnon; quelquefois son visage s'assombrissait et il souriait amèrement...

Le Gros-Boiteux se retrouvait, comme on dit vulgairement, *en pays de*

connaissance. Il pouvait à peine répondre aux félicitations et aux paroles de bienvenue qu'on lui adressait de toutes parts.

— Te voilà donc enfin, gros réjoui... Tant mieux, nous allons rire...

— Tu nous manquais...

— T'as bien tardé...

— J'ai pourtant fait tout ce qu'il fallait pour revenir voir les amis... c'est pas ma faute si *la rousse* n'a pas voulu de moi plus tôt.

— Comme de juste, mon vieux, on ne vient pas se *mettre au clou* soi-même ; mais une fois qu'on y est... ça se tire, et faut gaudrioler.

— Tu as la chance, car Pique-Vinaigre est ici.

— Lui aussi ? un ancien de Melun ! fameux !.... Fameux ! il nous aidera à passer le temps avec ses histoires, et les pratiques ne lui manqueront pas, car je vous annonce des recrues.

— Qui donc ?...

— Tout à l'heure, au greffe... pendant qu'on m'écrouait, on a encore amené deux cadets..... Il y en a un que je ne connais pas... mais l'autre, qui a un bonnet de coton bleu et une blouse grise, m'est resté dans l'œil... j'ai vu cette boule-là quelque part... Il me semble que c'est chez l'ogresse du *Lapin Blanc* .. un fort homme...

— Dis donc, Gros-Boiteux... te rappelles-tu à Melun... que j'avais parié avec toi qu'avant un an tu serais repincé ?

— C'est vrai, tu as gagné ; car j'avais plus de chance pour être *cheval de retour* que pour être couronné rosière ; mais toi... qu'as-tu fait ?

— J'ai *grinchi à l'américaine.*

— Ah ! bon, toujours du même tonneau !...

— Toujours... Je vas mon petit bonhomme de chemin. Ce tour est commun... mais les *sinves* aussi sont communs, et sans une ânerie de mon *collègue* je ne serais pas ici... C'est égal, la leçon me profitera. Quand je recommencerai, je prendrai mes précautions... J'ai mon plan...

— Tiens, voilà *Cardillac* — dit le boiteux en voyant venir à lui un petit homme misérablement vêtu, à mine basse, méchante et rusée, qui tenait du renard et du loup. — Bonjour, vieux...

— Allons donc, traînard — répondit gaiement au Gros-Boiteux le détenu surnommé *Cardillac ;* — on disait tous les jours : Il viendra, il ne viendra pas... Monsieur fait comme les jolies femmes, il faut qu'on le désire...

— Mais oui, mais oui.

— Ah çà ! — reprit Cardillac — est-ce pour quelque chose d'un peu corsé que tu es ici ?

— Ma foi, mon cher, je me suis passé l'effraction. Avant, j'avais fait de très-bons coups ; mais le dernier a raté... une affaire superbe... qui d'ailleurs reste encore à faire...Malheureusement nous deux Frank, que voilà, nous avons *marché dessus* [1].

---

[1] Nous l'avons manquée.

Et le Gros-Boiteux montra son compagnon, sur lequel tous les yeux se tournèrent.

— Tiens, c'est vrai, voilà Frank ! — dit Cardillac ; — je ne l'aurais pas reconnu à cause de sa barbe... Comment ! c'est toi ! je te croyais au moins maire de ton endroit à l'heure qu'il est... Tu voulais faire l'honnête ?...

— J'étais bête, et j'en ai été puni — dit brusquement Frank ; — mais à tout péché miséricorde... c'est bon une fois ; me voilà maintenant de la pègre jusqu'à ce que je crève ; gare à ma sortie !

— A la bonne heure, c'est parler.

— Mais qu'est-ce donc qu'il t'est arrivé, Frank ?

— Ce qui arrive à tout libéré assez colas pour vouloir, comme tu dis, faire l'honnête... Le sort est si juste !... En sortant de Melun, j'avais une masse de neuf cents et tant de francs...

— C'est vrai — dit le Gros-Boiteux — tous ses malheurs viennent de ce qu'il a gardé sa masse au lieu de la fricoter en sortant de prison. Vous allez voir à quoi mène le repentir... et si on fait seulement ses frais.

— On m'a envoyé en surveillance à Étampes — reprit Frank... — serrurier de mon état, j'ai été chez un maître de mon métier ; je lui ai dit : Je suis libéré, je sais qu'on n'aime pas à les employer, mais voilà les 900 francs de ma masse, donnez-moi de l'ouvrage : mon argent, ça sera votre garantie ; je veux travailler et être honnête.

— Parole d'honneur, il n'y a que ce Frank pour avoir des idées pareilles.

— Il a toujours eu un petit coup de marteau.

— Ah !... comme serrurier !

— Farceur...

— Et vous allez voir comme ça lui a réussi.

— Je propose donc ma masse en garantie au maître serrurier pour qu'il me donne de l'ouvrage. — Je ne suis pas banquier pour prendre de l'argent à intérêt — qu'il me dit — et je ne veux pas de libéré dans ma boutique ; je vais travailler dans les maisons, ouvrir des portes dont on perd les clefs, j'ai un état de confiance, et si on savait que j'emploie un libéré parmi mes ouvriers, je perdrais mes pratiques... Bonsoir, voisin.

— N'est-ce pas, Cardillac, qu'il n'avait que ce qu'il méritait ?...

— Bien sûr...

— Enfant ! — ajouta le Gros-Boiteux en s'adressant à Frank d'un air paterne — au lieu de rompre tout de suite ton ban... et de venir à Paris fricoter ta masse, afin de n'avoir plus le sou et de te mettre dans la nécessité de voler. Alors on trouve des idées superbes...

— Quand tu me diras toujours la même chose ! — dit Frank avec impatience ; — c'est vrai, j'ai eu tort de ne pas dépenser ma masse, puisque je n'en ai pas joui. Pour en revenir à ma surveillance, comme il n'y avait que quatre serruriers à Étampes, celui à qui je m'étais adressé le premier avait

jasé; quand j'ai été m'adresser aux autres, ils m'ont dit comme leur confrère...
Merci... Partout la même chanson.

— Voyez-vous, les amis, à quoi ça sert! Nous sommes marqués pour la
vie, allez !!!

— Me voilà en grève sur le pavé d'Étampes; je vis sur ma masse un mois,
deux mois — reprit Frank; — l'argent s'en allait, l'ouvrage ne venait pas.
Malgré ma surveillance, je quitte Étampes.

— C'est ce que tu aurais dû faire tout de suite, colas.

— Je viens à Paris; là je trouve de l'ouvrage; mon bourgeois ne savait pas
qui j'étais, je lui dis que j'arrive de province. Il n'y avait pas de meilleur ouvrier que moi. Je place 700 francs qui me restaient chez un agent d'affaires
qui me fait un billet; à l'échéance, il ne me paye pas; je mets mon billet
chez un huissier... qui poursuit et se fait payer; je laisse l'argent chez lui, et
je me dis : C'est une poire pour la soif Là-dessus, je rencontre le Gros-Boiteux.

— Oui, les amis, et c'est moi qui étais la soif, comme vous l'allez voir.
Frank était serrurier, fabriquait les clefs; j'avais une *affaire* où il pouvait me
servir; je lui propose le coup... J'avais des empreintes, il n'y avait plus qu'à
travailler dessus... c'était sa partie. L'enfant me refuse... il voulait redevenir
honnête... Je me dis : Il faut faire son bien malgré lui... J'écris une lettre
sans signature à son bourgeois, une autre à ses compagnons pour leur apprendre que Frank est un libéré... Le bourgeois le met à la porte et les compagnons lui tournent le dos.

Il va chez un autre bourgeois, il y travaille huit jours... même jeu .. Il aurait été chez dix, que je lui aurais servi toujours du même.

— Et je ne me doutais pas alors que c'était toi qui me dénonçais — reprit
Frank — sans cela, tu aurais passé un mauvais quart d'heure.

— Oui ; mais moi pas bête, je t'avais dit que je m'en allais à Lonjumeau
voir mon oncle; mais j'étais resté à Paris, et je savais tout ce que tu faisais
par le petit Ledru.

— Enfin, on me chasse encore de chez mon dernier maître serrurier comme
un gueux bon à pendre. Travaillez donc! soyez donc paisible, pour qu'on
vous dise, non pas : *Que fais-tu!* mais, *Qu'as-tu fait!* Une fois sur le pavé,
je me dis : Heureusement il me reste ma masse pour attendre. Je vas chez
l'huissier, il avait levé le pied; mon argent était flambé, j'étais sans le sou...
je n'avais pas seulement de quoi payer une huitaine de mon garni... Fallait
voir ma rage !... Là-dessus le Gros-Boiteux a l'air d'arriver de Lonjumeau; il
profite de ma colère... Je ne savais à quel clou me pendre... je voyais qu'il
n'y avait pas moyen d'être honnête : qu'une fois dans la *pègre* on y était à
vie... Ma foi, le Gros-Boiteux me talonne tant...

— Que ce brave Frank ne boude plus — reprit le Gros-Boiteux; — il prend
son parti en brave, il entre dans l'affaire; elle s'annonçait comme une reine;
malheureusement..... au moment où nous ouvrions la bouche pour avaler le

morceau... pincés... par la *rousse !* Que veux-tu, garçon, c'est un malheur...
le métier serait trop beau sans cela ..

— C'est égal... si ce gredin d'huissier ne m'avait pas volé... je ne serais
pas ici.. — dit Frank avec une rage concentrée.

— Eh bien ! eh bien ! — reprit le Gros-Boiteux — te voilà bien malade !
Avec ça que tu étais plus heureux quand tu t'échinais à travailler !

— J'étais libre.

— Oui, le dimanche, et encore quand l'ouvrage ne pressait pas; mais le
restant de la semaine, enchaîné comme un chien; et jamais sûr de trouver de
l'ouvrage... Tiens, tu ne connais pas ton bonheur.

— Tu me l'apprendras — dit Frank avec amertume.

— Après ça faut être juste, tu as le droit d'être vexé; c'est dommage que
le coup ait manqué, il était superbe, et il le sera encore dans un ou deux
mois; les bourgeois seront rassurés, et ce sera à refaire. C'est une maison
riche, riche ! Je serai toujours condamné pour rupture de ban, ainsi je ne
pourrai pas reprendre l'affaire; mais si je trouve un amateur, je la céderai
pour pas trop cher... Les empreintes sont chez ma femelle; il n'y aura qu'à
fabriquer de nouvelles fausses clefs; avec les renseignements que je pourrai
donner, ça ira tout seul... Il y avait et il y a encore là un coup de dix mille
francs à faire : ça doit pourtant te consoler, Frank

Le complice du Gros-Boiteux secoua la tête, croisa les bras sur sa poitrine
et ne répondit pas.

Cardillac prit le Gros-Boiteux par le bras, l'attira dans un coin du préau,
et lui dit, après un moment de silence :

— L'affaire que tu as manquée est encore bonne ?

— Dans deux mois, aussi bonne qu'une neuve.

— Tu peux le prouver ?

— Pardieu !

— Combien en veux-tu ?

— Cent francs d'avance, et je dirai le mot convenu avec ma femelle pour
qu'elle livre les empreintes avec quoi on refera de fausses clefs ; de plus, si le
coup réussit, je veux un cinquième du gain, que l'on payera à ma femelle.

— C'est raisonnable.

— Comme je saurai à qui elle aura donné les empreintes, si on me flibus-
tait ma part, je dénoncerais : tant pis...

— Tu serais dans ton droit, si on t'enfonçait... mais dans la *pègre*... on est
honnête.. faut bien compter les uns sur les autres... sans cela il n'y aurait pas
d'affaires possibles...

Autre anomalie de ces mœurs horribles... Ce misérable disait vrai.

Il est assez rare que les voleurs manquent à la parole qu'ils se donnent pour
des marchés de cette nature... Ces criminelles transactions s'opèrent généralement avec une sorte de bonne foi, ou plutôt, afin de ne pas prostituer ce
mot, disons que la nécessité force ces bandits de tenir leur promesse, car, s'ils

y manquaient, ainsi que le disait le compagnon du Gros-Boiteux — il n'y aurait pas d'affaires possibles ..

Un grand nombre de vols *se donnent*, s'achètent et se complotent ainsi en
prison; autre détestable conséquence de la réclusion en commun.

— Si ce que tu dis est sûr — reprit Cardillac — je pourrai m'arranger de
l'affaire... il n'y a pas de preuves contre moi... je suis sûr d'être acquitté, je
passe au tribunal dans une quinzaine, je serai en liberté, mettons dans vingt
jours; le temps de se retourner, de faire faire les fausses clefs, d'aller aux renseignements... c'est un mois, six semaines...

— Juste ce qu'il faut aux bourgeois pour se remettre de l'alerte... Et puis,
d'ailleurs, qui a été attaqué une fois, croit ne pas l'être une seconde fois; tu
sais ça...

— Je sais ça : je prends l'affaire... c'est convenu...

— Mais auras-tu de quoi me payer ! Je veux des arrhes.

—Tiens, voilà mon dernier bouton; et quand il n'y en a plus, il y en a
encore — dit Cardillac en arrachant un des boutons recouverts d'étoffe qui

garnissaient sa mauvaise redingote bleue... Puis, à l'aide de ses ongles, il déchira l'enveloppe, et montra au Gros-Boiteux qu'au lieu de moule le bouton renfermait une pièce de quarante francs.

— Tu vois — ajouta-t-il — que je pourrai te donner des arrhes quand nous aurons causé de l'affaire.

— Alors touche là, vieux — dit le Gros-Boiteux. — Puisque tu sors bientôt et que tu as des fonds pour *travailler*, je pourrai te donner autre chose ; mais ça c'est du nanan... du vrai nanan, un *petit poupard* [1], que moi et ma femelle nous nourrissions depuis deux mois, et qui ne demande qu'à marcher... Figure-toi une maison isolée, dans un quartier perdu, un rez-de-chaussée donnant d'un côté sur une rue déserte, de l'autre sur un jardin ; deux vieilles gens qui se couchent comme des poules. Depuis les émeutes et dans la peur d'être pillés, ils ont caché dans un lambris un grand pot à confitures plein d'or... C'est ma femme qui a dépisté la chose en faisant jaser la servante... Mais, je t'en préviens, cette affaire-là sera plus chère que l'autre, c'est monnayé... c'est tout cuit et bon à manger...

— Nous nous arrangerons, sois tranquille... Mais je vois que t'as pas mal travaillé depuis que tu as quitté la centrale...

— Oui, j'ai eu assez de chance... J'ai raccroché de bric et de brac pour une quinzaine de cents francs ; un de mes meilleurs morceaux a été la grenouille de deux femmes qui logeaient dans le même garni que moi, passage de la Brasserie.

— Chez le père Micou, le recéleur ?

— Juste.

— Et Joséphine, ta femme ?

— Toujours un vrai furet : elle faisait un ménage chez les vieilles gens dont je parle ; c'est elle qui a flairé le pot aux jaunets...

— C'est une fière femme !...

— Je m'en vante... A propos de fière femme, tu connais bien la Chouette ?

— Oui, Nicolas m'a dit ça ; le Maître d'école l'a estourbie, et lui, il est devenu fou.

— C'est peut-être d'avoir perdu la vue par je ne sais quel accident... Ah çà ! mon vieux Cardillac, convenu... puisque tu veux t'arranger de mes *poupards*, je n'en parlerai à personne.

— A personne... je les prends en sevrage. Nous en causerons ce soir...

— Ah çà, qu'est-ce qu'on fait, ici ?

— On rit et on bêtise à mort.

— Qu'est-ce qui est le prévôt de la chambrée ?

— Le Squelette.

— En voilà un dur à cuire ! Je l'ai vu chez les Martial, à l'île du Ravageur... Nous avons nocé ensemble avec Joséphine et la Boulotte.

— A propos, Nicolas est ici.

[1] Vol préparé de longue main.

—- Je le sais bien, le père Micou me l'a dit... il s'est plaint que Nicolas l'a *fait chanter*, le vieux gueux... je lui ferai aussi dégoiser un petit air... Les recéleurs sont faits pour ça...

— Nous parlions du Squelette... tiens. justement le voilà — dit Cardillac en montrant à son compagnon le prévôt, qui parut à la porte du chauffoir...

— Cadet... avance à l'appel — dit le Squelette au Gros-Boiteux.

—- Présent... — répondit celui-ci en entrant dans la salle accompagné de Frank, qu'il prit par le bras

Pendant l'entretien du Gros-Boiteux, de Frank et de Cardillac, Barbillon avait été, par ordre du prévôt, recruter douze ou quinze prisonniers *de choix*. Ceux-ci, afin de ne pas éveiller les soupçons du gardien, s'étaient rendus isolément au chauffoir.

Les autres détenus restèrent dans le préau ; quelques-uns même, d'après le conseil de Barbillon, parlèrent à voix haute d'un ton assez courroucé pour attirer l'attention du gardien et le distraire ainsi de la surveillance du chauffoir, où se trouvèrent bientôt réunis le Squelette, Barbillon, Nicolas, Frank, Cardillac, le Gros-Boiteux et une quinzaine de détenus, tous attendant avec une impatiente curiosité que le prévôt prît la parole.

Barbillon, chargé d'épier et d'annoncer l'approche du surveillant, se plaça près de la porte.

Le Squelette, ôtant sa pipe de sa bouche, dit au Gros-Boiteux :

— Connais-tu un petit jeune homme nommé Germain, yeux bleus, cheveux bruns, l'air d'un *pante* [1] ?

— Germain est ici ! — s'écria le Gros-Boiteux, dont les traits exprimèrent aussitôt la surprise, la haine et la colère.

— Tu le connais donc ? — demanda le Squelette.

— Si je le connais ! .. — reprit le Gros-Boiteux ; — mes amis, je vous le dénonce... c'est un *mangeur*... il faut qu'on le roule ..

— Oui, oui — reprirent les détenus.

— Ah çà ! est-ce bien sûr qu'il ait dénoncé ? — demanda Frank. — Si on se trompait ?... rouler un homme qui ne le mérite pas ..

Cette observation déplut au Squelette, qui se pencha vers le Gros-Boiteux, et lui dit tout bas : — Qu'est-ce que celui-là ?

—- Un homme avec qui j'ai travaillé

— En es-tu sûr ?

— Oui ; mais ça n'a pas de fiel, c'est mollasse.

—- Suffit, j'aurai l'œil dessus.

—- Voyons comme quoi Germain est un *mangeur* — dit un prisonnier.

— Explique-toi, Gros-Boiteux — reprit le Squelette, qui ne quitta plus Frank du regard.

— Voilà — dit le Gros-Boiteux —- Un Nantais nommé Velu — ancien libéré, a éduqué le jeune homme, dont on ignore la naissance. Quand il a eu

[1] Honnête homme.

l'âge, il l'a fait entrer à Nantes chez un banquezingue, croyant mettre le loup dans sa caisse et se servir de Germain pour empaumer une affaire superbe qu'il mitonnait depuis long-temps ; il avait deux cordes à son arc : un faux et le *soulagement* de la caisse du banquezingue ; peut-être cent mille francs... à faire en deux coups. Tout était prêt, Velu comptait sur le petit jeune homme comme sur lui-même ; ce galopin-là couchait dans le pavillon où était la caisse. Velu lui dit son plan... Germain ne répond ni oui ni non, dénonce tout à son patron et file le soir même pour Paris.

Les détenus firent entendre de violents murmures d'indignation et des paroles menaçantes — C'est un *mangeur*... il faut le désosser.

— Si l'on veut, je lui cherche querelle... et je le crève...

— Faut lui signer sur la figure un billet d'hôpital.

— Silence dans la *pègre !* — cria le Squelette d'une voix impérieuse.

Les prisonniers se turent.

— Continue... — dit le prévôt au Gros-Boiteux. Et il se remit à fumer.

— Croyant que Germain avait dit oui, comptant sur son aide, Velu et deux de ses amis tentent l'affaire la nuit même ; le banquezingue était sur ses gardes : un des amis de Velu est pincé en escaladant une fenêtre... et lui a le bonheur de s'évader... Il arrive à Paris, furieux d'avoir été *mangé* par Germain et d'avoir manqué une affaire superbe. Un beau jour il rencontre le petit jeune homme ; il était plein jour, il n'ose rien faire, mais il le suit ; il voit où il demeure, et une nuit, nous deux, Velu et le petit Ledru, nous tombons sur Germain... Malheureusement il nous échappe... il déniche de la rue du Temple où il demeurait ; depuis nous n'avons pas pu le retrouver ; mais s'il est ici... je demande...

— Tu n'as rien à demander — dit le Squelette avec autorité.

Le Gros-Boiteux se tut.

— Je prends ton marché, tu me cèdes la peau de Germain, je l'écorche... Je ne m'appelle pas le Squelette pour rien... je suis mort d'avance... mon trou est fait à Clamart, je ne risque rien de travailler pour la *pègre.* Les *mangeurs* nous dévorent encore plus que la police ; on met les *mangeurs* de la Force à la Roquette, et les *mangeurs* de la Roquette à la Conciergerie, ils se croient sauvés. Minute... quand chaque prison aura tué son *mangeur,* n'importe où il ait mangé... ça ôtera l'appétit aux autres... je donne l'exemple... on fera comme moi...

Tous les détenus, admirant la résolution du Squelette, se pressèrent autour de lui... Barbillon lui-même, au lieu de rester auprès de la porte, se joignit au groupe, et ne s'aperçut pas qu'un nouveau détenu entrait dans le parloir.

Ce dernier, vêtu d'une blouse grise, et portant un bonnet de coton bleu, brodé de laine rouge, enfoncé jusque sur ses yeux, fit un mouvement en entendant prononcer le nom de Germain... puis il alla se mêler parmi les admirateurs du Squelette, et approuva vivement de la voix et du geste la criminelle détermination du prévôt.

— Est-il crâne, le Squelette !... — disait l'un — quelle sorbonne !...

— Le diable en personne ne le ferait pas caner...

— Voilà un homme !...

— Si tous les *pègres* avaient ce front-là... c'est eux qui jugeraient et qui feraient guillotiner les *pantes*...

— Ça serait juste .. chacun son tour...

— Oui... mais on ne s'entend pas...

— C'est égal... il rend un fameux service à la *pègre*... En voyant qu'on les refroidit... les *mangeurs* ne *mangeront* plus...

— C'est sûr.

— Et puisque le Squelette est si sûr d'être fauché , ça ne lui coûte rien... de tuer le *mangeur*.

— Moi, je trouve que c'est rude ! — dit Frank — tuer ce jeune homme...

— De quoi ! de quoi ! — reprit le Squelette d'une voix courroucée — on n'a pas le droit de *buter* un traître ?

— Oui, au fait, c'est un traître ; tant pis pour lui — dit Frank après un moment de réflexion.

Ces derniers mots et la garantie du Gros-Boiteux calmèrent la défiance que Frank avait un moment soulevée chez les détenus.

Le Squelette seul persévéra dans sa méfiance.

— Ah çà ! et comment faire avec le gardien ? Dis donc, *mort-d'avance*, car c'est aussi bien ton nom que Squelette — reprit Nicolas en ricanant.

— Eh bien ! on l'occupera d'un côté , le gardien.

— Non , on le retiendra de force.

— Oui...

— Non.

— Silence dans la *pègre !!* — dit le Squelette.

On fit le plus profond silence.

— Écoutez-moi bien — reprit le prévôt de sa voix enrouée — il n'y a pas moyen de faire le coup pendant que le gardien sera dans le chauffoir ou dans le préau. Je n'ai pas de couteau ; il y aura quelques cris étouffés ; le *mangeur* se débattra.

— Alors, comment...

— Voilà comment : Pique-Vinaigre nous a promis de nous conter aujour-d'hui, après dîner, son histoire de *Gringalet et Coupe-en-Deux*. Voilà la pluie, nous nous retirerons tous ici, et le *mangeur* viendra se mettre là-bas dans le coin, à la place où il se met toujours... Nous donnerons quelques sous à Pique-Vinaigre pour qu'il commence son histoire... C'est l'heure du dîner de la geôle... Le gardien nous verra tranquillement occupés à écouter les fariboles de *Gringalet et de Coupe-en-Deux*, il ne se défiera pas, ira faire un tour à la cantine... Dès qu'il aura quitté la cour... nous avons un quart d'heure à nous, le *mangeur* est refroidi avant que le gardien soit revenu... Je m'en charge... j'en ai étourdi de plus roides que lui... Mais je ne veux pas qu'on m'aide...

— Minute — s'écria Cardillac — et l'huissier qui vient toujours blaguer ici avec nous… à l'heure du dîner ?… S'il entre dans le chauffoir pour écouter Pique-Vinaigre, et qu'il voie refroidir Germain, il est capable de crier au secours… Ça n'est pas un homme culotté, l'huissier ; c'est un pistolier, il faut s'en défier.

— C'est vrai — dit le Squelette.

— Il y a un huissier ici ! — s'écria Frank, victime, on le sait, de l'abus de confiance de maître Boulard ; — il y a un huissier ici ! — reprit-il avec étonnement. — Et comment s'appelle-t-il ?

— Boulard — dit Cardillac.

— C'est mon homme ! — s'écria Frank en serrant les poings ; — c'est lui qui m'a volé ma masse…

— L'huissier ! — demanda le prévôt.

— Oui… sept cent vingt francs qu'il a touchés pour moi.

— Tu le connais ?… il t'a vu ? — demanda le Squelette.

— Je crois bien que je l'ai vu… pour mon malheur… Sans lui, je ne serais pas ici…

Ces regrets sonnèrent mal aux oreilles du Squelette : il attacha longuement ses yeux louches sur Frank, qui répondait à quelques questions de ses camarades ; puis, se penchant vers le Gros-Boiteux, il lui dit tout bas :

— Voilà un cadet qui est capable d'avertir les gardiens de notre coup.

— Non, j'en réponds, il ne dénoncera personne… mais c'est encore frileux pour le vice .. et il serait capable de vouloir défendre Germain… Vaudrait mieux l'éloigner du préau.

— Suffit — dit le Squelette, et il reprit tout haut : — Dis donc, Frank, est-ce que tu ne le rouleras pas, ce brigand d'huissier ?

— Laissez faire… qu'il vienne, son compte est bon.

— Il va venir, prépare-toi.

— Je suis tout prêt, il portera mes marques.

— Ça fera une batterie, on renverra l'huissier à sa pistole et Frank au cachot — dit tout bas le Squelette au Gros-Boiteux — nous serons débarrassés de tous deux.

— Quelle sorbonne !… Ce Squelette est-il roué ! — dit le bandit avec admiration. Puis il reprit tout haut :

— Ah çà ! préviendra-t-on Pique-Vinaigre qu'on s'aidera de son conte pour engourdir le gardien et escarper le *mangeur* ?

— Non ; Pique-Vinaigre est trop mollasse et trop poltron ; s'il savait ça, il ne voudrait pas conter ; mais le coup fait, il en prendra son parti.

La cloche du dîner sonna.

— A la pâtée, les chiens ! — dit le Squelette ; Pique-Vinaigre et Germain vont rentrer au préau. Attention, les amis, on m'appelle Mort-d'avance… mais le *mangeur* aussi est mort d'avance.

CHAPITRE V.

LE CONTEUR.

Le nouveau détenu dont nous avons parlé, qui portait un bonnet de coton et une blouse grise, avait attentivement écouté et énergiquement approuvé le complot qui menaçait la vie de Germain... Cet homme, aux formes athlétiques, sortit du chauffoir avec les autres prisonniers sans avoir été remarqué, et se mêla bientôt aux différents groupes qui se pressaient dans la cour autour des distributeurs d'aliments qui portaient la viande cuite dans des bassines de cuivre et le pain dans de grands paniers.

Chaque détenu recevait un morceau de bœuf bouilli désossé qui avait servi à faire la soupe grasse du matin, trempée avec la moitié d'un pain supérieur en qualité au pain des soldats[1].

---

[1] Tel est le régime alimentaire des prisons : au repas du matin, chaque détenu reçoit une écuellée de soupe maigre ou grasse, trempée avec un demi-litre de bouillon. — Au repas du soir, une portion de bœuf d'un quarteron sans os, ou une portion de légumes, haricots, pommes de terre, etc.; jamais les mêmes légumes deux jours de suite. — Sans doute les détenus ont droit, au nom de l'humanité, à cette nourriture saine et presque abondante... Mais, répétons-le, la plupart des ouvriers les plus laborieux, les plus rangés, ne mangent pas de viande et de soupe grasse dix fois par an.

Les prisonniers qui possédaient quelque argent pouvaient acheter du v.n à la cantine, et y aller boire, en termes de prison, la *gobette*.

Ceux enfin qui, comme Nicolas, avaient reçu des vivres du dehors, improvisaient un festin auquel ils invitaient d'autres détenus. Les convives du fils du supplicié furent le Squelette, Barbillon, et, sur l'observation de celui-ci, Pique-Vinaigre, afin de le bien disposer à conter.

Le jambonneau, les œufs durs, le fromage et le pain blanc dus à la libéralité forcée de Micou le recéleur furent étalés sur un des bancs du chauffoir, et le Squelette s'apprêta à faire honneur à ce repas, sans s'inquiéter du meurtre qu'il allait froidement commettre. — Va donc voir si Pique-Vinaigre n'arrive pas. En attendant d'étrangler Germain, j'étrangle la faim et la soif; n'oublie pas de dire au Gros-Boiteux qu'il faut que Frank saute aux crins de l'huissier pour qu'on débarrasse la Fosse-aux-Lions de tous les deux.

— Sois tranquille, *Mort-d'avance*, si Frank ne roule pas l'huissier, ça ne sera pas de notre faute... Et Nicolas sortit du chauffoir.

A ce moment même, maître Boulard entrait dans le préau en fumant un cigare, les mains plongées dans sa longue redingote de molleton gris, sa casquette à bec bien enfoncée sur ses oreilles, la figure souriante, épanouie; il avisa Nicolas, qui, de son côté, chercha aussitôt Frank des yeux.

Frank et le Gros-Boiteux dînaient assis sur un des bancs de la cour; ils n'avaient pu apercevoir l'huissier, auquel ils tournaient le dos.

Fidèle aux recommandations du Squelette, Nicolas, voyant du coin de l'œil maître Boulard venir à lui, n'eut pas l'air de le remarquer, et se rapprocha de Frank et du Gros-Boiteux.

— Bonjour, mon brave, dit l'huissier à Nicolas.

— Ah! bonjour, monsieur, je ne vous voyais pas; vous venez faire, comme d'habitude, votre petite promenade ?

— Oui, mon garçon, et aujourd'hui j'ai deux raisons pour la faire... Je vas vous dire pourquoi : d'abord, prenez ces cigares... voyons, sans façon... entre camarades, que diable ! il ne faut pas se gêner.

— Merci, monsieur... Ah çà ! pourquoi avez-vous deux raisons de vous promener ?

— Vous allez le comprendre, mon garçon. Je ne me sens pas en appétit aujourd'hui... je me suis dit : En assistant au dîner de mes gaillards, à force de les voir travailler des mâchoires, la faim me viendra peut-être.

— C'est pas bête, tout de même... Mais tenez, si vous voulez voir deux cadets qui mastiquent crânement... — dit Nicolas en amenant peu à peu l'huissier tout près du banc de Frank qui lui tournait le dos — regardez-moi ces deux *avale-tout-cru*, la fringale vous galopera comme si vous veniez de manger un bocal de cornichons.

— Ah! parbleu... voyons donc ce phénomène — dit maître Boulard.

— Eh! Gros-Boiteux! — cria Nicolas.

Le Gros-Boiteux et Frank retournèrent vivement la tête.

L'huissier resta stupéfait, la bouche béante, en reconnaissant celui qu'il avait dépouillé. Frank, jetant son pain et sa viande sur le banc, d'un bond sauta sur maître Boulard, qu'il prit à la gorge en s'écriant : — Mon argent!

— Comment?... quoi?... monsieur... vous m'étranglez... je...

— Mon argent!...

— Mon ami... écoutez-moi...

— Mon argent!... Et encore il est trop tard, car c'est ta faute... si je suis ici...

— Mais... je... mais...

— Si je vais aux galères, entends-tu, c'est ta faute; car si j'avais eu ce que tu m'as volé... je ne me serais pas vu dans la nécessité de voler... je serais resté honnête comme je voulais l'être... Et on t'acquittera peut-être... toi... on ne te fera rien; mais je te ferai quelque chose, moi... tu porteras mes marques... Ah! tu as des bijoux, des chaînes d'or, et tu voles le pauvre monde!... Tiens... tiens.... En as-tu assez? Non... tiens encore!...

— Au secours!... au secours!...

Cria l'huissier en roulant sous les pieds de Frank, qui le frappait avec furie.

Les autres détenus, très-indifférents à cette rixe, faisaient cercle autour des deux combattants, ou plutôt autour du battant et du battu; car maître

Boulard, essoufflé, épouvanté, ne faisait aucune résistance, et tâchait de parer, du mieux qu'il pouvait, les coups dont son adversaire l'accablait.

Heureusement le surveillant accourut aux cris de l'huissier et le retira des mains de Frank.

Maître Boulard se releva pâle, épouvanté, un de ses gros yeux contus, et, sans se donner le temps de ramasser sa casquette, il s'écria en courant vers le guichet : — Gardien... ouvrez-moi .. je ne veux pas rester une seconde de plus ici... Au secours!...

— Et vous, pour avoir battu monsieur... suivez-moi chez le directeur — dit le gardien en prenant Frank au collet — vous en aurez pour deux jours de cachot.

— C'est égal, il a reçu sa paye — dit Frank.

— Ah çà ! — lui dit tout bas le Gros-Boiteux en ayant l'air de l'aider à se rajuster — pas un mot de ce qu'on veut faire au *mangeur*.

— Sois tranquille, peut-être que si j'avais été là je l'aurais défendu... car tuer un homme pour ça... c'est dur; mais vous dénoncer, jamais.

— Allons, venez-vous ? — dit le gardien.

— Nous voilà débarrassés de l'huissier et de Frank... maintenant, chaud. chaud, pour le *mangeur !* — dit Nicolas.

Au moment où Frank sortait du préau, Germain et Pique-Vinaigre y rentraient. En entrant dans le préau, Germain n'était plus reconnaissable; sa physionomie, jusqu'alors triste, abattue. était radieuse et fière; il portait le front haut, et jetait autour de lui un regard joyeux et assuré... il était aimé... l'horreur de la prison disparaissait à ses yeux. Pique-Vinaigre le suivait d'un air fort embarrassé; enfin, après avoir hésité deux ou trois fois à l'aborder, il fit un grand effort sur lui-même, et toucha légèrement le bras de Germain avant que celui-ci se fût rapproché des groupes de détenus qui de loin l'examinaient avec une haine sournoise. Leur victime ne pouvait leur échapper.

Malgré lui Germain tressaillit au contact de Pique-Vinaigre; car la figure et les haillons de l'ancien joueur de gobelets prévenaient peu en faveur de ce malheureux. Mais, se rappelant les recommandations de Rigolette et se trouvant d'ailleurs trop heureux pour n'être pas bienveillant, Germain s'arrêta et dit doucement à Pique-Vinaigre : — Que voulez-vous?

— Vous remercier.

— De quoi ?

— De ce que votre jolie petite visiteuse veut faire pour ma pauvre sœur...

— Je ne vous comprends pas... — dit Germain surpris.

— Je vas vous expliquer cela... Tout à l'heure, au greffe, j'ai rencontré le surveillant qui était de garde au parloir...

— Ah! oui... un bien brave homme...

— Ordinairement les geôliers ne répondent pas à ce nom-là, *brave homme*; mais le père Roussel, c'est différent... il le mérite... Tout à l'heure il m'a donc glissé dans le tuyau de l'oreille : Pique-Vinaigre, mon garçon, vous

connaissez bien M. Germain? — Oui... la bête noire du préau, que je réponds. — Puis, s'interrompant, Pique-Vinaigre dit à Germain : — Pardon,
excuse si je vous ai appelé bête noire... ne faites pas attention... attendez la
fin...

— Je vous écoute.

— Oui donc — que je réponds — je connais M. Germain, la bête noire du
préau. — Et la vôtre aussi peut-être, Pique-Vinaigre! me demanda le gardien
d'un air sévère. — Mon gardien, je suis trop poltron et trop bon enfant pour
me permettre d'avoir aucune espèce de bête noire, blanche ou grise, et encore
moins M. Germain que tout autre, car il ne paraît pas méchant, et on est
injuste pour lui. — Eh bien ! Pique-Vinaigre, vous avez raison d'être du parti
de M. Germain ; car il a été bon pour vous. — Pour moi, gardien? Comment
donc? — C'est-à-dire, ce n'est pas lui... et ça n'est pas pour vous ; mais,
sauf cela, vous lui devez une fière reconnaissance — me répond le père Roussel.

— Voyons... expliquez-vous un peu plus clairement — dit Germain en
souriant.

— C'est absolument ce que j'ai dit au gardien : — Parlez plus clairement
— Alors il m'a répondu : — Ce n'est pas M. Germain, mais sa jolie petite
visiteuse qui a été pleine de bontés pour votre sœur. Elle l'a entendue vous
raconter les malheurs de son ménage, et au moment où la pauvre femme sortait du parloir la jeune fille lui a offert de lui être utile autant qu'elle le
pourrait.

— Bonne Rigolette! — s'écria Germain attendri... — Elle s'est bien gardée de m'en rien dire!

— Oh! pour lors — que je réponds au gardien — je ne suis qu'une oie :
vous aviez raison, M. Germain a été bon pour moi ; car sa visiteuse, c'est
comme qui dirait lui ; et ma sœur Jeanne, c'est comme qui dirait moi... et
bien plus que moi...

— Pauvre petite Rigolette ! — reprit Germain — cela ne m'étonne pas...
elle a un cœur si généreux, si compatissant !

— Le gardien a repris : — J'ai entendu tout cela sans faire semblant de
rien. Vous voilà prévenu maintenant : si vous ne tâchiez pas de rendre service
à M. Germain, si vous ne l'avertissiez pas dans le cas où vous sauriez quelque
complot contre lui, vous seriez un gueux fini, Pique-Vinaigre. — Gardien, je
suis un gueux commencé, c'est vrai ; mais pas encore un gueux fini... Enfin,
puisque la visiteuse de M. Germain a voulu du bien à ma pauvre Jeanne... qui est
une brave et honnête femme, celle-là, je m'en vante... je ferai pour M. Germain ce que je pourrai... malheureusement, ce ne sera pas grand'chose...

— C'est égal, faites toujours ; je vais aussi vous donner une bonne nouvelle
à apprendre à M. Germain, je viens de la savoir à l'instant.

— Quoi donc? — demanda Germain.

— Il y aura demain matin une cellule vacante à la pistole, le gardien m'a
dit de vous en prévenir.

— Il serait vrai!... oh! quel bonheur!... — s'écria Germain. — Ce brave homme avait raison ; c'est une bonne nouvelle que vous m'apprenez là...

— Sans me flatter, je le crois bien, car votre place n'est pas d'être avec des gens comme nous, monsieur Germain... — Puis, s'interrompant, Pique-Vinaigre se hâta d'ajouter tout bas et rapidement en se baissant comme s'il eût ramassé quelque chose : — Tenez, monsieur Germain, voilà les détenus qui nous regardent, ils sont étonnés de nous voir causer ensemble... je vous laisse... défiez-vous... Si on vous cherche dispute, ne répondez pas ; ils veulent un prétexte pour engager une querelle et vous battre... Barbillon doit engager la dispute... prenez garde à lui ; je tâcherai de les détourner de leur idée. — Et Pique-Vinaigre se releva comme s'il eût trouvé ce qu'il semblait chercher depuis un moment.

— Merci, mon brave homme... je serai prudent — dit vivement Germain en se séparant de son compagnon.

Seulement instruit du complot du matin, qui consistait à provoquer une rixe dans laquelle Germain devait être maltraité, afin de forcer ainsi le directeur de la prison à le changer de préau, non-seulement Pique-Vinaigre ignorait le meurtre récemment projeté par le Squelette, mais il ignorait encore que l'on comptait sur son récit de *Gringalet et Coupe-en-Deux* pour tromper et distraire la surveillance du gardien.

— Arrive donc, feignant... — dit Nicolas à Pique-Vinaigre en allant à sa rencontre; — laisse là ta ration de *carne* .. Il y a noce et festin .. je t'invite !

— Où ça? au Panier-Fleuri? au Petit-Ramponneau?

— Farceur !!! Non, dans le chauffoir; la table est mise... sur un banc. Nous avons un jambonneau, des œufs et du fromage... c'est moi qui paye.

— Ça me va .. mais c'est dommage de perdre ma ration, et encore plus dommage que ma sœur n'en profite pas... Ni elle ni ses enfants n'en voient pas souvent... de la viande... à moins que ça ne soit à la porte des bouchers.

— Allons, viens vite, le Squelette s'embête, il est capable de tout dévorer avec Barbillon.

Nicolas et Pique-Vinaigre entrèrent dans le chauffoir; le Squelette, à cheval sur le bout du banc où étaient étalés les vivres de Nicolas, jurait et maugréait en attendant l'amphitryon.

— Te voilà, colimaçon, traînard ! — s'écria le bandit à la vue du conteur; — qu'est-ce que tu faisais donc?

— Il causait avec Germain — dit Nicolas en dépeçant le jambon.

— Ah! tu causais avec Germain! — dit le Squelette en regardant attentivement Pique-Vinaigre sans s'interrompre de manger avec avidité.

— Oui ! — répondit le conteur. — En voilà encore un qui n'a pas inventé les tire-bottes et les œufs durs (je dis ça parce que j'adore ce légume). Est-il bête, ce Germain, est-il bête ! Je me suis laissé dire qu'il mouchardait dans la prison : il est joliment trop colas pour ça !

— Ah! tu crois? — dit le Squelette en échangeant un coup d'œil rapide et significatif avec Nicolas et Barbillon.

— J'en suis sûr, comme voilà du jambon! Et puis comment diable voulez-vous qu'il moucharde! il est toujours tout seul; il ne parle à personne et personne ne lui parle; il se sauve de nous comme si nous avions le choléra. S'il faut qu'il fasse des rapports avec ça, excusez du peu! D'ailleurs il ne mouchardera pas long-temps, il va à la pistole.

— Lui!... — s'écria le Squelette; — et quand?

— Demain matin, il y aura une cellule de vacante...

— Tu vois bien qu'il faut le tuer tout de suite. Il ne couche pas dans ma chambre; demain il ne sera plus temps... Aujourd'hui nous n'avons que jusqu'à quatre heures... et voilà qu'il en est bientôt trois — dit tout bas le Squelette à Nicolas, pendant que Pique-Vinaigre causait avec Barbillon.

— C'est égal — reprit tout haut Nicolas en ayant l'air de répondre à une observation du Squelette — Germain a l'air de nous mépriser.

— Au contraire, mes enfants, reprit Pique-Vinaigre — vous l'intimidez, ce jeune homme; il se regarde, auprès de vous, comme le dernier des derniers. Tout à l'heure... savez-vous ce qu'il me disait?

— Non! voyons...

— Il me disait : « Vous êtes bien heureux, vous, Pique-Vinaigre, d'oser parler avec ce fameux Squelette (il a dit fameux) comme de pair à compagnon; moi, j'en meurs d'envie, de lui parler, mais il me produit un effet si respectueux... si respectueux... que je verrais M. le préfet de police en chair, en os et en uniforme, que je ne serais pas plus abalobé. »

— Il t'a dit cela? — reprit le Squelette en feignant de croire et d'être sensible à l'impression d'*admiration* qu'il causait à Germain.

— Aussi vrai que tu es le plus grand brigand de la terre, il me l'a dit...

— Alors c'est différent — reprit le Squelette. — Je me raccommode avec lui. Barbillon avait envie de lui chercher dispute, il fera aussi bien de le laisser tranquille.

— Il fera mieux — s'écria Pique-Vinaigre, persuadé d'avoir détourné le danger dont Germain était menacé. — Il fera mieux, car ce pauvre garçon ne mordrait pas à une dispute; il est dans mon genre, hardi comme un lièvre.

— Malgré ça, c'est dommage — reprit le Squelette. — Nous comptions sur cette batterie-là pour nous amuser après dîner; le temps va nous paraître long.

— Oui, qu'est-ce que nous allons faire alors? — dit Nicolas.

— Puisque c'est comme ça, que Pique-Vinaigre raconte une histoire à la chambrée, je ne chercherai pas querelle à Germain — dit Barbillon.

Ça va, ça va — dit le conteur — c'est déjà une condition; mais il y en a une autre... et sans les deux je ne conte pas.

— Voyons ton autre condition?

— C'est que l'honorable société, qui est empoisonnée de capitalistes — dit Pique-Vinaigre en reprenant son accent de bateleur — me fera la bagatelle

d'une cotisation de vingt sous... Vingt sous, messieurs! pour entendre le fameux Pique-Vinaigre, qui a eu l'honneur de travailler devant les *grinches* les
plus renommés, devant les *escarpes* les plus fameux de France et de Na-
varre, et qui est incessamment attendu à Brest et à Toulon, où il se rend par
ordre du gouvernement... Vingt sous!... C'est pour rien, messieurs!

— Allons! on te fera vingt sous... quand tu auras dit tes contes.

— Après?... Non... avant — s'écria Pique-Vinaigre.

— Ah çà! dis donc, est-ce que tu nous crois capables de te filouter vingt
sous? — dit le Squelette d'un air choqué.

— Du tout!... répondit Pique-Vinaigre; — j'honore la *pègre* de ma confiance, et c'est pour ménager sa bourse que je demande vingt sous d'avance.

— Ta parole d'honneur?

— Oui, messieurs; car après mon conte on sera si satisfait, que ce n'est
plus vingt sous, mais vingt francs! mais cent francs qu'on me forcerait de
prendre!... Je me connais... j'aurais la petitesse d'accepter... Vous voyez
donc bien que, par économie, vous ferez mieux de me donner vingt sous d'a-
vance!

— Oh! ça n'est pas la blague qui te manque, à toi...

— Je n'ai que ma langue; faut bien que je m'en serve... Et puis, le fin
mot, c'est que ma sœur et ses enfants sont dans une atroce débine... et vingt
sous dans un petit ménage... ça se sent.

— Pourquoi qu'elle ne *grinche* pas, ta sœur, et ses *mômes* aussi, s'ils ont
l'âge? — dit Nicolas.

— Ne m'en parlez pas... elle me désole, elle me déshonore... je suis trop
bon....

— Dis donc trop bête... puisque tu l'encourages...

— C'est vrai, je l'encourage dans le vice d'être honnête... Mais elle n'est
bonne qu'à ce métier-là, elle m'en fait pitié, quoi! Ah çà! c'est convenu...
je vous conterai ma fameuse histoire de *Gringalet et Coupe-en-Deux*... mais
on me fera vingt sous... et Barbillon ne cherchera pas querelle à cet imbécile
de Germain.

— On te fera vingt sous, et Barbillon ne cherchera pas querelle à cet imbécile de Germain — dit le Squelette.

— Alors... ouvrez vos oreilles, vous allez entendre du chenu... Mais voici
la pluie... qui fait rentrer les pratiques : il n'y aura pas besoin de les aller
chercher.

En effet, la pluie commençait à tomber; les prisonniers quittèrent la cour
et vinrent se réfugier dans le chauffoir, toujours accompagnés d'un gardien.

Nous l'avons dit, ce chauffoir était une grande et longue salle dallée, éclairée par trois fenêtres donnant sur la cour; au milieu se trouvait le calorifère,
près duquel se tenaient le Squelette, Barbillon, Nicolas et Pique-Vinaigre.
A un signe d'intelligence du prévôt, le Gros-Boiteux vint rejoindre ce groupe.

Germain entra l'un des derniers, absorbé dans de délicieuses pensées. Il alla machinalement s'asseoir sur le rebord de la dernière croisée de la salle, place qu'il occupait habituellement et que personne ne lui disputait ; car elle était éloignée du poêle, autour duquel se groupaient les détenus.

Nous l'avons dit, une quinzaine de prisonniers avaient d'abord été instruits et de la trahison que l'on reprochait à Germain, et du meurtre qui devait l'en punir. Mais, bientôt divulgué, ce projet compta autant d'adhérents qu'il y avait de détenus ; ces misérables, dans leur aveugle cruauté, regardant cet affreux guet-apens comme une vengeance légitime, et y voyant une garantie certaine contre les futures dénonciations des *mangeurs*.

Germain, Pique-Vinaigre et le gardien ignoraient seuls ce qui allait se passer.

L'attention générale se partageait entre le bourreau, la victime et le conteur qui allait innocemment priver Germain du seul secours que ce dernier pût attendre ; car il était presque certain que le gardien, voyant les détenus attentifs aux récits de Pique-Vinaigre, croirait sa surveillance inutile, et profiterait de ce moment de calme pour aller prendre son repas.

En effet, lorsque tous les détenus furent entrés, le Squelette dit au gardien :

— Dites donc, vieux, Pique-Vinaigre a une bonne idée... il va nous conter son conte de *Gringalet et Coupe-en-Deux*. Il fait un temps à ne pas mettre un municipal dehors, nous allons attendre tranquillement l'heure d'aller à nos niches.

— Au fait, quand il bavarde vous vous tenez tranquilles ; au moins on n'a pas besoin d'être sur votre dos.

— Oui — reprit le Squelette — mais Pique-Vinaigre demande cher... pour conter... il veut vingt sous.

— Oui... la bagatelle de vingt sous... et c'est pour rien — s'écria Pique-Vinaigre.—Oui, messieurs, pour rien ; car il ne faudrait pas avoir un liard dans sa poche pour se priver d'entendre le récit des aventures du pauvre petit *Gringalet*, du terrible *Coupe-en-Deux* et du scélérat *Gargousse*... c'est à fendre le cœur et à hérisser les cheveux... Or, messieurs, qui est-ce qui ne pourrait pas disposer de la bagatelle de quatre liards, ou, si vous aimez mieux compter en kilomètres, la bagatelle de cinq centimes, pour avoir le cœur fendu et les cheveux hérissés ?...

— Je mets deux sous...— dit le Squelette —et il jeta sa pièce devant Pique-Vinaigre. — Allons ! est-ce que la *pègre* serait chiche pour un amusement pareil ! — ajouta-t-il en regardant ses complices d'un air significatif.

Plusieurs sous tombèrent de côté et d'autre, à la grande joie de Pique-Vinaigre, qui songeait à sa sœur en faisant sa collecte.

— Huit, neuf, dix, onze, douze et treize ! — s'écria-t-il en ramassant la monnaie — allons, messieurs les richards, les capitalistes et autres banquezingues, encore un petit effort ; vous ne pouvez pas rester à treize, c'est un mauvais nombre... Il ne faut plus que sept sous... la bagatelle de sept sous ! Comment, messieurs, il sera dit que la *pègre* de la Fosse-aux-Lions ne pourra pas réunir encore sept sous... sept malheureux sous !... Ah ! messieurs, vous feriez croire qu'on vous a mis ici injustement ou que vous avez eu la main bien malheureuse.

La voix perçante et les lazzis de Pique-Vinaigre avaient tiré Germain de sa rêverie ; autant pour suivre les avis de Rigolette en se *popularisant* un peu que pour faire une légère aumône à ce pauvre diable qui avait témoigné quelque désir de lui être utile , il se leva et jeta une pièce de dix sous aux pieds du conteur, qui s'écria en désignant à la foule le généreux donateur :

— Dix sous, messieurs ! vous voyez... Je parlais de capitalistes... honneur à monsieur! il se comporte en banquezingue, en ambassadeur, pour être agréable à la société... Oui, messieurs... car c'est à lui que vous devrez la plus grande part de *Gringalet* et de *Coupe-en-Deux*... et vous l'en remercierez. Quant aux trois sous de surplus que fait sa pièce... je les mériterai en imitant la voix des personnages... au lieu de parler comme vous et moi. Ce sera encore une douceur que vous devrez à ce riche capitaliste , que vous devez adorer.

— Allons , ne blague pas tant et commence --- dit le Squelette.

— Un moment, messieurs, dit Pique-Vinaigre — il est de toute justice que le capitaliste qui m'a donné dix sous soit le mieux placé, sauf notre prévôt, qui doit choisir.

Cette proposition servait si bien le projet du Squelette, qu'il s'écria :

— C'est vrai... après moi il doit être le mieux placé.

Et le bandit jeta un nouveau regard d'intelligence aux détenus.

— Oui, oui, qu'il s'approche — dirent-ils.

— Qu'il se mette au premier banc.

— Vous voyez, jeune homme... votre libéralité est récompensée... l'honorable société reconnaît que vous avez droit aux premières places — dit Pique-Vinaigre à Germain.

Croyant que sa *libéralité* avait réellement mieux disposé ses odieux compagnons en sa faveur, enchanté de suivre en cela les recommandations de Rigolette, Germain, malgré une assez vive répugnance, quitta sa place de prédilection et se rapprocha du conteur.

Celui-ci, aidé de Nicolas et de Barbillon, ayant rangé autour du poêle les quatre ou cinq bancs du chauffoir, dit avec emphase :

— Voici les premières loges !... à tout seigneur tout honneur... d'abord le capitaliste...

Maintenant, que ceux qui ont payé s'asseyent sur les bancs — ajouta gaiement Pique-Vinaigre, croyant fermement que Germain n'avait plus, grâce à lui, aucun péril à redouter. Et ceux qui n'ont pas payé — ajouta-t-il — s'asseyeront par terre ou se tiendront debout, à leur choix.

Résumons la disposition matérielle de cette scène :

Pique-Vinaigre, debout auprès du poêle, se préparait à conter.

Près de lui, le Squelette, aussi debout, et couvant Germain des yeux, prêt à s'élancer sur lui au moment où le gardien quitterait la salle.

A quelque distance de Germain, Nicolas, Barbillon, Cardillac et d'autres détenus, parmi lesquels on remarquait l'homme au bonnet de coton bleu et à la blouse grise, occupaient les derniers bancs.

Le plus grand nombre des prisonniers, groupés çà et là, les uns assis par terre, d'autres debout et adossés aux murailles, composaient les plans secondaires de ce tableau, éclairé à la Rembrandt par les trois fenêtres latérales qui jetaient de vives lumières et de vigoureuses ombres sur ces figures si diversement caractérisées et si durement accentuées.

Disons enfin que le gardien, qui devait, à son insu et par son départ, donner le signal du meurtre de Germain, se tenait auprès de la porte entr'ouverte.

— Y sommes-nous ? — demanda Pique-Vinaigre au Squelette.

— Silence dans la *pègre*... — dit celui-ci en se retournant à demi; puis, s'adressant à Pique-Vinaigre : — Maintenant, commence ton conte, on t'écoute.

On fit un profond silence.

RÉGAL DE PIQUE-VINAIGRE.

gens corrompus et la même ...
applaudissements ... ligne le ...
la délivrance de la victime, et de quel ...
le méchant ne le trouve ...
sympathie ...
est par ...

...
...
peuple dont le ...
qui, malgré ...
...

...
paroi les fures ...
à l'abri des faits, ...

En un mot, puisque ...
quelai, au vont et ...
que tou... les hommes ...

CHAPITRE VI.

GRINGALET ET COUPE-EN-DEUX.

Avant d'entamer le récit de Pique-Vinaigre, nous rappellerons au lecteur que, par un contraste bizarre, la majorité des détenus, malgré leur cynique perversité, affectionnent presque toujours les récits naïfs, nous ne voudrions pas dire puérils, où l'on voit, selon les lois d'une inexorable fatalité, l'opprimé vengé de son tyran après des épreuves et des traverses sans nombre.

Loin de nous la pensée d'établir d'ailleurs le moindre parallèle entre des gens corrompus et la masse honnête et pauvre ; mais ne sait-on pas avec quels applaudissements frénétiques le populaire des théâtres du boulevard accueille la délivrance de la victime, et de quelles malédictions passionnées il poursuit le méchant ou le traître ? On raille ordinairement ces incultes témoignages de sympathie pour ce qui est bon, faible et persécuté... d'aversion pour ce qui est puissant, injuste et cruel. On a tort, ce nous semble. Rien de plus consolant en soi que ces ressentiments de la foule.

N'est-il pas évident que ces instincts salutaires pourraient devenir des principes arrêtés chez les infortunés que l'ignorance et la pauvreté exposent incessamment à la subversive obsession du mal ? Comment ne pas tout espérer d'un peuple dont le bon sens moral se manifeste si invariablement ? d'un peuple qui, malgré les prestiges de l'art, ne permettrait jamais qu'une œuvre dramatique fût dénouée par le triomphe du scélérat et par le supplice du juste ?

Ce fait, dédaigné, moqué, nous paraît très-considérable en raison des tendances qu'il constate, et qui souvent même se retrouvent, nous le répétons, parmi les êtres les plus corrompus, lorsqu'ils sont pour ainsi dire *au repos* et à l'abri des instigations ou des nécessités criminelles.

En un mot, puisque les gens endurcis dans le crime sympathisent encore quelquefois au récit et à l'expression des sentiments élevés, ne doit-on pas penser que tous les hommes ont plus ou moins en eux l'amour du beau, du bien, du juste, mais que la misère, mais que l'abrutissement, en faussant, en étouffant ces divins instincts, sont les causes premières de la dépravation humaine !

N'est-il pas évident qu'on ne devient généralement méchant que parce qu'on est malheureux, et qu'arracher l'homme aux terribles tentations du besoin par l'équitable amélioration de sa condition matérielle, c'est lui rendre praticables les vertus dont il a la conscience ? . . . .

L'impression causée par le récit de Pique-Vinaigre démontrera, ou plutôt exposera, nous l'espérons, quelques-unes des idées que nous venons d'émettre.

Pique-Vinaigre commença donc son récit en ces termes au milieu du profond silence de son auditoire :

« Il y a déjà pas mal de temps que s'est passée l'histoire que je vais raconter à l'honorable société. Ce qu'on appelait *la Petite-Pologne* n'était pas encore détruit. L'honorable société sait ou ne sait pas ce que c'était que la Petite-Pologne ? «

— Connu — dit le détenu au bonnet bleu et à la blouse grise — c'étaient des cassines du côté de la rue du Rocher et de la rue de la Pépinière.

« — Justement, mon garçon — reprit Pique-Vinaigre — et le quartier de la Cité, qui n'est pourtant pas composé de palais, serait comme qui dirait la rue de la Paix ou la rue de Rivoli, auprès de la Petite-Pologne; quelle *turne!* mais, du reste, fameux repaire pour la *pègre;* il n'y avait pas de rues, mais des ruelles; pas de maisons, mais des masures; pas de pavé, mais un petit tapis de boue et de fumier, ce qui faisait que le bruit des voitures ne vous aurait pas incommodé s'il en avait passé; mais il n'en passait pas. Du matin jusqu'au soir, et surtout du soir jusqu'au matin, ce qu'on ne cessait pas d'entendre, c'était des cris : *A la garde! au secours! au meurtre!* mais la garde ne se dérangeait pas. Tant plus il y avait d'assommés dans la Petite-Pologne, tant moins il y avait de gens à arrêter! Ça grouillait donc de monde là-dedans, fallait voir : il y logeait peu de bijoutiers, d'orfèvres et de banquiers; mais, en revanche, il y avait des tas de joueurs d'orgue, de paillasses, de polichinelles ou de montreurs de bêtes curieuses. Parmi ceux-là, il y en avait un qu'on nommait *Coupe-en-Deux*, tant il était méchant, mais il était surtout méchant pour les enfants... On l'appelait *Coupe-en-Deux* parce qu'on disait que d'un coup de hache il avait coupé en deux un petit Savoyard. »

A ce passage du récit de Pique-Vinaigre, l'horloge de la prison sonna trois heures un quart. Les détenus rentrant dans les dortoirs à quatre heures, le crime du Squelette devait être consommé avant ce moment.

— Mille tonnerres! le gardien ne s'en va pas — dit-il tout bas au Gros-Boiteux. — Sois tranquille, une fois l'histoire en train, il filera...

Pique-Vinaigre continua son récit :

« — On ne savait pas d'où venait Coupe-en-Deux; les uns disaient qu'il était Italien, d'autres Bohémien, d'autres Turc, d'autres Africain; les bonnes femmes disaient magicien, quoiqu'un magicien dans ce temps-ci paraisse drôle; moi, je serais assez tenté de dire comme les bonnes femmes. Ce qui faisait croire ça, c'est qu'il avait toujours avec lui un grand singe roux appelé *Gargousse*, et qui était si malin et si méchant qu'on aurait dit qu'il avait le diable dans le ventre. Tout à l'heure je vous reparlerai de Gargousse... Quant à Coupe-en-Deux, je vas vous le dévisager : il avait le teint couleur de revers de botte, les cheveux rouges comme les poils de son singe, les yeux verts, et ce qui ferait croire, comme les bonnes femmes, qu'il était magicien... c'est qu'il avait la langue noire. »

— La langue noire? — dit Barbillon.

— Noire comme de l'encre! — répondit Pique-Vinaigre.

— Et pourquoi ça ?

« — Parce qu'étant grosse, sa mère avait probablement parlé d'un nègre — reprit Pique-Vinaigre avec une assurance modeste. — A cet agrément-là, Coupe-en-Deux joignait le métier d'avoir je ne sais combien de tortues, de singes, de cochons d'Inde, de souris blanches, de renards et de marmottes, qui correspondaient à un nombre égal de petits Savoyards ou d'enfants abandonnés. Tous les matins, il distribuait à chacun sa bête et un morceau de pain

noir, et en route... pour demander *un petit sou* ou faire danser la *Catarina*. Ceux qui le soir ne rapportaient pas au moins quinze sous étaient battus, mais battus ! que dans les premiers temps on entendait les enfants crier d'un bout de la Petite-Pologne à l'autre.

« Faut vous dire aussi qu'il y avait dans la Petite-Pologne un homme qu'on appelait le *doyen*, parce que c'était le plus ancien de cette espèce de quartier, et qu'il en était comme qui dirait le maire, le prévôt, le juge de paix ou plutôt de guerre, car c'était dans sa cour (il était marchand de vin gargotier) qu'on allait se peigner devant lui, quand il n'y avait que ce moyen de s'en-

tendre et de s'arranger. Quoique déjà vieux, le doyen était fort comme un
Hercule et très-craint; on ne jurait que par lui dans la Petite-Pologne; quand
il disait : C'est bien, tout le monde disait : C'est très-bien ; C'est mal, tout le
monde disait : C'est mal. Il était brave homme au fond, mais terrible ; quand,
par exemple, des gens forts faisaient la misère à de plus faibles qu'eux... alors,
gare dessous !... Comme il était le voisin de Coupe-en-Deux, il avait dans le
commencement entendu les enfants crier, à cause des coups que le montreur
de bêtes leur donnait; mais il lui avait dit : — Si j'entends encore les enfants
crier, je te fais crier à mon tour, et, comme tu as la voix plus forte, je taperai
plus fort. »

— Farceur de doyen !... j'aime le doyen, moi ! — dit le détenu à bonnet
bleu. — Et moi aussi — ajouta le gardien en se rapprochant du groupe.

Le Squelette ne put contenir un mouvement d'impatience courroucée.

Pique-Vinaigre continua :

« — Grâce au doyen, qui avait menacé Coupe-en-Deux, on n'entendait
donc plus les enfants crier la nuit dans la Petite-Pologne; mais les pauvres
petits malheureux n'en souffraient pas moins; car s'ils ne criaient plus quand
leur maître les battait, c'est qu'ils craignaient d'être battus encore plus fort..
Quant à aller se plaindre au doyen, ils n'en avaient pas seulement l'idée.

» Moyennant les quinze sous que chaque petit montreur de bêtes devait lui
rapporter, Coupe-en-Deux les logeait, les nourrissait et les habillait.

» Le soir, un morceau de pain noir, comme à déjeuner... voilà pour la nourriture; il ne leur donnait jamais d'habits... voilà pour l'habillement; et il les
enfermait la nuit pêle-mêle avec leurs bêtes, sur la même paille, dans un
grenier où on montait par une échelle et par une trappe... voilà pour le logement. Une fois bêtes et enfants rentrés au complet, il retirait l'échelle et fermait la trappe à clef.

» Vous jugez la vie et le vacarme que ces singes, ces cochons d'Inde, ces
renards, ces souris, ces tortues, ces marmottes et ces enfants faisaient sans
lumière dans ce grenier, qui était grand comme rien. Coupe-en-Deux couchait
dans une chambre au-dessous, ayant son grand singe Gargousse attaché au
pied de son lit. Quand ça grouillait et que ça criait trop fort dans le grenier,
le montreur de bêtes se levait sans lumière, prenait un grand fouet, montait
à l'échelle, ouvrait la trappe, et sans y voir fouaillait à tour de bras.

» Comme il avait toujours une quinzaine d'enfants, et que quelques-uns lui
rapportaient, les innocents, quelquefois jusqu'à vingt sous par jour, Coupe-
en-Deux, ses frais faits, et ils n'étaient pas gros, avait pour lui environ
quatre francs ou cent sous par jour; avec ça, il ribotait, car notez bien que
c'était aussi le plus grand soûlard de la terre, et qu'il était régulièrement mort-
ivre une fois par jour... C'était son régime, il prétendait que sans cela il aurait
eu mal à la tête toute la journée; faut dire aussi que sur son gain il achetait
des cœurs de mouton à Gargousse, car son grand singe mangeait de la viande
crue comme un vorace. Mais je vois que l'honorable société me demande Gringalet; le voici, messieurs... »

— Ah! voyons Gringalet, et puis je m'en vas manger ma soupe — dit le gardien.

Le Squelette échangea un regard de satisfaction féroce avec le Gros-Boiteux.

« — Parmi les enfants à qui Coupe-en-Deux distribuait ses bêtes — reprit Pique-Vinaigre — il y avait un pauvre petit diable surnommé Gringalet. Sans père ni mère, sans frère ni sœur, sans feu ni lieu, il se trouvait seul... tout seul dans le monde, où il n'avait pas demandé à venir, et d'où il pouvait partir sans que personne y prît garde. Il ne se nommait pas Gringalet pour son plaisir, allez! il était chétif, et malingre, et souffreteux, que c'était pitié; on lui aurait donné au plus sept ou huit ans, et il en avait treize; mais s'il ne paraissait que la moitié de son âge, ce n'était pas mauvaise volonté... car il n'avait environ mangé que de deux jours l'un, et encore si peu et si peu... si mal et si mal... qu'il faisait grandement les choses en paraissant avoir sept ans. »

— Pauvre moutard, il me semble le voir! — dit le détenu au bonnet bleu — il y en a tant d'enfants comme ça... sur le pavé de Paris, des petits crève-de-faim.

— Faut bien qu'ils commencent jeunes à apprendre cet état-là pour qu'ils puissent s'y faire — reprit Pique-Vinaigre en souriant avec amertume.

— Allons, va donc, dépêche-toi donc — dit brusquement le Squelette — le gardien s'impatiente, sa soupe se refroidit.

— Ah bah! c'est égal — reprit le surveillant — je veux encore faire un peu connaissance avec Gringalet, c'est amusant.

— Vraiment, c'est très-intéressant — ajouta Germain, attentif à ce récit.

— Ah! merci de ce que vous me dites là, mon capitaliste — répondit Pique-Vinaigre — ça me fait plus de plaisir encore que votre pièce de dix sous...

— Tonnerre de lambin! — s'écria le Squelette — finiras-tu de nous faire languir? — Voilà — reprit Pique-Vinaigre.

« Un jour, Coupe-en-Deux avait ramassé Gringalet dans la rue, mourant de froid et de faim; il aurait aussi bien fait de le laisser mourir. Comme Gringalet était faible, il était peureux; et comme il était peureux, il était devenu la risée et le pâtiras des autres petits montreurs de bêtes, qui le battaient et lui faisaient tant et tant de misère qu'il en serait devenu méchant, si la force et le courage ne lui avaient pas manqué. Mais non... quand on l'avait beaucoup battu, il pleurait en disant: — Je n'ai fait de mal à personne, et tout le monde me fait du mal... c'est injuste... Oh! si j'étais fort... et hardi!...

— Vous croyez peut-être que Gringalet allait ajouter: — Je rendrais aux autres le mal qu'on m'a fait. — Eh bien! pas du tout... il disait: — Oh! si j'étais fort et hardi, je défendrais les faibles contre les forts; car je suis faible, et les forts m'ont fait souffrir!... En attendant, comme il était trop puceron pour empêcher les forts de molester les faibles, à commencer par lui-même, il empêchait les grosses bêtes de manger les petites... »

— En voilà-t-il une drôle d'idée! — dit le détenu au bonnet bleu.

« Et ce qu'il y a de plus farce — reprit le conteur — c'est qu'on aurait dit qu'avec cette idée-là Gringalet se consolait d'être battu... ce qui prouve qu'il n'avait pas au fond un mauvais cœur... »

— Pardieu, je crois bien... au contraire... — dit le gardien. — Diable de Pique-Vinaigre, est-il amusant !

A ce moment trois heures et demie sonnèrent. Le bourreau de Germain et le Gros-Boiteux échangèrent un coup d'œil significatif. L'heure avançait, le surveillant ne s'en allait pas, et quelques-uns des détenus, les moins endurcis, semblaient presque oublier les sinistres projets du Squelette contre Germain pour écouter avec avidité le récit de Pique-Vinaigre :

« Quand je dis — reprit celui-ci — que Gringalet empêchait les grosses bêtes de manger les petites, vous entendez bien que Gringalet n'allait pas se mêler des affaires des tigres, des lions, des loups, ou même des renards et des singes de la ménagerie de Coupe-en-Deux, il était trop peureux pour cela ; mais dès qu'il voyait, par exemple, une araignée embusquée dans sa toile pour y prendre une pauvre folle de mouche qui volait gaiement au soleil du bon Dieu, sans nuire à personne, crac! Gringalet donnait un coup de bâton dans la toile, délivrait la mouche, et écrasait l'araignée en vrai César... Oui! en vrai

César... car il devenait blanc comme un linge en touchant à ces vilaines bêtes ; il lui fallait donc de la résolution... à lui qui avait peur d'un hanneton , et qui avait été très-long-temps à se familiariser avec la tortue que Coupe-en-Deux lui distribuait tous les matins. Aussi Gringalet , en surmontant la frayeur que lui causaient les araignées , afin d'empêcher les mouches d'être mangées , se montrait... »

— Se montrait aussi crâne dans son espèce qu'un homme qui aurait attaqué un loup pour lui ôter un mouton de la gueule · · dit le détenu au bonnet bleu... — Ou qu'un homme qui aurait attaqué Coupe-en-Deux pour lui retirer Gringalet des pattes — ajouta Barbillon aussi vivement intéressé.

« Comme vous dites — reprit Pique-Vinaigre. — De sorte qu'après ces beaux coups-là , Gringalet ne se sentait plus si malheureux... Lui qui ne riait jamais , il souriait , il faisait le crâne , mettait son bonnet de travers (quand il avait un bonnet), et chantonnait la *Marseillaise* d'un air vainqueur... Dans ce moment-là , il n'y avait pas une araignée capable d'oser le regarder en face... Une autre fois , c'était un cri-cri qui se noyait et se débattait dans un ruisseau... vite Gringalet jetait bravement deux de ses doigts à la nage , et rattrapait le cri-cri , qu'il déposait ensuite sur un brin d'herbe... Un maître nageur médailliste, qui aurait repêché son dixième noyé à cinquante francs par tête , n'aurait pas été plus fier que Gringalet quand il voyait son cri-cri gigotter et se sauver... Et pourtant le cri-cri ne lui donnait ni argent ni médaille, et ne lui disait pas seulement merci , non plus que la mouche... Mais alors, Pique-Vinaigre, mon ami, me dira l'honorable société , quel diable de plaisir Gringalet, que tout le monde battait , trouvait-il donc à être le libérateur des cris-cris et le bourreau des araignées ? Puisqu'on lui faisait du mal , pourquoi qu'il ne se revengeait pas en faisant du mal selon sa force, par exemple en faisant manger des mouches par des araignées , ou en laissant les cris-cris se noyer, ou même en en noyant exprès... des cris-cris ?... »

— Oui... au fait... pourquoi ne se revengeait-il pas comme ça !... — dit Nicolas.

— A quoi ça lui aurait-il servi ? — dit un autre.

— Tiens... à faire du mal , puisqu'on lui en faisait !

— Non ! Eh bien , moi , je comprends ça , qu'il aimait à sauver des mouches... ce pauvre petit moutard ! — reprit l'homme au bonnet bleu. — Il se disait peut-être : Qui sait si on ne me sauvera pas tout de même !

— Le camarade a raison — s'écria Pique-Vinaigre ; — il a lu dans le cœur ce que j'allais dégoiser à l'honorable société.

« — Gringalet n'était pas malin ; il n'y voyait pas plus loin que le bout de son nez ; mais il s'était dit : Coupe-en-Deux est mon araignée ; peut-être bien qu'un jour quelqu'un fera pour moi ce que je fais pour les autres pauvres moucherons... qu'on lui démolira sa toile et qu'on m'ôtera de ses griffes ; car, jusqu'alors, pour rien au monde , il n'aurait osé se sauver de chez son maître : il se serait cru mort. Pourtant , un jour que lui ni sa tortue n'avaient eu la chance , et qu'ils n'avaient gagné à eux deux que trois sous, Coupe-en-Deux se mit à battre le pauv... ... fant si fort, si fort, que, ma foi, Gringalet n'y tint plus ; lassé d'être le rebut et le martyr de tout le monde, il guette le moment où la trappe du grenier est ouverte, et, pendant que Coupe-en-Deux donnait la pâtée à ses bêtes, il se laisse glisser le long de l'échelle... »

— Ah... tant mieux ! — dit un détenu — Mais pourquoi qu'il n'allait pas se plaindre au doyen ! — dit le bonnet bleu — il aurait donné sa rincée à Coupe-en-Deux.

« — Oui, mais il n'osait pas... il avait trop peur, il aimait mieux tâcher de se sauver. Malheureusement Coupe-en-Deux l'avait vu ; il vous l'empoigne par le cou et le remonte dans le grenier... Cette fois-là, Gringalet, en pensant à ce qui l'attendait, frémit de tout son corps, car il n'était pas au bout de ses peines... A propos des peines de Gringalet, il faut que je vous parle de *Gargousse*, le grand singe favori de Coupe-en-Deux ; ce méchant animal était, ma foi, plus grand que Gringalet, jugez quelle taille pour un singe !... Maintenant je vais vous dire pourquoi on ne le menait pas se montrer dans les rues comme les autres bêtes de la ménagerie : c'est que Gargousse était si méchant et si fort, qu'il n'y avait eu, parmi tous les enfants, qu'un Auvergnat de quatorze ans, gaillard résolu qui, après s'être plusieurs fois colleté et battu avec Gargousse, avait fini par pouvoir le mater, l'emmener et le tenir à la chaîne, et encore bien souvent il y avait eu des batailles où Gargousse avait mis son conducteur en sang. Embêté de ça, le petit Auvergnat s'était dit un beau jour — Bon, bon, je me vengerai de toi, gredin de singe ! — Un matin donc il part avec sa bête comme à l'ordinaire ; pour l'amorcer, il achète un cœur de mouton : pendant que Gargousse mange, il passe une corde dans le bout de sa chaîne, attache la corde à un arbre, et une fois que le gueux de singe est bien amarré, il vous lui flanque une dégelée de coups de bâton... mais une dégelée, que le feu y aurait pris »

— Ah ! c'est bien fait ! — Bravo ! l'Auvergnat. — Tape dessus ! mon garçon. Ereinte-moi ce scélérat de Gargousse — dirent les détenus.

« — Et il tapait de bon cœur, allez — reprit Pique-Vinaigre. — Il fallait voir comme Gargousse criait, grinçait des dents, sautait, gambadait et de ci et de là ; mais l'Auvergnat lui ripostait avec son bâton, en veux-tu ! en voilà !... Malheureusement les singes sont comme les chats, ils ont la vie dure... Gargousse était aussi malin que méchant ; quand il avait vu, c'est le cas de le dire, de quel bois ça chauffait pour lui, au plus beau moment de la dégelée il avait fait une dernière cabriole, était retombé à plat au pied de l'arbre, avait gigotté un moment, et puis fait le mort, ne bougeant pas plus qu'une bûche.

» L'Auvergnat n'en voulait pas davantage ; croyant le singe assommé, il file pour ne jamais remettre les pieds chez Coupe-en-Deux. Mais le gueux de Gargousse le guettait du coin de l'œil ; tout roué de coups qu'il était, dès qu'il se voit seul et que l'Auvergnat est loin, il coupe avec ses dents la corde qui attachait sa chaîne à l'arbre. Le boulevard Monceaux, où il avait reçu sa danse, était tout près de la Petite-Pologne ; le singe connaissait son chemin comme son *Pater* : il détale donc en traînant la gigue, et arrive chez son maître, qui rugit, qui écume de voir son singe arrangé ainsi. Mais ça n'est pas tout : depuis ce moment-là Gargousse avait gardé une si furieuse rancune contre tous les enfants en général, que Coupe-en-Deux, qui n'était pourtant pas tendre, n'avait plus osé le donner à conduire à personne... de peur d'un malheur ; car Gargousse aurait été capable d'étrangler ou de dévorer un enfant ; et tous les petits montreurs de bêtes, sachant cela, se seraient plutôt laissé écharper par Coupe-en-Deux que d'approcher du singe. »

— Il faut décidément que j'aille manger ma soupe — dit le gardien, en faisant un pas vers la porte, ce diable de Pique-Vinaigre ferait descendre les oiseaux des arbres pour l'entendre .. Je ne sais pas où il va pêcher ce qu'il raconte — Enfin.. le gardien s'en va — dit tout bas le Squelette au Gros-Boiteux ; — je suis en nage, j'en ai la fièvre... tant je rage en dedans . Attention seulement à faire le mur autour du *mangeur*... je me charge du reste...

— Ah çà ! soyez sages — dit le gardien en se dirigeant vers la porte.

— Sages comme des images — répondit le Squelette en se rapprochant de Germain, pendant que le Gros-Boiteux et Nicolas, après s'être concertés d'un signe, firent deux pas dans la même direction.

— Ah ! respectable gardien... vous vous en allez au plus beau moment — dit Pique-Vinaigre d'un air de reproche.

Sans le Gros-Boiteux qui prévint son mouvement en le saisissant rapidement par le bras, le Squelette s'élançait sur Pique-Vinaigre.

— Comment, au plus beau moment ? — répondit le gardien en se retournant vers le conteur.

— Je crois bien — dit Pique-Vinaigre — vous ne savez pas tout ce que vous allez perdre . Voilà ce qu'il y a de plus charmant dans mon histoire qui va commencer . — Ne l'écoutez donc pas — dit le Squelette en contenant à peine sa fureur — il n'est pas en train aujourd'hui ; moi je trouve que son conte est bête comme tout...

— Mon conte est bête comme tout ! — s'écria Pique-Vinaigre froissé dans son amour-propre de narrateur ! — eh bien, gardien... je vous en prie, je vous en supplie... restez jusqu'à la fin... j'en ai au plus encore pour un bon quart d'heure... d'ailleurs votre soupe est froide... maintenant, qu'est-ce que vous risquez ? Je vas chauffer le récit pour que vous ayez encore le temps d'aller manger avant que nous remontions à nos dortoirs.

— Allons, je reste, mais dépêchez-vous... — dit le gardien en se rapprochant. — Et vous avez raison de rester, gardien ; sans me vanter, vous n'aurez rien entendu de pareil, surtout à la fin : il y a le triomphe du singe et de Gringalet... escortés de tous les petits montreurs de bêtes et des habitants de la Petite-Pologne. Ma parole d'honneur, ça n'est pas pour faire le fier, mais c'est vraiment superbe.

— Alors... contez vite, mon garçon — dit le gardien en revenant auprès du poêle.

Le Squelette frémissait de rage... Il désespérait presque d'accomplir son crime. Une fois l'heure du coucher arrivée, Germain était sauvé ; car il n'habitait pas le même dortoir que son implacable ennemi, et le lendemain, nous l'avons dit, il devait occuper l'une des cellules vacantes à la pistole.

Puis enfin le Squelette reconnaissait, aux interruptions de plusieurs détenus, qu'ils se trouvaient, grâce au récit de Pique-Vinaigre, transportés dans un milieu d'idées presque pitoyables; peut-être alors n'assisteraient-ils pas avec une féroce indifférence au meurtre affreux dont leur impassibilité devait les rendre complices. Le Squelette pouvait empêcher le conteur de terminer son histoire, mais alors s'évanouissait sa dernière espérance de voir le gardien s'éloigner avant l'heure où Germain serait en sûreté.

— Ah ! c'est bête comme tout ! — reprit Pique-Vinaigre — Eh bien ! l'honorable société va juger de la chose...

« Il n'y avait donc pas d'animal plus méchant que le grand singe Gargousse, qui était surtout aussi acharné que son maître après les enfants .. Qu'est-ce que fait Coupe-en-Deux pour punir Gringalet d'avoir voulu se sauver ?... ça... vous le saurez tout à l'heure... En attendant, il rattrape donc l'enfant, le refourre dans le grenier pour la nuit, en lui disant : — Demain matin, quand tous tes camarades seront partis, je t'empoignerai, et tu verras ce que je fais à ceux qui veulent s'ensauver d'ici... Je vous laisse à penser la terrible nuit que passa Gringalet. Il ne ferma presque pas l'œil ; il se demandait ce que Coupe-en-Deux voulait lui faire. A force de se demander ça, il finit par s'endormir... Mais quel sommeil ! Par là-dessus il eut un rêve... un rêve affreux... c'est-à-dire le commencement... vous allez voir.

« Il rêva qu'il était une de ces pauvres mouches comme il en avait tant fait sauver des toiles d'araignées, et qu'à son tour il tombait dans une grande et forte toile où il se débattait, se débattait de toutes ses forces sans pouvoir s'en dépêtrer ; alors il voyait venir vers lui, doucement, traîtreusement, une espèce de monstre qui avait la figure de Coupe-en-Deux sur un corps d'araignée... Mon pauvre Gringalet recommençait à se débattre, comme vous pensez... mais plus il faisait d'efforts, plus il s'enchevêtrait dans la toile, ainsi que font les pauvres mouches... Enfin l'araignée s'approche... le touche... et il sent les grandes pattes froides et velues de l'horrible bête l'attirer, l'enlacer... pour le dévorer... il se croit mort... Mais voilà que tout à coup il entend une espèce de petit bourdonnement clair, sonore, aigu, et il voit un joli moucheron d'or, qui avait une espèce de dard fin et brillant comme une aiguille de diamant, voltiger autour de l'araignée d'un air furieux, et une voix (quand je dis une voix, figurez-vous la voix d'un moucheron !) une voix qui lui disait : *Pauvre petite mouche... tu as sauvé des mouches... l'araignée ne...* Malheureusement Gringalet s'éveilla en sursaut... et il ne vit pas la fin du rêve ; malgré ça, il fut d'abord un peu rassuré en se disant : Peut-être que le moucheron d'or au dard de diamant aurait tué l'araignée, si j'avais vu la fin du songe. Mais Gringalet avait beau se bercer de cela pour se rassurer et se consoler ; à mesure que la nuit finissait, sa peur revenait si forte qu'à la fin il oublia le rêve, ou plutôt il n'en retint que ce qui était effrayant : — la grande toile où il avait été enlacé et l'araignée à figure de Coupe-en-Deux... — Vous jugez quels frissons de peur il devait avoir... Dame ! jugez donc, seul... tout seul... sans personne qui voulût le défendre !

« Sur le matin, quand il vit le jour petit à petit paraître par la lucarne du grenier, sa frayeur redoubla ; le moment approchait où il allait se trouver seul avec Coupe-en-Deux. Alors il se jeta à genoux au milieu du grenier ; et, pleurant à chaudes larmes, il supplia ses camarades de demander grâce pour lui à Coupe-en-Deux, ou bien de l'aider à se sauver s'il y avait moyen. Ah bien oui ! les uns par peur du maître, les autres par insouciance, les autres par méchanceté, refusèrent au pauvre Gringalet le service qu'il leur demandait. »

— Mauvais galopins ! — dit le prisonnier au bonnet bleu ; — ils n'avaient donc ni cœur ni ventre ! — C'est vrai — reprit un autre ; — c'est tannant de voir ce petit abandonné de la nature entière.

— Et seul et sans défense encore — reprit le prisonnier au bonnet bleu ; — car quelqu'un qui ne peut que tendre le cou sans se regimber, ça fait toujours pitié. Quand on a des dents pour mordre... alors c'est différent... ma foi... tu as des crocs ?... eh bien ! montre-les et défends ta queue, mon cadet !

— C'est vrai ! — dirent plusieurs détenus.

— Ah çà ! — s'écria le Squelette ne pouvant plus dissimuler sa rage et s'adressant au bonnet bleu, — est-ce que tu ne te tairas pas, toi ? est-ce que je n'ai pas dit : Silence dans la *pègre !*... Suis-je ou non le prévôt ici !...

Pour toute réponse, le bonnet bleu regarda le Squelette en face, puis il lui fit ce geste gouailleur parfaitement connu des gamins, qui consiste à appuyer sur le bout du nez le pouce de la main droite ouverte en éventail, et à appuyer son petit doigt sur le pouce de la gauche, étendue de la même manière. Il accompagna cette *réponse* muette d'une mine si grotesque que plusieurs détenus rirent aux éclats, tandis que d'autres, au contraire, restèrent stupéfaits de l'audace du nouveau prisonnier, tant le Squelette était redouté.

Ce dernier montra le poing au bonnet bleu, et lui dit en grinçant des dents :

— Nous compterons demain...

— Et je ferai l'addition sur ta frimousse... je poserai dix-sept calottes et je ne retiendrai rien...

De crainte que le gardien n'eût une nouvelle raison de rester afin de prévenir une rixe possible, le Squelette répondit avec calme : — Il ne s'agit pas de ça : j'ai la police du chauffoir et l'on doit m'écouter, n'est-ce pas, gardien ?

— C'est vrai — dit le surveillant : — N'interrompez pas. Et toi, continue, Pique-Vinaigre ; mais dépêche-toi, mon garçon.

« — Pour lors donc — reprit Pique-Vinaigre continuant son récit — Gringalet, se voyant abandonné de tout le monde, se résigne à son malheureux sort. Le grand jour vient, et tous les enfants s'apprêtent à décaniller avec leurs bêtes. Coupe-en-Deux ouvre la trappe et fait l'appel pour donner à chacun son morceau de pain ; tous descendent par l'échelle, et Gringalet, plus mort que vif, rencogné dans un coin du grenier avec sa tortue, ne bougeait pas plus qu'elle ; il regardait ses compagnons s'en aller les uns après les autres ; il aurait donné bien des choses pour pouvoir faire comme eux... Enfin le dernier

IV.   12

quitte le grenier. Le cœur battait bien fort au premier enfant, il espérait que peut-être son maître l'oublierait. Ah ! bien oui ! voilà qu'il entend Coupe-en-Deux, qui était resté au pied de l'échelle, crier d'une grosse voix :

» — Gringalet !... Gringalet !... — Me voilà, mon maître. — Descends tout de suite, ou je te vais chercher — reprend Coupe-en-Deux. Pour le coup, Gringalet se croit à son dernier jour.

» — Allons — qu'il se dit en tremblant de tous ses membres et en se souvenant de son rêve — te voilà dans la toile, petit moucheron ; l'araignée va te manger. Après avoir déposé tout doucement sa tortue par terre, il lui dit comme un adieu, car il avait fini par s'attacher à cette bête ; il s'approcha de la trappe. Il mettait le pied sur le haut de l'échelle pour descendre, quand Coupe-en-Deux, le prenant par sa pauvre jambe maigre comme un fuseau, le tira si fort, si brusquement, que Gringalet dégringola et se rabota toute la figure le long de l'échelle. »

— Quel dommage que le doyen de la Petite-Pologne ne se soit pas trouvé là.. quelle danse à Coupe-en-Deux ! — dit le bonnet bleu ; — c'est dans ces moments-là qu'il est bon d'être fort...

« — Oui, mon garçon ; mais malheureusement le doyen ne se trouvait pas
là !... Coupe-en-Deux vous prend donc l'enfant par la peau de son pantalon et
l'emporte dans son chenil, où il gardait le grand singe attaché au pied de son
lit. Rien qu'à voir seulement l'enfant, voilà la mauvaise bête qui se met à
bondir, à grincer des dents comme un furieux, à s'élancer de toute la longueur
de sa chaîne à l'encontre de Gringalet, comme pour le dévorer. »

— Pauvre Gringalet, comment te tirer de là ? — Mais s'il tombe dans les
pattes du singe, il est étranglé net ! — Tonnerre... ça donne la petite mort —
dit le bonnet bleu ; — moi, dans ce moment-ci, je ne ferais pas de mal à une
puce... Et vous, les amis ? — Ma foi, ni moi non plus.

A ce moment la pendule de la prison sonna le troisième quart de trois heures.

Le Squelette, craignant de plus en plus que le temps ne lui manquât, s'é-
cria, furieux de ces interruptions qui semblaient annoncer que plusieurs détenus s'apitoyaient réellement : — Silence donc dans le *pègre !...* Il n'en finira
jamais, ce conteur de malheur, si vous parlez autant que lui ! Les interrupteurs
se turent. Pique-Vinaigre continua :

« Quand on pense que Gringalet avait eu toutes les peines du monde à
s'habituer à sa tortue, et que les plus courageux de ses camarades tremblaient
au seul nom de Gargousse, on se figure sa terreur quand il se voit apporter
par son maître tout près de ce gueux de singe. — Grâce.. mon maître ! —
criait-il en claquant ses deux mâchoires l'une contre l'autre, comme s'il avait
eu la fièvre — grâce, mon maître, je ne le ferai plus, je vous le promets !...
Le pauvre petit criait : — Je ne le ferai plus ! — sans savoir ce qu'il disait,
car il n'avait rien à se reprocher. Mais Coupe-en-Deux se moquait bien de
ça... Malgré les cris de l'enfant, qui se débattait, il le met à la portée de
Gargousse, qui saute dessus et l'empoigne... »

Une sorte de frémissement circula dans l'auditoire de plus en plus attentif.

— Comme j'aurais été bête de m'en aller — dit le gardien en se rapprochant davantage des groupes.

« Et ça n'est rien encore, le plus beau n'est pas là — reprit Pique-Vinaigre.
— Dès que Gringalet sentit les pattes froides et velues du grand singe qui le
saisissait par le cou et par la tête, il se crut dévoré, eut comme le délire, et
se mit à crier avec des gémissements qui auraient attendri un tigre :

« — L'araignée de mon rêve, mon bon Dieu !... l'araignée de mon rêve...
Petit moucheron d'or... à mon secours !

« — Veux-tu te taire... veux-tu te taire !... — lui disait Coupe-en-Deux
en lui donnant de grands coups de pied, car il avait peur qu'on n'entendît ses
cris ; mais au bout d'une minute il n'y avait plus de risque, allez ! le pauvre
Gringalet ne criait plus, ne se débattait plus : à genoux et blanc comme un
linge, il fermait les yeux et grelottait de tous ses membres ni plus ni moins
que par un froid de janvier ; pendant ce temps-là, le singe le battait, lui tirait
les cheveux et l'égratignait ; et puis de temps en temps la méchante bête s'arrêtait pour regarder son maître, absolument comme s'ils s'étaient entendus
ensemble. Coupe-en-Deux, lui, riait si fort ! si fort ! que si Gringalet eût crié,

les éclats de rire de son maître auraient couvert ses cris. On aurait dit que ça encourageait Gargousse, qui s'acharnait de plus belle après l'enfant. »

— Ah ! gredin de singe ! — s'écria le bonnet bleu — Si je t'avais tenu par la queue, j'aurais mouliné avec toi comme avec une fronde, et je t'aurais cassé la tête sur un pavé. — Gueux de singe ! il était méchant comme un homme ! — Il n'y a pas d'homme si méchant que ça !

« — Pas si méchant ! — reprit Pique-Vinaigre. — Et Coupe en-Deux donc ! Jugez-en... voilà ce qu'il fait après : il détache du pied de son lit la chaîne de Gargousse, qui était très-longue ; il retire un moment de ses pattes l'enfant plus mort que vif, et l'enchaîne de l'autre côté, de façon que Gringalet était à un bout de la chaîne et Gargousse à l'autre, tous les deux attachés par le milieu des reins, et séparés entre eux par environ trois pieds de distance. »

— Voilà-t-il une invention ! — C'est vrai, il y a des hommes plus méchants que les plus méchantes bêtes.

« Quand Coupe-en-Deux a fait ce coup-là, il dit à son singe, qui avait l'air de le comprendre, car ils méritaient bien de s'entendre : — Attention, Gargousse ! on t'a montré, c'est toi qui à ton tour montreras Gringalet ; il sera ton singe. Allons, houp ! debout, Gringalet, ou je dis à Gargousse de piller sur toi. Le pauvre enfant était retombé à genoux, joignant les mains, mais ne pouvant plus parler ; on n'entendait que ses dents claquer.

« — Tiens, fais-le marcher, Gargousse, — se mit à dire Coupe-en-Deux à son singe — et s'il rechigne, fais-lui comme moi...

« Et en même temps il donne à l'enfant une dégelée de coups de houssine, puis il remet la baguette au singe.

« Vous savez comme ces animaux sont imitateurs de leur nature, mais Gargousse l'était plus que non pas un ; le voilà donc qui prend la houssine d'une main et tombe sur Gringalet, qui est bien obligé de se lever. Une fois debout, il était, ma foi, à peu près de la même taille que le singe ; alors, Coupe-en-Deux sort de sa chambre et descend l'escalier en appelant Gargousse, et Gargousse le suit en chassant Gringalet devant lui à grands coups de houssine, comme s'il avait été son esclave. Ils arrivent ainsi dans la petite cour de la masure de Coupe-en-Deux. C'est là où il comptait s'amuser ; il ferme la porte de la ruelle, et fait signe à Gargousse de faire courir l'enfant devant lui tout autour de la cour à grands coups de houssine. Le singe obéit, et se met à *courser* ainsi Gringalet en le battant, pendant que Coupe-en-Deux se tenait les côtes de rire. Vous croyez que cette méchanceté-là devait lui suffire ? Ah bien oui !... ce n'était rien encore. Gringalet en avait été quitte jusque-là pour des égratignures, des coups de houssine et une peur horrible. Voilà ce qu'imagina Coupe en-Deux :

« Pour rendre le singe furieux contre l'enfant, qui tout essoufflé était déjà plus mort que vif, il prend Gringalet par les cheveux, fait semblant de l'accabler de coups et de le mordre, et il le rend à Gargousse en lui criant : Pille... pille... et ensuite il lui montre un morceau de cœur de mouton comme pour lui dire : Ça sera ta récompense...

» Oh ! alors, vraiment c'était un spectacle terrible... Figurez-vous un grand singe roux à museau noir, grinçant des dents comme un possédé, et se jetant furieux, quasi enragé, sur ce pauvre petit malheureux, qui, ne pouvant pas se défendre, avait été renversé du premier coup et s'était jeté à plat ventre, la face contre terre pour ne pas être dévisagé. Voyant ça, Gargousse, que son maître aguichait toujours contre l'enfant, monte sur son dos, le prend par le cou, et commence à lui mordre au sang le derrière de la tête.

» — Oh! l'araignée!... de mon rêve... l'araignée!... — criait Gringalet d'une voix étouffée, se croyant bien mort cette fois.

» Tout à coup on entend frapper à la porte. Pan !... pan !... pan !...

» — Ah ! le doyen !... — s'écrièrent les prisonniers avec joie !!!

» — Oui, cette fois c'était lui, mes amis ; il criait à travers la porte :

» — Ouvriras-tu, Coupe-en-Deux ? ouvriras-tu ?... Ne fais pas le sourd ; car je te vois... par le trou de la serrure !

» Le montreur de bêtes, forcé de répondre, s'en va tout grognant ouvrir au doyen, qui était un gaillard solide comme un pont, malgré ses cinquante ans, et avec lequel il ne fallait pas badiner quand il se fâchait. — Qu'est-ce que vous me voulez ? — lui dit Coupe-en-Deux en entre-bâillant la porte.

» — Je veux te parler — dit le doyen qui entra presque de force dans la petite cour ; puis, voyant le singe toujours acharné après Gringalet, il court, vous empoigne Gargousse par la peau du cou, veut l'arracher de dessus l'enfant et le jeter à dix pas ; mais il s'aperçoit seulement alors que l'enfant était enchaîné au singe. Voyant ça, le doyen regarde Coupe-en-Deux d'un air terrible, et lui crie : — Viens tout de suite désenchaîner ce petit malheureux !

» Vous jugez de la joie, de la surprise de Gringalet, qui, à demi mort de frayeur, se voit sauvé si à propos... et comme par miracle. Aussi il ne put s'empêcher de se souvenir du moucheron d'or de son rêve, quoique le doyen n'eût pas l'air d'un moucheron, le gaillard, tant s'en faut..... »

— Allons — dit le gardien en faisant un pas vers la porte — voilà Gringalet sauvé, je vais manger ma soupe.

— Sauvé ! — s'écria Pique-Vinaigre — ah ! bien oui, sauvé ! il n'est pas au bout de ses peines, allez, le pauvre Gringalet.

— Vraiment ? — dirent quelques détenus avec intérêt.

— Mais qu'est-ce donc qui va lui arriver ? — reprit le gardien en se rapprochant. — Restez, gardien, vous le saurez — reprit le conteur.

— Diable de Pique-Vinaigre ! il vous fait faire tout ce qu'il veut — dit le gardien ; — ma foi, je reste encore un peu.

Le Squelette, muet, écumait de rage. Pique-Vinaigre continua.

» — Coupe-en-Deux, qui craignait le doyen comme le feu, avait, tout en grognant, détaché l'enfant de la chaîne ; quand c'est fait, le doyen jette Gargousse en l'air, le reçoit au bout d'un grandissime coup de pied dans les reins, et l'envoie rouler à dix pas.. Le singe crie comme un brûlé, grince des dents, mais il se sauve lestement et va se réfugier au faîte d'un petit hangar d'où il montre le poing au doyen.

« — Pourquoi battez-vous mon singe? — dit Coupe-en-Deux au doyen.

« — Tu devrais me demander plutôt pourquoi je ne te bats pas toi-même... Faire ainsi souffrir cet enfant! Tu t'es donc soûlé de bien bonne heure?

« — Je ne suis pas plus soûl que vous; j'apprenais un tour à mon singe : je veux donner une représentation où lui et Gringalet paraîtront ensemble; je fais mon état, de quoi vous mêlez-vous?

« — Je me mêle de ce qui me regarde. Ce matin, en ne voyant pas Gringalet passer devant ma porte avec les autres enfants, je leur ai demandé où il était; ils ne m'ont pas répondu, ils avaient l'air embarrassé; je te connais, j'ai deviné que tu ferais quelque mauvais coup sur lui, et je ne me suis pas trompé. Écoute-moi bien : toutes les fois que je ne verrai pas Gringalet passer devant ma porte avec les autres le matin, j'arriverai ici dare-dare, et il faudra que tu me le montres, ou sinon..... je t'assomme.....

« — Je ferai ce que je voudrai, je n'ai pas d'ordre à recevoir de vous — lui répondit Coupe-en-Deux, irrité de cette menace de surveillance. — Vous n'assommerez rien du tout, et si vous ne vous en allez d'ici, ou si vous revenez..... je vous...

« — Vli-vlan, fit le doyen en interrompant Coupe-en-Deux par un duo de calottes à assommer un rhinocéros, — voilà ce que tu mérites pour répondre ainsi au doyen de la Petite-Pologne. »

— Deux calottes, c'était bien maigre — dit le bonnet bleu; — à la place du doyen, je lui aurais trempé une drôle de soupe grasse.

« — Le doyen — reprit Pique-Vinaigre — en aurait mangé dix comme Coupe-en-Deux. Le montreur de bêtes fut donc obligé de mettre les calottes dans son sac; mais il n'en était pas moins furieux d'être battu, et surtout d'être battu devant Gringalet. Aussi, à ce moment même, il se promit de s'en venger, et il lui vint une idée qui ne pouvait venir qu'à un démon de méchanceté comme lui. Pendant qu'il ruminait cette idée diabolique en se frottant les oreilles, le doyen lui dit :

« — Rappelle-toi que si tu t'avises de faire encore souffrir cet enfant, je te forcerai à filer de la Petite-Pologne, toi et tes bêtes, sans quoi j'ameuterai tout le monde contre toi; tu sais qu'on te déteste déjà : aussi, on te fera une *conduite* dont ton dos se souviendra, je t'en réponds.

« En traître qu'il était et pour pouvoir exécuter son idée scélérate, au lieu de continuer à se fâcher contre le doyen, Coupe-en-Deux fait le bon chien et dit d'un air câlin : — Foi d'homme, doyen, vous avez tort de m'avoir battu, et de croire que je veux du mal à Gringalet; au contraire, je vous répète que j'apprenais un nouveau tour à mon singe; il n'est pas commode quand il se rebiffe, et, dans la bagarre, le petit a été mordu, j'en suis fâché.

« — Hum !... — fit le doyen en le regardant de travers — est-ce bien vrai, ce que tu me dis là? D'ailleurs, si tu veux apprendre un tour à ton singe, pourquoi l'attaches-tu à Gringalet?

« — Parce que Gringalet doit être aussi du tour. Voilà ce que je veux faire : j'habillerai Gargousse avec un habit rouge et un chapeau à plumes comme un

EUSTACHE-LORSAY

H. LINTEICHAT

CRINGALET SECOURU PAR LE DOYEN DE LA PETITE-POLOGNE.

marchand de vulnéraire suisse; j'asseoirai Gringalet dans une petite chaise d'enfant; puis je lui mettrai une serviette au cou, et le singe, avec un grand rasoir de bois, aura l'air de lui faire la barbe.

« Le doyen ne put s'empêcher de rire à cette idée.

« — N'est-ce pas que c'est farce? — reprit Coupe-en-Deux d'un air sournois.

« — Le fait est que c'est farce — dit le doyen — d'autant plus qu'on dit ton gueux de singe assez adroit et assez malin pour jouer une parade pareille.

« — Je le crois bien... quand il m'aura vu cinq ou six fois faire semblant de raser Gringalet, il m'imitera avec son grand rasoir de bois; mais pour ça il faut qu'il s'habitue à l'enfant; aussi je les avais attachés ensemble.

« — Mais pourquoi as-tu choisi Gringalet plutôt qu'un autre?

« — Parce qu'il est le plus petit de tous, et qu'étant assis, Gargousse sera plus grand que lui; d'ailleurs, je voulais donner la moitié de la recette à Gringalet.

« — Si c'est comme cela — dit le doyen rassuré par l'hypocrisie du montreur de bêtes, je regrette la tournée que je t'ai donnée; alors mets que c'est une avance.....

« Pendant le temps que son maître parlait avec le doyen, Gringalet, lui, n'osait pas souffler; il tremblait comme la feuille, et mourait d'envie de se jeter aux pieds du doyen pour le supplier de l'emmener de chez le montreur de bêtes; mais le courage lui manquait, et il recommençait à se désespérer tout bas en disant : — Je serai comme la pauvre mouche de mon rêve, l'araignée me dévorera; j'avais tort de croire que le moucheron d'or me sauverait.

« —Allons, mon garçon, puisque le père Coupe-en-Deux te donne la moitié de la recette, ça doit t'encourager à t'habituer au singe... Bah! bah! tu t'y feras, et si la recette est bonne tu n'auras pas à te plaindre.

« — Lui! se plaindre! Est-ce que tu as à te plaindre? — lui demanda son maître en le regardant à la dérobée d'un air si terrible, que l'enfant aurait voulu être à cent pieds sous terre

« — Non... non... mon maître — répondit-il en balbutiant.

« — Vous voyez bien, doyen — dit Coupe-en-Deux — il n'a jamais eu à se plaindre; je ne veux que son bien, après tout. Si Gargousse l'a égratigné une première fois, cela n'arrivera plus, je vous le promets, j'y veillerai.

« — A la bonne heure! Ainsi, tout le monde sera content.

« — Gringalet tout le premier — dit Coupe-en-Deux. — N'est-ce pas, que tu seras content?

« — Oui, oui... mon maître... — dit l'enfant tout en pleurant.

« — Et pour te consoler de tes égratignures, je te donnerai ta part d'un bon déjeuner, car le doyen va m'envoyer un plat de côtelettes aux cornichons, quatre bouteilles de vin et un demi-setier d'eau-de-vie.

« — A ton service, Coupe-en-Deux, ma cave et ma cuisine luisent pour tout le monde.

« Au fond, le doyen était brave homme, mais il n'était pas malin, et il aimait à vendre son vin et son fricot aussi. Le gueux de Coupe-en-Deux le savait bien ; vous voyez qu'il le renvoyait content de lui vendre à boire et à manger, et rassuré sur le sort de Gringalet.

» Voilà donc ce pauvre petit retombé au pouvoir de son maître. Dès que le doyen a les talons tournés, Coupe-en-Deux montre l'escalier à son pâtiras et lui ordonne de remonter vite dans son grenier ; l'enfant ne se le fait pas dire deux fois, il s'en va tout effrayé.

» — Mon bon Dieu ! je suis perdu — s'écrie-t-il en se jetant sur la paille à côté de sa tortue, et en pleurant à chaudes larmes. Il était là depuis une bonne heure à sangloter, lorsqu'il entend la grosse voix de Coupe-en-Deux qui l'appelait... Ce qui augmentait encore la peur de Gringalet, c'est qu'il lui semblait que la voix de son maître n'était pas comme à l'ordinaire.

» — Descendras-tu bientôt ! — reprend le montreur de bêtes avec un tonnerre de jurements.

» L'enfant se dépêche vite de descendre par l'échelle ; à peine a-t-il mis le pied par terre, que son maître le prend et l'emporte dans sa chambre, en trébuchant à chaque pas ; car Coupe-en-Deux avait tant bu, tant bu, qu'il était soûl comme une grive et qu'il se tenait à peine sur ses jambes ; son corps se penchait tantôt en avant et tantôt en arrière, et il regardait Gringalet en roulant des yeux d'un air féroce, mais sans parler ; il avait, comme on dit, la bouche trop épaisse : jamais l'enfant n'en avait eu plus peur.

» Gargousse était enchaîné au pied du lit. Au milieu de la chambre il y avait une chaise, avec une corde pendante au dossier... — Ass... assis-toi... là — continua Pique-Vinaigre en imitant, jusqu'à la fin de ce récit, le bégaiement empâté d'un homme ivre, lorsqu'il faisait parler Coupe-en-Deux.

» Gringalet s'assied tout tremblant ; alors Coupe-en-Deux, toujours sans parler, l'entortille de la grande corde et l'attache sur la chaise, et cela pas facilement ; car, quoique le montreur de bêtes eût encore un peu de *vue* et de connaissance, vous pensez qu'il faisait les nœuds doubles. Enfin, voilà Gringalet solidement amarré sur sa chaise. — Mon bon Dieu ! mon bon Dieu ! — murmura-t-il — cette fois, personne ne viendra me délivrer.

» Pauvre petit, il avait raison, personne ne pouvait, ne devait venir, comme vous allez le voir : le doyen était parti rassuré ; Coupe-en-Deux avait fermé la porte de sa cour en dedans à double tour, mis le verrou ; personne ne pouvait donc venir au secours de Gringalet. »

— Oh ! pour cette fois — se dirent les prisonniers impressionnés par ce récit — Gringalet, tu es perdu... — Pauvre petit... — Quel dommage !

— S'il ne fallait que donner vingt sous pour le sauver, je les donnerais.

— Moi aussi. — Gueux de Coupe-en-Deux ! — Qu'est-ce qu'il va lui faire !

. Pique-Vinaigre continua : « — Quand Gringalet fut bien attaché sur sa chaise, son maître lui dit — et le conteur imita de nouveau l'accent d'un homme ivre : — Ah !... gredin... c'est toi... qui as été cause que... que j'ai été battu par le doyen... Tu... vas mou... mourir... Et il tire de sa poche un grand rasoir tout fraîchement repassé, l'ouvre, et prend d'une main Gringalet par les cheveux... »

» A la vue du rasoir, l'enfant se mit à crier :

» — Grâce ! mon maître... grâce, ne me tuez pas !...

» — Va, crie... crie... môme... tu ne crieras pas long-temps — répondit Coupe-en-Deux.

» — Moucheron d'or ! moucheron d'or ! à mon secours ! — cria le pauvre Gringalet presque en délire, et se rappelant son rêve qui l'avait tant frappé ; — voilà l'araignée qui va me tuer !

» — Ah ! tu m'app... tu m'appelles... araignée, toi... — dit Coupe-en-Deux. — A cause de ça... et d'autres... d'autres choses, tu vas mourir... entends-tu... mais... pas de ma main... parce que... la... chose... et puis qu'on me guillotinerait... je dirai... et... prou... prouverai que c'est... le singe... J'ai... tantôt... préparé la chose... a... a... enfin n'importe — dit Coupe-en-Deux en se soutenant à peine ; puis, appelant son singe, qui, au bout de sa chaîne, la tendait de toutes ses forces en grinçant des dents et en regardant tour à tour son maître et l'enfant : — Tiens, Gargousse — lui dit-il en lui montrant le rasoir et Gringalet qu'il tenait par les cheveux — tu vas lui faire comme ça... vois-tu ?... Et, passant à plusieurs reprises le dos du rasoir sur le cou de Gringalet, il fit comme s'il lui coupait le cou.

« Le gueux de singe était si imitateur, si méchant et si malin, qu'il comprit ce que son maître voulait; et, comme pour le lui prouver, il se prit le menton avec la patte gauche, renversa sa tête en arrière, et avec sa patte droite il fit mine de se couper le cou.

» — C'est ça, Gargousse... ça y est — dit Coupe-en-Deux en balbutiant, en fermant les yeux à demi et en trébuchant si fort, qu'il manqua de tomber avec Gringalet et la chaise... — Oui, ça y est... je vas te... dé... détacher, et tu... lui couperas le sifflet, n'est-ce pas, Gargousse ?

» Le singe cria en grinçant des dents, comme pour dire oui, et avança la patte pour prendre le rasoir que Coupe-en-Deux lui tendait.

» — Moucheron d'or, à mon secours ! — murmura Gringalet d'une pauvre voix mourante, certain cette fois d'être à sa dernière heure. Hélas ! il appelait le moucheron d'or à son secours sans y compter et sans l'espérer; mais il disait cela comme on dit : Mon Dieu ! mon Dieu ! quand on se noie...

» Eh bien ! pas du tout. Voilà-t-il pas qu'à ce moment-là Gringalet voit entrer par la fenêtre ouverte une de ces petites mouches vert et or, comme il y en a tant; on aurait dit une étincelle de feu qui voltigeait, voltigeait; et, juste à l'instant où Coupe-en-Deux venait de donner le rasoir à Gargousse, le moucheron d'or s'en va se *ploquer* droit dans l'œil de ce méchant brigand. Une mouche dans l'œil, ça n'est pas grand'chose; mais, dans le moment, ça cuit comme une piqûre d'épingle; aussi, Coupe-en-Deux, qui se soutenait à peine, porta vivement la main à son œil, et ça par un mouvement si brusque, qu'il trébucha, tomba tout de son long, et roula comme une masse au pied du lit où était enchaîné Gargousse.

» — Moucheron d'or, merci... tu m'as sauvé ! — cria Gringalet; car, toujours assis et attaché sur sa chaise, il avait tout vu. »

— C'est, ma foi, vrai pourtant, le moucheron d'or l'a empêché d'avoir le cou coupé — s'écrièrent les détenus transportés de joie.

— Vive le moucheron d'or ! — cria le bonnet bleu.

— Oui, vive le moucheron d'or ! — répétèrent plusieurs voix.

— Vive Pique-Vinaigre et ses contes ! — dit un autre.

— Attendez donc — reprit le conteur — voici le plus beau et le plus terrible de l'histoire que je vous avais promise : Coupe-en-Deux avait tombé par terre comme un plomb; il était si soûl, qu'il ne remuait pas plus qu'une bûche... il était ivre-mort... quoi ! et sans connaissance de rien; mais en tombant il avait manqué d'écraser Gargousse, et lui avait presque cassé une patte de derrière... Vous savez comme ce vilain animal était rancunier et malicieux. Il n'avait pas lâché le rasoir que son maître lui avait donné pour couper le cou à Gringalet. Qu'est-ce que fait mon gueux de singe quand il voit son maître étendu sur le dos et bien à sa portée ? il saute sur lui, s'accroupit sur sa poitrine, d'une de ses pattes lui tend la peau du cou, et de l'autre... crac... il vous lui coupe le sifflet net comme verre... juste comme Coupe-en-Deux lui avait enseigné à le faire sur Gringalet. »

— Bravo !... — C'est bien fait !...

— Vive Gargousse !... — crièrent les détenus avec enthousiasme.

— Vive le petit moucheron d'or !

— Vive Gringalet ! — Vive Gargousse !

— Eh bien ! mes amis — s'écria Pique-Vinaigre — ce que vous criez là,
toute la Petite-Pologne le criait une heure plus tard.

— Comment cela... comment ?

« — Je vous ai dit que pour faire son mauvais coup tout à son aise, le gueux
de Coupe-en-Deux avait fermé sa porte en dedans. A la brune, voilà les enfants qui arrivent les uns après les autres avec leurs bêtes ; les premiers cognent,
personne ne répond ; enfin, quand ils sont tous rassemblés, ils recognent,
rien... l'un d'eux s'en va trouver le doyen et lui dire qu'ils avaient beau frapper, et que leur maître ne leur ouvrait pas. — Le gredin se sera soûlé comme
un Anglais — dit-il — je lui ai envoyé du vin tantôt ; faut enfoncer sa porte,
ces enfants ne peuvent pas rester la nuit dehors.

« On enfonce la porte à coups de merlin ; en outre, on monte, on arrive
dans la chambre ; et qu'est-ce qu'on voit ? Gargousse enchaîné et accroupi sur
le corps de son maître, et jouant avec le rasoir ; le pauvre Gringalet, heureusement hors de la portée de la chaîne de Gargousse, toujours assis et attaché
sur sa chaise, n'osant pas lever les yeux sur le corps de Coupe-en-Deux, et
regardant, devinez quoi ? la petite mouche d'or, qui, après avoir voleté autour

de l'enfant comme pour le féliciter, était enfin venue se poser sur sa petite main.

« Gringalet raconta tout au doyen et à la foule qui l'avait suivi ; ça paraissait vraiment, comme on dit, un coup du ciel ; aussi, le doyen s'écrie : — Un triomphe à Gringalet... un triomphe à Gargousse qui a tué ce mauvais brigand de Coupe-en-Deux ! il coupait les autres... c'était son tour d'être coupé.

« — Oui ! oui ! — dit la foule — car le montreur de bêtes était détesté de tout le monde. — Un triomphe à Gargousse ! Un triomphe à Gringalet !

« Il faisait nuit ; on allume des torches de paille, on attache Gargousse sur un banc que quatre gamins portaient sur leurs épaules ; le gredin de singe n'avait pas l'air de trouver ça trop beau pour lui, et il prenait des airs de triomphateur en montrant les dents à la foule. Après le singe venait le doyen, portant Gringalet dans ses bras ; tous les petits montreurs de bêtes, chacun avec la sienne, entouraient le doyen, l'un portait son renard, l'autre sa marmotte, l'autre son cochon d'Inde ; ceux qui jouaient de la vielle jouaient de la vielle ; il y avait des charbonniers auvergnats avec leur musette, qui en jouaient aussi ; c'était enfin un tintamarre, une joie, une fête qu'on ne peut s'imaginer ! Derrière les musiciens et les montreurs de bêtes, venaient tous les habitants de la Petite-Pologne, hommes, femmes, enfants ; presque tous tenaient à la main des torches de paille, et criaient comme des enragés : Vive Gringalet ! vive Gargousse !... Le cortége fait dans cet ordre-là le tour de la cassine de Coupe-en-Deux. C'était un drôle de spectacle, allez, que ces vieilles masures et toutes ces figures éclairées par la lueur rouge des feux de paille qui flamboyaient... flamboyaient !... Quant à Gringalet, la première chose qu'il avait faite, une fois en liberté, ça avait été de mettre la petite mouche d'or dans un cornet de papier, et il répétait tout le temps de son triomphe :

« — Petits moucherons, j'ai bien fait d'empêcher les araignées de vous manger, car... » La fin du récit de Pique-Vinaigre fut interrompue.

— Eh ! père Roussel — cria une voix du dehors — viens donc manger ta soupe ; quatre heures vont sonner dans dix minutes.

— Ma foi ! l'histoire est à peu près finie, j'y vais. Merci, mon garçon, tu m'as joliment amusé, tu peux t'en vanter — dit le surveillant à Pique-Vinaigre en allant vers la porte... Puis, s'arrêtant. — Ah ! çà ! soyez sages... — dit-il aux détenus en se retournant.

— Nous allons entendre la fin de l'histoire — dit le Squelette haletant de fureur contrainte. Puis il dit tout bas au Gros-Boiteux : — Va sur le pas de la porte, suis le gardien des yeux, et quand tu l'auras vu sortir de la cour, crie Gargousse ! et le mangeur est mort.

— Ça y est — dit le Gros-Boiteux qui accompagna le gardien, et resta debout à la porte du chauffoir, l'épiant du regard.

« Je vous disais donc — reprit Pique-Vinaigre — que Gringalet, tout le temps de son triomphe, se disait : — Petits moucherons, j'ai... »

— Gargousse ! — s'écria le Gros-Boiteux en se retournant. Il venait de voir le surveillant quitter la cour.

— A moi ! Gringalet... je serai ton araignée ! — s'écria aussitôt le Sque-

lette en se précipitant si brusquement sur Germain, que celui-ci ne put faire un mouvement ni pousser un cri. Sa voix expira sous la formidable étreinte des longs doigts de fer du Squelette.

— Si tu es l'araignée, moi je serai le moucheron d'or, Squelette de malheur — cria une voix au moment où Germain, surpris par la violente et soudaine attaque de son implacable ennemi, tombait renversé sur son banc, livré à la merci du brigand qui, un genou sur la poitrine, le tenait par le cou.

— Oui, je serai le moucheron, et un fameux moucheron encore! — répéta l'homme au bonnet bleu dont nous avons parlé; puis, d'un bond furieux, renversant trois ou quatre prisonniers, il s'élança sur le Squelette et lui asséna sur le crâne et entre les deux yeux une grêle de coups de poing si précipités, qu'on eût dit la batterie sonore d'un marteau sur une enclume.

L'homme au bonnet bleu, qui n'était autre que le Chourineur, ajouta en redoublant la rapidité de son *martelage* sur la tête du Squelette :

— C'est la grêle de coups de poing que M. Rodolphe m'a tambourinés sur la boule!... je les ai retenus!...

A cette agression inattendue, les détenus restèrent frappés de surprise, sans prendre parti pour ou contre le Chourineur. Plusieurs d'entre eux, encore sous la salutaire impression du conte de Pique-Vinaigre, furent même satisfaits de cet incident qui pouvait sauver Germain. Le Squelette, d'abord étourdi, chancelant comme un bœuf sous la masse de fer du boucher, étendit machinalement les mains en avant pour parer les coups de son ennemi; Germain put se dégager de la mortelle étreinte du Squelette et se relever à demi.

— Mais qu'est-ce qu'il a? à qui en a-t-il donc, ce brigand-là! — s'écria le Gros-Boiteux; et, s'élançant sur le Chourineur, il tâcha de lui saisir les bras par derrière, pendant que celui-ci faisait de violents efforts pour maintenir le Squelette sur le banc. Le défenseur de Germain répondit à l'attaque du Gros-Boiteux par une espèce de ruade si violente qu'il l'envoya rouler à l'extrémité du cercle formé par les détenus.

Germain, d'une pâleur livide et violacée, à demi suffoqué, à genoux auprès du banc, ne paraissait pas avoir la conscience de ce qui se passait autour de lui. La strangulation avait été si violente, qu'il respirait à peine.

Après son premier étourdissement, le Squelette, par un effort désespéré, parvint à se débarrasser du Chourineur et à se remettre sur ses pieds.

Haletant, ivre de rage et de haine, il était épouvantable... Sa face cadavéreuse ruisselait de sang; sa lèvre supérieure, retroussée comme celle d'un loup furieux, laissait voir ses dents serrées les unes contre les autres.

Enfin il s'écria d'une voix palpitante de colère et de fatigue, car sa lutte contre le Chourineur avait été violente :

— Escarpez-le donc!... ce brigand-là!... tas de frileux... qui me laissez prendre en traître... sinon le *mangeur* va vous échapper!

Durant cette espèce de trêve, le Chourineur, enlevant Germain à demi évanoui, avait assez habilement manœuvré pour se rapprocher peu à peu de l'angle d'un mur, où il déposa son protégé. Profitant de cette excellente position de défense, il pouvait alors, sans crainte d'être pris à dos, tenir assez long-temps contre les détenus, auxquels le courage et la force herculéenne qu'il venait de déployer imposaient beaucoup.

Pique-Vinaigre, épouvanté, disparut pendant le tumulte, sans qu'on s'aperçût de son absence.

Voyant l'hésitation de la plupart des prisonniers, le Squelette s'écria :

— A moi donc !... estourbissons-les tous les deux... le gros et le petit !

— Prends garde ! — répondit le Chourineur en se préparant au combat, les deux mains en avant et carrément campé sur ses robustes reins. — Gare à toi, Squelette ! Si tu veux faire encore le Coupe-en-Deux.... moi, je ferai comme Gargousse, je te couperai le sifflet...

— Mais tombez donc dessus ! — cria le Gros-Boiteux en se relevant. — Pourquoi cet enragé défend-il le *mangeur !*... A mort le *mangeur !*... et lui aussi ! S'il défend Germain, c'est un traître !

— Oui ! oui !... — A mort le *mangeur !*... — A mort !

— Oui ! à mort le traître... qui le soutient !

Tels furent les cris des plus endurcis des détenus.

Un parti plus pitoyable s'écria : — Non ! avant, qu'il parle !...

— Oui ! qu'il s'explique ! — On ne tue pas un homme sans l'entendre !

— Et sans défense !... — Faudrait être de vrais Coupe-en-Deux !

— Tant mieux ! — reprirent le Gros-Boiteux et les partisans du Squelette.

— On ne saurait trop en faire à un *mangeur*... — A mort !

— Tombons dessus ! — Soutenons le Squelette !

— Oui ! oui !... charivari pour le bonnet bleu !

— Non !... soutenons le bonnet bleu !... charivari pour le Squelette ! — riposta le parti du Chourineur.

— Non !... à bas le bonnet bleu ! — A bas le Squelette !

— Bravo ! mes cadets !... — s'écria le Chourineur en s'adressant aux détenus qui se rangeaient de son côté. — Vous avez du cœur... vous ne voudriez pas massacrer un homme à demi mort !... il n'y a que des lâches capables de ça... Le Squelette s'en moque pas mal... il est condamné d'avance, c'est pour cela qu'il vous pousse... Mais si vous aidez à tuer Germain, vous serez durement pincés. D'ailleurs je propose une chose, moi !... le Squelette veut achever ce jeune homme... eh bien ! qu'il vienne donc me le prendre, s'il en a le toupet !... ça se passera entre nous deux ; nous nous crocherons... et on verra... Mais il n'ose pas, il est comme Coupe-en-Deux, fort avec les faibles...

La vigueur, l'énergie, la rude figure du Chourineur devaient avoir une puissante action sur les détenus ; aussi un assez grand nombre d'entre eux se rangèrent de son côté et entourèrent Germain, le parti du Squelette se groupa autour de ce bandit.

Une sanglante mêlée allait s'engager, lorsqu'on entendit dans la cour le pas sonore et mesuré du piquet d'infanterie toujours de garde à la prison.

Pique-Vinaigre, profitant du bruit et de l'émotion générale, avait gagné la cour et était allé frapper au guichet de la porte d'entrée, afin d'avertir les gar-

LE COURRIER DÉLIVRANT N. GESMAIN.

diens de ce qui se passait dans le chauffoir. L'arrivée des soldats mit fin à
cette scène.

Germain, le Squelette et le Chourineur furent conduits auprès du directeur
de la Force. Le premier devait déposer sa plainte, les deux autres répondre à
une prévention de rixe dans l'intérieur de la prison.

La terreur et la souffrance de Germain avaient été si vives, sa faiblesse
était si grande, qu'il lui fallut s'appuyer sur deux gardiens pour arriver jusqu'à une chambre voisine du cabinet du directeur, où on le conduisit. Là, il
se trouva mal; son cou, excorié, portait l'empreinte livide et sanglante des
doigts de fer du Squelette. Quelques secondes de plus, le fiancé de Rigolette
aurait été étranglé.

Le gardien chargé de la surveillance du parloir, et qui, nous l'avons dit,
s'était toujours intéressé à Germain, lui donna les premiers secours.

Lorsque celui-ci revint à lui, lorsque la réflexion succéda aux émotions rapides et terribles qui lui avaient à peine laissé l'exercice de sa raison, sa première pensée fut pour son sauveur. — Merci de vos bons soins, monsieur —
dit-il au gardien; — sans cet homme courageux, j'étais perdu.

— Comment vous trouvez-vous?

— Mieux... Ah! tout ce qui vient de se passer me semble un songe horrible!... Et celui qui m'a sauvé, où est-il?

— Dans le cabinet du directeur. Il lui raconte comment la rixe est arrivée.
Il paraît que sans lui...

— J'étais mort, monsieur... Oh! dites-moi son nom... Qui est-il?

— Son nom... je n'en sais rien, il est surnommé le Chourineur; c'est un ancien forçat...

— Et le crime qui l'amène ici... n'est pas grave peut-être ?...

— Très-grave !... Vol avec effraction , la nuit... dans une maison habitée — dit le gardien. — Il aura probablement la même dose que Pique-Vinaigre : quinze ou vingt ans de travaux forcés et l'exposition , vu la récidive.

Germain tressaillit : il eût préféré être lié par la reconnaissance à un homme moins criminel. — Ah ! c'est affreux ! dit-il. Et pourtant cet homme , sans me connaître, a pris ma défense. Tant de courage, tant de générosité...

— Que voulez-vous , monsieur, quelquefois il y a encore un peu de bon chez ces gens-là. L'important, c'est que vous voilà sauvé; demain vous aurez votre cellule à la pistole , et pour cette nuit vous coucherez à l'infirmerie. Allons, courage. monsieur! Le mauvais temps est passé : quand votre jolie petite visiteuse viendra vous voir, vous pourrez la rassurer; car une fois en cellule vous n'aurez plus rien à craindre. Seulement vous ferez bien , je crois , de ne pas lui parler de la scène de tout à l'heure. Elle en tomberait malade de peur.

— Oh! non , sans doute , je ne lui en parlerai pas ; mais je voudrais pourtant remercier mon défenseur... Si coupable qu'il soit aux yeux de la loi, il ne m'en a pas moins sauvé la vie.

— Tenez , justement je l'entends qui sort de chez M. le directeur , qui va maintenant interroger le Squelette; je les reconduirai ensemble tout à l'heure, le Squelette au cachot... et le Chourineur à la Fosse-aux-Lions. Il sera d'ailleurs un peu récompensé de ce qu'il a fait pour vous ; car, comme c'est un gaillard solide et déterminé, tel qu'il faut être pour mener les autres, il est probable qu'il remplacera le Squelette comme prévôt...

Le Chourineur ayant traversé un petit couloir sur lequel s'ouvrait la porte du cabinet du directeur, entra dans la chambre où se trouvait Germain.

— Attendez moi là — dit le gardien au Chourineur ; — je vais aller savoir de M. le directeur ce qu'il décide du Squelette, et je reviendrai vous prendre... Voilà notre jeune homme tout à fait remis ; il veut vous remercier, et il y a de quoi, car sans vous c'était fini de lui. Le gardien sortit.

La physionomie du Chourineur était radieuse, il s'avança joyeusement en disant : — Tonnerre ! que je suis content ! que je suis donc content de vous avoir sauvé ! — Et il tendit la main à Germain.

Celui-ci , par un sentiment de répulsion involontaire, se recula d'abord légèrement , au lieu de prendre la main que le Chourineur lui offrait ; puis, se rappelant qu'après tout il devait la vie à cet homme, il voulut réparer ce premier mouvement de répugnance. Mais le Chourineur s'en était aperçu; ses traits s'assombrirent, et, en reculant à son tour, il dit avec une tristesse amère : — Ah! c'est juste... pardon... monsieur...

— Non , c'est moi qui dois vous demander pardon... Ne suis-je pas prisonnier comme vous? Je ne dois songer qu'au service que vous m'avez rendu... vous m'avez sauvé la vie. Votre main, monsieur... je vous en prie... de grâce... votre main.

— Merci... maintenant c'est inutile... Le premier mouvement est tout... Si vous m'aviez d'abord donné une poignée de main, cela m'aurait fait plaisir... Mais en y réfléchissant, c'est à moi à ne plus vouloir... Non parce que je suis prisonnier comme vous, mais — ajouta-t-il d'un air sombre et en hésitant — parce qu'avant d'être ici... j'ai été...

— Le gardien m'a tout dit — reprit Germain en l'interrompant; — mais vous ne m'avez pas moins sauvé la vie.

— Je n'ai fait que mon devoir et mon plaisir, car je sais que vous êtes... monsieur Germain.

— Vous me connaissez?

— Un peu, mon neveu! que je vous répondrais si j'étais votre oncle — dit le Chourineur en reprenant son ton d'insouciance habituelle — et vous auriez pardieu bien tort de mettre mon arrivée à la Force sur le dos du hasard... Si je ne vous avais pas connu... je ne serais pas en prison.

Germain regarda le Chourineur avec une surprise profonde.

— Comment?... c'est parce que vous m'avez connu?...

— Que je suis ici... prisonnier à la Force...

— Je voudrais vous croire... mais...

— Mais vous ne me croyez pas.

— Je veux dire qu'il m'est impossible de comprendre comment il se fait que je sois pour quelque chose dans votre emprisonnement.

— Pour quelque chose? Vous y êtes pour tout.

— J'aurais eu ce malheur?...

— Un malheur!... au contraire... c'est moi qui vous redois... Et crânement encore...

— A moi! vous me devez?...

— Une fière chandelle, pour m'avoir procuré l'avantage de faire un tour à la Force...

— En vérité — dit Germain en passant la main sur son front — je ne sais si la terrible secousse de tout à l'heure affaiblit ma raison, mais il m'est impossible de vous comprendre... Le gardien vient de me dire que vous étiez ici comme prévenu... de... de... Et Germain hésitait.

— De vol... pardieu... allez donc... oui, de vol avec effraction... avec escalade... et la nuit, par-dessus le marché!... tout le tremblement à la voile, quoi! — s'écria le Chourineur en éclatant de rire. — Rien n'y manque... c'est du chenu... Mon vol a toutes les herbes de la Saint-Jean, comme on dit...

Germain, péniblement ému du cynisme audacieux du Chourineur, ne put s'empêcher de lui dire: — Comment... vous, vous si brave... si généreux, parlez-vous ainsi?... ne savez-vous pas à quelle terrible punition vous êtes exposé?

— Une vingtaine d'années de galères et le carcan!... connu... Je suis un crâne scélérat, hein, de prendre ça en blague?... Mais que voulez-vous? une fois qu'on y est... Et dire pourtant que c'est vous, monsieur Germain — ajouta le Chourineur en poussant un énorme soupir, d'un air plaisamment contrit — que c'est vous qui êtes cause de mon malheur!...

IV. 11

— Quand vous vous expliquerez plus clairement, je vous entendrai.....
Raillez tant qu'il vous plaira, ma reconnaissance pour le service que vous
m'avez rendu n'en subsistera pas moins — dit Germain tristement.

— Tenez, pardon, monsieur Germain — répondit le Chourineur en devenant sérieux — vous n'aimez pas à me voir rire de cela... n'en parlons plus.
Il faut que je me rabiboche avec vous, et que je vous force peut-être bien à
me tendre encore la main.

— Je n'en doute pas; car, malgré le crime dont on vous accuse et dont
vous vous accusez vous-même, tout en vous annonce le courage, la franchise.
Je suis sûr que vous êtes injustement soupçonné... de graves apparences peut-
être vous compromettent... mais voilà tout ..

— Oh! quant à cela, vous vous trompez, monsieur Germain — dit le
Chourineur sérieusement cette fois. — Foi d'homme, aussi vrai que j'ai un
protecteur (le Chourineur ôta son bonnet), qui est pour moi ce que le bon Dieu
est pour les bons prêtres, j'ai volé la nuit en enfonçant un volet, j'ai été arrêté
sur le fait, et encore nanti de tout ce que je venais d'emporter...

— Mais le besoin... la faim... vous poussaient donc à cette extrémité!

— La faim! J'avais 120 francs à moi quand on m'a arrêté, le restant d'un
billet de 1,000 francs, sans compter que le protecteur dont je vous parle,
et qui, par exemple, ne sait pas que je suis ici, ne me laissera jamais manquer
de rien... Mais puisque je vous ai parlé de mon protecteur, vous devez croire
que ça devient sérieux, parce que, voyez-vous, celui-là, c'est à se mettre à
genoux devant... Ainsi, tenez, la grêle de coups de poing dont j'ai tambouriné
le Squelette... c'est une manière à lui que j'ai copiée d'après nature... L'idée
du vol... c'est à cause de lui qu'elle m'est venue... Enfin si vous êtes là, au
lieu d'être étranglé par le Squelette, c'est encore grâce à lui...

— Mais ce protecteur ?...

— Est aussi le vôtre.

— Le mien ?

— Oui... M. Rodolphe vous protége... Quand je dis monsieur... c'est monseigneur..... que je devrais dire..... car c'est au moins un prince... mais j'ai
l'habitude de l'appeler M. Rodolphe, et il me le permet.

— Vous vous trompez — dit Germain de plus en plus surpris — je ne connais pas de prince...

— Oui, mais il vous connaît, lui... Vous ne vous en doutez pas ! C'est
possible, c'est sa manière. Il sait qu'il y a un brave homme dans la peine,
crac, le brave homme est soulagé; et, ni vu ni connu, je t'embrouille; le
bonheur lui tombe des nues comme une tuile sur la tête. Aussi, patience, un
jour ou l'autre vous recevrez votre tuile...

— En vérité, ce que vous me dites me confond.

— Vous en apprendrez bien d'autres ! Pour en revenir à mon protecteur, il
y a quelque temps, après un service qu'il prétendait que je lui avais rendu,
il me procure une position superbe; je n'ai pas besoin de vous dire laquelle, ce
serait trop long; enfin il m'envoie à Marseille pour m'embarquer et aller re-

joindre en Algérie ma superbe position... Je pars de Paris... content comme un gueux; bon! mais bientôt ça change... Une supposition : mettons que je sois parti par un beau soleil, n'est-ce pas? Eh bien! le lendemain, voilà le temps qui se couvre, le surlendemain il devient tout gris, et ainsi de suite, de plus en plus sombre à mesure que je m'éloignais, jusqu'à ce qu'enfin il devienne noir comme le diable... Comprenez-vous?

— Pas absolument...

— Eh bien! voyons... avez-vous eu un chien?

— Quelle singulière question!

— Avez-vous eu un chien qui vous aimât bien et qui se soit perdu!...

— Non.

— Alors je vous dirai tout uniment qu'une fois loin de M. Rodolphe, j'étais inquiet, abruti, effaré comme un chien qui aurait perdu son maître... C'était bête; mais les chiens aussi sont bêtes, ce qui ne les empêche pas d'être attachés et de se souvenir au moins autant des bons morceaux que des coups de bâton; et M. Rodolphe m'avait donné mieux que des bons morceaux; car, voyez-vous, pour moi M. Rodolphe c'est tout. D'un vaurien, brutal, sauvage et tapageur, il a fait une espèce d'honnête homme, en me disant seulement deux mots... Mais ces deux mots-là, voyez-vous, c'est comme de la magie...

— Et ces mots, que sont-ils? Que vous a-t-il dit?

— Il m'a dit que j'avais encore *du cœur et de l'honneur*, quoique j'aie été au bagne, non pour avoir volé... c'est vrai... oh! ça jamais... mais pour ce qui est pis... peut-être... pour avoir tué... Oui — dit le Chourineur d'une voix sombre — oui, tué, dans un moment de colère... parce que, autrefois élevé comme une bête brute, ou plutôt comme un voyou sans père ni mère, abandonné sur le pavé de Paris, je ne connaissais ni Dieu ni diable, ni bien ni mal. Quelquefois le sang me montait aux yeux... je voyais rouge... et si j'avais un couteau à la main, je chourinais... je chourinais... j'étais comme un vrai loup, quoi!... je ne pouvais pas fréquenter autre chose que des gueux et des bandits; je n'en mettais pas un crêpe à mon chapeau pour cela; fallait vivre dans la boue... je vivais rondement dans la boue... je ne m'apercevais pas seulement que j'y étais... Mais quand M. Rodolphe m'a eu dit que, puisque, malgré les mépris de tout le monde et la misère, au lieu de voler comme d'autres, j'avais préféré travailler tant que je pouvais et à quoi je pouvais, ça montrait que j'avais encore du cœur et de l'honneur.. tonnerre!... voyez-vous... ces deux mots-là, ça m'a fait le même effet que si on m'avait empoigné par la crinière pour m'enlever à mille pieds en l'air au-dessus de la vermine où je pataugeais, et me montrer dans quelle crapule je vivais... Comme de juste, alors j'ai dit : Merci! j'en ai assez. Alors le cœur m'a battu autrement que de colère, et je me suis juré d'avoir toujours de cet honneur dont parlait M. Rodolphe... Vous voyez, monsieur Germain, en me disant avec bonté que je n'étais pas si pire que je me croyais, M. Rodolphe m'a encouragé, et, grâce à lui, je suis devenu meilleur que je n'étais...

En entendant ce langage, Germain comprenait de moins en moins que le

Chourineur eût commis le vol dont il s'accusait. — Non — pensait-il — c'est impossible, cet homme qui s'exalte ainsi aux seuls mots d'*honneur* et de *cœur*, ne peut avoir commis ce vol dont il parle avec tant de cynisme.

Le Chourineur continua sans remarquer l'étonnement de Germain.

— Finalement, ce qui fait que je suis à M. Rodolphe comme un chien est à son maître, c'est qu'il m'a relevé à mes propres yeux. Avant de le connaître, je n'avais rien ressenti qu'à la peau ; mais lui, il m'a remué en dedans... et bien à fond... allez... Une fois loin de lui et de l'endroit qu'il habitait, je me suis trouvé comme un corps sans âme. A mesure que je m'éloignais, je me disais : — Il mène une si drôle de vie ! il se mêle à de si grandes canailles (j'en sais quelque chose), qu'il risque vingt fois sa peau par jour... et c'est dans une de ces circonstances-là que je pourrai faire le chien pour lui et défendre mon maître, car j'ai bonne gueule... Mais, d'un autre côté, il m'avait dit : — Il faut, mon garçon, vous rendre utile aux autres, aller là où vous pouvez servir à quelque chose. — Moi, j'avais bien envie de lui répondre : — Pour moi il n'y a pas d'autres à servir que vous, monsieur Rodolphe. — Mais je n'osais pas. Il me disait : — Allez... — j'allais... et j'ai été tant que j'ai pu. Mais, tonnerre ! quand il a fallu monter dans le *sabot*, quitter la France, et mettre la mer entre moi et M. Rodolphe... sans espoir de le revoir jamais... vrai, je n'en ai pas eu le courage. Il avait fait dire à son correspondant de me donner de l'argent gros comme moi quand je m'embarquerais. J'ai été trouver le monsieur. Je lui ai dit : — Impossible pour le quart d'heure, j'aime mieux le plancher des vaches... Donnez-moi de quoi faire ma route à pied... j'ai de bonnes jambes, je retourne à Paris... je ne peux pas y tenir... M. Rodolphe se fâchera, il ne voudra plus me voir... possible... Mais je le verrai, moi, je saurai où il est... et s'il continue la vie qu'il mène... tôt ou tard, j'arriverai peut-être à temps pour me mettre entre un coup de couteau et lui... Et puis enfin je ne peux pas m'en aller si loin de lui, moi !... Je sens je ne sais quoi qui me tire du côté où il est. — Enfin, on me donne de quoi faire ma route... j'arrive à Paris... Je ne boude devant guère de choses... mais, une fois de retour, voilà la peur qui me galope... Qu'est-ce que je pourrai dire à M. Rodolphe pour m'excuser ?... Bah ! après tout, il ne me mangera pas... il en sera ce qu'il en sera... Je m'en vas trouver son ami... un gros grand chauve... encore une crème, celui-là... Tonnerre ! quand M. Murph est entré... j'ai dit : « Mon sort va se décider, » je me suis senti le gosier sec, mon cœur battait la breloque... Je m'attendais à être bousculé drôlement... Ah bien oui ! le digne homme me reçoit comme s'il m'avait quitté la veille, il me dit que M. Rodolphe, loin d'être fâché, veut me voir tout de suite... En effet, il me fait entrer chez mon protecteur... Tonnerre ! quand je me suis retrouvé face à face avec lui... lui qui a une si bonne poigne et un si bon cœur... lui qui est terrible comme un lion et doux comme un enfant... lui qui est un prince, et qui a mis une blouse comme moi... pour avoir la circonstance (que je bénis) de m'allonger une grêle de coups de poing, où je n'ai vu que du feu... tenez, monsieur Germain, en pensant à tous ces agréments qu'il possède, je me suis senti bouleversé... j'ai pleuré comme une biche... Eh bien! au lieu d'en rire .. car figurez-vous ma balle quand je pleurniche... M. Rodolphe me dit sérieusement : — Vous voilà donc de retour, mon garçon?

— Oui, monsieur Rodolphe; pardon si j'ai eu tort, mais je n'y tenais pas... Faites-moi faire une niche dans un coin de votre cour, donnez-moi la pâtée ou laissez-moi la gagner ici, voilà tout ce que je vous demande, et surtout ne m'en voulez pas d'être revenu.

— Je vous en veux d'autant moins, mon garçon, que vous revenez à temps pour me rendre service.

— Moi, monsieur Rodolphe, il serait possible! Eh bien! voyez-vous qu'il faut, comme vous me le disiez, qu'il y ait quelque chose... là-haut; sans ça, comment expliquer que j'arrive ici... juste au moment où vous avez besoin de moi! Et qu'est-ce que je pourrais donc faire pour vous, monsieur Rodolphe? piquer une tête du haut des tours de Notre-Dame?

— Moins que cela, mon garçon... Un honnête et excellent jeune homme, auquel je m'intéresse comme à un fils, est injustement accusé de vol et détenu à la Force; il se nomme Germain, il est d'un caractère doux et timide; les scélérats avec lesquels il est emprisonné l'ont pris en aversion, il peut courir de grands dangers; vous qui avez malheureusement connu la vie de prison et un grand nombre de prisonniers, ne pourriez-vous pas, dans le cas où quelques-uns de vos anciens camarades seraient à la Force (on trouverait moyen de le savoir), ne pourriez-vous pas les aller voir, et, par des promesses d'argent qui seraient tenues, les engager à protéger ce malheureux jeune homme?

— Mais quel est donc l'homme généreux et inconnu qui prend tant d'intérêt à mon sort? — dit Germain de plus en plus surpris.

— Vous le saurez peut-être; quant à moi, j'en ignore. Pour revenir à ma conversation avec M. Rodolphe, pendant qu'il me parlait, il m'était venu une idée, mais une idée si farce, si farce, que je n'ai pas pu m'empêcher de rire devant lui. — Qu'avez-vous donc, mon garçon? — me dit-il.

— Dame, monsieur Rodolphe, je ris parce que je suis content, et je suis content parce que j'ai le moyen de mettre votre M. Germain à l'abri d'un mauvais coup des prisonniers, de lui donner un protecteur qui le défendra crânement; car une fois le jeune homme sous l'aile du cadet dont je vous parle, il n'y en aura pas un qui osera venir lui regarder sous le nez.

— Très-bien, c'est sans doute un de vos anciens compagnons?

— Juste, monsieur Rodolphe; il est entré à la Force il y a quelques jours, j'ai su ça en arrivant; mais il faudra de l'argent.

— Combien faut-il? — Un billet de mille francs. — Le voilà.

— Merci, monsieur Rodolphe; dans deux jours vous aurez de mes nouvelles. Tonnerre! le roi n'était pas mon maître, je pouvais rendre service à M. Rodolphe en passant par vous... c'est ça qui était fameux!

— Je commence à comprendre... ou plutôt je tremble de comprendre — s'écria Germain; — pour venir me protéger dans cette prison, vous avez peut-être commis un vol! Oh! ce serait le remords de toute ma vie.

— Minute!... M. Rodolphe m'a dit que j'avais du cœur et de l'honneur...
ces mots-là... sont ma loi, à moi, voyez-vous... et il pourrait encore me les
dire; car si je ne suis pas meilleur qu'autrefois, du moins je ne suis pas pire.

— Mais ce vol? Si vous ne l'avez pas commis, comment êtes-vous ici?

— Attendez donc Voilà la farce : avec mes mille francs je m'en vas acheter
une perruque noire; je rase mes favoris, je mets des lunettes bleues, je me
fourre un oreiller dans le dos, et roule ta bosse; je me mets à chercher une ou
deux chambres à louer tout de suite, au rez-de-chaussée, dans un quartier bien
vivant. Je trouve mon affaire rue de Provence, je paye un terme d'avance
sous le nom de M. Grégoire. Le lendemain je vas acheter au Temple de quoi
meubler les deux chambres, toujours avec ma perruque noire, ma bosse, et mes
lunettes bleues, afin qu'on me reconnaisse bien... j'envoie les effets rue de
Provence, et de plus six couverts d'argent que j'achète boulevard Saint-Denis,
toujours avec mon déguisement de bossu.

Je reviens mettre tout en ordre dans mon domicile. Je dis au portier que je

ne coucherai chez moi que le surlendemain, et j'emporte ma clef. Les fenêtres
des deux chambres étaient fermées par de forts volets. Avant de m'en aller,
j'en avais exprès laissé un sans y mettre le crochet du dedans. La nuit venue,
je me débarrasse de ma perruque, de mes lunettes, de ma bosse et des habits
avec lesquels j'avais été faire mes achats et louer ma chambre; je mets cette
défroque dans une malle que j'envoie à l'adresse de M. Murph, l'ami de
M. Rodolphe, en le priant de garder ces nippes; j'achète la blouse que voilà,
le bonnet bleu que voilà, une barre de fer de deux pieds de long, et à une heure
du matin je viens rôder dans la rue de Provence, devant mon logement, attendant le moment où une patrouille passerait pour me dépêcher de me voler,
de m'escalader et de m'effractionner moi-même, afin de me faire empoigner.

Et le Chourineur ne put s'empêcher de rire encore aux éclats.

—Ah! je comprends... — s'écria Germain.

— Mais vous allez voir si je n'ai pas du guignon; il ne passait pas de patrouille!... J'aurais pu vingt fois me dévaliser tout à mon aise. Enfin, sur les
deux heures du matin j'entends piétiner les tourlourous : je finis d'ouvrir mon
volet, je casse deux ou trois carreaux pour faire un tapage d'enfer, j'enfonce
la fenêtre, je saute dans la chambre, j'empoigne la boîte d'argenterie... quelques nippes. Heureusement la patrouille avait entendu le drelin-dindin des
carreaux... car, juste comme je ressortais par la fenêtre, je suis pincé par la
garde, qui, au bruit des carreaux cassés, avait pris le pas de course.

On frappe, le portier ouvre; on va chercher le commissaire; il arrive; le
portier dit que les deux chambres dévalisées ont été louées la veille par un
monsieur bossu, à cheveux noirs et portant des lunettes bleues, et qui s'appelait Grégoire. J'avais la crinière de filasse que vous me voyez, j'ouvrais l'œil
comme un lièvre au gîte, j'étais droit comme un Russe au port d'armes, on ne
pouvait donc pas me prendre pour le bossu à lunettes bleues et à crins noirs.
J'avoue tout, on m'arrête, on me conduit au dépôt, du dépôt ici, et j'arrive
au bon moment, juste pour arracher des pattes du Squelette le jeune homme
dont M. Rodolphe m'avait dit : Je m'y intéresse comme à mon fils.

— Ah! monsieur, que ne vous dois-je pas... pour tant de dévouement!

— Ce n'est pas à moi... c'est à M. Rodolphe que vous devez...

— Mais la cause de son intérêt pour moi?

— Il vous la dira, à moins qu'il ne vous la dise pas; car souvent il se contente de vous faire du bien, et si vous lui demandez pourquoi, il ne se gêne pas
pour vous répondre : Mêlez-vous de ce qui vous regarde.

— Et M. Rodolphe sait-il que vous êtes ici?

— Pas si bête de lui avoir dit mon idée, il ne m'aurait peut-être pas permis
cette farce... et, sans me vanter, hein! elle est fameuse?

— Mais que de risques vous avez courus... vous courez encore!...

— Qu'est-ce que je risquais? de n'être pas conduit à la Force où vous étiez,
c'est vrai... Mais je comptais sur la protection de M. Rodolphe pour me faire
changer de prison et vous rejoindre. Et une fois que j'aurais été coffré, il aurait autant aimé que ça vous serve à quelque chose.

— Mais au jour de votre jugement?

— Eh bien! je prierai M. Murph de m'envoyer la malle; je reprendrai devant le juge ma perruque noire, mes lunettes bleues, ma bosse, et je redeviendrai M. Grégoire pour le portier qui m'a loué la chambre, pour les marchands qui m'ont vendu, voilà pour le volé... Si on veut revoir le voleur, je quitterai ma défroque, et il sera clair comme le jour que voleur et volé ça fait au total le Chourineur, ni plus ni moins. Alors que diable voulez-vous qu'on me fasse, quand il sera prouvé que je me volais moi-même?

— En effet — dit Germain plus rassuré. — Mais puisque vous me portiez tant d'intérêt, pourquoi ne m'avez-vous rien dit en entrant dans la prison?

— J'ai tout de suite su le complot qu'on avait fait contre vous; j'aurais pu le dénoncer avant que Pique-Vinaigre eût commencé ou fini son histoire; mais dénoncer même des bandits pareils, ça ne m'allait pas... j'ai mieux aimé ne m'en fier qu'à ma poigne... pour vous arracher des pattes du Squelette... Et puis, quand je l'ai vu, ce brigand-là, je me suis dit : Voilà une fameuse occasion de me rappeler la grêle de coups de poing de M. Rodolphe, auxquels j'ai dû l'honneur de sa connaissance.

— Mais si tous les détenus avaient pris parti contre vous seul, qu'auriez-vous pu faire?

— Alors j'aurais crié comme un aigle et appelé au secours! Mais ça m'allait mieux de faire ma petite cuisine moi-même, pour pouvoir dire à M. Rodolphe : Il n'y a que moi qui me suis mêlé de la chose... j'ai défendu et je défendrai votre jeune homme, soyez tranquille.

A ce moment le gardien rentra brusquement dans la chambre.

— Monsieur Germain, venez vite, vite, chez M. le directeur... il veut vous parler à l'instant même... Et vous, Chourineur, mon garçon, descendez à la Fosse-aux-Lions. Vous serez prévôt, si cela vous convient; car vous avez tout ce qu'il faut pour remplir ces fonctions, et les détenus ne badineront pas avec un gaillard de votre espèce.

— Ça me va tout de même : autant être capitaine que soldat.

— Refuserez-vous encore ma main? — dit cordialement Germain.

— Ma foi non... monsieur Germain, ma foi non; je crois que maintenant je peux me permettre ce plaisir-là, et je vous la serre de bon cœur.

— Nous nous reverrons.... car me voici sous votre protection... je n'aurai plus rien à craindre, et de ma cellule je descendrai chaque jour au préau.

— Soyez calme, si je le veux on ne vous parlera qu'à quatre pattes... Mais j'y songe, vous savez écrire... mettez sur le papier ce que je viens de vous raconter, et envoyez l'histoire à M. Rodolphe; il saura qu'il n'a plus à être inquiet de vous, et que je suis ici pour le *bon motif*, car s'il apprenait autrement que le Chourineur a volé et qu'il ne connaisse pas le dessous des cartes... tonnerre... ça ne m'irait pas...

— Soyez tranquille. Ce soir même je vais écrire à mon protecteur inconnu; demain vous me donnerez son adresse, et la lettre partira. Adieu encore!... Merci, mon brave!...

— Adieu ! monsieur Germain, je vas retourner auprès de ces tas de gueux. Il faudra qu'ils marchent droit, ou, sinon, gare dessous !...

— Quand je songe qu'à cause de moi vous allez vivre quelque temps encore avec ces misérables !...

— Qu'est-ce que ça me fait ? Maintenant il n'y a pas de risque qu'ils déteignent sur moi... M. Rodolphe m'a trop bien lessivé... je suis assuré contre l'incendie ! Et le Chourineur suivit le gardien.

Germain entra chez le directeur.

Quelle fut sa surprise !... il y trouva Rigolette... Rigolette pâle, émue, les yeux baignés de larmes, et pourtant souriant à travers ses pleurs ; sa physionomie exprimait un ressentiment de joie, de bonheur inexprimable.

— J'ai une bonne nouvelle à vous apprendre, monsieur — dit le directeur à Germain. — La justice vient de déclarer qu'il n'y avait pas lieu à suivre contre vous... Par suite du désistement et surtout des explications de la partie civile, je reçois l'ordre de vous mettre immédiatement en liberté.

— Monsieur .. que dites-vous ?... il serait possible !...

Rigolette voulut parler, sa trop vive émotion l'en empêcha ; elle ne put que faire à Germain un signe de tête affirmatif en joignant les mains.

— Mademoiselle est arrivée ici peu de moments après que j'ai reçu l'ordre de vous mettre en liberté — ajouta le directeur. — Une lettre de toute-puissante recommandation, qu'elle m'apportait, m'a appris le touchant dévouement qu'elle vous a témoigné pendant votre séjour en prison, monsieur. C'est donc avec un vif plaisir que je vous ai envoyé chercher, certain que vous serez très-heureux de donner votre bras à mademoiselle pour sortir d'ici.

— Un rêve !... non, c'est un rêve ! — dit Germain. — Ah ! monsieur... que de bontés !... Pardonnez-moi si la surprise... la joie m'empêchent de vous remercier comme je le devrais...

— Et moi donc, monsieur Germain, je ne trouve pas un mot à dire — reprit Rigolette ; — jugez de mon bonheur : en vous quittant, je trouve l'ami de M. Rodolphe qui m'attendait.

— Encore M. Rodolphe ! — dit Germain étonné.

— Oui, maintenant on peut tout vous dire, vous saurez cela ; M. Murph me dit donc : « Germain est libre, voilà une lettre pour M. le directeur de la prison ; quand vous arriverez il aura reçu l'ordre de mettre Germain en liberté et vous pourrez l'emmener. » Je ne pouvais croire ce que j'entendais, et pourtant c'était vrai. Vite, vite, je prends un fiacre... j'arrive .. et il est en bas qui nous attend...

. . . .

Nous renonçons à peindre le ravissement des deux amants lorsqu'ils sortirent de la Force, la soirée qu'ils passèrent dans la petite chambre de Rigolette, que Germain quitta à onze heures pour gagner un modeste logement garni.

. . . .

Résumons en peu de mots les idées pratiques ou théoriques que nous avons tâché de mettre en relief dans cet épisode de la *vie de prison*.

Nous nous estimerions très-heureux d'avoir démontré :

L'insuffisance, l'impuissance et le danger de la réclusion en commun...

Les disproportions qui existent entre l'appréciation et la punition de certains crimes (*le vol domestique*, *le vol avec effraction*), et celle de certains délits (*les abus de confiance*).

Et enfin l'impossibilité matérielle où sont les classes pauvres de jouir du bénéfice des lois civiles.

CHAPITRE VII.

PUNITION.

Nous conduirons de nouveau le lecteur dans l'étude du notaire Jacques Ferrand. Grâce à la loquacité habituelle des clercs, presque incessamment occupés des bizarreries croissantes de leur patron, nous exposerons ainsi les faits accomplis depuis la disparition de Cecily.

— Cent sous contre dix que, si son dépérissement continue, avant un mois le patron aura crevé comme un mousquet!

— Le fait est que, depuis que la servante, qui avait l'air d'une Alsacienne, a quitté la maison, il n'a plus que la peau sur les os. — Et quelle peau!

— Ah çà! il était donc amoureux de l'Alsacienne, alors, puisque c'est depuis son départ qu'il se racornit ainsi?

— Lui, le patron, amoureux? quelle farce!!

— Au contraire, il se remet à revoir des prêtres plus que jamais!

— Sans compter que le curé de la paroisse, un homme bien respectable, il faut être juste, s'en est allé hier (je l'ai entendu), en disant à un autre prêtre qui l'accompagnait : « C'est admirable!... M. Jacques Ferrand est l'idéal de la charité et de la générosité sur la terre... »

— Le curé a dit ça? de lui-même? et sans effort?

— Que le patron était l'idéal de la charité et de la générosité sur la terre?...

— Oui! je l'ai entendu...

— Alors je n'y comprends plus rien; le curé a la réputation, et il la mérite, d'être ce qu'on appelle un vrai bon pasteur... Il est aussi bon et aussi charitable que le *Petit-Manteau-Bleu*[1]... et quand on dit ça d'un homme, il est jugé. Pour le *Petit-Manteau-Bleu* comme pour le bon prêtre, les pauvres n'ont qu'un cri... et un brave cri du cœur.

— Alors j'en reviens à mon idée; quand le curé affirme une chose, il faut le croire, vu qu'il est incapable de mentir; et pourtant croire que le patron est charitable et généreux... ça me gêne dans les *entournures* de ma croyance.

— Sérieusement, j'aime autant croire à cela qu'à un miracle... Ce n'est pas plus difficile. — M. Ferrand généreux, lui!... lui... qui tondrait sur un œuf!

— Pourtant, messieurs, les quarante sous de notre déjeuner?

---

[1] Qu'on nous permette de mentionner ici avec une vénération profonde le nom de ce grand homme de bien, M. CHAMPION, dont tous les pauvres de Paris parlent avec autant de respect que de reconnaissance.

— Belle preuve! c'est comme lorsqu'on a par hasard un bouton sur le nez... c'est un accident.

— Oui, mais, d'un autre côté, le maître-clerc m'a dit que depuis trois jours le patron a réalisé une énorme somme en bons du Trésor, et que...

— Eh bien? — Parle donc... — C'est que c'est un secret.

— Raison de plus... Ce secret! — Votre parole d'honneur que vous n'en direz rien?... — Sur la tête de nos enfants, nous la donnons.

— Que ma tante Messidor fasse des folies de son corps si je bavarde!

— Et puis, messieurs, rapportons-nous-en à ce que disait majestueusement le grand roi Louis XIV au doge de Venise, devant sa cour assemblée :

> Lorsqu'un secret est possédé par un clerc,
> Ce secret, il doit le dire, c'est clair.

— Allons... bon, voilà Chalamel avec ses proverbes!

— Les proverbes sont la sagesse des nations, c'est à ce titre que j'exige ton secret.

— Voyons, pas de bêtise... je vous dis que le maître-clerc m'a fait promettre de ne dire à personne...

— Oui, mais il ne t'a pas défendu de le dire à tout le monde?

— Il meurt d'envie de nous le dire, son secret.

— Eh bien! le patron vend sa charge; à l'heure qu'il est, c'est peut-être fait!...

— Ah bah! — Voilà une drôle de nouvelle!...

— C'est renversant! — Éblouissant!

— Voyons, sans charge, qui se charge de la charge dont il se décharge!

— Dieu, que ce Chalamel est insupportable avec ses rébus!

— Est-ce que je sais à qui il la vend?

— S'il la vend, c'est qu'il veut peut-être se lancer, donner des fêtes... des routes, comme dit le beau monde.

— Après tout, il a de quoi. — Et pas la queue d'une famille.

— Je crois bien qu'il a de quoi! Le maître-clerc parle de plus d'un million, y compris la valeur de la charge. — Plus d'un million, c'est caressant.

— On dit qu'il a joué à la Bourse en catimini, et qu'il a gagné beaucoup d'argent. — Sans compter qu'il vivait comme un ladre.

— Oui, mais ces ladrichons-là, une fois qu'ils se mettent à dépenser, deviennent plus prodigues que les autres. — Aussi je suis comme Chalamel, je croirais assez que maintenant le patron veut la passer douce.

— Et il aurait joliment tort de ne pas s'abîmer de volupté et de ne pas se plonger dans les délices de Golconde... s'il en a le moyen... car, comme dit le vaporeux Ossian dans la grotte de Fingal :

> Tout notaire qui bambochera,
> S'il a du quibus, raison aura.

— C'est absurde! le patron a joliment l'air de penser à s'amuser...

— Moi, ce qui m'étonne, c'est cet ami intime qui lui est comme tombé des nues, et qui ne le quitte pas plus que son ombre...

— Je serais assez porté à induire que cet intrus est le fruit d'un faux pas qu'aurait fait M. Ferrand à son aurore ; car... comme le disait l'aigle de Meaux à propos de la prise de voile de la tendre La Vallière :

Qu'on aime jeune homme ou vieux bibard,
Souvent la fin est un moutard.

— Quelle bêtise ! Dire que cet inconnu est le fils du patron... il est plus âgé que lui, on le voit bien.

— Eh bien ! à la grande rigueur, qu'est-ce que ça ferait ?

— Comment ? qu'est-ce que ça ferait : que le fils soit plus âgé que le père ?

— C'est tout simple ; dans ce cas-là, l'intrus aurait fait le faux pas, et serait père de Me Ferrand au lieu d'être son fils.

— Ne l'écoutez donc pas ; vous savez qu'une fois qu'il est en train de dire des bêtises, il en a pour une heure...

— Ce qui est certain, c'est que cet intrus a une mauvaise figure, et ne quitte pas Me Ferrand d'un moment. — Il est toujours avec lui dans son cabinet, ils mangent ensemble, ils ne peuvent faire un pas l'un sans l'autre.

— Moi, il me semble que je l'ai déjà vu ici, l'intrus !

— Dites donc, messieurs, est-ce que vous n'avez pas aussi remarqué que depuis quelques jours il vient régulièrement presque toutes les deux heures un homme à grandes moustaches blondes, tournure militaire, faire demander l'intrus... par le portier ?... L'intrus descend, cause une minute avec l'homme à moustaches; après quoi celui-là fait demi-tour comme un automate, pour revenir deux heures après.

— C'est vrai, je l'ai remarqué... Il m'a semblé aussi rencontrer dans la rue, en m'en allant, des hommes qui avaient l'air de surveiller la maison...

— A ce sujet, le maître-clerc en sait peut-être plus que nous! Mais il fait le diplomate... — Tiens, au fait! où est-il donc? depuis tantôt...

— Il est chez cette comtesse Mac-Gregor, qui a été assassinée; il paraît qu'elle est maintenant hors d'affaire. Ce matin elle avait fait demander le patron dare-dare, mais il lui a envoyé le maître-clerc à sa place.

— En a-t-il, de la besogne, le maître-clerc! en a-t-il maintenant qu'il remplace Germain comme caissier!

— A propos de Germain, en voilà encore une drôle de chose! Le patron, pour le faire remettre en liberté, a déclaré que c'était lui qui avait fait erreur de compte et qu'il avait retrouvé l'argent qu'il réclamait de Germain.

— Moi, je ne trouve pas cela drôle, mais juste; vous vous le rappelez, je disais toujours : Germain est incapable de voler.

— C'est néanmoins très-ennuyeux pour lui d'avoir été arrêté comme voleur. A sa place, je demanderais des dommages et intérêts à M. Ferrand.

— Au fait, il aurait dû au moins le reprendre pour caissier, afin de prouver que Germain n'était pas coupable...

— Ah! messieurs, une voiture! — dit Chalamel en se penchant vers la fenêtre. — Dame! ce n'est pas un fringant équipage comme celui de ce fameux vicomte, ce flambant Saint-Remy avec son chasseur chamarré d'argent et son gros cocher à perruque blanche! C'est tout bonnement un *sapin*, une citadine.

— Et qui en descend?

— Attendez donc!... Ah! une robe noire.

— Une femme! une femme!... oh! voyons voir...

— Dieu! que ce saute-ruisseau est indécemment charnel pour son âge! il ne pense qu'aux femmes; il faudra finir par l'enchaîner ou il enlèvera des Sabines en pleine rue; car, comme dit le cygne de Cambrai dans son *Traité d'Éducation* pour le dauphin :

> Défiez-vous du saute-ruisseau
> Au beau sexe qui donne l'assaut.

— Dame!... monsieur Chalamel, vous dites.. une robe noire.. moi je croyais...

— C'est monsieur le curé, imbécile!... Que ça te serve d'exemple.

— Le curé de la paroisse? le bon pasteur?

— Voilà un digne homme! Ce n'est pas un jésuite, celui-là... Si tous les prêtres lui ressemblaient... il n'y aurait que des gens dévots.

— Silence! on tourne le bouton de la porte.

— A vous !.. à vous !... c'est lui ! — Et tous les clercs, se courbant sur
leurs pupitres, se mirent à griffonner avec une ardeur apparente, faisant
bruyamment crier leurs plumes sur le papier.

La pâle figure de ce prêtre était à la fois douce et grave, intelligente et vénérable; son regard rempli de mansuétude et de sérénité.

Une petite calotte noire cachait sa tonsure; ses cheveux gris, assez longs,
flottaient sur le collet de sa redingote marron.

Hâtons-nous d'ajouter que, grâce à une confiance des plus candides, cet
excellent prêtre avait toujours été et était encore dupe de l'habile et profonde
hypocrisie de Jacques Ferrand.

— Votre digne patron... est-il dans son cabinet, mes enfants ! — demanda
le curé. — Oui, monsieur l'abbé — dit Chalamel en se levant respectueusement. Et il ouvrit au prêtre la porte d'une chambre voisine de l'étude.

Entendant parler avec véhémence dans le cabinet de Ferrand, l'abbé, ne
voulant pas écouter malgré lui, marcha rapidement vers la porte et y frappa.

— Entrez — dit une voix avec un accent italien assez prononcé.

Le prêtre se trouva en face de Polidori et de Jacques Ferrand.

Les clercs ne semblaient pas s'être trompés en assignant un terme prochain
à la mort de leur patron. Il était devenu presque méconnaissable.

Quoique son visage fût d'une maigreur effrayante, d'une lividité cadavéreuse, une rougeur fébrile colorait ses pommettes saillantes; un tremblement
nerveux, interrompu çà et là par quelques soubresauts convulsifs, l'agitait
presque continuellement; ses mains décharnées étaient sales et brûlantes; ses
larges lunettes vertes cachaient ses yeux injectés de sang, qui brillaient du
sombre feu d'une fièvre dévorante; en un mot, ce masque sinistre trahissait
les ravages d'une consomption sourde et incessante.

La physionomie de Polidori contrastait avec celle du notaire; rien de plus
amèrement, de plus froidement ironique que l'expression des traits de cet
autre scélérat; une forêt de cheveux d'un roux ardent, mélangés de quelques
mèches argentées, couronnait son front blême et ridé; ses yeux pénétrants,
transparents et verts comme l'aigue-marine, étaient très-rapprochés de son
nez crochu; sa bouche, aux lèvres minces, rentrées, exprimait le sarcasme et
la méchanceté. Polidori, complétement vêtu de noir, était assis auprès du
bureau de Jacques Ferrand. A la vue du prêtre tous deux se levèrent.

— Eh bien ! comment allez-vous, mon digne monsieur Ferrand ? — dit
l'abbé avec sollicitude. — Vous trouvez-vous un peu mieux ?

— Je suis toujours dans le même état, monsieur l'abbé; la fièvre ne me
quitte pas — répondit le notaire; les insomnies me tuent... Que la volonté de
Dieu soit faite !

— Voyez, monsieur l'abbé — ajouta Polidori avec componction — quelle
pieuse résignation ! Mon pauvre ami est toujours le même, il ne trouve quelque
adoucissement à ses maux que dans le bien qu'il fait...

— Je ne mérite pas ces louanges, veuillez m'en dispenser — dit sèchement
le notaire en dissimulant à peine un ressentiment de colère et de haine con-

traintes. — Au Seigneur seul appartient l'appréciation du bien et du mal ; je ne suis qu'un misérable pécheur...

— Nous sommes tous pécheurs — reprit doucement l'abbé ; — mais nous n'avons pas tous la charité qui vous distingue, mon respectable ami. Bien rares ceux qui, comme vous, se détachent assez des biens terrestres pour songer à les employer de leur vivant d'une façon si chrétienne... Persistez-vous toujours à vous défaire de votre charge, afin de vous livrer plus entièrement aux pratiques de la religion ?

— Depuis avant-hier ma charge est vendue, monsieur l'abbé ; quelques concessions m'ont permis d'en réaliser, chose bien rare, le prix comptant ; cette somme, ajoutée à d'autres, me servira à fonder l'institution dont je vous ai parlé et dont j'ai définitivement arrêté le plan, que je vais vous soumettre...

— Ah ! mon digne ami ! — dit l'abbé avec une profonde et sainte admiration ; — faire tant de bien, si simplement, si naturellement !... Je le répète, les gens comme vous sont rares, il n'y a pas assez de bénédictions pour eux.

— C'est que bien peu de personnes réunissent, comme Jacques, la richesse à la piété, l'intelligence à la charité — dit Polidori avec un sourire ironique qui échappa au bon abbé.

A ce nouvel et sarcastique éloge, la main du notaire se crispa involontairement ; il lança, sous ses lunettes, un regard de rage infernale à Polidori.

— Vous voyez, monsieur l'abbé — se hâta de dire l'*ami intime* de Jacques Ferrand ; — toujours ses soubresauts nerveux, et il ne veut rien faire... Il me désole... il est son propre bourreau... Oui, j'aurai le courage de le dire devant M. l'abbé, tu es ton propre bourreau, mon pauvre ami !... A ces mots de Polidori, le notaire tressaillit encore convulsivement, mais il se calma.

Un homme moins naïf que l'abbé eût remarqué, pendant cet entretien, et surtout pendant celui qui va suivre, l'accent contraint et courroucé de Jacques Ferrand ; car il est inutile de dire qu'une volonté supérieure à la sienne, que la volonté de Rodolphe, en un mot, imposait à cet homme des paroles et des actes diamétralement opposés à son véritable caractère. Aussi quelquefois, poussé à bout, le notaire paraissait hésiter à obéir à cette toute-puissante et invisible autorité ; mais un regard de Polidori mettait un terme à cette indécision ; alors, concentrant avec un soupir de fureur les plus violents ressentiments, Jacques Ferrand subissait le joug qu'il ne pouvait briser.

— Hélas ! monsieur l'abbé — reprit Polidori qui semblait prendre à tâche de torturer son complice, comme on dit vulgairement, *à coups d'épingles* — mon pauvre ami néglige trop sa santé... Dites-lui donc, avec moi, qu'il se soigne, sinon pour lui, pour ses amis, du moins pour les malheureux dont il est l'espoir et le soutien...

— Assez !... assez !... — murmura le notaire d'une voix sourde.

— Non, ce n'est pas assez — dit le prêtre avec émotion — on ne saurait trop vous répéter que vous ne vous appartenez pas, et qu'il est mal de négliger ainsi votre santé. Depuis dix ans que je vous connais, je ne vous ai jamais vu malade ; mais depuis un mois environ vous n'êtes plus reconnaissable. Je suis d'autant plus frappé de l'altération de vos traits, que j'étais resté quelque temps sans vous voir. Aussi, lors de notre première entrevue, je n'ai pu vous· cacher ma surprise; mais le changement que je remarque en vous depuis plusieurs jours est bien plus grave : vous dépérissez à vue d'œil, vous nous inquiétez sérieusement... Je vous en conjure, songez à votre santé...

— Je vous suis reconnaissant de votre intérêt, monsieur l'abbé; mais je vous assure que ma position n'est pas aussi alarmante que vous le croyez.

— Puisque tu t'opiniâtres ainsi — reprit Polidori — je vais tout dire à M. l'abbé, moi : il t'aime, il t'estime, il t'honore beaucoup; que sera-ce donc lorsqu'il saura tes nouveaux mérites? lorsqu'il saura la véritable cause de ton dépérissement?

— Monsieur l'abbé — dit le notaire avec impatience — je vous ai prié de vouloir bien venir me visiter pour vous communiquer des projets d'une haute importance, et non pour m'entendre ridiculement louanger par *mon ami*.

— Tu sais, Jacques, que de moi il faut te résigner à tout entendre — dit Polidori en regardant fixement le notaire.

Celui-ci baissa les yeux et se tut. Polidori continua :

— Vous avez peut-être remarqué, monsieur l'abbé, que les premiers symptômes de la maladie nerveuse de Jacques ont eu lieu peu de temps après l'abominable scandale que Louise Morel a causé dans cette maison.

Le notaire frissonna. — Vous savez donc le crime de cette malheureuse fille, monsieur? — demanda le prêtre étonné. — Je ne vous croyais arrivé à Paris que depuis peu de jours?

— Sans doute, monsieur l'abbé; mais Jacques m'a tout raconté, comme à son ami, comme à son médecin; car il attribue presque à l'indignation que lui a fait éprouver le crime de Louise l'ébranlement nerveux dont il se ressent aujourd'hui... Ce n'est rien encore; mon pauvre ami devait, hélas! endurer de nouveaux coups, qui ont, vous le voyez, altéré sa santé... Une vieille servante, qui depuis bien des années lui était attachée par la reconnaissance...

— Madame Séraphin? — dit le curé en interrompant Polidori — j'ai su la mort de cette infortunée, noyée par une malheureuse imprudence, et je comprends le chagrin de M. Ferrand : on n'oublie pas ainsi dix ans de loyaux services... de tels regrets honorent autant le maître que le serviteur...

— Monsieur l'abbé — dit le notaire — je vous en supplie, ne parlez pas de mes vertus.... vous me rendez confus... cela m'est pénible.

— Et qui en parlera donc? sera-ce toi? — reprit affectueusement Polidori; — mais vous allez avoir à le louer bien davantage, monsieur l'abbé : vous ignorez peut-être quelle est la servante qui a remplacé, chez Jacques, Louise Morel et madame Séraphin? Vous ignorez enfin ce qu'il a fait pour cette pauvre Cecily... car cette nouvelle servante s'appelait Cecily, monsieur l'abbé.

Le notaire, malgré lui, fit un bond sur son siége; ses yeux flamboyèrent sous ses lunettes, une rougeur brûlante empourpra ses traits livides.

— Tais-toi... tais-toi!... — s'écria-t-il en se levant à demi. — Pas un mot de plus, je te le défends!...

— Allons, allons, calmez-vous — dit l'abbé en souriant avec mansuétude — quelque généreuse action à révéler encore ?... quant à moi, j'approuve fort l'indiscrétion de votre ami... Je ne connais pas, en effet, cette servante, car c'est justement peu de jours après son entrée chez notre digne M. Ferrand, qu'accablé d'occupations il a été obligé, à mon grand regret, d'interrompre momentanément nos relations.

— C'était pour vous cacher la nouvelle bonne œuvre qu'il méditait, monsieur l'abbé; aussi, quoique sa modestie se révolte, il faudra bien qu'il m'entende, et vous allez tout savoir — reprit Polidori en souriant. Jacques Ferrand se tut, s'accouda sur son bureau et cacha son front dans ses mains.

— Imaginez-vous donc, monsieur l'abbé — reprit Polidori en s'adressant au curé, mais en accentuant, pour ainsi dire, chaque phrase par un coup d'œil ironique jeté à Jacques Ferrand — imaginez-vous que mon ami trouva dans sa nouvelle servante les meilleures qualités... une grande modestie... une douceur angélique... et surtout beaucoup de piété. Ce n'est pas tout. Jacques s'aperçut bientôt que cette jeune femme... car elle était jeune et fort jolie, n'était pas faite pour l'état de servante, et qu'à des principes vertueusement austères elle joignait une instruction solide et des connaissances très-variées.

— J'ignorais ces circonstances — dit l'abbé fort intéressé. — Mais qu'avez-vous, mon bon monsieur Ferrand ? vous semblez plus souffrant.

— En effet — dit le notaire en essuyant la sueur froide qui coulait sur son front, car la contrainte qu'il s'imposait était atroce — j'ai un peu de migraine; mais cela passera. Polidori haussa les épaules en souriant.

— Remarquez, monsieur l'abbé — que Jacques est toujours ainsi lorsqu'il s'agit de dévoiler quelqu'une de ses charités cachées; heureusement me voici, justice éclatante lui sera rendue. Revenons à Cecily. A son tour, elle eut bientôt deviné l'excellence du cœur de Jacques; et lorsque celui-ci l'interrogea sur le passé, elle lui avoua naïvement qu'étrangère, sans ressources, et réduite, par l'inconduite de son mari, à la plus humble des conditions, elle avait regardé comme un coup du ciel de pouvoir entrer dans la maison d'un homme aussi vénérable que M. Ferrand. A la vue de tant de malheur... de résignation, Jacques n'hésita pas; il écrivit au pays de cette infortunée pour avoir sur elle quelques renseignements; ils furent parfaits et confirmèrent la réalité de tout ce qu'elle avait raconté à notre ami; alors, sûr de placer justement son bienfait, Jacques bénit Cecily comme un père... la renvoya dans son pays avec une somme d'argent qui lui permettait d'attendre des jours meilleurs et l'occasion de trouver une condition convenable. Je n'ajouterai pas un mot de louange pour Jacques... les faits sont plus éloquents que mes paroles.

— Bien, très bien... — s'écria le curé attendri.

— Monsieur l'abbé — dit Jacques Ferrand d'une voix sourde et brève — je ne voudrais pas abuser de vos précieux moments, ne parlons plus de moi, je vous en conjure, mais du projet pour lequel je vous ai prié de venir ici, et à propos duquel je vous ai demandé votre bienveillant concours.

— Je conçois que les louanges de votre ami blessent votre modestie; occupons-nous donc de vos nouvelles bonnes œuvres, et oublions que vous en êtes l'auteur; mais avant parlons de l'affaire dont vous m'avez chargé. J'ai, selon votre désir, déposé à la Banque de France, et sous mon nom, la somme de cent mille écus destinés à la restitution dont vous êtes l'intermédiaire, et qui doit s'opérer par mes mains... Vous avez préféré que ce dépôt ne restât pas chez vous, quoique pourtant il y eût été, ce me semble, aussi sûrement placé qu'à la Banque.

— En cela, monsieur l'abbé, je me suis conformé aux intentions de l'auteur inconnu de cette restitution; il agit ainsi pour le repos de sa conscience... D'après ses vœux, j'ai dû vous confier cette somme, et vous prier de la remettre à madame veuve de Fermont... née de Renneville... (la voix du notaire trembla légèrement en prononçant ces noms), lorsque cette dame se présentera chez vous en justifiant de sa possession d'état.

— J'accomplirai la mission dont vous me chargez — dit le prêtre.

— Ce n'est pas la dernière, monsieur l'abbé.

— Tant mieux, si les autres ressemblent à celle-ci; car, sans vouloir rechercher les motifs qui l'imposent, je suis toujours touché d'une restitution volontaire; ces arrêts souverains, que la seule conscience dicte et qu'on exécute fidèlement et librement dans son for intérieur, sont toujours l'indice d'un repentir sincère, et ce n'est pas une expiation stérile que celle-là.

— N'est-ce pas, monsieur l'abbé! cent mille écus restitués d'un coup, c'est rare; moi, j'ai été plus curieux que vous; mais que pouvait ma curiosité contre l'inébranlable discrétion de Jacques? Aussi, j'ignore encore le nom de l'honnête homme qui faisait cette noble restitution.

— Ce n'est pas tout, monsieur l'abbé — reprit Polidori en regardant Jacques Ferrand d'un air significatif — vous allez voir jusqu'où vont les généreux scrupules de l'auteur inconnu de cette restitution; et, s'il faut tout dire, je soupçonne fort notre ami de n'avoir pas peu contribué à éveiller ces scrupules, et à trouver moyen de les calmer.

— Comment cela? — demanda le prêtre.

— Que voulez-vous dire? — ajouta le notaire.

— Et les Morel, cette brave et honnête famille? '

— Ah! oui... oui... en effet... j'oubliais...   dit Jacques Ferrand d'une voix sourde.

— Figurez-vous, monsieur l'abbé — reprit Polidori — que l'auteur de cette restitution, sans doute conseillée par Jacques, non content de rendre cette somme considérable, veut encore... Mais je laisse parler ce digne ami... c'est un plaisir que je ne veux pas lui ravir.

— Je vous écoute, mon cher monsieur Ferrand — dit le prêtre.

— Vous savez — reprit Jacques Ferrand avec une componction hypocrite mêlée çà et là de mouvements de révolte involontaire contre le rôle qui lui était imposé, mouvements que trahissaient fréquemment l'altération de sa voix et l'hésitation de sa parole — vous savez, monsieur l'abbé, que l'inconduite de Louise Morel... a porté un coup si terrible à son père qu'il est devenu fou... La nombreuse famille de cet artisan courait risque de mourir de misère, privée de son seul soutien. Heureusement la Providence est venue à son secours... et... la... personne qui fait la restitution volontaire dont vous voulez bien être l'intermédiaire n'a pas cru avoir suffisamment expié un... grand abus... de confiance... Elle m'a donc demandé si je ne connaîtrais pas une intéressante infortune à soulager. J'ai dû signaler à sa générosité la famille Morel, et l'on m'a prié en me donnant les fonds nécessaires, que je vous remettrai tout à l'heure, de vous charger de constituer une rente de deux mille francs sur la tête de Morel, réversible sur sa femme et sur ses enfants...

— Mais, en vérité — dit l'abbé — tout en acceptant cette nouvelle mission, bien respectable sans doute, je m'étonne qu'on ne vous en ait pas chargé vous-même.

— La personne inconnue a pensé que ses bonnes œuvres acquerraient un nouveau prix... seraient pour ainsi dire sanctifiées... en passant par des mains aussi pieuses que les vôtres... monsieur l'abbé...

— A cela je n'ai rien à répondre ; je constituerai la rente de deux mille francs sur la tête de Morel, le digne et malheureux père de Louise. Mais je crois, comme votre ami, que vous n'avez pas été étranger à la résolution qui a dicté ce nouveau don expiatoire...

— J'ai désigné la famille Morel... rien de plus, je vous prie de le croire, monsieur l'abbé — répondit Jacques Ferrand.

— Maintenant — dit Polidori — vous allez voir, monsieur l'abbé, à quelle hauteur de vues philanthropiques mon bon Jacques s'est élevé à propos de l'établissement charitable dont nous nous sommes déjà entretenus ; il va vous lire le plan qu'il a définitivement arrêté ; l'argent nécessaire pour la fondation des rentes est là, dans sa caisse ; mais depuis hier il lui est survenu un scrupule ; et, s'il n'ose vous le dire, je m'en charge...,

— C'est inutile — reprit Jacques Ferrand, qui quelquefois aimait encore mieux s'étourdir par ses propres paroles que d'être forcé de subir en silence les louanges ironiques de son complice. — Voici le fait, monsieur l'abbé : J'ai réfléchi... qu'il serait d'une humilité... plus chrétienne... que cet établissement ne fût pas institué sous mon nom.

— Mais cette humilité est exagérée — s'écria l'abbé. — Vous pouvez, vous devez légitimement vous enorgueillir de votre charitable fondation ; c'est un droit, presque un devoir pour vous d'y attacher votre nom.

— Je préfère cependant, monsieur l'abbé, garder l'incognito, j'y suis résolu... Et je compte assez sur votre bonté pour espérer que vous voudrez bien remplir pour moi, en me gardant le plus profond secret, les dernières formalités, et choisir les employés inférieurs de cet établissement ; je me suis seulement réservé la nomination du directeur et d'un gardien.

— Lors même que je n'aurais pas un vrai plaisir à concourir à cette œuvre, qui est la vôtre, il serait de mon devoir d'accepter... J'accepte donc.

— Maintenant, monsieur l'abbé, si vous le voulez bien, mon ami va vous lire le plan qu'il a définitivement arrêté. .

— Puisque vous êtes si obligeant, mon ami... — dit Jacques Ferrand avec amertume — lisez vous-même... épargnez-moi cette peine... je vous en prie...

— Non, non — répondit Polidori — je me fais un vrai plaisir de t'entendre exprimer toi-même les nobles sentiments qui t'ont guidé dans cette fondation philanthropique. — Soit, je lirai — dit brusquement le notaire.

Polidori, depuis long-temps complice de Jacques Ferrand, connaissait les crimes et les secrètes pensées de ce misérable : aussi ne put-il retenir un sourire cruel en le voyant forcé de lire cette note dictée par Rodolphe.

On le voit, le prince se montrait d'une logique inexorable dans la punition qu'il infligeait au notaire. Luxurieux... il le torturait par la luxure. Cupide... par la cupidité. Hypocrite... par l'hypocrisie.

Car si Rodolphe avait choisi le prêtre vénérable dont il est question pour être l'agent des restitutions et de l'expiation imposées à Jacques Ferrand, c'est qu'il voulait doublement punir celui-ci d'avoir, par sa détestable hypocrisie, surpris la naïve estime et l'affection candide du bon abbé.

N'était-ce pas, en effet, une grande punition pour ce hideux imposteur, pour ce criminel endurci, que d'être contraint de pratiquer enfin les vertus chrétiennes qu'il avait si souvent simulées, et cette fois de mériter, en frémissant d'une rage impuissante, les justes éloges d'un prêtre respectable dont il avait jusqu'alors fait sa dupe! Jacques Ferrand lut donc la note suivante avec les ressentiments cachés qu'on peut lui supposer.

ÉTABLISSEMENT DE LA BANQUE DES TRAVAILLEURS SANS OUVRAGE.

« *Aimons-nous les uns les autres*, a dit le Christ. Ces divines paroles con-
» tiennent le germe de tous devoirs, de toutes vertus, de toutes charités.

» Elles ont inspiré l'humble fondateur de cette institution. Au Christ seul
» appartient le bien qu'il aura fait. Limité quant aux moyens d'action, le fon-
» dateur a voulu du moins faire participer le plus grand nombre possible de ses
» frères aux secours qu'il leur offre.

» Il s'adresse d'abord aux ouvriers honnêtes, laborieux et chargés de fa-
» mille, que le *manque de travail* réduit souvent à de cruelles extrémités.

» Ce n'est pas une aumône dégradante qu'il fait à ses frères, c'est un prêt
» gratuit qu'il leur offre. Puisse ce prêt, comme il l'espère, les empêcher sou-
» vent de grever indéfiniment leur avenir par ces emprunts écrasants qu'ils
» sont forcés de contracter afin d'attendre le retour du travail, leur seule res-
» source, et de soutenir la famille dont ils sont l'unique appui!

» Pour garantie de ce prêt, il ne demande à ses frères qu'un *engagement*
» *d'honneur et une solidarité de parole jurée.*

» Il affecte un revenu annuel de douze mille francs à faire la première année,
» jusqu'à la concurrence de cette somme, *des prêts-secours de vingt à quarante*
» *francs*, sans intérêts, en faveur des *ouvriers mariés et sans ouvrage*, domi-
» ciliés dans le septième arrondissement. On a choisi ce quartier comme étant
» l'un de ceux où la classe ouvrière est la plus nombreuse.

» Ces prêts ne seront accordés qu'aux ouvriers ou ouvrières porteurs d'un

« certificat de bonne conduite, délivré par leur dernier patron, qui indiquera
« la cause et la date de la suspension du travail.

« Ces prêts seront remboursables mensuellement par sixième ou par dou-
« zième, au choix de l'emprunteur, *à partir du jour où il aura retrouvé de*
« *l'emploi.* Il souscrira un simple *engagement d'honneur* de rembourser le
« prêt aux époques fixées. A cet engagement adhéreront, comme garants,
« deux de ses camarades, afin de développer et d'étendre, par la solidarité,
« la religion de la promesse jurée[1].

« L'ouvrier qui ne rembourserait pas la somme empruntée par lui ne pour-
« rait, ainsi que ses deux garants, prétendre désormais à un nouveau prêt ;
« car il aurait forfait à un engagement sacré, et surtout privé successivement
« plusieurs de ses frères de l'avantage dont il a joui, la somme qu'il ne ren-
« drait pas étant perdue pour la banque des pauvres. Ces sommes prêtées
« étant, au contraire, scrupuleusement remboursées, les *prêts-secours* aug-
« menteront d'année en année de nombre et de quotité, et un jour il sera pos-
« sible de faire participer d'autres arrondissements aux mêmes bienfaits.

« Ne pas dégrader l'homme par l'aumône... Ne pas encourager la paresse
« par un don stérile... Exalter les sentiments d'honneur et de probité naturels
« aux classes laborieuses... Venir fraternellement en aide au travailleur qui,
« vivant déjà difficilement au jour le jour, grâce à l'insuffisance des salaires,
« ne peut, quand vient le chômage, *suspendre* ses besoins ni ceux de sa fa-
« mille parce qu'on *suspend* les travaux...

« Telles sont les pensées qui ont présidé à cette institution[2].

« Que celui qui a dit : *Aimons-nous les uns les autres...* en soit seul glo-
« rifié. »

— Ah ! monsieur — s'écria l'abbé — quelle idée charitable ! combien je
comprends votre émotion en lisant ces lignes d'une si touchante simplicité !

En effet, en achevant cette lecture, la voix de Jacques Ferrand était altérée ; sa patience et son courage étaient à bout ; mais, surveillé par Polidori,
il n'osait, il ne pouvait enfreindre les moindres ordres de Rodolphe.

Que l'on juge de la rage du notaire, forcé de disposer si libéralement, si
charitablement de sa fortune en faveur d'une classe qu'il avait impitoyablement
poursuivie dans la personne de Morel le lapidaire.

— N'est-ce pas, monsieur l'abbé, que l'idée de Jacques est excellente ? —
reprit Polidori.

— Ah ! monsieur, moi qui connais toutes les misères, je suis plus à même
que personne de comprendre de quelle importance peut être, pour de pauvres
ouvriers sans travail, ce prêt qui semblerait bien modique aux heureux du

---

[1] On ignore peut-être que la classe ouvrière porte généralement un tel respect à la chose due, que les vam-
pires qui lui prêtent à la petite semaine au taux énorme de 3 à 400 pour 100, n'exigent aucun engagement
écrit, et qu'ils sont toujours religieusement remboursés. C'est surtout à la Halle et dans les environs que s'exerce
cette abominable industrie.

[2] Notre projet, sur lequel nous avons consulté plusieurs ouvriers aussi honorables qu'éclairés, est bien im-
parfait sans doute ; mais nous le livrons aux réflexions des personnes qui s'intéressent aux classes ouvrières,
espérant que le germe d'utilité qu'il renferme pourra être fécondé par un esprit plus puissant que le nôtre.

monde... Hélas! que de biens ils feraient s'ils savaient qu'avec une somme si minime, qu'avec trente ou quarante francs qui leur seraient *scrupuleusement rendus*, mais sans intérêt... ils pourraient souvent sauver l'avenir, quelquefois l'honneur d'une famille que le manque d'ouvrage met aux prises avec les effrayantes obsessions de la misère et du besoin! L'indigence sans travail ne trouve jamais de crédit, ou, si l'on consent à lui prêter de petites sommes sans nantissement, c'est au prix d'intérêts usuraires monstrueux; elle empruntera trente sous pour huit jours, et il faudra qu'elle en rende quarante, et encore ces prêts modiques sont rares et difficiles. Les prêts du Mont-de-Piété eux-mêmes coûtent, dans certaines circonstances, près de trois cents pour cent [1]. L'artisan sans travail y dépose souvent pour quarante sous l'unique couverture qui, dans les nuits d'hiver, défend lui et les siens de la rigueur du froid. Mais — ajouta l'abbé avec enthousiasme — un prêt de trente à quarante francs sans intérêt, et remboursable par douzièmes quand l'ouvrage revient... mais pour d'honnêtes ouvriers c'est le salut, c'est l'espérance, c'est la vie... Et avec quelle fidélité ils s'acquitteront! Ah! monsieur, ce n'est pas là où vous trouverez des faillites... C'est une dette sacrée que celle que l'on a contractée pour donner du pain à sa femme et à ses enfants!

— Combien les éloges de M. l'abbé doivent t'être précieux, Jacques — dit Polidori — et combien il va t'en adresser encore .. pour ta fondation du Mont-de-Piété gratuit! Car Jacques n'a pas oublié cette question, qui est pour ainsi dire une annexe de sa Banque des pauvres.

— Il serait vrai! — s'écria le prêtre en joignant les mains avec admiration.

Le notaire continua d'une voix rapide; car cette scène lui était odieuse:

« Les prêts-secours ont pour but de remédier à l'un des plus graves accidents de la vie ouvrière, l'*interruption du travail*. Ils ne seront donc absolument accordés qu'aux artisans qui manqueront d'ouvrage.

» Mais il reste à prévoir d'autres cruels embarras, qui atteignent même le travailleur occupé.

» Souvent un chômage d'un ou deux jours, nécessité par la fatigue, par les soins à donner à une femme ou à un enfant malades, par un déménagement forcé, prive l'ouvrier de sa ressource quotidienne... Alors il a recours au

---

[1] Nous empruntons les renseignements suivants à un éloquent et excellent travail publié par M. Alphonse Esquiros dans la *Revue de Paris* du 11 juin 1843 : « La moyenne des articles engagés pour *trois francs* chez les commissaires des 8e et 12e arrondissements est au moins de *cinq cents* dans un jour. La population ouvrière réduite à d'aussi faibles ressources ne retire donc du Mont-de-Piété que des avances insignifiantes en comparaison de ses besoins. — Aujourd'hui les droits du Mont-de-Piété s'élèvent dans les cas ordinaires à 13 p. 100; mais ces droits augmentent dans une proportion effrayante si le prêt, au lieu d'être annuel, est fait pour un temps moins long. Or, comme les articles déposés sont, en général, des objets de première nécessité, il résulte qu'on les apporte et qu'on les retire presque aussitôt; il est des effets qui sont régulièrement engagés et dégagés une fois par semaine. Dans cette circonstance, supposons un prêt de 3 francs; l'intérêt payé par l'emprunteur sera alors calculé sur le taux de 294 pour 100 — par an. — L'argent qui s'amasse, chaque année, dans la caisse du Mont-de-Piété tombe incontinent dans celle des hospices : cette somme est très-considérable. En 1840, année de détresse, les bénéfices se sont élevés à 422,215 francs. » On ne peut nier, — dit en terminant M. Esquiros avec une haute raison, — que cette somme n'ait une destination louable, puisque venant de la misère elle retourne à la misère; mais on se fait néanmoins cette question grave : *Si c'est bien au pauvre qu'il appartient de venir au secours du pauvre!* Disons enfin que M. Esquiros, tout en réclamant de grandes améliorations à établir dans l'exercice du Mont-de-Piété, rend hommage au zèle du directeur actuel, M. Delaroche, qui a déjà entrepris d'utiles réformes.

« Mont-de-Piété, dont l'argent est à un taux énorme, ou à des prêteurs clan-
« destins, qui prêtent à des intérêts monstrueux. Voulant, autant que possible,
« alléger le fardeau de ses frères, le fondateur de la Banque des pauvres affecte
« un revenu de 25,000 francs par an à des prêts sur gages, qui ne pourront
« s'élever au delà de 10 francs pour chaque prêt.

« Les emprunteurs ne payeront ni frais ni intérêts, mais ils devront prouver
« qu'ils exercent une profession honorable, et fournir une déclaration de leurs
« patrons, qui justifiera de leur moralité.

« Au bout des deux années, on vendra sans frais les effets qui n'auront pas
« été dégagés; le montant, provenant du surplus de cette vente, sera placé à
« 5 pour 100 d'intérêts au profit de l'engagiste.

« Au bout de cinq ans, s'il n'a pas réclamé cette somme, elle sera acquise
« à la Banque des pauvres, et, jointe aux rentrées successives, elle permettra
« d'augmenter successivement le nombre des prêts [1].

« L'administration et le bureau des prêts de la Banque des pauvres seront
« placés rue du Temple, n° 17, dans une maison achetée à cet effet au sein de
« ce quartier populeux. Un revenu de 10,000 francs sera affecté aux frais et
« à l'administration de la Banque des pauvres, dont le directeur à vie sera... »

Polidori interrompit le notaire, et dit au prêtre :

— Vous allez voir, monsieur l'abbé, par le choix du directeur de cette administration, si Jacques sait réparer le mal qu'il a fait involontairement. Vous
savez que, par une erreur qu'il déplore, il avait faussement accusé son caissier
du détournement d'une somme qui s'est ensuite retrouvée... Eh bien ! c'est à
cet honnête garçon, nommé François Germain, que Jacques accorde la direction à vie de cette banque, avec des appointements de 4,000 francs. N'est-ce
pas admirable... monsieur l'abbé !

— Rien ne m'étonne plus maintenant, ou plutôt rien ne m'a étonné jusqu'ici
— dit le prêtre... — La fervente piété, les vertus de notre digne ami devaient
tôt ou tard avoir un résultat pareil... Consacrer toute sa fortune à une si belle
institution, ah ! c'est admirable !

— Plus d'un million, monsieur l'abbé ! — dit Polidori — plus d'un million
amassé à force d'ordre, d'économie et de probité !... Et il y avait pourtant des
misérables capables d'accuser Jacques d'avarice !... Comment, disaient-ils,
son étude lui rapporte 50 ou 60,000 francs par an, et il vit de privations !

— A ceux-là — reprit l'abbé avec enthousiasme — je répondrais : Pendant
quinze ans il a vécu comme un indigent... afin de pouvoir un jour magnifiquement soulager les indigents.

— Mais sois donc au moins fier et joyeux du bien que tu fais — s'écria Polidori en s'adressant à Jacques Ferrand, qui, sombre, abattu, le regard fixe,
semblait absorbé dans une méditation profonde.

— Hélas ! — dit tristement l'abbé — ce n'est pas dans ce monde que l'on
reçoit la récompense de tant de vertus, on a une ambition plus haute...

---

[1] Nous avons dit que dans quelques petits États d'Italie il existe des Monts-de-Piété gratuits, fondations
charitables qui ont beaucoup d'analogie avec l'établissement que nous supposons.

— Jacques — dit Polidori en touchant légèrement l'épaule du notaire — finis donc ta lecture. Le notaire tressaillit, passa sa main sur son front; puis, s'adressant au prêtre, il lui dit :

— Pardon, monsieur l'abbé, mais je songeais... je songeais à l'immense extension que pourra prendre cette banque des pauvres par la seule accumulation des revenus, si les prêts de chaque année, régulièrement remboursés, ne les entamaient pas... Au bout de quatre ans, elle pourrait déjà faire pour environ cinquante mille écus de prêts gratuits ou sur gages... C'est énorme... énorme... et je m'en félicite — ajouta-t-il en songeant, avec une rage cachée, à la valeur du sacrifice qu'on lui imposait. Il reprit :

« Un revenu de dix mille francs sera affecté aux frais et à l'administration
« de la *Banque des Travailleurs sans ouvrage*, dont le directeur à vie sera
« François Germain, et dont le gardien sera le portier actuel de la maison,
« nommé Pipelet. M. l'abbé Dumont, auquel les fonds nécessaires à la fonda-
« tion de l'œuvre seront remis, instituera un conseil supérieur de surveillance
« composé du maire et du juge de paix de l'arrondissement, qui s'adjoindront
« les personnes qu'ils jugeront utiles au patronage et à l'extension de la Banque
« des pauvres; car le fondateur s'estimerait mille fois payé du peu qu'il fait,
« si quelques personnes charitables concouraient à son œuvre.

« On annoncera l'ouverture de cette banque par tous les moyens de publicité
« possible...

« Le fondateur répète, en finissant, qu'il n'a aucun mérite à faire ce qu'il
« fait pour ses frères. Sa pensée n'est que l'écho de cette pensée divine :

« AIMONS-NOUS LES UNS LES AUTRES..... »

— Et votre place sera marquée dans le ciel auprès de celui qui a prononcé ces paroles immortelles — s'écria l'abbé en venant serrer avec effusion les mains de Jacques Ferrand dans les siennes.

Le notaire était à bout... Sans répondre aux félicitations de l'abbé, il se hâta de lui remettre en bons du Trésor la somme considérable nécessaire à la fondation de cette œuvre, et de la rente de Morel le lapidaire, et lui dit :

— J'ose croire, monsieur l'abbé, que vous ne refuserez pas cette nouvelle mission, confiée à votre charité. Du reste, un étranger... nommé sir Walter Murph... qui m'a donné quelques avis... sur la rédaction de ce projet, allégera quelque peu votre fardeau... et ira aujourd'hui même causer avec vous de la pratique de l'œuvre et se mettre à votre disposition, s'il peut vous être utile. Excepté pour lui, je vous prie donc de me garder le plus profond secret.

— Vous avez raison... Dieu sait ce que vous faites pour vos frères... Qu'importe le reste ?... Mais qu'avez-vous ! vous pâlissez... Souffrez-vous ?

— Un peu, monsieur l'abbé... Cette longue lecture, l'émotion que me causent vos bienveillantes paroles..... le malaise que j'éprouve depuis quelques jours... Pardonnez ma faiblesse — dit Jacques Ferrand en s'asseyant péniblement; — cela n'a rien de grave sans doute, mais je suis épuisé.

— Peut-être ferez-vous bien de vous mettre au lit ! — dit le prêtre avec un vif intérêt — de faire mander votre médecin...

— Je suis médecin, monsieur l'abbé — dit Polidori. — L'état de Jacques
demande de grands soins, je les lui donnerai. Le notaire tressaillit.

— Un peu de repos vous remettra, je l'espère — dit le curé. — Je vous
laisse; mais avant, je vais vous donner le reçu de cette somme.

Pendant que le prêtre écrivait le reçu, Jacques Ferrand et Polidori échangèrent un regard impossible à rendre...

— Allons, bon courage, bon espoir! — dit le prêtre en remettant le reçu à
Jacques Ferrand. — D'ici à bien long-temps, Dieu ne permettra pas qu'un de
ses meilleurs serviteurs quitte une vie si utilement, si religieusement employée.
Demain je reviendrai vous voir... Adieu, monsieur... adieu, mon ami... mon
digne et saint ami...

Le prêtre sortit. Jacques Ferrand et Polidori restèrent seuls.

A peine l'abbé fut-il parti, que Jacques Ferrand poussa une imprécation
terrible. Son désespoir et sa rage, si long-temps comprimés, éclatèrent avec
furie; haletant, la figure crispée, l'œil égaré, il marchait à pas précipités,
allant et venant dans son cabinet comme une bête féroce tenue à la chaîne.
Polidori, conservant le plus grand calme, l'observait attentivement.

— Tonnerre et sang! — s'écrie enfin Jacques Ferrand d'une voix éclatante de courroux — ma fortune entière engloutie dans ces stupides bonnes œuvres ! moi fonder des établissements philanthropiques... m'y voir forcé... par des moyens infernaux !... mais c'est donc le démon que ton maître ! — s'écria-t-il exaspéré, en s'arrêtant brusquement devant Polidori.

— Je n'ai pas de maître — répondit froidement celui-ci. — Ainsi que toi... j'ai un juge...

— Obéir comme un niais aux moindres ordres de cet homme ! — reprit Jacques Ferrand, dont la rage redoublait. — Et me contraindre !... toujours me contraindre !...

— Sinon l'échafaud...

— Oh ! ne pouvoir échapper à cette domination fatale !... Mais enfin voilà plus d'un million que j'abandonne... S'il me reste avec cette maison cent mille francs, c'est tout au plus... Que peut-on vouloir encore ?

— Tu n'es pas au bout... Le prince sait par Badinot que ton homme de paille, Petit-Jean, n'était que ton prête-nom pour les prêts usuraires faits au vicomte de Saint-Remy, que tu as si rudement rançonné pour ses faux. Les sommes que Saint-Remy a payées lui avaient été prêtées par une grande dame... probablement encore une restitution qui t'attend... Mais on l'ajourne sans doute parce qu'elle est plus délicate.

— Enchaîné... enchaîné ici !...

— Aussi solidement qu'avec un câble de fer...

— Toi... mon geôlier... misérable !

— Que veux-tu ?... selon le système du prince, rien de plus logique ; il punit le crime par le crime, le complice par le complice.

— Oh ! rage !...

— Et malheureusement rage impuissante !... car, tant qu'IL ne m'aura pas fait dire : — Jacques Ferrand est libre de quitter sa maison.... je resterai à tes côtés comme ton ombre .. Ainsi que toi je mérite l'échafaud. Si je manque aux ordres que j'ai reçus comme ton geôlier... ma tête tombe... Tu ne pouvais donc avoir un gardien plus incorruptible... Quant à fuir tous deux... impossible... nous ne pourrions faire un pas hors d'ici sans tomber entre les mains des gens qui veillent jour et nuit à la porte de ce logis.

— Mort et furie !... je le sais.

— Résigne-toi donc alors ; car, réussît-elle, cette fuite ne nous offrirait que des chances de salut plus que douteuses : on mettrait la police à nos trousses. Au contraire, toi en obéissant et moi en surveillant l'exactitude de ton obéissance, nous sommes certains de ne pas avoir le cou coupé...

— Ne m'exaspère pas par cet ironique sang-froid... ou bien...

— Ou bien quoi ?... Je ne te crains pas, je suis sur mes gardes, je suis armé, et lors même que tu aurais retrouvé pour me tuer le stylet empoisonné de Cecily, cela ne t'avancerait à rien... tu sais que toutes les deux heures il faut que je donne *à qui de droit* un bulletin de ta précieuse santé... En ne me voyant pas paraître, on se douterait du meurtre, tu serais arrêté. Mais je te fais injure en te supposant capable de ce crime... Tu as sacrifié plus d'un million pour avoir la vie sauve, et tu risquerais ta tête... pour le sot et stérile plaisir de me tuer par vengeance!... Allons donc, tu n'es pas assez bête pour cela.

— Oh malheur! malheur inextricable! de quelque côté que je me tourne, c'est la ruine, c'est le déshonneur, c'est la mort! Et dire que maintenant ce que je redoute le plus au monde... c'est le néant! Malédiction sur moi, sur toi, sur la terre entière!

— Ta misanthropie est plus large que ta philanthropie... Elle embrasse le monde... l'autre un arrondissement de Paris.

— Va... raille-moi, monstre!...

— Aimes-tu mieux que je t'écrase de reproches? A qui la faute si nous sommes réduits à cette position? à toi. Pourquoi conserver à ton cou, pendue comme une relique, cette lettre de moi, relative à ce meurtre qui t'a valu cent mille écus, ce meurtre que nous avions fait passer pour un suicide?

— Pourquoi? misérable! Ne t'avais-je pas donné cinquante mille francs pour ta coopération à ce crime et pour cette lettre que j'ai exigée, afin d'avoir une garantie contre toi?... Car ainsi tu ne pouvais me dénoncer sans te livrer toi-même... Ma vie et ma fortune étaient donc attachées à cette lettre... voilà pourquoi je la portais toujours si précieusement sur moi...

— C'est vrai, c'était habile de ta part, car je ne gagnais rien à te dénoncer, que le plaisir d'aller à l'échafaud avec toi... Et pourtant ton habileté nous a perdus, lorsque la mienne nous avait jusqu'ici assuré l'impunité...

— L'impunité... tu le vois...

— Qui pouvait deviner ce qui se passe? Mais, dans la marche ordinaire des choses, notre crime devait être et a été impuni, grâce à moi.

— Grâce à toi!

— Oui, lorsque nous eûmes tué cet homme... tu voulais simplement contrefaire son écriture et écrire à sa sœur que, ruiné complétement, il se tuait par désespoir... Tu croyais faire montre de grande finesse en ne parlant pas dans cette lettre du dépôt qu'il t'avait confié... C'était absurde. Ce dépôt étant connu de la sœur, elle l'eût nécessairement réclamé. Il fallait donc au contraire, ainsi que nous avons fait, le mentionner, ce dépôt, afin que, si par hasard l'on avait des doutes sur la réalité du suicide, tu fusses la dernière personne soupçonnée. Comment supposer que, tuant un homme pour t'emparer d'une somme qu'il t'avait confiée, tu serais assez sot pour parler de ce dépôt dans la fausse lettre que tu lui attribuerais? Aussi, qu'est-il arrivé! On a cru au suicide. Grâce à ta réputation de probité, tu as pu nier le dépôt, et on a cru que le frère s'était tué après avoir dissipé la fortune de sa sœur.

— Mais qu'importe tout cela aujourd'hui! le crime est découvert.

— Et grâce à qui? Était-ce ma faute si ma lettre était une arme à deux tranchants? pourquoi as-tu été assez faible, assez niais pour livrer cette arme terrible... à cette infernale Cecily?

— Tais-toi... ne prononce pas ce nom! — s'écria Jacques Ferrand avec une expression effrayante.

— Soit... je ne veux pas te rendre épileptique... tu vois bien qu'en ne comptant que sur la justice ordinaire... nos précautions mutuelles étaient suffisantes. . Mais la justice extraordinaire de celui qui nous tient en son pouvoir redoutable procède autrement... Il croit, lui, que couper la tête aux criminels ne répare pas suffisamment le mal qu'ils ont fait... Avec les preuves qu'il a en mains, il nous livrait tous deux aux tribunaux. Qu'en résultait-il ? Deux cadavres tout au plus bons à engraisser l'herbe du cimetière.

— Oh! oui... ce sont des larmes, des angoisses, des tortures qu'il lui faut, à ce prince... à ce démon... Mais je ne le connais pas, moi ; mais je ne lui ai jamais fait de mal. Pourquoi s'acharne-t-il ainsi sur moi !

— D'abord, il prétend se ressentir du bien et du mal qu'on fait aux autres hommes, qu'il appelle naïvement ses frères... et puis il connaît, lui, ceux à qui tu as fait du mal, et il te punit à sa manière...

— Mais de quel droit ?

— Voyons, Jacques, entre nous ne parlons pas de droit : il avait le pouvoir de te faire judiciairement couper la tête .. Qu'en serait-il résulté ? Tes deux seuls parents sont morts... l'État profitait de ta fortune au détriment de ceux que tu avais dépouillés... Au contraire, en mettant ta vie au prix de la fortune .. Morel, le père de Louise, que tu as déshonorée, se trouve, lui et sa famille, désormais à l'abri du besoin... Madame de Fermont, la sœur de Renneville, prétendu suicidé, retrouve ses cent mille écus ; Germain, que tu avais faussement accusé de vol, est réhabilité et mis en possession d'une place honorable à la tête de la *Banque des Travailleurs sans ouvrage*, qu'on te force de fonder pour réparer et expier tes outrages contre la société. Franchement, au point de vue de celui qui nous tient entre ses serres, la société n'aurait rien gagné à ta mort... elle gagne beaucoup à ta vie.

— Et c'est cela qui cause ma rage... et ce n'est pas là ma seule torture !

— Le prince le sait bien... Maintenant que va-t-il décider de nous ? Je l'ignore... Il nous a promis la vie sauve si nous exécutions aveuglément ses ordres... Mais s'il ne croit pas nos crimes suffisamment expiés, il saura bien faire que la mort soit mille fois préférable à la vie qu'il nous laisse... Tu ne le connais pas... Quand il se croit autorisé à être inexorable, il n'est pas de bourreau plus féroce... Il faut qu'il ait le diable à ses ordres pour avoir découvert... ce que j'étais allé faire en Normandie. Du reste... il a plus d'un démon à son service... car cette Cecily... que la foudre écrase !...

— Encore une fois, tais-toi... pas ce nom .. pas ce nom.

— Si, si... que la foudre écrase celle qui porte ce nom !... c'est elle qui a tout perdu. Notre tête serait en sûreté sur nos épaules... sans ton imbécile amour pour cette créature.

Au lieu de s'emporter, Jacques Ferrand répondit avec un profond abattement : — La connais-tu... cette femme ?... Dis !... l'as-tu jamais vue ?...

— Jamais... On la dit belle... je le sais...

— Belle... — répondit le notaire en haussant les épaules. Tiens — ajouta-t-il avec une sorte d'amertume désespérée — tais-toi... ne parle pas de ce que tu ignores... Ce que j'ai fait... tu l'aurais fait à ma place...

— Moi ! mettre ma vie à la merci d'une femme !...

— De celle-là... oui... et je le ferais de nouveau... si j'avais à espérer... ce qu'un moment j'ai espéré...

— Par l'enfer !... il est encore sous le charme — s'écria Polidori stupéfait.

— Écoute — reprit le notaire d'une voix calme, basse et accentuée çà et là par des élans de désespoir incurable — écoute... tu sais si j'aime l'or ! tu sais ce que j'ai bravé pour en acquérir ? Compter dans ma pensée les sommes que je possédais... les voir se doubler par mon avarice, me savoir maître d'un trésor.... c'était ma joie, mon bonheur.... Oui, posséder.... non pour dépenser, non pour jouir... mais pour thésauriser, c'était ma vie... Il y a un mois, si l'on m'eût dit : « Entre ta fortune et ta tête, choisis, » j'aurais livré ma tête.

— Mais à quoi bon posséder... quand on va mourir ?

— A mourir en possédant !... à jouir jusqu'au dernier moment de la jouissance qui vous a fait tout braver, privations, infamie, échafaud... à dire encore, la tête sur le billot : *Je possède !!!* Oh ! vois-tu, la mort est douce, comparée aux tourments que l'on endure en se voyant, de son vivant, dépossédé comme je le suis, dépossédé de ce qu'on a amassé au prix de tant de peines, de tant de dangers !.... C'est atroce ! c'est mourir, non pas chaque jour, mais c'est mourir à chaque minute du jour... Oui, à cette horrible agonie qui doit durer des années peut-être, j'aurais préféré mille fois la mort rapide et sûre qui vous atteint avant qu'une parcelle de votre trésor vous ait été enlevée ; encore une fois, au moins je serais mort en disant : Je possède...

Polidori regarda son complice avec un profond étonnement.

— Je ne te comprends plus... Alors pourquoi as-tu obéi aux ordres de celui qui n'a qu'à dire un mot pour que ta tête tombe ? Pourquoi as-tu préféré la vie sans ton trésor... si cette vie te semble si horrible ?

— C'est que, vois-tu — ajouta le notaire d'une voix de plus en plus basse — mourir, c'est ne plus penser... mourir, c'est le néant... Et Cecily ?

— Et tu espères ?... — s'écria Polidori stupéfait.

— Je n'espère pas, je possède...

— Quoi ?

— Le souvenir.

— Mais tu ne dois jamais la revoir, mais elle a livré ta tête.

— Mais je l'aime toujours, et plus frénétiquement que jamais... moi ! — s'écria Jacques Ferrand avec une explosion de larmes, de sanglots, qui contrastèrent avec le calme morne de ses dernières paroles. — Oui — reprit-il dans une effrayante exaltation — je l'aime toujours, et je ne veux pas mourir, afin de pouvoir me plonger et me replonger encore avec un atroce plaisir dans cette fournaise, où je me consume à petit feu... Car, tu ne sais pas... cette nuit... cette nuit où je l'ai vue si belle... si passionnée, si enivrante... cette nuit est toujours présente à mon souvenir... Ce tableau d'une volupté terrible est là, toujours là... devant mes yeux... Qu'ils soient ouverts ou fermés par un assoupissement fébrile ou par une insomnie ardente, je vois toujours son regard noir

et enflammé qui fait bouillir la moelle de mes os... Je sens toujours son souffle
sur mon front... J'entends toujours sa voix...

— Mais ce sont là d'épouvantables tourments !

— Épouvantables ! oui, épouvantables !... Mais la mort, mais le néant ! mais
perdre pour toujours ce souvenir aussi vivant que la réalité, mais renoncer à
ces souvenirs qui me déchirent, me dévorent et m'embrasent !... Non !...
non !... non !... Vivre !... vivre !... pauvre, méprisé, flétri... vivre au bagne...
mais vivre !... pour que la pensée me reste... puisque cette créature infernale
a toute ma pensée... est toute ma pensée !...

— Jacques — dit Polidori d'un ton grave qui contrasta avec son amère ironie habituelle — j'ai vu bien des souffrances ; mais jamais tortures n'approchè-
rent des tiennes... Celui qui nous tient en sa puissance ne pouvait être plus
impitoyable... Il t'a condamné à vivre... ou plutôt à attendre la mort dans des
angoisses terribles... car cet aveu m'explique les symptômes alarmants qui
chaque jour se développent en toi... et dont je cherchais en vain la cause...

— Mais ces symptômes n'ont rien de grave ! c'est de l'épuisement... c'est
la réaction de mes chagrins !... Je ne suis pas en danger... n'est-ce pas !

— Non... non... mais ta position est grave... il est certaines pensées qu'il
faudra chasser... Sans cela... tu courrais de grands dangers...

— Je ferai ce que tu voudras, pourvu que je vive .. car je ne veux pas
mourir. Oh ! les prêtres parlent de damnés !... jamais ils n'ont imaginé pour
eux un supplice égal au mien. Torturé par la passion et la cupidité, j'ai deux
plaies vives au lieu d'une... et je les sens également toutes deux... La perte
de ma fortune m'est affreuse... mais la mort me serait plus affreuse encore ..
J'ai voulu vivre... Ma vie peut n'être qu'une torture sans fin... sans issue, et
je n'ose appeler la mort... car la mort anéantit mon funeste bonheur... ce mirage de ma pensée... où m'apparaît incessamment Cecily...

— Tu as du moins la consolation — dit Polidori en reprenant son sang-froid
ordinaire — de songer au bien que tu as fait pour expier tes crimes...

— Oui, raille, tu as raison... retourne-moi sur des charbons ardents... Tu
sais bien, misérable, que je hais l'humanité ; tu sais bien que ces expiations
que l'on m'impose, ne m'inspirent que haine et fureur contre ceux qui m'y
obligent et contre ceux qui en profitent... Tonnerre et meurtre ! Songer que
pendant que je traînerai une vie épouvantable... n'existant que pour *jouir* de
souffrances qui effraieraient les plus intrépides... ces hommes que j'exècre
verront, grâce aux biens dont on m'a dépouillé, leur misère s'alléger !... Et ce
prêtre !... ce prêtre qui me bénissait, quand mon cœur nageait dans le fiel et
dans le sang, je l'aurais poignardé !... Oh ! c'en est trop ! — s'écria-t-il en
appuyant sur son front ses deux mains crispées . — ma tête éclate, à la fin...
mes idées se troublent... Je ne résisterai pas à de tels accès de rage impuissante... à ces tortures toujours renaissantes... Et tout cela pour toi !... Cecily...
Cecily !... Le sais-tu au moins que je souffre autant ?... le sais-tu, Cecily...
démon sorti de l'enfer !

Et Ferrand, épuisé par cette effroyable exaltation, retomba haletant sur son siége, et se tordit les bras en poussant des rugissements sourds et inarticulés.

Cet accès de rage convulsive et désespérée n'étonna pas Polidori. Possédant une expérience médicale consommée, il reconnut facilement que chez Jacques Ferrand la rage de se voir dépossédé de sa fortune, jointe à sa passion pour Cecily, avait allumé chez ce misérable une fièvre dévorante.

Ce n'était pas tout... dans l'accès auquel Jacques Ferrand était alors en proie, Polidori remarquait avec inquiétude certains pronostics d'une des plus effrayantes maladies qui aient jamais épouvanté l'humanité, et dont Paulus et Arétée, aussi grands observateurs que grands moralistes, ont si admirablement tracé le foudroyant tableau. . . . .

Tout à coup on frappa précipitamment à la porte du cabinet. Polidori alla ouvrir la porte, il vit le maître-clerc de l'étude qui, pâle et la figure boule-versée, s'écria : — Il faut que je parle à l'instant à M. Ferrand.

— Silence... il est dans ce moment très-souffrant... — dit Polidori à voix basse, et, sortant du cabinet du notaire, il en ferma la porte.

— Ah! monsieur — s'écria le maître-clerc — vous, le meilleur ami de M. Ferrand, venez à son secours, il n'y a pas un moment à perdre...

— Que voulez-vous dire?

— D'après les ordres de M. Ferrand, j'étais allé dire à madame la comtesse Mac-Gregor qu'il ne pouvait se rendre chez elle aujourd'hui, ainsi qu'elle le désirait... Cette dame, qui paraît maintenant hors de danger, m'a fait entrer dans sa chambre. Elle s'est écriée d'un ton menaçant : — Retournez dire à M. Ferrand que, s'il n'est pas ici, chez moi, dans une demi-heure... avant la fin du jour il sera arrêté comme faussaire... car l'enfant qu'il a fait passer pour morte ne l'est pas... je sais à qui il l'a livrée, je sais où elle est [1]...

— Cette femme délirait — répondit Polidori en haussant les épaules.

— Je l'avais pensé d'abord; mais l'assurance de madame la comtesse...

— Sa tête aura sans doute été affaiblie par la maladie... et les visionnaires croient toujours à leurs visions.

— Je dois vous dire aussi, monsieur, qu'au moment où je quittais la chambre de madame la comtesse, une de ses femmes est entrée précipitamment en di-sant : — *Son Altesse* sera ici dans une heure...

— Cette femme a dit cela? — s'écria Polidori.

— Oui, monsieur, et j'ai été très-étonné, ne sachant pas de quelle Altesse il pouvait être question...

— Plus de doute, c'est le prince — se dit Polidori. — Lui chez la comtesse Sarah, qu'il ne devait jamais revoir... Je ne sais, mais je n'aime pas ce rap-prochement... il peut empirer notre position. — Puis, s'adressant au maître-clerc, il ajouta : — Encore une fois, monsieur, ceci n'a rien de grave; c'est une folle imagination de malade : d'ailleurs je ferai part tout à l'heure à M. Ferrand de ce que vous venez de m'apprendre. . . . .

Maintenant nous conduirons le lecteur chez la comtesse Sarah Mac-Gregor.

[1] Le lecteur sait que Sarah croyait encore Fleur-de-Marie enfermée à Saint-Lazare, d'après ce que la Chouette avait dit avant de la frapper.

CHAPITRE VIII.

RODOLPHE ET SARAH.

Une crise salutaire venait d'arracher la comtesse Mac-Gregor au délire et aux souffrances qui, pendant plusieurs jours, avaient donné pour sa vie les craintes les plus sérieuses.

Le jour commençait à baisser... Sarah, assise dans un grand fauteuil et soutenue par son frère Thomas Seyton, se regardait avec une profonde attention dans un miroir que lui présentait une de ses femmes agenouillée devant elle. Cette scène se passait dans le salon où la Chouette avait commis sa tentative d'assassinat.

La comtesse était d'une pâleur de marbre, que faisait ressortir encore le noir foncé de ses yeux, de ses sourcils et de ses cheveux; un grand peignoir de mousseline blanche l'enveloppait entièrement. — Donnez-moi le bandeau de corail — dit-elle à une de ses femmes, d'une voix faible mais impérieuse et brève.

— Betty vous l'attachera... — reprit Thomas Seyton — vous allez vous fatiguer... Il est déjà d'une si grande imprudence de...

— Le bandeau ! le bandeau !... — répéta impatiemment Sarah, qui prit ce bijou et le posa à son gré sur son front. — Maintenant, attachez-le... et laissez-moi... — dit-elle à ses femmes.

Au moment où celles-ci se retiraient, elle ajouta : — On fera entrer M. Ferrand dans le petit salon bleu... puis — reprit-elle avec une expression d'orgueil mal dissimulé — dès que S. A. R. le grand-duc de Gerolstein arrivera, on l'introduira ici.

— Enfin ! — dit Sarah, dès qu'elle fut seule avec son frère — enfin je touche à cette couronne... le rêve de ma vie... La prédiction va donc s'accomplir !

— Sarah, calmez votre exaltation — lui dit son frère. — Hier encore on désespérait de votre vie ; une dernière déception vous porterait un coup mortel.

— Vous avez raison, Tom... la chute serait affreuse... car mes espérances n'ont jamais été plus près de se réaliser ! J'en suis certaine, ce qui m'a empêchée de succomber à mes souffrances a été ma pensée constante de profiter de la toute-puissante révélation que m'a faite cette femme au moment de m'assassiner.

— De même pendant votre délire... vous reveniez sans cesse à cette idée.

— Parce que cette idée seule soutenait ma vie chancelante. Quel espoir !... princesse souveraine... presque reine !... ajouta-t-elle avec enivrement.

— Encore une fois, Sarah, pas de rêves insensés ; le réveil serait terrible.

— Des rêves insensés ?... Comment ! lorsque Rodolphe saura que cette jeune fille, aujourd'hui prisonnière à Saint-Lazare et autrefois confiée au notaire qui l'a fait passer pour morte, est notre enfant, vous croyez que...

Seyton interrompit sa sœur :

— Je crois — reprit-il avec amertume — que les princes mettent les raisons d'État, les convenances politiques avant les devoirs naturels.

— Comptez-vous donc si peu sur mon adresse ?

— Le prince n'est plus l'adolescent candide et passionné que vous avez autrefois séduit ; ce temps est bien loin de lui... et de vous, ma sœur.

Sarah haussa légèrement les épaules, et dit :

— Savez-vous pourquoi j'ai voulu orner mes cheveux de ce bandeau de corail ? pourquoi j'ai mis cette robe blanche ? C'est que la première fois que Rodolphe m'a vue... à la cour de Gerolstein... j'étais vêtue de blanc... et je portais ce même bandeau de corail dans mes cheveux...

— Comment ! — dit Thomas Seyton en regardant sa sœur avec surprise — vous voulez évoquer ces souvenirs ? vous n'en redoutez pas au contraire l'influence ?

— Je connais Rodolphe mieux que vous... Sans doute mes traits, aujourd'hui changés par l'âge et par la souffrance, ne sont plus ceux de la jeune fille de seize ans qu'il a éperdument aimée... qu'il a seule aimée... car j'étais son premier amour... et cet amour, unique dans la vie de l'homme, laisse toujours dans son cœur des traces ineffaçables... Aussi, croyez-moi, mon frère, la vue de cette parure éveillera chez Rodolphe, non-seulement les souvenirs de son amour, mais encore ceux de sa jeunesse... Et pour les hommes, ces derniers souvenirs sont toujours doux et précieux...

— Mais à ces doux souvenirs s'en joignent de terribles : et le sinistre dénoûment de votre amour ? et l'odieuse conduite du père du prince envers vous ? et votre silence obstiné lorsque Rodolphe, après votre mariage avec le comte

Mac-Gregor, vous redemandait votre fille alors tout enfant? votre fille, dont une froide lettre de vous lui a appris la mort il y a dix ans... Oubliez-vous donc que depuis ce temps le prince n'a eu pour vous que mépris et haine?

— La pitié a remplacé la haine... Depuis qu'il m'a sue mourante... chaque jour il a envoyé le baron de Graün s'informer de mes nouvelles. Tout à l'heure... il m'a fait répondre... qu'il allait venir ici... Cette concession est immense, mon frère

— Il vous croit expirante... il suppose qu'il s'agit d'un dernier adieu, et il vient... Vous avez eu tort de ne pas lui écrire la révélation que vous allez lui faire.

— Je sais pourquoi j'agis ainsi. Cette révélation le comblera de surprise, de joie... et je serai là pour profiter de son premier élan d'attendrissement. Aujourd'hui, ou jamais, il me dira : *Un mariage doit légitimer la naissance de notre enfant.* S'il le dit, sa parole est sacrée, et l'espoir de toute ma vie est enfin réalisé...

— S'il vous fait cette promesse... oui.

— Et pour qu'il la fasse, rien n'est à négliger dans cette circonstance décisive... Je connais Rodolphe; une fois certain d'avoir retrouvé sa fille... il surmontera son aversion pour moi, et ne reculera devant aucun sacrifice pour assurer à son enfant le sort le plus enviable, pour la rendre aussi magnifiquement heureuse qu'elle aura été jusqu'alors infortunée.

— Qu'il assure le sort le plus brillant à votre fille, soit... mais entre cette réparation et la résolution de vous épouser afin de légitimer la naissance de cet enfant... il y a un abîme.

— Son amour de père comblera cet abîme...

— Mais cette infortunée a sans doute vécu jusqu'ici dans un état précaire ou misérable.

— Rodolphe voudra d'autant plus l'élever qu'elle aura été plus abaissée.

— Songez-y donc, la faire asseoir au rang des familles souveraines de l'Europe!... la reconnaître pour sa fille aux yeux de ces princes, de ces rois dont il est le parent ou l'allié!...

— Ne connaissez-vous pas son caractère étrange, impétueux et résolu, son exagération chevaleresque à propos de tout ce qu'il regarde comme juste et commandé par le devoir?

— Mais cette malheureuse enfant a peut-être été si viciée par la misère où elle doit avoir vécu, que le prince au lieu d'éprouver de l'attrait pour elle...

— Que dites-vous? — s'écria Sarah en interrompant son frère. — N'est-elle pas aussi belle jeune fille qu'elle était ravissante enfant! Rodolphe, sans la connaître, ne s'était-il pas assez intéressé à elle pour vouloir se charger de son avenir! ne l'avait-il pas envoyée à sa ferme de Bouqueval dont nous l'avons fait enlever...

— Oui, grâce à votre persistance à vouloir rompre tous les liens d'affection du prince... dans l'espoir insensé de le ramener un jour à vous.

— Et cependant sans cet espoir insensé... je n'aurais pas découvert au prix de ma vie le secret de l'existence de ma fille... N'est-ce pas enfin par cette femme qui l'avait arrachée de la ferme que j'ai connu l'indigne fourberie du notaire Ferrand?

— Il est fâcheux qu'on m'ait refusé ce matin l'entrée de Saint-Lazare, où se trouve, vous a-t-on dit, cette malheureuse enfant ; malgré ma vive insistance, on n'a voulu répondre à aucun des renseignements que je demandais, parce que je n'avais pas de lettre d'introduction auprès du directeur de la prison... J'ai écrit au préfet en votre nom... mais je n'aurai sans doute sa réponse que demain, et le prince va être ici tout à l'heure. Encore une fois, je regrette que vous ne puissiez lui présenter vous-même votre fille... Il eût mieux valu attendre sa sortie de prison, avant de mander le grand-duc ici...

— Attendre !... Et sais-je seulement si la crise salutaire où je me trouve durera jusqu'à demain? Peut-être suis-je passagèrement soutenue par la seule énergie de mon ambition.

— Mais quelles preuves donnerez-vous au prince? Vous croira-t-il?

— Il me croira lorsqu'il aura lu le commencement de la révélation que j'écrivais sous la dictée de cette femme quand elle m'a frappée, révélation dont heureusement je n'ai oublié aucune circonstance ; il me croira lorsqu'il aura lu votre correspondance avec madame Séraphin et Jacques Ferrand jusqu'à la mort supposée de l'enfant ; il me croira lorsqu'il aura entendu les aveux du notaire qui, épouvanté de mes menaces, sera ici tout à l'heure ; il me croira lorsqu'il verra le portrait de ma fille à l'âge de six ans, portrait qui, m'a dit cette femme, est encore à cette heure d'une ressemblance frappante. Tant de preuves suffiront pour montrer au prince que je dis vrai, et pour décider chez lui ce premier mouvement qui peut faire de moi... presque une reine... Ah ! ne fût-ce qu'un jour... une heure... au moins je mourrais contente.

A ce moment on entendit le bruit d'une voiture qui entrait dans la cour.

— C'est lui... c'est Rodolphe... — s'écria Sarah. Thomas Seyton s'approcha précipitamment d'un rideau, le souleva, et répondit : — Oui, c'est le prince... il descend de voiture.

— Laissez-moi seule, voici le moment décisif — dit Sarah avec un sang-froid inaltérable, car une ambition monstrueuse, un égoïsme impitoyable avait toujours été et était encore l'unique mobile de cette femme. Dans l'espèce de résurrection miraculeuse de sa fille elle ne voyait que le moyen de parvenir enfin au but constant de toute sa vie.

Après avoir un moment hésité à quitter l'appartement, Thomas Seyton se rapprochant tout à coup de sa sœur, lui dit :

— C'est moi qui apprendrai au prince comment votre fille, qu'on avait crue morte, a été sauvée. Cet entretien serait trop dangereux pour vous... une émotion violente vous tuerait, et après une séparation si longue... la vue du prince... les souvenirs de ce temps...

— Votre main, mon frère — dit Sarah. Puis, appuyant sur son cœur impassible la main de Thomas Seyton, elle ajouta avec un sourire glacial : — Suis-je émue?

— Non... rien... rien... pas un battement précipité — dit Seyton avec stupeur ; — je sais quel empire vous avez sur vous-même .. mais dans un tel moment... mais quand il s'agit pour vous ou d'une couronne ou de la mort... car la perte de cette dernière espérance vous serait mortelle... en vérité, votre calme me confond !

— Pourquoi cet étonnement, mon frère ?... Jusqu'ici, ne le savez-vous pas ? rien... non, rien, n'a jamais fait battre ce cœur de marbre... Il ne palpitera que le jour où je sentirai poser sur mon front la couronne souveraine... J'entends Rodolphe... laissez-moi...

Lorsque Rodolphe entra dans le salon, son regard exprimait la pitié ; mais, voyant Sarah assise dans son fauteuil et presque parée, il recula de surprise, sa physionomie devint aussitôt sombre et méfiante... La comtesse, devinant sa pensée, lui dit d'une voix douce et faible : — Vous croyiez me trouver expirante... vous veniez pour recevoir mes derniers adieux ?...

— J'ai toujours regardé comme sacrés les derniers vœux des mourants... mais s'il s'agit d'une tromperie sacrilége...

— Rassurez-vous — dit Sarah en interrompant Rodolphe — rassurez-vous, je ne vous ai pas trompé... il me reste, je crois, peu d'heures à vivre. Pardonnez-moi une dernière coquetterie... J'ai voulu vous épargner le sinistre entourage qui accompagne ordinairement l'agonie... j'ai voulu mourir vêtue comme je l'étais la première fois où je vous vis... Hélas ! après dix années de séparation, vous voilà donc enfin !... Merci !... oh ! merci !... Mais, à votre tour, rendez grâces à Dieu de vous avoir inspiré la pensée d'écouter ma dernière prière. Si vous m'aviez refusée... j'emportais avec moi un secret qui va faire la joie... le bonheur de votre vie... Joie mêlée de quelque tristesse... bonheur mêlé de quelques larmes... comme toute félicité humaine ; mais cette félicité, vous l'achèteriez encore au prix de la moitié des jours qui vous restent à vivre !...

— Que voulez-vous dire ? — lui demanda le prince avec surprise.

— Oui, Rodolphe, si vous n'étiez pas venu... ce secret m'aurait suivie dans la tombe... c'eût été ma seule vengeance... Et encore... non, non... je n'aurais pas eu ce terrible courage... Quoique vous m'ayez bien fait souffrir, j'aurais partagé avec vous ce suprême bonheur dont, plus heureux que moi, vous jouirez long-temps, bien long-temps, je l'espère...

— Mais encore, madame, de quoi s'agit-il ?

— Lorsque vous le saurez... vous ne pourrez comprendre la lenteur que je mets à vous en instruire, car vous regarderez cette révélation comme un miracle du ciel... Mais, chose étrange, moi qui d'un mot peux vous causer le plus grand bonheur que vous ayez peut-être jamais ressenti, j'éprouve, quoique maintenant les minutes de ma vie soient comptées, j'éprouve une satisfaction indéfinissable à prolonger votre attente... Et puis... je connais votre cœur... et, malgré la fermeté de votre caractère, je craindrais de vous annoncer sans préparation une découverte aussi incroyable... Les émotions d'une joie foudroyante ont aussi leurs dangers...

— Votre pâleur augmente... vous contenez à peine une violente agitation — dit Rodolphe; — tout ceci est, je le crois, grave et solennel...

— Grave et solennel, reprit Sarah d'une voix émue; car, malgré son impassibilité habituelle, en songeant à l'immense portée de la révélation qu'elle allait faire à Rodolphe, elle se sentait plus troublée qu'elle n'avait cru l'être, aussi, ne pouvant se contraindre plus long-temps, elle s'écria :

— Rodolphe... notre fille existe...

— Notre fille !...

— Elle vit ! vous dis-je...

Ces mots, l'accent de vérité avec lequel ils furent prononcés, remuèrent le prince jusqu'au fond des entrailles. — Notre enfant !... — répéta-t-il en se rapprochant précipitamment du fauteuil de Sarah — notre enfant ! ma fille !

— Elle n'est pas morte; j'en ai des preuves irrécusables... je sais où elle est... Demain vous la reverrez.

— Ma fille !... ma fille !.. — répéta Rodolphe avec stupeur — il se pourrait ! elle vivrait ! — Puis tout à coup, réfléchissant à l'invraisemblance de cet événement, et craignant d'être dupe d'une nouvelle fourberie de Sarah, il s'écria : — Non... non... c'est un rêve !... c'est impossible !... vous me trompez... c'est une ruse, un mensonge indigne !... Je connais votre ambition... je sais de quoi vous êtes capable, je devine le but de cette tromperie!

— Eh bien! vous dites vrai... je suis capable de tout... Oui, j'avais voulu vous abuser... oui, quelques jours avant d'être frappée d'un coup mortel, j'avais voulu trouver une jeune fille... que je vous aurais présentée à la place de notre enfant... Après cet aveu, vous me croirez peut-être... ou plutôt vous serez bien forcé de vous rendre à l'évidence. Oui, Rodolphe... je le répète... j'avais voulu substituer une jeune fille obscure à celle que nous pleurions; mais Dieu a voulu, lui, qu'au moment où je faisais ce marché sacrilége... je fusse frappée à mort...

— Vous... à ce moment !...

— Dieu a voulu encore qu'on me proposât... pour jouer ce rôle... de mensonge... savez-vous qui? notre fille...

— Êtes-vous donc en délire... au nom du ciel!

— Je ne suis pas en délire... Rodolphe... Dans cette cassette, avec des papiers et un portrait qui vous prouveront la vérité de ce que je vous dis, vous trouverez un papier taché de mon sang...

— De votre sang?

— La femme qui m'a appris que notre fille vivait encore, me dictait cette révélation... lorsque j'ai été frappée d'un coup de poignard.

— Et qui était-elle? comment savait-elle?...

— C'est à elle qu'on avait livré notre fille... toute enfant... après l'avoir fait passer pour morte.

— Mais cette femme... son nom?... peut-on la croire! où l'avez-vous connue!

— Je vous dis, Rodolphe, que tout ceci est fatal, providentiel... Il y a quelques mois... vous aviez tiré une jeune fille de la misère pour l'envoyer à la campagne... La jalousie, la haine m'égaraient... J'ai fait enlever cette jeune fille par la femme... dont je vous parle...

— Et on a conduit la malheureuse enfant à Saint-Lazare.

— Où elle est encore...

— Elle n'y est plus... Ah! vous ne savez pas, madame, le mal affreux que vous avez fait... en arrachant cette infortunée de la retraite où je l'avais placée... mais...

— Cette jeune fille n'est plus à Saint-Lazare — s'écria Sarah avec épouvante — et vous parlez d'un malheur affreux!

— Un monstre de cupidité avait intérêt à sa perte. Ils l'ont noyée, madame... Mais répondez... vous dites que ..

— Ma fille!... — s'écria Sarah en interrompant Rodolphe et se levant droite, immobile comme une statue de marbre.

— Que dit-elle? mon Dieu! — s'écria Rodolphe.

— Ma fille!... — répéta Sarah dont le visage devint livide et effrayant de désespoir; — ils ont tué ma fille!...

— La Goualeuse votre fille!!!... — répéta Rodolphe en se reculant avec horreur.

— La Goualeuse... oui... c'est le nom que m'a dit cette femme surnommée la Chouette... Morte... morte!... — reprit Sarah toujours immobile, toujours le regard fixe; — ils l'ont tuée...

— Sarah! — reprit Rodolphe aussi pâle, aussi effrayant que la comtesse — revenez à vous... — répondez-moi... la Goualeuse... cette jeune fille que vous avez fait enlever par la Chouette à Bouqueval... était...

— Notre fille!...

— Elle!!!

— Et ils l'ont tuée!...

— Oh! non... non... vous délirez... cela ne peut pas être... Vous ne savez pas, non, vous ne savez pas combien cela serait affreux... Sarah! revenez à vous... parlez-moi tranquillement. Asseyez-vous... calmez-vous... Souvent il y a des ressemblances, des apparences qui trompent; on est si enclin à croire ce qu'on désire... Ce n'est pas un reproche que je vous fais... mais expliquez-moi bien... dites-moi bien toutes les raisons qui vous portent à penser cela, car cela ne peut pas être... non, non! il ne faut pas que cela soit!... cela n'est pas!

Après un moment de silence, la comtesse rassembla ses pensées, et dit à Rodolphe d'une voix défaillante : — Apprenant votre mariage, pensant à me marier moi-même, je n'ai pas pu garder notre fille auprès de moi, elle avait quatre ans alors...

— Mais à cette époque je vous l'ai demandée, moi... avec prières... — s'écria Rodolphe d'un ton déchirant — et mes lettres sont restées sans réponse... La seule que vous m'ayez écrite m'annonçait sa mort!...

— Je voulais me venger de vos mépris en vous refusant votre enfant... Cela était indigne. Mais écoutez-moi... je le sens... la vie m'échappe, ce dernier coup m'accable...

— Non! non! je ne vous crois pas... je ne veux pas vous croire... La Goualeuse... ma fille!... Oh! mon Dieu, vous ne voudriez pas cela!

— Écoutez-moi, vous dis-je. Lorsqu'elle eut quatre ans, mon frère chargea madame Séraphin, veuve d'un ancien serviteur à lui, d'élever l'enfant jusqu'à ce qu'elle fût en âge d'entrer en pension... La somme destinée à assurer l'avenir de notre fille fut déposée par mon frère chez un notaire cité pour sa probité. Les lettres de cet homme et de madame Séraphin, adressées à cette époque à moi et à mon frère, sont là .. dans cette cassette... Au bout d'un an, on m'écrivit que la santé de ma fille s'altérait... huit mois après, qu'elle était morte, et l'on m'envoya son acte de décès. A cette époque, madame Séraphin est entrée au service de Jacques Ferrand, après avoir livré notre fille à la Chouette, par l'intermédiaire d'un misérable actuellement au bagne de Rochefort. Je commençais à écrire cette déclaration de la Chouette, lorsqu'elle m'a frappée. Ce papier est là... avec un portrait de notre fille à l'âge de quatre ans. Examinez tout, lettres, déclaration, portrait; et vous, qui l'avez vue... cette malheureuse enfant... jugez.

Après ces mots, qui épuisèrent ses forces, Sarah tomba défaillante dans son fauteuil.

Rodolphe resta foudroyé par cette révélation. Il est de ces malheurs si imprévus, si abominables, qu'on tâche de ne pas y croire jusqu'à ce qu'une évidence écrasante vous y contraigne... Rodolphe, persuadé de la mort de Fleur-de-Marie, n'avait plus qu'un espoir, celui de se convaincre qu'elle n'était pas sa fille. Avec un calme effrayant qui épouvanta Sarah, il s'approcha de la table, ouvrit la cassette et se mit à lire les lettres une à une, à examiner avec une attention scrupuleuse les papiers qui les accompagnaient.

Ces lettres, timbrées et datées par la poste, écrites à Sarah et à son frère par le notaire et par madame Séraphin, étaient relatives à l'enfance de Fleur-de-Marie et au placement des fonds qu'on lui destinait... Rodolphe ne pouvait douter de l'authenticité de cette correspondance.

La déclaration de la Chouette se trouvait confirmée par les renseignements pris par ordre de Rodolphe, et qui signalaient un nommé Pierre Tournemine, forçat alors à Rochefort, comme l'homme qui avait reçu Fleur-de-Marie des mains de madame Séraphin pour la livrer à la Chouette... à la Chouette, que la malheureuse enfant avait elle-même reconnue plus tard devant Rodolphe au tapis-franc de l'ogresse.

L'acte de décès paraissait en règle ; mais Ferrand avait lui-même avoué à Cecily que ce faux acte avait servi à la spoliation d'une somme considérable, autrefois placée en viager sur la tête de la jeune fille qu'il avait fait noyer par Martial à l'île du Ravageur. Ce fut donc avec une croissante et épouvantable angoisse que Rodolphe acquit, malgré lui, cette terrible conviction, que la Goualeuse était sa fille et qu'elle était morte.

Malheureusement pour lui... tout semblait confirmer cette créance. Avant de condamner Jacques Ferrand sur les preuves données par le notaire lui-même à Cecily, le prince, dans son vif intérêt pour la Goualeuse, ayant fait prendre des informations à Asnières, avait appris qu'en effet deux femmes, l'une vieille et l'autre jeune, vêtue en paysanne, s'étaient noyées en se rendant à l'île du Ravageur, et que le bruit public accusait les Martial de ce nouveau crime.

Disons enfin que, malgré les soins du docteur Griffon, du comte de Saint-Remy et de la Louve, Fleur-de-Marie, long-temps dans un état désespéré, entrait à peine en convalescence ; et que sa faiblesse morale et physique était encore telle, qu'elle n'avait pu jusqu'alors prévenir ni madame Georges ni Rodolphe de sa position.

Ce concours de circonstances ne pouvait laisser le moindre espoir au prince. Une dernière épreuve lui était réservée.

Il jeta enfin les yeux sur le portrait qu'il avait presque craint de regarder... Ce coup fut affreux...

Dans cette figure enfantine et charmante, déjà belle de cette beauté divine que l'on prête aux chérubins, il retrouva d'une manière saisissante les traits de Fleur-de-Marie... son nez fin et droit, son noble front, sa petite bouche déjà un peu sérieuse... Car, disait madame Séraphin à Sarah dans une des lettres que Rodolphe venait de lire : « *L'enfant demande toujours sa mère et est bien triste.* » C'étaient encore ses grands yeux d'un bleu si pur et si doux .. d'un *bleu de bluet*, avait dit la Chouette à Sarah, en reconnaissant dans cette miniature les traits de l'infortunée qu'elle avait poursuivie enfant sous le nom de Pégriotte, jeune fille sous le nom de Goualeuse.

A la vue de ce portrait, les tumultueux et violents sentiments de Rodolphe furent étouffés par ses larmes. Il retomba brisé dans un fauteuil et cacha sa figure dans ses mains en sanglotant.

Pendant que Rodolphe pleurait amèrement, les traits de Sarah se décomposaient d'une manière sensible. Au moment de voir se réaliser le rêve de son ambitieuse vie, la dernière espérance qui l'avait jusqu'alors soutenue lui échappait à jamais. Cette affreuse déception devait avoir sur sa santé momentanément améliorée une réaction mortelle. Renversée dans son fauteuil, agitée d'un tremblement fiévreux, ses deux mains croisées et crispées sur ses genoux, le regard fixe, elle attendit avec effroi la première parole de Rodolphe.

Connaissant l'impétuosité du caractère du prince, elle pressentait qu'au brisement douloureux qui arrachait tant de pleurs à cet homme aussi résolu qu'inflexible, succéderait quelque emportement terrible.

Tout à coup Rodolphe redressa la tête, essuya ses larmes, se leva debout, et s'approchant de Sarah, les bras croisés sur sa poitrine, l'air menaçant, impitoyable... il la contempla quelques moments en silence, puis il dit d'une voix sourde : — Cela devait être... j'ai tiré l'épée contre mon père... je suis frappé dans mon enfant... Juste punition du parricide... Écoutez-moi, madame... Il faut que vous sachiez, dans ce moment suprême, tous les maux causés par votre implacable ambition, par votre féroce égoïsme... Entendez-vous, femme sans cœur et sans foi! Entendez-vous, mère dénaturée?...

— Grâce!... Rodolphe...

— Pas de grâce pour vous... qui autrefois, sans pitié pour un amour sincère, exploitiez froidement, dans l'intérêt de votre exécrable orgueil, une passion généreuse et dévouée que vous feigniez de partager... Pas de grâce pour vous qui avez armé le fils contre le père!... Pas de grâce pour vous qui, au lieu de veiller pieusement sur votre enfant, l'avez abandonné à des mains mercenaires, afin de satisfaire votre cupidité par un riche mariage... comme vous aviez jadis assouvi votre ambition effrénée en m'amenant à vous épouser... Pas de grâce pour vous qui, après avoir refusé mon enfant à ma tendresse, venez de causer sa mort par vos fourberies sacrilèges!... Malédiction sur vous... vous... mon mauvais génie et celui de ma race!...

— Oh!... mon Dieu!... il est sans pitié!... Laissez-moi!... laissez-moi!

— Vous m'entendrez... vous dis-je!... Vous souvenez-vous du dernier jour où je vous ai vue... il y a dix-sept ans de cela?... vous ne pouviez plus cacher les suites de notre secrète union, que, comme vous, je croyais indissoluble... Je connaissais le caractère inflexible de mon père... je savais quel mariage politique il projetait pour moi... Bravant son indignation, je lui déclarai que vous étiez ma femme devant Dieu et devant les hommes... que dans peu de temps vous mettriez au monde un enfant, fruit de notre amour... La colère de mon père fut terrible... il ne voulait pas croire à mon mariage... tant d'audace lui semblait impossible... Il me menaça de son courroux si je me permettais de lui parler encore d'une semblable folie... Alors je vous aimais comme un insensé... dupe de vos séductions... je croyais que votre cœur d'airain avait battu pour moi... Je répondis à mon père que jamais je n'aurais d'autre

femme que vous... A ces mots, son emportement n'eut plus de bornes; il vous
prodigua les noms les plus outrageants, s'écria que notre mariage était nul,
que pour vous punir de votre audace il vous ferait attacher au pilori de la
ville... Cédant à ma folle passion... à la violence de mon caractère... j'osai
défendre à mon père, à mon souverain... de parler ainsi de ma femme... j'osai
le menacer. Exaspéré par cette insulte, mon père leva la main sur moi; la
rage m'aveugla... je tirai mon épée... je me précipitai sur lui... Sans Murph qui
survint et détourna le coup... j'étais parricide de fait... comme je l'ai été d'intention!... Entendez-vous... parricide!... Et pour vous défendre... vous!...

— Hélas! j'ignorais ce malheur!...

— En vain j'avais cru jusqu'ici expier mon crime... le coup qui me frappe
aujourd'hui est ma punition...

— Mais moi, n'ai-je pas aussi bien souffert de la dureté de votre père, qui
a rompu notre mariage! Pourquoi m'accuser de ne pas vous avoir aimé...

— Pourquoi?... — s'écria Rodolphe en jetant sur elle un regard de mépris
écrasant. — Sachez-le donc, et ne vous étonnez plus de l'horreur que vous
m'inspirez .. Après cette scène funeste dans laquelle j'avais menacé mon
père... je rendis mon épée. Je fus mis au secret le plus absolu. Polidori, par
les soins de qui notre mariage avait été conclu, fut arrêté; il prouva que cette
union était nulle, que le ministre qui l'avait bénie était un ministre supposé,

et que vous, votre frère et moi, nous avions été trompés. Pour désarmer la
colère de mon père à son égard, Polidori fit plus ; il lui remit une de vos lettres
à votre frère, interceptée lors d'un voyage que fit Seyton.

— Ciel !... il serait possible !

— Vous expliquez-vous mes mépris maintenant ?

— Oh ! assez... assez...

— Dans cette lettre, vous dévoiliez vos projets ambitieux avec un cynisme
révoltant... Vous me traitiez avec un dédain glacial ; je n'étais que l'instru-
ment de la fortune souveraine qu'on vous avait prédite... vous trouviez enfin...
que mon père vivait bien long-temps...

— Malheureuse que je suis !... A cette heure je comprends tout.

— Et pour vous défendre... j'avais menacé la vie de mon père... Lorsque
le lendemain, sans m'adresser un seul reproche, il me montra cette lettre...
cette lettre qui à chaque ligne révélait la noirceur de votre âme, je ne pus
que tomber à genoux et demander grâce. Depuis ce jour, j'ai été poursuivi par
un remords inexorable. Bientôt je quittai l'Allemagne pour de longs voyages ;
alors commença l'expiation que je me suis imposée... Elle ne finira qu'avec
ma vie... Récompenser le bien, poursuivre le mal, soulager ceux qui souffrent,
sonder toutes les plaies de l'humanité pour tâcher d'arracher quelques âmes à
la perdition... telle est la tâche que je me suis donnée.

— Elle est noble et sainte... elle est digne de vous...

— Si je vous parle de ce vœu — reprit Rodolphe avec dédain — de ce vœu
que j'ai accompli, selon mon pouvoir, partout où je me suis trouvé ; ce n'est
pas pour être loué par vous... Écoutez-moi donc : Dernièrement j'arrive en
France ; mon séjour dans ce pays ne devait pas être perdu pour l'expiation.
Tout en voulant secourir d'honnêtes infortunes, je voulus aussi connaître ces
classes que la misère écrase, abrutit et déprave, sachant qu'un secours donné
à propos, que quelques généreuses paroles, suffisent souvent à sauver un malheureux de l'abîme... Afin de juger par moi-même, je pris l'extérieur et le
langage des gens que je désirais observer... Ce fut lors d'une de ces explorations... que... pour la première fois... je... je... rencontrai... — Puis, comme
s'il eût reculé devant cette révélation terrible, Rodolphe ajouta, après un moment d'hésitation : — Non... non ; je n'en ai pas le courage...

— Qu'avez-vous donc à m'apprendre encore, mon Dieu ?

— Vous ne le saurez que trop tôt... mais — reprit-il avec une sanglante
ironie — vous portez au passé un si vif intérêt que je dois vous parler des événements qui ont précédé mon retour en France... Après de longs voyages je
revins en Allemagne ; je m'empressai d'obéir aux volontés de mon père... j'é-
pousai une princesse de Prusse... Pendant mon absence, vous aviez été chassée
du grand-duché. Apprenant plus tard que vous étiez mariée au comte Mac-
Gregor, je vous redemandai ma fille avec instance : vous ne me répondîtes
pas ; malgré toutes mes informations, je ne pus jamais savoir où vous aviez
envoyé cette malheureuse enfant, au sort de laquelle mon père avait libéralement pourvu... Il y a dix ans seulement, une lettre de vous m'apprit que notre

fille était morte... Hélas! plût à Dieu qu'elle fût morte alors... j'aurais ignoré
l'incurable douleur qui va désormais désespérer ma vie.

— Maintenant — dit Sarah d'une voix faible — je ne m'étonne plus de l'a-
version que je vous ai inspirée... Je le sens, je ne survivrai pas à ce dernier
coup... Eh bien! oui... l'orgueil et l'ambition m'ont perdue!... Ne sachant
pas combien vous aviez le droit de me mépriser, de me haïr... mes folles espérances étaient revenues plus ardentes que jamais... Depuis qu'un double
veuvage nous rendait libres tous deux, j'avais repris une nouvelle créance à
cette prédiction qui me promettait une couronne... et lorsque le hasard m'a
fait retrouver ma fille... il m'a semblé voir dans cette fortune inespérée une
volonté providentielle!... Oui... j'allai jusqu'à croire que votre aversion pour
moi céderait à votre amour pour votre enfant... et que vous me donneriez
votre main afin de lui rendre le rang qui lui était dû...

— Eh bien! que votre exécrable ambition soit donc satisfaite et punie! Oui,
malgré l'horreur que vous m'inspirez; oui, par attachement, que dis-je? par
respect pour les affreux malheurs de mon enfant... j'aurais .. quoique décidé
à vivre ensuite séparé de vous... j'aurais, par un mariage qui eût légitimé la
naissance de notre fille, rendu sa position aussi éclatante, aussi haute, qu'elle
avait été misérable!...

— Je ne m'étais donc pas trompée!... Malheur!... malheur!... il est trop
tard!...

— Oh! je le sais! ce n'est pas la mort de votre fille que vous pleurez, c'est
la perte de ce rang que vous avez poursuivi avec une inflexible opiniâtreté!...
Eh bien! que ces regrets infâmes soient votre dernier châtiment!...

— Le dernier... car, je n'y survivrai pas...

— Mais avant de mourir vous saurez... quelle a été l'existence de votre
fille depuis que vous l'avez abandonnée. Vous souvenez-vous de cette nuit où
vous et votre frère vous m'avez suivi dans un repaire de la Cité?

— Je m'en souviens; mais pourquoi cette question?... votre regard me glace.

— En venant dans ce repaire, vous avez vu, n'est-ce pas? au coin de ces
rues ignobles, de... malheureuses créatures... qui... Mais non... non... je
n'ose pas — dit Rodolphe en cachant son visage dans ses mains—je n'ose pas...
mes paroles m'épouvantent.

— Moi aussi, elles m'épouvantent... qu'est-ce donc encore, mon Dieu?

— Vous les avez vues, n'est-ce pas? — reprit Rodolphe en faisant sur lui-
même un effort terrible. — Vous les avez vues, ces femmes, la honte de leur
sexe?... Eh bien!... parmi elles... avez-vous remarqué une jeune fille de seize
ans, belle... oh! belle... comme on peint les anges... une pauvre enfant qui,
au milieu de la dégradation où on l'avait plongée depuis quelques semaines,
conservait une physionomie si candide, si virginale et si pure, que les voleurs
et les assassins qui la tutoyaient... madame... l'avaient surnommée *Fleur-de-
Marie*... l'avez-vous remarquée, cette jeune fille... dites? dites, tendre mère!

— Non... je ne l'ai pas remarquée — dit Sarah presque machinalement, se
sentant oppressée par une vague terreur.

—Vraiment ?—s'écria Rodolphe avec un éclat sardonique.—C'est étrange...
je l'ai remarquée, moi... Voici à quelle occasion... écoutez bien : Lors d'une
de ces explorations dont je vous ai parlé tout à l'heure, je me trouvais dans
la Cité : non loin du repaire où vous m'avez suivi, un homme voulait battre
une de ces malheureuses créatures ; je la défendis contre la brutalité de cet
homme... Vous ne devinez pas qui était cette créature... dites, mère sainte et
prévoyante, dites ?... vous ne devinez pas ?

— Non... je ne... devine pas... Oh! laissez-moi... laissez moi...

— Cette malheureuse était Fleur-de-Marie..

— Oh ! mon Dieu !...

— Et vous ne devinez pas... qui était *Fleur-de-Marie*... mère irréprochable ?

— Tuez-moi... oh! tuez-moi...

— C'était la Goualeuse... c'était votre fille... — s'écria Rodolphe avec une
explosion déchirante. — Oui, cette infortunée que j'ai arrachée des mains d'un
ancien forçat, c'était mon enfant, à moi... à moi... Rodolphe de Gerolstein !
Oh ! il y avait dans cette rencontre avec mon enfant que je sauvais sans la
connaître quelque chose de fatal... de providentiel,... une récompense pour
l'homme qui cherche à secourir ses frères... une punition pour le parricide...

— Je meurs maudite et damnée... murmura Sarah en se renversant dans
son fauteuil et en cachant son visage dans ses mains.

— Alors — continua Rodolphe, dominant à peine ses ressentiments et voulant en vain comprimer les sanglots qui de temps en temps étouffaient sa voix
— quand je l'ai eue soustraite aux mauvais traitements dont on la menaçait,
frappé de la douceur inexprimable de son accent... de l'angélique expression
de ses traits... il m'a été impossible de ne pas m'intéresser à elle... Avec quelle
émotion profonde j'ai écouté le naïf et poignant récit de cette vie d'abandon,
de douleur et de misère! car, voyez-vous, c'est quelque chose d'épouvantable
que la vie de votre fille... — Oh ! il faut que vous sachiez les tortures de votre
enfant; oui, madame la comtesse... pendant qu'au milieu de votre opulence
vous rêviez une couronne... votre fille, toute petite, couverte de haillons,
allait le soir mendier dans les rues, souffrant du froid et de la faim... durant
les nuits d'hiver elle grelottait sur un peu de paille dans le coin d'un grenier,
et puis, quand l'horrible femme qui la torturait était lasse de battre la pauvre
petite, ne sachant qu'imaginer pour la faire souffrir, savez-vous ce qu'elle lui
faisait, madame ?... elle lui arrachait les dents !...

— Oh! je voudrais mourir!... c'est une atroce agonie !...

— Écoutez encore... S'échappant enfin des mains de la Chouette; errant
sans pain, sans asile, âgée de huit ans à peine, on l'arrête comme vagabonde,
on la met en prison... Ah! cela a été le meilleur temps de la vie de votre
fille... madame... Oui, dans sa geôle, chaque soir elle remerciait Dieu de ne
plus souffrir du froid, de la faim, et de ne plus être battue. Et c'est dans une
prison qu'elle a passé les années les plus précieuses de la vie d'une jeune fille,
ces années qu'une tendre mère entoure toujours d'une sollicitude si pieuse et

si jalouse ; oui , au lieu d'atteindre ses seize ans environnée de soins tutélaires, de nobles enseignements , votre fille n'a connu que la brutale indifférence des geôliers ; et puis , un jour, dans sa féroce insouciance , la société l'a jetée , innocente et pure , belle et candide , au milieu de la fange de la grande ville... Malheureuse enfant... abandonnée... sans soutien , sans conseil , livrée à tous les hasards de la misère et du vice !... Oh ! — s'écria Rodolphe en donnant un libre cours aux sanglots qui l'étouffaient — votre cœur est endurci, votre égoïsme impitoyable ; mais vous auriez pleuré... oui... vous auriez pleuré , en entendant le récit déchirant de votre fille !... Pauvre enfant ! souillée mais non corrompue, chaste encore au milieu de cette horrible dégradation qui était pour elle un songe affreux ; car chaque mot disait son horreur pour cette vie où elle était fatalement enchaînée ; oh ! si vous saviez comme à chaque instant il se révélait en elle d'adorables instincts... Que de bonté... que de charité touchante ! oui, car c'était pour soulager une infortune plus grande encore que la sienne que la pauvre petite avait dépensé le peu d'argent qui lui restait et qui la séparait de l'abîme d'infamie où on l'a plongée... Oui ! car il est venu un jour... un jour affreux... où , sans travail, sans pain, sans asile... d'horribles femmes l'ont rencontrée exténuée de faiblesse... de besoin... l'ont enivrée... et...

Rodolphe ne put achever ; il poussa un cri déchirant en s'écriant : — Et c'était ma fille !... ma fille !...

— Malédiction sur moi ! — murmura Sarah en cachant sa figure dans ses mains comme si elle eût redouté de voir le jour.

— Oui — s'écria Rodolphe — malédiction sur vous ! car c'est votre abandon qui a causé toutes ces horreurs... Malédiction sur vous ! car lorsque, la retirant de cette fange, je l'avais placée dans une paisible retraite , vous l'en avez fait arracher par vos misérables complices... Malédiction sur vous ! car cet enlèvement l'a remise au pouvoir de Jacques Ferrand...

A ce nom, Rodolphe se tut brusquement... Il tressaillit comme s'il l'eût prononcé pour la première fois. C'est que, pour la première fois aussi, il prononçait ce nom depuis qu'il savait que sa fille était là victime de ce monstre...

Les traits du prince prirent alors une effrayante expression de rage et de haine. Muet, immobile, il restait comme écrasé par cette pensée : que le meurtrier de sa fille vivait encore...

Sarah , malgré sa faiblesse croissante et le bouleversement que venait de lui causer l'entretien de Rodolphe, fut frappée de son air sinistre ; elle eut peur pour elle... — Hélas ! qu'avez-vous !—murmura-t-elle d'une voix tremblante.

— N'est-ce pas assez de souffrances , mon Dieu !...

— Non, ce n'est pas assez !... ce n'est pas assez !... — dit Rodolphe en se parlant à lui-même et répondant à sa propre pensée — je n'avais jamais éprouvé cela... jamais !... Quelle ardeur de vengeance !... quelle soif de sang !... Quand je ne savais pas qu'une des victimes du monstre était mon enfant... je me disais : La mort de cet homme serait stérile... tandis que sa vie serait féconde , si, pour la racheter, il acceptait les conditions que je lui impose... Le con-

damner à la charité, pour expier ses crimes, me paraissait juste... Et puis la
vie sans or, la vie sans l'assouvissement de sa sensualité frénétique, devait
être une longue et double torture... Mais c'est ma fille qu'il a livrée enfant à
toutes les horreurs de la misère.. jeune fille à toutes les horreurs de l'infamie!
— s'écria Rodolphe en s'animant peu à peu; — mais c'est ma fille qu'il a fait
assassiner!... Je tuerai cet homme!... Et le prince s'élança vers la porte.

— Où allez-vous? Ne m'abandonnez pas!... — s'écria Sarah se levant à
demi et étendant vers Rodolphe ses mains suppliantes — Ne me laissez pas
seule!... je vais mourir...

— Seule!... non!... non!... Je vous laisse avec le spectre de votre fille,
dont vous avez causé la mort!...

Sarah, éperdue, se jeta à genoux en poussant un cri d'effroi, comme si un
fantôme effrayant lui eût apparu. — Pitié!... je meurs!...

— Mourez donc, maudite!... — reprit Rodolphe effrayant de fureur. —
Maintenant il me faut la vie de votre complice... car c'est vous qui avez livré
votre fille à son bourreau!...

Et Rodolphe se fit rapidement conduire chez Jacques Ferrand..

CHAPITRE IX.

La nuit était venue pendant que Rodolphe se rendait chez le notaire. Le pavillon occupé par Jacques Ferrand est plongé dans une obscurité profonde. Le vent gémit, la pluie tombe...

Le vent gémissait, la nuit tombait aussi pendant cette nuit sinistre où Cecily, avant de quitter pour jamais la maison du notaire, avait exalté la brutale passion de cet homme jusqu'à la frénésie.

Étendu sur le lit de sa chambre à coucher faiblement éclairée par une lampe, Jacques Ferrand est vêtu d'un pantalon et d'un gilet noirs ; une des manches de sa chemise est relevée, tachée de sang ; une ligature de drap rouge, que l'on aperçoit à son bras nerveux, annonce qu'il vient d'être saigné par Polidori. Celui-ci, debout auprès du lit, s'appuie d'une main au chevet, et semble contempler les traits de son complice avec inquiétude.

Rien de plus hideusement effrayant que la figure de Jacques Ferrand, alors plongé dans cette torpeur somnolente qui succède ordinairement aux crises violentes. D'une pâleur violacée, son visage, inondé d'une sueur froide, a atteint le dernier degré du marasme ; ses paupières fermées sont tellement gonflées, injectées de sang, qu'elles apparaissent comme deux lobes rougeâtres au milieu de cette face d'une lividité cadavéreuse.

— Encore un accès aussi violent, et il est mort! — dit Polidori à voix basse. — Arétée l'a dit [1], la plupart de ceux qui sont atteints de cette étrange et effroyable maladie périssent presque toujours le septième jour... et il y a aujourd'hui six jours que l'infernale créole a allumé le feu inextinguible qui dévore cet homme. Après quelques moments de silence méditatif, Polidori s'éloigna du lit et se promena lentement dans la chambre.

— Tout à l'heure — reprit-il en s'arrêtant — pendant la crise qui a failli emporter Jacques, je me croyais sous l'obsession d'un rêve en l'entendant décrire une à une, et d'une voix haletante, les monstrueuses hallucinations qui traversaient son cerveau.... Terrible... terrible maladie!... Tour à tour elle soumet chaque organe à des phénomènes qui déconcertent la science... épouvantent la nature... Ainsi tout à l'heure l'ouïe de Jacques était d'une sensibilité si incroyablement douloureuse, que, quoique je lui parlasse aussi bas que possible, mes paroles brisaient à ce point son tympan, qu'il lui sem-

[1] *Nam plerumque in septimâ die hominem consumit* (Arétée). *Voir* aussi la traduction de Baldassar. (*Cas med., lib.* III. *Salacitas nitro curata.*) *Voir* aussi les admirables pages d'Ambroise Paré sur le *satyriasis*, cette étrange et effrayante maladie qui ressemble tant, dit-il, à un *châtiment de Dieu*.

blait, disait-il, que son crâne était une cloche, et qu'un énorme battant d'airain, mis en branle au moindre son, lui martelait la tête d'une tempe à l'autre
avec un fracas étourdissant et des élancements atroces

Polidori resta de nouveau pensif devant le lit de Ferrand. La tempête gron-
dait au dehors; elle éclata bientôt en longs sifflements, en violentes rafales de
vent et de pluie qui ébranlèrent toutes les fenêtres de cette maison délabrée...

Malgré son audacieuse scélératesse Polidori était superstitieux ; de noirs
pressentiments l'agitaient; il éprouvait un malaise indéfinissable ; les mugis-
sements de l'ouragan qui troublaient seuls le morne silence de la nuit lui inspiraient une vague frayeur contre laquelle il voulait en vain se roidir. Pour
se distraire de ses sombres pensées, il se remit à examiner les traits de Ferrand — Maintenant — dit-il en se penchant vers lui — ses paupières s'injectent.
On dirait que son sang calciné y afflue et s'y concentre. L'organe de la vue
va, comme tout à l'heure celui de l'ouïe, offrir sans doute quelque phénomène extraordinaire... Quelles souffrances!... comme elles durent!... comme
elles sont variées!... Oh! — ajouta-t-il avec un rire amer — quand la nature
se mêle d'être cruelle et de jouer le rôle de tourmenteur, elle défie les plus
féroces combinaisons des hommes. Ainsi, dans cette maladie, causée par une
frénésie érotique, elle soumet chaque sens à des tortures inouïes, surhumaines.
Elle développe la sensibilité de chaque organe jusqu'à l'idéal pour que l'atro-
cité des douleurs soit idéale aussi.

Après avoir contemplé les traits de son complice, il tressaillit de dégoût,
se recula et dit : — Ah! ce masque est affreux. Ces frémissements rapides qui
le parcourent et le rident parfois le rendent effrayant...

Au dehors l'ouragan redoublait de furie...

— Quel orage! — reprit Polidori en tombant assis dans un fauteuil et en
appuyant son front dans ses mains. — Quelle nuit! quelle nuit! Il ne peut y
en avoir de plus funeste pour l'état de Jacques.

Après un long silence il reprit : — Je ne sais si le prince, instruit de l'infernale puissance des séductions de Cecily et de la fougue des sens de Jacques, a prévu que chez un homme d'une trempe si énergique, d'une organisation si vigoureuse, l'ardeur d'une passion brûlante et inassouvie, compliquée
d'une sorte de rage cupide, développerait l'effroyable névrose dont Jacques
est victime... mais cette conséquence était normale, forcée.. Quel contraste
étrange dans cet homme! assez tendrement charitable pour imaginer la banque
des *travailleurs sans ouvrage*, assez féroce pour arracher Jacques à la mort
afin de le livrer à toutes les furies vengeresses de la luxure!... Rien d'ailleurs
de plus orthodoxe — ajouta Polidori avec une sombre ironie. — Parmi les
peintures que Michel-Ange a faites des sept péchés capitaux dans son *Jugement dernier* de la chapelle Sixtine, j'ai vu la punition terrifiante dont il frappe
la luxure[1]; mais les masques hideux, convulsifs, de ces damnés de la chair

[1] « Emporté par son sujet, l'imagination égarée par huit ans de méditations continues sur un jour si horrible pour un croyant, Michel-Ange élevé à la dignité de prédicateur, et ne songeant plus qu'à son salut, a
voulu punir de la manière la plus frappante le vice alors le plus à la mode. L'horreur de ce supplice me semble
arriver au vrai sublime du genre. » (Stendhal, *Histoire de la peinture en Italie*, 22, p. 364.)

qui se tordaient sous la morsure aiguë des serpents, étaient moins effrayants que la face de Jacques pendant son accès de tout à l'heure... il m'a fait peur ! — Et Polidori frissonna comme s'il avait encore devant les yeux cette vision formidable.

— Oh ! oui ! — reprit-il avec un abattement rempli de frayeur — le prince est impitoyable... Mieux vaudrait mille fois, pour Ferrand, avoir porté sa tête sur l'échafaud ; mieux vaudrait le feu, la roue, le plomb fondu qui brûle et troue les membres, que le supplice que ce misérable endure. A force de le voir souffrir je finis par m'épouvanter pour mon propre sort... Que va-t-on décider de moi ? que me réserve-t-on, à moi le complice de Jacques ?... Être son geôlier ne peut suffire à la vengeance du prince... il ne m'a pas fait grâce de l'échafaud... pour me laisser vivre... Peut-être une prison éternelle m'attend-elle en Allemagne... Mieux encore vaudrait cela que la mort... Pourtant je le sais, la parole du prince est sacrée... mais moi qui ai tant de fois violé les lois divines et humaines, pourrais-je invoquer la promesse jurée ?... Il n'importe !... De même qu'il était de mon intérêt que Jacques ne s'échappât pas, il serait aussi de mon intérêt de prolonger ses jours... Mais à chaque instant les symptômes de sa maladie s'aggravent... il faudrait presque un miracle pour le sauver... Que faire ?... que faire ?...

A ce moment la tempête était dans toute sa fureur, une cheminée presque croulante de vétusté, renversée par la violence du vent, tomba sur le toit et dans la cour avec le fracas retentissant de la foudre. Jacques Ferrand, brusquement arraché à sa torpeur somnolente, fit un mouvement sur son lit.

Polidori se sentit de plus en plus sous l'obsession de la vague terreur qui le dominait. — C'est une sottise de croire aux pressentiments — dit-il d'une voix troublée — mais cette nuit me semble devoir être sinistre...

Un sourd gémissement du notaire attira l'attention de Polidori. — Il sort de sa torpeur... — se dit-il en se rapprochant lentement du lit ; — peut-être va-t-il tomber dans une nouvelle crise...

— Polidori... — murmura Jacques Ferrand toujours étendu sur son lit, et tenant ses yeux fermés — Polidori... quel est ce bruit ?...

— Une cheminée qui s'écroule... — répondit Polidori à voix basse, craignant de frapper trop vivement l'ouïe de son complice — un affreux ouragan ébranle la maison jusque dans ses fondements... la nuit est horrible...

Le notaire ne l'entendit pas, et reprit en tournant à demi la tête : — Polidori, tu n'es donc pas là ?

— Si... si... je suis là — dit Polidori d'une voix plus haute — mais je t'ai répondu doucement de peur de te causer, comme tout à l'heure, de nouvelles douleurs en parlant haut.

— Non... maintenant ta voix arrive à mon oreille .. sans me faire éprouver ces atroces douleurs de tantôt... car il me semblait au moindre bruit que la foudre éclatait dans mon crâne... et pourtant... au milieu de ce fracas, de ces souffrances sans nom, je distinguais la voix passionnée de Cecily qui m'appelait...

— Toujours... cette femme infernale... toujours .. Mais chasse donc ces pensées... elles te tueront.

— Ces pensées sont ma vie... comme ma vie, elles résistent à mes tortures.

— Mais, insensé que tu es, ce sont ces pensées seules qui causent tes tortures, te dis-je ! Ta maladie n'est autre chose que ta frénésie sensuelle arrivée à sa dernière exaspération... Encore une fois, chasse de ton cerveau ces images mortellement lascives, ou tu périras...

— Chasser ces images — s'écria Jacques Ferrand avec exaltation — oh ! jamais, jamais!... Toute ma crainte est que ma pensée s'épuise à les évoquer. Mais, par l'enfer! elle ne s'épuise pas... Plus cet ardent mirage m'apparaît, plus il ressemble à la réalité... Dès que la douleur me laisse un moment de repos... dès que je puis lier deux idées, Cecily, ce démon que je chéris et que je maudis, surgit à mes yeux...

— Quelle fureur indomptable !... Il m'épouvante.

— Tiens... maintenant... — dit le notaire d'une voix stridente et les yeux obstinément attachés sur un point obscur de son alcôve — je vois déjà... comme une forme indécise et blanche se dessiner... là... là. — Et il étendait son doigt velu et décharné dans la direction de sa vision.

— Tais-toi... malheureux...

— Ah!... la voilà...

— Jacques... c'est la mort.

— Oh! je la vois — ajouta Ferrand les dents serrées, sans répondre à Polidori — la voilà ! qu'elle est belle!... Comme ses cheveux noirs flottent en désordre sur ses épaules!... Et ses petites dents qu'on aperçoit entre ses lèvres entr'ouvertes... ses lèvres si rouges et si humides ! quelles perles!... Oh!... ses grands yeux semblent tour à tour étinceler et mourir... Cecily ! — ajouta-t-il avec une exaltation inexprimable — Cecily ! je t'adore!... Oh!... la damnation éternelle!... et la voir ainsi pendant l'éternité!...

— Jacques, n'excite pas ta vue sur ces fantômes ..

— Ce n'est pas un fantôme...

— Prends garde... tout à l'heure... tu le sais... tu te figurais aussi entendre les chants voluptueux de cette femme, et ton ouïe a été tout à coup frappée d'une douleur effroyable .. Prends garde !

— Laisse-moi... laisse-moi!... A quoi bon l'ouïe ; sinon pour l'entendre?... la vue, sinon pour la voir?...

— Mais les tortures qui s'ensuivent, misérable fou !...

— Je puis braver des tortures pour un mirage!... j'ai bravé la mort pour une réalité... Que m'importe, d'ailleurs ? cette ardente image est pour moi la réalité... Oh ! Cecily ! es-tu belle!... Tu le sais bien, monstre, que tu es enivrante... A quoi bon cette coquetterie infernale qui m'embrase encore!... Oh! l'exécrable furie... tu veux donc que je meure?... Cesse... cesse .. ou je t'étrangle... — s'écria le notaire en délire.

— Mais tu te tues, misérable! — s'écria Polidori en secouant rudement le notaire pour l'arracher à son extase. Efforts inutiles !... Jacques continua avec une nouvelle exaltation :

— O reine chérie... démon de volupté! jamais je n'ai vu... Le notaire n'acheva pas. Il poussa un brusque cri de douleur en se rejetant en arrière.

— Qu'as-tu? — lui demanda Polidori avec étonnement.

— Éteins cette lumière, son éclat devient trop vif... je ne puis le supporter, il me blesse...

— Comment? — dit Polidori de plus en plus surpris — il n'y a qu'une lampe recouverte de son abat-jour, et sa lueur est très-faible...

— Je te dis que la clarté augmente ici Tiens... encore... encore... oh! c'est trop... cela devient intolérable — ajouta Jacques Ferrand en fermant les yeux avec une expression de souffrance croissante.

— Tu es fou, cette chambre est à peine éclairée — te dis-je — je viens au contraire d'abaisser la lampe... ouvre les yeux... tu verras.

— Ouvrir les yeux !... mais je serais aveuglé par les torrents de clarté flamboyante dont cette pièce est de plus en plus inondée... Ici... là... partout... ce sont des gerbes de feu... des milliers d'étincelles éblouissantes... — s'écria le notaire en se levant sur son séant; puis, poussant un nouveau cri de douleur atroce, il porta les deux mains sur ses yeux : — Mais je suis aveuglé... cette lumière torride traverse mes paupières fermées... elle me brûle... elle me dévore... Ah! maintenant mes mains me garantissent un peu !... Mais éteins cette lampe, elle jette une flamme infernale !...

— Plus de doute... — dit Polidori — sa vue est frappée de l'exorbitante sensibilité dont son ouïe avait été frappée tout à l'heure; puis une crise d'hallucination... il est perdu... Le saigner de nouveau dans cet état serait mortel... Il est perdu...

Un nouveau cri aigu, terrible, de Jacques Ferrand, retentit dans la chambre : — Bourreau! éteins donc cette lampe !... son éclat embrasé pénètre à travers mes mains qu'il rend transparentes... Je vois le sang circuler dans le réseau de mes veines. J'ai beau clore mes paupières de toutes mes forces, cette lave ardente s'y infiltre... Oh! quelle torture !... ce sont des élancements éblouissants comme si on m'enfonçait au fond des orbites un fer aigu chauffé à blanc... Au secours! mon Dieu! au secours !... — s'écria-t-il en se tordant sur son lit, en proie à d'horribles convulsions de douleur.

Polidori, effrayé de la violence de cet accès, éteignit brusquement la lumière. Et tous deux se trouvèrent dans une obscurité profonde.

A ce moment on entendit le bruit d'une voiture à la porte de la rue...

Lorsque les ténèbres eurent envahi la chambre où il se trouvait avec Polidori, les douleurs aiguës de Jacques Ferrand cessèrent peu à peu.

— Pourquoi as-tu tant tardé à éteindre cette lampe? — dit Jacques Ferrand. — Était-ce pour me faire endurer les tourments de l'enfer? Oh! que j'ai souffert... mon Dieu, que j'ai souffert !...

— Je te l'avais dit, dès que le souvenir de cette femme excitera l'un de tes sens... presqu'à l'instant ce sens sera frappé par un de ces terribles phénomènes qui déconcertent la science, et que les croyants pourraient prendre pour une terrible punition de Dieu.

— Ne me parle pas de Dieu... — s'écria le monstre en grinçant les dents.

— Je t'en parlais... pour mémoire... mais puisque tu tiens à ta vie, si misérable qu'elle soit... songe bien, je te le répète, que tu seras emporté pendant une de ces crises furieuses, si tu les provoques encore...

— Je tiens à la vie... parce que le souvenir de Cecily est toute ma vie...

— Mais ce souvenir te tue, t'épuise, te consume!

— Je ne puis ni ne veux m'y soustraire... Je suis incarné à Cecily comme le sang l'est au corps. Cet homme m'a pris toute ma fortune... il n'a pu me ravir l'ardente et impérissable image de cette enchanteresse. Cette image est à moi; à toute heure elle est là comme mon esclave... elle dit ce que je veux... elle me regarde comme je veux... elle m'adore comme je veux — s'écria le notaire dans un nouvel accès de passion frénétique.

— Jacques... ne t'exalte pas... souviens-toi de la crise de tout à l'heure.

Le notaire n'entendit pas son complice, qui prévit une nouvelle hallucination. En effet, Jacques Ferrand reprit en poussant un éclat de rire convulsif:

— M'enlever Cecily! Mais ils ne savent donc pas qu'on arrive à l'impossible en concentrant la puissance de toutes ses facultés sur un objet? Je... vais monter dans la chambre de Cecily, où je n'ai pas osé aller depuis son départ... Oh! voir, toucher les vêtements qui lui ont appartenu, la glace devant laquelle elle s'habillait... ce sera la voir elle-même!... Oui, en attachant énergiquement mes yeux sur cette glace... bientôt j'y verrai apparaître Cecily: ce ne sera pas une illusion, un mirage; ce sera bien elle, je la trouverai là... comme le statuaire trouve la statue dans le bloc de marbre... Mais, par tous les feux de l'enfer, dont je brûle, ce ne sera pas une pâle et froide Galatée...

— Où vas-tu?... — dit tout d'un coup Polidori en entendant Jacques Ferrand se lever, car l'obscurité la plus profonde régnait toujours dans cette pièce.

— Je vais trouver Cecily...

— Tu n'iras pas... l'aspect de cette chambre te tuerait.

— Cecily m'attend là-haut.

— Tu n'iras pas; je te tiens, je ne te lâche pas — dit Polidori en saisissant le notaire par le bras.

Jacques Ferrand, arrivé au dernier degré de l'épuisement, ne pouvait lutter contre Polidori qui l'étreignait d'une main vigoureuse. — Tu veux m'empêcher d'aller trouver Cecily?

— Oui... et d'ailleurs... il y a une lampe allumée dans la salle voisine; tu sais quel effet la lumière a tout à l'heure produit sur ta vue?

— Cecily est en haut... elle m'attend... je traverserais une fournaise ardente pour aller la rejoindre... Laisse-moi... elle m'a dit que j'étais son vieux tigre.. Prends garde, mes griffes sont tranchantes.

— Tu ne sortiras pas... je t'attacherai plutôt sur ton lit comme un fou furieux.

— Polidori, écoute, je ne suis pas fou, j'ai toute ma raison, je sais bien

que Cecily n'est pas matériellement là-haut. . mais, pour moi, les fantômes
de mon imagination valent des réalités...

—Silence !. . — s'écria tout à coup Polidori en prêtant l'oreille — tout à
l'heure j'avais cru entendre une voiture s'arrêter à la porte... je ne m'étais
pas trompé... j'entends maintenant un bruit de voix... dans la cour...

— Tu veux me distraire de ma pensée... le piége est grossier.

— J'entends parler, te dis-je, et je crois reconnaître...

— Tu veux m'abuser — dit Jacques Ferrand interrompant Polidori — je ne
suis pas ta dupe ..

— Mais, misérable... écoute donc... écoute, tiens, n'entends-tu pas !...

— Laisse-moi, Cecily est là-haut ; elle m'appelle... ne me mets pas en fureur .. à mon tour je te dis : Prends garde... entends-tu ! prends garde...

— Tu ne sortiras pas...

— Prends garde...

— Tu ne sortiras pas d'ici, mon intérêt veut que tu restes...

— Tu m'empêches d'aller retrouver Cecily, mon intérêt veut que tu meu-
res... — Tiens donc !- — dit le notaire d'une voix sourde...

E.SG

Polidori poussa un cri. — Scélérat! tu m'as frappé au bras ; mais ta main était mal affermie ; la blessure est légère, tu ne m'échapperas pas...

— Ta blessure est mortelle... c'est le stylet empoisonné de Cecily qui t'a frappé ; je le portais toujours sur moi ; attends l'effet du poison... Ah! tu me lâches, enfin, tu vas mourir... Il ne fallait pas m'empêcher d'aller là-haut retrouver Cecily... — ajouta Jacques Ferrand en cherchant à tâtons dans l'obscurité à ouvrir la porte.

— Oh!... — murmura Polidori — mon bras s'engourdit... un froid mortel me saisit... mes genoux tremblent sous moi... mon sang se fige dans mes veines... un vertige me saisit... Au secours!... — cria le complice de Jacques Ferrand en rassemblant ses forces dans un dernier cri — au secours!... je meurs!!!

Et il s'affaissa sur lui-même.

Le fracas d'une porte vitrée, ouverte avec tant de violence que plusieurs carreaux se brisèrent en éclats, la voix retentissante de Rodolphe, et un bruit de pas précipités, semblèrent répondre au cri d'angoisse de Polidori.

Jacques Ferrand, ayant enfin trouvé la serrure dans l'obscurité, ouvrit brusquement la porte de la pièce voisine, et s'y précipita, son dangereux stylet à la main...

Au même instant... menaçant et formidable comme le génie de la vengeance, le prince entrait dans cette pièce par le côté opposé : — Monstre! — s'écria-t-il en s'avançant vers Jacques Ferrand — c'est ma fille que tu as tuée!... tu vas... — Le prince n'acheva pas, il recula épouvanté.

On eût dit que ses paroles avaient foudroyé Jacques Ferrand... Jetant son stylet et portant ses deux mains à ses yeux, le misérable tomba la face contre terre en poussant un cri qui n'avait rien d'humain.

Par suite du phénomène dont nous avons parlé et dont une obscurité profonde avait suspendu l'action, lorsque Jacques Ferrand entra dans cette chambre vivement éclairée, il fut frappé d'éblouissements plus vertigineux, plus intolérables que s'il eût été jeté au milieu d'un torrent de lumière aussi incandescente que celle du disque du soleil.

Et ce fut un épouvantable spectacle que l'agonie de cet homme qui se tordait dans d'épouvantables convulsions, éraillant le parquet avec ses ongles, comme s'il eût voulu se creuser un trou pour échapper aux tortures atroces que lui causait cette flamboyante clarté.

Rodolphe, un de ses gens et le portier de la maison, qui avait été forcé de conduire le prince jusqu'à la porte de cette pièce, restaient frappés d'horreur.

Malgré sa juste haine, Rodolphe ressentit un mouvement de pitié pour les souffrances inouïes de Jacques Ferrand, il ordonna de le porter sur un canapé.

On y parvint non sans peine, car, de crainte de se trouver soumis à l'action directe de la lampe, le notaire se débattit violemment ; mais lorsqu'il eut la face inondée de lumière il poussa un nouveau cri... un cri qui glaça Rodolphe de terreur.

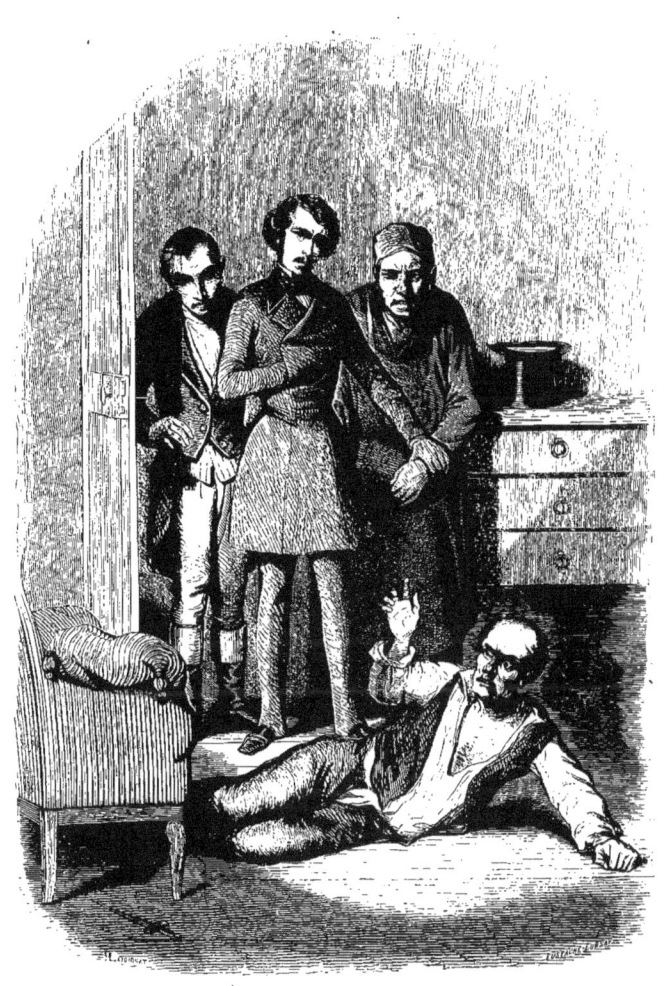

MORT DE JACQUES FERRAND

Après de nouvelles et longues tortures, le phénomène cessa par sa violence même. Ayant atteint les dernières limites du possible sans que la mort s'ensuivît, la douleur visuelle cessa... mais, suivant la marche normale de cette maladie, une hallucination délirante vint succéder à cette crise.

Tout à coup Jacques Ferrand se roidit comme un cataleptique; ses paupières, jusqu'alors obstinément fermées, s'ouvrirent brusquement; au lieu de fuir la lumière, ses yeux s'y attachèrent invinciblement; ses prunelles, dans un état de dilatation et de fixité extraordinaire, semblaient phosphorescentes et intérieurement illuminées.

Jacques Ferrand paraissait plongé dans une sorte de contemplation extatique; son corps et ses membres restèrent d'abord dans une immobilité complète, ses traits seuls furent incessamment agités par des tressaillements nerveux. Son hideux visage ainsi contracté, contourné, n'avait plus rien d'humain; on eût dit que les appétits de la bête, en étouffant l'intelligence de l'homme, imprimaient à la physionomie de ce misérable un caractère absolument bestial.

Arrivé à la période mortelle de son délire, à travers cette suprême hallucination, il se souvenait encore des paroles de Cecily qui l'avait appelé son tigre; peu à peu sa raison s'égara; il s'imagina être un tigre. Ses paroles entrecoupées, haletantes, peignaient le désordre de son cerveau et l'étrange aberration qui s'en était emparée. Peu à peu ses membres, jusqu'alors roides et immobiles, se détendirent: un brusque mouvement le fit choir du canapé; il voulut se relever et marcher, mais, les forces lui manquant, il fut réduit, tantôt à ramper comme un reptile, tantôt à se traîner sur ses mains et sur ses genoux... allant, venant, deçà et delà, selon que ses visions le poussaient et le possédaient.

Tapi dans l'un des angles de la chambre, comme un tigre dans son repaire, ses cris rauques, furieux, ses grincements de dents, la torsion convulsive des muscles de son front et de sa face, son regard flamboyant lui donnaient parfois quelque vague et effrayante ressemblance avec cette bête féroce.

— Tigre... tigr... tigre que je suis — disait-il d'une voix saccadée, en se ramassant sur lui-même — oui, tigre... Que de sang!... Dans ma caverne... cadavres... déchirés!... La Goualeuse... le frère de cette veuve... un petit enfant... le fils de Louise... voilà des cadavres... ma tigresse Cecily prendra sa part... — Puis, regardant ses doigts décharnés, dont les ongles avaient démesurément poussé pendant sa maladie, il ajouta ces mots entrecoupés: — Oh! mes ongles tranchants... tranchants et aigus... Un vieux tigre, moi, mais plus souple, plus fort, plus hardi... on n'oserait pas me disputer ma tigresse Cecily... Ah! elle appelle!... elle appelle! — dit-il en avançant son monstrueux visage et prêtant l'oreille.

Après un moment de silence il se tapit de nouveau le long du mur en disant: — Non... j'avais cru l'entendre.. elle n'est pas là... mais je la vois... Oh! toujours, toujours!... Oh! la voilà... Elle m'appelle, elle rugit, rugit là-bas... me voilà... me voilà... Et Jacques Ferrand se traîna vers le milieu de la

chambre sur ses genoux et sur ses mains. Quoique ses forces fussent épuisées,
de temps à autre il avançait par un soubresaut convulsif, puis il s'arrêtait,
semblant écouter attentivement.

— Où est-elle?... où est-elle?... j'approche, elle s'éloigne... Ah! là-bas...
oh!... elle m'attend... va... va... mords le sable en poussant des rugissements
plaintifs... Ah! ses grands yeux féroces... ils deviennent languissants, ils im-
plorent... Cecily, ton vieux tigre est à toi — s'écria-t-il. Et d'un dernier élan
il eut la force de se soulever et de se redresser sur ses genoux.

Mais tout à coup, se renversant en arrière avec épouvante, le corps affaissé
sur ses talons, les cheveux hérissés, le regard effaré, la bouche contournée de
terreur, les deux mains tendues en avant, il sembla lutter avec rage contre un
objet invisible, prononçant des paroles sans suite, et s'écriant d'une voix entrecoupée : — Quelle morsure... au secours... nœuds glacés... mes bras brisés... je ne peux pas l'ôter... dents aiguës... Non, non, oh! pas les yeux...
au secours... un serpent noir... oh! sa tête plate... ses prunelles de feu... Il
me regarde .. c'est le démon... Ah!... il me reconnaît... Jacques Ferrand...
à l'église... saint homme... toujours à l'église... va-t'en... au signe de la
croix... va-t'en... Et le notaire se redressant un peu, s'appuyant d'une main
sur le parquet, tâcha de l'autre de se signer...

Son front livide était inondé de sueur froide, ses yeux commençaient à
perdre de leur transparence... ils devenaient ternes.. glauques... Tous les
symptômes d'une mort prochaine se manifestaient.

Rodolphe et les autres témoins de cette scène restaient immobiles et muets,
comme s'ils eussent été sous l'obsession d'un rêve abominable.

— Ah! .. — reprit Jacques Ferrand toujours à demi étendu sur le parquet
et se soutenant d'une main — le démon... disparu... je vais à l'église... je suis
un saint homme... je prie... Hein! on ne le saura pas... tu crois! non, non,
tentateur .. bien sûr!... le secret?... Eh bien! qu'elles viennent, ces femmes...
toutes! oui, toutes... si on ne sait pas! Et sur la hideuse physionomie de ce
martyr damné de la luxure, on put suivre les dernières convulsions de l'agonie
sensuelle... les deux pieds dans la tombe que sa passion frénétique avait ouverte, obsédé par son fougueux délire, il évoquait encore des images d'une
volupté mortelle.

— Ah!... — reprit-il d'une voix haletante — ces femmes... ces femmes!...
Mais le secret!... Je suis un saint homme!... Le secret!... Ah! les voilà!...
trois... Elles sont trois!... Que dit celle-ci?... Je suis Louise Morel... Ah!...
oui, Louise Morel... je sais. Je ne suis qu'une fille du peuple. Vois, Jacques,
quelle forêt de cheveux bruns se déploie sur mes épaules... Tu trouvais mon
visage beau... Tiens... prends... garde-le... Que me donne-t-elle? Sa tête...
coupée... par le bourreau... Cette tête morte, elle me regarde... Cette tête
morte, elle me parle... Ses lèvres violettes, elles remuent... *Viens! viens!
viens!*... Comme Cecily... non, je ne veux pas... je ne veux pas... démon...
laisse-moi... va-t'en!... va-t'en!... Et cette autre femme!... oh! belle! belle!
Jacques... je suis la duchesse... de Lucenay... Vois ma taille de déesse..

mon sourire... mes yeux effrontés... Viens! viens! Oui, je viens... mais attends!... Et celle-ci... qui retourne son visage!... Oh! Cecily!... Cecily!...
Oui... Jacques... je suis Cecily... Tu vois les trois Grâces... Louise... la duchesse et moi... choisis... Beauté du peuple... beauté patricienne... beauté
sauvage des tropiques... L'enfer avec nous... Viens! viens!... — L'enfer avec
vous!... Oui — s'écria Jacques Ferrand en se soulevant sur ses genoux et en
étendant ses bras pour saisir ces fantômes.

Ce dernier élan convulsif fut suivi d'une commotion mortelle. Il retomba
aussitôt en arrière, roide et inanimé; ses yeux semblaient sortir de leur orbite;
d'atroces convulsions imprimaient à ses traits des contorsions surnaturelles,
pareilles à celles que la pile voltaïque arrache au visage des cadavres; une
écume sanglante inondait ses lèvres ; sa voix était sifflante, strangulée
comme celle d'un hydrophobe, car dans son dernier paroxysme cette maladie
épouvantable... épouvantable punition de la luxure, offre les mêmes symptômes que la rage.

La vie du monstre s'éteignit au milieu d'une dernière et horrible vision, car
il balbutia ces mots : — Nuit noire!... noire... spectres... squelettes d'airain
rougi au feu... m'enlacent... leurs doigts brûlants... ma chair fume... ma
moelle se calcine... spectre acharné... non!... non... Cecily!... le feu.. Cecily!...

Tels furent les derniers mots de Jacques Ferrand... Rodolphe sortit épouvanté.

CHAPITRE X.

On se souvient que Fleur-de-Marie, sauvée par la Louve, avait été transportée, non loin de l'île du Ravageur, dans la maison de campagne du docteur Griffon, l'un des médecins de l'hospice civil où nous conduirons le lecteur.

Ce savant docteur, qui avait obtenu, par de hautes protections, un *servire* dans cet hôpital, regardait ses salles comme une espèce de lieu d'essai où il expérimentait sur les pauvres les traitements qu'il appliquait ensuite à ses riches clients, ne hasardant jamais sur ceux-ci un nouveau moyen curatif avant d'en avoir ainsi plusieurs fois tenté et répété l'application *in animá vili*, comme il le disait avec cette sorte de barbarie naïve où peut conduire la passion aveugle de l'art, et surtout l'habitude et la puissance d'exercer sans crainte et sans contrôle, sur une créature de Dieu, toutes les capricieuses tentatives, toutes les savantes fantaisies d'un esprit inventeur.

Ainsi, par exemple, le docteur voulait-il s'assurer de l'effet comparatif

[1] Le nom que j'ai l'honneur de porter, et que mon père, mon grand-père, mon grand-oncle et mon bisaïeul (l'un des hommes les plus érudits du dix-septième siècle) ont rendu célèbre par de beaux et de grands travaux pratiques et théoriques sur toutes les branches de l'art de guérir, m'interdirait la moindre attaque ou allusion irréfléchie à propos des *médecins*, lors même que la gravité du sujet que je traite et la juste et immense célébrité de l'école médicale française ne s'y opposeraient pas; dans la création du docteur Griffon j'ai seulement voulu personnifier un de ces hommes respectables d'ailleurs, mais qui peuvent se laisser quelquefois entraîner par la passion de l'art, des *expériences*, à de graves abus de pouvoir médical, s'il est permis de s'exprimer ainsi, oubliant qu'il est quelque chose encore de plus sacré que la science : *l'humanité.*

d'une médication nouvelle assez hasardée, afin de pouvoir déduire des conséquences favorables à tel ou tel système : il prenait un certain nombre de malades .. traitait ceux-ci selon la nouvelle méthode... ceux-là par l'ancienne..
dans quelques circonstances abandonnait les autres aux seules forces de la nature... Après quoi il comptait les survivants.

Ces terribles expériences étaient, à bien dire, un sacrifice humain fait sur
l'autel de la science. Le docteur Griffon n'y songeait même pas. Aux yeux
de ce *prince de la science*, comme on dit de nos jours, les malades de son
hôpital n'étaient que de la matière à étude, à expérimentation ; et comme,
après tout, il résultait parfois de ses essais un fait utile ou une découverte
acquise à la science, le docteur se montrait aussi ingénument satisfait et
triomphant qu'un général après une victoire assez *coûteuse* en soldats

L'homœopathie n'avait pas eu d'adversaire plus acharné que le docteur
Griffon. Il traitait cette méthode d'absurde, de funeste, d'homicide : aussi,
voulant mettre les homœopathes *au pied du mur*, il leur offrit, avec une loyauté
chevaleresque, de leur abandonner un certain nombre de malades sur lesquels
l'homœopathie instrumenterait à son gré. Mais il affirmait d'avance, sûr de ne
pas être démenti par l'expérience, que, de vingt malades soumis à ce traitement, cinq au plus survivraient... Les homœopathes éludèrent la proposition,
au grand chagrin du docteur Griffon, qui regretta cette occasion de prouver
par des chiffres la vanité du traitement homœopathique.

On eût stupéfié le docteur Griffon en lui disant, à propos de cette libre et
autocratique disposition de ses *sujets* : « Un tel état de choses ferait regretter
la barbarie de ce temps où les condamnés à mort étaient exposés à subir des
opérations chirurgicales récemment découvertes... mais que l'on n'osait encore
pratiquer sur le vivant... L'opération réussissait-elle, le condamné était
gracié... Comparée à ce que vous faites, cette barbarie était de la charité.

« Après tout, on donnait ainsi une chance de vie à un misérable que le
bourreau attendait, et l'on rendait possible une expérience peut-être utile au
salut de tous. Mais tenter vos aventureuses médications sur de malheureux
artisans dont l'hospice est le seul refuge lorsque la maladie les accable... mais
essayer un traitement peut-être funeste sur des gens que la misère vous livre
confiants et désarmés... à vous leur seul espoir, à vous qui ne répondez de
leur vie qu'à Dieu... savez-vous que cela serait pousser l'amour de la science
jusqu'à l'inhumanité, monsieur ? Comment ! les classes pauvres peuplent déjà
les ateliers, les champs, l'armée ; de ce monde elles ne connaissent que misère
et privations, et lorsqu'à bout de fatigues et de souffrances elles tombent ex-
ténuées... et demi-mortes... la maladie même ne les préserverait pas d'une
dernière et sacrilège exploitation ! J'en appelle à votre cœur, monsieur, cela
ne serait-il pas injuste et cruel ? »

Hélas ! le docteur Griffon aurait été touché peut-être par ces paroles sévères, mais non convaincu. L'homme est fait de la sorte : le capitaine s'habitue
aussi à ne plus considérer ses soldats que comme les pions de ce jeu sanglant
qu'on appelle une bataille. Et c'est parce que l'homme est ainsi fait que la so-

ciété doit protection à ceux que le sort expose à subir la réaction de ces nécessités humaines. Or, le caractère du docteur Griffon une fois admis (et on peut l'admettre sans trop d'hyperbole), la population de son hospice n'avait donc aucune garantie, aucun recours contre la barbarie scientifique de ses expériences ; car il existe une fâcheuse lacune dans l'organisation des hôpitaux civils. Nous la signalons ici... puissions nous être entendu !...

Les hôpitaux militaires sont chaque jour visités par un officier supérieur chargé d'accueillir les plaintes des soldats malades et d'y donner suite si elles lui semblent raisonnables. Cette surveillance contradictoire, complétement distincte de l'administration et du service de santé, est excellente ; elle a toujours produit les meilleurs résultats. Il est d'ailleurs impossible de voir des établissements mieux tenus que les hôpitaux militaires ; les soldats y sont soignés avec une douceur extrême, et traités nous dirions presque avec une commisération respectueuse. Pourquoi une surveillance analogue à celle que les officiers exercent dans les hôpitaux militaires n'est-elle pas exercée dans les hôpitaux civils par des hommes complétement indépendants de l'administration et du service de santé, par une commission choisie peut-être parmi les maires, leurs adjoints, parmi tous ceux enfin qui exercent les diverses charges de l'édilité parisienne, charges toujours si ardemment briguées ? Les réclamations fondées du pauvre auraient ainsi un organe impartial, tandis que, nous le répétons, cet organe manque absolument ; il n'existe aucun *contrôle contradictoire* du service des hospices... Cela nous semble exorbitant...

Ainsi, la porte des salles du docteur Griffon une fois refermée sur un malade, ce dernier appartenait corps et âme à la science... Aucune oreille amie ou désintéressée ne pouvait entendre ses doléances... On lui disait nettement qu'étant admis à l'hospice par charité, il faisait désormais partie du domaine expérimental du docteur, et que malade et maladie devaient servir de sujet d'étude, d'observation, d'analyse ou d'enseignement aux jeunes élèves. En effet, bientôt le *sujet* avait à répondre aux interrogatoires souvent les plus pénibles, les plus douloureux ; et cela non pas seul à seul avec le médecin, qui, comme le prêtre, remplit un sacerdoce et a le droit de tout savoir ; non, il lui fallait répondre, à voix haute, devant une foule avide et curieuse.

Oui, dans ce pandæmonium de la science, vieillard ou jeune homme, fille ou femme, étaient obligés d'abjurer tout sentiment de pudeur ou de honte, et de faire les révélations les plus intimes, de se soumettre aux investigations les plus pénibles devant un nombreux public, et presque toujours ces cruelles formalités aggravaient les maladies. Et cela n'était ni humain ni juste : c'est parce que le pauvre entre à l'hospice au nom saint et sacré de la *charité* qu'il doit être traité avec compassion, avec respect ; car le malheur a sa majesté. . .

En lisant les lignes suivantes on comprendra pourquoi nous les avons fait précéder de quelques réflexions. .   .   .   .

Rien de plus attristant que l'aspect nocturne de la vaste salle d'hôpital où nous introduirons le lecteur.

Le long de ses grands murs sombres, percés çà et là de fenêtres grillagées comme celles des prisons, s'étendent deux rangées de lits parallèles, vaguement éclairées par la lueur sépulcrale d'un réverbère suspendu au plafond.

L'atmosphère est si nauséabonde, si lourde, que les nouveaux malades ne s'y *acclimatent* souvent pas sans danger ; ce surcroît de souffrance est une sorte de *prime* que tout nouvel arrivant paye inévitablement au sinistre séjour de l'hospice. Au bout de quelque temps une certaine lividité morbide annonce que le malade a subi la première influence de ce milieu délétère, et qu'il est, nous l'avons dit, acclimaté [1].

Çà et là le silence de la nuit est interrompu tantôt par des gémissements plaintifs, tantôt par de profonds soupirs arrachés par l'insomnie fébrile... puis tout se tait, et l'on n'entend plus que le balancement monotone et régulier du pendule d'une grosse horloge qui sonne ces heures si longues, si longues pour la douleur qui veille.

Une des extrémités de cette salle était presque plongée dans l'obscurité. Tout à coup il se fit à cet endroit une sorte de tumulte et de bruit de pas précipités ; une porte s'ouvrit et se referma plusieurs fois ; une sœur de charité, dont on distinguait le vaste bonnet blanc et le vêtement noir à la clarté d'une lumière qu'elle portait, s'approcha d'un des derniers lits de la rangée de droite.

Quelques-unes des malades, éveillées en sursaut, se levèrent sur leur séant, attentives à ce qui se passait. Bientôt les deux battants de la porte s'ouvrirent. Un prêtre entra portant un crucifix... les sœurs s'agenouillèrent.

A la clarté de la lumière qui entourait ce lit d'une pâle auréole, tandis que les autres parties de la salle restaient dans l'ombre, on put voir l'aumônier de l'hospice se pencher vers la couche de misère en prononçant quelques paroles dont le son affaibli se perdit dans le silence de la nuit. Au bout d'un quart d'heure le prêtre souleva l'extrémité d'un drap dont il recouvrit complétement le chevet du lit... Puis il sortit...

Une des sœurs agenouillées se releva, ferma les rideaux qui crièrent sur leurs tringles, et se remit à prier auprès de sa compagne. Puis tout redevint silencieux. Une des malades venait de mourir... Parmi les femmes qui ne dormaient pas et qui avaient assisté à cette scène muette, se trouvaient trois personnes dont le nom a été déjà prononcé dans le cours de cette histoire :

Mademoiselle de Fermont, fille de la malheureureuse veuve ruinée par la cupidité de Jacques Ferrand ; la Lorraine, pauvre blanchisseuse, à qui Fleur-de-Marie avait autrefois donné le peu d'argent qui lui restait, et Jeanne Duport, sœur de Pique-Vinaigre, le conteur de la Force.

Nous connaissons mademoiselle de Fermont et la sœur du conteur de la Force... Quant à la Lorraine, c'était une femme de vingt ans environ, d'une figure douce et régulière, mais d'une pâleur et d'une maigreur extrêmes ; elle était phthisique au dernier degré, il ne restait aucun espoir de la sauver ; elle le savait, et s'éteignait lentement.

— En voilà encore une qui s'en va — dit à demi-voix la Lorraine, en son-

[1] A moins de circonstances très-urgentes, on ne pratique jamais de graves opérations chirurgicales avant que le malade soit *acclimaté*.

geant à la morte et en se parlant à elle-même. — Elle ne souffrira plus !...
elle est bien heureuse !...

— Elle est bien heureuse... si elle n'a pas d'enfant... — ajouta Jeanne.

— Tiens... vous ne dormez pas... ma voisine... — lui dit la Lorraine. —
Comment ça va-t-il, pour votre première nuit ici ? Hier soir, dès en entrant,
on vous a fait vous coucher... et je n'ai pas osé ensuite vous parler, je vous
entendais sangloter.

— Oh ! oui... j'ai bien pleuré...

— Vous avez donc grand mal ?

— Oui, mais je suis dure au mal ; c'est de chagrin que je pleurais... Enfin
j'avais fini par m'endormir, je sommeillais, quand le bruit des portes m'a
éveillée... Lorsque le prêtre est entré et que les bonnes sœurs se sont agenouillées, j'ai bien vu que c'était une femme qui se mourait... alors j'ai dit en
moi-même un *Pater* et un *Ave* pour elle...

— Moi aussi... et, comme j'ai la même maladie que la femme qui vient
de mourir, je n'ai pu m'empêcher de m'écrier : En voilà une qui ne souffre
plus ; elle est bien heureuse !..

— Oui... comme je vous le disais... si elle n'a pas d'enfant !...

— Vous en avez donc... vous, des enfants ?

— Trois .. — dit la sœur de Pique-Vinaigre avec un soupir. — Et vous ?

— J'ai eu une petite fille... mais je ne l'ai pas gardée long-temps... La
pauvre enfant avait été frappée d'avance ; j'avais eu trop de misère pendant
ma grossesse.. Je suis blanchisseuse au bateau ; j'avais travaillé tant que j'ai
pu aller... Mais tout a une fin ; quand la force m'a manqué, le pain m'a manqué
aussi... On m'a renvoyée de mon garni ; je ne sais pas ce que je serais devenue, sans une pauvre femme qui m'a prise avec elle dans une cave où elle
se cachait pour se sauver de son homme qui la voulait tuer. C'est là que j'ai
accouché sur la paille ; mais, par bonheur, cette brave femme connaissait une
jeune fille, belle et charitable comme un ange du bon Dieu ; cette jeune fille
avait un peu d'argent ; elle m'a retirée de ma cave, m'a bien établie dans un
cabinet garni dont elle a payé un mois d'avance... me donnant en outre un
berceau d'osier pour mon enfant, et quarante francs pour moi avec un peu de
linge... Grâce à elle, j'ai pu me remettre sur pied et reprendre mon ouvrage...

— Bonne petite fille .. Tenez, moi aussi j'ai rencontré par hasard comme
qui dirait sa pareille, une jeune ouvrière bien serviable. J'étais allée... voir
mon pauvre frère qui est prisonnier... — dit Jeanne après un moment d'hésitation — et j'ai rencontré au parloir cette ouvrière : m'ayant entendue dire à
mon frère que je n'étais pas heureuse, elle est venue à moi, bien embarrassée,
pour m'offrir de m'être utile selon ses moyens, la pauvre enfant ... — J'ai accepté : elle m'a donné son adresse, et deux jours après, cette chère petite mademoiselle Rigolette... elle s'appelle Rigolette... m'avait fait une commande.

— Rigolette ! — s'écria la Lorraine — voyez donc comme ça se rencontre !
la jeune fille qui a été si généreuse pour moi a plusieurs fois prononcé devant
moi le nom de mademoiselle Rigolette ; elles étaient amies ensemble...

— Eh bien ! — dit Jeanne en souriant tristement — puisque nous sommes voisines de lit, nous devrions être amies comme nos deux bienfaitrices.

— Bien volontiers; moi, je m'appelle Annette Gerbier, dite la Lorraine, blanchisseuse.

— Et moi, Jeanne Duport, ouvrière frangeuse... Ah ! c'est si bon, à l'hospice, de pouvoir trouver quelqu'un qui ne vous soit pas tout à fait étranger, surtout quand on y vient pour la première fois, et qu'on a beaucoup de chagrins !... Mais je ne veux pas penser à cela... Dites-moi, la Lorraine, et comment s'appelait la jeune fille qui a été si bonne pour vous ?

— Elle s'appelait la Goualeuse. Elle était jolie comme une Sainte Vierge, avec de beaux cheveux blonds et des yeux bleus si doux, si doux .. Malheureusement, malgré son secours, mon pauvre enfant est mort... à deux mois; il était si chétif, il n'avait que le souffle... Et la Lorraine essuya une larme.

— Et votre mari ?

— Je ne suis pas mariée... je blanchissais à la journée chez une riche bourgeoise de mon pays; j'avais toujours été sage, mais je m'en suis laissé conter par le fils de la maison, et alors... quand j'ai vu l'état où je me trouvais, je n'ai pas osé rester au pays; M. Jules, c'était le fils de la riche bourgeoise, m'a donné cinquante francs pour venir à Paris, disant qu'il me ferait passer vingt francs tous les mois pour ma layette et pour mes couches; mais, depuis mon départ de chez nous, je n'ai rien reçu de lui, pas seulement de ses nouvelles; je lui ai écrit une fois, il ne m'a pas répondu... Je n'ai pas osé recommencer, je voyais bien qu'il ne voulait plus entendre parler de moi...

— Mais au moins... il n'aurait pas dû vous oublier, à cause de son enfant.

— C'est au contraire cela, voyez-vous, qui l'aura rendu mal pour moi; il m'en aura voulu d'être enceinte, parce que je lui devenais un embarras. — Je regrette mon enfant, pour moi, mais pas pour elle; pauvre chère petite ! elle aurait eu trop de misère et aurait été orpheline de trop bonne heure... car je n'en ai pas pour long-temps à vivre...

— On ne doit pas avoir de ces idées-là à votre âge. Est-ce qu'il y a beaucoup de temps que vous êtes malade ?

— Bientôt trois mois... Dame, quand j'ai eu à gagner pour moi et mon enfant, j'ai redoublé de travail, j'ai repris trop vite mon ouvrage à mon bateau; l'hiver était très-froid, j'ai gagné une fluxion de poitrine : c'est à ce moment-là que j'ai perdu ma petite fille. En la veillant, j'ai négligé de me soigner... et puis par là-dessus le chagrin... Enfin je suis poitrinaire... condamnée... comme l'était l'actrice qui vient de mourir.

— A votre âge il y a toujours de l'espoir.

— L'actrice n'avait que deux ans plus que moi, et vous voyez.

— Celle que les bonnes sœurs veillent maintenant, c'était donc une actrice !

— Mon Dieu, oui, voyez le sort... Elle avait été belle comme le jour. Elle avait eu beaucoup d'argent, des équipages, des diamants; mais par malheur la petite vérole l'a défigurée; alors la gêne est venue, puis la misère, enfin la voilà morte à l'hospice. Jamais personne n'est venu la voir; pourtant, il y a quatre ou cinq jours, elle nous disait qu'elle avait écrit à un monsieur qu'elle avait connu autrefois dans son beau temps, et qui l'avait bien aimée; elle lui écrivait pour le prier de venir réclamer son corps, parce que cela lui faisait mal de penser qu'elle serait disséquée... coupée en morceaux.

— Et ce monsieur... il est venu?...

— Non. — A chaque instant la pauvre femme demandait après lui....disant toujours : Oh! il viendra, oh! il va venir, bien sûr.. et pourtant elle est morte sans qu'il soit venu... et ce qu'elle craignait tant arrivera à son pauvre corps... — Après avoir été riche, heureuse, mourir ici... c'est triste! Au moins, nous autres, nous ne changeons que de misères...

— A propos de ça — reprit la Lorraine après un moment d'hésitation — je voudrais bien que vous me rendiez un service.

— Parlez...

— Si je mourais, comme c'est probable, avant que vous sortiez d'ici, je voudrais que vous réclamiez mon corps... J'ai la même peur que l'actrice... et j'ai mis là le peu d'argent qui me reste pour me faire enterrer.

— N'ayez donc pas de ces idées-là.

— C'est égal, me le promettez-vous?

— Enfin, Dieu merci, ça n'arrivera pas.

— Oui, mais si cela arrive, je n'aurai pas, grâce à vous, le même malheur que l'actrice.

— Pauvre dame, après avoir été riche, finir ainsi!

— Il n'y a pas que l'actrice dans cette salle qui ait été riche.

— Qui donc encore... a été riche aussi ?

— Une jeune personne de quinze ans au plus, qu'on a amenée ici hier soir. Elle était si faible qu'on était obligé de la porter... La sœur dit que cette jeune personne et sa mère sont des gens très comme il faut, qui ont été ruinés...

— Sa mère est ici aussi ?

— Non, la mère était si mal, qu'on n'a pu la transporter... La pauvre fille ne voulait pas la quitter, on a profité de son évanouissement pour l'emmener... C'est le propriétaire d'un méchant garni où elles logeaient qui, de peur qu'elles ne meurent chez lui, a été faire sa déclaration au commissaire. Elle est là... dans le lit en face de vous...

— Et elle a quinze ans ? — L'âge de ma fille aînée !...

Jeanne Duport, à la pensée de sa fille, s'était mise à pleurer amèrement.

— Pardon — dit la Lorraine si je vous ai fait de la peine sans le vouloir en vous parlant de vos enfants... Ils sont peut-être malades aussi ?

— Hélas, mon Dieu !... je ne sais pas ce qu'ils vont devenir si je reste ici plus de huit jours.

— Et votre mari ?

— Puisque nous sommes amies ensemble, la Lorraine, je peux vous dire mes peines, comme vous m'avez dit les vôtres .. cela me soulagera... Mon mari était un bon ouvrier ; il s'est dérangé, puis il m'a abandonnée, moi et mes enfants, après avoir vendu tout ce que nous possédions ; je me suis remise au travail, de bonnes âmes m'ont aidée, je commençais à être un peu à flot, j'élevais ma petite famille du mieux que je pouvais, quand mon mari est revenu, avec une mauvaise femme qui était sa maîtresse, me reprendre le peu que je possédais, et ç'a été encore à recommencer.

— Pauvre Jeanne, vous ne pouviez pas empêcher cela ?

— Il aurait fallu me séparer devant la loi ; mais la loi est trop chère, comme dit mon frère... Hélas ! mon Dieu... vous allez voir ce que ça fait que la loi soit trop chère pour nous, pauvres gens : il y a quelques jours je retourne voir mon frère... il me donne trois francs qu'il avait ramassés à conter des histoires aux autres prisonniers.

— On voit que vous êtes bien bons cœurs dans votre famille — dit la Lorraine qui, par une rare délicatesse d'instinct, n'interrogea pas Jeanne sur la cause de l'emprisonnement de son frère.

— Je reprends donc courage, je croyais que mon mari ne reviendrait pas de long-temps, car il avait pris chez nous tout ce qu'il pouvait prendre. Non, je me trompe... — ajouta la malheureuse en frissonnant... — il lui restait à prendre ma fille... ma pauvre Catherine...

— Votre fille ?

— Vous allez voir... vous allez voir. Il y a trois jours, j'étais à travailler avec mes enfants autour de moi ; mon mari entre... Rien qu'à son air, je m'aperçois tout de suite qu'il a bu. — Je viens chercher Catherine — qu'il me dit. Malgré moi je prends le bras de ma fille et je réponds à Duport : — Où veux-tu l'emmener ! — Ça ne te regarde pas, c'est ma fille ; qu'elle fasse son paquet et qu'elle me suive. — A ces mots-là, mon sang ne fait qu'un tour ; car, figurez-vous, la Lorraine, que cette mauvaise femme qui est avec mon mari... ça fait frémir à dire, mais enfin... c'est ainsi... elle le pousse depuis long-temps à tirer parti de notre fille... qui est jeune et jolie...

— Emmener Catherine ! — que je réponds à Duport — jamais ; je sais ce que ta mauvaise femme voudrait en faire. — Tiens — me dit mon mari, dont les lèvres étaient déjà toutes blanches de colère — ne m'obstine pas, ou je t'assomme. — Là-dessus il prend ma fille par le bras en lui disant : — En route ! Catherine. — La pauvre petite me sauta au cou en fondant en larmes et criant : — Je veux rester avec maman ! — Voyant ça, Duport devient furieux ; il arrache ma fille d'après moi, me donne un coup de poing dans l'estomac qui me renverse par terre, et une fois par terre... Mais voyez-vous, la Lorraine — bien sûr il n'a été si méchant que parce qu'il avait bu... enfin il trépigne sur moi... en m'accablant de sottises...

— Mes pauvres enfants se jettent à ses genoux en demandant grâce, Catherine aussi ; alors il dit à ma fille, en jurant comme un furieux : — Si tu ne viens pas avec moi, j'achève ta mère !... — Je vomissais le sang... je me sentais à moitié morte... je ne pouvais pas faire un mouvement... mais je crie à Catherine : — Laisse-moi tuer plutôt !... mais ne suis pas ton père ! — Tu ne te tairas donc pas — me dit Duport en me donnant un nouveau coup de pied qui me fit perdre connaissance. — Quand je suis revenue à moi, j'ai retrouvé mes deux petits garçons qui pleuraient.

— Et votre fille?...

— Partie!... — s'écria la malheureuse mère avec des sanglots déchirants
— oui... partie... Mes autres enfants m'ont dit que leur père l'avait battue...
la menaçant, en outre, de m'achever sur la place... Alors la pauvre enfant
a perdu la tête... elle s'est jetée sur moi pour m'embrasser... elle a aussi embrassé ses frères en pleurant .. et puis mon mari l'a entraînée!... Ah!... sa
mauvaise femme l'attendait dans l'escalier... j'en suis bien sûre!...

— Et vous ne pouviez pas vous plaindre au commissaire?

— Dans le premier moment, je n'étais qu'au chagrin de savoir Catherine
partie... mais j'ai senti bientôt de grandes douleurs dans tout le corps... je ne
pouvais pas marcher... Hélas! mon Dieu! ce que j'avais tant redouté était
arrivé. Oui, je l'avais dit à mon frère... un jour mon mari me battra si fort...
si fort... que je serai obligée d'aller à l'hospice... Alors... mes enfants...
qu'est-ce qu'ils deviendront?... Et aujourd'hui m'y voilà, à l'hospice, et... je
dis : Qu'est-ce qu'ils deviendront, mes enfants?...

— Mais il n'y a donc pas de justice, mon Dieu! pour les pauvres gens?

— Trop cher, trop cher pour nous, comme dit mon frère — reprit Jeanne
Duport avec amertume. — Les voisins avaient été chercher le commissaire...
son greffier est venu .. ça me répugnait de dénoncer Duport .. mais à cause
de ma fille, il l'a fallu... Seulement j'ai dit que dans une querelle que je lui
faisais, parce qu'il voulait emmener ma fille, il m'avait *poussée*... que cela
ne serait rien... mais que je voulais ravoir Catherine, parce que je craignais
qu'une mauvaise femme, avec qui vivait mon mari, ne la débauchât.

— Et qu'est-ce qu'il vous a dit, le greffier?

— Que mon mari était dans son droit d'emmener sa fille, n'étant pas séparé d'avec moi; que ce serait un malheur si ma fille tournait mal par de
mauvais conseils, mais que ce n'étaient que des suppositions et que ça ne
suffisait pas pour porter plainte contre mon mari. —Vous n'avez qu'un moyen,
plaidez au civil, demandez une séparation de corps, et alors les coups que
vous a donnés votre mari, sa conduite avec une vilaine femme seront en votre
faveur, et on le forcera de vous rendre votre fille : sans cela, il est dans son
droit de la garder avec lui. — Mais plaider! je n'ai pas de quoi, mon Dieu!
j'ai mes enfants à nourrir. —Que voulez-vous que j'y fasse? — a dit le greffier — c'est comme ça... — Oui — reprit Jeanne en sanglotant — il avait
raison... c'est comme ça... — et parce que .. c'est comme ça... dans trois
mois ma fille sera peut-être une créature des rues!... tandis que si j'avais eu
de quoi plaider pour me séparer de mon mari, cela ne serait pas arrivé.

— Mais cela n'arrivera pas, votre fille doit tant vous aimer...

— Mais elle est si jeune! à cet âge-là on n'a pas de défense; et puis la peur,
les mauvais conseils, les mauvais exemples, l'acharnement qu'on mettra peut-
être à lui faire faire mal! Mon pauvre frère avait prévu tout ce qui arrive,
lui; il me disait : — « Est-ce que tu crois que si cette mauvaise femme

« et ton mari s'acharnent à perdre cette enfant, il ne faudra pas qu'elle y
« passe[1]? » — Mon Dieu ! mon Dieu ! pauvre Catherine, si douce, si aimante !

— Ah ! vous avez bien de la peine ! Et moi qui me plaignais — dit la Lorraine en essuyant ses yeux. — Et vos autres enfants ?

— A cause d'eux j'ai fait ce que j'ai pu pour vaincre la douleur et ne pas
entrer à l'hôpital, mais je n'ai pu résister... Je vomis le sang trois ou quatre
fois par jour ; j'ai une fièvre qui me casse les bras et les jambes, je suis hors
d'état de travailler... En étant vite guérie, je pourrai retourner auprès de mes
enfants... si avant ils ne sont pas morts de faim ou emprisonnés comme men-
diants. Moi ici... qui voulez-vous qui prenne soin d'eux, qui les nourrisse ?

— Oh ! c'est terrible... Vous n'avez donc pas de bons voisins ?

— Ils sont aussi pauvres que moi... et ils ont cinq enfants déjà. Aussi deux
enfants de plus !... c'est lourd ; pourtant ils m'ont promis de les nourrir... un
peu... pendant huit jours... c'est tout ce qu'ils peuvent... et encore en prenant sur leur pain, et ils n'en ont pas déjà de trop ; il faut donc que je sois
guérie dans huit jours ; oh ! oui, guérie ou non, je sortirai tout de même.

— Mais, j'y pense, comment n'avez-vous pas songé à cette bonne petite
ouvrière, mademoiselle Rigolette, que vous avez rencontrée en prison ?... elle
les aurait gardés, bien sûr, elle.

— J'y ai pensé... et quoique la pauvre petite ait peut-être aussi bien du
mal à vivre... je lui ai fait dire ma peine par une voisine ; malheureusement
elle est à la campagne où elle va se marier, a dit la portière de sa maison.

— Ainsi dans huit jours... vos pauvres enfants... Mais non, vos voisins
n'auront pas le cœur de les renvoyer ..

— Mais que voulez-vous qu'ils fassent ! ils ne mangent pas déjà selon leur
faim, et il faudra encore qu'ils retirent aux leurs pour donner aux miens ...
Non, non, voyez-vous, il faut que je sois guérie dans huit jours... je l'ai déjà
demandé à tous les médecins qui m'ont interrogée depuis hier, mais ils me
répondaient en riant : C'est au médecin en chef qu'il faut s'adresser pour cela.
Quand viendra-t-il donc, le médecin en chef, la Lorraine ?

— Chut... je crois que le voilà .. il ne faut pas parler pendant qu'il fait sa
visite — répondit tout bas la Lorraine.

En effet, pendant l'entretien des deux femmes, le jour était venu peu à peu.
Un mouvement tumultueux annonça l'arrivée du docteur Griffon, qui entra
bientôt dans la salle, accompagné de son ami le comte de Saint-Remy, qui,
portant, on le sait, un vif intérêt à madame de Fermont et à sa fille, était loin
de s'attendre à trouver cette malheureuse jeune fille à l'hôpital.

En entrant dans la salle, les traits froids et sévères du docteur Griffon semblèrent s'épanouir. Jetant autour de lui un regard de satisfaction et d'autorité, il répondit d'un signe de tête protecteur à l'accueil empressé des sœurs.

La rude et austère physionomie du vieux comte de Saint-Remy était empreinte d'une profonde tristesse. La vanité de ses tentatives pour retrouver les

---

[1] Nous rappellerons au lecteur que le père ou la mère sont admis à faire inscrire leur fille sur le livre de
prostitution au bureau des mœurs.

LA VISITE DU DOCTEUR GRIFFON.

EUSTACHE-LORSAY.

H.

traces de madame de Fermont, l'ignominieuse lâcheté du vicomte, qui avait préféré à la mort une vie infâme, l'écrasaient de chagrin.

— Eh bien! — dit au comte le docteur Griffon d'un air triomphant — que pensez-vous de mon hôpital?

— En vérité — répondit M. de Saint-Remy — je ne sais pourquoi j'ai cédé à votre désir; rien n'est plus navrant que l'aspect de ces salles remplies de malades. Depuis mon entrée ici, mon cœur est cruellement serré.

— Bah! bah! dans un quart d'heure vous n'y penserez plus; vous, qui êtes philosophe, vous trouverez ample matière à observations; et puis enfin il était honteux que vous, un de mes plus vieux amis, vous ne connussiez pas le théâtre de ma gloire, de mes travaux, et que vous ne m'eussiez pas encore vu à l'œuvre. Je mets mon orgueil dans ma profession... est-ce un tort?

— Non certes; et après vos excellents soins pour Fleur-de-Marie, que vous avez sauvée, je ne pouvais rien vous refuser.

— Ah çà! vous n'avez rien appris de nouveau sur le sort de madame de Fermont et de sa fille?

— Rien — dit M. de Saint-Remy en soupirant. — Mes constantes recherches n'ont eu aucun résultat. Je n'ai plus d'espoir que dans madame d'Harville, qui s'intéresse vivement aussi à ces deux infortunées; peut-être a-t-elle quelques renseignements qui pourront me mettre sur la voie. Il y a trois jours je suis allé chez elle; on m'a dit qu'elle arriverait d'un moment à l'autre. Je lui ai écrit à ce sujet, la priant de me répondre le plus tôt possible.

Pendant l'entretien de M. de Saint-Remy et du docteur Griffon, plusieurs groupes s'étaient peu à peu formés autour d'une grande table occupant le milieu de la salle; sur cette table était un registre où les élèves attachés à l'hôpital, et que l'on reconnaissait à leurs longs tabliers blancs, venaient tour à tour signer la *feuille de présence*. Un grand nombre de jeunes étudiants studieux et empressés arrivaient successivement du dehors pour grossir le cortége scientifique du docteur Griffon, qui, ayant devancé de quelques minutes l'heure habituelle de sa visite, attendait qu'elle sonnât.

— Vous voyez, mon cher Saint-Remy, que mon état-major est assez considérable — dit le docteur Griffon avec orgueil, en montrant la foule qui venait assister à ses enseignements pratiques.

— Et ces jeunes gens vous suivent au lit de chaque malade?

— Ils ne viennent que pour cela...

— Mais tous ces lits sont occupés par des femmes!

— Eh bien?

— La présence de tant d'hommes doit leur inspirer une confusion pénible!

— Allons donc, un malade n'a pas de sexe...

— A vos yeux, peut-être; mais aux siens... la pudeur, la honte...

— Il faut laisser ces belles choses-là à la porte, mon cher Alceste; ici nous commençons sur le vivant des expériences et des études que nous finissons à l'amphithéâtre sur le cadavre.

— Tenez, docteur, vous êtes le meilleur et le plus honnête des hommes, je

vous dois la vie, je reconnais vos excellentes qualités ; mais l'habitude et l'a-
mour de votre art vous font envisager certaines questions d'une manière qui
me révolte... Je vous laisse... Il est des choses qui me navrent et m'indignent ;
je prévois que ce serait un supplice pour moi que d'assister à votre visite... Je
vous attends ici... près de cette table.

— Quel homme vous êtes avec vos scrupules!... Mais je ne vous tiens pas
quitte. J'admets qu'il serait fastidieux pour vous d'aller de lit en lit ; restez
donc là, je vous appellerai pour deux ou trois cas assez curieux.

— Allons, messieurs — dit le docteur Griffon, et il commença sa visite suivi
d'un nombreux auditoire.

En arrivant au premier lit de la rangée de droite, dont les rideaux étaient
fermés, la sœur dit au docteur : — Monsieur, le n° 1 est mort cette nuit à
quatre heures et demie du matin.

— Si tard? cela m'étonne ; hier matin je ne lui aurais pas donné la journée.
A-t-on réclamé le corps?

— Non, monsieur le docteur.

— Tant mieux, il est beau, on ne pratiquera pas d'autopsie ; je vais faire
un heureux. — Puis, s'adressant à un des élèves de sa suite : — Mon cher
Dunoyer, il y a long-temps que vous désirez un sujet ; vous êtes inscrit le premier, celui-ci est à vous.

— Ah! monsieur, que de bonté!

— Je voudrais plus souvent récompenser votre zèle, mon cher ami ; mais
marquez le sujet, prenez possession... il y a tant de gaillards âpres à la curée!

Et le docteur passa outre. L'élève, à l'aide d'un scalpel, incisa très-délicate-
ment un F et un D (François Dunoyer) sur le bras de l'actrice défunte, pour
prendre possession, comme disait le docteur. Et la visite continua.

— La Lorraine — dit tout bas Jeanne Duport à sa voisine — qu'est-ce donc
que tout ce monde qui suit le médecin?

— Ce sont des élèves et des étudiants...

— O mon Dieu! est-ce que tous ces jeunes gens seront là lorsque le médecin
va m'interroger et me regarder?

— Hélas! oui.

— Mais c'est à la poitrine que j'ai mal... On ne m'examinera pas devant
tous ces hommes?

— Si, si, il le faut.. J'ai assez pleuré la première fois, je mourais de
honte... Je résistais, on m'a menacée de me renvoyer... Il a bien fallu me décider ; mais cela m'a fait une telle révolution, que j'en ai été plus malade...
Jugez donc... presque nue... devant tant de monde... c'est bien pénible, allez...

— Devant le médecin lui seul... je comprends ça... si c'est nécessaire, et
encore ça coûte beaucoup... Mais pourquoi devant tous ces jeunes gens?

— Ils apprennent, et on leur enseigne sur nous... Que voulez-vous? nous
sommes ici pour ça... c'est à cette condition qu'on nous reçoit à l'hospice.

— Ah! je comprends — dit Jeanne Duport avec amertume — on ne nous
donne rien pour rien, à nous autres... Mais pourtant.. il y a des occasions où

ça ne peut pas être... Ainsi ma pauvre fille Catherine, qui a quinze ans, vien-
drait à l'hospice... est-ce qu'on oserait vouloir que devant tous ces jeunes
gens...? Oh! non, je crois que j'aimerais mieux la voir mourir chez nous.

— Si elle venait ici, il faudrait bien qu'elle se résignât comme les autres,
comme vous, comme moi. Mais taisons-nous, la Lorraine. Si cette pauvre demoiselle qui est là en face vous entendait... elle qui, dit-on, était riche... elle
qui n'a peut-être jamais quitté sa mère, ça va être son tour... Jugez comme elle
va être confuse et malheureuse.

— Mon Dieu! je frissonne rien que d'y penser... Pauvre enfant!

— Silence, Jeanne, voilà le médecin! — dit la Lorraine.

Après avoir rapidement visité plusieurs malades qui ne lui offraient rien de
curieux, le docteur arriva enfin auprès de Jeanne. A la vue de cette foule em-
pressée qui, avide de voir et de savoir, se pressait autour de son lit, la malheureuse femme, saisie de crainte et de honte, s'enveloppa étroitement dans
ses couvertures. La figure sévère et méditative du docteur, son regard péné-
trant, son sourcil toujours froncé par l'habitude de la réflexion, sa parole
brusque, impatiente et brève, augmentaient encore l'effroi de Jeanne.

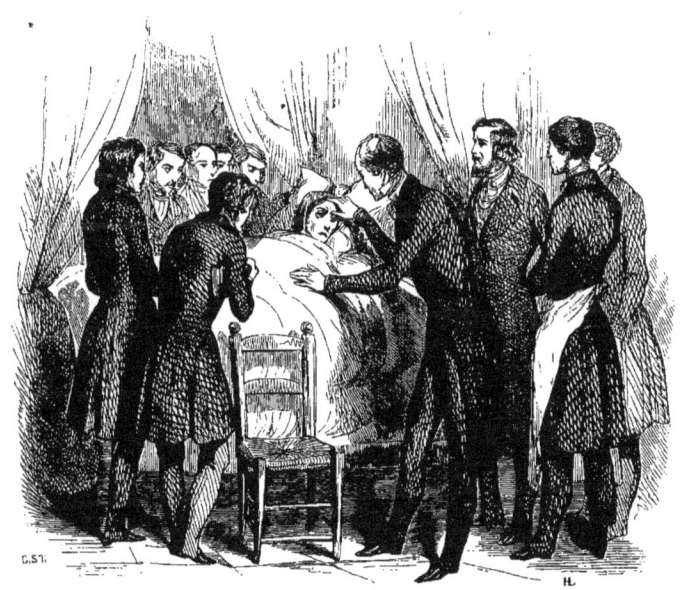

— Un nouveau *sujet!* — dit le docteur en parcourant la pancarte où était
inscrit le genre de maladie de l'*entrante*, et il jeta sur Jeanne un long coup
d'œil investigateur. Il se fit un profond silence pendant lequel les assistants,
à l'imitation du *prince de la science*, attachèrent curieusement leurs regards

IV.   23

sur la malade. Après plusieurs minutes d'attention, le docteur, remarquant quelque chose d'anormal dans la teinte jaunâtre du globe de l'œil de la patiente, s'approcha plus près d'elle, et, du bout du doigt lui retroussant la paupière, il examina silencieusement le cristallin Puis plusieurs élèves, répondant à une sorte d'invitation muette de leur professeur, allèrent tour à tour observer l'œil de Jeanne. Ensuite le docteur procéda à cet interrogatoire : — Votre nom ?

— Jeanne Duport... — murmura la malade de plus en plus effrayée.

— Votre âge ? — Trente-six ans et demi.

— Plus haut donc... Le lieu de votre naissance ? — Paris.

— Votre état ? — Ouvrière frangeuse.

— Êtes-vous mariée ? — Hélas, oui !... monsieur — répondit Jeanne avec un profond soupir.

— Depuis quand ? — Depuis dix-huit ans.

— Avez-vous des enfants ? — Ici, au lieu de répondre, la pauvre mère donna cours à ses larmes long-temps contenues.

— Il ne s'agit pas de pleurer, mais de répondre. Avez-vous des enfants ? — Oui, monsieur... deux petits garçons et une fille de seize ans.

Ici plusieurs questions qu'il nous est impossible de répéter, mais auxquelles Jeanne ne satisfit qu'en balbutiant et après plusieurs injonctions sévères du docteur ; la malheureuse femme se mourait de honte, obligée qu'elle était de répondre tout haut à de telles demandes devant ce nombreux auditoire.

Le docteur, complétement absorbé par sa préoccupation scientifique, ne songea pas le moins du monde à la cruelle confusion de Jeanne, et reprit :

— Depuis combien de temps êtes-vous malade ? — Depuis quatre jours, monsieur — dit Jeanne en essuyant ses larmes.

— Racontez-nous comment votre maladie vous est survenue — Monsieur... c'est que... il y a tant de monde... je n'ose...

— Ah çà ! mais d'où sortez-vous, ma chère amie ! — dit impatiemment le docteur. — Ne voulez-vous pas que je fasse apporter ici un confessionnal ?... Voyons... parlez... et dépêchez-vous...

— Mon Dieu ! monsieur, c'est que ce sont des choses de famille...

— Soyez donc tranquille, nous sommes ici en famille... en nombreuse famille, vous le voyez — ajouta le prince de la science, qui était ce jour-là fort en gaieté. — Voyons, finissons.

De plus en plus intimidée. Jeanne dit en balbutiant et en hésitant à chaque mot : — J'avais eu... une querelle avec mon mari .. au sujet de mes enfants... je veux dire de ma fille aînée... il voulait l'emmener... Moi, je ne voulais pas, à cause d'une vilaine femme avec qui il vivait, et qui pouvait donner de mauvais exemples à ma fille ; alors mon mari, qui était gris .. oh ! oui, monsieur... sans cela... il ne l'aurait pas fait .. mon mari m'a poussée très-fort... je suis tombée, et puis peu de temps après, j'ai commencé à vomir le sang.

— Ta, ta, ta, votre mari vous a poussée, et vous êtes tombée... vous nous la donnez belle... il a certainement fait mieux que vous pousser... il doit vous avoir parfaitement bien frappée dans l'estomac, à plusieurs reprises... Peut-être même vous aura-t-il foulée aux pieds... Voyons, répondez! dites la vérité.

— Ah! monsieur, je vous assure qu'il était gris... sans cela il n'aurait pas été si méchant.

— Bon ou méchant, gris ou noir, il ne s'agit pas de ça, ma brave femme; je ne suis pas juge d'instruction, moi; je tiens tout bonnement à préciser un fait : vous avez été renversée et foulée aux pieds avec fureur, n'est-ce pas?

— Hélas! oui — dit Jeanne en fondant en larmes — et pourtant je ne lui ai jamais donné un sujet de plainte... je travaille autant que je peux et je...

— L'épigastre doit être douloureux! vous devez y ressentir une grande chaleur? vous devez éprouver du malaise, de la lassitude, des nausées?

— Oui, monsieur... Je ne suis venue ici qu'à la dernière extrémité, quand la force m'a tout à fait manqué; sans cela, je n'aurais pas abandonné mes enfants... dont je vais être si inquiète, car ils n'ont que moi... Et puis Catherine... ah! c'est elle surtout qui me tourmente, monsieur... si vous saviez...

— Votre langue? — dit le docteur, interrompant de nouveau la malade.

Cet ordre parut si étrange à Jeanne, qui avait cru apitoyer le docteur, qu'elle ne lui répondit pas tout d'abord et le regarda avec ébahissement

— Voyons donc cette langue dont vous vous servez si bien — dit le docteur en souriant; et il baissa du bout du doigt la mâchoire inférieure de Jeanne. Après avoir fait successivement et longuement tâter et examiner par ses élèves la langue du sujet, afin d'en constater la couleur et la sécheresse, il se recueillit un moment Jeanne, surmontant sa crainte, s'écria d'une voix tremblante :

— Monsieur, je vais vous dire... des voisins aussi pauvres que moi ont bien voulu se charger de deux de mes enfants, mais pendant huit jours seulement. C'est déjà beaucoup... Au bout de ce temps, il faut que je retourne chez moi. Aussi, je vous en supplie, pour l'amour de Dieu! guérissez-moi le plus vite possible .. ou à peu près... que je puisse seulement me lever et travailler, je n'ai que huit jours devant moi... car...

— Face décolorée, état de prostration complète; cependant pouls assez fort, dur et fréquent — dit imperturbablement le docteur en désignant Jeanne.

— Remarquez-le bien, messieurs : oppression, chaleur à l'épigastre, tous ces symptômes annoncent certainement une *hématémèse*... probablement compliquée d'une hépatite causée par des chagrins domestiques, ainsi que l'indique la coloration jaunâtre du globe de l'œil; le sujet a reçu des coups violents dans les régions de l'épigastre et de l'abdomen; le vomissement de sang est nécessairement causé par quelque lésion organique de certains viscères... A ce propos, j'appellerai votre attention sur un point très-curieux, fort curieux : les ouvertures cadavériques de ceux qui sont morts de l'affection dont le sujet est atteint offrent des résultats singulièrement variables; souvent la maladie, très-aiguë et très-grave, emporte le malade en peu de jours, et l'on ne trouve aucune trace de son existence, d'autres fois, la rate, le foie, le pancréas, offrent des lésions plus ou moins profondes... Il est probable que le sujet dont nous nous occupons a souffert quelques-unes de ces lésions; nous allons donc tâcher de nous en assurer, et vous vous en assurerez vous-mêmes par un examen attentif du malade .. — Et, d'un mouvement rapide, le docteur Griffon, rejetant la couverture au pied du lit, découvrit presque entièrement Jeanne.

Nous répugnons à peindre l'espèce de lutte douloureuse de cette infortunée, qui sanglotait, éperdue de honte, implorant le docteur et son auditoire. Mais à cette menace : *On va vous mettre dehors de l'hospice si vous ne vous soumettez pas aux usages établis*, menace si écrasante pour ceux dont l'hospice est l'unique et dernier refuge, Jeanne se soumit à une investigation publique qui dura long-temps. . très-long-temps... car le docteur Griffon analysait, expliquait chaque symptôme, et les plus studieux des assistants voulurent ensuite joindre la pratique à la théorie et s'assurer par eux-mêmes de l'état physique du sujet. Ensuite de cette scène cruelle, Jeanne éprouva une émotion si violente qu'elle tomba dans une crise nerveuse pour laquelle le docteur Griffon donna une prescription supplémentaire.

La visite continua. Le docteur arriva bientôt auprès du lit de mademoiselle Claire de Fermont, victime comme sa mère de la cupidité de Jacques Ferrand.

Mademoiselle de Fermont, coiffée du bonnet de toile de l'hôpital, appuyait languissamment sa tête sur le traversin de son lit; à travers les ravages de la maladie, on retrouvait sur ce candide et doux visage les traces d'une beauté pleine de distinction. Après une nuit de douleurs aiguës, la pauvre enfant était tombée dans une sorte d'assoupissement fébrile, et lorsque le docteur et son cortége scientifique étaient entrés dans la salle, le bruit de la visite ne l'avait pas réveillée.

— Encore un nouveau sujet, messieurs! — dit le prince de la science. — Maladie... *fièvre lente nerveuse*... Peste! — s'écria le docteur avec une satisfaction profonde — si l'interne de service ne s'est pas trompé dans son diagnostic, c'est une excellente aubaine; il y a fort long-temps que je désirais une fièvre lente nerveuse, car ce n'est généralement pas une maladie de pauvres... Ces affections naissent presque toujours ensuite de graves perturbations dans la position sociale du sujet... et il va sans dire que plus la position est élevée, plus la perturbation est profonde. C'est du reste une affection des plus remarquables par ses caractères particuliers. Elle remonte à la plus haute antiquité; les écrits d'Hippocrate ne laissent aucun doute à cet égard, et c'est tout simple; cette fièvre, je l'ai dit, a presque toujours pour cause les chagrins les plus violents... Or, le chagrin est vieux comme le monde... Pourtant, chose singulière, avant le dix-huitième siècle, cette maladie n'avait été exactement décrite par aucun auteur; c'est Huxham, qui honore à tant de titres la médecine de cette époque, c'est Huxham, dis-je, qui le premier a donné une monographie de la fièvre nerveuse, monographie devenue classique .. et pourtant c'était une maladie de vieille roche — ajouta le docteur en riant. — Eh, eh, eh!.., elle appartient à cette grande, antique et illustre famille *febris*, dont l'origine se perd dans la nuit des temps... Mais ne nous réjouissons pas trop... voyons si en effet nous avons le bonheur de posséder ici un échantillon de cette curieuse affection... Cela se trouverait doublement désirable, car il y a très-long temps que j'ai envie d'essayer l'usage interne du phosphore... Oui, messieurs — reprit le docteur en entendant dans son auditoire une sorte de frémissement de curiosité — oui, messieurs, du phosphore… c'est une expérience fort curieuse que je veux tenter… elle est audacieuse !… mais *audaçes fortuna juvat*… et l'occasion sera excellente. Nous allons d'abord examiner si le sujet nous offrira sur toutes les parties du corps, et principalement sur la poitrine, cette éruption miliaire si symptomatique selon Huxham… et vous vous assurerez vous-mêmes, en palpant le sujet, de l'espèce de rugosité que cette éruption entraîne… Mais ne vendons pas la peau de l'ours avant de l'avoir mis par terre — ajouta le prince de la science qui se trouvait décidément fort en gaieté.

Et il secoua légèrement l'épaule de mademoiselle de Fermont pour l'éveiller.

La jeune fille tressaillit et ouvrit ses grands yeux creusés par la maladie. Que l'on juge de sa stupeur, de son épouvante. Pendant qu'une foule d'hommes entouraient son lit et la couvaient des yeux, elle sentit la main du docteur écarter sa couverture et se glisser dans son lit, afin de lui prendre la main pour lui tâter le pouls.

Mademoiselle de Fermont, rassemblant toutes ses forces dans un cri d'angoisse et de terreur, s'écria : — Ma mère !… au secours !… ma mère !…

Par un hasard presque providentiel, au moment où les cris de mademoiselle de Fermont faisaient bondir le vieux comte de Saint-Remy sur sa chaise, car il reconnaissait cette voix, la porte de la salle s'ouvrit, et une jeune femme, vêtue de deuil, entra précipitamment, accompagnée du directeur de l hospice. Cette femme était la marquise d'Harville…

— De grâce, monsieur — dit-elle au directeur avec la plus grande anxiété — conduisez-moi auprès de mademoiselle de Fermont.

— Veuillez vous donner la peine de me suivre, madame la marquise — répondit respectueusement le directeur. — Cette demoiselle est au numero 17.

— Malheureuse enfant !… ici, ici… — dit madame d'Harville en essuyant ses larmes — ah ! c'est affreux… La marquise, précédée du directeur, s'approchait rapidement du groupe rassemblé auprès du lit de mademoiselle de Fermont, lorsqu'on entendit ces mots prononcés avec indignation :

— Je vous dis que cela est un meurtre infâme ; vous la tuerez, monsieur.

— Mais. mon cher Saint-Remy, écoutez-moi donc…

— Je vous répète, monsieur, que votre conduite est atroce. Je regarde mademoiselle de Fermont comme ma fille, je vous défends d'en approcher, je vais la faire immédiatement transporter hors d'ici.

— Mais, mon cher ami, c'est un cas de fièvre lente nerveuse, très-rare… Je voulais essayer du phosphore… C'était une occasion unique. Promettez-moi au moins que je la soignerai, n'importe où vous l'emmeniez, puisque vous privez ma clinique d'un sujet aussi précieux…

— Si vous n'étiez pas un fou… vous seriez un monstre — reprit le comte.

Clémence écoutait ces mots avec une angoisse croissante ; mais la foule était si compacte autour du lit, qu'il fallut que le directeur dît à voix haute :

— Place, messieurs, s'il vous plaît… place à madame la marquise d'Harville, qui vient voir le numéro 17. — A ces mots, les élèves se rangèrent avec autant d'empressement que de respectueuse admiration, en voyant la charmante figure de Clémence, que l'émotion colorait des plus vives couleurs.

— Madame d'Harville ! — s'écria le comte de Saint-Remy en écartant rudement le docteur, et en se précipitant vers Clémence. — Ah ! c'est Dieu... qui
envoie ici un de ses anges... Madame. . je savais que vous vous intéressiez à
ces deux infortunées... Plus heureuse que moi, vous les avez trouvées ; tandis
que moi c'est... le hasard. . qui m'a conduit ici .. et pour assister à une scène
d'une barbarie inouïe .. Malheureuse enfant !... Voyez, madame... Et vous,
messieurs... au nom de vos filles ou de vos sœurs, ayez pitié d'une enfant de
seize ans, je vous en supplie... laissez-la seule avec madame et ces bonnes religieuses. Lorsqu'elle aura repris ses sens... je la ferai transporter hors d'ici.

— Soit... je signerai sa sortie — s'écria le docteur ; — mais je m'attacherai
à ses pas... mais je me cramponnerai à vous. C'est un sujet qui m'appartient ;
et vous aurez beau faire... je la soignerai... je ne risquerai pas le phosphore,
bien entendu ; mais je passerai les nuits s'il le faut... comme je les ai passées
auprès de vous, ingrat Saint Remy... car cette fièvre est aussi curieuse que
l'était la vôtre... Ce sont deux sœurs qui ont le même droit à mon intérêt.

— Maudit homme, pourquoi avez-vous tant de science ! dit le comte, sachant
qu'en effet il ne pourrait confier mademoiselle de Fermont à des mains plus habiles.

— Eh ! mon Dieu, c'est tout simple ! — lui dit le docteur à l'oreille — j'ai
beaucoup de science parce que j'étudie, parce que j'essaie, parce que je risque
et pratique beaucoup sur mes *sujets*... soit dit sans calembour... Ah çà, j'aurai
donc ma fièvre lente, vilain bourru !

— Oui... mais cette jeune fille est-elle transportable ? — Certainement — Alors, pour Dieu, retirez-vous...

— Allons, messieurs — dit le prince de la science — notre clinique sera privée d'une étude précieuse... mais je vous tiendrai au courant. — Et le docteur Griffon, accompagné de son auditoire, continua sa visite, laissant M. de Saint-Remy et madame d'Harville auprès de mademoiselle de Fermont.

Pendant cette scène, mademoiselle de Fermont, toujours évanouie, était restée livrée aux soins empressés de Clémence et des deux religieuses; l'une d'elles soutenait la tête pâle et appesantie de la jeune fille, pendant que madame d'Harville, penchée sur le lit, essuyait avec son mouchoir la sueur glacée qui inondait le front de la malade.

Profondément ému, M. de Saint-Remy contemplait ce tableau touchant, lorsqu'une funeste pensée lui traversant tout à coup l'esprit, il s'approcha de Clémence et lui dit à voix basse : — Et la mère de cette infortunée, madame ?...

La marquise lui répondit avec une tristesse navrante : — Cette enfant... n'a plus de mère... monsieur... J'ai appris seulement hier soir, à mon retour, l'adresse de madame de Fermont... et son état désespéré... A une heure du matin, j'étais chez elle avec mon médecin... Ah! monsieur!... quel tableau!... la misère dans toute son horreur... et aucun espoir de sauver cette pauvre mère expirante!... Son dernier mot a été : Ma fille!

— Quelle mort... grand Dieu!... Elle, mère si tendre, si dévouée... C'est épouvantable!...

Une des religieuses vint interrompre cet entretien en disant à madame d'Harville : — La jeune demoiselle est bien faible... elle entend à peine; tout à l'heure peut-être elle reprendra un peu de connaissance... cette secousse l'a brisée... Si vous ne craigniez pas, madame, de rester là... en attendant que la malade revienne tout à fait à elle, je vous offrirais ma chaise.

— Donnez... donnez — dit Clémence en s'asseyant auprès du lit; — je ne quitterai pas mademoiselle de Fermont; je veux qu'elle voie au moins une figure amie lorsqu'elle ouvrira les yeux... ensuite je l'emmènerai avec moi, puisque le médecin trouve heureusement qu'on peut la transporter sans danger...

— Ah! madame, soyez bénie pour le bien que vous faites — dit M. de Saint-Remy; — mais pardonnez-moi de ne pas vous avoir encore dit mon nom; tant de chagrins... tant d'émotions... Je suis le comte de Saint-Remy, madame... le mari de madame de Fermont était mon ami le plus intime... J'habitais Angers... j'ai quitté cette ville dans mon inquiétude de ne recevoir aucune nouvelle de ces deux nobles et dignes femmes; elles avaient jusqu'alors habité cette ville, et on les disait complétement ruinées : leur position était d'autant plus pénible que jusqu'alors elles avaient vécu dans l'aisance.

— Ah! monsieur... vous ne savez pas tout... madame de Fermont a été indignement dépouillée...

— Par son notaire, peut-être! Un moment j'en avais eu le soupçon.

— Cet homme était un monstre, monsieur... Hélas! ce crime n'est pas le seul qu'il ait commis... Mais heureusement — dit Clémence avec exaltation en songeant à Rodolphe — un génie providentiel en a fait justice, et j'ai pu fermer les yeux de madame de Fermont en la rassurant sur l'avenir de sa fille... Sa mort a été ainsi moins cruelle...

— Je le comprends ; sachant à sa fille un appui tel que le vôtre, madame, ma pauvre amie a dû mourir plus tranquille...

— Non-seulement mon vif intérêt est à tout jamais acquis à mademoiselle de Fermont... mais sa fortune lui sera rendue...

— Sa fortune !... Comment !... Le notaire ?...

— A été forcé de restituer la somme... qu'il s'était appropriée par un crime horrible... Cet homme avait assassiné le frère de madame de Fermont pour faire croire que ce malheureux s'était suicidé après avoir dissipé la fortune de sa sœur.

— C'est horrible !... Mais c'est à n'y pas croire .. et pourtant, par suite de mes soupçons sur le notaire, j'avais conservé de vagues doutes sur la réalité de ce suicide... car Renneville était l'honneur, la loyauté même. Et la somme que le notaire a restituée...?

— Est déposée chez un prêtre vénérable, M. le curé de Bonne-Nouvelle ; elle sera remise à mademoiselle de Fermont.

— Cette restitution ne suffit pas à la justice des hommes, madame !... L'échafaud réclame ce notaire... car il n'a pas commis un meurtre. . mais deux meurtres... La mort de madame de Fermont, les souffrances que sa fille endure sur ce lit d'hôpital ont été causées par l'infâme abus de confiance de ce misérable !

— Et ce misérable a commis un autre meurtre aussi affreux... aussi atrocement combiné. — Que dites-vous, madame ?

— S'il s'est défait du frère de madame de Fermont par un prétendu suicide, afin de s'assurer l'impunité, il y a peu de jours il s'est défait d'une malheureuse jeune fille qu'il avait intérêt à perdre en la faisant noyer... certain qu'on attribuerait cette mort à un accident.

M. de Saint-Remy tressaillit, regarda madame d'Harville avec surprise en songeant à Fleur-de-Marie, et s'écria — Ah ! mon Dieu, madame, quel étrange rapport !... Cette jeune fille... où a-t-il voulu la noyer ?

— Dans la Seine... près d'Asnières, m'a-t-on dit...

— C'est elle !... c'est elle !... — s'écria M. de Saint-Remy

— De qui parlez-vous, monsieur ?

— De la jeune fille que ce monstre avait intérêt à perdre ..

— Fleur-de-Marie ! ! !

— Vous la connaissez, madame ?

— Pauvre enfant... je l'aimais tendrement... Ah ! si vous saviez, monsieur, combien elle était belle et touchante .. Mais comment se fait-il...?

— Le docteur Griffon et moi nous lui avons donné les premiers secours...

— Les premiers secours ? à elle ?... et où cela ?

— A l'île du Ravageur... quand on l'a eu sauvée .

— Sauvée ! Fleur-de-Marie... sauvée ?...

— Par une brave créature qui, au risque de sa vie, l'a retirée de la Seine. . Mais qu'avez-vous, madame ?...

— Ah! monsieur, je n'ose croire à tant de bonheur... mais je crains encore d'être dupe d'une erreur... Je vous en supplie, dites-moi, cette jeune fille... comment est-elle?

— D'une admirable beauté... une figure d'ange...

— De grands yeux bleus... des cheveux blonds? — Oui, madame.

— Et quand on l'a noyée... elle était avec une femme âgée?

— En effet, depuis hier seulement qu'elle a pu parler (car elle est encore bien faible), elle nous a dit cette circonstance... Une femme âgée l'accompagnait.

— Dieu soit béni! — s'écria Clémence en joignant les mains avec ferveur — je pourrai *lui* apprendre que sa protégée vit encore[1]. Quelle joie pour lui, qui dans sa dernière lettre me parlait de cette pauvre enfant avec des regrets si pénibles!... Pardon, monsieur! mais si vous saviez combien ce que vous m'apprenez me rend heureuse... et pour moi, et pour une personne... qui, plus que moi encore, a aimé et protégé Fleur-de-Marie!... Mais de grâce, à cette heure.. où est-elle?

— Près d'Asnières... dans la maison de l'un des médecins de cet hôpital... le docteur Griffon, qui, malgré des travers que je déplore, a d'excellentes qualités... car c'est chez lui que Fleur-de-Marie a été transportée; et depuis il lui a prodigué les soins les plus constants.

— Et elle est hors de tout danger?

— Oui, madame, depuis deux ou trois jours seulement. Et aujourd'hui on lui permettra d'écrire à ses protecteurs.

— Oh! c'est moi, monsieur... c'est moi qui me chargerai de ce soin... ou plutôt c'est moi qui aurai la joie de la conduire auprès de ceux qui, la croyant morte, la regrettent si amèrement.

— Je comprends ces regrets, madame... car il est impossible de connaître Fleur-de-Marie sans rester sous le charme de cette angélique créature : sa grâce et sa douceur exercent sur tous ceux qui l'approchent un empire indéfinissable... La femme qui l'a sauvée, et qui depuis l'a veillée jour et nuit comme elle aurait veillé son enfant, est une personne courageuse et dévouée, mais d'un caractère si habituellement emporté qu'on l'a surnommée *la Louve*... jugez!... Eh bien, un mot de Fleur-de-Marie la bouleverse... je l'ai vue sangloter, pousser des cris de désespoir, lorsque ensuite d'une crise fâcheuse le docteur Griffon avait presque désespéré de la vie de Fleur-de-Marie.

— Cela ne m'étonne pas... je connais la Louve.

— Vous, madame! — dit M. de Saint-Remy surpris — vous connaissez la Louve?

— En effet, cela doit vous étonner, monsieur — dit la marquise en souriant doucement; car Clémence était heureuse... oh! bien heureuse... en songeant à la douce surprise qu'elle ménageait au prince. Quel eût été son enivrement, si elle avait su que c'était une fille qu'il croyait morte... qu'elle allait ramener

---

[1] Madame d'Harville, arrivée seulement de la veille, ignorait que Rodolphe avait découvert que la Goualeuse (qu'il croyait morte) était sa fille. Quelques jours auparavant, le prince, en écrivant à la marquise, lui avait appris les nouveaux crimes du notaire ainsi que les restitutions qu'il l'avait obligé à faire. Il lui avait en même temps donné l'adresse de madame de Fermont, découverte par Badinot.

à Rodolphe!... — Ah! monsieur — dit-elle à M. de Saint-Remy — ce jour est si beau... pour moi... que je voudrais qu'il le fût aussi pour d'autres; il me semble qu'il doit y avoir ici bien des infortunes honnêtes à soulager, ce serait une digne manière de célébrer l'excellente nouvelle que vous me donnez. — Puis s'adressant à la religieuse qui venait de faire boire quelques cuillerées d'une potion à mademoiselle de Fermont: — Eh bien!... ma sœur, reprend-elle ses sens?

— Pas encore... madame... elle est si faible! Pauvre demoiselle! à peine si l'on sent les battements de son pouls.

— J'attendrai pour l'emmener qu'elle soit en état d'être transportée dans ma voiture... Mais, dites-moi, ma sœur, parmi toutes ces malheureuses malades, n'en connaîtriez-vous pas qui méritassent particulièrement l'intérêt et la pitié, et à qui je pourrais être utile avant de quitter cet hospice?

— Ah! madame... c'est Dieu qui vous envoie... — dit la sœur; — il y a là — ajouta-t-elle en montrant le lit de la sœur de Pique-Vinaigre — une pauvre femme très-malade et très à plaindre: elle n'est entrée ici qu'à bout de ses forces; elle se désole sans cesse parce qu'elle a été obligée d'abandonner deux petits enfants qui n'ont qu'elle au monde pour soutien... Elle disait tout à l'heure à M. le docteur qu'elle voulait sortir, guérie ou non, dans huit jours, parce que ses voisins lui avaient promis de garder ses enfants seulement une semaine... et qu'après ce temps ils ne pourraient plus s'en charger.

— Conduisez-moi à son lit, je vous prie, ma sœur — dit madame d'Harville en se levant et en suivant la religieuse.

Jeanne Duport, à peine remise de la crise violente que lui avaient causée les investigations du docteur Griffon, ne s'était pas aperçue de l'entrée de madame d'Harville. Quel fut donc son étonnement lorsque la marquise, soulevant les rideaux de son lit, lui dit en attachant sur elle un regard rempli de commisération et de bonté: — Ma bonne mère... il ne faut plus être inquiète de vos enfants, j'en aurai soin; ne songez donc qu'à vous guérir pour les aller bien vite retrouver!

Jeanne Duport croyait rêver. A cette même place, où le docteur Griffon et son studieux auditoire lui avaient fait subir une cruelle inquisition, elle voyait une jeune femme d'une ravissante beauté venir à elle avec des paroles de pitié, de consolation et d'espérance. Son émotion était si grande qu'elle ne put prononcer une parole; elle joignit seulement les mains comme si elle eût prié, en regardant sa bienfaitrice inconnue avec adoration.

— Encore une fois, rassurez-vous, ma bonne mère... n'ayez aucune inquiétude — reprit la marquise en pressant dans ses petites mains délicates et blanches la main brûlante de Jeanne Duport... — Rassurez-vous... ne soyez plus inquiète de vos enfants... et même, si vous le préférez, vous sortirez aujourd'hui de l'hospice, on vous soignera chez vous... rien ne vous manquera... de la sorte vous ne quitterez pas vos chers enfants... Si votre logement est insalubre ou trop petit, on vous en trouvera tout de suite un plus convenable... afin que vous soyez, vous, dans une chambre, et vos enfants dans une autre... Vous aurez une bonne garde-malade qui les surveillera tout en vous soignant...

Enfin, lorsque vous serez rétablie, si vous manquez d'ouvrage, je vous mettrai à même d'attendre qu'il vous en arrive... et dès aujourd'hui je me charge de l'avenir de vos enfants...

— Ah! mon bon Dieu! qu'est-ce que j'entends! les chérubins descendent donc du ciel comme dans les livres d'église! — dit Jeanne Duport tremblante, égarée, osant à peine regarder sa bienfaitrice. — Pourquoi tant de bontés pour moi? qu'ai-je fait pour cela?... Ça n'est pas possible! Moi sortir de l'hospice, où j'ai déjà tant pleuré, tant souffert! ne plus quitter mes enfants!... avoir une garde-malade!... mais c'est comme un miracle du bon Dieu!

Et la pauvre femme disait vrai. Si l'on savait combien il est doux et facile de faire souvent et à peu de frais de ces *miracles!* Hélas! pour certaines infortunes abandonnées ou repoussées de tous... un salut immédiat, inespéré, accompagné de paroles bienveillantes, d'égards tendrement charitables, ne doit-il pas avoir, n'a-t-il pas l'apparence surnaturelle d'un *miracle?*...

— Ce n'est pas un miracle, ma bonne mère — répondit Clémence vivement émue; — ce que je fais pour vous — ajouta-t-elle en rougissant légèrement au souvenir de Rodolphe — ce que je fais pour vous m'est inspiré par un généreux esprit qui m'a appris à compatir au malheur... c'est lui qu'il faut remercier et bénir...

— Ah! madame!... je bénirai vous et les vôtres!... — dit Jeanne Duport en pleurant. — Je vous demande pardon de m'exprimer si mal... mais je n'ai pas l'habitude de ces grandes joies... c'est la première fois que cela m'arrive!...

— Eh bien!... voyez-vous, Jeanne — dit la Lorraine attendrie — il y a aussi parmi les riches des Rigolettes et des Goualeuses... en grand... il est vrai... mais quant au bon cœur... c'est la même chose!

Madame d'Harville se retourna toute surprise vers la Lorraine en lui entendant prononcer ces deux noms. — Vous connaissez la Goualeuse et une jeune ouvrière nommée Rigolette! — demanda-t-elle à la Lorraine.

— Oui, madame... La Goualeuse... bon petit ange, a fait l'an passé pour moi, mais, dame! selon ses pauvres moyens, ce que vous faites pour Jeanne... Oui, madame... oh! ça me fait du bien à dire et à répéter à tout le monde, la Goualeuse m'a retirée d'une cave où je venais d'accoucher sur la paille... et le cher petit ange m'a établie, moi et mon enfant, dans une chambre où il y avait un bon lit et un berceau... La Goualeuse avait fait ces dépenses-là par pure charité... car elle me connaissait à peine et était pauvre elle-même... C'est beau, cela, n'est-ce pas, madame! — dit la Lorraine avec exaltation.

— Oh!... oui... la charité du pauvre envers le pauvre est grande et sainte — dit Clémence les yeux mouillés de douces larmes.

— Il en a été de même de mademoiselle Rigolette, qui, selon ses moyens de petite ouvrière — reprit la Lorraine — avait, il y a quelques jours, offert ses services à Jeanne.

— Quel singulier rapprochement!... — se dit Clémence de plus en plus émue, car chacun de ces deux noms, la Goualeuse et Rigolette, lui rappelait une noble action de Rodolphe. — Et vous, mon enfant, que puis-je pour vous?

— dit-elle à la Lorraine. — Je voudrais que les noms que vous venez de prononcer avec tant de reconnaissance vous portassent aussi bonheur.

— Merci, madame — dit la Lorraine avec un sourire de résignation amère ; — j'avais un enfant... il est mort... je suis poitrinaire condamnée... je n'ai plus besoin de rien.

— Quelle idée sinistre ! A votre âge... si jeune, il y a toujours de la ressource.

— Oh ! non, madame... je sais mon sort... je ne me plains pas... j'ai vu encore cette nuit mourir une poitrinaire dans la salle... on meurt bien doucement... allez... Je vous remercie toujours de vos bontés.

— Vous vous exagérez votre état...

— Je ne me trompe pas, madame... je le sens bien... Mais puisque vous êtes si bonne... une grande dame comme vous est toute-puissante...

— Parlez... dites... que voulez-vous ?

— J'avais demandé un service à Jeanne... mais puisque, grâce à Dieu et à vous, elle s'en va...

— Eh bien, ce service... ne puis-je vous le rendre ?...

— Certainement, madame... un mot de vous aux sœurs ou au médecin arrangerait tout.

— Ce mot, je le dirai, soyez-en sûre... De quoi s'agit-il ?

— Depuis que j'ai vu l'actrice qui est morte si tourmentée de la crainte d'être coupée en morceaux après sa mort, j'ai la même peur... Jeanne m'avait promis de réclamer mon corps et de me faire enterrer...

— Ah ! c'est horrible ! — dit Clémence en frissonnant d'épouvante ; — il faut venir ici pour savoir qu'il est encore pour les pauvres des misères et des terreurs même au delà de la tombe...

— Pardon, madame — dit timidement la Lorraine — pour une grande dame riche et heureuse comme vous méritez de l'être, cette demande est bien triste... je n'aurais pas dû la faire !...

— Je vous en remercie au contraire, mon enfant ; elle m'apprend une misère que j'ignorais, et cette science ne sera pas stérile. Soyez tranquille, quoique ce moment fatal soit bien éloigné d'ici... quand il arrivera vous serez sûre de reposer en terre sainte.

— Oh ! merci — madame — s'écria la Lorraine ; si j'osais vous demander la permission de baiser votre main...

Clémence présenta sa main aux lèvres desséchées de la Lorraine.

— Oh ! merci... madame... j'aurai quelqu'un à aimer et à bénir jusqu'à la fin... avec la Goualeuse... et je ne serai plus attristée... pour après ma mort.

Ce détachement de la vie et ces craintes d'outre-tombe avaient péniblement affecté madame d'Harville ; se penchant à l'oreille de la sœur qui venait l'avertir que mademoiselle de Fermont avait complètement repris connaissance, elle lui dit : — Est-ce que réellement l'état de cette jeune femme est désespéré ! — Et, d'un signe, elle lui indiqua le lit de la Lorraine.

— Hélas ! oui, madame, la Lorraine est condamnée... elle n'a peut-être pas huit jours à vivre. . . . .

Une demi-heure après, madame d'Harville, accompagnée de M. de Saint-Remy, emmenait chez elle la jeune orpheline à qui elle avait caché la mort de sa mère.

Le jour même un homme de confiance de madame d'Harville, après avoir été visiter, rue de la Barillerie, la misérable demeure de Jeanne Duport, et avoir recueilli sur cette digne femme les meilleurs renseignements, loua aussitôt sur le quai de l'École deux grandes chambres et un cabinet bien aéré, meubla en deux heures ce modeste, mais salubre logis, et, grâce aux ressources instantanées du Temple, le soir même Jeanne Duport fut transportée dans cette demeure, où elle trouva ses enfants et une excellente garde-malade.

Le même homme de confiance fut chargé de réclamer et de faire enterrer le corps de la Lorraine lorsqu'elle succomberait à sa maladie.   .   .   .   .   .

Après avoir conduit et installé chez elle mademoiselle de Fermont, madame d'Harville partit aussitôt pour Asnières, accompagnée de M. de Saint-Remy, afin d'aller chercher Fleur-de-Marie et de la conduire chez Rodolphe.

CHAPITRE XI

ESPÉRANCE.

Les premiers jours du printemps approchaient, le soleil commençait à prendre un peu de force, le ciel était pur, l'air tiède... Fleur-de-Marie, appuyée sur le bras de la Louve, essayait ses forces en se promenant dans le jardin de la petite maison du docteur Griffon.

La chaleur vivifiante du soleil et le mouvement de la promenade coloraient d'une teinte rosée les traits pâles et amaigris de la Goualeuse; ses vêtements de paysanne ayant été déchirés dans la précipitation des premiers secours qu'on lui avait donnés, elle portait une robe de mérinos d'un bleu foncé, faite en blouse et seulement serrée autour de sa taille délicate et fine par une cordelière de laine.

— Quel bon soleil ! — dit-elle à la Louve, en s'arrêtant au pied d'une charmille d'arbres verts exposés au midi, et qui s'arrondissaient autour d'un banc de pierre. — Voulez-vous que nous nous asseyions un moment ici... la Louve ?

— Est-ce que vous avez besoin de me demander si je veux ! — répondit brusquement la femme de Martial en haussant les épaules. Puis, ôtant de son cou un châle de bourre de soie, elle le ploya en quatre, s'agenouilla, le posa sur le sable un peu humide de l'allée, et dit à la Goualeuse : — Mettez vos pieds là-dessus.

— Mais, la Louve — dit Fleur-de-Marie, qui s'était aperçue trop tard du dessein de sa compagne pour l'empêcher de l'exécuter ; — mais, la Louve, vous allez abîmer votre châle...

— Pas tant de raisons !... la terre est fraîche — dit la Louve ; et, prenant d'autorité les petits pieds de Fleur-de-Marie, elle les posa sur le châle.

— Comme vous me gâtez, la Louve...

— Hum !... vous ne le méritez guère ; toujours à vous débattre contre ce que je veux faire pour votre bien... Vous n'êtes pas fatiguée ? Voilà une bonne demi-heure que nous marchons... Midi vient de sonner à Asnières.

— Je suis un peu lasse... mais je sens que cette promenade m'a fait du bien.

— Vous voyez... vous étiez lasse... vous ne pouviez pas me demander plus tôt de vous asseoir ?

— Ne me grondez pas, je ne m'apercevais pas de ma lassitude... C'est si bon de marcher quand on a été long-temps alitée... de voir le soleil, les arbres, la campagne quand on a cru ne les revoir jamais !

— Le fait est que vous avez été dans un état désespéré durant deux jours. Pauvre Goualeuse !... oui, on peut vous dire cela maintenant... on désespérait de vous...

— Et puis, figurez-vous, la Louve, que, me voyant sous l'eau,... malgré moi je me suis rappelé qu'une méchante femme, qui m'avait tourmentée quand j'étais petite, me menaçait toujours de me jeter aux poissons... Plus tard elle avait encore voulu me noyer[1]... Alors je me suis dit : Je n'ai pas de bonheur, c'est une fatalité, je n'y échapperai pas...

— Pauvre Goualeuse... ç'a été votre dernière idée quand vous vous êtes crue perdue ?

— Oh ! non... — dit Fleur-de-Marie avec exaltation — quand je me suis sentie mourir... ma dernière pensée a été pour celui que je regarde comme mon Dieu ; de même qu'en me sentant renaître, ma première pensée s'est élevée vers lui...

— C'est plaisir de vous faire du bien, à vous .. vous n'oubliez pas.

— Oh ! non ! c'est si bon de s'endormir avec sa reconnaissance et de s'éveiller avec elle !

— Aussi on se mettrait dans le feu pour vous.

— Bonne Louve !... Tenez, je vous assure qu'une des causes qui me rendent heureuse de vivre... c'est l'espoir de vous porter bonheur, d'accomplir ma promesse... vous savez nos châteaux en Espagne de Saint-Lazare ?

— Quant à cela, il y a du temps de reste ; vous voilà sur pied, j'ai fait mes frais... comme dit mon homme.

— Pourvu que M. le comte de Saint-Remy me dise tantôt que le médecin me permet d'écrire à madame Georges !... Elle doit être si inquiète !... et

[1] Dans une des caves submergées de Bras-Rouge, aux Champs-Élysées.

peut-être M. Rodolphe aussi !... — ajouta Fleur-de-Marie en baissant les yeux et en rougissant de nouveau à la pensée de *son Dieu*. — Peut être ils me croient morte !

— Comme le croient aussi ceux qui vous ont fait noyer, pauvre petite !... Oh ! les brigands !

— Vous supposez donc toujours que ce n'est pas un accident, la Louve !

— Un accident ?... Oui, les Martial appellent ça des accidents... Quand je dis les Martial... c'est sans compter mon homme... car il n'est pas de la famille, lui... pas plus que n'en seront jamais François et Amandine...

— Mais quel intérêt pouvait-on avoir à ma mort ! Je n'ai jamais fait de mal à personne... personne ne me connaît.

— C'est égal... si les Martial sont assez scélérats pour noyer quelqu'un, ils ne sont pas assez bêtes pour le faire sans y avoir un intérêt.. Quelques mots que la veuve a dits à mon homme dans la prison me le prouvent bien...

— Il a donc été voir sa mère, cette femme terrible !

— Oui, il n'y a plus d'espoir pour elle, ni pour Calebasse, ni pour Nicolas. On avait découvert bien des choses; mais ce gueux de Nicolas, dans l'espoir d'avoir la vie sauve, a dénoncé sa mère et sa sœur pour un autre assassinat. Ça fait qu'ils y passeront tous... l'avocat n'espère plus rien, les gens de la justice disent qu'il faut un exemple

— Ah ! c'est affreux ! presque toute une famille.

— Oui, à moins que Nicolas ne s'évade; il est dans la même prison qu'un monstre de bandit appelé le Squelette, qui machine un complot pour se sauver, lui et d'autres ; c'est Nicolas qui a fait dire cela à Martial par un prisonnier sortant ; car mon homme a été encore assez faible pour aller voir son gueux de frère à la Force. Alors, encouragé par cette visite, ce misérable, que l'enfer confonde ! a eu le front de faire dire à mon homme que d'un moment à l'autre il pourrait s'échapper, et que Martial lui tienne prêts chez le père Micou de l'argent et des habits pour se déguiser.

— Votre Martial a si bon cœur !

— Bon cœur tant que vous voudrez, la Goualeuse ; mais que le diable me brûle si je laisse mon homme aider un assassin qui a voulu le tuer ! Martial ne dénoncera pas le complot d'évasion, c'est déjà beaucoup... D'ailleurs, maintenant que vous voilà en santé, la Goualeuse, nous allons partir, moi, mon homme et les enfants, pour notre tour de France ; nous ne remettrons jamais les pieds à Paris : c'était bien assez pénible à Martial d'être appelé fils du guillotiné... Qu'est-ce que cela serait donc lorsque mère, frère et sœur y auraient passé ?...

— Vous attendrez au moins que j'aie parlé de vous à M. Rodolphe, si je le revois... Vous êtes revenue au bien, j'ai dit que je vous en ferais récompenser, je veux tenir ma parole. Sans cela, comment m'acquitterais-je envers vous ? Vous m'avez sauvé la vie... et pendant ma maladie vous m'avez comblée de soins...

— Justement ! maintenant j'aurais l'air intéressée, si je vous laissais demander quelque chose pour moi à vos protecteurs. Vous êtes sauvée... je vous répète que j'ai fait mes frais...

— Bonne Louve... rassurez-vous... ce n'est pas vous qui serez intéressée, c'est moi qui serai reconnaissante...

— Écoutez donc! — dit tout d'un coup la Louve en se levant — on dirait le bruit d'une voiture. Oui... oui, elle approche; tenez, la voilà, l'avez-vous vue passer devant la grille? il y a une femme dedans.

— Oh! mon Dieu!... — s'écria Fleur-de-Marie avec émotion; — il m'a semblé reconnaître...

— Qui donc?

— Une jeune et jolie dame que j'ai vue à Saint-Lazare, et qui a été bien bonne pour moi...

— Elle sait donc que vous êtes ici?

— Je l'ignore; mais elle connaît la personne dont je vous parlais toujours, et qui, si elle le veut, et elle le voudra, je l'espère, pourra réaliser nos châteaux en Espagne de la prison...

— Une place de garde-chasse pour mon homme avec une cabane pour nous au milieu des bois... — dit la Louve en soupirant. — Tout ça c'est des féeries... c'est trop beau, ça ne peut pas arriver...

Un bruit de pas précipités se fit entendre derrière la charmille; François et Amandine, qui, grâce aux bontés du comte de Saint-Remy, n'avaient pas quitté la Louve, arrivèrent essoufflés en criant:

— La Louve, voici une belle dame avec M. de Saint-Remy; ils demandent à voir tout de suite Fleur-de-Marie.

— Je ne m'étais pas trompée!... — dit la Goualeuse.

— Presqu'au même instant parut M. de Saint-Remy, accompagné de madame d'Harville.

A peine celle-ci eut-elle aperçu Fleur-de-Marie, qu'elle s'écria en courant à elle et en la serrant tendrement entre ses bras : — Pauvre chère enfant... vous voilà... Ah!... sauvée!... sauvée miraculeusement d'une horrible mort. Avec quel bonheur je vous retrouve... moi qui, ainsi que vos amis, vous avais crue perdue... vous avais tant regrettée!

— Je suis aussi bien heureuse de vous revoir, madame; car je n'ai jamais oublié vos bontés pour moi — dit Fleur-de-Marie, en répondant aux tendresses de madame d'Harville avec une grâce et une modestie charmantes.

— Ah! vous ne savez pas quelle sera la surprise, la folle joie de vos amis qui, à cette heure, vous pleurent si amèrement...

Fleur-de-Marie, prenant par la main la Louve qui s'était retirée à l'écart, dit à madame d'Harville en la lui présentant : — Puisque mon salut est si cher à mes bienfaiteurs, madame, permettez-moi de vous demander leurs bontés pour ma compagne, qui m'a sauvée au risque de sa vie...

— Soyez tranquille, mon enfant... vos amis prouveront à la brave Louve qu'ils savent que c'est à elle qu'ils doivent le bonheur de vous revoir.

La Louve, rouge, confuse, n'osant ni répondre ni lever les yeux sur madame d'Harville, tant la présence d'une femme de cette dignité lui imposait, n'avait pu cacher son étonnement en entendant Clémence prononcer son nom.

— Mais il n'y a pas un moment à perdre — reprit la marquise. — Je meurs d'impatience de vous emmener, Fleur-de-Marie; j'ai apporté dans ma voiture un châle, un manteau bien chaud; venez, venez, mon enfant... — Puis, s'adressant au comte : — Serez-vous assez bon, monsieur, pour donner mon adresse à cette courageuse femme, afin qu'elle puisse demain faire ses adieux à Fleur-de-Marie? De la sorte vous serez bien forcée de venir nous voir — ajouta madame d'Harville en s'adressant à la Louve.

— Oh! madame, j'irai, bien sûr — répondit celle-ci — puisque ce sera pour dire adieu à la Goualeuse; j'aurais trop de chagrin de ne pouvoir pas l'embrasser encore une fois. . . . .

Quelques minutes après, madame d'Harville et la Goualeuse étaient sur la route de Paris.. . . . .

Rodolphe, après avoir assisté à la mort de Jacques Ferrand si terriblement puni de ses crimes, était rentré chez lui dans un accablement inexprimable. Ensuite d'une longue et pénible nuit d'insomnie, il avait mandé près de lui sir Walter Murph, pour confier à ce vieux et fidèle ami l'écrasante découverte de la veille au sujet de Fleur-de-Marie.

Le digne squire fut atterré; mieux que personne il pouvait comprendre et partager l'immensité de la douleur du prince. Celui-ci, pâle, abattu, les yeux rougis par des larmes récentes, venait de faire à Murph cette poignante révélation.

— Du courage !... — dit le squire en essuyant ses yeux ; car, malgré son flegme, il avait aussi pleuré. — Oui, du courage !... monseigneur !... beaucoup de courage !... Pas de vaines consolations... ce chagrin doit être incurable...

— Tu as raison... Ce que je ressentais hier n'est rien auprès de ce que je ressens aujourd'hui...

— Hier, monseigneur... vous éprouviez l'étourdissement de ce coup ; mais sa réaction vous sera de jour en jour plus douloureuse. Ainsi donc, du courage !... L'avenir est triste... bien triste...

— Et puis hier... le mépris et l'horreur que m'inspirait cette femme... mais que Dieu en ait pitié !... elle est à cette heure devant lui... hier enfin la surprise, la haine, l'effroi, tant de passions violentes refoulaient en moi ces élans de tendresse désespérée... qu'à présent je ne contiens plus... A peine si je pouvais pleurer... Au moins maintenant... auprès de toi... je le peux... Tiens, tu vois... je suis sans forces... je suis lâche, pardonne-moi.. Des larmes... encore... toujours... O mon enfant !... mon pauvre enfant !...

— Pleurez, pleurez, monseigneur... hélas ! la perte est irréparable.

— Et tant d'atroces misères à lui faire oublier — s'écria Rodolphe avec un accent déchirant — après ce qu'elle a souffert !... Songe au sort qui l'attendait !...

— Peut-être cette transition eût-elle été trop brusque pour cette infortunée, déjà si cruellement éprouvée ?

— Oh ! non... non !... va... si tu savais avec quels ménagements... avec quelle réserve je lui aurais appris sa naissance !... comme je l'aurais doucement préparée à cette révélation... C'était si simple... si facile... Oh ! s'il ne s'était agi que de cela, vois-tu — ajouta le prince avec un sourire navrant — j'aurais été bien tranquille et pas embarrassé. Me mettant à genoux devant cette enfant idolâtrée, je lui aurais dit : Toi qui as été jusqu'ici si torturée... sois enfin heureuse... et pour toujours heureuse... Tu es ma fille... Mais non — dit Rodolphe en se reprenant — non... cela aurait été trop brusque, trop imprévu... Oui ! je me serais donc bien contenu, et je lui aurais dit d'un air calme : Mon enfant, il faut que je vous apprenne une chose qui va bien vous étonner... Mon Dieu ! Oui... figurez-vous qu'on a retrouvé les traces de vos parents... Votre père existe... et votre père... c'est moi. — Ici le prince s'interrompit de nouveau. — Non ! non, c'est encore trop brusque, trop prompt ; mais ce n'est pas ma faute, cette révélation me vient tout de suite aux lèvres ! c'est qu'il faut tant d'empire sur soi ! Tu comprends, mon ami, tu comprends, être là, devant sa fille, et se contraindre !... — Puis, se laissant emporter à un nouvel accès de désespoir, Rodolphe s'écria : — Mais à quoi bon, à quoi bon ces vaines paroles ? Je n'aurai plus jamais rien à lui dire. Oh ! ce qui est affreux, affreux à penser, vois-tu... c'est de penser que j'ai eu ma fille près de moi... pendant tout un jour... Oui, pendant ce jour à jamais maudit et sacré où je l'ai conduite à la ferme, ce jour où les trésors de son âme angélique se sont révélés à moi dans toute leur pureté ! J'assistais au réveil de cette

nature adorable... et rien dans mon cœur ne me disait : C'est ta fille... Rien,
rien... Oh! aveugle, barbare, stupide que j'étais!... Je ne devinais pas...
Oh! j'étais indigne d'être père!

— Mais, monseigneur...

— Mais enfin... — s'écria le prince — a-t-il dépendu de moi, oui ou non,
de ne la jamais quitter? Pourquoi ne l'ai-je pas adoptée, moi qui pleurais tant
ma fille? Pourquoi, au lieu d'envoyer cette malheureuse enfant chez madame
Georges, ne l'ai-je pas gardée près de moi?... Aujourd'hui je n'aurais qu'à lui
tendre les bras... Pourquoi n'ai-je pas fait cela? pourquoi? Ah! parce qu'on
ne fait jamais le bien qu'à demi, parce qu'on n'apprécie les merveilles que
lorsqu'elles ont lui et disparu pour toujours... parce qu'au lieu d'élever tout
de suite à sa véritable hauteur cette admirable jeune fille qui, malgré la misère, l'abandon, était, par l'esprit et par le cœur, plus grande, plus noble
peut-être qu'elle ne le fût jamais devenue par les avantages de la naissance et
de l'éducation... j'ai cru faire beaucoup pour elle en la plaçant dans une
ferme... auprès de bonnes gens... comme j'aurais fait pour la première men-
diante intéressante qui se serait trouvée sur ma route .. C'est ma faute, c'est
ma faute. Si j'avais fait cela, elle ne serait pas morte... Oh! si... je suis bien
puni... je l'ai mérité... mauvais fils... mauvais père!...

Murph savait que de pareilles douleurs sont inconsolables, il se tut.

Après un assez long silence, Rodolphe reprit d'une voix altérée : — Je ne
resterai pas ici, Paris m'est odieux... demain je pars...

— Vous avez raison, monseigneur.

— Nous ferons un détour, je m'arrêterai à la ferme de Bouqueval... J'irai
m'enfermer quelques heures dans la chambre où ma fille a passé les seuls jours
heureux de sa triste vie... Là on recueillera avec religion tout ce qui reste
d'elle... les livres où elle commençait à lire... les cahiers où elle a écrit... les
vêtements qu'elle a portés... tout... jusqu'aux meubles... jusqu'aux tentures
de cette chambre... dont je prendrai moi-même un dessin exact... Et à Gerolstein... dans le parc réservé où j'ai fait élever un monument à la mémoire
de mon père outragé... je ferai construire une petite maison où se trouvera cette
chambre... là j'irai pleurer ma fille... De ces deux funèbres monuments, l'un
me rappellera mon crime envers mon père, l'autre le châtiment qui m'a frappé
dans mon enfant... — Après un nouveau silence, Rodolphe ajouta : — Ainsi
donc, que tout soit prêt... demain matin...

Murph, voulant essayer de distraire un moment le prince de ses sinistres
pensées, lui dit : — Tout sera prêt, monseigneur; seulement vous oubliez que
demain devait avoir lieu à Bouqueval le mariage du fils de madame Georges
et de Rigolette... Non-seulement vous avez assuré l'avenir de Germain et doté
magnifiquement sa fiancée... mais vous leur avez promis d'assister à leur mariage comme témoin... Alors seulement ils devaient savoir le nom de leur
bienfaiteur.

— Il est vrai, j'ai promis cela... Ils sont à la ferme... et je ne puis y aller
demain... sans assister à cette fête... et, je l'avoue, je n'aurai pas ce courage...

— La vue du bonheur de ces jeunes gens calmerait peut-être un peu votre chagrin.

— Non, non, la douleur est solitaire et égoïste... Demain tu iras m'excuser et me représenter auprès d'eux, tu prieras madame Georges de rassembler tout ce qui a appartenu à ma fille... On fera faire le dessin de sa chambre et on me l'enverra en Allemagne.

— Partirez-vous donc aussi, monseigneur, sans voir madame la marquise d'Harville?

Au souvenir de Clémence, Rodolphe tressaillit... ce sincère amour vivait toujours en lui, ardent et profond... mais dans ce moment il était pour ainsi dire noyé sous le flot d'amertume dont son cœur était inondé... Par une contradiction bizarre, le prince sentait que la tendre affection de madame d'Harville aurait pu seule lui aider à supporter le malheur qui le frappait, et il se reprochait cette pensée comme indigne de la rigidité de sa douleur paternelle.

— Je partirai sans voir madame d'Harville — répondit Rodolphe. — Il y a peu de jours, je lui écrivais la peine que me causait la mort de Fleur-de-Marie... Quand elle saura que Fleur-de-Marie était ma fille... elle comprendra qu'il est de ces douleurs ou plutôt de ces punitions fatales qu'il faut avoir le courage de subir seul... oui, seul... pour qu'elles soient expiatoires... et elle est terrible, l'expiation que la fatalité m'impose... terrible!... car elle commence .. pour moi... à l'heure où le déclin de la vie commence aussi.

On frappa légèrement et discrètement à la porte du cabinet de Rodolphe, qui fit un mouvement d'impatience chagrine. Murph se leva et alla ouvrir.

A travers la porte entre-bâillée, un aide-de-camp du prince dit au squire quelques mots à voix basse. Celui-ci répondit par un signe de tête, et, se retournant vers Rodolphe : — Monseigneur me permet-il de m'absenter un moment? Quelqu'un veut me parler à l'instant même pour le service de V. A. R.

— Va... — répondit le prince.

A peine Murph fut-il parti que Rodolphe, cachant sa figure dans ses mains, poussa un long gémissement.

— Oh! — s'écria-t-il — ce que je ressens m'épouvante... Mon âme déborde de fiel et de haine; la présence de mon meilleur ami me pèse... le souvenir d'un noble et pur amour m'importune et me trouble, et puis... cela est lâche et indigne... mais hier soir j'ai appris avec une joie barbare la mort de Sarah... de cette mère dénaturée qui a causé la perte de ma fille; je me plais à retracer l'horrible agonie du monstre qui a fait tuer mon enfant. O rage! je suis arrivé trop tard... — s'écria-t-il en bondissant sur son fauteuil. — Pourtant... hier, je ne souffrais pas cela... et hier comme aujourd'hui je savais ma fille morte... Oh! oui, mais je ne me disais pas ces mots qui désormais empoisonneront ma vie : J'ai vu ma fille... je lui ai parlé... j'ai admiré tout ce qu'il y avait d'adorable en elle... Oh! que de temps j'ai perdu à cette ferme!... Quand je songe que je n'y suis allé que trois fois!... oui, pas plus... Et je pouvais y aller tous les jours... voir ma fille tous les jours... que dis-je! la garder à jamais près de moi... Oh! tel sera mon supplice... de me répéter cela toujours... toujours!

Et le malheureux trouvait une volupté cruelle à revenir à cette pensée désolante et sans issue; car le propre des grandes douleurs est de s'aviver incessamment par de terribles redites.

Tout à coup la porte du cabinet s'ouvrit, et Murph entra très-pâle, si pâle que le prince se leva à demi et s'écria :

— Murph... qu'as-tu?... — Rien, monseigneur...

— Tu es bien pâle... pourtant. — C'est... l'étonnement.

— Quel étonnement? — Madame d'Harville!...

— Madame d'Harville... grand Dieu! un nouveau malheur?...

— Non, non, monseigneur, rassurez-vous... elle est... là... dans le salon.

— Elle... ici... elle chez moi... c'est impossible!...

— Aussi, monseigneur... vous dis-je... la surprise...

— Un telle démarche de sa part... Mais qu'y a-t-il donc, au nom du ciel?

— Je ne sais... mais je ne puis me rendre compte de ce que j'éprouve...

— Tu me caches quelque chose!

— Sur l'honneur, monseigneur... sur l'honneur... non... je ne sais que ce que madame la marquise m'a dit.

— Mais que t'a-t-elle dit?

— « Sir Walter — et sa voix était émue, mais son regard rayonnait de joie — ma présence ici doit vous étonner beaucoup... Mais il est certaines circonstances si impérieuses qu'elles laissent peu le temps de songer aux convenances. Priez S. A. de m'accorder à l'instant quelques moments d'entretien en votre présence... car je sais que le prince n'a pas au monde de meilleur ami que vous. J'aurais pu lui demander de me faire la grâce de venir chez moi; mais c'eût été un retard d'une heure peut-être, et le prince me saura gré de n'avoir pas retardé d'une minute cette entrevue... » — a-t-elle ajouté avec une expression qui m'a fait tressaillir.

— Mais... — dit Rodolphe d'une voix altérée, et devenant malgré lui plus pâle encore que Murph — je ne devine pas encore la cause de ton trouble... de... ton émotion... de... ta pâleur... il y a autre chose... cette entrevue...

— Sur l'honneur, je ne... sais rien de plus... Ces seuls mots de la marquise m'ont bouleversé. Pourquoi? je l'ignore... Mais vous-même... vous êtes bien pâle, monseigneur...

— Moi?... — dit Rodolphe en s'appuyant sur un fauteuil, car il sentait ses genoux se dérober sous lui.

— Je vous dis, monseigneur, que vous êtes aussi bouleversé que moi... Qu'avez-vous?

— Dussé-je mourir sous le coup... prie madame d'Harville d'entrer — s'écria le prince.

Par une sympathie étrange, la visite si inattendue, si extraordinaire, de madame d'Harville avait éveillé chez Murph et chez Rodolphe une même vague et folle espérance; mais cet espoir leur semblait si insensé, que ni l'un ni l'autre n'avait voulu se l'avouer.

Madame d'Harville, suivie de Murph, entra dans le cabinet du prince.

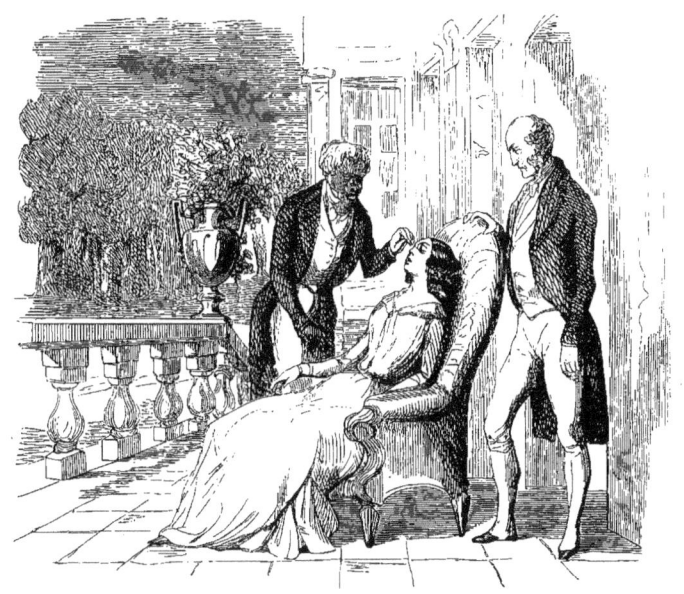

CHAPITRE XII.

LE PÈRE ET LA FILLE.

Ignorant que Fleur-de-Marie fût la fille du prince, madame d'Harville, toute à la joie de lui ramener sa protégée, avait cru pouvoir la lui présenter presque sans ménagements; seulement elle l'avait laissée dans sa voiture, ignorant si Rodolphe voulait se faire connaître à cette jeune fille et la recevoir chez lui. Mais, s'apercevant de la profonde altération des traits de Rodolphe, qui trahissaient un morne désespoir; remarquant dans ses yeux les traces récentes de quelques larmes, Clémence pensa qu'il avait été frappé par un malheur bien plus cruel pour lui que la mort de la Goualeuse; ainsi, oubliant l'objet de sa visite, elle s'écria : — Grand Dieu !... monseigneur !... qu'avez-vous ?

— Vous l'ignorez, madame?... Ah! tout espoir est perdu... Votre empressement... l'entretien que vous m'avez si instamment demandé... j'avais cru...

— Oh! je vous en prie, ne parlons pas du sujet qui m'amenait ici... monseigneur... Au nom de mon père, dont vous avez sauvé la vie... j'ai presque droit de vous demander la cause de la désolation où vous êtes plongé... Votre abattement, votre pâleur, m'épouvantent... Oh! parlez, monseigneur... soyez généreux... parlez, ayez pitié de mes angoisses...

— A quoi bon, madame? ma blessure est incurable...

— Ces mots redoublent mon effroi... monseigneur, expliquez-vous... Sir Walter... mon Dieu, qu'y a-t-il ?

— Eh bien... — dit Rodolphe d'une voix entrecoupée, en faisant un violent effort sur lui-même — depuis que je vous ai instruite de la mort de Fleur-de-Marie... j'ai appris qu'elle était ma fille...

— Fleur-de-Marie!... votre fille?... — s'écria Clémence avec un accent impossible à rendre.

— Oui... Et tout à l'heure, quand vous m'avez fait dire que vous vouliez me voir à l'instant... pour m'apprendre une nouvelle qui me comblerait de joie... ayez pitié de ma faiblesse... mais un père fou de douleur d'avoir perdu son enfant est capable des plus folles espérances. Un moment j'avais cru... que... Mais non, non, je le vois... je m'étais trompé... Pardonnez-moi... je ne suis qu'un misérable insensé...

Rodolphe, épuisé par le contre-coup d'un fugitif espoir et d'une déception écrasante, retomba sur son siége en cachant sa figure dans ses mains.

Madame d'Harville restait stupéfaite, immobile, muette, respirant à peine, tour à tour en proie à une joie enivrante, à la crainte de l'effet foudroyant de la révélation qu'elle devait faire au prince, exaltée enfin par une religieuse reconnaissance envers la Providence, qui la chargeait, elle... elle... d'annoncer à Rodolphe que sa fille vivait... et qu'elle la lui ramenait... Agitée par ces émotions si violentes, si diverses, elle ne pouvait trouver une parole...

Tout à coup la marquise, cédant à un mouvement subit, involontaire, oubliant la présence de Murph et de Rodolphe, s'agenouilla, joignit les mains et s'écria avec l'expression d'une piété fervente et d'une gratitude ineffable :

— Merci!... mon Dieu... soyez béni!... je reconnais votre volonté toute-puissante... merci encore, car vous m'avez choisie... pour lui apprendre que sa fille est sauvée!...

Quoique dits à voix basse, ces mots, prononcés avec un accent de sincérité et de sainte exaltation, arrivèrent aux oreilles de Murph et du prince. Celui-ci redressa vivement la tête au moment où Clémence se relevait.

Il est impossible de dire le regard, le geste, l'expression de la physionomie de Rodolphe en contemplant madame d'Harville, dont les traits adorables, empreints d'une joie céleste, rayonnaient en ce moment d'une beauté surhumaine.

Appuyé d'une main sur le marbre d'une console, et comprimant sous son autre main les battements précipités de son sein, elle répondit par un signe de tête affirmatif à un regard de Rodolphe qu'il faut encore renoncer à rendre.

— Et... où est-elle?... — dit le prince en tremblant comme la feuille.

— En bas... dans ma voiture.

Sans Murph, qui, prompt comme l'éclair, se jeta au-devant de Rodolphe, celui-ci sortait éperdu.

— Monseigneur... vous la tueriez!!!... — s'écria le squire en retenant le prince.

— D'hier seulement elle est convalescente... Au nom de sa vie... pas d'imprudence, monseigneur... — ajouta Clémence.

— Vous avez raison — dit Rodolphe en se contenant à peine... — vous avez raison... je serai calme... je ne la verrai pas encore... j'attendrai... que ma première émotion soit apaisée... Ah... c'est trop... trop en un jour !... — ajouta-t-il d'une voix altérée... — Puis, s'adressant à madame d'Harville, et lui tendant la main, il s'écria, dans une effusion de reconnaissance indicible : — Je suis pardonné... Vous êtes l'ange de rédemption.

— Monseigneur... vous m'avez rendu mon père... Dieu veut que je vous ramène votre enfant... — répondit Clémence. — Mais, à mon tour... je vous demande pardon de ma faiblesse... Cette révélation si subite... si inattendue... m'a bouleversée... J'avoue que je n'aurais pas le courage d'aller chercher Fleur-de-Marie... mon émotion l'effraierait.

— Et comment l'a-t-on sauvée? qui l'a sauvée? — s'écria Rodolphe. — Voyez mon ingratitude... je ne vous ai pas encore fait cette question.

— Au moment où elle se noyait, elle a été retirée de l'eau par une femme courageuse.

— Vous la connaissez?

— Demain elle viendra chez moi...

— La dette est immense... — dit le prince — mais je saurai l'acquitter.

— Comme j'ai été bien inspirée, mon Dieu... en n'amenant pas Fleur-de-Marie avec moi — dit la marquise; — cette scène lui eût été funeste...

— Il est vrai, madame — dit Murph — c'est un hasard providentiel qu'elle ne soit pas ici.

— J'ignorais si monseigneur désirait être connu d'elle, et je n'ai pas voulu la lui présenter sans le consulter.

— Maintenant — dit le prince qui avait passé pour ainsi dire quelques minutes à combattre, à vaincre son agitation, et dont les traits semblaient presque calmes — maintenant... je suis maître de moi, je vous l'assure... Murph... va chercher... ma fille. — Ces mots, ma fille, furent prononcés par le prince avec un accent que nous ne saurions non plus exprimer.

— Monseigneur... êtes-vous bien sûr de vous? — dit Clémence. — Pas d'imprudence...

— Oh! soyez tranquille... je sais le danger qu'il y aurait pour elle. Je ne l'y exposerai pas, mon bon Murph... je t'en supplie... va... va!

— Rassurez-vous, madame — reprit le squire qui avait attentivement observé le prince — elle peut venir... monseigneur se contiendra...

— Alors .. va... va donc vite... mon vieil ami.

— Oui, monseigneur... Je vous demande seulement une minute... on n'est pas de fer... — dit le brave gentilhomme en essuyant la trace de ses larmes; — il ne faut pas qu'elle voie que j'ai pleuré..... — Allons, allons, m'y voilà... je ne voulais pas traverser le salon de service éploré comme une Madeleine. — Et le squire fit un pas pour sortir; puis se ravisant : — Mais, monseigneur, que lui dirai-je?

— Oui... que dira-t-il? — demanda le prince à Clémence.

— Que M. Rodolphe désire la voir... rien de plus, ce me semble?

— Sans doute : que M. Rodolphe... désire la voir... allons va... va...

— C'est certainement... ce qu'il y a de mieux à lui dire — reprit le squire

iv. 26

qui se sentait au moins aussi impressionné que madame d'Harville. — Je lui dirai simplement que M. Rodolphe... désire la voir... Cela ne lui fera rien préjuger... rien prévoir .. c'est ce qu'il y a de plus raisonnable, en effet.

Et Murph ne bougeait pas.

— Sir Walter — lui dit Clémence en souriant — vous avez peur.

— C'est vrai, madame la marquise... malgré mes six pieds et mon épaisse enveloppe, je suis encore sous le coup d'une émotion profonde.

— Mon ami... prends garde — lui dit Rodolphe — attends plutôt un moment encore, si tu n'es pas sûr de toi...

— Allons, allons, cette fois, monseigneur, j'ai pris le dessus — dit le squire après avoir passé sur ses yeux ses deux poings d'Hercule — il est évident qu'à mon âge cette faiblesse est parfaitement ridicule... Ne craignez rien, monseigneur... — Et Murph sortit d'un pas ferme, le visage impassible...

Un moment de silence suivit son départ. Alors Clémence songea en rougissant qu'elle était chez Rodolphe, seule avec lui. Le prince s'approcha d'elle et lui dit presque timidement : — Si je choisis ce jour... ce moment... pour vous faire un aveu sincère... c'est que la solennité de ce jour, de ce moment, ajoutera encore à la gravité de cet aveu... depuis que je vous ai vue... je vous aime... Tant que j'ai dû cacher cet amour... je l'ai caché ;... maintenant vous êtes libre, vous m'avez rendu ma fille... voulez-vous être sa mère?

— Moi... monseigneur! — s'écria madame d'Harville. — Que dites-vous?

— Je vous en supplie... ne me refusez pas, faites que ce jour décide du bonheur de toute ma vie — reprit tendrement Rodolphe.

Clémence aussi aimait le prince depuis long-temps... avec passion ; elle croyait rêver; l'aveu de Rodolphe, cet aveu à la fois si simple, si grave et si touchant, fait dans une telle circonstance, la transportait d'un bonheur inespéré ; elle répondit en hésitant : — Monseigneur... c'est à moi de vous rappeler .. la distance de nos conditions... l'intérêt... de votre souveraineté.

— Laissez-moi songer avant tout à l'intérêt de mon cœur... à celui de ma fille chérie... rendez-nous bien heureux... oh! bien heureux, elle et moi... faites que moi... qui tout à l'heure étais sans famille... je puisse maintenant dire... ma femme... ma fille...; faites enfin que cette pauvre enfant... qui, elle aussi, tout à l'heure était sans famille... puisse dire... mon père... ma mère... ma sœur... car vous avez une fille qui deviendra la mienne.

— Ah!... monseigneur... à de si nobles paroles... on ne peut répondre que par des larmes de reconnaissance... — s'écria Clémence. Puis, se contraignant, elle ajouta : — Monseigneur... on vient, c'est... votre fille.

— Oh!... ne me refusez pas... — reprit Rodolphe d'une voix émue et suppliante — au nom de mon amour, dites... notre fille...

— Eh bien... notre fille... — murmura Clémence, au moment où Murph, ouvrant la porte, introduisit Fleur-de-Marie dans le salon du prince.

La jeune fille, descendue de la voiture de la marquise devant le péristyle de cet immense hôtel, avait traversé une première antichambre remplie de valets de pied en grande livrée, une salle d'attente où se tenaient des valets de chambre, puis le salon des huissiers, et enfin le salon de service, occupé par un chambellan et les aides-de-camp du prince en grand uniforme. Qu'on juge de l'étonnement de la pauvre Goualeuse, qui ne connaissait pas d'autres splendeurs que celle de la ferme de Bouqueval, en traversant ces appartements princiers, étincelants d'or, de glaces et de peintures.

Dès qu'elle parut, madame d'Harville courut à elle, la prit par la main et, l'entourant d'un de ses bras comme pour la soutenir, la conduisit à Rodolphe, qui, debout près de la cheminée, n'avait pu faire un pas.

Murph, après avoir confié Fleur-de-Marie à madame d'Harville, s'était hâté de disparaître à demi derrière un des immenses rideaux de la fenêtre, ne se trouvant pas suffisamment *sûr de lui*.

A la vue de son bienfaiteur, de son sauveur, de *son Dieu*... qui la contemplait dans une muette extase, Fleur-de-Marie déjà si troublée se mit à trembler.

— Rassurez-vous, mon enfant, lui dit madame d'Harville, voilà votre ami... M. Rodolphe, qui vous attendait impatiemment... il a été bien inquiet de vous...

— Oh!... oui... bien... bien inquiet... — balbutia Rodolphe toujours immobile et dont le cœur se fondait en larmes à l'aspect du pâle et doux visage de sa fille. Aussi, malgré sa résolution, le prince fut-il un moment obligé de détourner la tête pour cacher son attendrissement.

— Mon enfant, vous êtes encore bien faible, asseyez-vous là — dit Clémence pour détourner l'attention de Fleur-de-Marie; et elle la conduisit vers un grand fauteuil de bois doré dans lequel la Goualeuse s'assit avec précaution.

Son trouble augmentait de plus en plus; elle était oppressée, la voix lui manquait; elle se désolait de n'avoir encore pu dire un mot de gratitude à Rodolphe.

Enfin, sur un signe de madame d'Harville qui, accoudée au dossier du fauteuil, était penchée vers Fleur-de-Marie et tenait une de ses mains dans les siennes, le prince s'approcha doucement de l'autre côté du siége. Plus maître de lui, il dit alors à Fleur-de-Marie, qui tourna vers lui son visage enchanteur :

— Enfin, mon enfant, vous voilà pour jamais réunie à vos amis!... Vous ne les quitterez plus... Il faut surtout maintenant oublier ce que vous avez souffert...

— Oui, mon enfant, le meilleur moyen de nous prouver que vous nous aimez — ajouta Clémence — c'est d'oublier ce triste passé.

— Croyez, monsieur Rodolphe... croyez, madame, que si j'y songeais quelquefois malgré moi, ce serait pour me dire que sans vous... je serais encore bien malheureuse.

— Oui; mais nous ferons en sorte que vous n'ayez plus ces sombres pensées. Notre tendresse ne vous en laissera pas le temps, ma chère Marie... — reprit Rodolphe — car vous savez que je vous ai donné ce nom... à la ferme.

— Oui, monsieur Rodolphe... Et madame Georges qui m'avait permis de l'appeler... ma mère... se porte-t-elle bien?

— Très-bien, mon enfant... Mais j'ai d'importantes nouvelles à vous apprendre. — Depuis que je vous ai vue... on a fait de grandes découvertes sur... sur... votre naissance...

— Sur ma naissance?

— On a su quels étaient vos parents... On connaît votre père...

Rodolphe avait tant de larmes dans la voix en prononçant ces mots, que Fleur-de-Marie, très-émue, se retourna vivement vers lui ; heureusement qu'il put détourner la tête. Un autre incident semi-burlesque vint encore distraire la Goualeuse et l'empêcher de trop remarquer l'émotion de son père : le digne squire, qui ne sortait pas de derrière son rideau et semblait attentivement regarder le jardin de l'hôtel, ne put s'empêcher de se moucher avec un bruit formidable, car il pleurait comme un enfant.

— Oui, ma chère Marie — se hâta de dire Clémence — on connaît votre père... il existe.

— Mon père! — s'écria la Goualeuse avec une expression qui mit le courage de Rodolphe à une nouvelle épreuve.

— Et un jour... — reprit Clémence — bientôt peut-être... vous le verrez... Ce qui vous étonnera sans doute, c'est qu'il est d'une très-haute condition... d'une grande naissance.

— Et ma mère, madame! la verrai-je?

— Votre père répondra à cette question, mon enfant... mais ne serez-vous pas bien heureuse de le voir!

— Oh! oui, madame — répondit Fleur-de-Marie en baissant les yeux.

— Combien vous l'aimerez, quand vous le connaîtrez! — dit la marquise.

— De ce jour-là... une nouvelle vie commencera pour vous, n'est-ce pas, Marie! — ajouta le prince.

— Oh! non, monsieur Rodolphe — répondit naïvement la Goualeuse. — Ma nouvelle vie a commencé du jour où vous avez eu pitié de moi .. où vous m'avez envoyée à la ferme...

— Mais votre père... vous chérit... — dit le prince.

— Je ne le connais pas .. et je vous dois tout... monsieur Rodolphe.

— Ainsi... vous... m'aimez... autant... plus peut-être que vous n'aimeriez votre père?

— Je vous bénis et je vous respecte comme Dieu, monsieur Rodolphe, parce que vous avez fait pour moi ce que Dieu seul aurait pu faire — répondit la Goualeuse avec exaltation, oubliant sa timidité habituelle. — Quand madame a eu la bonté de me parler à la prison, je lui ai dit, ainsi que je le disais à tout le monde... oui, monsieur Rodolphe, aux personnes qui étaient bien malheureuses... je disais : Espérez, M. Rodolphe soulage les malheureux. A celles qui hésitaient entre le bien et le mal, je disais : Courage, soyez bonnes, M. Rodolphe récompense ceux qui sont bons. A celles qui étaient méchantes, je disais : Prenez garde, M. Rodolphe punit les méchants... Enfin, quand j'ai cru mourir, je me suis dit : Dieu aura pitié de moi, car M. Rodolphe m'a jugée digne de son intérêt. — Fleur-de-Marie, entraînée par sa reconnaissance envers son bienfaiteur, avait surmonté sa crainte, un léger incarnat colorait ses joues, et ses beaux yeux bleus, qu'elle levait au ciel comme si elle eût prié, brillaient du plus doux éclat.

FLEUR-DE-MARIE RECONNUE PAR SON PÈRE.

Un silence de quelques secondes succéda aux paroles enthousiastes de Fleur-de-Marie; l'émotion des acteurs de cette scène était profonde.

— Je vois, mon enfant — reprit Rodolphe, pouvant à peine contenir sa joie — que dans votre cœur j'ai à peu près pris la place de votre père.

— Ce n'est pas ma faute, monsieur Rodolphe. C'est peut-être mal à moi... mais je vous l'ai dit, je vous connais et je ne connais pas mon père. — Et elle ajouta en baissant la tête avec confusion : — Et puis, enfin, vous savez le passé... monsieur Rodolphe... et malgré cela vous m'avez comblée de bontés; mais mon père ne le sait pas, lui... ce passé... Peut-être regrettera-t-il de m'avoir retrouvée — ajouta la malheureuse enfant en frissonnant — et puisqu'il est, comme le dit madame... d'une grande naissance... sans doute il aura honte... il rougira de moi...

— Rougir de vous?... — s'écria Rodolphe en se redressant le front altier, le regard orgueilleux. — Rassurez-vous, pauvre enfant, votre père vous fera une position si brillante, si haute, que les plus grands parmi les grands de ce monde ne vous regarderont désormais qu'avec un profond respect... Rougir de vous?... non... non... Après les reines, auxquelles vous êtes alliée par le sang... vous marcherez de pair avec les plus nobles princesses de l'Europe...

— Monseigneur!... — s'écrièrent à la fois Murph et Clémence, effrayés de l'exaltation de Rodolphe et de la pâleur croissante de Fleur-de-Marie, qui regardait son père avec stupeur.

— Rougir de toi?... — continua-t-il — oh! si j'ai jamais été heureux et fier de mon rang souverain... c'est parce que, grâce à ce rang, je puis t'élever autant que tu as été abaissée... entends-tu, mon enfant chérie... ma fille adorée?... Car c'est moi... c'est moi qui suis ton père!... — Et le prince, ne pouvant vaincre plus long-temps son émotion, se jeta aux pieds de Fleur-de-Marie, qu'il couvrit de larmes et de caresses.

— Soyez béni, mon Dieu! s'écria Fleur-de-Marie en joignant les mains. — Il m'était permis d'aimer mon bienfaiteur autant que je l'aimais... C'est mon père... je pourrai le chérir sans remords... Soyez.. béni... mon... — Elle ne put achever... la secousse était trop violente; Fleur-de-Marie s'évanouit entre les bras du prince.

Murph courut à la porte du salon de service, l'ouvrit, et dit : — Le docteur David... à l'instant... pour S. A. R... Quelqu'un se trouve mal.

— Malédiction sur moi!... je l'ai tuée.. — s'écria Rodolphe en sanglotant agenouillé devant sa fille. — Marie... mon enfant... écoute-moi... c'est ton père... Pardon... oh! pardon... de n'avoir pu retenir plus long-temps ce secret... Je l'ai tuée... mon Dieu! je l'ai tuée!...

— Calmez-vous, monseigneur — dit Clémence; — il n'y a sans doute aucun danger... Voyez.. ses joues sont colorées... c'est le saisissement... seulement le saisissement.

— Mais à peine convalescente... elle en mourra... Malheur! oh! malheur sur moi!

A ce moment David, le médecin nègre, entra précipitamment, tenant à la main une petite caisse remplie de flacons, et un papier qu'il remit à Murph.

— David. . ma fille se meurt .. Je t'ai sauvé la vie... tu dois sauver mon enfant ! — s'écria Rodolphe.

Quoique stupéfait de ces paroles du prince, qui parlait de sa fille, le docteur courut à Fleur-de-Marie, que madame d'Harville tenait dans ses bras, prit le pouls de la jeune fille, lui posa la main sur le front, et, se retournant vers Rodolphe, qui, pâle, épouvanté, attendait son arrêt :

— Il n'y a aucun danger... que Votre Altesse se rassure.

— Tu dis vrai... aucun danger... aucun.. ?

— Aucun, monseigneur... Quelques gouttes d'éther... et cette crise aura· cessé. .

— Oh! merci... David .. mon bon Davi !! — s'écria le prince avec effusion.

— Puis, s'adressant à Clémence, Rodolphe ajouta · — Elle vit... notre fille... vivra...

Murph venait de jeter les yeux sur le billet que lui avait remis David en entrant; il tressaillit et regarda le prince avec effroi.

— Oui, mon vieil ami... — reprit Rodolphe — dans peu de temps ma fille pourra dire à madame la marquise d'Harville... Ma mère ..

— Monseigneur — dit Murph en tremblant — la nouvelle d'hier était fausse. Que dis-tu?. .

— Une crise violente, suivie d'une syncope, avait fait croire à la mort de la comtesse Sarah ..

— La comtesse!...

— Ce matin... on espère la sauver...

— O mon Dieu!... mon Dieu! — s'écria le prince atterré pendant que Clémence le regardait avec stupeur, ne comprenant pas encore.

— Monseigneur — dit David toujours occupé de Fleur-de-Marie — il n'y a pas la moindre inquiétude à avoir... Mais le grand air serait urgent; on pourrait rouler le fauteuil sur la terrasse en ouvrant la porte du jardin... l'évanouissement cesserait complétement.

Aussitôt Murph courut ouvrir la porte vitrée qui donnait sur un immense perron formant terrasse; puis, aidé de David, il y roula doucement le fauteuil où se trouvait la Goualeuse, toujours sans connaissance.

Rodolphe et Clémence restèrent seuls.

— Ah! madame!... — s'écria Rodolphe dès que Murph et David furent éloignés — vous ne savez pas ce que c'est que la comtesse Sarah?... c'est la mère de Fleur-de-Marie!...

— Grand Dieu!...

— Et je la croyais morte!...

Il y eut un moment de profond silence. Madame d'Harville pâlit beaucoup... son cœur se brisa.

— Ce que vous ignorez encore... — reprit Rodolphe avec amertume — c'est que cette femme aussi égoïste qu'ambitieuse, n'aimant en moi que le prince, m'avait, dans ma première jeunesse, amené à une union plus tard rompue.

Voulant alors se remarier, la comtesse a causé tous les malheurs de son enfant en l'abandonnant à des mains mercenaires.

— Ah! maintenant, monseigneur, je comprends l'aversion que vous aviez pour elle...

— Vous comprenez aussi pourquoi, deux fois, elle a voulu vous perdre par d'infâmes délations!... Toujours en proie à une implacable ambition, elle croyait me forcer de revenir à elle en m'isolant de toute affection.

— Oh! quel calcul affreux!...

— Et elle n'est pas morte!...

— Monseigneur... ce regret n'est pas digne de vous!...

— C'est que vous ignorez tous les maux qu'elle a causés!... En ce moment encore... alors que retrouvant ma fille... j'allais lui donner une mère digne d'elle... Oh! non... cette femme est un démon vengeur attaché à mes pas...

— Allons, monseigneur... du courage... — dit Clémence en essuyant ses larmes qui coulaient malgré elle — vous avez un grand, un saint devoir à remplir... Vous l'avez dit vous-même dans un juste et généreux élan d'amour paternel... désormais le sort de votre fille doit être aussi heureux qu'il a été misérable... Elle doit être aussi élevée qu'elle a été abaissée... Pour cela... il faut légitimer sa naissance... pour cela... il faut épouser la comtesse Mac-Gregor.

— Jamais... jamais... Ce serait récompenser le parjure, l'égoïsme et la féroce ambition de cette mère dénaturée... Je reconnaîtrai ma fille... vous l'adopterez, et, ainsi que je l'espérais, elle trouvera en vous une affection maternelle...

— Non, monseigneur, vous ne ferez pas cela... non, vous ne laisserez pas dans l'ombre la naissance de votre enfant... La comtesse Sarah est de noble et ancienne maison; pour vous, sans doute, cette alliance est disproportionnée... mais elle est honorable... Par ce mariage... votre fille ne sera pas légitimée... mais légitime... et ainsi, quel que soit l'avenir qui l'attende, elle pourra se glorifier de son père et avouer hautement sa mère...

— Mais renoncer à vous, mon Dieu... c'est impossible... Ah! vous ne songez pas ce qu'aurait été pour moi cette vie partagée entre vous et ma fille... mes deux seuls amours de ce monde...

— Il vous reste votre enfant, monseigneur... Dieu vous l'a miraculeusement rendue... Trouver votre bonheur incomplet serait de l'ingratitude!...

— Ah! vous ne m'aimez pas comme je vous aime...

— Croyez cela, monseigneur... croyez-le... le sacrifice que vous faites à vos devoirs vous semblera moins pénible...

— Mais si vous m'aimez... mais si vos regrets sont aussi amers que les miens, vous serez affreusement malheureuse... Que vous restera-t-il?

— La charité... monseigneur!!! cet admirable sentiment que vous avez éveillé dans mon cœur... ce sentiment qui jusqu'ici m'a fait oublier bien des chagrins, et à qui j'ai dû de bien douces consolations.

— De grâce, écoutez-moi... Soit, j'épouserai cette femme; mais, une fois le sacrifice accompli, est-ce qu'il me sera possible de vivre auprès d'elle? d'elle.

qui ne m'inspire qu'aversion et mépris! Non, non, nous resterons à jamais séparés l'un de l'autre, jamais elle ne verra ma fille... Ainsi Fleur-de-Marie... perdra en vous la plus tendre des mères...

— Il lui restera le plus tendre des pères... Par ce mariage, elle sera la fille légitime d'un prince souverain de l'Europe, et, ainsi que vous l'avez dit, monseigneur, sa position sera aussi éclatante qu'elle était obscure.

— Vous êtes impitoyable... je suis bien malheureux!

— Osez-vous parler ainsi... vous si grand, si juste... vous qui comprenez si noblement le devoir, le dévouement et l'abnégation... Tout à l'heure, avant cette révélation providentielle, quand vous pleuriez votre enfant avec des sanglots si déchirants, si l'on vous eût dit : Faites un vœu, un seul... et il sera réalisé... vous vous seriez écrié : Ma fille... oh! ma fille... qu'elle vive!... Ce prodige s'accomplit... votre fille vous est rendue... et vous vous dites malheureux. . Ah! monseigneur, que Fleur-de-Marie ne vous entende pas!...

— Vous avez raison — dit Rodolphe après un long silence — tant de bonheur... c'eût été le ciel... sur la terre... et je ne mérite pas cela... Je ferai ce que je dois... Je ne regrette pas mon hésitation... je lui ai dû une nouvelle preuve de la beauté de votre âme...

— Cette âme, c'est vous qui l'avez agrandie, élevée... Si ce que je fais est bien, c'est vous que j'en glorifie... ainsi que je vous ai toujours glorifié des bonnes pensées que j'ai eues... Courage, monseigneur... dès que Fleur-de-Marie pourra soutenir ce voyage, emmenez-la... Une fois en Allemagne, dans ce pays si calme et si grave, sa transformation sera complète... et le passé ne sera plus pour elle qu'un songe triste et lointain.

— Mais vous? mais vous?

— Moi... je puis bien vous dire cela maintenant... parce que je pourrai le dire toujours avec joie et orgueil... mon amour pour vous sera mon ange gardien, mon sauveur, ma vertu, mon avenir.. Tout ce que je ferai de bien viendra de lui et retournera à lui... Chaque jour je vous écrirai... pardonnez-moi cette exigence... c'est la seule que je me permette .. Vous, monseigneur, vous me répondrez quelquefois... pour me donner des nouvelles de celle qu'un moment au moins j'ai appelée ma fille — dit Clémence sans pouvoir retenir ses pleurs — et qui le sera toujours dans ma pensée; enfin, lorsque les années nous auront donné le droit d'avouer hautement l'inaltérable affection qui nous lie... eh bien! je vous le jure sur votre fille... si vous le désirez, j'irai vivre en Allemagne, dans la même ville que vous... pour ne plus nous quitter... et terminer ainsi une vie qui aurait pu être plus selon nos passions... mais qui aura du moins été honorable et digne...

— Monseigneur! s'écria Murph en entrant précipitamment, celle que Dieu vous a rendue a repris ses sens, elle renaît. Son premier mot a été : Mon père!... Elle demande à vous voir. . . . .

Peu d'instants après, madame d'Harville avait quitté l'hôtel du prince, et celui-ci se rendait en hâte chez la comtesse Mac-Gregor, accompagné de Murph, du baron de Graün et d'un aide-de-camp.

CHAPITRE XIII.

LE MARIAGE.

Depuis que Rodolphe lui avait appris le meurtre de Fleur-de-Marie, la comtesse Sarah Mac-Gregor, écrasée par cette révélation qui ruinait toutes ses espérances, torturée par un remords tardif, avait été en proie à de violentes crises nerveuses, à un effrayant délire; sa blessure à demi cicatrisée s'était rouverte, et une longue syncope avait momentanément fait croire à sa mort. Pourtant, grâce à la force de sa constitution, elle ne succomba pas à cette rude atteinte; une nouvelle lueur de vie vint la ranimer encore. Assise dans un fauteuil, afin de se soustraire aux oppressions qui la suffoquaient, Sarah était depuis quelques moments plongée dans des réflexions accablantes, regrettant presque la mort à laquelle elle venait d'échapper.

Tout à coup Thomas Seyton entra dans la chambre de la comtesse; il contenait difficilement une émotion profonde; d'un signe il éloigna les deux femmes de Sarah; celle-ci parut à peine s'apercevoir de la présence de son frère.

— Comment vous trouvez-vous? — lui dit-il.

— Dans le même état... j'éprouve une grande faiblesse... et de temps à autre des suffocations douloureuses... Pourquoi Dieu ne m'a-t-il pas retirée de ce monde... dans ma dernière crise!...

— Sarah — reprit Thomas Seyton après un moment de silence — vous êtes entre la vie et la mort... une émotion violente pourrait vous tuer... comme elle pourrait vous sauver.

— Je n'ai plus d'émotions à éprouver... mon frère...

— Peut-être...

— La mort de Rodolphe me trouverait indifférente... le spectre de ma fille noyée... noyée par ma faute.. est là... toujours là devant... moi... Ce n'est pas une émotion... c'est un remords incessant... Je suis réellement mère... depuis que je n'ai plus d'enfant...

— J'aimerais mieux retrouver en vous cette froide ambition... qui vous faisait regarder votre fille comme un moyen de réaliser le rêve de votre vie.

— Les effrayants reproches du prince ont tué cette ambition... le sentiment maternel s'est éveillé en moi... au tableau des atroces misères de ma fille...

— Et... — dit Seyton en hésitant et en pesant pour ainsi dire sur chaque parole — si par hasard... supposons une chose impossible... un miracle... vous appreniez que votre fille vit encore... comment supporteriez-vous une telle découverte?...

— Je mourrais de honte et de désespoir à sa vue.

— Ne croyez pas cela... vous seriez trop enivrée du triomphe de votre ambition!... Car enfin... si votre fille avait vécu... le prince vous épousait...

— En admettant cette supposition insensée... il me semble que je n'aurais
pas le droit de vivre... Après avoir reçu la main du prince... mon devoir serait
de le délivrer... d'une épouse indigne... ma fille d'une mère dénaturée...

L'embarras de Thomas Seyton augmentait à chaque instant. Chargé par
Rodolphe, qui était dans une pièce voisine, d'apprendre à Sarah que Fleur-
de-Marie vivait, il ne savait que résoudre. La vie de la comtesse était si chancelante qu'elle pouvait s'éteindre d'un moment à l'autre ; il n'y avait donc aucun
retard à apporter au mariage *in extremis* qui devait légitimer la naissance de
Fleur-de-Marie. Pour cette triste cérémonie, le prince s'était fait accompagner
d'un ministre, de Murph et du baron de Graün comme témoins ; le duc de
Lucenay et lord Douglas, prévenus à la hâte par Seyton, devaient servir de
témoins à la comtesse, et venaient d'arriver à l'instant même.

Les moments pressaient ; mais les remords empreints de la tendresse maternelle qui remplaçaient alors chez Sarah une impitoyable ambition, rendaient
la tâche de Seyton plus difficile encore. Tout son espoir était que sa sœur le
trompait ou se trompait elle-même, et que l'orgueil de cette femme se réveille-
rait dès qu'elle toucherait à cette couronne si long-temps rêvée.

— Ma sœur... — dit Thomas Seyton d'une voix grave et solennelle — je
suis dans une terrible perplexité... Un mot de moi va peut-être vous rendre à
la vie... va peut-être vous tuer...

— Je vous l'ai dit... je n'ai plus d'émotions à redouter...

— Une seule... pourtant...

Laquelle ?

— S'il s'agissait... de votre fille ?...

— Ma fille est morte...

— Si elle ne l'était pas !

— Nous avons épuisé cette supposition tout à l'heure... Assez, mon frère...
mes remords me suffisent.

— Mais si ce n'était pas une supposition ?... Mais si, par un hasard incroyable... inespéré... votre fille avait été arrachée à la mort... mais si... elle vivait ?

— Vous me faites mal... ne me parlez pas ainsi.

— Eh bien donc ! que Dieu me pardonne et vous juge !... elle vit encore...

— Ma fille ?

— Elle vit... vous dis-je... Le prince est là... avec un ministre... J'ai fait
prévenir deux de vos amis pour vous servir de témoins... Le vœu de votre vie
est enfin réalisé... La prédiction s'accomplit... Vous êtes souveraine...

Thomas Seyton avait prononcé ces mots en attachant sur sa sœur un regard
rempli d'angoisse, épiant sur son visage chaque signe d'émotion. A son grand
étonnement, les traits de Sarah restèrent presque impassibles : elle porta seulement ses deux mains à son cœur en se renversant dans son fauteuil, étouffa
un léger cri qui parut lui être arraché par une douleur subite et profonde... puis
sa figure redevint calme.

— Qu'avez-vous, ma sœur?...

— Rien... la surprise... une joie inespérée... Enfin mes vœux sont comblés!...

— Je ne m'étais pas trompé! — pensa Thomas Seyton. — L'ambition domine... elle est sauvée... Eh bien! ma sœur, que vous disais-je?

— Vous aviez raison... — reprit-elle avec un sourire amer et devinant la pensée de son frère — l'ambition a encore une fois étouffé en moi la maternité...

— Vous vivrez! et vous aimerez votre fille...

— Je n'en doute pas... je vivrai... voyez comme je suis calme...

— Et ce calme est réel?

— Abattue, brisée comme je le suis... aurais-je la force de feindre?...

— Vous comprenez maintenant mon hésitation de tout à l'heure?

— Non, je m'en étonne; car vous connaissez mon ambition... Où est le prince?

— Il est ici.

— Je voudrais le voir... avant la cérémonie... — Puis elle ajouta avec une indifférence affectée : — Ma fille est là... sans doute?

— Non... Vous la verrez plus tard.

— En effet... j'ai le temps... Faites, je vous prie, venir le prince.

— Ma sœur... je ne sais... mais votre air est étrange... sinistre.

Malgré lui Seyton était inquiet du calme de Sarah. Un moment il crut voir dans ses yeux des larmes contenues; après une nouvelle hésitation, il ouvrit une porte, qu'il laissa ouverte, et sortit.

— Maintenant — dit Sarah — pourvu que je voie... que j'embrasse ma fille, je serai satisfaite... Ce sera bien difficile à obtenir... Rodolphe, pour me punir, me refusera... Mais j'y parviendrai... oh! j'y parviendrai... Le voici.

Rodolphe entra et ferma la porte. — Votre frère vous a tout dit? — demanda froidement le prince à Sarah.

— Tout...

— Votre... ambition... est satisfaite?

— Elle est... satisfaite...

— Le ministre... et les témoins... sont là...

— Je le sais...

— Ils peuvent entrer... je pense?...

— Un mot... monseigneur...

— Parlez... madame...

— Je voudrais... voir ma fille...

— C'est impossible...

— Je vous dis, monseigneur, que je veux voir ma fille!...

— Elle est à peine convalescente... elle a éprouvé déjà ce matin une violente secousse... cette entrevue lui serait funeste...

— Mais au moins... elle embrassera sa mère...

— A quoi bon! Vous voici princesse souveraine...

— Pas encore... je ne le serai qu'après avoir embrassé ma fille...

Rodolphe regarda la comtesse avec un profond étonnement. — Comment — s'écria-t-il — vous soumettez la satisfaction de votre orgueil...

— A la satisfaction... de ma tendresse maternelle... Cela vous surprend... monseigneur?...

— Hélas!... oui.

— Verrai-je ma fille?...

— Mais...

— Prenez garde, monseigneur... les moments sont peut-être comptés... Ainsi que l'a dit mon frère... cette crise peut me sauver comme elle peut me tuer... Dans ce moment... je rassemble toutes mes forces... toute mon énergie... et il m'en faut beaucoup... pour lutter contre le saisissement d'une telle découverte... Je veux voir ma fille... ou sinon... je refuse votre main... et si je meurs... sa naissance ne sera pas légitimée...

— Fleur-de-Marie... n'est pas ici... il faudrait l'envoyer chercher...

— Envoyez-la chercher à l'instant... et je consens à tout. Comme les moments... sont peut-être comptés... je vous l'ai dit... le mariage se fera... pendant le temps que Fleur-de-Marie mettra à se rendre ici...

— Quoique ce sentiment m'étonne de votre part... il est trop louable pour que je n'y aie pas égard... Vous verrez Fleur-de-Marie... Je vais lui écrire...

— Là... sur ce bureau... où j'ai été frappée...

Pendant que Rodolphe écrivait quelques mots à la hâte, la comtesse essuya la sueur glacée qui coulait de son front, ses traits jusqu'alors calmes trahirent une souffrance violente et cachée : on eût dit que Sarah, en cessant de se contraindre, se reposait d'une dissimulation douloureuse.

Sa lettre écrite, Rodolphe se leva et dit à la comtesse : — Je vais envoyer cette lettre à ma fille par un de mes aides-de-camp. Elle sera ici dans une demi-heure... puis-je rentrer avec le ministre et les témoins?...

— Vous le pouvez... ou plutôt... je vous en prie, sonnez... ne me laissez pas seule... Chargez sir Walter de cette commission... il ramènera les témoins et le ministre...

Rodolphe sonna, une des femmes de Sarah parut. — Priez mon frère d'envoyer ici sir Walter Murph — dit la comtesse.

La femme de chambre sortit.

— Cette union... est triste... Rodolphe... — dit amèrement la comtesse. — Triste pour moi... Pour vous elle sera heureuse...

Le prince fit un mouvement.

— Elle sera heureuse pour vous, Rodolphe... car je n'y survivrai pas...

A ce moment Murph entra.

— Mon ami... — lui dit Rodolphe — envoie à l'instant cette lettre à ma fille... par le colonel ; il la ramènera dans ma voiture... Prie le ministre et les témoins d'entrer dans la salle voisine.

— Mon Dieu... — s'écria Sarah d'un ton suppliant lorsque le squire eut disparu — faites qu'il me reste assez de forces pour la voir... que je ne meure pas avant son arrivée!...

— Ah! que n'avez-vous toujours été aussi bonne mère!...

— Grâce à vous, du moins, je connais le repentir... le dévouement... l'ab-

MARIAGE DE RODOLPHE ET NINON.

négation... Oui, tout à l'heure... quand mon frère m'a appris que notre fille vivait... laissez-moi dire notre fille, je ne le dirai pas long-temps... j'ai senti au cœur un coup affreux... J'ai senti que j'étais frappée à mort, j'ai caché cela... mais j'étais heureuse... La naissance de notre enfant serait légitimée... et je mourrai ensuite...

— Ne parlez pas ainsi...

— Oh! cette fois... je ne vous trompe pas... vous verrez...

— Et aucun vestige de cette ambition implacable qui vous a perdue !... Pourquoi la fatalité a-t-elle voulu que votre repentir fût si tardif ?

— Il est tardif, mais profond, mais sincère, je vous le jure. A ce moment solennel... si je remercie Dieu... de me retirer de ce monde... c'est que ma vie vous eût été un horrible fardeau...

— Sarah... de grâce...

— Rodolphe... une dernière prière... votre main...

Le prince tendit sa main à la comtesse, qui la prit vivement entre les siennes.

— Ah !... les vôtres sont glacées... — s'écria Rodolphe avec effroi.

— Oui... je me sens mourir... Peut-être, par une dernière punition... Dieu ne voudra-t-il pas que j'embrasse ma fille...

— Oh! si... si... il sera touché de vos remords...

— Et vous... mon ami... en êtes-vous touché ?... me pardonnez-vous ?... Oh ! de grâce... dites-le... Tout à l'heure... quand... notre fille sera là, si elle arrive à temps, vous ne pourrez pas me pardonner devant elle... ce serait lui apprendre... combien j'ai été coupable... et cela... vous ne le voudrez pas... Une fois que je serai morte... qu'est-ce que cela vous fait qu'elle m'aime ?...

— Rassurez-vous... elle ne saura rien...

— Rodolphe... pardon !... oh ! pardon !... Serez-vous sans pitié ?... Ne suis-je pas assez malheureuse ?...

— Eh bien! que Dieu vous pardonne le mal que vous avez fait à votre enfant... comme je vous pardonne celui que vous m'avez fait... malheureuse femme!

— Vous me pardonnez... du fond du cœur ?...

— Du fond du cœur !... — dit le prince d'une voix émue.

La comtesse pressa vivement la main de Rodolphe contre ses lèvres défaillantes avec un élan de joie et de reconnaissance, puis elle dit : — Faites entrer le ministre... mon ami... et dites-lui... qu'ensuite il ne s'éloigne pas... Je me sens bien faible...

Cette scène était déchirante; Rodolphe ouvrit les deux battants de la porte du fond; le ministre entra suivi de Murph et du baron de Graün, témoins de Rodolphe, et du duc de Lucenay et de lord Douglas, témoins de la comtesse; Thomas Seyton venait ensuite. Tous les acteurs de cette scène douloureuse étaient graves, tristes et recueillis; M. de Lucenay lui-même avait oublié sa pétulance habituelle.

Le contrat de mariage entre très-haut et très-puissant prince S. A. R. Gustave-Rodolphe V, grand-duc régnant de Gerolstein, et Sarah Seyton de Halsbury, comtesse Mac-Gregor (contrat qui légitimait la naissance de Fleur-de-Marie), avait été préparé par les soins du baron de Graün ; il fut lu par lui, et signé par les époux et leurs témoins.

Malgré le repentir de la comtesse, lorsque le ministre dit d'une voix solennelle à Rodolphe . — « Votre Altesse Royale consent-elle à prendre pour épouse madame Sarah Seyton de Halsbury, comtesse de Mac-Gregor? » et que le prince eut répondu : « Oui ! » d'une voix haute et ferme, le regard mourant de Sarah étincela; une rapide et fugitive expression d'orgueilleux triomphe passa sur ses traits livides : c'était le dernier éclair de l'ambition qui mourait avec elle.

Durant cette triste et imposante cérémonie, aucune parole ne fut échangée entre les assistants. Lorsqu'elle fut accomplie, les témoins de Sarah, M. le duc de Lucenay et lord Douglas vinrent en silence saluer profondément le prince, puis sortirent. Sur un signe de Rodolphe, Murph et M. de Graün les suivirent.

— Mon frère... — dit tout bas Sarah — priez le ministre de vous accompagner dans la pièce voisine... et d'avoir la bonté d'y attendre un moment.

— Comment vous trouvez-vous.., ma sœur?... Vous êtes bien pâle...

— Je suis sûre de vivre... maintenant... ne suis-je pas grande-duchesse de Gerolstein... — ajouta-t-elle avec un sourire amer.

Restée seule avec Rodolphe, Sarah murmura d'une voix épuisée, pendant que ses traits se décomposaient d'une manière effrayante : — Mes forces sont à bout... je me sens... mourir... je ne la verrai pas...

— Si... si... rassurez-vous... Sarah... vous la verrez.

— Je ne l'espère plus... cette contrainte... Oh ! il fallait... une force surhumaine... Ma vue se trouble... déjà.

— Sarah ! .. — dit le prince en s'approchant de la comtesse et prenant ses mains dans les siennes — elle va venir... maintenant elle ne peut tarder...

— Dieu ne voudra pas m'accorder. . cette dernière consolation.

— Sarah... écoutez... écoutez... Il me semble entendre une voiture... Oui, c'est elle... voilà votre fille !

— Rodolphe... vous ne lui direz pas... que j'étais une mauvaise mère -- articula lentement la comtesse, qui déjà n'entendait plus.

Le bruit d'une voiture retentit sur les pavés sonores de la cour. La comtesse ne s'en aperçut pas. Ses paroles devinrent de plus en plus incohérentes ; Rodolphe était penché vers elle avec anxiété ; il vit ses yeux se voiler...

— Pardon... ma fille... voir ma fille... pardon... au moins... après ma mort... les honneurs de mon rang... — murmura-t-elle enfin. Ce furent les derniers mots intelligibles de Sarah... L'idée fixe, dominante de toute sa vie, revenait encore malgré son repentir sincère.

Tout à coup Murph entra. — Monseigneur... la princesse Marie...

— Non... qu'elle n'entre pas... Dis à Seyton d'amener le ministre. -- Puis, montrant Sarah qui s'éteignait dans une lente agonie, Rodolphe ajouta : — Dieu lui refuse la consolation suprême d'embrasser son enfant...

Une demi-heure après, la comtesse Sarah Mac-Gregor avait cessé de vivre.

CHAPITRE XIV.

BICÊTRE.

Quinze jours s'étaient passés depuis la mort de Sarah.

C'était le jour de la mi-carême. Cette date établie, nous conduirons le lecteur à Bicêtre. Cet immense établissement, destiné, ainsi que chacun sait, au traitement des aliénés, sert aussi de lieu de refuge à sept ou huit cents vieillards pauvres, qui sont admis à cette espèce de maison d'invalides civils[1] lorsqu'ils sont âgés de soixante-dix ans ou atteints d'infirmités très-graves.

En arrivant à Bicêtre, on entre d'abord dans une vaste cour plantée de grands arbres, coupée de pelouses vertes ornées en été de plates-bandes de fleurs. Rien de plus riant, de plus calme, de plus salubre que ce promenoir spécialement destiné aux vieillards indigents dont nous avons parlé; il entoure les bâtiments où se trouvent, au premier étage, de spacieux dortoirs bien

---

[1] Nous ne saurions trop répéter qu'à la session dernière une pétition basée sur les sentiments et les vœux les plus honorables, tendant à demander la fondation de *maisons d'invalides civils pour les ouvriers*, a été écartée au milieu *de l'hilarité générale de la Chambre*. (V le *Moniteur*)

aérés, garnis de bons lits, et au rez-de-chaussée des réfectoires d'une admirable propreté, où les pensionnaires de Bicêtre prennent en commun une nourriture saine, abondante, agréable et préparée avec un soin extrême, grâce à la paternelle sollicitude des administrateurs de ce bel établissement.

Un tel asile serait le rêve de l'artisan veuf ou célibataire qui, après une longue vie de privations, de travail et de probité, trouverait là le repos, le bien-être qu'il n'a jamais connus. Malheureusement le favoritisme qui de nos jours s'étend à tout, envahit tout, s'est emparé des bourses de Bicêtre, et ce sont en grande partie d'anciens domestiques qui jouissent de ces retraites, grâce à l'influence de leurs derniers maîtres.

Ceci nous semble un abus révoltant. Rien de plus méritoire que les longs et honnêtes services domestiques, rien de plus digne de récompense que ces serviteurs qui, éprouvés par des années de dévouement, finissaient autrefois par faire presque partie de la famille ; mais, si louables que soient de pareils antécédents, c'est le maître qui en a profité, et non l'État, qui doit les rémunérer.

Ne serait-il donc pas juste, moral, humain, que les places de Bicêtre et celles d'autres établissements semblables appartinssent *de droit* à des artisans choisis parmi ceux qui justifieraient de la meilleure conduite et de la plus grande infortune ? Pour eux, si limité que fût leur nombre, ces retraites seraient au moins une lointaine espérance qui allégerait un peu leur fatigue, leur misère de chaque jour... salutaire espoir qui les encouragerait au bien, en leur montrant dans un avenir éloigné sans doute, mais enfin certain, un peu de calme, de bonheur pour récompense... Et comme ils ne pourraient prétendre à ces retraites que par une conduite irréprochable, leur moralisation deviendrait pour ainsi dire forcée... Est-ce donc trop de demander que le petit nombre de travailleurs qui atteignent un âge très-avancé à travers des privations de toutes sortes, aient au moins la chance d'obtenir un jour à Bicêtre du pain, du repos, un abri pour leur vieillesse épuisée ?

Il est vrai qu'une telle mesure exclurait à l'avenir, de cet établissement, les gens de lettres, les savants, les artistes d'un grand âge, qui n'ont pas d'autre refuge... Oui, de nos jours, des hommes dont les talents, dont la science, dont l'intelligence ont été estimés de leur temps, obtiennent à grand'peine une place parmi ces vieux serviteurs que le crédit de leur maître envoie à Bicêtre.

Au nom de ceux-là qui ont concouru au renom, aux plaisirs de la France, de ceux-là dont la réputation a été consacrée par la voix populaire, est-ce trop de vouloir pour leur extrême vieillesse une retraite modeste, mais digne ?

Sans doute c'est trop... et pourtant citons un exemple entre mille : on a dépensé huit ou dix millions pour le monument de la Madeleine, qui n'est ni un temple ni une église ; avec cette somme énorme que de bien à faire ! fonder, je suppose, une maison d'asile où deux cent cinquante ou trois cents personnes, jadis remarquables comme savants, poètes, musiciens, administrateurs, médecins, avocats, etc., etc. (car presque toutes ces professions ont successivement leurs représentants parmi les pensionnaires de Bicêtre), auraient trouvé une retraite honorable.

Sans doute c'était là une question d'humanité, de pudeur, de dignité natio-
nale pour un pays qui prétend marcher à la tête des arts, de l'intelligence et
de la civilisation; mais l'on n'y a pas songé... Car Hégésippe Moreau et tant
d'autres rares génies sont morts à l'hospice ou dans l'indigence... Car de nobles
intelligences, qui ont autrefois rayonné d'un pur et vif éclat, portent aujour-
d'hui à Bicêtre la houppelande des bons pauvres...

Car il n'y a pas ici, comme à Londres, un établissement charitable[1], où un
étranger sans ressources trouve au moins pour une nuit un toit, un lit et un
morceau de pain...

Car les ouvriers qui vont *en Grèce* chercher du travail et attendre les *em-*
bauchements n'ont pas même pour se garantir des intempéries des saisons un
hangar pareil à celui qui, dans les marchés, abrite le bétail en vente[2]. Pourtant la Grève est la *Bourse* des travailleurs sans ouvrage... et dans cette
Bourse-là il ne se fait que d'honnêtes transactions... car elles n'ont pour fin
que d'obtenir un rude labeur et un salaire insuffisant dont l'artisan paye un
pain bien amer.

Car... Mais l'on ne cesserait pas si l'on voulait compter tout ce que l'on a
sacrifié d'utiles fondations à cette grotesque imagination de temple grec, enfin
destiné au culte catholique. . . . .

Revenons à Bicêtre et disons, pour complétement énumérer les différentes
destinations de cet établissement, qu'à l'époque de ce récit les condamnés à
mort y étaient conduits après leur jugement. C'est dans un des cabanons de
cette maison que la veuve Martial et Calebasse attendaient le moment de leur
exécution fixée au lendemain; la mère et la fille n'avaient voulu se pourvoir ni
en grâce ni en cassation. Nicolas, le Squelette et plusieurs autres scélérats
étaient parvenus à s'évader de la Force la veille de leur transférement à Bicêtre.

Nous l'avons dit, rien de plus riant que l'abord de cet édifice lorsqu'en
venant de Paris on y entrait par la cour des Pauvres. Grâce à un printemps
hâtif, les ormes et les tilleuls se couvraient déjà de pousses verdoyantes; les
grandes pelouses de gazon étaient d'une fraîcheur extrême, et çà et là les
plates-bandes s'émaillaient de perce-neiges, de primevères, d'oreilles-d'ours
aux couleurs vives et variées; le soleil dorait le sable brillant des allées. Les
vieillards pensionnaires, vêtus de houppelandes grises, se promenaient çà et
là, ou devisaient, assis sur des bancs : leur physionomie sereine annonçait
généralement le calme, la quiétude ou une sorte d'insouciance tranquille.

Onze heures venaient de sonner à l'horloge lorsque deux fiacres s'arrêtèrent

---

[1] *Société de bienfaisance*, fondée à Londres par un de nos compatriotes, M. le comte d'Orsay, qui continue
à cette noble et digne œuvre son patronage aussi généreux qu'éclairé.

[2] Nous connaissons le zèle de M. le préfet de la Seine et de M. le préfet de police, leur excellent vouloir
pour les classes pauvres et ouvrières. Espérons que cette réclamation parviendra jusqu'à eux, et que leur initiative auprès du conseil municipal fera cesser un tel état de choses. La dépense serait minime et le bienfait
serait grand. Il en serait de même pour les prêts gratuits faits par le Mont-de-Piété, lorsque la somme empruntée serait au-dessous de 3 ou 4 francs, je suppose. Ne devrait-on pas aussi, répétons-le, abaisser le taux
exorbitant de l'intérêt! Comment la ville de Paris, si puissamment riche, ne fait-elle pas jouir les classes
pauvres des avantages que leur offrent beaucoup de villes du nord et du midi de la France, en prêtant soit gra-
tuitement, soit à 3 et 4 pour 100 d'intérêt? (Voir l'excellent ouvrage de M. Blaise, sur la *Statistique* et l'*Orga-*
nisation du Mont-de-Piété, ouvrage rempli de faits curieux, d'appréciations sincères, élevées)

devant la grille extérieure; de la première voiture descendirent madame Georges, Germain et Rigolette; de la seconde, Louise Morel et sa mère.

Germain et Rigolette étaient mariés depuis quinze jours. Nous laissons le lecteur s'imaginer la pétulante gaieté, le bonheur turbulent qui rayonnaient sur le frais visage de la grisette, dont les lèvres fleuries ne s'ouvraient que pour rire, sourire ou embrasser madame Georges, qu'elle appelait sa mère...

Les traits de Germain exprimaient une félicité plus calme, plus réfléchie, plus grave... il s'y mêlait un sentiment de reconnaissance profonde, presque du respect pour cette bonne et vaillante jeune fille qui lui avait apporté en prison des consolations si secourables, si charmantes... ce dont Rigolette n'avait pas l'air de se souvenir le moins du monde; aussi, dès que son *petit Germain* mettait l'entretien sur ce sujet, elle parlait aussitôt d'autre chose, prétextant que ces souvenirs l'attristaient. Quoiqu'elle fût devenue *madame Germain* et que Rodolphe l'eût dotée de quarante mille francs, Rigolette n'avait pas voulu, et son mari avait été de cet avis, changer sa coiffure de grisette contre un chapeau. Certes jamais l'humilité ne servit mieux une innocente coquetterie; car rien n'était plus gracieux, plus élégant que son petit bonnet à barbes plates, un peu à la paysanne, orné de chaque côté de deux gros nœuds orange, qui faisaient encore valoir le noir éclatant de ses jolis cheveux, qu'elle portait longs et bouclés, depuis qu'elle avait le *temps* de mettre des papillottes; un col richement brodé entourait le cou charmant de la jeune mariée; une écharpe de cachemire français, de la même nuance que les rubans du bonnet, cachait à demi sa taille souple et fine; et quoiqu'elle n'eût pas de corset, selon son habitude (bien qu'elle eût aussi le *temps* de se lacer), sa robe montante de taffetas mauve ne faisait pas le plus léger pli sur son corsage svelte, arrondi, comme celui de la Galatée de marbre.

Madame Georges contemplait son fils et Rigolette avec un bonheur profond, toujours nouveau.

Louise Morel, après une instruction minutieuse et l'autopsie de son enfant, avait été mise en liberté; les beaux traits de la fille du lapidaire, creusés par le chagrin, annonçaient une sorte de résignation douce et triste. Grâce à la générosité de Rodolphe et aux soins qu'il lui avait fait donner, la mère de Louise Morel, qui l'accompagnait, avait retrouvé la santé.

Le concierge de la porte extérieure ayant demandé à madame Georges ce qu'elle désirait, celle-ci lui répondit que l'un des médecins des salles d'aliénés lui avait donné rendez-vous à onze heures et demie, ainsi qu'aux personnes qui l'accompagnaient; madame Georges eut le choix d'attendre le docteur, soit dans un bureau qu'on lui indiqua, soit dans la grande cour plantée dont nous avons parlé. Elle prit ce dernier parti, s'appuya sur le bras de son fils, et, continuant de causer avec la femme du lapidaire, elle parcourut les allées du jardin; Louise et Rigolette les suivaient à peu de distance.

— Que je suis donc contente de vous revoir, chère Louise! — dit la grisette. — Tout à l'heure, quand nous avons été vous chercher, à notre arrivée de Bouqueval, je voulais monter chez vous; mais *mon mari* n'a pas voulu,

disant que c'était trop haut; j'ai attendu dans le fiacre. Votre voiture a suivi
la nôtre, ça fait que je vous retrouve pour la première fois depuis que...

— Depuis que vous êtes venue me consoler en prison... Ah ! mademoiselle
Rigolette — s'écria Louise avec attendrissement — quel bon cœur !... quel...

— D'abord, ma bonne Louise — dit la grisette en interrompant gaiement
la fille du lapidaire, afin d'échapper à ses remercîments — je ne suis plus mademoiselle Rigolette, mais *madame Germain*. Je ne sais pas si vous le savez...

— Oui... je vous savais... mariée... Mais laissez-moi vous remercier encore.

— Ce que vous ignorez certainement, ma bonne Louise — reprit *madame
Germain* en interrompant de nouveau la fille de Morel — ce que vous ignorez,
c'est que je me suis mariée, grâce à la générosité de celui qui a été notre providence à tous, à vous, à votre famille, à moi, à Germain, à sa mère !

— M. Rodolphe ! Oh ! nous le bénissons chaque jour !... Lorsque je suis
sortie de prison, l'avocat qui était venu de sa part me voir, me conseiller et
m'encourager, m'a dit que, grâce à M. Rodolphe qui avait déjà tant fait pour
nous, M. Ferrand... — et la malheureuse ne put prononcer ce nom sans frissonner — M. Ferrand, pour réparer ses cruautés, avait assuré une rente à
moi et une à mon pauvre père... qui est toujours ici, lui... mais qui, grâce à
Dieu, va de mieux en mieux...

— Et qui reviendra aujourd'hui avec vous à Paris... si l'espérance de ce
digne médecin se réalise. Il pense maintenant qu'il faut frapper un grand coup,
et que la présence imprévue des personnes que votre père avait l'habitude de
voir presque chaque jour avant de perdre la raison... pourra terminer sa guérison... Moi, dans mon petit jugement... cela me paraît certain...

— Je n'ose encore y croire, mademoiselle.

— Madame Germain... madame Germain... si ça vous est égal, ma bonne
Louise... Mais, pour en revenir à ce que je vous disais, vous ne savez pas ce
que c'est que M. Rodolphe ?

— C'est la Providence des malheureux.

— D'abord... et puis encore ? vous l'ignorez.. Eh bien ! je vais vous le
dire... — Puis, s'adressant à son mari qui marchait devant elle, donnait le
bras à madame Georges et causait avec la femme du lapidaire, Rigolette s'é-
cria : — Ne va donc pas si vite, mon ami... tu fatigues notre bonne mère...
et puis j'aime à t'avoir plus près de moi. — Germain se retourna, ralentit un
peu sa marche, et sourit à Rigolette, qui lui envoya furtivement un baiser.

— Comme il est gentil, mon petit Germain ! N'est-ce pas, Louise ? Avec
ça l'air si distingué !... une si jolie taille ! Avais-je raison de le trouver mieux
que mes autres voisins, M. Giraudeau, le commis voyageur et M. Cabrion !...
Ah ! mon Dieu ! à propos de Cabrion... M. Pipelet et sa femme, où sont-ils
donc ? Le médecin avait dit qu'ils devaient venir aussi, parce que votre père
avait souvent prononcé leur nom...

— Ils ne tarderont pas. Quand j'ai quitté la maison, ils étaient partis depuis long-temps.

— Oh ! alors ils ne manqueront pas au rendez-vous ; pour l'exactitude,

M. Pipelet est une vraie pendule... Mais revenons à mon mariage et à M. Rodolphe. Figurez-vous, Louise, que c'est d'abord lui qui m'a envoyée porter à
Germain l'ordre qui le rendait libre. Vous pensez notre joie en sortant de cette
maudite prison ! Nous arrivons chez moi, et là, aidée de Germain, je fais une
dînette... mais une dînette de vrais gourmands. Il est vrai que ça ne nous a
pas servi à grand'chose ; car, quand elle a été finie, nous n'avons mangé ni
l'un ni l'autre, nous étions trop contents. A onze heures Germain s'en va ;
nous nous donnons rendez-vous pour le lendemain matin. A cinq heures j'étais
debout et à l'ouvrage, car j'étais au moins de deux jours de travail en retard.
A huit heures on frappe, j'ouvre ; qui est-ce qui entre ! M. Rodolphe... D'a-
bord, je commence à le remercier du fond du cœur pour ce qu'il a fait pour
Germain ; il ne me laisse pas finir. — Ma voisine — me dit-il — Germain va
venir, vous lui remettrez cette lettre. Vous et lui prendrez un fiacre ; vous
vous rendrez tout de suite à un petit village appelé Bouqueval, près d'Écouen,
route de Saint-Denis. Une fois là, vous demanderez madame Georges... et
bien du plaisir. — Monsieur Rodolphe, je vais vous dire ; c'est que ce sera
encore une journée de perdue, et, sans reproche, ça fera trois. — Rassurez-
vous, ma voisine, vous trouverez de l'ouvrage chez madame Georges ; c'est
une excellente pratique que je vous donne. — Si c'est comme ça, à la bonne
heure, monsieur Rodolphe. — Adieu, ma voisine. — Adieu et merci, mon
voisin. — Il part et Germain arrive, je lui conte la chose ; M. Rodolphe ne
pouvait pas nous tromper ; nous montons en voiture gais comme des fous, nous
si tristes la veille... Jugez... nous arrivons... Ah ! ma bonne Louise, tenez,
malgré moi, les larmes m'en viennent encore aux yeux... Cette madame
Georges, que voilà devant nous, c'était la mère de Germain.

— Sa mère !!

— Mon Dieu, oui, sa mère, à qui on l'avait enlevé tout enfant. Vous pensez
leur bonheur à tous deux. Quand madame Georges a eu bien pleuré, bien embrassé son fils, ç'a été mon tour. M. Rodolphe lui avait sans doute écrit de
bonnes choses de moi, car elle m'a dit, en me serrant dans ses bras, qu'elle
savait ma conduite pour son fils. — Et si vous le voulez, ma mère — dit Germain — Rigolette sera votre fille aussi. — Si je le veux, mes enfants ! de tout
mon cœur ; je le sais, jamais tu ne trouveras une meilleure ni une plus gentille
femme. — Nous voilà donc installés dans une belle ferme avec Germain, sa
mère et mes oiseaux, que j'avais fait venir, pauvres petites bêtes ! pour qu'ils
soient aussi de la partie. Quoique je n'aime pas la campagne, les jours pas-
saient si vite que c'était comme un rêve ; je ne travaillais que pour mon plaisir ;
j'aidais madame Georges, je me promenais avec Germain, je chantais, je
sautais, c'était à en devenir folle... Enfin notre mariage est arrêté pour il y
a eu hier quinze jours... La surveille, qui est-ce qui arrive dans une belle voiture ! Un grand gros monsieur chauve, l'air excellent, qui m'apporte, de la
part de M. Rodolphe, une corbeille de mariage. Figurez-vous, Louise, un
grand coffre de bois de rose, avec ces mots écrits dessus en lettres d'or sur une
plaque de porcelaine bleue : *Travail et Sagesse*, *Amour et Bonheur*. J'ouvre

le coffre, qu'est-ce que je trouve? des petits bonnets de dentelles comme celui que je porte, des robes en pièces, des bijoux, des gants, cette écharpe, un beau châle ; enfin c'était comme un conte de fées.

— C'est vrai au moins que c'est comme un conte de fées; mais voyez comme ça vous a porté bonheur... d'être si bonne, si laborieuse.

— Quant à être bonne et laborieuse, ma chère Louise, je ne l'ai pas fait exprès... ça s'est trouvé ainsi : tant mieux pour moi... mais ça n'est pas tout : au fond du coffret je découvre un joli portefeuille avec ces mots : *Le voisin à sa voisine.* Je l'ouvre : il y avait deux enveloppes, l'une pour Germain, l'autre pour moi ; dans celle de Germain je trouve un papier qui le nommait directeur d'une banque pour les pauvres avec quatre mille francs d'appointements ; lui, dans l'enveloppe qui m'était destinée, trouve un bon de quarante mille francs sur le... sur le Trésor... Oui, c'est cela, c'était ma dot... Je veux le refuser, mais madame Georges me dit . — Mon enfant, vous pouvez, vous devez accepter; c'est la récompense de votre sagesse, de votre travail et de votre dévouement à ceux qui souffrent. Car c'est en prenant sur vos nuits, au risque de vous rendre malade et de perdre ainsi vos seuls moyens d'existence, que vous êtes allée consoler vos amis malheureux...

— Oh! ça, c'est bien vrai — s'écria Louise — il n'y en a pas une autre comme vous au moins... mademoi... madame Germain.

— A la bonne heure! Moi, je dis au grand monsieur chauve que ce que j'ai fait c'est par plaisir; il me répond : — C'est égal, M. Rodolphe est immensément riche, votre dot est de sa part un gage d'estime, d'amitié; votre refus lui causerait un grand chagrin; il assistera d'ailleurs à votre mariage, et il vous forcera bien d'accepter.

— Quel bonheur que tant de richesse tombe à une personne aussi charitable!

— Sans doute il est bien riche, mais s'il n'était que cela. Ah! ma bonne Louise, si vous saviez ce que c'est que M. Rodolphe!... Et moi qui lui ai fait porter mes paquets! Mais patience... vous allez voir... La veille du mariage, le soir très-tard, le grand monsieur chauve arrive en poste ; M. Rodolphe ne pouvait pas venir... il était souffrant, mais le grand monsieur chauve venait le remplacer... C'est seulement alors, ma bonne Louise, que nous avons appris que votre bienfaiteur... que le nôtre... était... devinez quoi?... un prince! Qu'est-ce que je dis, un prince?... une Altesse Royale, un grand duc régnant, un roi en petit... Germain m'a expliqué ça.

— M. Rodolphe!...

— Hein, ma pauvre Louise! Et moi qui lui avais demandé de m'aider à cirer ma chambre!... Vous comprenez ma confusion. Aussi, voyant que c'était presque un roi, je n'ai pas osé refuser la dot. Nous avons été mariés... Il y a huit jours, M. Rodolphe nous a fait dire, à nous deux Germain et à madame Georges, qu'il serait très-content que nous lui fissions une visite de noces; nous y allons. Dame! vous comprenez, le cœur me battait fort ; nous arrivons rue Plumet, nous entrons dans un palais ; nous traversons des salons remplis de domestiques galonnés, de messieurs en noir avec des chaînes d'ar-

gent au cou et l'épée au côté , d'officiers en uniforme ; que sais-je , moi ? et
puis des dorures, des dorures partout, qu'on en était ébloui. Enfin nous trouvons le monsieur chauve dans un salon avec d'autres messieurs tout chamarrés
de broderies ; il nous introduit dans une grande pièce, où nous trouvons M. Rodolphe .. c'est-à-dire le prince , vêtu très-simplement et l'air si bon, si franc,
si peu fier... enfin *l'air si M. Rodolphe d'autrefois*, que je me suis sentie tout
de suite à mon aise , en me rappelant que je lui avais fait m'attacher mon
châle , me tailler des plumes et me donner le bras dans la rue.

— Vous n'avez plus eu peur ? Oh ! moi, comme j'aurais tremblé !

— Eh bien ! moi , non. Après avoir reçu madame Georges avec une bonté
sans pareille et offert sa main à Germain , le prince m'a dit en souriant : —
Eh bien ! ma voisine, comment vont papa Crétu et Ramonette ? (C'est le nom
de mes oiseaux ; faut-il qu'il soit aimable pour s'en être souvenu !...) — Je suis
sûr — a-t-il ajouté — que maintenant vous et Germain vous luttez de chants
joyeux avec vos jolis oiseaux ? — Oui, monseigneur (madame Georges nous avait
fait la leçon toute la route, à nous deux Germain, nous disant qu'il fallait appeler le prince monseigneur.) Oui, monseigneur, notre bonheur est grand , et
il nous semble plus doux et plus grand encore parce que nous vous le devons.

— Ce n'est pas à moi que vous le devez, mon enfant , mais à vos excellentes
qualités et à celles de Germain. Et cætera, et cætera, je passe le reste de ses
compliments. — Enfin nous avons quitté ce seigneur le cœur un peu gros, car
nous ne le verrons plus... Il nous a dit qu'il retournait en Allemagne sous peu
de jours : peut-être qu'il est déjà parti ; mais, parti ou non , son souvenir sera
toujours avec nous.

— Puisqu'il a des sujets, ils doivent être bien heureux !

— Jugez ! il nous a fait tant de bien, à nous qui ne lui sommes rien… J'oubliais de vous dire que c'était à cette ferme-là qu'avait habité une de mes anciennes compagnes de prison, une bien bonne et bien honnête petite fille qui, pour son bonheur, avait aussi rencontré M. Rodolphe ; mais madame Georges m'avait bien recommandé de n'en pas parler au prince, je ne sais pas pourquoi… sans doute parce qu'il n'aime pas qu'on lui parle du bien qu'il fait… Ce qui est sûr, c'est qu'il paraît que cette chère Goualeuse a retrouvé ses parents, qui l'ont emmenée avec eux, bien loin, bien loin ; tout ce que je regrette, c'est de ne l'avoir pas embrassée avant son départ. Mais pardon, ma bonne Louise, pardon… je suis égoïste ; je ne vous parle que de bonheur… à vous qui avez tant de raisons d'être encore chagrine.

— Si mon enfant m'était resté — dit tristement Louise en interrompant Rigolette — cela m'aurait consolée ; car maintenant quel est l'honnête homme qui voudra de moi, quoique j'aie de l'argent ?…

— Au contraire, Louise, moi je dis qu'il n'y a qu'un honnête homme capable de comprendre votre position ; oui… lorsqu'il saura tout, lorsqu'il vous connaîtra, il ne pourra que vous plaindre, vous estimer… et il sera bien sûr d'avoir en vous une bonne et digne femme…

— Vous dites cela pour me consoler.

— Non, je dis cela parce que c'est vrai.

— Enfin, vrai ou non, ça me fait du bien, toujours… et je vous en remercie… Mais qui vient donc là ? Tiens, c'est M. Pipelet et sa femme !… Mon Dieu, comme il a l'air content ! lui qui, dans les derniers temps, était toujours si malheureux à cause des plaisanteries de M. Cabrion.

En effet, M. et madame Pipelet s'avançaient allègrement ; Alfred, toujours coiffé de son inamovible chapeau tromblon, portait un magnifique habit vert-pré encore dans tout son lustre ; sa cravate, à coins brodés, laissait dépasser un col de chemise formidable qui lui cachait la moitié des joues ; un grand gilet fond jaune-vif, à larges bandes marron, un pantalon noir un peu court, des bas d'une éblouissante blancheur, et des souliers cirés à l'œuf complétaient son accoutrement.

Anastasie se prélassait dans une robe de mérinos amarante sur laquelle tranchait vivement un châle d'un bleu foncé… Elle exposait orgueilleusement à tous les regards sa perruque fraîchement bouclée, et tenait son bonnet suspendu à son bras par des brides de ruban vert en manière de *ridicule*.

La physionomie d'Alfred, ordinairement si grave, si recueillie et dernièrement si abattue, était rayonnante, jubilante, rutilante ; du plus loin qu'il aperçut Louise et Rigolette, il accourut en s'écriant de sa voix de basse :

— Délivré… Parti !

— Ah ! mon Dieu ! monsieur Pipelet — dit Rigolette — comme vous avez l'air joyeux ! qu'avez-vous donc ?

— Parti… mademoiselle, ou plutôt madame, veux-je, puis-je, dois-je dire, car maintenant vous êtes exactement semblable à Anastasie, grâce au *conjungo*…

de même que votre mari, M. Germain, est exactement semblable à moi...

— Vous êtes bien honnête, monsieur Pipelet; — mais qui est donc parti?

— Cabrion! — s'écria M. Pipelet en respirant et en aspirant l'air avec une indicible satisfaction, comme s'il eût été dégagé d'un poids énorme. — Il quitte la France à jamais, à toujours, à perpétuité... Enfin il est parti.

— Vous en êtes bien sûr?

— Je l'ai vu... de mes yeux vu monter hier en diligence... route de Strasbourg, lui, tous ses bagages... et tous ses effets, c'est-à-dire un étui à chapeau, un appuie-main et une boîte à couleurs.

— Qu'est-ce qu'il vous chante là, ce vieux chéri! — dit Anastasie en arrivant essoufflée, car elle avait difficilement suivi la course précipitée d'Alfred. — Je parie qu'il vous parle du départ de Cabrion? il n'a fait qu'en rabâcher toute la route...

— C'est-à-dire que je ne tiens pas sur terre... Avant, il me semblait que mon chapeau était doublé de plomb; maintenant on dirait que l'air me soulève vers le firmament! Parti... enfin... parti!!! et il ne reviendra plus!...

— Heureusement... le gredin!

— Anastasie, ménagez les absents... le bonheur me rend clément; je dirai simplement que c'était un indigne polisson.

— Et comment avez-vous su qu'il allait en Allemagne ?... — demanda Rigolette.

— Par un ami de mon roi des locataires... A propos de ce cher homme, vous ne savez pas ?... Grâce aux bons renseignements qu'il a donnés de nous, Alfred est nommé concierge-gardien d'un Mont-de-Piété et d'une Banque charitable, fondés dans notre maison par une bonne âme qui me fait l'effet d'être celle dont M. Rodolphe était le commis-voyageur en bonnes actions !

— Cela se trouve bien — reprit Rigolette — c'est mon mari qui est le directeur de cette banque, aussi par le crédit de M. Rodolphe.

— Et allllez donc... — s'écria gaiement madame Pipelet. — Tant mieux ! mieux vaut des connaissances que des intrus, mieux vaut des anciens visages que des nouveaux... Mais, pour en revenir à Cabrion, figurez-vous qu'un grand gros monsieur chauve, en venant nous apprendre la nomination d'Alfred, nous a demandé si un peintre de beaucoup de talent, nommé Cabrion, n'avait pas demeuré chez nous. Au nom de Cabrion, voilà mon chéri qui lève sa botte en l'air, et qui a la *petite mort*. Heureusement le gros grand chauve ajoute : — Ce jeune peintre va partir pour l'Allemagne; une personne riche l'y emmène pour des travaux qui l'y retiendront pendant des années... peut-être même se fixera-t-il tout à fait à l'étranger. En foi de quoi le particulier donna à mon vieux chéri la date du départ de Cabrion et l'adresse des Messageries.

— Et j'ai le bonheur inespéré de lire sur le registre : *M. Cabrion, artiste peintre, départ pour Strasbourg et l'étranger par correspondance.* Le départ était fixé à ce matin.. Je me rends dans la cour avec mon épouse...

— Nous voyons le gredin monter sur l'impériale à côté du conducteur.

— Au moment où la voiture s'ébranle, Cabrion m'aperçoit, me reconnaît, se retourne, et me crie : *Je pars pour toujours... à toi pour la vie !* Heureusement la trompette du conducteur étouffa presque ces derniers mots et ce tutoiement indécent, que je méprise... car enfin, Dieu soit loué, il est parti !...

— Et parti pour toujours, croyez-le, monsieur Pipelet — dit Rigolette en contraignant une violente envie de rire. — Mais ce que vous ne savez pas, et ce qui va bien vous étonner... c'est que M. Rodolphe était... un prince déguisé... une Altesse Royale.

— Allons donc, quelle farce ! — dit Anastasie.

— Je vous le jure sur mon mari... — dit très-sérieusement Rigolette.

— Mon roi des locataires... une Altesse Royale ! — s'écria Anastasie. — Allllez donc !... Et moi qui l'ai prié de garder ma loge !... Pardon... pardon... pardon... Et elle remit machinalement son bonnet, comme si cette coiffure eût été plus convenable pour parler d'un prince.

Par une manifestation diamétralement opposée quant à la forme, mais toute semblable quant au fond, Alfred, contre son habitude, se décoiffa complètement, et salua profondément le vide en s'écriant : — Un prince... une Altesse dans notre loge !... Et il m'a vu sous le linge quand j'étais au lit par suite des indignités de Cabrion !

A ce moment madame Georges se retourna, et dit à son fils et à Rigolette :

— Mes enfants, voici M. le docteur.

Le docteur Herbin, homme d'un âge mûr, avait une physionomie infiniment spirituelle et distinguée, un regard d'une profondeur, d'une sagacité remarquable, et un sourire d'une bonté extrême. Sa voix, naturellement harmonieuse, devenait presque caressante lorsqu'il s'adressait aux aliénés ; aussi la suavité de son accent, la mansuétude de ses paroles semblaient souvent calmer l'irritabilité naturelle de ces infortunés. L'un des premiers il avait substitué, dans le traitement de la folie, la commisération et la bienveillance aux terribles moyens coercitifs employés autrefois : plus de chaînes, plus de coups, plus de douches, *plus d'isolement* surtout (sauf quelques cas exceptionnels).

Sa haute intelligence avait compris que la monomanie, que l'insanité, que la fureur s'exaltent par la séquestration et par les brutalités ; qu'en soumettant au contraire les aliénés à la vie commune, mille distractions, mille incidents de tous les moments les empêchent de s'absorber dans une idée fixe, d'autant plus funeste qu'elle est plus concentrée par la solitude et par l'intimidation.

Ainsi l'expérience prouve que, pour les aliénés, *l'isolement* est aussi funeste qu'il est salutaire pour les détenus criminels... la perturbation mentale des premiers s'accroissant dans la solitude, de même que la perturbation ou plutôt la submersion morale des seconds s'augmente et devient incurable par la fréquentation de leurs pairs en corruption.

Sans doute, dans plusieurs années, le système pénitentiaire actuel, avec ses prisons en commun, véritables écoles d'infamie, avec ses bagnes, ses chaînes, ses piloris et ses échafauds, paraîtra aussi vicieux, aussi sauvage, aussi atroce que l'ancien traitement qu'on infligeait aux aliénés paraît à cette heure absurde et atroce. . . . .

— Monsieur — dit madame Georges à M. Herbin — j'ai cru pouvoir accompagner mon fils et ma belle-fille, quoique je ne connaisse pas M. Morel. La position de cet excellent homme m'a paru si intéressante, que je n'ai pu résister au désir d'assister avec mes enfants au réveil complet de sa raison, qui, vous l'espérez, nous a-t-on dit, lui reviendra ensuite de l'épreuve à laquelle vous allez le soumettre.

— Je compte beaucoup, madame, sur l'impression favorable que doit lui causer la présence de sa fille et des personnes qu'il avait habitude de voir.

— Lorsqu'on est venu arrêter mon mari — dit la femme de Morel avec émotion, en montrant Rigolette au docteur — notre bonne petite voisine était occupée à me secourir moi et mes enfants...

— Mon père connaissait M. Germain, qui a toujours eu beaucoup de bontés pour nous — ajouta Louise. — Puis, désignant Alfred et Anastasie, elle reprit : — Monsieur et madame sont les portiers de notre maison... ils ont bien des fois aidé notre famille dans son malheur, autant qu'ils l'ont pu.

— Je vous remercie, monsieur — dit le docteur à Alfred — de vous être dérangé pour venir ici ; mais je vois que cette visite ne doit pas vous coûter ?

— Môssieur — dit M. Pipelet en s'inclinant gravement — l'homme doit s'entr'aider ici-bas... il est frère... sans compter que le père Morel était la crème des honnêtes gens... avant qu'il n'ait perdu la raison par suite de son arrestation et de celle de cette chère mademoiselle Louise.

— Si vous ne craignez pas, madame — dit le docteur Herbin à la mère de Germain — la vue des aliénés, nous traverserons plusieurs cours pour nous rendre au bâtiment où j'ai jugé à propos de faire conduire Morel; et j'ai donné l'ordre ce matin qu'on ne le menât pas à la ferme comme à l'ordinaire.

— A la ferme, monsieur ? — dit madame Georges — il y a une ferme ici ?

— Cela vous surprend, madame ? je le conçois. Oui, nous avons ici une ferme dont les produits sont d'une très-grande ressource pour la maison, et qui est mise en valeur par des aliénés [1].

— Ils y travaillent ?... En liberté, monsieur ?

— Sans doute; et le travail, le calme des champs, la vue de la nature, est un de nos meilleurs moyens curatifs... Un seul gardien les y conduit, et il n'y a presque jamais eu d'exemple d'évasion; ils s'y rendent avec une satisfaction véritable... et le petit salaire qu'ils gagnent sert à améliorer leur sort... à leur procurer de petites douceurs. Mais nous voici arrivés à la porte d'une des cours... — Puis, voyant une légère nuance d'appréhension sur les traits de madame Georges, le docteur ajouta : — Ne craignez rien, madame... dans quelques minutes vous serez aussi rassurée que moi.

— Je vous suis, monsieur... Venez, mes enfants.

— Anastasie — dit tout bas M. Pipelet — quand je songe que si l'infernale poursuite de Cabrion eût duré... ton Alfred devenait fou, et, comme tel, était relégué parmi ces malheureux que nous allons voir vêtus des costumes les plus baroques, enchaînés par le milieu du corps, ou enfermés dans des loges comme les bêtes féroces du Jardin des Plantes !

— Ne m'en parle pas, vieux chéri... On dit que les fous par amour sont comme de vrais singes dès qu'ils aperçoivent une femme... Ils se jettent aux barreaux de leurs cages en poussant des roucoulements affreux... Il faut que leurs gardiens les apaisent à grands coups de fouet, et en leur lâchant sur la tête des immenses robinets d'eau glacée qui tombent de cent pieds de haut... et ça n'est pas de trop pour les rafraîchir.

— Anastasie, ne vous approchez pas trop des cages de ces insensés.. — dit gravement Alfred ; — un malheur est si vite arrivé !

— Et ça ne serait pas généreux de ma part d'avoir l'air de les narguer; car, après tout — ajouta Anastasie avec mélancolie — c'est nos attraits qui rendent les hommes comme ça. Tiens, je frémis, mon Alfred, quand je pense que si je t'avais refusé ton bonheur, tu serais probablement, à l'heure qu'il est, fou d'amour comme un de ces enragés... que tu serais à te cramponner aux barreaux de ta cage aussitôt que tu verrais une femme, et à rugir après, pauvre vieux chéri... toi qui, au contraire, t'ensauves dès qu'elles t'agacent.

— Ma pudeur est ombrageuse, c'est vrai, et je ne m'en suis pas mal trouvé; mais, Anastasie, la porte s'ouvre, je frissonne... Nous allons voir d'abominables figures, entendre des bruits de chaînes et des grincements de dents...

[1] Cette ferme, admirable institution curative, est située à très-peu de distance de Bicêtre.

M. et madame Pipelet, n'ayant pas, ainsi qu'on le voit, entendu la conversation du docteur Herbin, partageaient les préjugés populaires qui existent
encore à l'endroit des hospices d'aliénés, préjugés qui, du reste, il y a quarante ans, étaient d'effroyables réalités.

La porte de la cour s'ouvrit. Cette cour, formant un long parallélogramme,
était plantée d'arbres, garnie de bancs ; de chaque côté régnait une galerie
d'une élégante construction ; des cellules largement aérées avaient accès sur
cette galerie ; une cinquantaine d'hommes, uniformément vêtus de gris, se
promenaient, causaient, ou restaient silencieux et contemplatifs, assis au soleil. Rien ne contrastait davantage avec l'idée qu'on se fait ordinairement des
excentricités de costume et de la singularité physiognomonique des aliénés ; il
fallait même une longue habitude d'observation pour découvrir sur beaucoup de
ces visages les indices certains de la folie.

A l'arrivée du docteur Herbin, un grand nombre d'aliénés se pressèrent
autour de lui, joyeux et empressés, en lui tendant leurs mains avec une touchante expression de confiance et de gratitude, à laquelle il répondit cordialement en leur disant : — Bonjour, bonjour, mes enfants.

Quelques-uns de ces malheureux, trop éloignés du docteur pour lui prendre
la main, vinrent l'offrir avec une sorte d'hésitation craintive aux personnes
qui l'accompagnaient. — Bonjour, mes amis — leur dit Germain en leur serrant la main avec une bonté qui semblait les ravir.

— Monsieur — dit madame Georges — est-ce que ce sont des fous ?

— Ce sont à peu près les plus dangereux de la maison — dit le docteur en souriant. — On les laisse ensemble le jour; seulement, la nuit, on les renferme dans ces cellules dont vous voyez les portes ouvertes...

— Comment... ces gens sont complétement fous?... Mais quand sont-ils donc furieux?...

— D'abord... dès le début de leur maladie, quand on les amène ici; puis peu à peu le traitement agit, la vue de leurs compagnons les calme, les distrait... la douceur les apaise, et leurs crises violentes, d'abord fréquentes, deviennent de plus en plus rares... Tenez, en voici un des plus méchants.

C'était un homme robuste et nerveux, de quarante ans environ, aux longs cheveux noirs, au grand front, au teint bilieux, au regard profond, à la physionomie des plus intelligentes. Il s'approcha gravement du docteur, et lui dit d'un ton d'exquise politesse, quoique se contraignant un peu :

— Monsieur le docteur, je dois avoir à mon tour le droit d'entretenir et de promener l'aveugle; j'aurai l'honneur de vous faire observer qu'il y a une injustice flagrante à priver ce malheureux de ma conversation pour le livrer (et le fou sourit avec une dédaigneuse amertume) aux stupides divagations d'un idiot complétement étranger, je crois ne rien hasarder, complétement étranger aux moindres notions d'une science quelconque, tandis que ma conversation distrairait l'aveugle. Ainsi — ajouta-t-il avec une extrême volubilité — je lui aurais dit mon avis sur les surfaces isothermes et orthogonales, lui faisant remarquer que les équations aux différences partielles, dont l'interprétation géométrique se résume en deux faces orthogonales, ne peuvent être intégrées généralement à cause de leur complication... Je lui aurais prouvé que les surfaces conjuguées sont nécessairement toutes isothermes, et nous aurions cherché ensemble quelles sont les surfaces capables de composer un système triplement isotherme... Si je ne me fais pas illusion, comparez cette récréation aux stupidités dont on entretient l'aveugle — ajouta l'aliéné en reprenant haleine — et dites-moi si ce n'est pas un meurtre de le priver de mon entretien?

— Ne prenez pas ce qu'il vient de dire, madame, pour les élucubrations d'un fou — dit tout bas le docteur — il aborde ainsi parfois les plus hautes questions de géométrie ou d'astronomie avec une sagacité qui ferait honneur aux savants les plus illustres. Son savoir est immense. Il parle toutes les langues vivantes; mais il est, hélas! martyr du désir et de l'orgueil du savoir : il se figure qu'il a absorbé toutes les connaissances humaines en lui seul, et qu'en le retenant ici on replonge l'humanité dans les ténèbres de l'ignorance.

Le docteur reprit tout haut à l'aliéné, qui semblait attendre sa réponse avec une respectueuse anxiété : — Mon cher monsieur Charles, votre réclamation me semble juste, et ce pauvre aveugle, qui est muet, mais heureusement n'est pas sourd, goûterait un charme infini à la conversation d'un homme aussi érudit que vous... Je vais m'occuper de vous faire rendre justice.

— Du reste... vous persistez toujours, en me retenant ici, à priver l'univers de toutes les connaissances humaines que je me suis appropriées en me les assimilant — dit le fou en s'animant peu à peu et en commençant à gesticuler avec une extrême agitation.

— Allons, allons, calmez-vous, mon bon monsieur Charles ; heureusement l'univers ne s'est pas encore aperçu de ce qui lui manquait ; dès qu'il réclamera, nous nous empresserons de satisfaire à sa réclamation ; en tout état de cause, un homme de votre capacité, de votre savoir, peut toujours rendre de grands services...

— Mais je suis pour la science ce qu'était l'arche de Noé pour la nature physique — s'écria-t-il en grinçant des dents et l'œil égaré.

— Je le sais, mon cher ami...

— Vous voulez mettre la lumière sous le boisseau ! — s'écria-t-il en fermant les poings. — Mais alors je vous briserais comme verre — ajouta-t-il d'un air menaçant, le visage empourpré de colère et les veines gonflées à se rompre.

— Ah! monsieur Charles — répondit le docteur en attachant sur l'insensé un regard calme, fixe, perçant, et donnant à sa voix un accent caressant et flatteur — je croyais que vous étiez le plus grand savant des temps modernes.

— Et passés... — s'écria le fou oubliant sa colère pour son orgueil.

— Vous ne me laissez pas achever... que vous étiez le plus grand savant des temps passés... présents...

— Et futurs... — ajouta le fou avec fierté.

— Oh! le vilain bavard qui m'interrompt toujours — dit le docteur en souriant et en lui frappant amicalement sur l'épaule. — Ne dirait-on pas que j'ignore toute l'admiration que vous inspirez et que vous méritez !... Voyons, allons voir l'aveugle... conduisez-moi près de lui.

— Docteur, vous êtes un brave homme ; venez, venez, vous allez voir ce qu'on l'oblige d'écouter, quand je pourrais lui dire de si belles choses — reprit le fou complétement calmé en marchant devant le docteur d'un air satisfait.

— Je vous l'avoue, monsieur — dit Germain qui s'était rapproché de sa mère et de sa femme, dont il avait remarqué l'effroi lorsque le fou avait parlé et gesticulé violemment — un moment j'ai craint une crise.

— Eh! monsieur, autrefois, au premier mot d'exaltation, au premier geste de menace de ce malheureux, les gardiens se fussent jetés sur lui; on l'eût garrotté, battu, inondé de douches, une des plus atroces tortures que l'on puisse rêver. Jugez de l'effet d'un tel traitement sur une organisation énergique et irritable, dont la force d'expansion est d'autant plus violente qu'elle est plus comprimée. Alors il serait tombé dans un de ces accès de rage effroyables qui défiaient les étreintes les plus puissantes... s'exaspéraient par leur fréquence, et devenaient presque incurables; tandis que, vous le voyez, en ne comprimant pas d'abord cette effervescence momentanée, ou en la détournant à l'aide de l'excessive mobilité d'esprit que l'on remarque chez beaucoup d'insensés, ces bouillonnements éphémères s'apaisent aussi vite qu'ils s'élèvent.

— Et quel est donc cet aveugle dont il parle, monsieur! est-ce une illusion de son esprit! — demanda madame Georges.

— Non, madame, c'est une histoire fort étrange — répondit le docteur. — Cet aveugle a été pris dans un repaire des Champs-Élysées, où l'on a arrêté une bande de voleurs et d'assassins ; on a trouvé cet homme enchaîné au mi-

LE MAITRE D'ÉCOLE A FONTÈYSE

(Histoire des Fous).

lieu d'un caveau souterrain, à côté du cadavre d'une femme si horriblement mutilée qu'on n'a pu la reconnaître...

— Ah ! c'est affreux... — dit madame Georges en frissonnant [1]...

— Cet homme est d'une épouvantable laideur, toute sa figure est corrodée par le vitriol... Depuis son arrivée ici, il n'a pas prononcé une parole. Je ne sais s'il est réellement muet, ou s'il affecte le mutisme... Par un singulier hasard, les seules crises qu'il ait eues se sont passées pendant mon absence, et toujours la nuit. Malheureusement toutes les demandes qu'on lui adresse restent sans réponse, et il est impossible d'avoir aucun renseignement sur sa position ; ses accès semblent causés par une fureur dont la cause est impénétrable, car il ne prononce pas une parole. Les autres aliénés ont pour lui beaucoup d'attentions, ils guident sa marche et ils se plaisent à l'entretenir, hélas ! selon le degré de leur intelligence... Tenez... le voici...

Toutes les personnes qui accompagnaient le médecin reculèrent d'horreur à la vue du Maître d'école, car c'était lui. Il n'était pas fou, mais il contrefaisait le muet et l'insensé... Il avait massacré la Chouette, non dans un accès de folie, mais dans un accès de fièvre chaude pareil à celui dont il avait déjà été frappé lors de sa terrible vision à la ferme de Bouqueval.

Ensuite de son arrestation à la taverne des Champs-Élysées, sortant de son délire passager, le Maître d'école s'était éveillé dans une des cellules du dépôt de la Conciergerie où l'on enferme provisoirement les insensés. Entendant dire autour de lui : — C'est un fou furieux ! — il résolut de continuer de jouer ce rôle, et s'imposa un mutisme complet afin de ne pas se compromettre par ses réponses, dans le cas où l'on douterait de son insanité prétendue.

Ce stratagème lui réussit. Conduit à Bicêtre, il simula de temps à autre de violents accès de fureur, ayant toujours soin de choisir la nuit pour ces manifestations, afin d'échapper à la pénétrante observation du médecin en chef, le chirurgien de garde, éveillé et appelé à la hâte, n'arrivant presque jamais qu'à l'issue ou à la fin de la crise... Le très-petit nombre des complices du Maître d'école qui savaient son véritable nom et son évasion du bagne de Rochefort ignoraient ce qu'il était devenu, et n'avaient d'ailleurs aucun intérêt à le dénoncer ; on ne pouvait ainsi constater son identité. Il espérait donc rester toujours à Bicêtre, en continuant son rôle de fou et de muet.

Oui, toujours... tel était l'unique vœu, le seul désir de cet homme, grâce à l'impuissance de nuire qui paralysait ses méchants instincts. Dans l'isolement profond où il avait vécu dans le caveau de Bras-Rouge, le remords s'était peu à peu emparé de cette âme de fer... A force de concentrer son esprit dans une incessante méditation — le souvenir de ses crimes — privé de toute communication avec le monde extérieur, ses idées finissaient souvent par prendre un corps, par *s'imager* dans son cerveau, ainsi qu'il l'avait dit à la Chouette ; alors lui apparaissaient les traits de ses victimes ; mais ce n'était pas là de la folie : c'était la puissance du souvenir porté à sa dernière expression.

---

[1] Rodolphe avait toujours laissé ignorer à madame Georges le sort du Maître d'école depuis que celui-ci s'était évadé du bagne de Rochefort.

Ainsi cet homme , encore dans la force de l'âge , d'une constitution athlétique , cet homme qui devait sans doute vivre encore de longues années , cet
homme qui jouissait de toute la plénitude de sa raison , devait passer ces longues années parmi les fous , dans un mutisme complet... sinon , s'il était découvert , on le conduisait à l'échafaud pour ses nouveaux meurtres , ou on le
condamnait à une réclusion perpétuelle parmi des scélérats pour lesquels il
ressentait une horreur qui s'augmentait en raison de son repentir.

Le Maître d'école était assis sur un banc ; une forêt de cheveux grisonnants
couvraient sa tête hideuse et énorme ; accoudé sur un de ses genoux , il appuyait son menton dans sa main. Quoique ce masque affreux fût privé de regard , que deux trous remplaçassent son nez , que sa bouche fût difforme , un
désespoir écrasant , incurable , se manifestait encore sur ce visage monstrueux.

Un aliéné d'une figure triste , bienveillante et juvénile , agenouillé devant le
Maître d'école , tenait sa robuste main entre les siennes , le regardait avec
bonté , et d'une voix douce répétait incessamment ces seuls mots : *Des fraises...*
des fraises... des fraises. .

— Voilà pourtant — dit gravement le fou savant — la seule conversation
que cet idiot sache tenir à l'aveugle... Si chez lui les yeux du corps sont fermés , ceux de l'esprit sont sans doute ouverts... et il me saura gré de me
mettre en communication avec lui.

— Je n'en doute pas — dit le docteur pendant que le pauvre insensé à figure
mélancolique contemplait l'abominable figure du Maître d'école avec compassion et répétait de sa voix douce : — Des fraises... des fraises... des fraises...

— Mon Dieu , ma mère — dit Germain à madame Georges — combien ce
malheureux aveugle paraît accablé...

— C'est vrai , mon enfant — répondit madame Georges — malgré moi mon
cœur se serre... sa vue me fait mal. . Oh ! qu'il est triste de voir l'humanité
sous ce sinistre aspect !

A peine madame Georges eut-elle prononcé ces mots, que le Maître d'école
tressaillit , son visage couturé devint pâle sous ses cicatrices , il leva et tourna
si vivement la tête du côté de la mère de Germain , que celle ci ne put retenir
un cri d'effroi , quoiqu'elle ignorât quel était ce misérable. Le Maître d'école
avait reconnu la voix de sa femme , et les paroles de madame Georges lui disaient qu'elle parlait à son fils.

— Qu'avez-vous , ma mère ?... — s'écria Germain.

— Rien, mon enfant... mais le mouvement de cet homme... l'expression
de sa figure... tout cela m'a effrayée... Tenez, monsieur, pardonnez à ma faiblesse — ajouta t-elle en s'adressant au docteur — je regrette presque d'avoir
cédé à ma curiosité en accompagnant mon fils.

— Oh ! pour une fois... ma mère... il n'y a rien à regretter...

— Bien certainement que notre bonne mère ne reviendra plus jamais ici , ni
nous non plus, n'est-ce pas, mon petit Germain ! — dit Rigolette ; — c'est si
triste... ça navre le cœur.

— Allons, vous êtes une petite peureuse... N'est-ce pas, monsieur le docteur — dit Germain — n'est-ce pas que ma femme est une peureuse ?...

— J'avoue — répondit le médecin — que la vue de ce malheureux aveugle et muet m'a impressionné... moi qui ai vu bien des misères.

— Quelle frimousse... hein ! vieux chéri ! — dit tout bas Anastasie .. — Eh bien ! auprès de toi... tous les hommes me paraissent aussi laids que cet affreux bonhomme... C'est pour ça que personne ne peut se vanter de... tu comprends, mon Alfred ?...

— Anastasie, je rêverai de cette figure-là... j'en aurai le cauchemar...

— Mon ami — dit le docteur au Maître d'école — comment vous trouvez-vous ?... Le Maître d'école resta muet.

— Vous ne m'entendez donc pas ? — reprit le docteur en lui frappant légèrement sur l'épaule. Le Maître d'école ne répondit rien, il baissa la tête ; au bout de quelques instants... de ses yeux sans regards il tomba une larme...

— Il pleure... — dit le docteur. — Pauvre homme ! — ajouta Germain avec compassion. Le Maître d'école frissonna ; il entendait de nouveau la voix de son fils... Son fils éprouvait pour lui un sentiment de compassion.

— Qu'avez-vous ! Quel chagrin vous afflige ? — demanda le docteur. Le Maître d'école, sans répondre, cacha son visage dans ses mains.

— Nous n'en obtiendrons rien — dit le docteur.

— Laissez-moi faire, je vais le consoler — reprit le fou savant d'un air grave et prétentieux. — Je vais lui démontrer que tous les genres de surfaces orthogonales dans lesquelles les trois systèmes sont isothermes, sont : 1° ceux des surfaces du second ordre ; 2° ceux des ellipsoïdes de révolution autour du petit axe et du grand axe ; 3° ceux... Mais, au fait, non — reprit le fou en se ravisant et réfléchissant — je l'entretiendrai du système planétaire — Puis s'adressant au jeune aliéné toujours agenouillé devant le Maître d'école : — Ote-toi de là... avec tes fraises...

— Mon garçon — dit le docteur au jeune fou — il faut que chacun de vous conduise et entretienne à son tour ce pauvre homme... Laissez votre camarade prendre votre place .. — Le jeune aliéné obéit aussitôt, se leva, regarda timidement le docteur de ses deux grands yeux bleus, lui témoigna sa déférence par un salut, fit un signe d'adieu au Maître d'école, et s'éloigna en répétant d'une voix plaintive : — Des fraises... des fraises...

Le docteur, s'apercevant de la pénible impression que cette scène causait à madame Georges, lui dit : — Heureusement, madame, nous allons trouver Morel, et, si mon espérance se réalise, votre âme s'épanouira en voyant cet excellent homme rendu à la tendresse de sa digne femme et de sa digne fille.

— Et le médecin s'éloigna suivi des personnes qui l'accompagnaient.

Le Maître d'école resta seul avec le fou de science, qui commença de lui expliquer, d'ailleurs très-savamment, très-éloquemment, la marche imposante des astres, qui décrivent silencieusement leur courbe immense dans le ciel, dont l'état normal est la nuit... Mais le Maître d'école n'écoutait pas... Il songeait avec un profond désespoir qu'il n'entendrait plus jamais la voix de son fils et de sa femme. Certain de la juste horreur qu'il leur inspirait, du malheur, de la honte, de l'épouvante où les aurait plongés la révélation de son nom, il eût plutôt enduré mille morts que de se découvrir à eux.. Une seule, une dernière consolation lui restait, un moment il avait inspiré quelque pitié à son fils. Et malgré lui il se rappelait ces mots que Rodolphe lui avait dits avant de lui infliger un châtiment terrible :

« Chacune de tes paroles est un blasphème, chacune de tes paroles sera une prière ; tu es audacieux et cruel parce que tu es fort, tu seras doux et humble parce que tu seras faible. Ton cœur est fermé au repentir... un jour tu pleureras tes victimes... D'homme tu t'es fait bête féroce... un jour ton intelligence se relèvera par l'expiation. Tu n'as pas même respecté ce que respectent les bêtes sauvages, leur femelle et leurs petits... après une longue vie consacrée à la rédemption de tes crimes, ta dernière prière sera pour supplier Dieu de t'accorder le bonheur inespéré de mourir entre ta femme et ton fils... " . . . .

— Nous allons passer devant la cour des idiots et arriver au bâtiment où se trouve Morel — dit le docteur en sortant de la cour où était le Maître d'école.

Malgré la tristesse que lui avait inspirée la vue des aliénés, madame Georges ne put s'empêcher de s'arrêter un moment en passant devant une cour grillée où étaient enfermés les idiots incurables. Pauvres êtres, qui souvent n'ont pas même l'instinct de la bête, et dont on ignore presque toujours l'origine ; inconnus de tous et d'eux-mêmes, ils traversent ainsi la vie, absolument étrangers aux sentiments, à la pensée, éprouvant seulement les besoins animaux les plus limités...

Le hideux accouplement de la misère et de la débauche, au plus profond des bouges les plus infects, cause ordinairement cet effroyable abâtardissement de l'espèce... qui atteint en général les classes pauvres.

Si généralement la folie ne se révèle pas tout d'abord à l'observateur superficiel par la seule inspection de la physionomie de l'aliéné, il n'est que trop facile de reconnaître les caractères physiques de l'idiotisme. Le docteur Herbin n'eut pas besoin de faire remarquer à madame Georges l'expression d'abrutissement sauvage, d'insensibilité stupide ou d'ébahissement imbécile qui donnait aux traits de ces malheureux une expression à la fois hideuse et pénible à voir. Presque tous étaient vêtus de longues souquenilles sordides en lambeaux ; car, malgré toute la surveillance possible, on ne peut empêcher ces êtres, absolument privés d'instinct et de raison, de lacérer, de souiller leurs vêtements en rampant, en se roulant comme des bêtes dans la fange des cours[1] où ils restent pendant le jour.

Les uns, accroupis dans les coins les plus obscurs d'un hangar qui les abritait, pelotonnés, ramassés sur eux-mêmes comme des animaux dans leurs tanières, faisaient entendre une sorte de râlement sourd et continuel. D'autres, adossés au mur, debout, immobiles, muets, regardaient fixement le soleil.

Un vieillard d'une obésité difforme, assis sur une chaise de bois, dévorait sa pitance avec une voracité animale, en jetant de côté et d'autre des regards obliques et courroucés.

Ceux-ci marchaient circulairement et en hâte dans un tout petit espace qu'ils se limitaient ; cet étrange exercice durait des heures entières sans interruption. Ceux-là, assis par terre, se balançaient incessamment en jetant alternativement le haut de leur corps en avant et en arrière, n'interrompant ce mouvement d'une monotonie vertigineuse que pour rire aux éclats, de ce rire strident, guttural, de l'idiotisme.

D'autres enfin, dans un complet anéantissement, n'ouvraient les yeux qu'aux heures du repas, et restaient inertes, inanimés, sourds, muets, aveugles, sans qu'un cri, sans qu'un geste annonçât leur vitalité...

L'absence complète de communication verbale ou intelligente est un des caractères les plus sinistres d'une réunion d'idiots. Au moins, malgré l'incohérence de leurs paroles et de leur pensée, les fous se parlent, se reconnaissent, se recherchent ; mais entre les idiots il règne une indifférence stupide, un isolement farouche... Jamais on ne les entend prononcer une parole articulée, ce sont de temps à autre quelques rires sauvages ou des gémissements et des cris qui n'ont rien d'humain... à peine un très-petit nombre d'entre eux reconnais-

---

[1] Disons à ce propos qu'il est impossible de voir sans une profonde admiration pour les intelligences charitables qui ont combiné ces recherches de propreté hygiénique, de voir, disons-nous, les dortoirs et les lits consacrés aux idiots. Quand on pense qu'autrefois ces malheureux croupissaient dans une paille infecte, et qu'à cette heure ils ont des lits excellents, maintenus dans un état de salubrité parfaite par des moyens vraiment merveilleux, on ne peut, encore une fois, que glorifier ceux qui se sont voués à l'adoucissement de telles misères. Là nulle reconnaissance à attendre, pas même la gratitude de l'animal pour son maître. C'est donc le bien seulement fait pour le bien au saint nom de l'humanité ; et cela n'en est que plus digne, que plus grand. On ne saurait donc trop louer MM. les administrateurs et médecins de Bicêtre, dignement soutenus d'ailleurs par la haute et juste autorité du célèbre docteur Ferrus, chargé de l'inspection générale des hospices d'aliénés, et auquel on doit l'excellente *loi sur les aliénés*, loi basée sur ses savantes et profondes observations.

sent-ils leurs gardiens... Et pourtant, répétons-le avec admiration, ces infortunés qui semblent ne plus appartenir à notre espèce, et pas même à l'espèce animale, par le complet anéantissement de leurs facultés intellectuelles ; ces êtres incurablement frappés, tenant plus du mollusque que de l'être animé, et qui traversent ainsi tous les âges d'une longue carrière, sont entourés de soins recherchés et d'un bien-être dont ils n'ont pas même la conscience...

Sans doute, il est beau de respecter ainsi le principe de la dignité humaine jusque dans ces malheureux, qui de l'homme n'ont plus que l'enveloppe... mais, répétons-le toujours, on devrait songer aussi à la dignité de ceux qui, doués de toute leur intelligence, remplis de zèle, d'activité, sont la force vive de la nation ; leur donner conscience de cette dignité en l'encourageant, en la récompensant lorsqu'elle s'est manifestée par l'amour du travail, par la résignation, par la probité ; ne pas dire enfin, avec un égoïsme semi-orthodoxe : — Punissons ici-bas, Dieu récompensera là-haut. . . . .

— Pauvres gens ! — dit madame Georges — qu'il est triste de songer qu'il n'y a aucun remède à leurs maux !

— Hélas ! aucun, madame — répondit le docteur — surtout arrivés à cet âge ; car maintenant, grâce aux progrès de la science, les enfants idiots reçoivent une sorte d'éducation qui développe au moins l'atome d'intelligence incomplète dont ils sont quelquefois doués. Nous avons ici une école [1] dirigée avec autant de persévérance que de patience éclairée, qui offre déjà des résultats on ne peut plus satisfaisants ; par des moyens très-ingénieux et exclusivement appropriés à leur état, on exerce à la fois le physique et le moral de ces pauvres enfants, et beaucoup parviennent à connaître les lettres, les chiffres, à se rendre compte des couleurs ; on est même arrivé à leur apprendre à chanter en chœur, et je vous assure, madame, qu'il y a une sorte de charme étrange, à la fois triste et touchant, à entendre ces voix étonnées, plaintives, quelquefois douloureuses, s'élever vers le ciel dans un cantique dont presque tous les mots, quoique français, leur sont inconnus... Mais nous voici arrivés au bâtiment où se trouve Morel. J'ai recommandé qu'on le laissât seul ce matin, afin que l'effet que j'espère produire sur lui eût une plus grande action.

— Et quelle est donc sa folie, monsieur ! — dit tout bas madame Georges au docteur, afin de n'être pas entendue de Louise.

— Il s'imagine que s'il n'a pas gagné treize cents francs dans sa journée pour payer une dette contractée envers un notaire nommé Ferrand, Louise doit mourir sur l'échafaud pour crime d'infanticide.

— Ah ! monsieur, ce notaire était un monstre ! — s'écria madame Georges.
— Louise Morel... son père... ne sont pas ses seules victimes... il a poursuivi mon fils avec un impitoyable acharnement.

— Louise Morel m'a tout dit, madame — répondit le docteur ; — Dieu merci, ce misérable a cessé de vivre... Mais veuillez m'attendre un moment avec ces braves gens... je vais voir comment se trouve Morel. — Puis, s'adressant à la fille du lapidaire : — Je vous en prie, Louise, soyez bien atten-

[1] Cette école est encore une des institutions les plus curieuses et les plus intéressantes.

tive : au moment où je crierai : *Venez !* paraissez aussitôt, mais seule… Quand je dirai une seconde fois *Venez*… les autres personnes entreront avec vous.

— Ah ! monsieur, le cœur me manque — dit Louise en essuyant ses larmes ; — pauvre père… si cette épreuve était inutile !…

— J'espère qu'elle le sauvera. Depuis long-temps je la ménage… Allons, rassurez-vous, et songez à mes recommandations… Et le docteur, quittant les personnes qui l'accompagnaient, entra dans une chambre dont les fenêtres grillées ouvraient sur un jardin.

Grâce au repos, à un régime salubre, aux soins dont on l'entourait, les traits de Morel le lapidaire n'étaient plus pâles, hâves et creusés par une maigreur maladive ; son visage plein, légèrement coloré, annonçait le retour de la santé ; mais un sourire mélancolique, une certaine fixité qui souvent encore immobilisait son regard, annonçaient que sa raison n'était pas encore complétement rétablie.

Lorsque le docteur entra, Morel, assis et courbé devant une table, simulait l'exercice de son métier de lapidaire en disant : — Treize cents francs, treize cents francs… ou sinon Louise sur l'échafaud… treize cents francs… travaillons… travaillons… travaillons…

Cette aberration, dont les accès étaient d'ailleurs de moins en moins fréquents, avait toujours été le symptôme primordial de sa folie. Le médecin, d'abord contrarié de trouver Morel en ce moment sous l'influence de sa monomanie, espéra bientôt faire servir cette circonstance à son projet ; il prit dans sa poche une bourse contenant soixante-cinq louis qu'il y avait placés d'avance, versa cet or dans sa main, et dit brusquement à Morel qui, absorbé par son simulacre de travail, ne s'était pas aperçu de l'arrivée du docteur :

— Mon brave Morel… assez travaillé… vous avez enfin gagné les treize cents francs qu'il vous faut pour sauver Louise… les voilà… Et le docteur jeta sur la table la poignée d'or.

— Louise est sauvée !… — s'écria le lapidaire en ramassant l'or avec avidité. — Je cours chez le notaire ; et se levant précipitamment, il courut vers la porte.

Venez… — cria le docteur avec une vive angoisse, car la guérison instantanée du lapidaire pouvait dépendre de cette première impression.

A peine eut-il dit *Venez*, que Louise parut à la porte au moment même où son père s'y présentait. Morel stupéfait recula deux pas en arrière et laissa tomber l'or qu'il tenait… Pendant quelques minutes il contempla Louise dans un ébahissement profond, ne la reconnaissant pas encore… Il semblait pourtant tâcher de rappeler ses souvenirs ; puis, se rapprochant d'elle peu à peu, il la regarda avec une curiosité inquiète et craintive…

Louise, tremblante d'émotion, contenait difficilement ses larmes, pendant que le docteur, lui recommandant par un geste de rester muette, épiait, attentif et silencieux, les moindres mouvements de la physionomie du lapidaire.

Celui-ci, toujours penché vers sa fille, commença à pâlir ; il passa ses deux mains sur son front inondé de sueur ; puis, faisant un nouveau pas vers elle, il voulut lui parler; mais sa voix expira sur ses lèvres, sa pâleur augmenta, et il regarda autour de lui avec surprise, comme s'il sortait peu à peu d'un songe.

— Bien... bien... — dit tout bas le docteur à Louise — c'est bon signe... quand je dirai *Venez*, jetez vous dans ses bras en l'appelant votre père.

Le lapidaire porta les mains sur sa poitrine en se regardant, si cela se peut dire, des pieds à la tête, comme pour se bien convaincre de son identité. Ses traits exprimaient une incertitude douloureuse; au lieu d'attacher ses yeux sur sa fille, il semblait vouloir se dérober à sa vue. Alors il se dit à voix basse d'une voix entrecoupée :

— Non!... non!... un songe... où suis-je?... impossible!.. un songe... ce n'est pas elle... — Puis, voyant les pièces d'or éparses sur le plancher : — Et cet or... je ne me rappelle pas... Je m'éveille donc?... la tête me tourne... je n'ose pas regarder... j'ai honte... ce n'est pas Louise...

— *Venez* — dit le docteur à voix haute.

— Mon père... reconnaissez moi donc, je suis Louise... votre fille!... — s'écria-t-elle fondant en larmes et en se jetant dans les bras du lapidaire, au moment où entraient la femme de Morel, Rigolette, madame Georges, Germain et les Pipelet.

— Oh! mon Dieu — disait Morel, que Louise accablait de caresses — où suis-je?... que me veut-on?... que s'est-il passé?... je ne peux pas croire... — Puis, après quelques instants de silence, il prit brusquement entre ses deux mains la tête de Louise, la regarda fixement et s'écria, après quelques instants d'émotion croissante : — Louise!...

— Il est sauvé — dit le docteur.

— Mon mari... mon pauvre Morel... — s'écria la femme du lapidaire en venant se joindre à Louise.

— Ma femme ! — reprit Morel — ma femme et ma fille !

— Et moi aussi, monsieur Morel... — dit Rigolette — tous vos amis se sont donné rendez-vous ici.

— Tous vos amis !... vous voyez, monsieur Morel — ajouta Germain.

— Mademoiselle Rigolette !.. M. Germain !... — dit le lapidaire en reconnaissant chaque personnage avec un nouvel étonnement.

—- Et les vieux amis de la loge ! donc... — dit Anastasie en s'approchant à son tour avec Alfred — les voilà, les Pipelet... les vieux Pipelet... amis à mort... et alllllez donc... père Morel... voilà une bonne journée...

— M. Pipelet et sa femme !... tant de monde autour de moi ! il me semble qu'il y a si long-temps !... Et... mais... mais enfin... c'est toi, Louise, n'est-ce pas ?... — s'écria-t-il avec entraînement en serrant sa fille dans ses bras. — C'est toi, Louise ? bien sûr ?...

— Mon pauvre père... oui... c'est moi.. c'est ma mère... ce sont tous vos amis... vous ne nous quitterez plus... vous n'aurez plus de chagrin... nous serons heureux maintenant, tous heureux...

—Tous heureux... attendez donc que je me souvienne... tous heureux ; il me semble pourtant qu'on était venu te chercher pour te conduire en prison, Louise.

— Oui... mon père... mais j'en suis sortie... acquittée... vous le voyez... me voici... près de vous...

— Attendez encore... attendez... voilà la mémoire qui me revient... — Puis le lapidaire reprit avec effroi. — Et le notaire !...

— Mort... Il est mort, mon père... — murmura Louise.

— Mort !... lui !... alors... je vous crois... nous pouvons être heureux... Mais où suis-je ? comment suis-je ici... depuis combien de temps... et pourquoi ? je ne me rappelle pas bien...

— Vous avez été si malade — lui dit le docteur — qu'on vous a transporté ici... à la campagne... Vous avez eu une fièvre... très-violente .. le délire...

—Oui .. oui... je me souviens... de la dernière chose.. avant ma maladie j'étais à parler avec ma fille .. et... qui donc... qui donc ?... Ah ! un homme bien généreux, M. Rodolphe... il m'avait empêché d'être arrêté .. Depuis... par exemple... je ne me souviens de rien...

— Votre maladie... s'était compliquée d'une absence de mémoire — dit le médecin. — La vue de votre fille, de votre femme, de vos amis vous l'a rendue...

— Et chez qui suis-je donc ici ?

— Chez un ami... de M. Rodolphe — se hâta de dire Germain ; — on avait songé que le changement d'air vous serait utile.

— A merveille — dit tout bas le docteur, et s'adressant à un surveillant il ajouta : — Envoyez le fiacre au bout de la ruelle du jardin, afin qu'il n'ait pas à traverser les cours et à sortir par la grande porte.

Ainsi que cela arrive quelquefois dans les cas de folie, Morel n'avait aucunement le souvenir et la conscience de l'aliénation dont il avait été atteint.

Quelques moments après, appuyé sur le bras de sa femme, de sa fille, et accompagné d'un élève-chirurgien que, pour plus de prudence, le docteur avait commis à sa surveillance jusqu'à Paris, Morel montait en fiacre et quittait Bicêtre sans soupçonner qu'il y avait été enfermé comme fou. . . .

— Vous croyez ce pauvre homme complétement guéri ? — disait madame Georges au docteur, qui la reconduisait jusqu'à la grande porte de Bicêtre.

— Je le crois, madame, et j'ai voulu exprès le laisser sous l'heureuse influence de ce rapprochement avec sa famille; j'aurais craint de l'en séparer. Du reste, un de mes élèves ne le quittera pas et indiquera le régime à suivre. Tous les jours j'irai le visiter jusqu'à ce que sa guérison soit tout à fait consolidée; car non-seulement il m'intéresse beaucoup, mais il m'a encore été très-particulièrement recommandé, à son entrée à Bicêtre, par le chargé d'affaires du grand-duché de Gerolstein.

Germain et sa mère échangèrent un coup d'œil significatif.

— Je vous remercie, monsieur — dit madame Georges — de la bonté avec laquelle vous avez bien voulu me faire visiter ce bel établissement, et je me félicite d'avoir assisté à la scène touchante que votre savoir avait si habilement prévue et annoncée.

— Et moi, madame, je me félicite doublement de ce succès qui rend un si excellent homme à la tendresse de sa famille. . . . .

Encore tout émus de ce qu'ils venaient de voir, madame Georges, Rigolette et Germain reprirent le chemin de Paris, ainsi que M. et madame Pipelet.

Au moment où le docteur Herbin rentrait dans les cours, il rencontra un employé supérieur de la maison qui lui dit : — Ah! mon cher monsieur Herbin, vous ne sauriez vous imaginer à quelle scène je viens d'assister... Pour un observateur comme vous, c'eût été une source inépuisable.

— Comment donc ? quelle scène !

— Vous savez que nous avons ici deux femmes condamnées à mort... la mère et la fille .. qui seront exécutées demain !

— Sans doute.

— Eh bien ! de ma vie je n'ai vu une audace et un sang-froid pareil à celui de la mère... C'est une femme infernale.

— N'est-ce pas cette veuve Martial... qui a montré tant de cynisme dans les débats ?

— Elle-même.

— Et qu'a-t-elle fait encore ?

— Elle avait demandé à être enfermée dans le même cabanon que sa fille... jusqu'au moment de leur exécution. On avait accédé à sa demande. Sa fille, beaucoup moins endurcie qu'elle, paraît s'amollir à mesure que le moment fatal approche, tandis que l'assurance diabolique de la veuve augmente encore, s'il est possible... Tout à l'heure le vénérable aumônier de la prison est entré dans leur cachot pour leur offrir les consolations de la religion... La fille se préparait à les accepter, lorsque sa mère, sans perdre un moment son sang-froid glacial, l'a accablée, elle et l'aumônier, de si indignes sarcasmes, que ce vénérable prêtre a dû quitter le cachot après avoir en vain tenté de faire entendre quelques saintes paroles à cette femme indomptable.

— A la veille de monter sur l'échafaud!... une telle audace est vraiment effrayante — dit le docteur.

— Du reste, on dirait une de ces familles poursuivies par la fatalité antique... Le père est mort sur l'échafaud... un autre fils est au bagne... un autre aussi, condamné à mort, s'est dernièrement évadé... Le fils aîné seul et deux jeunes enfants ont échappé à cette épouvantable contagion... Pourtant cette femme a fait demander à ce fils aîné... le seul honnête homme de cette exécrable race... de venir demain matin recevoir ses dernières volontés!...

— Quelle entrevue!...

— Vous n'êtes pas curieux d'y assister?

— Franchement, non... Vous connaissez mes principes au sujet de la peine de mort... et je n'ai pas besoin d'un si affreux spectacle pour m'affermir encore dans ma manière de voir... Si cette horrible femme porte son caractère indomptable jusque sur l'échafaud, quel déplorable exemple pour le peuple!

— Il y a encore quelque chose dans cette double exécution qui me paraît très-singulier, c'est le jour qu'on a choisi pour la faire.

— Comment?

— C'est aujourd'hui la mi-carême!

— Eh bien?

— Demain, l'exécution a lieu à sept heures... Or, des bandes de gens déguisés, qui auront passé cette nuit dans les bals de barrières .. se croiseront nécessairement, en rentrant dans Paris, avec le funèbre cortége...

— Vous avez raison... ce sera un contraste hideux.

— Sans compter que de la place de l'exécution... *barrière Saint-Jacques*, on entendra au loin la musique des guinguettes environnantes, car, pour fêter le dernier jour du carnaval, on danse dans ces cabarets jusqu'à dix et onze heures du matin.   .   .   .   .

Le lendemain, le soleil se leva radieux, éblouissant.

A quatre heures du matin, plusieurs piquets d'infanterie et de cavalerie vinrent entourer et garder les abords de Bicêtre.

Nous conduirons le lecteur dans le cabanon où se trouvaient réunies la veuve du supplicié et sa fille Calebasse.

CHAPITRE XV.

LA TOILETTE.

A Bicêtre, un sombre corridor percé çà et là de quelques fenêtres grillées, sorte de soupiraux situés un peu au-dessus du sol d'une cour supérieure, conduisait au cachot des condamnés à mort... Ce cachot ne prenait de jour que par un large guichet pratiqué à la partie supérieure de la porte, qui ouvrait sur le passage à peine éclairé dont nous avons parlé.

Dans ce cabanon au plafond écrasé, aux murs humides et verdâtres, au sol dallé de pierres froides comme les pierres du sépulcre, sont renfermées la femme Martial et sa fille Calebasse.

La figure anguleuse de la veuve du supplicié se détache, dure, impassible et blafarde comme un masque de marbre au milieu de la demi-obscurité qui règne dans le cachot. Privée de l'usage de ses mains, car par-dessus sa robe noire elle porte la camisole de force, sorte de longue casaque de grosse toile grise lacée derrière le dos et dont les manches se terminent et se ferment en forme de sac, elle demande qu'on lui ôte son bonnet, se plaignant d'une vive chaleur à la tête... Ses cheveux gris tombent épars sur ses épaules. Assise au bord de son lit, ses pieds reposent sur la dalle; elle regarde fixement sa fille Calebasse, séparée d'elle par la largeur du cachot.

Celle-ci, à demi couchée et vêtue aussi de la camisole de force, s'adosse au mur. Elle a la tête baissée sur sa poitrine, l'œil fixe, la respiration saccadée. Un léger tremblement convulsif de temps à autre agite sa mâchoire inférieure; ses traits paraissent assez calmes, malgré leur pâleur livide.

Dans l'intérieur et à l'extrémité du cachot, au-dessous du guichet ouvert, un vétéran décoré, à figure rude et basanée, au crâne chauve, aux longues moustaches grises, est assis sur une chaise. Il garde à vue les condamnées.

— Il fait un froid glacial ici !... et pourtant les yeux me brûlent... et puis j'ai soif... toujours soif... — dit Calebasse au bout de quelques instants. Puis, s'adressant au vétéran, elle ajouta : — De l'eau, s'il vous plaît, monsieur...

Le vieux soldat se leva, prit sur un escabeau un broc d'étain plein d'eau, en remplit un verre, s'approcha de Calebasse et la fit boire lentement, la camisole de force empêchant la condamnée de se servir de ses mains.

Après avoir bu avec avidité, elle dit : — Merci, monsieur

— Voulez-vous boire?... — demanda le soldat à la veuve. Celle-ci répondit par un signe négatif. Le vétéran alla se rasseoir.

— Quelle heure est-il, monsieur? — demanda Calebasse.

— Bientôt quatre heures et demie... — dit le soldat.

— Dans trois heures! — reprit Calebasse avec un sourire sardonique et sinistre, faisant allusion au moment fixé pour son exécution — dans trois heures!... Elle n'osa pas achever.

La veuve haussa les épaules.. Sa fille comprit sa pensée, et reprit : — Vous avez plus de courage que moi... ma mère... Vous ne faiblissez jamais... vous...

— Jamais!...

— Je le sais bien... je le vois bien... Votre figure est aussi tranquille que si vous étiez assise au coin du feu de notre cuisine... occupée à coudre... Ah! il est loin, ce bon temps-là!... il est loin!...

— Bavarde!

— C'est vrai... au lieu de rester là à penser... sans rien dire... j'aime mieux parler... j'aime mieux...

— T'étourdir.. poltronne!

— Quand cela serait, ma mère, tout le monde n'a pas votre courage, non plus... J'ai fait ce que j'ai pu pour vous imiter; je n'ai pas écouté le prêtre, parce que vous ne le vouliez pas. Ça n'empêche pas que j'ai peut-être eu tort, car enfin — ajouta la condamnée en frissonnant — après... qui sait? et après... c'est bientôt... c'est... dans...

— Dans trois heures.

— Comme vous dites cela froidement, ma mère! Mon Dieu! mon Dieu! c'est pourtant vrai... dire que nous sommes là, toutes les deux... que nous ne sommes pas malades, que nous ne voudrions pas mourir, et que, pourtant, dans trois heures...

— Dans trois heures tu auras fini en vraie Martial... *Tu auras vu noir*,... voilà tout... Hardi, ma fille!

— Cela n'est pas beau de parler ainsi à votre fille — dit le vieux soldat d'une voix grave; — vous auriez mieux fait de lui laisser écouter le prêtre.

La veuve haussa de nouveau les épaules avec un dédain farouche, et reprit en s'adressant à Calebasse, sans seulement tourner la tête du côté du vétéran:

— Courage, ma fille, nous montrerons que des femmes ont plus de cœur que ces hommes... avec leurs prêtres. Les lâches!

— Le commandant Leblond était le plus brave officier du 3e chasseurs à pied. Je l'ai vu, criblé de blessures à la brèche de Saragosse... mourir en faisant le signe de la croix... — dit le vétéran.

— Vous étiez donc son sacristain ? — lui demanda la veuve en poussant un éclat de rire sauvage.

— J'étais son soldat — répondit doucement le vétéran. — C'était seulement pour vous dire qu'on peut, au moment de mourir, prier sans être lâche...

Calebasse regarda attentivement cet homme au visage basané, type parfait et populaire du soldat de l'Empire; une profonde cicatrice sillonnait sa joue gauche et se perdait dans sa large moustache grise. Les simples paroles de ce vétéran, dont les traits, les blessures et le ruban rouge semblaient annoncer la bravoure calme et éprouvée par les batailles, frappèrent profondément la fille de la veuve. Elle avait refusé les consolations du prêtre encore plus par fausse honte et par crainte des sarcasmes de sa mère que par endurcissement. Dans sa pensée incertaine et mourante, elle opposa aux railleries sacriléges de la veuve l'assentiment du soldat. Forte de ce témoignage, elle crut pouvoir écouter sans lâcheté des instincts religieux auxquels des hommes intrépides avaient obéi. — Au fait — reprit-elle avec angoisse — pourquoi n'ai-je pas voulu entendre le prêtre ! Il n'y avait pas de faiblesse à cela... D'ailleurs ça m'aurait étourdie., et puis... enfin... *après*... qui sait ?...

— Encore ! — dit la veuve d'un ton de mépris écrasant. — Le temps manque... c'est dommage... tu serais religieuse. L'arrivée de ton frère Martial achèvera ta conversion... Mais il ne viendra pas, l'honnête homme, le bon fils !

Au moment où la veuve prononçait ces paroles, l'énorme serrure de la prison retentit bruyamment, et la porte s'ouvrit.

— Déjà !... — s'écria Calebasse en faisant un bond convulsif. — Oh ! mon Dieu... on a avancé l'heure ! On nous trompait ! Et ses traits commençaient à se décomposer d'une manière effrayante

— Tant mieux... si la montre du bourreau avance... tes béguineries ne me déshonoreront pas.

— Madame — dit un employé de la prison avec cette sorte de commisération doucereuse qui *sent la mort* — votre fils est là... voulez-vous le voir !

— Oui — répondit la veuve sans tourner la tête.

Martial entra. Le vétéran resta dans le cachot, dont on laissa, pour plus de précaution, la porte ouverte. A travers la pénombre du corridor à demi éclairé par le jour naissant et par un reverbère on voyait plusieurs soldats et gardiens, les uns assis sur un banc, les autres debout.

Martial était aussi livide que sa mère; ses traits exprimaient une angoisse, une horreur profonde; ses genoux tremblaient sous lui Malgré les crimes de cette femme, malgré l'aversion qu'elle lui avait toujours témoignée, il s'était cru obligé d'obéir à sa dernière volonté. Dès qu'il entra dans le cachot, la veuve jeta sur lui un regard perçant, et lui dit d'une voix sourdement courroucée et comme pour éveiller dans l'âme de son fils une haine profonde :

— Tu vois... ce qu'on va faire... de ta mère... de ta sœur !...

— Ah ! ma mère... c'est affreux.. mais je vous l'avais dit, hélas !...

La veuve serra ses lèvres blanches avec colère; son fils ne la comprenait pas; cependant elle reprit : — On va nous tuer... comme on a tué ton père.

— Mon Dieu!... mon Dieu!... et je ne puis rien... c'est fini. Maintenant, que voulez-vous que je fasse?... pourquoi ne pas m'avoir écouté... ni vous ni ma sœur?... vous n'en seriez pas là ..

— Ah!... c'est ainsi... — reprit la veuve avec son habituelle et farouche ironie — tu trouves cela bien?

— Ma mère!...

— Te voilà content... tu pourras dire, sans mentir, que ta mère est morte; tu ne rougiras plus d'elle.

— Si j'étais mauvais fils — répondit brusquement Martial, révolté de l'injuste dureté de sa mère — je ne serais pas ici.

Tu viens... par curiosité...

— Je viens... pour vous obéir...

— Ah! si je t'avais écouté, Martial, au lieu d'écouter ma mère... je ne serais pas ici — s'écria Calebasse d'une voix déchirante et cédant enfin à ses angoisses, à ses terreurs, jusqu'alors contenues par l'influence de la veuve. — C'est votre faute... Soyez maudite, ma mère!

— Elle se repent... elle m'accuse... Tu dois jouir, hein? — dit la veuve à son fils avec un éclat de rire diabolique.

Sans lui répondre, Martial se rapprocha de Calebasse, dont l'agonie commençait, et lui dit avec compassion :

— Pauvre sœur... il est trop tard maintenant...

— Jamais trop tard... pour être lâche! — dit la mère avec une fureur froide. — Oh! quelle race!... Heureusement Nicolas est évadé... François et Amandine t'échapperont. Ils ont déjà du vice... la misère les achèvera!...

— Ah! Martial!... veille bien sur eux... ou ils finiront... comme nous deux ma mère... On leur coupera aussi la tête! — s'écria Calebasse en poussant de sourds gémissements.

— Il aura beau veiller sur eux — s'écria la veuve avec une exaltation féroce — le vice et la misère seront plus forts que lui... et un jour... ils vengeront père, mère et sœur...

— Votre horrible espérance sera trompée, ma mère — répondit Martial indigné. — Ni eux ni moi nous n'aurons jamais la misère à craindre... La Louve a sauvé la jeune fille que Nicolas voulait noyer... les parents de cette jeune fille nous ont proposé ou beaucoup d'argent, ou moins d'argent et des terres en Alger... Nous avons préféré les terres. Demain nous partirons avec les enfants, et de notre vie nous ne reviendrons en Europe...

— Ce que tu dis là est vrai? — demanda la veuve à Martial d'un ton de surprise irritée.

— Je ne mens jamais.

— Tu mens aujourd'hui pour me mettre en colère.

— En colère! parce que le sort de ces enfants est assuré?

— Oui... de louveteaux on en fera des agneaux... Le sang de ton père, de ta sœur, le mien ne sera pas vengé...

— A ce moment... ne parlez pas ainsi.

— J'ai tué... on me tue... je suis quitte.

— Ma mère... le repentir...

La veuve poussa un nouvel éclat de rire. — Je vis depuis trente ans dans le crime... et pour me repentir de trente ans... on me donne trois jours... avec la mort au bout... Est-ce que j'aurais le temps !... Non, non; quand ma tête tombera... elle grincera de rage et de haine.

— Mon frère, au secours... emmène-moi d'ici... ils vont venir... — murmura Calebasse d'une voix défaillante, car la misérable commençait à délirer.

— Veux-tu te taire... — dit la veuve exaspérée par la faiblesse de Calebasse; — veux-tu te taire!... Oh! l'infâme... et c'est ma fille !

— Ma mère! ma mère!... — s'écria Martial déchiré par cette horrible scène — pourquoi m'avez-vous fait venir ici !..

— Parce que je croyais te donner du cœur et de la haine... mais qui n'a pas l'un... n'a pas l'autre... lâche !

— Ma mère!...

— Lâche... lâche... lâche!...

A ce moment il se fit un assez grand bruit de pas dans le corridor. Le vétéran tira sa montre et regarda l'heure. Le soleil se levant au dehors, éblouissant et radieux, jeta tout à coup une nappe de clarté dorée par le soupirail pratiqué dans le corridor en face de la porte du cachot...

Cette porte s'ouvrit, et l'entrée du cabanon se trouva vivement éclairée. Au milieu de cette zone lumineuse, des gardiens apportèrent deux chaises[1], puis le greffier vint dire à la veuve d'une voix émue : — Madame... il est temps...

La condamnée se leva droite, impassible; Calebasse poussa des cris aigus.

Quatre hommes entrèrent... Trois d'entre eux, assez mal vêtus, tenaient à la main de petits paquets de corde très-déliée, mais très-forte.

Le plus grand de ces quatre hommes, correctement habillé de noir, portant un chapeau rond et une cravate blanche, remit au greffier un papier. Cet homme était le bourreau... Ce papier était un reçu des deux femmes bonnes à guillotiner... Le bourreau prenait possession de ces deux créatures de Dieu ; désormais il en répondait seul.

A l'effroi désespéré de Calebasse avait succédé une torpeur hébétée. Deux aides du bourreau furent obligés de l'asseoir sur son lit et de l'y soutenir. Ses mâchoires, serrées par une convulsion tétanique, lui permettaient à peine de prononcer quelques mots sans suite... Elle roulait autour d'elle des yeux déjà ternes et sans regards... son menton touchait à sa poitrine, et, sans l'appui des deux aides, son corps serait tombé en avant comme une masse inerte...

Martial, après avoir une dernière fois embrassé cette malheureuse, restait immobile, épouvanté, n'osant, ne pouvant faire un pas, et comme fasciné par cette terrible scène.

La froide audace de la veuve ne se démentait pas : la tête haute et droite, elle aidait elle-même à se dépouiller de la camisole de force qui emprisonnait

[1] Ordinairement la toilette des condamnés a lieu dans l'avant-greffe, mais quelques réparations indispensables obligeaient de faire dans le cachot les sinistres apprêts.

ses mouvements. Cette toile tomba ; elle se trouva vêtue d'une vieille robe de laine noire. — Où faut-il me mettre ! — demanda-t-elle d'une voix ferme.

— Ayez la bonté de vous asseoir sur une de ces chaises... — lui dit le bourreau en lui indiquant un des deux sièges placés à l'entrée du cachot.

La porte étant restée ouverte, on voyait dans le corridor plusieurs gardiens, le directeur de la prison et quelques curieux privilégiés.

La veuve se dirigeait d'un pas hardi vers la place qu'on lui avait indiquée ; lorsqu'elle passa devant sa fille... elle s'arrêta, s'approcha d'elle, et lui dit d'une voix légèrement émue : — Ma fille, embrasse-moi...

A la voix de sa mère, Calebasse sortit de son apathie, se dressa sur son séant, et, avec un geste de malédiction, elle s'écria : — S'il y a un enfer... descendez-y, maudite !...

— Ma fille !... embrasse-moi !... — dit encore la veuve en faisant un pas.

— Ne m'approchez pas !... vous m'avez perdue !... — murmura la malheureuse en jetant ses mains en avant pour repousser sa mère.

— Pardonne-moi !...

— Non ! non !... — dit Calebasse d'une voix convulsive, et cet effort ayant épuisé ses forces, elle retomba presque sans connaissance entre les bras des aides. Un nuage passa sur le front indomptable de la veuve ; un instant ses yeux secs et ardents devinrent humides. Elle rencontra le regard de son fils. Après un moment d'hésitation, et comme si elle eût cédé à l'effort d'une lutte intérieure, elle lui dit : — Et toi ?...

Martial se précipita en sanglotant dans les bras de sa mère.

— Assez !... — dit la veuve en surmontant son émotion et en se dégageant des étreintes de son fils — monsieur attend... — ajouta-t-elle en montrant le bourreau. Puis elle marcha rapidement vers la chaise, où elle s'assit résolument. La lueur de sensibilité maternelle qui avait un moment éclairé les noires profondeurs de cette âme abominable s'éteignit tout à coup.

— Monsieur — dit le vétéran à Martial en s'approchant de lui avec intérêt. — ne restez pas ici... Venez... venez... — Martial, égaré par l'horreur et par l'épouvante, suivit machinalement le soldat.

Deux aides avaient apporté sur la chaise Calebasse agonisante ; l'un maintenait ce corps déjà presque privé de vie, pendant que l'autre, au moyen de cordes de fouet excessivement minces, et très-longues, lui attachait les mains derrière le dos par des nœuds inextricables, et lui nouait aux chevilles une corde assez longue pour que la marche à petits pas fût possible.

Cette opération était à la fois étrange et horrible ; on eût dit que les longues cordes minces qu'on distinguait à peine dans l'ombre, et dont ces hommes silencieux entouraient, garrottaient la condamnée avec autant de rapidité que de dextérité, sortaient de leurs mains comme les fils ténus dont les araignées enveloppent aussi leur victime avant de la dévorer.

Le bourreau et son autre aide enchevêtraient la veuve avec la même agilité, sans que les traits de cette femme offrissent la moindre altération. Seulement de temps à autre elle toussait légèrement.

Lorsque la condamnée fut ainsi mise dans l'impossibilité de faire un mouvement, le bourreau, tirant de sa poche une longue paire de ciseaux, lui dit avec politesse : — Ayez la complaisance de baisser la tête, madame...

La veuve baissa la tête en disant : — Nous sommes de bonnes pratiques ; vous avez eu mon mari... maintenant voilà sa femme et sa fille...

Sans répondre, le bourreau ramassa dans sa main gauche les longs cheveux gris de la condamnée, et se mit à les couper très-ras... surtout à la nuque.

— Ça fait que j'aurai été coiffée trois fois dans ma vie — dit la veuve avec un ricanement sinistre : le jour de ma première communion, quand on m'a mis le voile, le jour de mon mariage, quand on m'a mis la fleur d'oranger... et puis aujourd'hui, n'est-ce pas... coiffeur de la mort !

Le bourreau resta muet. Les cheveux de la condamnée étant épais et rudes, l'opération fut si longue, que la chevelure de Calebasse tombait entièrement sur les dalles alors que celle de sa mère n'était coupée qu'à demi.

— Vous ne savez pas à quoi je pense ? — dit la veuve au bourreau, après avoir de nouveau contemplé sa fille.

Le bourreau continua de garder le silence.

On n'entendait que le grincement sonore des ciseaux et que l'espèce de hoquet et de râle qui de temps à autre soulevait la poitrine de Calebasse.

A ce moment on vit dans le corridor un prêtre à figure vénérable s'approcher du directeur de la prison et causer à voix basse avec lui. Ce saint ministre venait tenter une dernière fois d'arracher l'âme de la veuve à l'endurcissement.

LA TOILETTE.

— Je pense — reprit la veuve en voyant que le bourreau ne lui répondait pas — je pense qu'à cinq ans... ma fille.. à qui on va couper la tête... était le plus joli enfant qu'on puisse voir... Elle avait des cheveux blonds et des joues roses et blanches... Alors .. qui est-ce qui lui aurait dit... que... — Puis, ensuite d'un nouveau silence, elle s'écria avec un éclat de rire et une expression impossible à rendre : — Quelle comédie que le sort !!!

A ce moment, les dernières mèches de la chevelure de la condamnée tombèrent sur ses épaules. — C'est fini, madame — dit poliment le bourreau.

— Merci... je vous recommande mon fils Nicolas — dit la veuve — vous le coifferez un de ces jours !...

Un gardien vint dire quelques mots tout bas à la condamnée.

— Non... je vous ai déjà dit que non... — répondit-elle brusquement.

Le prêtre entendit ces mots, leva les yeux au ciel, joignit les mains, et disparut.

— Madame... nous allons partir... Vous ne voulez rien prendre? — dit obséquieusement le bourreau.

— Merci... ce soir je prendrai une gorgée de terre...

Et la veuve, après ce nouveau sarcasme, se leva droite ; ses mains étaient attachées derrière son dos, et un lien assez lâche pour qu'elle pût marcher la garrottait d'une cheville à l'autre. Quoique son pas fût ferme et résolu, le bourreau et un aide voulurent obligeamment la soutenir ; elle fit un geste d'impatience, et dit d'une voix impérieuse et dure : — Ne me touchez pas... j'ai bon pied, bon œil... Sur l'échafaud on verra si j'ai une bonne voix, et si je dis des paroles de repentance... — Et la veuve, accostée du bourreau et d'un aide, sortant du cachot, entra dans le corridor. Les deux autres aides furent obligés de transporter Calebasse sur sa chaise ; elle était mourante.

Après avoir traversé le long corridor, le funèbre cortége monta un escalier de pierre qui conduisait à une cour extérieure.

Le soleil inondait de sa lumière chaude et dorée le faîte des hautes murailles blanches qui entouraient la cour et se découpaient sur un ciel d'un bleu splendide... l'air était doux et tiède... jamais journée de printemps ne fut plus riante, plus magnifique.

Dans cette cour on voyait un piquet de gendarmerie départementale, un fiacre et une voiture longue, étroite, à caisse jaune, attelée de trois chevaux de poste qui hennissaient gaiement en faisant tinter leurs grelots retentissants. On montait dans cette voiture comme dans un omnibus, par une portière située à l'arrière. Cette ressemblance inspira une dernière raillerie à la veuve.

— Le conducteur ne dira pas... complet !... — dit-elle ; puis elle gravit le marchepied aussi lestement que lui permettaient ses entraves.

Calebasse, expirante et soutenue par un aide, fut placée dans la voiture en face de sa mère... puis on ferma la portière.

Le cocher du fiacre s'était endormi, le bourreau le secoua... — Excusez, bourgeois — dit le cocher en se réveillant et en descendant pesamment de son siége ; — mais une nuit de Mi-Carême, c'est rude... Je venais justement de conduire aux Vendanges de Bourgogne une tapée de débardeurs et de débardeuses qui chantaient la Mère Godichon, quand vous m'avez pris à l'heure...

— Allons, c'est bon. Suivez cette voiture... et *boulevard Saint-Jacques*

— Excusez, bourgeois... il y a une heure aux Vendanges... maintenant à la guillotine!... Ça prouve que les courses se suivent et ne se ressemblent pas, comme dit c't autre!

Les deux voitures, précédées et suivies du piquet de gendarmerie, sortirent de la porte extérieure de Bicêtre, et prirent au grand trot la route de Paris.

. . . .

Nous avons présenté le tableau de la *toilette* des condamnés dans toute son effroyable vérité, parce qu'il nous semble qu'il ressort de cette peinture de puissants arguments :

Contre la peine de mort; contre la manière dont cette peine est appliquée; contre l'effet qu'on en attend comme exemple donné aux populations.

Quoique dépouillée de cet appareil à la fois formidable et religieux dont devraient être entourés tous les actes du suprême châtiment que la loi inflige au nom de la vindicte publique, *la toilette* est ce qu'il y a de plus terrifiant dans l'exécution de l'arrêt de mort, et c'est cela que l'on cache à la multitude.

Au contraire, en Espagne par exemple, le condamné reste exposé pendant trois jours dans une chapelle ardente, son cercueil est continuellement sous ses yeux; les prêtres disent les prières des agonisants, les cloches de l'église tintent jour et nuit un glas funèbre.

On conçoit que cette espèce d'initiation à une mort prochaine puisse épouvanter les criminels les plus endurcis, et inspirer une terreur salutaire à la foule qui se presse aux grilles de la chapelle mortuaire.

Puis, le jour du supplice est un jour de deuil public : les cloches de toutes les paroisses sonnent les *trépassés;* le condamné est lentement conduit à l'échafaud avec une pompe imposante, lugubre; son cercueil toujours porté devant lui; les prêtres, chantant les prières des morts, marchent à ses côtés; viennent ensuite les confréries religieuses, et enfin des frères quêteurs demandant à la foule de quoi dire des messes pour le repos de l'âme du supplicié... Jamais la foule ne reste sourde à cet appel.

Sans doute tout cela est épouvantable, mais cela est logique, mais cela est imposant, mais cela montre que l'on ne retranche pas de ce monde une créature de Dieu pleine de vie et de force comme on égorge un bœuf... Mais cela donne à penser à la multitude, qui juge toujours du crime par la grandeur de la peine... que l'homicide est un forfait bien abominable, puisque son châtiment ébranle, attriste, émeut toute une ville.

Ce redoutable spectacle peut faire naître de graves réflexions, inspirer un utile effroi... et ce qu'il y a de barbare dans ce sacrifice humain est au moins couvert par la terrible majesté de son exécution. Mais nous le demandons, les choses se passant exactement comme nous les avons rapportées (et quelquefois même *moins gravement*), de quel exemple cela peut-il être?

De grand matin on prend le condamné, on le garrotte, on le jette dans une voiture fermée, le postillon fouette, *touche* à l'échafaud, là la bascule joue, et une tête tombe dans un panier... au milieu des railleries atroces de ce qu'il y a de plus corrompu dans la populace!...

Dans cette exécution rapide et furtive, où est l'exemple? où est l'épouvante?... L'exécution ayant lieu pour ainsi dire à huis clos, dans un endroit parfaitement écarté, avec une précipitation sournoise, toute la ville ignore cet acte sanglant et solennel; rien ne lui annonce que ce jour-là on *tue un homme*... les théâtres rient et chantent... la foule bourdonne insoucieuse et bruyante...

Au point de vue de la société, de la religion, de l'humanité, c'est pourtant quelque chose qui doit importer à *tous* que cet homicide juridique commis au nom de l'*intérêt de tous*...

Enfin, disons-le encore, disons-le toujours, voici le glaive, mais où est la couronne? A côté de la punition montrez la récompense, alors seulement la leçon sera complète et féconde... Si le lendemain de ce jour de deuil et de mort, le peuple, qui a vu la veille le sang d'un grand criminel rougir l'échafaud, voyait rémunérer et exalter un grand homme de bien, il redouterait d'autant plus le supplice du premier, qu'il ambitionnerait davantage le triomphe du second : la terreur empêche à peine le crime, jamais elle n'inspire la vertu.

Considère-t-on l'effet de la peine de mort sur les condamnés eux-mêmes :

Ou ils la bravent avec un cynisme audacieux... ou ils la subissent inanimés, à demi morts d'épouvante... ou ils offrent leur tête avec un repentir sincère...

Or, la peine est insuffisante pour ceux qui la narguent... Inutile pour ceux qui sont déjà morts moralement... Exagérée pour ceux qui se repentent...

La société ne tue le meurtrier ni pour le faire souffrir ni pour lui infliger la loi du talion... Elle le tue pour le mettre dans l'impossibilité de nuire... elle le tue pour que l'exemple de sa punition serve de frein aux meurtriers à venir...

Nous croyons, nous, que la peine est trop barbare, et qu'elle n'épouvante pas assez... Nous croyons, nous, que dans quelques crimes, tels que le parricide ou autres forfaits qualifiés, l'*aveuglement* et un isolement perpétuel mettraient un condamné dans l'impossibilité de nuire, et le puniraient d'une manière mille fois plus redoutable, tout en lui laissant le temps du repentir et de la rédemption... — Si l'on doutait de cette assertion, nous rappellerions beaucoup de faits constatant l'horreur invincible des criminels endurcis pour l'isolement... Ne sait-on pas que quelques-uns ont commis des meurtres pour être condamnés à mort, préférant ce supplice à une cellule?... Quelle serait donc leur terreur, lorsque l'*aveuglement* joint à l'isolement ôterait au condamné l'espoir de s'évader, espoir qu'il conserve et qu'il réalise quelquefois même en cellule et chargé de fers?...

Nous pensons aussi que l'abolition des condamnations capitales serait une des conséquences forcées de l'isolement pénitentiaire; l'effroi que cet isolement inspire à la génération qui peuple à cette heure les prisons et les bagnes étant tel que beaucoup d'entre ces incurables préféreront encourir le dernier supplice à l'emprisonnement cellulaire; alors il faudra sans doute supprimer la peine de mort pour leur enlever cette dernière et épouvantable alternative.

CHAPITRE XVI.

MARTIAL ET LE CHOURINEUR.

Avant de poursuivre notre récit, disons quelques mots des relations récemment établies entre le Chourineur et Martial.

Une fois Germain sorti de prison, le Chourineur prouva facilement qu'il s'était volé lui-même, avoua au juge d'instruction le but de cette singulière mystification, et fut mis en liberté après avoir été sévèrement admonesté.

Voulant récompenser le Chourineur de ce nouvel acte de dévouement, Rodolphe, pour combler les vœux de son rude protégé, l'avait logé à l'hôtel de la rue Plumet, lui promettant de l'emmener lorsqu'il retournerait en Allemagne. Le Chourineur éprouvait pour Rodolphe l'attachement aveugle, obstiné du chien pour son maître. Demeurer sous le même toit que le prince, le voir quelquefois, attendre une nouvelle occasion de se sacrifier à lui ou aux siens, là se bornaient l'ambition et le bonheur du Chourineur, qui préférait mille fois cette condition à l'argent et à la ferme que Rodolphe lui avait offerts.

Mais lorsque le prince eut retrouvé sa fille, tout changea; malgré sa vive reconnaissance pour l'homme qui lui avait sauvé la vie, il ne put se résoudre à emmener avec lui en Allemagne ce témoin de la première honte de Fleur-de-Marie... Bien décidé d'ailleurs à combler tous les désirs du Chourineur, il le fit venir une dernière fois, et lui dit qu'il attendait de son attachement un nouveau service. A ces mots, la physionomie du Chourineur rayonna; mais elle devint bientôt consternée lorsqu'il apprit que non-seulement il ne pourrait suivre le prince en Allemagne, mais qu'il faudrait quitter l'hôtel le jour même.

Il est inutile de dire les compensations brillantes que Rodolphe offrit au Chourineur : — l'argent qui lui était destiné — le contrat de vente de la ferme en Algérie — plus encore, s'il le voulait... Le Chourineur, frappé au cœur, refusa, et, pour la première fois de sa vie peut-être, cet homme pleura... Il fallut l'insistance de Rodolphe pour le décider à accepter ses bienfaits.

Le lendemain, le prince fit venir la Louve et Martial, et leur demanda ce qu'il pouvait faire pour eux. Se souvenant de ce que Fleur-de-Marie lui avait dit des goûts un peu sauvages de la Louve et de son mari, il proposa au hardi ménage ou une somme d'argent considérable, ou bien la moitié de cette somme et des terres en plein rapport dépendant d'une ferme voisine de celle qu'il avait fait acheter pour le Chourineur. En faisant cette offre, le prince avait encore songé que Martial et le Chourineur, tous deux rudes, énergiques, tous deux doués de bons et valeureux instincts, sympathiseraient d'autant mieux qu'ils avaient aussi tous deux des raisons de rechercher la solitude, l'un à cause de son passé, l'autre à cause des crimes de sa famille

Il ne se trompait pas. Martial et la Louve acceptèrent avec transport; puis ayant été mis en rapport avec le Chourineur, tous trois se félicitèrent bientôt des relations que promettait leur voisinage en Algérie.

Le Chourineur, touché des avances cordiales de Martial et de sa femme, y répondit avec effusion. Bientôt une amitié sincère unit les futurs colons; les gens de cette trempe se jugent vite et s'aiment de même...

Instruit de la pénible entrevue à laquelle Martial devait se rendre pour obéir aux dernières volontés de sa mère, le Chourineur voulut accompagner son nouvel ami jusqu'à la porte de Bicêtre. Il l'attendit dans le fiacre qui les avait amenés, et qui les reconduisait à Paris après que Martial, épouvanté, eut quitté le cachot où l'on faisait les terribles préparatifs de l'exécution de sa mère et de sa sœur.

La physionomie du Chourineur était complétement changée, l'expression d'audace et de bonne humeur qui caractérisait ordinairement sa mâle figure avait fait place à un morne abattement; sa voix même avait perdu quelque chose de sa rudesse, une douleur de l'âme, douleur jusqu'alors inconnue de lui, avait rompu, brisé cette nature énergique.

Il regardait Martial avec compassion. — Courage! — lui disait le Chourineur — vous avez fait tout ce qu'un brave garçon pouvait faire... C'est fini... Songez à votre femme, à ces enfants que vous avez empêchés d'être des gueux comme père et mère... Et puis enfin... ce soir nous aurons quitté Paris pour n'y plus revenir, et vous n'entendrez plus jamais parler de ce qui vous afflige.

— C'est égal...après tout, c'est ma mère... c'est ma sœur...

— Enfin, que voulez-vous... ça est... et quand les choses sont... il faut bien s'y soumettre... — dit le Chourineur en étouffant un soupir.

Après un moment de silence, Martial lui dit cordialement : — Moi aussi je devrais vous consoler, pauvre garçon... toujours cette tristesse... Enfin... moi et ma femme, nous comptons qu'une fois hors de Paris... ça vous passera...

— Oui — dit le Chourineur presque en frémissant — si je sors de Paris...

— Puisque... nous partons ce soir...

— C'est-à-dire vous autres...vous partez ce soir...

— Et vous donc? Est-ce que vous changez d'idée maintenant?

— Non... Tenez, Martial... vous allez hausser les épaules... mais j'aime autant tout vous dire... S'il m'arrive quelque chose, au moins ça prouvera que je ne me serai pas trompé. Quand... M. Rodolphe... nous a fait demander s'il nous conviendrait de partir ensemble pour Alger et d'y être voisins, je n'ai pas voulu vous tromper... Je vous ai dit... ce que j'avais été...

— Ne parlons plus de cela... Vous avez subi votre peine... vous êtes aussi bon et aussi brave que pas un... Mais je conçois que, comme moi, vous aimiez mieux aller vivre au loin... que de rester ici, où, si honnêtes que nous soyons, on nous reprocherait toujours, à vous un méfait que vous avez payé et dont vous vous repentez pourtant encore .. à moi les crimes de mes parents... dont je ne suis pas responsable... Mais de vous à nous .. le passé est passé... et bien passé... Soyez tranquille... nous comptons sur vous comme vous pouvez compter sur nous...

— De vous à moi... peut-être... le passé est passé; mais, voyez-vous, Martial... il y a quelque chose là-haut... et j'ai tué un homme...

— C'est un grand malheur; mais, enfin, dans ce moment-là vous ne vous connaissiez plus... vous étiez comme fou... et puis enfin vous avez sauvé la vie d'autres personnes... et ça doit vous compter.

— Si je vous reparle de mon malheur... voilà pourquoi... Autrefois j'avais souvent un rêve... dans lequel je voyais... le sergent que j'ai tué... Depuis long-temps... je ne l'avais plus... ce rêve... et cette nuit... je l'ai eu... ça m'annonce un malheur pour aujourd'hui... J'ai un pressentiment que je ne sortirai pas de Paris...

— Votre chagrin de quitter notre bienfaiteur... la pensée de me conduire aujourd'hui à Bicêtre... où de si tristes choses m'attendaient... tout cela vous aura agité cette nuit; alors naturellement votre rêve... vous sera revenu...

Le Chourineur secoua tristement la tête. — Il m'est revenu juste la veille du départ de M. Rodolphe... car c'est aujourd'hui qu'il part... Hier j'ai envoyé un commissionnaire à son hôtel... n'osant pas y aller moi-même... On a dit que le prince partait ce matin, à onze heures... par la barrière de Charenton... Aussi, une fois que nous allons être arrivés à Paris... je me posterai là... pour tâcher de le voir; ça sera la dernière fois!... la dernière!...

— Il paraît si bon que je comprends bien que vous l'aimiez...

— L'aimer!... — dit le Chourineur avec une émotion profonde et concentrée — oh! oui... allez... Voyez-vous, Martial... coucher par terre, manger du pain noir... être son chien... mais être où il aurait été, je ne demandais pas plus... C'était trop... il n'a pas voulu.

— Il a été si généreux pour vous!

— Ce n'est pas ça qui fait que je l'aime tant... c'est parce qu'il m'a dit que j'avais du cœur et de l'honneur... Oui, et dans un temps où j'étais farouche comme une bête brute, où je me méprisais comme le rebut de la canaille... lui m'a fait comprendre qu'il y avait encore du bon en moi, puisque, ma peine faite, je m'étais repenti, et qu'après avoir souffert la misère des misères sans voler j'avais travaillé avec courage pour gagner honnêtement ma vie... sans vouloir de mal à personne, quoique tout le monde m'ait regardé comme un brigand fini, ce qui n'était pas encourageant. Aussi, quand M. Rodolphe me les a eu dits, ces mots, dame! voyez-vous, le cœur m'a battu haut et fier... Depuis ce temps-là, je me mettrais dans le feu pour le bien...

— C'est justement parce que vous êtes meilleur que vous n'étiez, que vous ne devez pas avoir de mauvais pressentiments... Votre rêve ne signifie rien.

— Nous verrons... C'est pas que je cherche un malheur exprès... il n'y en a pas pour moi de plus grand que celui qui m'arrive... ne plus le voir... M. Rodolphe! moi qui croyais ne plus le quitter... Dans mon espèce, bien entendu... j'aurais été là, à lui corps et âme, toujours prêt... C'est égal, il a

peut-être tort... Tenez, Martial, je ne suis qu'un ver de terre auprès de lui...
eh bien! quelquefois il arrive que les plus petits peuvent être utiles aux plus
grands. Si ça devait être, je ne lui pardonnerais de ma vie de s'être privé de moi

— Qui sait?... un jour peut-être vous le reverrez...

— Oh! non! il m'a dit : « Mon garçon, il faut que tu me promettes de ne
jamais chercher à me revoir, cela me rendra service. » Vous comprenez, Martial, j'ai promis... Foi d'homme, je tiendrai... mais c'est dur...

— Une fois là-bas, vous oublierez peu à peu ce qui vous chagrine. Nous
travaillerons, nous vivrons seuls, tranquilles, comme de bons fermiers, sauf à
faire quelquefois le coup de fusil avec les Arabes... Tant mieux! ça nous ira à
nous deux ma femme; car elle est crâne, allez, la Louve!

— S'il s'agit de coups de fusil, ça me regardera, Martial! — dit le Chourineur un peu moins accablé. — Je suis garçon, et j'ai été troupier.

— Et moi braconnier!

— Mais vous.. vous avez votre femme, et ces deux enfants dont vous êtes
comme le père... Moi, je n'ai que ma peau... et, puisqu'elle ne peut plus être
bonne à faire un paravent à M. Rodolphe, je n'y tiens guère. Ainsi, s'il y a
un coup de peigne à se donner, ça me regardera.

— Ça nous regardera tous les deux.

— Non, moi seul... tonnerre!... A moi les Bédouins!

— A la bonne heure, j'aime mieux vous entendre parler ainsi que comme
tout à l'heure... Allez, Chourineur.. nous serons de vrais frères; et puis vous
pourrez nous entretenir de vos chagrins, s'ils durent encore, car j'aurai les
miens. La journée d'aujourd'hui comptera long-temps dans ma vie, allez...
On ne voit pas sa mère, sa sœur... comme je les ai vues... sans que ça vous
revienne à l'esprit... Nous nous ressemblons, vous et moi, dans trop de choses
pour qu'il ne nous soit pas bon d'être ensemble. Nous ne boudons au danger
ni l'un ni l'autre, eh bien! nous serons moitié fermiers, moitié soldats... Il y
a de la chasse là-bas... nous chasserons... Si vous voulez vivre seul chez vous,
vous y vivrez et nous voisinerons... sinon... nous logerons tous ensemble.
Nous élèverons les enfants comme de braves gens, et vous serez quasi leur
oncle... puisque nous serons frères. Ça vous va-t-il? — dit Martial en tendant
la main au Chourineur.

— Ça me va, mon brave Martial... et puis enfin... le chagrin me tuera ou
je le tuerai... comme on dit.

— Il ne vous tuera pas... nous vieillirons ensemble, et tous les soirs nous
dirons : *Frère... merci à M. Rodolphe...* ça sera notre prière pour lui...

— Tenez, Martial... vous me mettez du baume dans le sang...

— A la bonne heure... ce bête de rêve... vous n'y pensez plus, j'espère?...

— Je tâcherai...

— Ah çà! vous venez nous prendre à quatre heures? la diligence part à cinq.

— C'est convenu... Mais nous voici bientôt à Paris; je vais arrêter le fiacre,
j'irai à pied jusqu'à la barrière de Charenton; j'attendrai M. Rodolphe pour
le voir passer. La voiture s'arrêta, le Chourineur descendit.

CHAPITRE XVII.

LE DOIGT DE DIEU.

Le Chourineur avait oublié qu'on était au lendemain de la mi-carême ; aussi fut-il étrangement surpris du spectacle à la fois bizarre et hideux qui s'offrit à sa vue lorsqu'il eut parcouru une partie du boulevard extérieur, qu'il suivait pour se rendre à la barrière de Charenton. Au bout de quelques instants, il se trouvait emporté malgré lui par une foule compacte, torrent populaire qui, descendant des cabarets du faubourg de la Glacière, s'amoncelait aux abords de cette barrière, pour se répandre ensuite sur le boulevard Saint-Jacques, où allait avoir lieu l'exécution.

Quoiqu'il fît grand jour, on entendait encore au loin la musique retentissante de l'orchestre des guinguettes où éclataient surtout les vibrations sonores des cornets à pistons.

Il faudrait le pinceau de Callot, de Rembrandt ou de Goya, pour rendre l'aspect bizarre, hideux, presque fantastique de cette multitude. Presque tous, hommes, femmes, enfants, étaient vêtus de vieux costumes de mascarades ; ceux qui n'avaient pu s'élever jusqu'à ce luxe portaient sur leurs vêtements des guenilles de couleurs tranchantes ; quelques jeunes gens étaient affublés de robes de femme à demi déchirées et souillées de boue ; tous ces visages, flétris par la débauche et par le vice, marbrés par l'ivresse, étincelaient d'une joie sauvage en songeant qu'après une nuit de crapuleuse orgie ils allaient voir mettre à mort deux femmes dont l'échafaud était dressé[1].

Écume fangeuse et fétide de la population de Paris, cette immense cohue se composait de bandits et de femmes perdues qui demandent chaque jour au crime le pain de la journée... et qui chaque soir rentrent largement repus dans leurs tanières[2].

Le boulevard extérieur étant fort resserré à cet endroit, la foule entassée refluait et entravait absolument la circulation. Malgré sa force athlétique, le Chourineur fut obligé de rester presque immobile au milieu de cette masse compacte... Il se résigna... Le prince, partant de la rue Plumet à dix heures, lui avait-on dit, ne devait passer à la barrière de Charenton qu'à onze heures environ, et il n'était pas sept heures.

Quoiqu'il eût naguère forcément fréquenté les classes dégradées auxquelles appartenait cette populace, le Chourineur, en se retrouvant au milieu d'elles, éprouvait un dégoût invincible. Poussé par le reflux de la foule jusqu'auprès

[1] L'exécution de Norbert et de Desprès a eu lieu cette année le lendemain de la Mi-Carême...
[2] Selon M. Frégier, l'excellent historien des classes dangereuses de la société, il existe à Paris environ trente mille personnes qui n'ont d'autre moyen d'existence que le vol.

d'une des guinguettes dont fourmillent ces boulevards, il assista malgré lui à un spectacle étrange...

Dans une vaste salle basse, occupée à l'une de ses extrémités par les musiciens, entourée de bancs et de tables chargées des débris d'un repas, d'assiettes cassées, de bouteilles renversées, une douzaine d'hommes et de femmes déguisés, à moitié ivres, se livraient avec emportement à cette danse folle et obscène appelée *la chahut*, à laquelle un petit nombre d'habitués de ces lieux ne s'abandonnent qu'à la fin du *bal*, alors que les gardes municipaux en surveillance se sont retirés. Parmi les ignobles couples qui figuraient dans cette saturnale, le Chourineur en remarqua deux qui se faisaient surtout applaudir par le cynisme révoltant de leurs poses, de leurs gestes et de leurs paroles.

Le premier couple se composait d'un homme à peu près déguisé en ours au moyen d'une veste et d'un pantalon de peau de mouton noir. La tête de l'animal, sans doute trop gênante à porter, avait été remplacée par une sorte de capuce à longs poils qui recouvrait entièrement le visage; deux trous, à la hauteur des yeux, une large fente à la hauteur de la bouche, permettaient de voir, de parler et de respirer. . Cet homme masqué, l'un des prisonniers évadés de la Force (parmi lesquels se trouvaient aussi Barbillon et les deux meurtriers arrêtés chez l'*ogresse* du *tapis-franc* au commencement de ce récit) ; cet homme masqué était Nicolas Martial, le fils, le frère des deux femmes dont l'échafaud était dressé à quelques pas... Entraîné dans cet acte d'insensibilité atroce, d'audacieuse forfanterie, par un de ses compagnons, ce misérable osait, à l'aide de ce travestissement, se livrer aux dernières joies du carnaval...

La femme qui dansait avec lui, costumée en vivandière, portait un chapeau de cuir bouilli bossué, à rubans déchirés, une sorte de justaucorps de drap rouge passé, orné de trois rangs de boutons de cuivre, une jupe verte et des pantalons de calicot blanc; ses cheveux noirs tombaient en désordre sur son front; ses traits hâves et plombés respiraient l'effronterie et l'impudeur.

Le *vis-à-vis* de ces danseurs était non moins ignoble.

L'homme, d'une très-grande taille, déguisé en *Robert Macaire*, avait tellement barbouillé de suie sa figure osseuse, qu'il était méconnaissable; d'ailleurs un large bandeau couvrait son œil gauche, et le blanc mat du globe de l'œil droit, se détachant sur cette face noire, la rendait plus hideuse encore. Le bas du visage du *Squelette* (on l'a déjà reconnu sans doute) disparaissait entièrement dans une haute cravate faite d'un vieux châle rouge. Coiffé, selon la tradition, d'un chapeau gris râpé, aplati, sordide et sans fond; vêtu d'un habit vert en lambeaux et d'un pantalon garance rapiécé en mille endroits, et attaché aux chevilles avec des ficelles, cet assassin, outrant les poses les plus grotesques et les plus cyniques de *la chahut*, lançant de droite, de gauche, en avant, en arrière, ses longs membres durs comme du fer, les dépliait et les repliait avec tant de vigueur et d'élasticité, qu'on les eût dits mis en mouvement par des ressorts d'acier... Digne coryphée de cette immonde saturnale, sa danseuse, grande et leste créature au visage impudent et aviné, costumée en débardeur, coiffée d'un bonnet de police incliné sur une perruque poudrée, à

grosse queue, portait une veste et un pantalon de velours vert éraillé, assujetti
à la taille par une écharpe orange aux longs bouts flottant derrière le dos.

Une grosse femme, ignoble et hommasse, l'ogresse du tapis-franc, assise
sur un des bancs, tenait sur ses genoux les manteaux de tartan de cette créature et de la vivandière, pendant qu'elles rivalisaient toutes deux de bonds et
de postures cyniques avec le Squelette et Nicolas Martial.

Parmi les autres danseurs on remarquait encore un enfant boiteux habillé
en diable au moyen d'un tricot noir beaucoup trop grand pour lui, d'un caleçon
rouge, et d'un masque vert horrible et grimaçant. Malgré son infirmité, ce
petit monstre était d'une agilité surprenante; sa dépravation précoce atteignait,
si elle ne dépassait pas, celle de ses affreux compagnons, et il gambadait aussi
effrontément que pas un devant une grosse femme déguisée en bergère, qui
excitait encore le dévergondage de son partner par ses éclats de rire.

Aucune charge ne s'étant élevée contre Tortillard (on l'a déjà reconnu), et
Bras-Rouge ayant été provisoirement laissé en prison, l'enfant, à la demande
de son père, avait été réclamé par Micou, le recéleur du passage de la Brasserie, que ses complices n'avaient pas dénoncé.

Comme figures secondaires du tableau que nous essayons de peindre, qu'on
s'imagine tout ce qu'il y a de plus bas, de plus honteux, de plus monstrueux
dans cette crapule oisive, audacieuse, rapace, sanguinaire, athée, qui se montre
de plus en plus hostile à l'ordre social, et sur laquelle nous avons voulu rappeler l'attention des penseurs en terminant ce récit... Puisse cette dernière et
horrible scène symboliser le péril imminent qui menace incessamment la société!... Oui, que l'on y songe, la cohésion, l'augmentation inquiétante de cette
race de voleurs et de meurtriers est une sorte de protestation vivante contre
le vice des lois répressives et surtout contre l'absence des *mesures préventives,*
d'une *législation prévoyante,* de *larges institutions préservatrices,* destinées à
surveiller, à moraliser dès l'enfance cette foule de malheureux, abandonnés ou
pervertis par d'effroyables exemples. Encore une fois, ces êtres déshérités,
que Dieu n'a faits ni plus mauvais ni meilleurs que ses autres créatures, ne se
vicient, ne se gangrènent ainsi incurablement que dans la fange de misère,
d'ignorance et d'abrutissement où ils se traînent en naissant.   .   .   .   .   .

Encore excités par les rires, par les bravos de la foule pressée aux fenêtres,
les acteurs de l'abominable orgie que nous racontons crièrent à l'orchestre de
jouer un dernier galop. Les musiciens, ravis de toucher à la fin d'une séance
si pénible pour leurs poumons, se rendirent au vœu général, et jouèrent avec
énergie un air de galop d'une mesure entraînante et précipitée.

A ces accords vibrants des instruments de cuivre, l'exaltation redoubla; tous
les couples s'étreignirent, s'ébranlèrent, et, suivant le Squelette et sa danseuse, commencèrent une ronde infernale en poussant des hurlements sauvages.

Une poussière épaisse, soulevée par ces piétinements furieux, s'éleva du
plancher de la salle et jeta une sorte de nuage roux et sinistre sur ce tourbillon
d'hommes et de femmes enlacés, qui tournoyaient avec une rapidité vertigineuse.

Bientôt, pour ces têtes exaspérées par le vin, par le mouvement, par leurs propres cris, ce ne fut plus même de l'ivresse, ce fut du délire, de la frénésie ; l'espace leur manqua... Le Squelette cria d'une voix haletante : — Gare !... la porte !... Nous allons sortir... sur le boulevard...

— Oui... oui !... — cria la foule entassée aux fenêtres — un galop jusqu'à la barrière Saint-Jacques !

— Voilà bientôt l'heure où on va raccourcir les deux *largues*

— Le bourreau fait coup double ; c'est drôle !

— Avec accompagnement de cornets à pistons.

— Nous danserons la contredanse de *la guillotine !*

— En avant la femme sans tête !... — cria Tortillard.

— Ça égaiera les condamnées. J'invite la veuve...

— Moi, la fille... Ça mettra le vieux Charlot en gaieté...

— Il chahutera sur sa boutique avec ses employés.

— Mort aux *pantes !* vivent les *grinches* et les *escarpes !!!* — cria le Squelette d'une voix frémissante.

Ces railleries, ces menaces de cannibales, accompagnées de chants obscènes, de cris, de sifflets, de huées, augmentèrent encore lorsque la bande du Squelette eut fait, par la violence impétueuse de son impulsion, une large trouée au milieu de cette foule compacte. Ce fut alors une mêlée épouvantable ; on entendit des rugissements, des imprécations, des éclats de rire qui n'avaient plus rien d'humain.

Le tumulte fut tout à coup porté à son comble par deux nouveaux incidents.

La voiture renfermant les condamnées, accompagnée de son escorte de cavalerie, parut au loin à l'angle du boulevard ; alors toute cette populace se rua dans cette direction en poussant un hurlement de satisfaction féroce.

A ce moment aussi la foule fut rejointe par un courrier venant du boulevard des Invalides et se dirigeant au galop vers la barrière de Charenton. Il était vêtu d'une veste bleu-clair à collet jaune, doublement galonnée d'argent sur toutes les coutures ; mais en signe de grand deuil il portait des culottes noires avec ses bottes fortes ; sa casquette, aussi largement bordée d'argent, était entourée d'un crêpe ; enfin, sur les œillères de la bride à collier de grelots, on voyait en relief les armes souveraines de Gerolstein.

Le courrier mit son cheval au pas ; mais, sa marche devenant de plus en plus embarrassée, il fut presque obligé de s'arrêter lorsqu'il se trouva au milieu du flot de populace dont nous avons parlé... Quoiqu'il criât : Gare !... et qu'il conduisît sa monture avec la plus grande précaution, des cris, des injures et des menaces s'élevèrent bientôt contre lui.

— Est-ce qu'il veut nous monter sur le dos avec son chameau... celui-là ?...

— Que ça de plat d'argent sur le corps... merci ! — cria Tortillard sous son masque vert à langue rouge.

— S'il nous embête... mettons-le à pied... et on lui découdra les *galuches* de sa veste pour les fondre .. — dit Nicolas.

— Et on te découdra le ventre si tu n'es pas content, mauvaise valetaille... — ajouta le Squelette en s'adressant au courrier et en saisissant la bride de son cheval ; car la foule était devenue si compacte, que le bandit avait renoncé à son projet de danse jusqu'à la barrière.

Le courrier, homme vigoureux et résolu, dit au Squelette en levant le manche de son fouet : — Si tu ne lâches pas la bride de mon cheval, je te coupe la figure.

— Toi... méchant mufle !

— Oui... Je vais au pas, je crie gare ; tu n'as pas le droit de m'arrêter. La voiture de monseigneur arrive derrière moi... j'entends déjà les fouets... Laissez-moi passer.

— Ton seigneur ? — dit le Squelette. — Qu'est-ce que ça me fait, à moi, ton seigneur... Je l'estourbirai si ça me plaît. Je n'en ai jamais refroidi, de seigneurs... et ça m'en donne l'envie.

— Il n'y a plus de seigneurs... *Vive la Charte !* — cria Tortillard ; et tout en fredonnant ces vers de *la Parisienne :* « En avant, marchons contre leurs canons, » il se cramponna brusquement à une des bottes du courrier, y pesa de tout son poids, et le fit trébucher sur sa selle. Un coup de manche de fouet rudement asséné sur la tête de Tortillard le punit de son audace. Mais aussitôt la populace en fureur se précipita sur le courrier ; il eut beau mettre ses éperons dans le ventre de son cheval pour le porter en avant et se dégager, il n'y put parvenir. Démonté, renversé au milieu de cris et de huées enragées, il allait être assommé sans l'arrivée de la voiture de Rodolphe, qui fit diversion à l'emportement stupide de ces misérables.

Depuis quelque temps le coupé du prince, attelé de quatre chevaux de poste, n'allait qu'au pas, et un des deux valets de pied, assis sur le siége de derrière, était même prudemment descendu, se tenant à une des portières, la voiture étant très-basse. Les postillons criaient : Gare ! et avançaient avec précaution.

Rodolphe, vêtu de grand deuil comme sa fille, dont il tenait une des mains dans les siennes, la regardait avec bonheur et attendrissement. La douce et charmante figure de Fleur-de-Marie s'encadrait dans une petite capote de crêpe noir qui faisait ressortir encore la blancheur éblouissante de son teint et les reflets brillants de ses jolis cheveux blonds ; on eût dit que l'azur de ce beau jour se reflétait dans ses grands yeux, qui n'avaient jamais été d'un bleu plus limpide et plus doux... Quoique sa figure, doucement souriante, exprimât le calme, le bonheur, lorsqu'elle regardait son père, une teinte de mélancolie, quelquefois même de tristesse indéfinissable, jetait souvent son ombre sur ses traits quand les yeux de son père n'étaient plus attachés sur elle.

— Tu ne m'en veux pas de t'avoir fait lever de si bonne heure... et d'avoir ainsi avancé le moment de notre départ ? — lui dit Rodolphe en souriant.

— Oh ! non, mon père ; cette matinée est si belle !...

— C'est que j'ai pensé, vois-tu, que notre journée serait mieux occupée en partant de bonne heure... et que tu serais moins fatiguée... Murph, mes aides-de-camp et la voiture de suite, où sont tes femmes, nous rejoindront à notre première halte, où tu te reposeras.

— Bon père... c'est moi... toujours moi qui vous préoccupe...

— Oui, mademoiselle... et, sans reproche... il m'est impossible d'avoir au-

EUSTACHE-LORSAY

HANDIANT

LE CHOUINEUR BLESSÉ PAR LE SQUELETTE.

cune autre pensée... — dit le prince en souriant; puis il ajouta avec un élan de tendresse : — Oh ! je t'aime tant... je t'aime tant... Ton front... vite...

Fleur-de-Marie s'inclina vers son père, et Rodolphe posa ses lèvres avec délices sur son front charmant.

C'était à cet instant que la voiture, approchant de la foule, avait commencé de marcher très-lentement. Rodolphe étonné baissa la glace, et il dit en allemand au valet de pied qui se tenait près de la portière : — Eh bien ! Frantz... qu'y a-t-il ? quel est ce tumulte ?

— Monseigneur .. il y a tant de foule... que les chevaux ne peuvent plus avancer.

— Et pourquoi cette foule ?

— Monseigneur...

— Eh bien ?...

— C'est que, Votre Altesse...

— Parle donc...

— Je viens d'entendre dire qu'il y a là-bas... une exécution à mort.

— Ah ! c'est affreux ! — s'écria Rodolphe en se rejetant au fond de la voiture.

— Qu'avez-vous, mon père ? — dit vivement Fleur-de-Marie avec inquiétude.

— Rien... rien... mon enfant.

— Mais ces cris menaçants... entendez-vous ? ils approchent... Qu'est-ce que cela, mon Dieu !

— Frantz, ordonne aux postillons de retourner et de gagner Charenton par un autre chemin... quel qu'il soit — dit Rodolphe.

— Monseigneur, il est trop tard... nous voilà dans la foule... On arrête les chevaux... des gens de mauvaise mine...

Le valet de pied ne put parler davantage. La foule, exaspérée par les forfanteries sanguinaires du Squelette et de Nicolas, entoura tout à coup la voiture en vociférant. Malgré les efforts, les menaces des postillons, les chevaux furent arrêtés, et Rodolphe ne vit de tous côtés, au niveau des portières, que des visages horribles, furieux, menaçants, et, les dominant de sa grande taille, le Squelette, qui s'avança à la portière.

— Mon père... prenez garde !... — s'écria Fleur-de-Marie en jetant ses bras autour du cou de Rodolphe.

— C'est donc vous qui êtes le seigneur ? — dit le Squelette en avançant sa tête hideuse jusque dans la voiture.

A cette insolence, Rodolphe, sans la présence de sa fille, se fût livré à la violence de son caractère; mais il se contint et répondit froidement :

— Que voulez-vous ?... Pourquoi arrêtez-vous ma voiture ?...

— Parce que ça nous plaît — dit le Squelette en mettant ses mains osseuses sur le rebord de la portière. — Chacun son tour... hier tu écrasais la canaille... aujourd'hui la canaille t'écrasera si tu bouges...

— Mon père, nous sommes perdus !... — murmura Fleur-de-Marie.

— Rassure-toi... je comprends... — dit le prince — c'est le dernier jour du carnaval... ces gens sont ivres... je vais m'en débarrasser.

— Il faut le faire descendre... et sa *largue* aussi... — cria Nicolas. — Pourquoi qu'ils écrasent le pauvre monde?

— Vous me paraissez avoir déjà beaucoup bu, et avoir envie de boire encore — dit Rodolphe en tirant une bourse de sa poche. — Tenez... voilà pour vous. . ne retenez pas ma voiture plus long-temps. — Et il jeta sa bourse.

Tortillard l'attrapa au vol.

— Au fait, tu pars en voyage, tu dois avoir les goussets garnis; aboule encore de l'argent, ou je te tue... Je n'ai rien à risquer... je te demande la bourse ou la vie en plein soleil... C'est farce! — dit le Squelette complétement ivre de vin et de rage sanguinaire. Et il ouvrit brusquement la portière.

La patience de Rodolphe était à bout; inquiet pour Fleur-de-Marie, dont l'effroi augmentait à chaque minute, et pensant qu'un acte de vigueur imposerait à ce misérable, qu'il croyait seulement ivre, il sauta de sa voiture pour saisir le Squelette à la gorge... D'abord celui-ci se recula vivement en tirant de sa poche un long couteau-poignard, puis il se jeta sur Rodolphe.

Fleur-de-Marie, voyant le poignard du bandit levé sur son père, poussa un cri déchirant, se précipita hors de la voiture, et l'enlaça de ses bras...

C'en était fait d'elle et de son père sans le Chourineur, qui, au commencement de cette rixe, ayant reconnu la livrée du prince, était parvenu, après des efforts surhumains, à s'approcher du Squelette.

Au moment où celui-ci menaçait le prince de son couteau, le Chourineur arrêta le bras du brigand d'une main, et de l'autre le saisit au collet et le renversa à demi en arrière...

Quoique surpris à l'improviste et par derrière, le Squelette put se retourner, reconnut le Chourineur, et s'écria : — L'homme à la blouse grise de la Force!... cette fois-ci je te tue... — Et, se précipitant avec furie sur le Chourineur, il lui plongea son couteau dans la poitrine...

Le Chourineur chancela... mais ne tomba pas... la foule le soutenait ..

— La garde ! voici la garde!... crièrent quelques voix effrayées.

A ces mots, à la vue du meurtre du Chourineur, toute cette foule si compacte, craignant d'être comprise dans cet assassinat, se dispersa comme par enchantement, et se mit à fuir dans toutes les directions... Le Squelette, Nicolas Martial et Tortillard disparurent aussi...

Lorsque la garde arriva, guidée par le courrier, qui était parvenu à s'échapper lorsque la foule l'avait abandonné pour entourer la voiture du prince, il ne restait sur le théâtre de cette lugubre scène que Rodolphe, sa fille et le Chourineur inondé de sang. Les deux valets de pied du prince l'avaient assis par terre et adossé à un arbre.

Tout ceci s'était passé plus rapidement qu'il n'est possible de l'écrire, à quelques pas de la guinguette d'où étaient sortis le Squelette et sa bande.

Le prince, pâle et ému, entourait de ses bras Fleur-de-Marie défaillante, pendant que les postillons rajustaient les traits brisés dans la bagarre.

— Vite — dit le prince à ses gens occupés à secourir le Chourineur — transportez ce malheureux dans ce cabaret... Et toi — ajouta t-il s'adressant à son

MORT DU CHOURINEUR.

courrier — monte sur le siége , et qu'on aille ventre à terre chercher à l'hôtel
le docteur David : il ne doit partir qu'à onze heures... on le trouvera...

Quelques minutes après , la voiture partait au galop , et les deux domestiques transportaient le Chourineur dans la salle basse où avait eu lieu l'orgie
et où se trouvaient encore quelques-unes des femmes qui y avaient figuré.

— Ma pauvre enfant — dit Rodolphe à sa fille — je vais te conduire dans
une chambre de cette maison... et tu m'y attendras... car je ne puis abandonner aux seuls soins de mes gens cet homme courageux qui vient de me
sauver encore la vie...

— Oh! mon père, je vous en prie... ne me quittez pas... — s'écria Fleur-
de-Marie avec épouvante en saisissant le bras de Rodolphe — ne me laissez
pas seule... je mourrais de frayeur... j'irai où vous irez...

— Mais ce spectacle est affreux !

— Mais, grâce à cet homme... vous vivez pour moi, mon père... permettez au moins que je me joigne à vous pour le remercier et pour le consoler.

La perplexité du prince était grande : sa fille témoignait une si juste frayeur
de rester seule dans une chambre de cette ignoble taverne , qu'il se résigna à
entrer avec elle dans la salle basse où se trouvait le Chourineur.

Le maître de la guinguette , et plusieurs d'entre les femmes qui y étaient
restées (parmi lesquelles se trouvait l'ogresse du *tapis-franc*) avaient à la hâte
étendu le blessé sur un matelas, et puis étanché , tamponné sa plaie avec des
serviettes. Le Chourineur venait d'ouvrir les yeux lorsque Rodolphe entra...
A la vue du prince, ses traits , d'une pâleur de mort, se ranimèrent un peu...
Il sourit péniblement et lui dit d'une voix faible : — Ah! monsieur Rodolphe...
comme ça s'est heureusement rencontré que je me sois trouvé là !

— Brave et dévoué... comme toujours ! — lui dit le prince avec un accent
désolé — tu me sauves encore...

— J'allais aller... à la barrière de Charenton... pour tâcher de vous voir
partir. . heureusement... je me suis trouvé arrêté ici par la foule... ça devait
d'ailleurs m'arriver... je l'ai dit à Martial... j'avais un pressentiment.

— Un pressentiment !...

— Oui... monsieur Rodolphe... le rêve du sergent... cette nuit je l'ai eu...

— Oubliez ces idées... espérez .. votre blessure ne sera pas mortelle.

— Oh si ! le Squelette a piqué juste. . C'est égal , j'avais raison... de dire
à Martial... qu'un ver de terre comme moi pouvait quelquefois être utile... à
un grand seigneur comme vous...

— Mais c'est la vie... la vie que je vous dois encore...

— Nous sommes quittes... monsieur Rodolphe... Vous m'avez dit que j'a-
vais du cœur et de l'honneur... Ce mot-là... voyez-vous... Oh !... j'étouffe...
monsieur... sans vous commander... faites-moi l'honneur de... votre main...
je sens que je m'en vas...

— Non... c'est impossible... — s'écria le prince en se courbant vers le
Chourineur et serrant dans ses mains la main glacée du moribond — non. .
vous vivrez... vous vivrez ..

— Monsieur Rodolphe... voyez-vous qu'il y a quelque chose... là-haut... J'ai tué... d'un coup de couteau... Je meurs d'un coup... de... couteau — dit le Chourineur d'une voix de plus en plus faible et étouffée.

A ce moment ses regards s'arrêtèrent sur Fleur-de-Marie, qu'il n'avait pas encore aperçue. L'étonnement se peignit sur sa figure mourante ; il fit un mouvement, et dit : — Ah !... mon Dieu !... la Goualeuse...

— Oui... c'est ma fille... elle vous bénit de lui avoir conservé son père...

— Elle... votre fille... ici... ça me rappelle notre connaissance... monsieur Rodolphe... et les... coups de poing... de la fin... mais... ce... coup de couteau-là... sera aussi... le coup... de la fin... J'ai chouriné... on me chourine... c'est juste...

Puis il fit un profond soupir en renversant sa tête en arrière... Il était mort.

Le bruit des chevaux retentit au dehors ; la voiture de Rodolphe avait rencontré celle de Murph et de David, qui, dans leur empressement de rejoindre le prince, avaient précipité leur départ. David et le squire entrèrent.

— David — dit Rodolphe en essuyant ses larmes et en montrant le Chourineur — ne reste-t-il aucun espoir, mon Dieu !

— Aucun, monseigneur — dit le docteur après une minute d'examen.

Pendant cette minute, il s'était passé une scène muette et effrayante entre Fleur-de-Marie et l'ogresse... que Rodolphe, lui, n'avait pas remarquée.

Lorsque le Chourineur avait prononcé à demi-voix le nom de la Goualeuse, l'ogresse, levant vivement la tête, avait vu Fleur-de-Marie... Déjà l'horrible femme avait reconnu Rodolphe ; on l'appelait monseigneur... il appelait la Goualeuse sa fille... Une telle métamorphose stupéfiait l'ogresse, qui attachait opiniâtrement ses yeux stupidement effarés sur son ancienne victime...

Fleur-de-Marie, pâle, épouvantée, semblait fascinée par ce regard. La mort du Chourineur, l'apparition inattendue de l'ogresse qui venait réveiller, plus douloureux que jamais, le souvenir de sa dégradation première, lui paraissaient d'un sinistre présage... De ce moment, Fleur-de-Marie fut frappée d'un de ces pressentiments qui souvent ont sur des caractères tels que le sien une irrésistible influence... .   .   .   .

Peu de temps après ces tristes événements, Rodolphe et sa fille avaient pour jamais quitté Paris.

ÉPILOGUE.

CHAPITRE PREMIER.

GEROLSTEIN.

Oldenzaal, 25 août 1840 [1].

Le prince Henri d'Herkaüsen-Oldenzaal au comte Maximilien Kaminetz.

J'arrive de Gerolstein, où j'ai passé trois mois auprès du grand-duc et de sa famille ; je croyais trouver une lettre m'annonçant votre arrivée à Oldenzaal, mon cher Maximilien. Jugez de ma surprise, de mon chagrin, lorsque j'apprends que vous êtes encore retenu en Hongrie pour plusieurs semaines.

Depuis quatre mois je n'ai pu vous écrire, ne sachant où vous adresser mes lettres, grâce à votre manière originale et aventureuse de voyager ; vous m'aviez pourtant formellement promis à Vienne, au moment de notre séparation, de vous trouver le 1er août à Oldenzaal. Il me faut donc renoncer au plaisir de vous voir, et pourtant jamais je n'aurais eu plus besoin d'épancher mon cœur dans le vôtre, mon bon Maximilien, mon plus vieil ami, car, quoique bien jeunes encore, notre amitié est ancienne, elle date de notre enfance.

Que vous dirai-je? depuis trois mois une révolution complète s'est opérée en moi.. Je touche à l'un de ces instants qui décident de l'existence d'un homme... Jugez si votre présence, si vos conseils me manquent! Mais vous ne me manquerez pas long-temps, quels que soient les intérêts qui vous retiennent en Hongrie. Vous viendrez, Maximilien, vous viendrez, je vous en conjure, car j'aurai besoin sans doute de puissantes consolations... et je ne puis aller vous chercher...

[1] Nous rappellerons au lecteur qu'environ quinze mois se sont passés depuis le jour où Rodolphe a quitté Paris par la barrière Saint-Jacques, après le meurtre du Chourineur.

Mon père, dont la santé est de plus en plus chancelante, m'a rappelé de Gerolstein. Il s'affaiblit chaque jour davantage; il m'est impossible de le quitter...

J'ai tant à vous dire que je serai prolixe, il me faut vous raconter l'époque la plus pleine, la plus romanesque de ma vie...

Étrange et triste hasard! pendant cette époque nous sommes fatalement restés éloignés l'un de l'autre, nous les *inséparables*, nous les *deux frères*, nous les deux plus fervents apôtres de la trois fois sainte amitié! nous enfin si fiers de prouver que le Carlos et le Posa de notre Schiller ne sont pas des idéalités, et que, comme ces divines créations du grand poète, nous savons goûter les suaves délices d'un tendre et mutuel attachement!

O mon ami, que n'êtes-vous là! que n'étiez-vous là! Depuis trois mois mon cœur déborde d'émotions à la fois d'une douceur ou d'une tristesse inexprimable. Et j'étais seul, et je suis seul... Plaignez-moi, vous qui connaissez ma sensibilité quelquefois si bizarrement expansive, vous qui souvent avez vu mes yeux se mouiller de larmes au naïf récit d'une action généreuse, au simple aspect d'un beau soleil couchant ou d'une nuit d'été paisible et étoilée! Vous souvenez-vous, l'an passé, lors de notre excursion aux ruines d'Oppenfeld... au bord du grand lac... nos rêveries silencieuses pendant cette magnifique soirée si remplie de calme, de poésie et de sérénité?

Bizarre contraste!... C'était trois jours avant ce duel sanglant où je n'ai pas voulu vous prendre pour second, car j'aurais trop souffert pour vous si j'avais été blessé sous vos yeux. Ce duel où, pour une querelle de jeu, mon second, à moi, a malheureusement tué ce jeune Français, le vicomte de Saint-Remy... A propos, savez-vous ce qu'est devenue cette dangereuse sirène que M. de Saint-Remy avait amenée à Oppenfeld, et qui se nommait, je crois, Cecily David?

Mon ami, vous devez sourire de pitié en me voyant m'égarer ainsi parmi de vagues souvenirs du passé, au lieu d'arriver aux graves confidences que je vous annonce; c'est que, malgré moi, je recule l'instant de ces confidences; je connais votre sévérité, et j'ai peur d'être *grondé*, oui, grondé, parce qu'au lieu d'agir avec réflexion, avec sagesse (une sagesse de vingt et un ans, hélas!) j'ai agi follement, ou plutôt je n'ai pas agi... je me suis laissé aveuglément emporter au courant qui m'entraînait... et c'est seulement depuis mon retour de Gerolstein que je me suis pour ainsi dire éveillé du songe enchanteur qui m'a bercé pendant trois mois... et ce réveil est funeste...

Allons, mon ami, mon bon Maximilien, *je prends mon grand courage...* Écoutez-moi avec indulgence... Je commence en baissant les yeux. Je n'ose vous regarder, car en lisant ces lignes vos traits doivent être devenus si graves, si sévères... homme stoïque!

Ayant obtenu un congé de six mois, je quittai Vienne et je restai ici quelque temps auprès de mon père; sa santé étant bonne alors, il me conseilla d'aller visiter mon excellente tante, la princesse Juliane, supérieure de l'abbaye de Gerolstein. Je vous ai dit, je crois, mon ami, que mon aïeule était cousine germaine de l'aïeul du grand-duc actuel, et que ce dernier, Gustave-Rodolphe, grâce à cette parenté, a toujours bien voulu nous traiter, moi et mon père, très-affectueusement de *cousins*. Vous savez aussi, je crois, que pendant un assez long voyage que le prince fit dernièrement en France, il chargea mon père de l'administration du grand-duché.

Ce n'est nullement par orgueil, vous le pensez, mon ami, que je vous parle de ces circonstances, c'est pour vous expliquer les causes de l'extrême intimité dans laquelle j'ai vécu avec le grand-duc et sa famille pendant mon séjour à Gerolstein.

Vous souvenez-vous que l'an passé, lors de notre voyage des bords du Rhin, on nous apprit que le prince avait retrouvé en France et épousé *in extremis* madame la comtesse Mac-Gregor, afin de légitimer la naissance d'une fille qu'il avait eue d'elle lors d'une première union secrète, plus tard cassée pour vice de forme, et parce qu'elle avait été contractée malgré la volonté du grand-duc alors régnant?

Cette jeune fille, ainsi solennellement reconnue, et cette charmante princesse Amélie[1] dont lord Dudley, qui l'avait vue à Gerolstein il y a maintenant une année environ, nous parlait cet hiver, à Vienne, avec un enthousiasme que nous accusions d'exagération... Étrange hasard!... qui m'eût dit alors!...

Mais, quoique vous ayez sans doute maintenant à peu près deviné mon secret, laissez-moi suivre la marche des événements sans l'intervertir...

Le couvent de Sainte-Hermangilde, dont ma tante est abbesse, est à peine éloigné d'un demi-quart de lieue de Gerolstein, car les jardins de l'abbaye touchent aux faubourgs de la ville; une charmante maison, complétement isolée du cloître, avait été mise à ma disposition par ma tante, qui m'aime, vous le savez, avec une tendresse maternelle.

Le jour de mon arrivée, elle m'apprit qu'il y avait le lendemain réception solennelle et fête à la cour, le grand-duc devant ce jour-là officiellement annoncer son prochain mariage avec madame la marquise d'Harville, arrivée depuis peu à Gerolstein, accompagnée de son père M. le comte d'Orbigny[2].

Les uns blâmaient le prince de n'avoir pas recherché encore cette fois une alliance souveraine (la grande-duchesse dont le prince était veuf appartenait à la maison de Bavière); d'autres au contraire, et ma tante était du nombre, le félicitaient d'avoir préféré à des vues d'ambitieuses convenances une jeune et aimable femme qu'il adorait, et qui appartenait à la plus haute noblesse de France. Vous savez d'ailleurs, mon ami, que ma tante a toujours eu pour le grand-duc Rodolphe l'attachement le plus profond; mieux que personne elle pouvait apprécier les éminentes qualités du prince.

— Mon cher enfant — me dit-elle à propos de cette réception solennelle où je devais me rendre le lendemain de mon arrivée — mon cher enfant, ce que vous verrez de plus merveilleux dans cette fête sera sans contredit la *perle de Gerolstein*.

— De qui voulez-vous parler, ma bonne tante?

— De la princesse Amélie...

— La fille du grand-duc! En effet, lord Dudley nous en avait parlé à Vienne avec un enthousiasme que nous avions taxé d'exagération poétique.

— A mon âge, avec mon caractère et dans ma position — reprit ma tante — on s'exalte assez peu; aussi vous croirez à l'impartialité de mon jugement, mon cher enfant. Eh bien! je vous dis, moi, que de ma vie je n'ai rien connu de plus enchanteur que la princesse Amélie. Je vous parlerais de son angélique beauté, si elle n'était pas douée d'un charme inexprimable qui est encore supérieur à la

---

[1] Le nom de Marie rappelant à Rodolphe et à sa fille de tristes souvenirs, il lui avait donné le nom d'Amélie, l'un des noms de sa mère à lui.

[2] Nous rappellerons au lecteur, pour la vraisemblance de ce récit, que la dernière princesse souveraine de Courlande, femme aussi remarquable par la rare supériorité de son esprit que par le charme de son caractère et l'adorable bonté de son cœur, était mademoiselle de Medem.

beauté. Figurez-vous la candeur dans la dignité et la grâce dans la modestie. Dès le premier jour où le grand-duc m'a présentée à elle, j'ai senti pour cette jeune princesse une sympathie involontaire. Du reste, je ne suis pas la seule : l'archiduchesse Sophie est à Gerolstein depuis quelques jours ; c'est bien la plus fière et la plus hautaine princesse que je sache...

— Il est vrai, ma tante, son ironie est terrible, peu de personnes échappent à ses mordantes plaisanteries. A Vienne on la craignait comme le feu... La princesse Amélie aurait-elle trouvé grâce devant elle ?

— L'autre jour elle vint ici après avoir visité la maison d'asile placée sous la surveillance de la jeune princesse. — Savez-vous une chose ? — me dit cette redoutable archiduchesse avec sa brusque franchise — j'ai l'esprit singulièrement tourné à la satire, n'est-ce pas ? Eh bien ! si je vivais long-temps avec la fille du grand-duc, je deviendrais, j'en suis sûre, inoffensive... tant sa bonté est pénétrante et *contagieuse.*

— Mais c'est donc une enchanteresse que ma cousine ? — dis-je à ma tante en souriant.

— Son plus puissant attrait, à mes yeux du moins — reprit ma tante — est ce mélange de douceur, de modestie et de dignité dont je vous ai parlé, et qui donne à son visage angélique l'expression la plus touchante.

— Certes, ma tante, la modestie est une rare qualité chez une princesse si jeune, si belle et si heureuse.

— Songez encore, mon cher enfant, qu'il est d'autant mieux à la princesse Amélie de jouir sans ostentation vaniteuse de la haute position qui lui est acquise, que son élévation est récente [1].

— Et dans son entretien avec vous, ma tante, la princesse a-t-elle fait quelque allusion à sa fortune passée ?

— Non ; mais lorsque, malgré mon grand âge, je lui parlai avec le respect qui lui est dû, puisque Son Altesse est la fille de notre souverain, son trouble ingénu, mêlé de reconnaissance et de vénération pour moi, m'a profondément émue ; car sa réserve, remplie de noblesse et d'affabilité, me prouvait que le présent ne l'enivrait pas assez pour qu'elle oubliât le passé, et qu'elle rendait à mon âge ce que j'accordais à son rang.

— Il faut en effet — dis-je à ma tante — un tact exquis pour observer ces nuances si délicates.

— Aussi, mon cher enfant, plus j'ai vu la princesse Amélie, plus je me suis félicitée de ma première impression. Depuis qu'elle est ici, ce qu'elle a fait de bonnes œuvres est incroyable, et cela avec une réflexion, une maturité de jugement qui me confondent chez une personne de son âge. Jugez-en : à sa demande, le grand-duc a fondé à Gerolstein un établissement pour les petites orphelines de cinq ou six ans et pour les jeunes filles, orphelines aussi ou abandonnées, qui ont atteint seize ans, âge si fatal pour les infortunées que rien ne défend contre la séduction du vice ou l'obsession du besoin. Ce sont des religieuses nobles de mon abbaye qui enseignent et dirigent les pensionnaires de cette maison. En allant la visiter, j'ai eu souvent occasion de juger de l'adoration que ces pauvres créatures déshéritées ont pour la princesse Amélie. Chaque jour elle va passer quelques heures dans cet établissement, placé sous sa protection spéciale ; et, je vous le répète,

[1] En arrivant en Allemagne, Rodolphe avait dit que Fleur-de-Marie, long-temps crue morte, n'avait jamais quitté sa mère la comtesse Sarah.

mon enfant, ce n'est pas seulement du respect, de la reconnaissance, que les pensionnaires et les religieuses ressentent pour Son Altesse, c'est presque du fanatisme.

— Mais c'est un ange que la princesse Amélie — dis-je à ma tante.

— Un ange.... oui, un ange — reprit-elle — car vous ne pouvez vous imaginer avec quelle attendrissante bonté elle traite ses protégées, de quelle pieuse sollicitude elle les entoure. Jamais je n'ai vu ménager avec plus de délicatesse la susceptibilité du malheur : on dirait qu'une irrésistible sympathie attire surtout la princesse vers cette classe de pauvres abandonnées. Enfin, le croiriez-vous ? elle... fille d'un souverain, n'appelle jamais autrement ces jeunes filles que *mes sœurs*.

C. ST.

A ces derniers mots de ma tante, je vous l'avoue, Maximilien, une larme me vint aux yeux. Ne trouvez-vous pas en effet belle et sainte la conduite de cette jeune princesse ?

— Puisque la princesse — lui dis-je — est si merveilleusement douée, j'éprouverai demain un grand trouble lorsque demain je lui serai présenté; vous connaissez mon insurmontable timidité, vous savez que l'élévation du caractère m'impose encore plus que le rang; je suis donc certain de paraître à la princesse aussi stupide qu'embarrassé ; j'en prends mon parti d'avance.

— Allons, allons — me dit ma tante en souriant — elle aura pitié de vous, mon cher enfant, d'autant plus que vous ne serez pas pour elle une nouvelle connaissance.

— Moi, ma tante ?

— Sans doute.

— Et comment cela ?

— Vous vous souvenez que lorsqu'à l'âge de seize ans vous avez quitté Oldenzaal pour faire un voyage en Russie et en Angleterre avec votre père, j'ai fait faire de vous un portrait dans le costume que vous portiez au premier bal costumé donné par feu la grande-duchesse.

— Oui, ma tante, un costume de page allemand du seizième siècle.

— Notre excellent peintre, Fritz Mocker, tout en reproduisant fidèlement vos traits, n'avait pas seulement retracé un personnage du seizième siècle ; mais, par un caprice d'artiste, il s'était plu à imiter jusqu'à la manière et jusqu'à la vétusté des tableaux peints à cette époque. Quelques jours après son arrivée en Allemagne, la princesse Amélie, étant venue me voir avec son père, remarqua votre portrait, et me demanda naïvement quelle était cette charmante figure des temps passés. Son père sourit, me fit un signe, et lui répondit : « Ce portrait est celui d'un de nos cousins, qui aurait maintenant, vous le voyez à son costume, ma chère Amélie, quelque trois cents ans*, mais qui, bien jeune, avait déjà témoigné d'une rare intrépidité et d'un cœur excellent : ne porte-t-il pas, en effet, la bravoure dans le regard et la bonté dans le sourire ? »

(Je vous en supplie, Maximilien, ne haussez pas les épaules avec un impatient dédain en me voyant écrire de telles choses à propos de *moi-même ;* la suite de ce récit vous prouvera que ces puérils détails, dont je sens le ridicule amer, sont malheureusement indispensables. Je ferme cette parenthèse et je continue.)

— La princesse Amélie — reprit ma tante — dupe de cette innocente plaisanterie, partagea l'avis de son père sur l'expression douce et fière de votre physionomie, après avoir plus attentivement considéré le portrait. Plus tard, lorsque j'allai la voir à Gerolstein, elle me demanda en souriant des nouvelles de *son cousin des temps passés.* Je lui avouai alors notre supercherie, lui disant que le beau page du seizième siècle était simplement mon neveu, le prince Henri d'Herkaüsen-Oldenzaal, actuellement âgé de vingt et un ans, capitaine aux gardes de S. M. l'empereur d'Autriche, et en tout, sauf le costume, fort ressemblant d'ailleurs à son portrait. A ces mots, la princesse Amélie — ajouta ma tante — rougit et redevint sérieuse, comme elle l'est presque toujours. Depuis, elle ne m'a naturellement jamais reparlé du tableau. Néanmoins, vous voyez, mon cher enfant, que vous ne serez pas complétement un étranger et un nouveau visage pour *votre cousine,* comme dit le grand-duc. Ainsi donc rassurez-vous, et soutenez l'honneur de votre portrait — ajouta ma tante en souriant.

Cette conversation avait eu lieu, je vous l'ai dit, mon cher Maximilien, la veille du jour où je devais être présenté à la princesse ma cousine ; je quittai ma tante et je rentrai chez moi.

II.

Vous m'avez dit bien des fois, mon cher Maximilien, que j'étais dépourvu de toute vanité ; je le crois, j'ai besoin de le croire pour continuer ce récit sans m'exposer à passer à vos yeux pour un présomptueux.

Lorsque je fus seul chez moi, me rappelant l'entretien de ma tante, je ne pus m'empêcher de songer, avec une secrète satisfaction, que la princesse Amélie, ayant remarqué ce portrait de moi fait depuis six ou sept ans, avait quelques jours après demandé, en plaisantant, des nouvelles de *son cousin des temps passés.*

Rien n'était plus sot que de baser le moindre espoir sur une circonstance aussi insignifiante, j'en conviens ; mais je serai comme toujours, envers vous, de la plus

entière franchise : eh bien ! cette insignifiante circonstance me ravit. Sans doute les
louanges que j'avais entendu donner à la princesse Amélie par une femme aussi
grave, aussi austère que ma tante, en élevant davantage la princesse à mes yeux,
me rendaient plus sensible encore la distinction qu'elle avait daigné m'accorder....
ou plutot qu'elle avait accordée à mon portrait..... Pourtant que vous dirai-je !
cette distinction éveilla en moi des espérances si folles, que, jetant à cette heure
un regard plus calme sur le passé, je me demande comment j'ai pu me laisser
entraîner à ces pensées qui aboutissaient inévitablement à un abîme.

Quoique parent du grand-duc, et toujours parfaitement accueilli de lui, il m'é-
tait impossible de concevoir la moindre espérance de mariage avec la princesse,
lors même qu'elle eût agréé mon amour, ce qui était plus qu'improbable. Notre
famille tient honorablement son rang, mais elle est pauvre, si on compare notre
fortune aux immenses domaines du grand-duc, le prince le plus riche de la Con-
fédération Germanique; et puis enfin j'avais vingt et un ans à peine, j'étais simple
capitaine aux gardes, sans renom, sans position personnelle; jamais, en un mot,
le grand-duc ne pouvait songer à moi pour sa fille.

Toutes ces réflexions auraient dû me préserver d'une passion que je n'éprouvais
pas encore, mais dont j'avais pour ainsi dire le singulier pressentiment. Hélas ! je
m'abandonnai au contraire à de nouvelles puérilités. Je portais au doigt une bague
qui m'avait été autrefois donnée par Thécla (la bonne comtesse que vous connaissez); quoique ce gage d'un amour étourdi, facile et léger ne pût *me gêner* beaucoup, j'en fis héroïquement le sacrifice à mon amour naissant, et le pauvre anneau
disparut dans les eaux rapides de la rivière qui coule sous mes fenêtres.

Vous dire la nuit que je passai est inutile ; vous la devinez. Je savais la princesse Amélie blonde et d'une angélique beauté ; je tâchai de m'imaginer ses traits,
sa taille, son maintien, le son de sa voix, l'expression de son regard ; puis, songeant à mon portrait qu'elle avait remarqué, je me rappelai à regret que l'artiste
maudit m'avait dangereusement flatté; de plus je comparais avec désespoir le costume pittoresque du page du quinzième siècle au sévère uniforme du capitaine
aux gardes de S. M. I. Puis à ces niaises préoccupations succédaient çà et là, je
vous l'assure, mon ami, quelques pensées généreuses, quelques nobles élans de
l'âme; je me sentais ému, oh! profondément ému, au ressouvenir de cette adorable bonté de la princesse Amélie, qui appelait les pauvres abandonnées qu'elle
protégeait — *ses sœurs*, m'avait dit ma tante.

Le lendemain l'heure de la réception arriva. J'essayai deux ou trois habits d'u-
niforme, les trouvant plus mal faits les uns que les autres, et je partis pour le
palais grand-ducal, très-mécontent de moi.

Quoique Gerolstein soit à peine éloigné d'un quart de lieue de l'abbaye de
Sainte-Hermangilde, durant ce court trajet mille pensées m'assaillirent; toutes les
puérilités dont j'avais été si occupé disparurent devant une idée grave, triste,
presque menaçante.... un invincible pressentiment m'annonçait une de ces crises
qui dominent la vie tout entière, une sorte de révélation me disait que j'allais
aimer... aimer passionnément, aimer comme on n'aime qu'une fois...; et, pour
comble de fatalité, cet amour aussi hautement que dignement placé devait être
pour moi toujours malheureux.

Vous ne connaissez pas le palais grand-ducal de Gerolstein, mon ami ? Selon
tous ceux qui ont visité les capitales de l'Europe, il n'est pas, à l'exception de
Versailles, une résidence royale dont l'ensemble et les abords soient d'un aspect

plus majestueux. Si j'entre dans quelques détails à ce sujet, c'est qu'en me souvenant à cette heure de ces imposantes splendeurs, je me demande comment elles ne m'ont pas tout d'abord rappelé à mon néant; car enfin la princesse Amélie était fille du souverain maître de ce palais, de ces gardes, de ces richesses merveilleuses.

On arrivait au palais par la *cour de marbre,* vaste hémicycle, ainsi appelé parce que, à l'exception d'un large chemin de ceinture où circulent les voitures, elle est dallée de marbres de toutes couleurs, formant de magnifiques mosaïques, au centre desquelles se dessine un immense bassin revêtu de brèche antique, alimenté par d'abondantes eaux qui tombent incessamment d'une large vasque de porphyre.

Cette cour d'honneur est circulairement entourée d'une rangée de statues de marbre blanc du plus haut style, portant des torchères de bronze doré, d'où jaillissent des flots de gaz éblouissant. Alternant avec ces statues, des vases Médicis, exhaussés sur leurs socles richement sculptés, renfermaient d'énormes lauriers-roses, véritables buissons fleuris, dont le feuillage lustré vu aux lumières resplendissait d'une verdure métallique.

Les voitures s'arrêtaient au pied d'une double rampe à balustres qui conduisait au péristyle du palais; au pied de cet escalier se tenaient en vedette, montés sur leurs chevaux noirs, deux cavaliers du régiment des gardes du grand-duc, qui choisit ces soldats parmi les sous-officiers les plus grands de son armée. Vous, mon ami, qui aimez tant les gens de guerre, vous eussiez été frappé de la tournure sévère et martiale de ces deux colosses, dont la cuirasse et le casque d'acier d'un profil antique, sans cimier ni crinière, étincelaient aux lumières; ces cavaliers portaient l'habit bleu à collet jaune, le pantalon de daim blanc et les bottes fortes montant au-dessus du genou. Enfin pour vous, mon ami, qui aimez ces détails militaires, j'ajouterai qu'au haut de l'escalier, de chaque côté de la porte, deux grenadiers du régiment d'infanterie de la garde grand'ducale étaient en faction. Leur tenue, sauf la couleur de l'habit et des revers, ressemblait, m'a-t-on dit, à celle des grenadiers de Napoléon.

Après avoir traversé le vestibule où se tenaient hallebarde en main les suisses de livrée du prince, je montai un imposant escalier de marbre blanc qui aboutissait à un portique orné de colonnes de jaspe et surmonté d'une coupole peinte et dorée. Là se trouvaient deux longues files de valets de pied. J'entrai ensuite dans la salle des gardes, à la porte de laquelle se tenaient toujours un chambellan et un aide-de-camp de service, chargés de conduire auprès de Son Altesse Royale les personnes qui avaient droit à lui être particulièrement présentées. Ma parenté, quoique éloignée, me valut cet honneur : un aide-de-camp me précéda dans une longue galerie remplie d'hommes en habits de cour ou d'uniforme, et de femmes en grande parure.

Pendant que je traversais lentement cette foule brillante, j'entendis quelques paroles qui augmentèrent encore mon émotion : de tous côtés on admirait l'angélique beauté de la princesse Amélie, les traits charmants de la marquise d'Harville, et l'air véritablement impérial de l'archiduchesse Sophie, qui, récemment arrivée de Munich avec l'archiduc Stanislas, allait bientôt repartir pour Varsovie; mais tout en rendant hommage à l'altière dignité de l'archiduchesse, à la gracieuse distinction de la marquise d'Harville, on reconnaissait que rien n'était plus idéal que la figure enchanteresse de la princesse Amélie.

A mesure que j'approchais de l'endroit où se tenaient le grand-duc et sa fille, je sentais mon cœur battre avec violence. Au moment où j'arrivai à la porte de ce salon (j'ai oublié de vous dire qu'il y avait bal et concert à la cour), l'illustre Liszt venait de se mettre au piano; aussi le silence le plus recueilli succéda-t-il au léger murmure des conversations. En attendant la fin du morceau, que le grand artiste jouait avec sa supériorité accoutumée, je restai dans l'embrasure d'une porte.

Alors, mon cher Maximilien, pour la première fois je vis la princesse Amélie... Laissez-moi vous dépeindre cette scène, car j'éprouve un charme indicible à rassembler ces souvenirs.

Figurez-vous, mon ami, un vaste salon meublé avec une somptuosité royale, éblouissant de lumières et tendu d'étoffe de soie cramoisie, sur laquelle courait un feuillage d'or brodé en relief. Au premier rang, sur de grands fauteuils dorés, se tenait l'archiduchesse Sophie, à sa gauche madame la marquise d'Harville, et à sa droite la princesse Amélie; debout derrière elles était le grand-duc portant l'uniforme de colonel de ses gardes; il semblait rajeuni par le bonheur et ne pas avoir plus de trente ans; l'habit militaire faisait encore valoir l'élégance de sa taille et la beauté de ses traits; auprès de lui était l'archiduc Stanislas en costume de feld-maréchal; puis venaient ensuite les dames d'honneur de la princesse Amélie, les femmes des grands dignitaires de la cour, et enfin ceux-ci.

Ai-je besoin de vous dire que la princesse Amélie, moins encore par son rang que par sa grâce et sa beauté, dominait cette foule étincelante. Ne me condamnez pas, mon ami, sans lire ce portrait... Quoiqu'il soit mille fois encore au-dessous de la réalité, vous comprendrez mon adoration; vous comprendrez que dès que je la vis... je l'aimai, et que la rapidité de cette passion ne put être égalée que par sa violence et son éternité.

La princesse Amélie, vêtue d'une simple robe de moire blanche, portait, comme l'archiduchesse Sophie, le grand cordon de l'ordre impérial de Saint-Népomucène, qui lui avait été récemment envoyé par l'impératrice. Un bandeau de perles, entourant son front noble et candide, s'harmonisait à ravir avec les deux grosses nattes de cheveux d'un blond cendré magnifique qui encadraient ses joues légèrement rosées; ses bras charmants, plus blancs encore que les flots de dentelle d'où ils sortaient, étaient à demi cachés par des gants qui s'arrêtaient au-dessous de son coude à fossette; rien de plus accompli que sa taille, rien de plus joli que son pied chaussé de satin blanc. Au moment où je la vis, ses grands yeux du plus pur azur étaient rêveurs; je ne sais même si à cet instant elle subissait l'influence de quelque pensée sérieuse ou si elle était vivement impressionnée par la sombre harmonie du morceau que jouait Liszt: mais son demi-sourire me parut d'une douceur et d'une mélancolie indicibles...

Jamais je ne pourrai vous exprimer ce que je ressentis alors: tout ce que m'avait dit ma tante de l'ineffable bonté de la princesse Amélie me revint à la pensée... Souriez, mon ami... mais malgré moi je sentis mes yeux devenir humides en voyant rêveuse, presque triste, cette jeune fille si admirablement belle, entourée d'honneurs, de respects et idolâtrée par un père tel que le grand-duc...

Vous savez combien l'étiquette et la hiérarchie des rangs sont scrupuleusement observées chez nous. Grâce à mon titre et aux liens de parenté qui m'attachent au grand-duc, les personnes au milieu desquelles je m'étais d'abord placé s'étaient peu à peu reculées, de sorte que je restai presque seul et très en évidence au premier rang, dans l'embrasure de la porte de la galerie. Il fallut cette circonstance

pour que la princesse Amélie, sortant de sa rêverie, m'aperçût et me remarquât
sans doute, car elle fit un léger mouvement de surprise et rougit.

Elle avait vu mon portrait à l'abbaye, chez ma tante, elle me reconnaissait,
rien de plus simple. La princesse m'avait à peine regardé pendant une seconde,
mais ce regard me fit éprouver une commotion violente, profonde ; je sentis mes
joues en feu, je baissai les yeux et je restai quelques minutes sans oser les lever
de nouveau sur la princesse... Lorsque je m'y hasardai, elle causait tout bas avec
l'archiduchesse Sophie, qui semblait l'écouter avec le plus affectueux intérêt.

Liszt ayant mis un intervalle de quelques minutes entre les deux morceaux qu'il
devait jouer, le grand-duc profita de ce moment pour lui exprimer son admiration.
Le prince, revenant à sa place, m'aperçut, me fit un signe de tête rempli de bienveillance, et dit quelques mots à l'archiduchesse en me désignant du regard.
Celle-ci, après m'avoir un instant considéré, se retourna vers le grand-duc, qui
ne put s'empêcher de sourire en lui répondant et en adressant la parole à sa fille.
La princesse Amélie me parut embarrassée, car elle rougit de nouveau.

J'étais au supplice ; malheureusement l'étiquette ne me permettait pas de quitter la place où je me trouvais avant la fin du concert, qui recommença bientôt.
Deux ou trois fois je regardai la princesse Amélie à la dérobée ; elle me sembla
pensive et attristée : mon cœur se serra ; je souffrais de la légère contrariété que
je venais de lui causer involontairement et que je croyais deviner. Sans doute le
grand-duc lui avait demandé en plaisantant si elle me trouvait quelque ressemblance avec le portrait de son *cousin des temps passés* ; et dans son ingénuité elle
se reprochait peut-être de n'avoir pas dit à son père qu'elle m'avait déjà reconnu.

Le concert terminé, je suivis l'aide-de-camp de service ; il me conduisit auprès du grand-duc, qui voulut bien faire quelques pas au-devant de moi, me prit cordialement par le bras, et dit à l'archiduchesse Sophie en s'approchant d'elle :

— Je demande à Votre Altesse Impériale la permission de lui présenter mon cousin le prince Henri de Herkausen-Oldenzaal.

— J'ai déjà vu le prince à Vienne, et je le retrouve ici avec plaisir — répondit l'archiduchesse, devant laquelle je m'inclinai profondément.

— Ma chère Amélie — reprit le prince en s'adressant à sa fille — je vous présente le prince Henri, votre cousin ; il est fils du prince Paul, l'un de mes plus vénérables amis, que je regrette bien de ne pas voir aujourd'hui à Gerolstein

— Voudriez-vous, monsieur, faire savoir au prince Paul que je partage vivement les regrets de mon père ? car je serai toujours bien heureuse de connaître ses amis — me répondit ma cousine avec une simplicité pleine de grâce...

Je n'avais jamais entendu le son de la voix de la princesse ; imaginez-vous, mon ami, le timbre le plus doux, le plus frais, le plus harmonieux, enfin un de ces accents qui font vibrer les cordes les plus délicates de l'âme.

— J'espère, mon cher Henri, que vous resterez quelque temps chez votre tante, que j'aime, que je respecte comme ma mère — me dit le grand-duc avec bonté. — Venez souvent nous voir en famille, à la fin de la matinée, sur les trois heures ; si nous sortons, vous partagerez notre promenade : vous savez que je vous ai toujours aimé, parce que vous êtes un des plus nobles cœurs que je connaisse.

— Je ne sais comment exprimer à Votre Altesse Royale ma reconnaissance pour le bienveillant accueil qu'elle daigne me faire.

— Eh bien ! pour me prouver votre reconnaissance — dit le prince en souriant — invitez votre cousine pour la deuxième contredanse, car la première appartient de droit à l'archiduc.

— Votre Altesse voudra-t-elle m'accorder cette grâce ?... — dis-je à la princesse Amélie en m'inclinant devant elle.

— Appelez-vous simplement cousin et cousine, selon la bonne vieille coutume allemande — dit gaiement le grand-duc ; — le cérémonial ne convient pas entre parents.

— Ma cousine me fera-t-elle l'honneur de danser cette contredanse avec moi ?

— Oui, mon cousin — me répondit la princesse Amélie.

Je ne saurais vous dire, mon ami, combien je fus à la fois heureux et peiné de la paternelle cordialité du grand-duc ; la confiance qu'il me témoignait, l'affectueuse bonté avec laquelle il avait engagé sa fille et moi à substituer aux formules de l'étiquette ces appellations de famille d'une intimité si douce, tout me pénétrait de reconnaissance ; je me reprochais d'autant plus amèrement le charme fatal d'un amour qui ne devait ni ne pouvait être agréé par le prince.

Je m'étais promis (je n'ai pas failli à cette résolution) de ne jamais dire un mot qui pût faire soupçonner à ma cousine l'amour que je ressentais ; mais je craignais que mon émotion, que mes regards ne me trahissent... Malgré moi pourtant, ce sentiment, si muet, si caché qu'il dût être, me semblait coupable...

J'eus le temps de faire ces réflexions pendant que la princesse Amélie dansait la première contredanse avec l'archiduc Stanislas. Ici, comme partout, la danse n'est plus qu'une sorte de marche qui suit la mesure de l'orchestre ; rien ne pouvait faire valoir davantage la grâce sérieuse du maintien de ma cousine.

J'attendais avec un bonheur mêlé d'anxiété le moment d'entretien que la liberté du bal allait me permettre d'avoir avec elle. Je fus assez maître de moi pour cacher mon trouble lorsque j'allai la chercher auprès de la marquise d'Harville.

En songeant aux circonstances du portrait, je m'attendais à voir la princesse Amélie partager mon embarras; je ne me trompais pas, je me souviens presque mot pour mot de notre première conversation; laissez-moi vous la rapporter, mon ami :

— Votre Altesse me permettra-t-elle — lui dis-je — de l'appeler *ma cousine*, ainsi que le grand-duc m'y autorise?

—Sans doute, mon cousin — me répondit-elle avec grâce; — je suis toujours heureuse d'obéir à mon père.

— Et je suis d'autant plus fier de cette familiarité, ma cousine, que j'ai appris par ma tante à vous connaître, c'est-à-dire à vous apprécier.

— Souvent aussi mon père m'a parlé de vous, mon cousin, et ce qui vous étonnera peut-être — ajouta-t-elle timidement — c'est que je vous connaissais déjà, si cela se peut dire, de vue... Madame la supérieure de Sainte-Hermangilde, pour qui j'ai la plus respectueuse affection, nous avait un jour montré, à mon père et à moi... un portrait...

— Où j'étais représenté en page du seizième siècle.

—Oui, mon cousin; et mon père fit même la petite supercherie de me dire que ce portrait était celui d'un de nos parents du temps passé, en ajoutant d'ailleurs des paroles si bienveillantes pour ce cousin d'autrefois, que notre famille doit se féliciter de le compter parmi nos parents d'aujourd'hui...

— Hélas! ma cousine, je crains de ne pas plus ressembler au portrait moral que le grand-duc a daigné faire de moi qu'au page du seizième siècle.

— Vous vous trompez, mon cousin — me dit naïvement la princesse; — car à la fin du concert, en jetant par hasard les yeux du côté de la galerie, je vous ai reconnu tout de suite, malgré la différence du costume.

Puis, voulant changer sans doute un sujet de conversation qui l'embarrassait, elle me dit : — Quel admirable talent que celui de M. Liszt, n'est-ce pas?

—Admirable. Avec quel plaisir vous l'écoutiez!

— C'est qu'en effet il y a, ce me semble, un double charme dans la musique sans paroles : non-seulement on jouit d'une excellente exécution, mais on peut appliquer sa pensée du moment aux mélodies que l'on écoute, et qui en deviennent pour ainsi dire l'accompagnement... Je ne sais si vous me comprenez?

—Parfaitement. Les pensées sont alors des paroles que l'on met mentalement sur l'air que l'on entend.

— C'est cela, c'est cela, vous me comprenez — dit-elle avec un mouvement de gracieuse satisfaction; — je craignais de mal expliquer ce que je ressentais tout à l'heure pendant cette mélodie si plaintive et si touchante.

— Grâce à Dieu, ma cousine — lui dis-je en souriant — vous n'avez aucune parole à mettre sur un air si triste.

Soit que ma question fût indiscrète et qu'elle voulût éviter d'y répondre, soit qu'elle ne l'eût pas entendue, tout à coup la princesse Amélie me dit en me montrant le grand-duc qui, donnant le bras à l'archiduchesse Sophie, traversait alors la galerie où l'on dansait : — Mon cousin, voyez donc mon père, comme il est beau!... quel air noble et bon! comme tous les regards le suivent avec sollicitude! il me semble qu'on l'aime encore plus qu'on ne le révère...

— Ah! — m'écriai-je — ce n'est pas seulement ici, au milieu de sa cour, qu'il est chéri! Si les bénédictions du peuple retentissaient dans la postérité, le nom de Rodolphe de Gerolstein serait justement immortel!

En parlant ainsi, mon exaltation était sincère; car vous savez, mon ami, qu'on appelle à bon droit les États du prince le *Paradis de l'Allemagne*.

Il m'est impossible de vous peindre le regard reconnaissant que ma cousine jeta sur moi en m'entendant parler de la sorte. — Apprécier ainsi mon père — me dit-elle avec émotion — c'est être bien digne de l'attachement qu'il vous porte...

— C'est que personne plus que moi ne l'aime et l'admire! En outre des rares qualités qui font les grands princes, n'a-t-il pas le génie de la bonté, qui fait les princes adorés?...

— Vous ne savez pas combien vous dites vrai.. — s'écria la princesse encore plus émue.

— Oh! je le sais, je le sais; et tous ceux qu'il gouverne le savent comme moi. On l'aime tant que l'on s'affligerait de ses chagrins comme on se réjouit de son bonheur; l'empressement de tous à venir offrir leurs hommages à madame la marquise d'Harville consacre à la fois et le choix de Son Altesse Royale, et la valeur de la future grande-duchesse.

— Madame la marquise d'Harville est plus digne que qui que ce soit de l'attachement de mon père, c'est le plus bel éloge que je puisse vous faire d'elle.

— Et vous pouvez sans doute l'apprécier justement; car vous l'avez probablement connue en France, ma cousine?

A peine avais-je prononcé ces derniers mots, que je ne sais quelle soudaine pensée vint à l'esprit de la princesse Amélie; elle baissa les yeux, et pendant une seconde ses traits prirent une expression de tristesse qui me rendit muet de surprise. Nous étions alors à la fin de la contredanse, la dernière *figure* me sépara un instant de ma cousine. Lorsque je la reconduisis auprès de madame d'Harville, il me sembla que ses traits étaient encore légèrement altérés... Je crus et je crois encore que mon allusion au séjour de la princesse en France, lui ayant rappelé la mort de sa mère, lui causa l'impression pénible dont je viens de vous parler.

Pendant cette soirée, je remarquai une circonstance qui vous paraîtra peut-être puérile, mais qui m'a été une nouvelle preuve de l'intérêt que cette jeune fille inspire à tous. Son bandeau de perles s'étant un peu dérangé, l'archiduchesse Sophie, à qui elle donnait alors le bras, eut la bonté de vouloir lui replacer elle-même ce bijou sur le front. Or, pour qui connaît la hauteur proverbiale de l'archiduchesse, une telle prévenance de sa part semble à peine croyable. Du reste, la princesse Amélie, que j'observais attentivement à ce moment, parut à la fois si confuse, si reconnaissante, je dirais presque si embarrassée, de cette gracieuse attention, que je crus voir briller une larme dans ses yeux.

Telle fut, mon ami, ma première soirée à Gerolstein. Si je vous l'ai racontée avec tant de détails, c'est que presque toutes ces circonstances ont eu plus tard pour moi leurs conséquences. Maintenant j'abrégerai; je ne vous parlerai que de quelques faits relatifs à mes fréquentes entrevues avec ma cousine et son père.

Le surlendemain de cette fête, je fus du très-petit nombre de personnes invitées à la célébration du mariage du grand-duc avec madame la marquise d'Harville. Jamais je ne vis la physionomie de la princesse Amélie plus radieuse et plus sereine. Elle contemplait son père et la marquise avec une sorte de religieux ravissement qui donnait un nouveau charme à ses traits; on eût dit qu'ils reflétaient le bonheur ineffable du prince et de madame d'Harville.

Quelques jours après le mariage du grand-duc, j'eus avec lui une assez longue conversation; il m'interrogea sur le passé, sur mes projets d'avenir; il me donna les conseils les plus sages, les encouragements les plus flatteurs; enfin que vous dirai-je! un moment l'idée la plus folle me traversa l'esprit : je crus que le prince avait deviné mon amour, et que dans cet entretien il voulait m'étudier, me pressentir, et peut-être m'amener à un aveu..

Malheureusement cet espoir insensé ne dura pas long-temps; le prince termina la conversation en me disant que le temps des grandes guerres était fini; que je devais profiter de mon nom, de mes alliances, de l'éducation que j'avais reçue et de l'étroite amitié qui unissait mon père au prince de M., premier ministre de l'empereur, pour parcourir la carrière diplomatique au lieu de la carrière militaire, ajoutant que toutes les questions qui se décidaient autrefois sur les champs de bataille se décideraient désormais dans les congrès; que bientôt les traditions tortueuses et perfides de l'ancienne diplomatie feraient place à une politique large et *humaine*, en rapport avec les véritables intérêts des peuples, qui de jour en jour avaient davantage la conscience de leurs droits; qu'un esprit élevé, loyal et généreux pourrait avoir avant quelques années un noble et grand rôle à jouer dans les affaires politiques, et faire ainsi beaucoup de bien. Il me proposait enfin le concours de sa souveraine protection pour me faciliter les abords de la carrière qu'il m'engageait instamment à parcourir.

Vous comprenez, mon ami, que si le prince avait eu le moindre projet sur moi, il ne m'eût pas fait de telles ouvertures. Je le remerciai de ses offres avec une vive reconnaissance, en ajoutant que je sentais tout le prix de ses conseils et que j'étais décidé à les suivre.

J'avais d'abord mis à la plus grande réserve dans mes visites au palais; mais, grâce à l'insistance du grand-duc, j'y vins bientôt presque chaque jour vers les trois heures. On y vivait dans toute la charmante simplicité de nos cours germaniques. C'était la vie des grands châteaux d'Angleterre, rendue plus attrayante par la simplicité cordiale, la douce liberté des mœurs allemandes. Lorsque le temps le permettait, nous faisions de longues promenades à cheval avec le grand-duc, la grande-duchesse, ma cousine et les personnes de leur maison. Lorsque nous restions au palais, nous nous occupions de musique, je chantais avec la grande-duchesse et ma cousine, dont la voix avait un timbre d'une pureté, d'une suavité sans égales, et que je n'ai jamais pu entendre sans me sentir remué jusqu'au fond de l'âme. D'autres fois nous visitions en détail les merveilleuses collections de tableaux et d'objets d'art, ou les admirables bibliothèques du prince, qui, vous le savez, est un des hommes les plus savants et les plus éclairés de l'Europe; assez souvent je revenais dîner au palais, et les jours d'Opéra j'accompagnais au théâtre la famille grand-ducale.

Chaque jour passait comme un songe; peu à peu ma cousine me traita avec une familiarité toute fraternelle; elle ne me cachait pas le plaisir qu'elle éprouvait à me voir, elle me confiait tout ce qui l'intéressait; deux ou trois fois elle me pria de l'accompagner lorsqu'elle allait avec la grande-duchesse visiter ses jeunes orphelines; souvent aussi elle me parlait de mon avenir avec une maturité de raison, avec un intérêt sérieux et réfléchi qui me confondait de la part d'une jeune fille de son âge; elle aimait aussi beaucoup à s'informer de mon enfance, de ma mère, hélas! toujours si regrettée. Chaque fois que j'écrivais à mon père, elle me priait de la rappeler à son souvenir; puis, comme elle brodait à ravir, elle me remit un

jour pour lui une charmante tapisserie à laquelle elle avait long-temps travaillé.
Que vous dirai-je, mon ami! un frère et une sœur, se retrouvant après de longues
années de séparation, n'eussent pas joui d'une intimité plus douce. Du reste, lorsque, par le plus grand des hasards, nous restions seuls, l'arrivée d'un tiers ne
pouvait jamais changer le sujet ou même l'accent de notre conversation.

Vous vous étonnerez peut-être, mon ami, de cette fraternité entre deux jeunes
gens, surtout en songeant aux aveux que je vous fais; mais plus ma cousine me
témoignait de confiance et de familiarité, plus je m'observais, plus je me contrai-
gnais, de peur de voir cesser cette adorable familiarité. Et puis, ce qui augmentait encore ma réserve, c'est que la princesse mettait dans ses relations avec moi
tant de franchise, tant de noble confiance, que je suis presque certain qu'elle a
toujours ignoré ma violente passion. Il me reste un léger doute à ce sujet, à propos d'une circonstance que je vous raconterai tout à l'heure.

Si cette intimité fraternelle avait dû toujours durer, peut-être ce bonheur m'eût
suffi; mais par cela même que j'en jouissais avec délices, je songeais que bientôt
mon service ou la nouvelle carrière que le prince m'engageait à parcourir m'ap-
pellerait à Vienne ou à l'étranger; je songeais enfin que prochainement peut-être
le grand-duc penserait à marier sa fille d'une manière digne d'elle.....

Ces pensées me devinrent d'autant plus pénibles que le moment de mon départ
approchait. Ma cousine remarqua bientôt le changement qui s'était opéré en moi.
La veille du jour où je la quittai, elle me dit que depuis quelque temps elle me
trouvait sombre, préoccupé. Je tâchai d'éluder ces questions; j'attribuai ma tristesse à un vague ennui.

— Je ne puis vous croire — me dit-elle; — mon père vous traite presque comme
un fils, tout le monde vous aime; vous trouver malheureux serait de l'ingratitude.

— Eh bien! — lui dis-je sans pouvoir vaincre mon émotion — ce n'est pas de
l'ennui, c'est du chagrin, oui, c'est un profond chagrin que j'éprouve.

— Et pourquoi? que vous est-il arrivé? — me demanda-t-elle avec intérêt.

— Tout à l'heure, ma cousine, vous m'avez dit que votre père me traitait
comme un fils.... qu'ici tout le monde m'aimait.... Eh bien! avant peu, il me
faudra renoncer à ces affections si précieuses, il faudra enfin.... quitter Gerolstein,
et, je vous l'avoue, cette pensée me désespère.

— Et le souvenir de ceux qui nous sont chers... n'est-ce donc rien, mon cousin?

— Sans doute..... mais les années, mais les événements amènent tant de changements imprévus!

— Il est du moins des affections qui ne sont pas changeantes: celle que mon
père vous a toujours témoignée.... celle que je ressens pour vous est de ce nombre, vous le savez bien; on est frère et sœur.... pour ne jamais s'oublier — ajouta-
t-elle en levant sur moi ses grands yeux bleus humides de larmes.

Ce regard me bouleversa, je fus sur le point de me trahir; heureusement je me
contins.

— Il est vrai que les affections durent — lui dis-je avec embarras; — mais les
positions changent.... Ainsi, ma cousine, quand je reviendrai dans quelques années, croyez-vous qu'alors cette intimité, dont j'apprécie tout le charme, puisse
encore durer?

— Pourquoi ne durerait-elle pas?

— C'e t qu'alors vous serez sans doute mariée, ma cousine... vous aurez d'autres devoirs... et vous aurez oublié votre pauvre frère.   .   .   .   .

Je vous le jure, mon ami, je ne lui dis rien de plus; j'ignore encore si elle vit dans ces mots un aveu qui l'offensa, ou si elle fut comme moi douloureusement frappée des changements inévitables que l'avenir devait nécessairement apporter à nos relations. Mais au lieu de me répondre, elle resta un moment silencieuse, accablée; puis se levant brusquement, la figure pâle, altérée, elle sortit après avoir regardé pendant quelques secondes la tapisserie de la jeune comtesse d'Oppenheim, une de ses dames d'honneur, qui travaillait dans l'embrasure d'une des fenêtres du salon où avait lieu notre entretien.

Le soir même de ce jour, je reçus de mon père une nouvelle lettre qui me rappelait précipitamment ici. Le lendemain matin j'allai prendre congé du grand-duc; il me dit que ma cousine était un peu souffrante, qu'il se chargerait de mes adieux pour elle; il me serra paternellement dans ses bras, regrettant, ajoutait-il, mon prompt départ, et surtout que ce départ fût causé par les inquiétudes que me donnait la santé de mon père; puis, me rappelant avec la plus grande bonté ses conseils au sujet de la nouvelle carrière qu'il m'engageait très-instamment à embrasser, il ajouta qu'au retour de mes missions, ou pendant mes congés, il me reverrait toujours à Gerolstein avec un vif plaisir.

Heureusement, à mon arrivée ici, je trouvai l'état de mon père un peu amélioré; il est encore alité, et toujours d'une grande faiblesse, mais il ne me donne plus d'inquiétude sérieuse. Malheureusement il s'est aperçu de mon abattement, de ma sombre taciturnité; plusieurs fois, mais en vain, il m'a déjà supplié de lui confier la cause de mon morne chagrin. Je n'oserais, malgré son aveugle tendresse pour moi; vous savez sa sévérité au sujet de tout ce qui lui paraît manquer de franchise et de loyauté.

Hier je le veillais; seul auprès de lui, le croyant endormi, je n'avais pu retenir mes larmes, qui coulaient silencieusement, en songeant à mes beaux jours de Gerolstein. Il me vit pleurer, car il sommeillait à peine, et j'étais complétement absorbé par ma douleur; il m'interrogea avec la plus touchante bonté; j'attribuai ma tristesse aux inquiétudes que m'avait données sa santé, mais il ne fut pas dupe de cette défaite.

Maintenant que vous savez tout, mon bon Maximilien, dites, mon sort est-il assez désespéré...? Que faire... que résoudre? . . . .

Ah! mon ami, je ne puis vous dire mon angoisse. Que va-t-il arriver, mon Dieu?... Tout est à jamais perdu! Je suis le plus malheureux des hommes, si mon père ne renonce pas à son projet. Voici ce qui vient d'arriver:

Tout à l'heure je terminais cette lettre, lorsqu'à mon grand étonnement, mon père, que je croyais couché, est entré dans son cabinet où je vous écrivais; il vit sur son bureau mes grandes pages déjà remplies, j'étais à la fin de celle-ci.

— A qui écris-tu si longuement? me demanda-t-il en souriant.

— A Maximilien, mon père.

— Oh! — me dit-il avec une expression d'affectueux reproche — je sais qu'il a toute ta confiance... *Il est bien heureux, lui!*

Il prononça ces derniers mots d'un ton si douloureusement navré, que, touché de son accent, je lui répondis en lui donnant ma lettre presque sans réflexion:
— Lisez, mon père...

Mon ami, il a tout lu. Savez-vous ce qu'il m'a dit ensuite après être resté quelque temps méditatif? — Henri, je vais écrire au grand-duc ce qui s'est passé pendant votre séjour à Gerolstein.

— Mon père, je vous en conjure, ne faites pas cela.

— Ce que vous racontez à Maximilien est-il scrupuleusement vrai ?

— Oui, mon père.

— En ce cas, jusqu'ici votre conduite a été loyale... Le prince l'appréciera. Mais il ne faut pas qu'à l'avenir vous vous montriez indigne de sa noble confiance, ce qui arriverait si, abusant de son offre, vous retourniez plus tard à Gerolstein, dans l'intention peut-être de vous faire aimer de sa fille.

— Mon père... pouvez-vous penser ?...

— Je pense que vous aimez avec passion, et que la passion est tôt ou tard mauvaise conseillère.

— Comment ! mon père, vous écrirez au prince que...

— Que vous aimez éperdument votre cousine.

— Au nom du ciel, mon père, je vous en supplie, n'en faites rien !

— Aimez-vous votre cousine ?

— Je l'aime avec idolâtrie, mais...

Mon père m'interrompit. — En ce cas, je vais écrire au grand-duc et lui demander pour vous la main de sa fille...

— Mais, mon père, une telle prétention est insensée de ma part !

— Il est vrai... Néanmoins je dois faire franchement cette demande au prince, en lui exposant les raisons qui m'imposent cette démarche. Il vous a accueilli avec la plus loyale hospitalité, il s'est montré pour vous d'une bonté paternelle, il serait indigne de moi et de vous de le tromper. Je connais l'élévation de son âme, il sera sensible à mon procédé d'honnête homme ; s'il refuse de vous donner sa fille, comme cela est presque indubitable, il saura du moins qu'à l'avenir, si vous retournez à Gerolstein, vous ne devez plus vivre avec elle dans la même intimité. Vous m'avez, mon enfant — ajouta mon père avec bonté — librement montré la lettre que vous écriviez à Maximilien. Je suis maintenant instruit de tout, il est de mon *devoir* d'écrire au grand-duc... et je vais lui écrire à l'instant même.

Vous le savez, mon ami, mon père est le meilleur des hommes, mais il est d'une inflexible ténacité de volonté, lorsqu'il s'agit de ce qu'il regarde comme *son devoir ;* jugez de mes angoisses, de mes craintes ! Quoique la démarche qu'il va tenter soit, après tout, franche et honorable, elle ne m'en inquiète pas moins. Comment le grand-duc accueillera-t-il cette folle demande ? N'en sera-t-il pas choqué ? Et la princesse Amélie ne sera-t-elle pas aussi blessée que j'aie laissé mon père prendre une résolution pareille sans son agrément ?

Ah ! mon ami, plaignez-moi, je ne sais que penser. Il me semble que je contemple un abîme et que le vertige me saisit...

Je termine à la hâte cette longue lettre ; bientôt je vous écrirai. Encore une fois, plaignez-moi, car en vérité je crains de devenir fou si la fièvre qui m'agite dure long-temps encore. Adieu, adieu, tout à vous de cœur et à toujours.

HENRY D'H. O.

Maintenant nous conduirons le lecteur au palais de Gerolstein habité par Fleur-de-Marie depuis son retour de France.

CHAPITRE II.

LA PRINCESSE AMÉLIE

L'appartement occupé par Fleur-de-Marie (nous ne l'appellerons la princesse Amélie qu'*officiellement*) avait été meublé, par les soins de Rodolphe, avec un goût et une élégance extrêmes. Du balcon de l'oratoire de la jeune fille, on découvrait au loin les deux tours du couvent de Sainte-Hermangilde, qui, dominant d'immenses massifs de verdure, étaient elles-mêmes dominées par une haute montagne boisée, au pied de laquelle s'élevait l'abbaye.

Par une belle matinée d'été, Fleur-de-Marie laissait errer ses regards sur ce splendide paysage, qui s'étendait au loin. Coiffée en cheveux, elle portait une robe montante d'étoffe printanière blanche à petites raies bleues; un large col de batiste très-simple, rabattu sur ses épaules, laissait voir les deux bouts et le nœud d'une petite cravate de soie du même bleu que la ceinture de sa robe.

Assise dans un grand fauteuil d'ébène sculpté, le coude soutenu par un des bras de ce siége, la tête un peu baissée, elle appuyait sa joue sur le revers de sa petite main blanche, légèrement veinée d'azur.

L'attitude languissante de Fleur-de-Marie, sa pâleur, la fixité de son regard, l'amertume de son demi-sourire, révélaient une mélancolie profonde. Au bout de quelques moments, un soupir profond, douloureux, souleva son sein. Laissant alors retomber la main où elle appuyait sa joue, elle inclina davantage encore sa tête sur sa poitrine. On eût dit que l'infortunée se courbait sous le poids de quelque grand malheur.

A cet instant, une femme d'un âge mur, d'une physionomie grave et distinguée, vêtue avec une élégante simplicité, entra presque timidement dans l'oratoire, et toussa légèrement pour attirer l'attention de Fleur-de-Marie.

Celle-ci, sortant de sa rêverie, releva vivement la tête, et dit en saluant avec un mouvement plein de grâce : — Que voulez-vous, ma chère comtesse ?

— Je viens prévenir Votre Altesse que monseigneur la prie de l'attendre; car il va se rendre ici dans quelques minutes — répondit la dame d'honneur de la princesse Amélie avec une formalité respectueuse.

— Aussi je m'étonnais de n'avoir pas encore embrassé mon père aujourd'hui; j'attends avec tant d'impatience sa visite de chaque matin !... Mais j'espère que je ne dois pas à une indisposition de mademoiselle d'Harneim le plaisir de vous voir deux jours de suite au palais, ma chère comtesse ?

— Que Votre Altesse n'ait aucune inquiétude à ce sujet, mademoiselle d'Harneim m'a priée de la remplacer aujourd'hui; demain elle aura l'honneur de reprendre son service auprès de Votre Altesse, qui daignera peut-être excuser ce changement.

— Certainement, car je n'y perdrai rien; après avoir eu le plaisir de vous voir deux jours de suite, ma chère comtesse, j'aurai pendant deux autres jours mademoiselle d'Harneim auprès de moi.

— Votre Altesse nous comble — répondit la dame d'honneur en s'inclinant; — son extrême bienveillance m'encourage à lui demander une grâce !

— Parlez... vous connaissez mon empressement à vous être agréable...

— Il est vrai que depuis long-temps Votre Altesse m'a habituée à ses bontés; mais il s'agit d'un sujet tellement pénible, que je n'aurais pas le courage de l'aborder, s'il ne s'agissait d'une action très-méritante; aussi j'ose compter sur l'indulgence extrême de Votre Altesse.

— Vous n'avez nullement besoin de mon indulgence, ma chère comtesse; je suis toujours très-reconnaissante des occasions que l'on me donne de faire un peu de bien.

— Il s'agit d'une pauvre créature qui malheureusement avait quitté Gerolstein avant que Votre Altesse eût fondé son œuvre si utile et si charitable pour les jeunes filles orphelines ou abandonnées, que rien ne défend contre les mauvaises passions.

— Et qu'a-t-elle fait ? que réclamez-vous pour elle ?

— Son père, homme très-aventureux, avait été chercher fortune en Amérique, laissant sa femme et sa fille dans une existence assez précaire. La mère mourut; la fille, âgée de seize ans à peine, livrée à elle-même, quitta le pays pour suivre à Vienne un séducteur qui la délaissa bientôt. Ainsi que cela arrive toujours, ce premier pas dans le sentier du vice conduisit cette malheureuse à un abîme d'infamie; en peu de temps elle devint, comme tant d'autres misérables... l'opprobre de son sexe...

Fleur-de-Marie baissa les yeux, rougit et ne put cacher un léger tressaillement qui n'échappa pas à sa dame d'honneur. Celle-ci, craignant d'avoir blessé la chaste susceptibilité de la princesse en l'entretenant d'une telle créature, reprit avec embarras : — Je demande mille pardons à Votre Altesse, je l'ai choquée sans doute en attirant son attention sur une existence si flétrie ; mais l'infortunée manifeste un repentir si sincère… que j'ai cru pouvoir solliciter pour elle un peu de pitié.

— Et vous avez eu raison. Continuez… je vous en prie — dit Fleur-de-Marie en surmontant sa douloureuse émotion ; — tous les égarements sont en effet dignes de pitié, lorsque le repentir leur succède.

— C'est ce qui est arrivé dans cette circonstance, ainsi que je l'ai fait observer à Votre Altesse. Après deux années de cette vie abominable, la grâce toucha cette abandonnée… Saisie d'un tardif remords, elle est revenue ici. Le hasard a fait qu'en arrivant elle a été se loger dans une maison qui appartient à une digne veuve, dont la douceur et la piété sont populaires. Encouragée par la pieuse bonté de la veuve, la pauvre créature lui a avoué ses fautes, ajoutant qu'elle ressentait une juste horreur pour sa vie passée, et qu'elle achèterait au prix de la pénitence la plus rude le bonheur d'entrer dans une maison religieuse, où elle pourrait expier ses égarements et mériter leur rédemption. La digne veuve à qui elle fit cette confidence, sachant que j'avais l'honneur d'appartenir à Votre Altesse, m'avait écrit pour me recommander cette malheureuse qui, par la toute-puissante intervention de Votre Altesse, pourrait espérer d'entrer sœur converse au couvent de Sainte-Hermangilde ; elle demande comme une faveur d'être employée aux travaux les plus pénibles, pour que sa pénitence soit plus méritoire. J'ai voulu entretenir plusieurs fois cette femme avant de me permettre d'implorer pour elle la pitié de Votre Altesse, et je suis fermement convaincue que son repentir sera durable. Ce n'est ni le besoin ni l'âge qui la ramène au bien ; elle a dix-huit ans à peine, elle est très-belle encore et possède une petite somme d'argent qu'elle veut affecter à une œuvre charitable, si elle obtient la faveur qu'elle sollicite.

— Je me charge de votre protégée — dit Fleur-de-Marie en contenant difficilement son trouble, tant sa vie passée offrait de ressemblance avec celle de la malheureuse en faveur de qui on la sollicitait ; puis elle ajouta : — Le repentir de cette infortunée est trop louable pour ne pas l'encourager.

— Elle a été coupable, elle se repent… — dit Fleur-de-Marie avec un accent de commisération et de tristesse indicible — il est juste d'avoir pitié d'elle… Plus ses remords sont sincères, plus ils doivent être douloureux…

— J'entends, je crois, monseigneur — dit tout à coup la dame d'honneur sans remarquer l'émotion profonde et croissante de Fleur-de-Marie. En effet, Rodolphe entra, tenant à la main un énorme bouquet de roses.

A la vue du prince, la comtesse se retira discrètement. A peine eut-elle disparu, que Fleur-de-Marie se jeta au cou de son père, appuya son front sur son épaule, et resta ainsi quelques secondes sans parler.

— Bonjour… bonjour, mon enfant chérie — dit Rodolphe en serrant sa fille dans ses bras avec effusion, sans s'apercevoir encore de sa tristesse. — Vois donc ce buisson de roses ; quelle belle moisson j'ai faite ce matin pour toi ! c'est ce qui m'a empêché de venir plus tôt ; j'espère que je ne t'ai jamais ap-

porté un plus magnifique bouquet... Tiens. Et le prince, ayant toujours son
bouquet à la main, fit un léger mouvement en arrière pour se dégager des bras
de sa fille et la regarder ; mais, la voyant fondre en larmes, il jeta le bouquet
sur une table, prit les mains de Fleur-de-Marie dans les siennes, et s'écria :
— Tu pleures, mon Dieu ! qu'as-tu donc ?

— Rien... rien... mon bon père... — dit Fleur-de-Marie en essuyant ses
larmes et tâchant de sourire à Rodolphe.

— Je t'en conjure, dis-moi ce que tu as... Qui peut t'avoir attristée ?

— Je vous assure, mon père, qu'il n'y a pas de quoi vous inquiéter. La
comtesse était venue solliciter mon intérêt pour une pauvre femme si intéressante... si malheureuse... que malgré moi je me suis attendrie à son récit.

— Bien vrai ?... ce n'est que cela ?...

— Ce n'est que cela — reprit Fleur-de-Marie en prenant sur une table les
fleurs que Rodolphe avait jetées. — Mais comme vous me gâtez ! — ajouta-t-
elle... — quel bouquet magnifique... et quand je pense que chaque jour...
vous m'en apportez un pareil... cueilli par vous...

— Mon enfant — dit Rodolphe en contemplant sa fille avec anxiété — tu
me caches quelque chose... Ton sourire est douloureux, contraint ; je t'en conjure, dis-moi ce qui t'afflige... ne t'occupe pas de ce bouquet.

— Oh ! vous le savez, ce bouquet est ma joie de chaque matin, et puis
j'aime tant les roses... je les ai toujours tant aimées... Vous vous souvenez —
ajouta-t-elle avec un sourire navrant — vous vous souvenez de mon pauvre petit
rosier... dont j'ai toujours gardé les débris...?

A cette pénible allusion au temps passé, Rodolphe s'écria : — Malheureuse
enfant ! mes soupçons seraient-ils fondés !... Au milieu de l'éclat qui t'envi-
ronne, songerais-tu encore quelquefois à cet horrible temps ?... Hélas ! j'avais
cru cependant te le faire oublier à force de tendresse !

— Pardon, pardon, mon père ! Ces paroles m'ont échappé. Je vous afflige.

— Je m'afflige, pauvre ange — dit tristement Rodolphe — parce que ces
retours vers le passé doivent être affreux pour toi .. parce qu'ils empoisonne-
raient ta vie, si tu avais la faiblesse de t'y abandonner.

— Mon père... c'est par hasard... Depuis notre arrivée ici, c'est la première fois...

— C'est la première fois que tu m'en parles... oui... mais ce n'est peut-être
pas la première fois que ces pensées te tourmentent... Je m'étais aperçu de
tes accès de mélancolie, et quelquefois j'accusais le passé de causer ta tristesse... Mais, faute de certitude, je n'osais pas même essayer de combattre la
funeste influence de ces ressouvenirs ; car si ton chagrin avait eu une autre
cause, si le passé avait été pour toi ce qu'il doit être, un vain et mauvais songe,
je risquais d'éveiller en toi les idées pénibles que je voulais détruire...

— Combien ces craintes témoignent encore de votre ineffable tendresse !

— Que veux-tu... ma position était si difficile, si délicate... Encore une
fois, je ne te disais rien, mais j'étais sans cesse préoccupé de ce qui te touchait... En contractant ce mariage qui comblait tous mes vœux, j'avais aussi

cru donner une garantie de plus à ton repos. Je connaissais trop l'excessive délicatesse de ton cœur pour espérer que jamais... jamais tu ne songerais plus au passé ; mais je me disais que si par hasard ta pensée s'y arrêtait, tu devais, en te sentant maternellement chérie par la noble femme qui t'a connue et aimée au plus profond de ton malheur, tu devais, dis-je, regarder le passé comme suffisamment expié par tes atroces misères, et être indulgente ou plutôt juste envers toi-même ; car enfin ma femme a droit par ses rares qualités aux respects de tous, n'est-ce pas ? Eh bien ! dès que tu es pour elle une fille, une sœur chérie, ne dois-tu pas être rassurée ? Son tendre attachement n'est-il pas une réhabilitation complète ? Ne te dit-il pas qu'elle sait comme toi que tu as été victime et non coupable, qu'on ne peut enfin te reprocher *que le malheur...* qui t'a accablée dès ta naissance ? Aurais-tu même commis de grandes fautes, ne seraient-elles pas mille fois expiées, rachetées par tout ce que tu as fait de bien, par tout ce qui s'est développé d'excellent et d'adorable en toi ?...

— Mon père...

— Oh ! je t'en prie, laisse-moi te dire ma pensée entière, puisqu'un hasard qu'il faudra bénir, sans doute, a amené cet entretien. Depuis long-temps je le désirais et je le redoutais à la fois... Dieu veuille qu'il ait un succès salutaire ! J'ai à te faire oublier tant d'affreux chagrins ; j'ai à remplir auprès de toi une mission si auguste, si sacrée, que j'aurais eu le courage de sacrifier à ton repos mon amour pour madame d'Harville... mon amitié pour Murph, si j'avais pensé que leur présence t'eût trop douloureusement rappelé le passé.

— Oh ! pouvez-vous le croire ?... Leur présence, à eux, qui savent... *ce que j'étais*... et qui pourtant m'aiment tendrement, ne personnifie-t-elle pas au contraire l'oubli et le pardon ?... Enfin, ma vie entière n'eût-elle pas été désolée, si pour moi vous aviez renoncé à votre mariage avec madame d'Harville ?

— Oh ! je n'aurais pas été seul à vouloir ce sacrifice, s'il avait dû assurer ton bonheur... Tu ne sais pas quel renoncement Clémence s'était déjà volontairement imposé... car elle aussi comprend toute l'étendue de mes devoirs envers toi.

— Vos devoirs envers moi, mon Dieu ! Et qu'ai-je fait pour mériter autant ?

— Ce que tu as fait, pauvre ange aimé ?... Jusqu'au moment où tu m'as été rendue, ta vie n'a été qu'amertume, misère, désolation... et tes souffrances passées je me les reproche comme si je les avais causées ! Aussi, lorsque je te vois souriante, satisfaite, je me crois pardonné... Mon seul but, mon seul vœu est de te rendre aussi idéalement heureuse que tu as été infortunée, de t'élever autant que tu as été abaissée, car il me semble que les derniers vestiges du passé s'effacent lorsque les personnes les plus éminentes, les plus honorables, te rendent les respects qui te sont dus.

— A moi du respect ?... non, non, mon père... mais à mon rang, ou plutôt à celui que vous m'avez donné.

— Oh ! ce n'est pas ton rang qu'on aime et qu'on révère... c'est toi, entends-tu bien, mon enfant chérie, c'est toi-même, c'est toi seule... Il est des hommages imposés par le rang, mais il en est aussi d'imposés par le charme et par l'attrait! Tu ne sais pas distinguer ceux-là, toi, parce que tu t'ignores, parce que tu ne sais pas que, par un prodige d'esprit et de tact qui me rend aussi fier qu'idolâtre de toi, tu apportes dans ces relations cérémonieuses, si nouvelles pour toi, un mélange de dignité, de modestie et de grâce, auquel ne peuvent résister les caractères les plus hautains...

— Vous m'aimez tant, mon père, et on vous aime tant, que l'on est sûr de vous plaire en me témoignant de la déférence.

— O la méchante enfant! — s'écria Rodolphe en interrompant sa fille et en l'embrassant avec tendresse — la méchante enfant, qui ne veut accorder aucune satisfaction à mon orgueil de père!

— Cet orgueil n'est-il pas aussi satisfait en vous attribuant à vous seul la bienveillance que l'on me témoigne, mon bon père?

— Non certainement, mademoiselle — dit le prince en souriant à sa fille pour chasser la tristesse dont il la voyait encore atteinte — non, mademoiselle, ce n'est pas la même chose; car il ne m'est pas permis d'être fier de moi, et je puis et je dois être fier de vous... oui, fier. Encore une fois, tu ne sais pas combien tu es divinement douée... En quinze mois ton éducation s'est si merveilleusement accomplie, que la mère la plus difficile serait enthousiaste de toi; et cette éducation a encore augmenté l'influence presque irrésistible que tu exerces autour de toi sans t'en douter.

— Mon père... vos louanges me rendent confuse.

— Je dis la vérité, rien que la vérité. En veux-tu des exemples? Parlons hardiment du passé, c'est un ennemi que je veux combattre corps à corps, il faut le regarder en face. Eh bien! te souviens-tu de la Louve, de cette courageuse femme qui t'a sauvée? Rappelle-toi cette scène de la prison que tu m'as racontée : une foule de détenues plus stupides encore que méchantes s'acharnaient à tourmenter une de leurs compagnes faible et infirme, leur souffre-douleur : tu parais, tu parles... et voilà qu'aussitôt ces furies, rougissant de leur lâche cruauté envers leur victime, se montrent aussi charitables qu'elles avaient été méchantes? N'est-ce donc rien, cela? Enfin, est-ce, oui ou non, grâce à toi que la Louve, cette femme indomptable, a connu le repentir et désiré une vie honnête et laborieuse? Va, crois-moi, mon enfant chérie, celle qui avait dominé la Louve et ses turbulentes compagnes par le seul ascendant de la bonté jointe à une rare élévation d'esprit, celle-là, quoique dans une sphère tout opposée, devait par le même charme (n'allez pas sourire de ce rapprochement, mademoiselle) fasciner aussi l'altière archiduchesse Sophie et tout mon entourage; car bons et méchants, grands et petits, subissent presque toujours l'influence des âmes supérieures... Je ne veux pas dire que tu sois *née princesse* dans l'acception aristocratique du mot, cela serait une pauvre flatterie à te faire, mon enfant... mais tu es de ce petit nombre d'êtres privilégiés qui sont nés pour dire à une reine ce qu'il faut pour la charmer et s'en faire aimer... et aussi pour dire à une pauvre créature avilie et abandonnée ce qu'il faut pour la rendre meilleure, la consoler et s'en faire adorer.

— Mon bon père .. de grâce...

A ce moment-là la porte du salon s'ouvrit, et Clémence, grande-duchesse de Gerolstein, entra, tenant une lettre à la main. — Voici, mon ami — dit-elle à Rodolphe — une lettre de France. J'ai voulu vous l'apporter, afin de dire bonjour à ma paresseuse enfant, que je n'ai pas encore vue ce matin — ajouta Clémence en embrassant tendrement Fleur-de-Marie.

— Cette lettre arrive à merveille — dit gaiement Rodolphe après l'avoir parcourue ; — nous causions justement du passé... de ce monstre que nous allons incessamment combattre, ma chère Clémence... car il menace le repos et le bonheur de notre enfant.

— Serait-il vrai, mon ami? Ces accès de mélancolie que nous avions re- marqués...

— N'avaient pas d'autre cause que de méchants souvenirs ; mais heureuse- ment nous connaissons maintenant notre ennemi... et nous en triompherons...

— Mais de qui donc est cette lettre, mon ami? — demanda Clémence.

— De la gentille Rigolette... la femme de Germain.

— Rigolette .. — s'écria Fleur-de-Marie — quel bonheur d'avoir de ses nouvelles !

— Mon ami — dit tout bas Clémence à Rodolphe — ne craignez-vous pas que cette lettre... ne lui rappelle des idées pénibles !

— Ce sont justement ces souvenirs que je veux anéantir, ma chère Clé- mence ; il faut les aborder hardiment, et je suis sûr que je trouverai dans la lettre de Rigolette d'excellentes armes contre eux .. car cette bonne petite créature adorait notre enfant, et l'appréciait comme elle devait l'être.

Et Rodolphe lut à haute voix la lettre suivante :

« Ferme de Bouqueval, 15 août 1841.

» Monseigneur,

» Je prends la liberté de vous écrire encore pour vous faire part d'un bien grand bonheur qui nous est arrivé , et pour vous demander une nouvelle faveur, à vous à qui nous devons déjà tant, ou plutôt à qui nous devons le vrai paradis où nous vivons, moi, mon Germain et sa bonne mère.

» Voilà de quoi il s'agit, monseigneur ; depuis dix jours je suis comme folle de joie, car il y a dix jours que j'ai un amour de petite fille ; moi je trouve que c'est tout le portrait de Germain ; lui, que c'est tout le mien ; notre chère maman Georges dit qu'elle nous ressemble à tous les deux ; le fait est qu'elle a de char- mants yeux bleus comme Germain, et des cheveux noirs tout frisés comme moi. Par exemple, contre son habitude, mon mari est injuste, il veut toujours avoir notre petite sur ses genoux, tandis que moi, c'est mon droit, n'est-ce pas , mon- seigneur ?... »

— Braves et dignes jeunes gens ! qu'ils doivent être heureux ! — dit Rodol- phe. — Si jamais couple fut bien assorti... c'est celui-là.

« Mais, au fait, monseigneur, pardon de vous entretenir de ces gentilles que- relles de ménage, qui finissent toujours par un baiser. Du reste, les oreilles doi- vent joliment vous tinter , monseigneur, car il ne se passe pas de jour que nous ne nous disions, en nous regardant, nous deux Germain : Sommes-nous heureux, mon Dieu... sommes-nous heureux !... et naturellement votre nom vient tout de suite après ces mots-là... Excusez ce griffonnage qu'il y a là, monseigneur, avec un pâté : c'est que, sans y penser, j'avais écrit *monsieur Rodolphe*, comme je disais autrefois, et j'ai raturé. J'espère, à propos de cela, que vous trouverez que mon écriture a bien gagné, ainsi que mon orthographe; car Germain me montre toujours, et je ne fais plus des grands bâtons en allant tout de travers, comme du temps où vous me tailliez mes plumes... »

— Je dois avouer — dit Rodolphe en riant — que ma petite protégée se fait un peu illusion, et je suis sûr que Germain s'occupe plutôt de baiser la main de son élève que de la diriger.

— Allons, mon ami, vous êtes injuste — dit Clémence en regardant la lettre; — c'est un peu gros, mais très-lisible.

— Le fait est qu'il y a progrès — reprit Rodolphe; — autrefois il lui aurait fallu huit pages pour contenir ce qu'elle écrit maintenant en deux.

Et il continua :

« C'est pourtant vrai que vous m'avez taillé des plumes, monseigneur : quand nous y pensons, nous deux Germain, nous en sommes tout honteux, en nous rappelant que vous étiez si peu fier... Ah! mon Dieu! voilà encore que je me surprends à vous parler d'autre chose que de ce que nous voulons vous demander, monseigneur ; car mon mari se joint à moi, et c'est bien important ; nous y attachons une idée... Vous allez voir.

» Nous vous supplions donc, monseigneur, d'avoir la bonté de nous choisir et de nous donner un nom pour notre petite fille chérie ; c'est convenu avec le parrain et la marraine ; et ce parrain et cette marraine, savez-vous qui c'est, monseigneur? Deux des personnes que vous et madame la marquise d'Harville vous avez tirées de la peine pour les rendre bien heureuses, aussi heureuses que nous. En un mot, c'est Morel le lapidaire et Jeanne Duport, une digne femme que j'avais vue en prison quand j'allais y visiter mon pauvre Germain, et que plus tard madame la marquise a fait sortir de l'hôpital.

» Maintenant, monseigneur, il faut que vous sachiez pourquoi nous avons choisi M. Morel pour parrain, et Jeanne Duport pour marraine. Nous nous sommes dit, nous deux Germain : Ça sera comme une manière de remercier encore M. Rodolphe de ses bontés que de prendre pour parrain et marraine de notre petite fille des dignes gens qui doivent tout à lui et à madame la marquise... sans compter que Morel le lapidaire et Jeanne Duport sont la crème des honnêtes gens. Ils sont de notre classe, et de plus, comme nous disons avec Germain, ils sont nos *parents en bonheur*, puisqu'ils sont comme nous de *la famille de vos protégés*. »

— Ah! mon père, ne trouvez-vous pas cette idée d'une délicatesse charmante! — dit Fleur-de-Marie. — Prendre pour parrain et marraine de leur enfant des personnes qui vous doivent tout à vous et à ma seconde mère!

— Vous avez raison, chère enfant — dit Clémence — je suis on ne peut plus touchée de ce souvenir.

— Et moi je suis très-heureux d'avoir si bien placé mes bienfaits — dit Rodolphe en continuant sa lecture :

« Du reste, au moyen de l'argent que vous lui avez fait donner, Morel est main-

enant courtier en pierres fines, il gagne de quoi bien élever sa famille. La
bonne et pauvre Louise va, je crois, se marier avec un digne ouvrier qui l'aime
et la respecte comme elle doit l'être, car elle a été bien malheureuse, mais non
coupable, et le fiancé de Louise a assez de cœur pour comprendre cela... »

— J'étais bien sûr — s'écria Rodolphe en s'adressant à sa fille — de trouver
dans la lettre de cette chère petite Rigolette des armes contre notre ennemi!...
Tu entends, c'est l'expression du simple bon sens de cette âme honnête et
droite... Elle dit de Louise : *Elle a été malheureuse et non coupable, et son
fiancé a assez de cœur pour comprendre cela.*

Fleur-de-Marie, de plus en plus émue et attristée par la lecture de cette
lettre, tressaillit du regard que son père attacha un moment sur elle en prononçant les derniers mots que nous avons soulignés. Le prince continua :

« Je vous dirai encore, monseigneur, que Jeanne Duport, par la générosité de
madame la marquise, a pu se faire séparer de son mari, ce vilain homme qui lui
mangeait tout et la battait; elle a repris sa fille aînée auprès d'elle, et elle tient
une petite boutique de passementerie; leur commerce prospère. Il n'y a pas non
plus de gens plus heureux, et cela, grâce à vous, monseigneur, grâce à madame
la marquise, qui, tous deux, savez si bien donner, et donner si à propos.

» A propos de ça, Germain vous écrit comme d'ordinaire, monseigneur, à la
fin du mois, au sujet de la *Banque des Travailleurs sans ouvrage et des Prêts gratuits;* il n'y a presque jamais de remboursements en retard, et on s'aperçoit déjà
beaucoup du bien-être que cela répand dans le quartier. Au moins maintenant de
pauvres familles peuvent supporter la morte-saison du travail sans mettre leur
linge et leurs matelas au Mont-de-Piété. Aussi, quand l'ouvrage revient, faut
voir avec quel cœur ils s'y mettent... Ils sont si fiers qu'on ait eu confiance dans
leur travail et dans leur probité!.. Dame! ils n'ont que ça. Aussi, comme ils vous
bénissent de leur avoir fait prêter là-dessus! Oui, monseigneur, ils vous bénissent,
vous; car, quoique vous disiez que vous n'êtes pour rien dans cette fondation,
sauf la nomination de Germain, et que c'est un inconnu qui a fait ce grand bien,
nous aimons mieux croire que c'est à vous qu'on le doit; c'est plus naturel.

» D'ailleurs il y a une fameuse trompette pour répéter à tout bout de champ
que c'est vous qu'on doit bénir; cette trompette c'est madame Pipelet, qui répète
à chacun qu'il n'y a que *son roi des locataires* (excusez, monsieur Rodolphe, elle
vous appelle toujours ainsi) qui puisse avoir fait cette œuvre charitable, et *son
vieux chéri* d'Alfred est toujours de son avis. Quant à lui, il est si fier et si content
de son poste de gardien de la banque, qu'il dit que les poursuites de M. Cabrion
lui seraient maintenant indifférentes. Pour en finir avec votre famille de recon-
naissants, monseigneur, j'ajouterai que Germain a lu dans les journaux que le
nommé Martial, un colon d'Algérie, avait été cité avec de grands éloges pour le
courage qu'il avait montré en repoussant à la tête de ses métayers une attaque
d'Arabes pillards, et que sa femme, aussi intrépide que lui, avait été légèrement
blessée à ses côtés, où elle tirait des coups de fusil comme un vrai grenadier.
Depuis ce temps-là, dit-on dans le journal, on l'a baptisée *madame Carabine.*

» Excusez de cette longue lettre, monseigneur; mais j'ai pensé que vous ne seriez pas fâché d'avoir par nous des nouvelles de tous ceux dont vous avez été la
Providence... Je vous écris de la ferme de Bouqueval, où nous sommes depuis le
printemps avec notre bonne mère. Germain part le matin pour ses affaires, et il

revient le soir. A l'automne nous retournerons habiter Paris. Comme c'est drôle,
monsieur Rodolphe, moi qui n'aimais pas la campagne, je l'adore maintenant...
Je m'explique ça, parce que Germain l'aime beaucoup. A propos de la ferme,

monsieur Rodolphe, vous qui savez sans doute où est cette bonne petite Goualeuse,
si vous en avez l'occasion, dites-lui donc qu'on se souvient toujours d'elle comme
de ce qu'il y a de plus doux et de meilleur au monde, et que, pour moi, je ne
pense jamais à notre bonheur sans me dire : puisque M. Rodolphe était aussi le
M. Rodolphe de cette chère Fleur-de-Marie, grâce à lui elle doit être heureuse
comme nous autres, et ça me fait trouver mon bonheur encore meilleur.

» Mon Dieu ! mon Dieu ! comme je bavarde ! qu'est-ce que vous allez dire, monseigneur ? mais bah ! vous êtes si bon !... Et puis, voyez-vous, c'est votre faute si
je gazouille autant et aussi joyeusement que *papa Crétu* et *Ramonette*, qui n'osent
plus lutter maintenant de chant avec moi. Allez, monsieur Rodolphe, je vous en
réponds, je les mets sur les dents.

» Vous ne nous refuserez pas notre demande, n'est-ce pas, monseigneur ? Si
vous donnez un nom à notre petite fille chérie, il nous semble que ça lui portera
bonheur, que ce sera comme sa bonne étoile. Tenez, monsieur Rodolphe, quelquefois moi et mon bon Germain nous nous félicitons presque d'avoir connu la
peine, parce que nous sentons doublement combien notre enfant sera heureuse de
ne pas savoir ce que c'est que la misère par où nous avons passé.

» Si je finis en vous disant, monsieur Rodolphe, que nous tâchons de secourir
par-ci par-là de pauvres gens selon nos moyens, ce n'est pas pour nous vanter,
mais pour que vous sachiez que nous ne gardons pas pour nous seuls tout le bonheur que vous nous avez donné ; d'ailleurs nous disons toujours à ceux que nous
secourons : Ce n'est pas nous qu'il faut remercier et bénir... c'est M. Rodolphe,

l'homme le meilleur, le plus généreux qu'il y ait au monde ; et ils vous prennent pour une espèce de *saint*, si ce n'est plus.

» Adieu, monseigneur ; croyez que lorsque notre petite fille commencera à épeler, le premier mot qu'elle lira sera votre nom, monsieur Rodolphe ; et puis après, ceux-ci que vous avez fait écrire sur ma corbeille de noces : *Travail et sagesse. — Honneur et bonheur.*

» Grâce à ces quatre mots-là, à notre tendresse et à nos soins, nous espérons, monseigneur, que notre enfant sera toujours digne de prononcer le nom de celui qui a été notre Providence et celle de tous les malheureux qu'il a connus.

» Pardon, monseigneur, c'est que j'ai en finissant comme de grosses larmes dans les yeux... mais c'est de bonnes larmes... Excusez, s'il vous plaît... ce n'est pas ma faute... Mais je n'y vois plus bien clair et je griffonne...

» J'ai l'honneur, monseigneur, de vous saluer avec autant de respect que de reconnaissance.

» RIGOLETTE, femme GERMAIN.

» *P. S.* — Ah ! mon Dieu ! monseigneur, en relisant ma lettre, je m'aperçois que j'ai mis bien des fois *monsieur Rodolphe*. Vous me pardonnerez, n'est-ce pas ? Vous savez bien que sous un nom ou sous un autre nous vous respectons et nous vous bénissons la même chose, monseigneur. »

— Chère petite Rigolette ! — dit Clémence attendrie par la lecture que venait de faire Rodolphe. — Cette lettre naïve est remplie de sensibilité.

— Sans doute — reprit Rodolphe — on ne pouvait mieux placer un bienfait. Notre protégée est douée d'un excellent naturel ; c'est un cœur d'or, et notre chère enfant l'apprécie comme nous — ajouta-t-il en s'adressant à sa fille. Puis, frappé de sa pâleur, il s'écria : — Mais qu'as-tu donc ?

— Hélas ! quel douloureux contraste entre ma position et celle de Rigolette... *Travail et sagesse... honneur et bonheur*, ces quatre mots disent tout ce qu'a été... tout ce que doit être sa vie... Jeune fille laborieuse et sage, épouse chérie, heureuse mère, femme honorée... telle est sa destinée !... tandis que moi...

— Grand Dieu !... que dis-tu ?

— Grâce... mon bon père ; ne m'accusez pas d'ingratitude... mais malgré votre ineffable tendresse, malgré celle de ma seconde mère, malgré les respects et les splendeurs dont je suis entourée... malgré votre puissance souveraine, ma honte est incurable. Rien ne peut anéantir le passé... Encore une fois, pardonnez-moi, mon père... je vous l'ai caché jusqu'à présent... mais le souvenir de ma dégradation première me désespère et me tue...

— Clémence, vous l'entendez !... — s'écria Rodolphe avec désespoir.

— Mais, malheureuse enfant ! — dit Clémence — notre tendresse, l'affection de ceux qui vous entourent, et que vous méritez, tout ne vous prouve-t-il pas que ce passé ne doit plus être pour vous qu'un vain et mauvais songe ?

— Oh ! fatalité... fatalité ! — reprit Rodolphe. — Maintenant je maudis mes craintes, mon silence ; cette funeste idée, depuis long-temps enracinée dans son esprit, y a fait à notre insu d'affreux ravages, et il est trop tard pour combattre cette déplorable erreur... Ah ! je suis bien malheureux !

— Courage, mon ami — dit Clémence à Rodolphe ; — vous le disiez tout à l'heure, il vaut mieux connaître l'ennemi qui nous menace... Nous savons maintenant la cause du chagrin de notre enfant ; nous en triompherons, parce que nous aurons pour nous la raison, la justice et notre tendresse.

— Et puis enfin parce qu'elle verra que son affliction, si elle était incurable, rendrait la nôtre incurable aussi — reprit Rodolphe ; — car, en vérité, ce serait à désespérer de toute justice humaine et divine, si cette infortunée n'avait fait que changer de tourments.

Après un assez long silence pendant lequel Fleur-de-Marie parut se recueillir, elle prit d'une main la main de Rodolphe, de l'autre celle de Clémence, et leur dit d'une voix profondément altérée : — Écoutez-moi, mon bon père... et vous aussi, ma tendre mère... ce jour est solennel... Dieu a voulu, et je l'en remercie, qu'il me fût impossible de vous cacher davantage ce que je ressens. Avant peu d'ailleurs je vous aurais fait l'aveu que vous allez entendre, car toute souffrance a son terme... et, si cachée que fût la mienne, je n'aurais pu vous la taire plus long-temps.

— Ah !... je comprends tout — s'écria Rodolphe — il n'y a plus d'espoir pour elle.

— J'espère dans l'avenir, mon père ; et cet espoir me donne la force de vous parler ainsi.

— Et que peux-tu espérer de l'avenir... pauvre enfant, puisque ton sort présent ne te cause que chagrins et amertume !

— Je vais vous le dire, mon père... mais avant, permettez-moi de vous rappeler le passé... de vous avouer devant Dieu qui m'entend ce que j'ai ressenti jusqu'ici.

— Parle... parle... nous t'écoutons — dit Rodolphe.

— Tant que je suis restée à Paris... auprès de vous, mon père — j'ai été si heureuse, que ces beaux jours ne seraient pas trop payés par des années de souffrances... Vous le voyez... j'ai du moins connu le bonheur.

— Pendant quelques jours peut-être...

— Oui ; mais quelle félicité pure et sans mélange !... Vous m'entouriez, comme toujours, des soins les plus tendres !... Je me livrais sans crainte aux élans de reconnaissance et d'affection qui à chaque instant emportaient mon cœur vers vous... L'avenir m'éblouissait : un père à adorer, une seconde mère à chérir doublement, car elle devait remplacer la mienne... que je n'avais jamais connue... Et puis... je dois tout avouer... mon orgueil s'exaltait malgré moi, tant j'étais honorée de vous appartenir. Si alors je pensais quelquefois vaguement au passé, c'était pour me dire : Moi, jadis si avilie, je suis la fille chérie d'un prince souverain que chacun bénit et révère ; moi, jadis si misérable, je jouis de toutes les splendeurs du luxe et d'une existence presque royale ! Hélas ! que voulez-vous, mon père, ma fortune était si imprévue... votre puissance m'entourait d'un si splendide éclat, que j'étais excusable peut-être de me laisser aveugler ainsi.

— Excusable !... mais rien de plus naturel, pauvre ange aimé. Quel mal de t'enorgueillir d'un rang qui était le tien ? de jouir des avantages de la position que je t'avais rendue ? Aussi dans ce temps-là, je me le rappelle bien, tu étais d'une gaieté charmante ; que de fois je t'ai vue tomber dans mes bras comme accablée par la félicité, et me dire avec un accent enchanteur ces mots qu'hélas ! je ne dois plus entendre : *Mon père, c'est trop... trop de bonheur !*... Malheureusement ce sont ces souvenirs là... vois-tu, qui m'ont endormi dans une sécurité trompeuse...

— Mais dites-nous donc, mon enfant — reprit Clémence — qui a pu changer en tristesse cette joie si pure, si légitime, que vous éprouviez d'abord ?

— Hélas ! une circonstance bien funeste et bien imprévue !...

— Quelle circonstance ?

— Vous vous rappelez, mon père... — dit Fleur-de-Marie ne pouvant vaincre un frémissement d'horreur — vous vous rappelez la terrible scène qui a précédé notre départ de Paris... lorsque votre voiture a été arrêtée.

— Oui... — répondit tristement Rodolphe. — Brave Chourineur !... après m'avoir encore une fois sauvé la vie, il est mort... là... devant nous...

— Eh bien !... mon père... au moment où ce malheureux expirait, savez-vous qui j'ai vu... me regarder fixement ?... Oh ! ce regard... ce regard... il m'a toujours poursuivie depuis — ajouta Fleur-de-Marie en frissonnant.

— Quel regard ? de qui parles-tu ? — s'écria Rodolphe.

— De l'*ogresse du tapis-franc...* — murmura Fleur-de-Marie.

— Ce monstre ! tu l'as revu ? et où cela ?

— Vous ne l'avez pas aperçue dans la taverne où est mort le Chourineur ? elle se trouvait parmi les femmes qui l'entouraient...

— Ah ! maintenant — dit Rodolphe avec accablement — je comprends... Déjà frappée de terreur par le meurtre du Chourineur, tu auras cru voir quelque chose de providentiel dans cette affreuse rencontre !

— Il n'est que trop vrai, mon père, à la vue de l'ogresse je ressentis un froid mortel ; il me sembla que sous son regard mon cœur, jusqu'alors rayonnant de bonheur et d'espoir, se glaçait tout à coup. Oui, rencontrer cette femme au moment même où le Chourineur mourait en disant : *Le ciel est juste !* cela me parut un blâme providentiel de mon orgueilleux oubli du passé, que je devais expier à force d'humiliation et de repentir.

— Mais le passé on te l'a imposé, tu n'en peux répondre devant Dieu !

— Vous avez été contrainte... enivrée... malheureuse enfant.

— Une fois précipitée malgré toi dans cet abîme, tu ne pouvais plus en sortir, malgré tes remords et ton désespoir, grâce à l'atroce indifférence de cette société dont tu étais victime... Tu te voyais à jamais enchaînée dans cet antre ; il a fallu pour t'en arracher le hasard qui t'a placée sur mon chemin.

— Et puis enfin, mon enfant, votre père vous le dit, vous étiez victime et non complice de cette infamie... — s'écria Clémence.

— Mais cette infamie... je l'ai subie... ma mère... — reprit douloureusement Fleur-de-Marie. — Rien ne peut anéantir ces affreux souvenirs... Sans cesse ils me poursuivent, non plus comme autrefois au milieu des paisibles ha-

bitants d'une ferme ou des femmes dégradées, mes compagnes de Saint-Lazare... mais ils me poursuivent jusque dans ce palais... peuplé de l'élite de
l'Allemagne... Ils me poursuivent enfin jusque dans les bras de mon père,
jusque sur les marches de son trône. — Et Fleur-de-Marie fondit en larmes.

Rodolphe et Clémence restèrent muets devant cette effrayante expression
d'un remords invincible; ils pleuraient aussi, car ils sentaient l'impuissance
de leurs consolations.

— Depuis lors — reprit Fleur-de-Marie en essuyant ses larmes — à chaque
instant du jour je me dis avec une honte amère : On m'honore, on me révère,
les personnes les plus éminentes, les plus vénérables m'entourent de respects.
Aux yeux de toute une cour, la sœur d'un empereur a daigné rattacher mon
bandeau sur mon front; et j'ai vécu dans la fange de la Cité, tutoyée par des
voleurs et des assassins...

Oh! mon père, pardonnez-moi; mais plus ma position s'est élevée... plus
j'ai été frappée de la dégradation profonde où j'étais tombée; à chaque hommage qu'on me rend, je me sens coupable d'une profanation; songez-y donc,
mon Dieu! après avoir été *ce que j'ai été*... souffrir que des vieillards s'incli-
nent devant moi... souffrir que de nobles jeunes filles, que des femmes justement respectées se trouvent flattées de m'entourer... souffrir enfin que des
princesses, doublement augustes et par l'âge et par leur caractère sacerdotal,
me comblent de prévenances et d'éloges... cela n'est-il pas impie et sacrilége! Et puis si vous saviez, mon père, ce que j'ai souffert... ce que je souffre
encore chaque jour en me disant : Si Dieu voulait que le passé fût connu...
avec quel mépris mérité on traiterait celle qu'à cette heure on élève si haut!
Quelle juste et effrayante punition!...

— Mais, malheureuse enfant, ma femme et moi nous connaissons le passé;
nous sommes dignes de notre rang, et pourtant nous te chérissons...

— Vous avez pour moi l'aveugle tendresse d'un père et d'une mère...

— Et tout le bien que tu as fait depuis ton séjour ici! et cette institution
belle et sainte, cet asile ouvert par toi aux orphelines et aux pauvres filles
abandonnées, ces soins admirables d'intelligence et de dévouement dont tu les
entoures? N'est-ce donc rien pour la rédemption de fautes qui ne furent pas
les tiennes?... Enfin l'affection que te témoigne la digne abbesse de Sainte-
Hermangilde, ne la dois-tu pas absolument à l'élévation de ton esprit, à la
beauté de ton âme, à ta piété sincère?

— Tant que les louanges de l'abbesse de Sainte-Hermangilde ne s'adressent
qu'à ma conduite présente, j'en jouis sans scrupule; mais lorsqu'elle cite mon
exemple aux demoiselles nobles qui sont en religion dans l'abbaye; mais lorsque celles-ci voient en moi un modèle de toutes les vertus, je me sens mourir
de confusion, comme si j'étais complice d'un mensonge indigne...

Après un assez long silence, Rodolphe reprit avec un abattement douloureux : — Je le vois, il faut désespérer de te persuader : les raisonnements
sont impuissants contre une conviction d'autant plus inébranlable qu'elle a sa
source dans un sentiment généreux et élevé... Le contraste de tes souvenirs

et de ta position présente doit être en effet pour toi un supplice continuel...
Pardon, à mon tour, pauvre enfant!

— Vous... mon bon père... me demander pardon!... et de quoi, grand
Dieu?...

— De n'avoir pas prévu tes susceptibilités... D'après l'excessive délicatesse
de ton cœur, j'aurais dû les deviner... Et pourtant... que pouvais-je faire?...
Il était de mon devoir de te reconnaître solennellement pour ma fille... alors
ces respects, dont l'hommage t'est si douloureux, venaient nécessairement
t'entourer... Oui, mais j'ai eu un tort... j'ai été, vois-tu, trop orgueilleux de
toi... j'ai trop voulu jouir du charme que ta beauté, que ton esprit, que ton
caractère inspiraient à tous ceux qui t'approchaient... J'aurais dû cacher mon
trésor... vivre presque dans la retraite avec Clémence et toi... renoncer à ces
fêtes, à ces réceptions nombreuses où j'aimais tant à te voir briller... croyant
follement t'élever si haut... si haut... que le passé disparaîtrait entièrement à
tes yeux... Mais, hélas! le contraire est arrivé... et plus tu t'es élevée, plus
l'abîme dont je t'ai retirée t'a paru sombre et profond. Encore une fois, c'est
ma faute... j'avais pourtant cru bien faire!... mais je me suis trompé... Et puis
je me suis cru pardonné trop tôt... la vengeance de Dieu n'est pas satisfaite...
elle me poursuit encore dans le bonheur de ma fille!...

Quelques coups discrètement frappés à la porte du salon interrompirent ce
triste entretien. Rodolphe entr'ouvrit la porte. Il vit Murph, qui lui dit :

— Je demande pardon à Votre Altesse Royale de venir la déranger ; mais
un courrier du prince d'Herkaüsen-Oldenzaal vient d'apporter cette lettre
qui, dit-il, est très-importante et doit être sur-le-champ remise à Votre Altesse Royale.

— Merci, mon bon Murph... Ne t'éloigne pas — lui dit Rodolphe avec un
soupir — tout à l'heure j'aurai besoin de causer avec toi. — Et le prince,
ayant fermé la porte, resta un moment dans le salon pour y lire la lettre que
Murph venait de lui remettre. Elle était ainsi conçue :

« Monseigneur,

» Puis-je espérer que les liens de parenté qui m'attachent à Votre Altesse Royale
et que l'amitié dont elle a toujours daigné m'honorer excuseront une démarche
qui serait d'une grande témérité, si elle ne m'était pas imposée par une conscience
d'honnête homme?

» Il y a quinze mois, monseigneur, vous reveniez de France, ramenant avec
vous une fille d'autant plus chérie que vous l'aviez crue perdue pour toujours,
tandis qu'au contraire elle n'avait jamais quitté sa mère, que vous avez épousée
à Paris in extremis, afin de légitimer la naissance de la princesse Amélie. — Sa
naissance est ainsi donc souveraine, sa beauté incomparable, son cœur est aussi
digne de sa naissance que son esprit est digne de sa beauté, ainsi que me l'a écrit
ma sœur, l'abbesse de Sainte-Hermangilde, qui a souvent l'honneur de voir la
fille bien-aimée de Votre Altesse Royale.

» Maintenant, monseigneur, j'aborderai franchement le sujet de cette lettre,
puisque malheureusement une maladie grave me retient à Oldenzaal et m'empêche de me rendre auprès de Votre Altesse Royale.

» Pendant le temps que mon fils a passé à Gerolstein, il a vu presque chaque jour la princesse Amélie... il l'aime éperdûment... mais il lui a toujours caché cet amour. — J'ai cru devoir, monseigneur, vous en instruire. Vous avez daigné accueillir paternellement mon fils et l'engager à revenir au sein de votre famille vivre dans cette intimité qui lui était si précieuse... j'aurais indignement manqué à la loyauté en dissimulant à Votre Altesse Royale une circonstance qui doit modifier l'accueil qui était réservé à mon fils.

» Je sais que la fille dont vous êtes à bon droit si fier, monseigneur, doit prétendre à de hautes destinées. — Mais je sais aussi que vous êtes le plus tendre des pères, et que, si vous jugiez jamais mon fils digne de vous appartenir et de faire le bonheur de la princesse Amélie, vous ne seriez pas arrêté par les graves disproportions qui rendent pour nous une telle fortune inespérée.

» Il ne m'appartient pas de faire l'éloge d'Henri ; mais j'en appelle aux encouragements et aux louanges que vous avez daigné si souvent lui accorder. Je n'ose et ne puis vous en dire davantage, monseigneur, mon émotion est trop profonde. Quelle que soit votre détermination, veuillez croire que nous nous y soumettrons avec respect et que je serai toujours fidèle aux sentiments profondément dévoués avec lesquels j'ai l'honneur d'être de Votre Altesse Royale le très-humble et obéissant serviteur,

» GUSTAVE-PAUL, *prince d'Herkaüsen-Oldenzaal.* »

Après la lecture de cette lettre, Rodolphe resta quelque temps triste et pensif ; puis, un rayon d'espoir éclairant son front, il revint auprès de sa fille, à qui Clémence prodiguait en vain les plus tendres consolations.

— Mon enfant, tu l'as dit toi-même, Dieu a voulu que ce jour fût celui des explications solennelles — dit Rodolphe à Fleur-de-Marie ; — je ne prévoyais pas qu'une nouvelle et grave circonstance dût encore justifier tes paroles.

— De quoi s'agit-il, mon père ?

— De nouveaux sujets de crainte.

— Pour qui donc, mon père ?

— Pour toi. — Tu ne nous as avoué que la moitié de tes chagrins...

— Soyez assez bon... pour vous expliquer... mon père — dit Fleur-de-Marie en rougissant.

— Maintenant je le puis ; je n'ai pu le faire plus tôt, ignorant que tu désespérais à ce point de ton sort. Écoute, ma fille chérie, tu te crois... ou plutôt tu es bien malheureuse... Lorsque, au commencement de notre entretien... tu m'as parlé des espérances qui te restaient... j'ai compris... mon cœur a été brisé... car il s'agissait pour moi de te perdre à jamais... de te voir descendre vivante dans un tombeau. Tu voudrais entrer au couvent ?...

— Mon père...

— Mon enfant, est-ce vrai ?

— Oui... si vous me le permettez... — répondit Fleur-de-Marie d'une voix étouffée.

— Nous quitter !... — s'écria Clémence.

— L'abbaye de Sainte-Hermangilde est bien rapprochée de Gerolstein ; je vous verrais souvent, vous et mon père...

— Songez donc que de tels vœux sont éternels, ma chère enfant... Vous n'avez pas dix-huit ans... et peut-être... un jour...

— Oh! je ne me repentirai jamais de la résolution que je prends... je ne trouverai le repos et l'oubli que dans la solitude d'un cloître, si toutefois mon père et vous, ma seconde mère, vous me continuez votre affection.

— Les devoirs, les consolations de la vie religieuse pourraient, en effet — dit Rodolphe — sinon guérir, du moins calmer les douleurs de ta pauvre âme abattue et déchirée... Et quoiqu'il s'agisse de la moitié du bonheur de ma vie, il se peut que j'approuve ta résolution... Je sais ce que tu souffres, et je ne dis pas que le renoncement au monde ne doive pas être le terme fatalement logique de ta triste existence...

— Quoi! vous aussi, Rodolphe! — s'écria Clémence.

— Permettez-moi, mon amie; d'exprimer toute ma pensée — reprit Rodolphe. Puis, s'adressant à sa fille : — Mais avant de prendre cette détermination extrême, il faut examiner si un autre avenir ne serait pas plus selon tes vœux et selon les nôtres. Dans ce cas, aucun sacrifice ne me coûterait pour t'assurer cet avenir.

Fleur-de-Marie et Clémence firent un mouvement de surprise; Rodolphe reprit en regardant fixement sa fille :

— Que penses-tu... de ton cousin le prince Henri!

Fleur-de-Marie tressaillit et devint pourpre. Après un moment d'hésitation, elle se jeta dans les bras du prince en pleurant.

— Tu l'aimes, pauvre enfant?

— Vous ne me l'aviez jamais demandé, mon père!

— Ainsi tu l'aimes... — ajouta Rodolphe en prenant les mains de sa fille dans les siennes; — tu l'aimes bien, mon enfant chérie?

— Oh! si vous saviez — reprit Fleur-de-Marie — ce qu'il m'en a coûté de vous cacher ce sentiment dès que je l'ai eu découvert dans mon cœur. Hélas! à la moindre question de votre part, je vous aurais tout avoué... Mais la honte me retenait et m'aurait toujours retenue.

— Et crois-tu qu'Henri... connaisse ton amour pour lui? — dit Rodolphe.

— Grand Dieu! mon père, je ne le pense pas! — s'écria Fleur-de-Marie avec effroi.

— Et lui... crois-tu qu'il t'aime?

— Non, mon père... non... Oh! j'espère que non... il souffrirait trop.

— Et comment cet amour est-il venu, mon ange aimé?

— Hélas! presque à mon insu... Vous vous souvenez d'un portrait de page?

— Qui se trouvait dans l'appartement de l'abbesse de Sainte-Hermangilde... c'était le portrait d'Henri.

— Oui, mon père... Croyant cette peinture d'une autre époque, un jour, en votre présence, je ne cachai pas à la supérieure que j'étais frappée de la beauté de ce portrait. Vous me dîtes alors, en plaisantant, que ce tableau représentait un de nos parents d'autrefois, qui, très-jeune encore, avait montré un grand courage et d'excellentes qualités, et cela ne fit qu'ajouter encore à ma première impression... Depuis ce jour, souvent je m'étais plu à me rappeler ce portrait, sans le moindre scrupule, croyant qu'il s'agissait d'un de nos cousins mort depuis long-temps... Peu à peu je m'habituai à ces douces pensées... sachant qu'il ne m'était pas permis d'aimer sur cette terre... — ajouta Fleur-de-Marie avec une expression navrante. — Je me fis de ces rêveries bizarres une sorte de mélancolique intérêt, moitié sourire et moitié larmes; je regardais ce joli page des temps passés comme un fiancé d'outre-tombe... que je retrouverais peut-être un jour dans l'éternité; il me semblait qu'un tel amour était seul digne d'un cœur qui vous appartenait tout entier, mon père... Mais pardonnez-moi ces tristes enfantillages

— Rien n'est plus touchant, au contraire, pauvre enfant! — dit Clémence profondément émue.

— Maintenant — reprit Rodolphe — je comprends pourquoi tu m'as reproché un jour, d'un air chagrin, de t'avoir trompée sur ce portrait.

— Hélas! oui, mon père. Jugez de ma confusion lorsque plus tard la supérieure m'apprit que ce portrait était celui de son neveu, l'un de nos parents... Alors mon trouble fut extrême; je tâchai d'oublier mes premières impressions; mais plus j'y tâchais, plus elles s'enracinaient dans mon cœur, par suite même de la persévérance de mes efforts... Malheureusement encore, souvent je vous entendis, mon père, vanter le cœur, l'esprit, le caractère du prince Henri...

— Tu l'aimais déjà, mon enfant chérie, alors que tu n'avais encore vu que son portrait et entendu parler que de ses rares qualités.

— Sans l'aimer, mon père, je sentais pour lui un attrait que je me reprochais amèrement; mais je me consolais en pensant que personne au monde ne saurait ce triste secret. Oser aimer... moi... moi... et puis ne pas me contenter de votre tendresse, de celle de ma seconde mère! Ne vous devais-je pas assez pour employer toutes les forces, toutes les ressources de mon cœur à vous chérir tous deux!... Enfin, pour la première fois, je vis mon cousin... à cette grande fête que vous donniez à l'archiduchesse Sophie; le prince Henri ressemblait d'une manière si saisissante à son portrait, que je le reconnus tout d'abord... Le soir même, mon père, vous m'avez présenté mon cousin, en autorisant entre nous l'intimité que permet la parenté.

— Et bientôt vous vous êtes aimés?

— Ah! mon père, il exprimait son respect, son admiration pour vous avec tant d'éloquence... vous m'aviez dit vous-même tant de bien de lui!...

— Il le méritait... Il n'est pas de caractère plus élevé, il n'est pas de meilleur et de plus valeureux cœur.

— Ah! de grâce... mon père... ne le louez pas ainsi... Je suis déjà si malheureuse!

— Et moi, je tiens à te bien convaincre de toutes les rares qualités de ton cousin... Ce que je te dis t'étonne... je le conçois, mon enfant... Continue...

— Je sentais le danger que je courais en voyant le prince Henri chaque jour, et je ne pouvais me soustraire à ce danger. Malgré mon aveugle confiance en vous, mon père, je n'osais vous exprimer mes craintes... Je mis tout mon courage à cacher cet amour; pourtant, je vous l'avoue, mon père, malgré mes remords, souvent, dans cette fraternelle intimité de chaque jour, oubliant le passé, j'éprouvai des éclairs de bonheur inconnus jusqu'alors... mais bientôt suivis, hélas! de sombres désespoirs, dès que je retombais sous l'influence de mes tristes souvenirs... Car, hélas! s'ils me poursuivaient au milieu des hommages et des respects de personnes presque indifférentes, jugez... jugez, mon père, de mes tortures lorsque le prince Henri me prodiguait les louanges les plus délicates... m'entourait d'une adoration candide et pieuse, mettant, disait-il, l'attachement fraternel qu'il ressentait pour moi sous la sainte protection de sa mère, qu'il avait perdue bien jeune. Du moins ce doux nom de sœur qu'il me donnait, je tâchais de le mériter, en conseillant mon cousin sur son avenir, selon mes faibles lumières, en m'intéressant à tout ce qui le touchait, en me promettant de toujours vous demander pour lui votre bienveillant appui... Mais souvent aussi que de tourments, que de pleurs dévorés, lorsque par hasard le prince Henri m'interrogeait sur mon enfance, sur ma première jeunesse... Oh! tromper... toujours tromper... toujours craindre... toujours mentir, toujours trembler devant le regard de celui qu'on aime et qu'on respecte, comme le criminel tremble devant le regard inexorable de son juge!... Oh! mon père, j'étais coupable, je le sais, je n'avais pas le droit d'aimer; mais j'expiais ce triste amour par bien des douleurs... Que vous dirai-je! le départ du prince Henri, en me causant un nouveau et violent chagrin... m'a éclairée; j'ai vu que je l'aimais plus encore que je ne le croyais... Aussi — ajouta Fleur-de-Marie avec accablement, et comme si cette confession eût épuisé ses forces — bientôt je vous aurais fait cet aveu... car ce fatal amour a comblé la mesure de ce que je souffre... Dites, maintenant que vous savez tout, dites, mon père, est-il pour moi un autre avenir que celui du cloître?...

— Il en est un autre, mon enfant... oui... et cet avenir est aussi doux, aussi riant, aussi heureux que celui du couvent est morne et sinistre!

— Que dites-vous, mon père?

— Écoute-moi à ton tour... Tu sens bien que je t'aime trop, que ma tendresse est trop clairvoyante pour que ton amour et celui d'Henri m'aient échappé; au bout de quelques jours je fus certain qu'il t'aimait... plus encore peut-être que tu ne l'aimes...

— Mon père... non... non... c'est impossible, il ne m'aime pas à ce point.

— Il t'aime, te dis-je... Il t'aime avec passion, avec délire.

— Oh! mon Dieu! mon Dieu!

— Écoute encore... Lorsque je t'ai fait cette plaisanterie du portrait, j'ignorais qu'Henri dût venir bientôt voir sa tante à Gerolstein. Lorsqu'il y vint, je cédai au penchant qu'il m'a toujours inspiré, je l'invitai à nous voir souvent... Jusqu'alors je l'avais traité comme mon fils, je ne changeai rien à ma manière d'être envers lui... Au bout de quelques jours, Clémence et moi nous ne pûmes douter de l'attrait que vous éprouviez l'un pour l'autre... Si ta position était douloureuse, ma pauvre enfant, la mienne aussi était pénible, et surtout d'une délicatesse extrême... Comme père... sachant les rares et excellentes qualités d'Henri, je ne pouvais qu'être profondément heureux de votre attachement, car jamais je n'aurais pu rêver un époux plus digne de toi. Mais, comme homme d'honneur, je songeais au triste passé de mon enfant... Aussi, loin d'encourager les espérances d'Henri, dans plusieurs entretiens je lui donnai des conseils absolument contraires à ceux qu'il aurait dû attendre de moi, si j'avais songé à lui accorder ta main. Dans des conjonctures si délicates, comme père et comme homme d'honneur, je devais garder une neutralité rigoureuse, ne pas encourager l'amour de ton cousin, mais le traiter avec la même affabilité que par le passé... Tu as été jusqu'ici si malheureuse, mon enfant chérie, que, te voyant pour ainsi dire te ranimer sous l'influence de ce noble et pur amour, pour rien au monde je n'aurais voulu te ravir ces joies divines et rares... En admettant même que cet amour dût être brisé plus tard... tu aurais au moins connu quelques jours d'innocent bonheur... Et puis enfin... cet amour pouvait assurer ton repos à venir...

— Mon repos ?

— Écoute encore... Le père d'Henri, le prince Paul, vient de m'écrire ; voici sa lettre... Quoiqu'il regarde cette alliance comme une faveur inespérée... il me demande ta main pour son fils, qui, me dit-il, éprouve pour toi l'amour le plus respectueux et le plus passionné.

— Oh ! mon Dieu ! mon Dieu ! — dit Fleur-de-Marie en cachant son visage dans ses mains — j'aurais pu être si heureuse !

— Courage, ma fille bien-aimée ! si tu le veux, ce bonheur est à toi — s'écria tendrement Rodolphe.

— Oh ! jamais !... jamais !... oubliez-vous... ?

— Je n'oublie rien... Mais que demain tu entres au couvent, non-seulement je te perds à jamais... mais tu me quittes pour une vie de larmes et d'austérité... Eh bien ! te perdre... pour te perdre, qu'au moins je te sache heureuse et mariée à celui que tu aimes... et qui t'adore.

— Mariée avec lui... moi, mon père !...

— Oui... mais à la condition que, sitôt après votre mariage, contracté ici, la nuit, sans d'autres témoins que Murph pour toi et que le baron de Graün pour Henri, vous partirez tous deux pour aller dans quelque tranquille retraite de Suisse ou d'Italie vivre inconnus, en riches bourgeois. Maintenant, ma fille chérie, sais-tu pourquoi je me résigne à t'éloigner de moi ? sais-tu pourquoi je désire qu'Henri quitte son titre une fois hors de l'Allemagne ? C'est que je suis sûr qu'au milieu d'un bonheur solitaire, concentré dans une existence dépouillée de tout faste, peu à peu tu oublieras cet odieux passé, qui t'est surtout pénible parce qu'il contraste amèrement avec les cérémonieux hommages dont à chaque instant tu es entourée.

— Rodolphe a raison — s'écria Clémence. — Seule avec Henri, continuellement heureuse de son bonheur et du vôtre, il ne vous restera pas le temps de songer à vos chagrins d'autrefois, mon enfant.

— Puis, comme il me serait impossible d'être long-temps sans te voir, chaque année Clémence et moi nous irons vous visiter.

— Et un jour... lorsque la plaie dont vous souffrez tant, pauvre petite, sera cicatrisée... lorsque vous aurez trouvé l'oubli dans le bonheur... vous reviendrez près de nous pour ne plus nous quitter !

— L'oubli... dans le bonheur ?.. — murmura Fleur-de-Marie, qui malgré elle se laissait bercer par ce songe enchanteur.

— Oui... oui, mon enfant — reprit Clémence.— lorsqu'à chaque instant du jour vous vous verrez bénie, respectée, adorée par l'époux de votre choix, par l'homme dont votre père vous a mille fois vanté le cœur noble et généreux... aurez-vous le loisir de songer au passé ?....

— Enfin, c'est vrai... car dis-moi, mon enfant — reprit Rodolphe qui pouvait à peine contenir des larmes de joie en voyant sa fille ébranlée — en présence de l'idolâtrie de ton mari pour toi... lorsque tu auras la conscience et la preuve du bonheur qu'il te doit... quels reproches pourras-tu te faire ?

— Mon père... — dit Fleur-de-Marie, oubliant le passé pour cette espérance ineffable — tant de bonheur me serait-il encore réservé !

— Ah ! j'en étais bien sûr !. — s'écria Rodolphe dans un élan de joie triomphante — est-ce qu'après tout un père qui le veut... ne peut pas rendre au bonheur son enfant adoré...

— Épouser Henri... et un jour... passer ma vie entre lui... ma seconde mère... et mon père... — répéta Fleur-de-Marie, subissant de plus en plus la douce ivresse de ces pensées

— Oui, mon ange aimé, nous serons tous heureux !... Je vais répondre au père d'Henri que je consens au mariage — s'écria Rodolphe en serrant Fleur-de-Marie dans ses bras avec une émotion indicible. — Rassure-toi, notre séparation sera passagère... les nouveaux devoirs que le mariage va t'imposer raffermiront encore tes pas dans cette voie d'oubli et de félicité où tu vas marcher désormais... car enfin si un jour tu es mère, ce ne sera pas seulement pour toi qu'il te faudra être heureuse...

— Ah ! — s'écria Fleur-de-Marie avec un cri déchirant, car ce mot de *mère* la réveilla du songe enchanteur qui la berçait — mère !... moi !... Oh ! jamais !... je suis indigne de ce saint nom... Je mourrais de honte devant mon enfant... si je n'étais pas morte de honte devant son père... en lui faisant l'aveu du passé...

— Que dit-elle, mon Dieu ! — s'écria Rodolphe foudroyé par ce brusque changement.

— Moi mère ! — reprit Fleur-de-Marie avec une amertume désespérée — moi respectée, moi bénie par un enfant innocent et candide ! Moi autrefois l'objet du mépris de tous ! moi profaner ainsi le nom sacré de mère... oh ! jamais... Misérable folle que j'étais de me laisser entraîner à un espoir indigne !..

— Ma fille, par pitié, écoute-moi.

Fleur-de-Marie se leva droite, pâle et belle, de la majesté d'un malheur incurable. — Mon père... nous oublions qu'avant de m'épouser... le prince Henri doit connaître ma vie passée...

La Princesse Amélie Religieuse.

Fleur de Marie.

— Je ne l'avais pas oublié — s'écria Rodolphe ; — il doit tout savoir... il saura tout...

— Et vous ne voulez pas que je meure... de me voir ainsi dégradée à ses yeux !

— Mais il saura aussi quelle irrésistible fatalité t'a jetée dans l'abîme... mais il saura ta réhabilitation.

— Et il sentira enfin — reprit Clémence — que lorsque je vous appelle *ma fille*... il peut sans honte vous appeler *sa femme*...

— Et moi... ma mère... j'aime trop... j'estime trop le prince Henri pour jamais lui donner une main qui a été touchée par les bandits de la Cité...

Peu de temps après cette scène douloureuse, on lisait dans la *Gazette officielle de Gerolstein* :

« Hier a eu lieu, en l'abbaye grand-ducale de Sainte-Hermangilde, en présence de Son Altesse Royale le Grand-Duc régnant et de toute la cour, la prise de voile de très-haute et très-puissante princesse Son Altesse Amélie de Gerolstein.

» Le noviciat a été reçu par l'illustrissime et révérendissime seigneur monseigneur Charles-Maxime, archevêque-duc d'Oppenheim. Monseigneur Annibal André Montano, des princes de Delphes, évêque de Ceuta *in partibus infidelium* et nonce apostolique, y a donné le salut et LA BÉNÉDICTION PAPALE.

» Le sermon a été prononcé par le révérendissime seigneur Pierre d'Asfeld, chanoine du chapitre de Cologne, comte du Saint-Empire romain.

» VENI, CREATOR OPTIME. »

CS T

CHAPITRE III.

LA PROFESSION.

Rodolphe à Clémence.

Gerolstein, 12 janvier 1842 [1]

En me rassurant complétement aujourd'hui sur la santé de votre père, mon amie, vous me faites espérer que vous pourrez avant la fin de cette semaine le ramener ici. Je l'avais prévenu que dans la résidence de Rosenfeld, située au milieu des forêts, il serait exposé, malgré toutes les précautions possibles, à l'âpre rigueur de nos froids ; malheureusement sa passion pour la chasse a rendu nos conseils inutiles. Je vous en conjure, Clémence, dès que votre père pourra supporter le mouvement de la voiture, partez aussitôt ; quittez ce pays sauvage et cette sauvage demeure, seulement habitable pour ces vieux Germains au corps de fer, dont la race a disparu.

Je tremble qu'à votre tour vous ne tombiez malade ; les fatigues de ce voyage précipité, les inquiétudes auxquelles vous avez été en proie jusqu'à votre arrivée auprès de votre père, toutes ces causes ont dû réagir cruellement sur vous. Que n'ai-je pu vous accompagner !....

Clémence, je vous en supplie, pas d'imprudence ; je sais combien vous êtes vaillante et dévouée.... je sais de quels soins empressés vous allez entourer votre père ; mais il serait aussi désespéré que moi, si votre santé s'altérait pendant ce voyage. Je déplore doublement la maladie du comte, car elle vous éloigne de moi dans un moment où j'aurais puisé bien des consolations dans votre tendresse...

La cérémonie de la *profession* de notre pauvre enfant est toujours fixée à de-

[1] Environ six mois se sont passés depuis que Fleur-de-Marie est entrée comme novice au couvent de Sainte-Hermangilde.

main... à demain 13 *janvier*, époque fatale.... C'est le TREIZE JANVIER que j'ai tiré l'épée contre mon père,....

Ah! mon amie...; je m'étais cru pardonné trop tôt... L'enivrant espoir de passer ma vie auprès de vous et de ma fille m'avait fait oublier que ce n'était pas moi, mais *elle*, qui avait été punie jusqu'à présent, et que mon châtiment était encore à venir. — Et il est venu... lorsqu'il y a six mois l'infortunée nous a dévoilé la double torture de son cœur : — *sa honte incurable du passé... jointe à son malheureux amour pour Henri...*

Ces deux amers et brûlants ressentiments, exaltés l'un par l'autre, devaient par une logique fatale amener son inébranlable résolution de prendre le voile. Vous le savez, mon amie, en combattant ce dessein de toutes les forces de notre adoration pour elle, nous ne pouvions nous dissimuler que sa digne et courageuse conduite eût été la nôtre.... Que répondre à ces mots terribles : *J'aime trop le prince Henri pour lui donner une main touchée par les bandits de la Cité*....

Elle a dû se sacrifier à ses nobles scrupules, au souvenir ineffaçable de sa honte ; elle l'a fait vaillamment... elle a renoncé aux splendeurs du monde, elle est descendue des marches d'un trône pour s'agenouiller, vêtue de bure, sur la dalle d'une église; elle a croisé ses mains sur sa poitrine, courbé sa tête angélique... et ses beaux cheveux blonds, que j'aimais tant et que je conserve comme un trésor... sont tombés tranchés par le fer....

Oh! mon amie, vous savez notre émotion déchirante à ce moment lugubre et solennel; cette émotion est, à cette heure, aussi poignante que par le passé.... En vous écrivant ces mots, je pleure comme un enfant..........

Je l'ai vue ce matin : quoiqu'elle m'ait paru moins pâle que d'habitude, et qu'elle prétende ne pas souffrir... sa santé m'inquiète mortellement. Hélas! lorsque sous le voile et le bandeau qui entourent son noble front, je vois ses traits amaigris qui ont la froide blancheur du marbre, et qui font paraître ses grands yeux bleus plus grands encore, je ne puis m'empêcher de songer au doux et pur éclat dont brillait sa beauté lors de notre mariage. Jamais nous ne l'avions vue plus charmante; notre bonheur semblait rayonner sur son délicieux visage.

Comme je vous le disais, je l'ai vue ce matin; elle n'est pas prévenue que la princesse Julianne se démet en sa faveur de sa dignité abbatiale : demain donc, jour de sa profession, notre enfant sera élue abbesse; puisqu'il y a unanimité parmi les demoiselles nobles de la communauté pour lui conférer cette dignité.

Depuis le commencement de son noviciat, il n'y a qu'une voix sur sa piété, sur sa charité, sur sa religieuse exactitude à remplir toutes les règles de son ordre, dont elle exagère malheureusement les austérités.... Elle a exercé dans ce couvent l'influence qu'elle exerce partout, sans y prétendre et en l'ignorant, ce qui en augmente la puissance...

Son entretien de ce matin m'a confirmé ce dont je me doutais : elle n'a pas trouvé dans la solitude du cloître et dans la pratique sévère de la vie monastique le repos et l'oubli.... Elle se félicite pourtant de sa résolution, qu'elle considère comme l'accomplissement d'un devoir impérieux; mais elle souffre toujours, car elle n'est pas née pour ces contemplations mystiques, au milieu desquelles certaines personnes, oubliant toutes les affections, tous les souvenirs terrestres, se perdent en ravissements ascétiques.

Non, Fleur-de-Marie croit, elle prie, elle se soumet à la rigoureuse et dure observance de son Ordre; elle prodigue les consolations les plus évangéliques; les

soins les plus humbles aux pauvres femmes malades qui sont traitées dans l'hospice de l'abbaye. Elle a refusé jusqu'à l'aide d'une sœur converse pour le modeste
ménage de cette triste cellule froide et nue où nous avons remarqué avec un si
douloureux étonnement, vous vous le rappelez, mon amie, les branches desséchées de *son petit rosier*, suspendues au-dessous de son christ. Elle est enfin l'exemple chéri, le modèle vénéré de la communauté.... Mais elle me l'a avoué ce matin,
en se reprochant cette faiblesse avec amertume, elle n'est pas tellement absorbée
par la pratique et par les austérités de la vie religieuse, que le passé ne lui appa-
raisse sans cesse non-seulement tel qu'il a été..... mais tel qu'il aurait pu être.

— « Je m'en accuse, mon père — me disait-elle avec cette calme et douce résignation que vous lui connaissez ; — je m'en accuse, mais je ne puis m'empêcher
de songer souvent que, si Dieu avait voulu m'épargner la dégradation qui a flétri
à jamais mon avenir, j'aurais pu vivre toujours auprès de vous, aimée de l'époux
de votre choix. Malgré moi ma vie se partage entre ces douloureux regrets et les
effroyables souvenirs de *la Cité ;* en vain je prie Dieu de me délivrer de ces obsessions, de remplir uniquement mon cœur de son pieux amour, de ses saintes
espérances, de me prendre enfin tout entière, puisque je veux me donner tout
entière à lui..... Il n'exauce pas mes vœux.... sans doute parce que mes préoccupations terrestres me rendent indigne d'entrer en communion avec lui. »

— « Mais alors — m'écriai-je, saisi d'une folle lueur d'espérance — il en est
temps encore, aujourd'hui ton noviciat finit, mais c'est seulement demain qu'aura
lieu ta profession solennelle ; tu es encore libre : renonce à cette vie si rude et si
austère qui ne t'offre pas les consolations que tu attendais ; souffrir pour souffrir,
viens souffrir dans nos bras, notre tendresse adoucira tes chagrins. »

Secouant tristement la tête, elle me répondit avec cette inflexible justesse de
raisonnement qui nous a si souvent frappés : — « Sans doute, mon bon père, la
solitude du cloître est bien triste pour moi... pour moi déjà si habituée à vos tendresses de chaque instant. Sans doute je suis poursuivie par d'amers regrets, par
de navrants souvenirs ; mais au moins j'ai la conscience d'accomplir un devoir...
mais je comprends, mais je sais que partout ailleurs qu'ici je serais déplacée ; je me
retrouverais dans cette condition si cruellement fausse... dont j'ai déjà tant souffert.... et pour moi.... et pour vous.... car j'ai ma fierté aussi. Votre fille sera ce
qu'elle doit être... fera ce qu'elle doit faire, subira ce qu'elle doit subir... Demain
tous sauraient de quelle fange vous m'avez tirée..... qu'en me voyant repentante
au pied de la croix on me pardonnerait peut-être le passé en faveur de mon humilité présente.... Et il n'en serait pas ainsi, n'est-ce pas, mon bon père, si l'on
me voyait, comme il y a quelques mois, briller au milieu des splendeurs de votre
cour. D'ailleurs, satisfaire aux justes et sévères exigences du monde, c'est me satisfaire moi-même : aussi je remercie et je bénis Dieu de toute la puissance de
mon âme, en songeant que *lui seul* pouvait offrir à votre fille un asile et une position dignes d'elle et de vous.... une position enfin qui ne formât pas un affli-
geant contraste avec ma dégradation première.... et qui pût me mériter le seul
respect qui me soit dû..... celui que l'on accorde au repentir et à l'humilité. »

Hélas ! que répondre à cela ?.... Fatalité ! fatalité ! car cette malheureuse enfant
est douée d'une inexorable *logique* en tout ce qui touche les délicatesses du cœur
et de l'honneur. Avec un esprit et une âme pareils, il ne faut pas songer à pallier,
à *tourner* les positions fausses, il faut en subir les implacables conséquences.....

Je l'ai quittée, comme toujours, le cœur brisé. Sans fonder le moindre espoir sur cette entrevue, qui sera la dernière avant sa *profession*, je m'étais dit : Aujourd'hui encore elle peut renoncer au cloître..... Mais vous le voyez, sa volonté est irrévocable, et je dois, hélas! en convenir avec elle, et répéter ses paroles : — *Dieu seul pouvait lui offrir un asile et une position dignes d'elle et de moi.*

Encore une fois, sa résolution est admirablement convenable et logique au point de vue de la société où nous vivons... Avec l'exquise susceptibilité de Fleur-de-Marie, il n'y a pas pour elle d'autre condition possible. Mais je vous l'ai dit bien souvent, mon amie, si des devoirs sacrés, plus sacrés encore que ceux de la famille, ne me retenaient pas au milieu de ce peuple qui m'aime, et dont je suis un peu la Providence, je serais allé avec vous, ma fille, Henri et Murph, vivre heureux et obscur dans quelque retraite ignorée. Alors, loin des lois impérieuses d'une société impuissante à guérir les maux qu'elle a faits, nous aurions bien forcé cette malheureuse enfant au bonheur et à l'oubli... tandis qu'ici, au milieu de cet éclat, de ce cérémonial, si restreint qu'il fût, c'était impossible..... Mais encore une fois.... fatalité!... fatalité!... je ne puis abdiquer mon pouvoir sans compromettre le bonheur de ce peuple qui compte sur moi.... Braves et dignes gens!.... qu'ils ignorent toujours ce que leur félicité me coûte!....

Adieu, tendrement adieu, ma bien-aimée Clémence. Il m'est presque consolant de vous voir aussi affligée que moi du sort de mon enfant; car ainsi je puis dire *notre* chagrin, et il n'y a pas d'égoïsme dans ma souffrance. — Quelquefois je me demande avec effroi ce que je serais devenu sans vous, au milieu de circonstances si douloureuses.... Souvent aussi ces pensées m'apitoient encore davantage sur le sort de Fleur-de-Marie.... car vous me restez, vous.... Et à elle, que lui reste-t-il?

Adieu encore, et tristement adieu, noble amie, bon ange des jours mauvais. Revenez bientôt, cette absence vous pèse autant qu'à moi....

A vous ma vie et mon amour!.... âme et cœur, à vous!

R.

Je vous envoie cette lettre par un courrier; à moins de changement imprévu, je vous en expédierai un autre demain sitôt après la triste cérémonie. Mille vœux et espoirs à votre père pour son prompt rétablissement. J'oubliais de vous donner des nouvelles du pauvre Henri; son état s'améliore et ne donne plus de si graves inquiétudes. Son excellent père, malade lui-même, a retrouvé des forces pour le soigner, pour le veiller; miracle d'amour paternel..... qui ne nous étonne pas, nous autres. — Ainsi donc, amie, à demain... demain... jour sinistre et néfaste pour moi.... A vous encore, à vous toujours.

R.

Abbaye de Sainte-Hermangilde, quatre heures du matin.

Rassurez-vous, Clémence...... rassurez-vous, quoique l'heure à laquelle je vous écris cette lettre et le lieu d'où elle est datée doivent vous effrayer... Grâce à Dieu, le danger est passé, mais la crise a été terrible....

Hier, après vous avoir écrit, agité par je ne sais quel funeste pressentiment, me rappelant la pâleur, l'air souffrant de ma fille, l'état de faiblesse où elle languit depuis quelque temps, songeant enfin qu'elle devait passer en prières, dans une immense et glaciale église, presque toute cette nuit qui précède sa profession, j'ai envoyé Murph et David à l'abbaye demander à la princesse Julianne de leur permettre de rester jusqu'à demain dans la maison extérieure qu'Henri habitait ordinairement. Ainsi ma fille pouvait avoir de prompts secours et moi de ses nouvelles, si les forces lui manquaient pour accomplir cette rigoureuse... je ne veux

pas dire cruelle... obligation de rester une nuit de janvier en prières, par un froid
excessif. J'avais aussi écrit à Fleur-de-Marie que, tout en respectant l'exercice de
ses devoirs religieux, je la suppliais de songer à sa santé, et de faire sa veillée de
prières dans sa cellule, et non dans l'église. Voici ce qu'elle m'a répondu :

« Mon bon père, je vous remercie du plus profond de mon cœur de cette nouvelle et tendre preuve de votre intérêt; n'ayez aucune inquiétude, je me crois
en état d'accomplir mon devoir.... Votre fille, mon bon père, ne peut témoigner
ni crainte, ni faiblesse.... la règle est telle, je dois m'y conformer. En résultât-il
quelques souffrances physiques, c'est avec joie que je les offrirais à Dieu ! Vous
m'approuverez, je l'espère, vous qui avez toujours pratiqué le renoncement et le
devoir avec tant de courage.... Adieu, mon bon père.... je ne vous dirai pas que
je vais prier pour vous... en priant Dieu, je vous prie toujours, car il m'est impossible de ne pas vous confondre avec la divinité que j'implore ; vous avez été pour
moi sur la terre ce que Dieu, si je le mérite, sera pour moi dans le ciel.

» Daignez bénir ce soir votre fille par la pensée, mon bon père... elle sera demain l'épouse du Seigneur..... Elle vous baise les mains avec un pieux respect.

                                                » Sœur Amélie. »

Cette lettre, que je ne pus lire sans fondre en larmes, me rassura pourtant quelque peu; je devais, moi aussi, accomplir une veillée sinistre. La nuit venue, j'allai
m'enfermer dans le pavillon que j'ai fait construire non loin du monument élevé
au souvenir de mon père... en expiation de cette nuit fatale.

Vers une heure du matin, j'entendis la voix de Murph, je frissonnai d'épouvante; il arrivait en toute hâte du couvent. Ainsi que je l'avais prévu, la malheureuse enfant, malgré son courage et sa volonté, n'a pas eu la force d'accomplir

entièrement cette pratique barbare, dont il avait été impossible de la dispenser, la règle étant formelle à ce sujet.

À huit heures du soir, Fleur-de-Marie s'est agenouillée sur la pierre de cette église... Jusqu'à plus de minuit elle a prié... Mais à cette heure, succombant à sa faiblesse, à cet horrible froid, à son émotion, car elle a longuement et silencieusement pleuré... elle s'est évanouie. Deux religieuses qui avaient partagé sa veillée... vinrent la relever et la transportèrent dans sa cellule...

David fut à l'instant prévenu; Murph monta en voiture, accourut me chercher; je volai au couvent; je fus reçu par la princesse Julianne. Elle me dit que David craignait que ma vue ne fît une trop vive impression sur ma fille, que son évanouissement, dont elle était revenue, ne présentait rien de très-alarmant, ayant été seulement causé par une grande faiblesse...

D'abord une horrible pensée me vint... Je crus qu'on voulait me cacher quelque grand malheur, ou du moins me préparer à l'apprendre; mais la supérieure me dit : « Je vous l'affirme, monseigneur, la princesse Amélie est hors de danger; un léger cordial que le docteur David lui a fait prendre a ranimé ses forces. »

Je ne pouvais douter de ce que m'affirmait l'abbesse; je la crus, et j'attendis des nouvelles de ma fille avec une douloureuse impatience.

Au bout d'un quart d'heure d'angoisses, David revint. Grâce à Dieu, elle allait mieux... et elle avait voulu continuer sa veillée de prières dans l'église, en consentant seulement à s'agenouiller sur un coussin... Et comme je me révoltais et m'indignais de ce que la supérieure et lui eussent accédé à son désir, ajoutant que je m'y opposais formellement, il me répondit qu'il eût été dangereux de contrarier la volonté de ma fille dans un moment où elle était sous l'influence d'une vive émotion nerveuse, et que d'ailleurs il était convenu avec la princesse Julianne que la pauvre enfant quitterait l'église à l'heure des matines pour prendre un peu de repos et se préparer à la cérémonie.

— Elle est donc maintenant à l'église? lui dis-je.

— Oui, monseigneur... mais avant une demi-heure elle l'aura quittée...

Je me fis aussitôt conduire à notre tribune du nord, d'où l'on domine tout le chœur. Là, au milieu des ténèbres de cette vaste église, seulement éclairée par la pâle clarté de la lampe du sanctuaire, je la vis près de la grille... agenouillée, les mains jointes et priant encore avec ferveur. Moi aussi je m'agenouillai en pensant à mon enfant.

Trois heures sonnèrent; deux sœurs assises dans les stalles, qui ne l'avaient pas quittée des yeux, vinrent lui parler bas... Au bout de quelques moments, elle se signa, se releva et traversa le chœur d'un pas assez ferme... et pourtant, mon amie, lorsqu'elle passa sous la lampe, son visage me parut aussi blanc que le long voile qui flottait autour d'elle...

Je sortis aussitôt de la tribune, voulant d'abord aller la rejoindre, mais je craignis qu'une nouvelle émotion ne l'empêchât de goûter quelques moments de repos. J'envoyai David savoir comment elle se trouvait... il revint me dire qu'elle se sentait mieux et qu'elle allait tâcher de dormir un peu...

Je reste à l'abbaye... pour la cérémonie qui aura lieu ce matin.

Je pense maintenant, mon amie, qu'il est inutile de vous envoyer cette lettre incomplète... Je la terminerai demain en vous racontant les événements de cette triste journée.

À bientôt donc, mon amie. Je suis brisé de douleur... Plaignez-moi.

LE 13 JANVIER.

CHAPITRE DERNIER.

RODOLPHE A CLÉMENCE.

Treize janvier... anniversaire maintenant doublement sinistre!

Mon amie... nous la perdons à jamais! Tout est fini... tout!... Écoutez ce récit.
Il est donc vrai... on éprouve une volupté atroce à raconter une horrible douleur.

Hier je me plaignais du hasard qui vous retenait loin de moi... aujourd'hui,
Clémence, je me félicite de ce que vous n'êtes pas ici; vous souffririez trop...

Ce matin, je sommeillais à peine, j'ai été éveillé par le son des cloches... j'ai
tressailli d'effroi... cela m'a semblé funèbre... on eût dit un glas de funérailles...
En effet, ma fille est morte pour nous... morte, entendez-vous... Dès aujourd'hui,
Clémence... il vous faut commencer à porter son deuil dans votre cœur, dans
votre cœur toujours pour elle si maternel...

Que notre enfant soit ensevelie sous le marbre d'un tombeau ou sous la voûte
d'un cloître... pour nous... quelle est la différence?

Dès aujourd'hui, entendez-vous, Clémence... il faut la regarder comme morte...
D'ailleurs... elle est d'une si grande faiblesse... sa santé, altérée par tant de chagrins, par tant de secousses, est si chancelante... Pourquoi pas aussi cette autre
mort, plus complète encore? La fatalité n'est pas lasse... Et puis d'ailleurs,
d'après ma lettre d'hier:.. vous devez comprendre que cela serait peut-être plus
heureux pour elle... qu'elle fût morte.

Morte... ces cinq lettres ont une physionomie étrange... ne trouvez-vous pas?...
quand on les écrit à propos d'une fille idolâtrée... d'une fille si belle, si char-

FLEUR-DE-MARIE PROCLAMÉE ABBESSE.

mante, d'une bonté si angélique... Dix-huit ans à peine... et morte au monde!...

Au fait... pour nous et pour elle, à quoi bon végéter souffrante dans la morne tranquillité de ce cloître? qu'importe qu'elle vive si elle est perdue pour nous? Elle doit tant l'aimer, la vie... que la fatalité lui a faite!

Ce que je dis là est affreux... il y a un égoïsme barbare dans l'amour paternel!

À midi, sa *profession* a eu lieu avec une pompe solennelle. Caché derrière les rideaux de notre tribune, j'y ai assisté...

J'ai ressenti, mais avec encore plus d'intensité, toutes les poignantes émotions que nous avions éprouvées lors de son noviciat...

Chose bizarre! elle est adorée; on croit généralement qu'elle est attirée vers la vie religieuse par une irrésistible vocation; on devrait voir dans sa profession un événement heureux pour elle, et, au contraire, une accablante tristesse pesait sur la foule.

Au fond de l'église, parmi le peuple... j'ai vu deux sous-officiers de mes gardes, deux vieux et rudes soldats, baisser la tête et pleurer...

On eût dit qu'il y avait *dans l'air* un douloureux pressentiment. Du moins s'il était fondé, il n'est réalisé qu'à demi...

La profession terminée, on a ramené notre enfant dans la salle du chapitre où devait avoir lieu la nomination de la nouvelle abbesse. Grâce à mon privilége souverain, j'allai dans cette salle attendre Fleur-de-Marie au retour du chœur.

Elle entra bientôt... Son émotion, sa faiblesse étaient si grandes que deux sœurs la soutenaient. Je fus effrayé, moins encore de sa pâleur et de la profonde altération de ses traits que de l'expression de son sourire... il me parut empreint d'une sorte de satisfaction sinistre...

Clémence... je vous le dis... peut-être bientôt nous faudra-t-il du courage... bien du courage. *Je sens* pour ainsi dire *en moi* que notre enfant est mortellement frappée...

— Après tout, sa vie serait si malheureuse... Voilà deux fois que je me le dis, en pensant à la mort possible de ma fille... que cette mort mettrait du moins un terme à sa cruelle existence... Cette pensée est un horrible symptôme... Mais si ce malheur doit nous frapper, il vaut mieux y être préparé, n'est-ce pas, Clémence?

Se préparer à un pareil malheur c'est en savourer peu à peu et d'avance les lentes angoisses... C'est un raffinement de douleurs inouï... Cela est mille fois plus affreux que le coup qui vous frappe, imprévu... Au moins la stupeur, l'anéantissement vous épargnent une partie de cet atroce déchirement.

Mais les usages de la compassion veulent qu'on vous *prépare*... Probablement je n'agirais pas autrement moi-même, pauvre amie... si j'avais à vous apprendre le funeste événement dont je vous parle... Ainsi épouvantez-vous, si vous remarquez que je vous entretiens d'*elle*... avec des ménagements, des détours d'une tristesse désespérée, après vous avoir annoncé que sa santé ne me donnait pourtant pas de graves inquiétudes.

Oui, épouvantez-vous si je vous parle comme je vous écris maintenant... car, quoique je l'aie quittée assez calme il y a une heure pour venir terminer cette lettre, je vous le répète, Clémence, il me semble *ressentir en moi* qu'elle est plus souffrante qu'elle ne le paraît... Fasse le ciel que je me trompe et que je prenne pour des pressentiments la désespérante tristesse que m'a inspirée cette cérémonie lugubre!

Fleur-de-Marie entra donc dans la grande salle du chapitre. Toutes les stalles furent successivement occupées par les religieuses. Elle alla modestement se mettre à la dernière place de la rangée de gauche; elle s'appuyait sur le bras d'une des sœurs, car elle semblait toujours bien faible.

Au haut bout de la salle, la princesse Juliane était assise, ayant d'un côté la grande-prieure, de l'autre une seconde dignitaire, tenant à la main la crosse d'or, symbole de l'autorité abbatiale.

Il se fit un profond silence; la princesse se leva, prit sa crosse en main, et dit d'une voix grave et émue : — « Mes chères filles, mon grand âge m'oblige de confier à des mains plus jeunes cet emblème de mon pouvoir spirituel — et elle montra sa crosse. — J'y suis autorisée par une bulle de Notre-Saint-Père. Je présenterai donc à la bénédiction de monseigneur l'archevêque d'Oppenheim et à l'approbation de S. A. R. le grand-duc, notre souverain, celle de vous, mes chères filles, qui par vous aura été désignée pour me succéder. Notre grande-prieure va vous faire connaître le résultat de l'élection, et à celle-là que vous aurez élue je remettrai ma crosse et mon anneau. »

Je ne quittais pas ma fille des yeux. Debout dans sa stalle, les deux mains jointes sur sa poitrine, les yeux baissés, à demi enveloppée de son voile blanc et des longs plis traînants de sa robe noire, elle se tenait immobile et pensive, elle n'avait pas un moment supposé qu'on pût l'élire, son élévation n'avait été confiée qu'à moi par l'abbesse.

La grande-prieure prit un registre et lut : — « Chacune de nos chères sœurs ayant été, suivant la règle, invitée, il y a huit jours, à déposer son vote entre les mains de notre sainte mère et à tenir son choix secret jusqu'à ce moment, au nom de notre sainte mère, je déclare qu'une de vous, mes chères sœurs, a, par sa piété exemplaire, par ses vertus évangéliques, mérité le suffrage unanime de la communauté, et celle-là est notre sœur Amélie, *de son vivant* très-haute et très-puissante princesse de Gerolstein. »

A ces mots, une sorte de murmure de douce surprise et d'heureuse satisfaction circula dans la salle; tous les regards des religieuses se fixèrent sur ma fille avec une expression de tendre sympathie; malgré mes accablantes préoccupations, je fus moi-même vivement ému de cette nomination qui, faite isolément et secrètement, offrait néanmoins une si touchante unanimité.

Fleur-de-Marie, stupéfaite, devint encore plus pâle; ses genoux tremblaient si fort, qu'elle fut obligée de s'appuyer d'une main sur le rebord de la stalle...

L'abbesse reprit d'une voix haute et grave : — « Mes chères filles, c'est bien sœur Amélie que vous croyez la plus digne et la plus méritante de vous toutes? C'est bien elle que vous reconnaissez pour votre supérieure spirituelle? Que chacune de vous me réponde à son tour, mes chères filles. »

Et chaque religieuse répondit à haute voix : — « Librement et volontairement j'ai choisi et je choisis sœur Amélie pour ma sainte mère et supérieure. »

Saisie d'une émotion inexprimable, ma pauvre enfant tomba à genoux, joignit les mains, et resta ainsi jusqu'à ce que chaque vote fût émis.

Alors l'abbesse, déposant la crosse et l'anneau entre les mains de la grande-prieure, s'avança vers ma fille pour la prendre par la main et la conduire au siège abbatial....

— Relevez-vous, ma chère fille — lui dit l'abbesse — venez prendre la place qui vous appartient; vos vertus évangéliques, et non votre rang, vous l'ont gagnée. » — En disant ces mots la vénérable princesse se pencha vers ma fille pour l'aider à se relever.

Fleur-de-Marie fit quelques pas en tremblant, puis arrivant au milieu de la salle du chapitre, elle s'arrêta et dit d'une voix dont le calme et la fermeté m'étonnèrent : « — Pardonnez-moi, sainte mère... je voudrais parler à mes sœurs.

« — Montez d'abord, ma chère fille, sur votre siége abbatial — dit la princesse » — c'est de là que vous devez leur faire entendre votre voix...

» — Cette place, sainte mère... ne peut être la mienne — répondit Fleur-de- » Marie d'une voix basse et tremblante.

» — Que dites-vous, ma chère fille ?

» — Une si haute dignité n'est pas faite pour moi, sainte mère.

» — Mais les vœux de toutes vos sœurs vous y appellent.

» — Permettez-moi, sainte mère, de faire ici à deux genoux une confession so- » lennelle ; mes sœurs verront bien, et vous aussi sainte mère, que la condition » la plus humble n'est pas encore assez humble pour moi.

» — Votre modestie vous abuse, ma chère fille, » dit la supérieure avec bonté, croyant en effet que la malheureuse enfant cédait à un sentiment de modestie exagérée ; mais moi je devinai ces aveux que Fleur-de-Marie allait faire. Saisi d'effroi, je m'écriai d'une voix suppliante : — Mon enfant... je t'en conjure...

A ces mots... vous dire, mon amie, tout ce que je lus dans le profond regard que Fleur-de-Marie me jeta serait impossible... Ainsi que vous le saurez dans un instant, elle m'avait compris. Oui, elle avait compris que je devais partager la honte de cette horrible révélation... Elle avait compris qu'après de tels aveux on pouvait m'accuser... moi, de mensonge... car j'avais toujours dû laisser croire que jamais Fleur-de-Marie n'avait quitté sa mère... A cette pensée, la pauvre enfant s'était crue coupable envers moi d'une noire ingratitude... Elle n'eut pas la force de continuer, elle se tut et baissa la tête avec accablement...

« — Encore une fois, ma chère fille — reprit l'abbesse — votre modestie vous » trompe... l'unanimité du choix de vos sœurs vous prouve combien vous êtes » digne de me remplacer... Par cela même que vous avez pris part aux joies du » monde, votre renoncement à ces joies n'en est que plus méritant... Ce n'est pas » S. A. la princesse Amélie qui est élue. C'est sœur Amélie... Pour nous, votre vie » a commencé du jour où vous avez mis le pied dans la maison du Seigneur... et » c'est cette exemplaire et sainte vie que nous récompensons... Je vous dirai plus, » ma chère fille, avant d'entrer au bercail votre existence aurait été aussi égarée » qu'elle a été au contraire pure et louable... que les vertus évangéliques, dont vous » nous avez donné l'exemple depuis votre séjour ici, expieraient et rachèteraient » encore aux yeux du Seigneur un passé si coupable qu'il fût... D'après cela, ma » chère fille, jugez si votre modestie doit être rassurée. »

Ces paroles de l'abbesse furent, comme vous le pensez, mon amie, d'autant plus précieuses pour Fleur-de-Marie qu'elle croyait le passé ineffaçable. Malheureusement, cette scène l'avait profondément émue, et, quoiqu'elle affectât du calme et de la fermeté, il me sembla que ses traits s'altéraient d'une manière inquiétante... Par deux fois elle tressaillit en passant sur son front sa pauvre main amaigrie.

« — Je crois vous avoir convaincue, ma chère fille — reprit la princesse Julianne » — et vous ne voudrez pas causer à vos sœurs un vif chagrin en refusant cette » marque de leur confiance et de leur affection.

» — Non, sainte mère — dit-elle avec une expression qui me frappa et d'une
» voix de plus en plus faible — je crois *maintenant* pouvoir accepter... Mais, comme
» je me sens bien fatiguée et un peu souffrante, si vous le permettiez, sainte mère,
» la cérémonie de ma consécration n'aurait lieu que dans quelques jours...

» — Il sera fait comme vous le désirez, ma chère fille... mais, en attendant que
» votre dignité soit bénie et consacrée... prenez cet anneau... venez à votre place...
» nos chères sœurs vous rendront hommage selon notre règle. »

Et la supérieure, glissant son anneau pastoral au doigt de Fleur-de-Marie, la
conduisit au siége abbatial..

Ce fut un spectacle simple et touchant.

Auprès de ce siége où elle s'assit se tenaient, d'un côté, la grande-prieure, portant la crosse d'or; de l'autre, la princesse Julianne. Chaque religieuse alla s'in-
cliner devant notre enfant et lui baiser respectueusement la main.

Je voyais à chaque instant son émotion augmenter, ses traits se décomposer
davantage; enfin, cette scène fut sans doute au-dessus de ses forces... car elle
s'évanouit avant que la procession des sœurs fût terminée.

Jugez de mon épouvante!... Nous la transportâmes dans l'appartement de
l'abbesse.

David n'avait pas quitté le couvent; il accourut, lui donna les premiers soins.
Puisse-t-il ne m'avoir pas trompé! mais il m'a assuré que ce nouvel accident
n'avait pour cause qu'une extrême faiblesse causée par le jeûne, les fatigues et
la privation de sommeil que ma fille s'était imposés pendant son rude et long
noviciat... Je l'ai cru, parce qu'en effet ses traits angéliques, quoique d'une
effrayante pâleur, ne trahissaient aucune souffrance lorsqu'elle reprit connaissance... Je fus même frappé de la sérénité qui rayonnait sur son beau front. De
nouveau cette quiétude m'effraya : il me sembla qu'elle cachait le secret espoir
d'une délivrance prochaine...

La supérieure étant retournée au chapitre pour clore la séance, je restai seul
avec ma fille.

Après m'avoir regardé en silence pendant quelques moments, elle me dit : —
Mon bon père... pourrez-vous oublier mon ingratitude? Pourrez-vous oublier
qu'au moment où j'allais faire cette pénible confession, vous m'avez demandé
grâce...

— Tais-toi... je t'en supplie..

— Et je n'avais pas songé — reprit-elle avec amertume — qu'en disant à la
face de tous de quel abîme de dépravation vous m'aviez retirée... c'était révéler
un secret que vous aviez gardé par tendresse pour moi... c'était vous accuser publiquement, vous, mon père, d'une dissimulation à laquelle vous ne vous étiez
résigné que pour m'assurer une vie éclatante et honorée... Oh! pourrez-vous me
pardonner?

Au lieu de lui répondre, je collai mes lèvres sur son front, elle sentit couler
mes larmes...

Après avoir baisé mes mains à plusieurs reprises, elle me dit : — Maintenant
je me sens mieux, mon bon père... maintenant que me voici, ainsi que le dit
notre règle, morte au monde... je voudrais faire quelques dispositions en faveur
de plusieurs personnes... mais comme tout ce que je possède est à vous... m'y
autorisez-vous, mon bon père?...

— Peux-tu en douter?... Mais, je t'en supplie — lui dis-je — n'aie pas de ces pensées sinistres... Plus tard tu t'occuperas de ce soin... n'as-tu pas le temps...

— Sans doute, mon bon père, j'ai encore bien du temps à vivre — ajouta-t-elle avec un accent qui, je ne sais pourquoi, me fit de nouveau tressaillir. Je la regardai plus attentivement, aucun changement dans ses traits ne justifia mon inquiétude. — Oui, j'ai encore bien du temps à vivre, reprit-elle — mais je ne devrai plus m'occuper des choses terrestres... car aujourd'hui je renonce à tout ce qui m'attache au monde... Je vous en prie, ne me refusez pas...

— Ordonne... je ferai ce que tu désires...

— Je voudrais que ma tendre mère gardât toujours dans le petit salon où elle se tient habituellement..... mon métier à broder..... avec la tapisserie que j'avais commencée...

— Tes désirs seront remplis, mon enfant. Ton appartement est resté comme il était le jour où tu as quitté le palais; car tout ce qui t'a appartenu est pour nous l'objet d'un culte religieux... Clémence sera profondément touchée de ta pensée...

— Quant à vous, mon bon père, prenez, je vous en prie, mon grand fauteuil d'ébène, où j'ai tant pensé, tant rêvé...

— Il sera placé à côté du mien, dans mon cabinet de travail, et je t'y verrai chaque jour assise près de moi, comme tu t'y asseyais si souvent — lui dis-je sans pouvoir retenir mes larmes.

— Maintenant je voudrais laisser quelques souvenirs de moi à ceux qui m'ont témoigné tant d'intérêt quand j'étais malheureuse. A madame Georges, je voudrais donner l'écritoire dont je me servais dernièrement. Ce don aura quelque à-propos — ajouta-t-elle avec son doux sourire — car c'est elle qui, à la ferme, a commencé de m'apprendre à écrire. Quant au vénérable curé de Bouqueval, qui m'a instruite dans la religion, je lui destine le beau christ de mon oratoire...

— Bien, mon enfant.

— Je désirerais aussi envoyer mon bandeau de perles à ma bonne petite Rigolette... C'est un bijou simple qu'elle pourra porter sur ses beaux cheveux noirs.. et puis, si cela était possible, puisque vous savez où se trouvent Martial et la Louve en Algérie, je voudrais que cette courageuse femme qui m'a sauvé la vie... eût ma croix d'or émaillée... Ces différents gages de souvenir, mon bon père, seraient remis à ceux à qui je les envoie, *de la part de Fleur-de-Marie.*

— J'exécuterai tes volontés... Tu n'oublies personne?...

— Je ne crois pas... mon bon père.

— Cherche bien... parmi ceux qui t'aiment... n'y a-t-il pas quelqu'un de bien malheureux, d'aussi malheureux que ta mère.. et moi... quelqu'un enfin qui regrette aussi douloureusement que nous ton entrée au couvent?

La pauvre enfant me comprit, me serra la main; une légère rougeur colora un instant son pâle visage. Allant au-devant d'une question qu'elle craignait sans doute de me faire, je lui dis: — Il va mieux... on ne craint plus pour ses jours...

— Et son père?

— Il se ressent de l'amélioration de la santé de son fils... il va mieux aussi... Et à Henri, que lui donnes-tu?... Un souvenir de toi... lui serait une consolation si chère et si précieuse...

— Mon père, offrez-lui mon prie-Dieu... Hélas! je l'ai bien souvent arrosé de mes larmes en demandant au ciel la force d'oublier Henri, puisque j'étais indigne de son amour...

— Combien il sera heureux de voir que tu as eu une pensée pour lui...

— Quant à la maison d'asile pour les orphelines et les jeunes filles abandonnées de leurs parents, je désirerais, mon bon père, que. . . . .

Ici la lettre de Rodolphe était interrompue par ces mots presque illisibles :

— Clémence... Murph terminera cette lettre... je n'ai plus la tête à moi, je suis fou... Ah ! le 13 janvier !!! . . . .

La fin de cette lettre, de l'écriture de Murph, était ainsi conçue :

Madame,

D'après les ordres de Son Altesse Royale, je complète ce triste récit. Les deux lettres de monseigneur auront dû préparer Votre Altesse Royale à l'accablante nouvelle qu'il me reste à lui apprendre.

Il y a trois heures, monseigneur était occupé à écrire à Votre Altesse Royale ; j'attendais dans une pièce voisine qu'il me remit la lettre pour l'expédier aussitôt par un courrier. Tout à coup j'ai vu entrer la princesse Julianne d'un air consterné. — Où est Son Altesse Royale ? — me dit-elle d'une voix émue. — Princesse, monseigneur écrit à madame la grande-duchesse des nouvelles de la journée. — Sir Walter, il faut apprendre à monseigneur.... un événement terrible... Vous êtes son ami.... veuillez l'en instruire.... De vous ce coup lui sera moins terrible....

Je compris tout ; je crus plus prudent de me charger de cette funeste révélation.... la supérieure ayant ajouté que la princesse Amélie s'éteignait lentement, et que monseigneur devait se hâter de venir recevoir les derniers soupirs de sa fille. Je n'avais malheureusement pas le temps d'employer des ménagements. J'entrai dans le salon, Son Altesse Royale s'aperçut de ma pâleur. — Tu viens m'apprendre un malheur !.... — Un irréparable malheur, monseigneur.... du courage ! — Ah ! mes pressentiments !!... — s'écria-t-il — et, sans ajouter un mot, il courut au cloître. Je le suivis.

De l'appartement de la supérieure, la princesse Amélie avait été transportée dans sa cellule après sa dernière entrevue avec monseigneur. Une des sœurs la veillait ; au bout d'une heure, elle s'aperçut que la voix de la princesse Amélie, qui lui parlait par intervalles, s'affaiblissait et s'oppressait de plus en plus. La sœur s'empressa d'aller prévenir la supérieure. Le docteur David fut appelé ; il crut remédier à cette nouvelle perte de forces par un cordial, mais en vain ; le pouls était à peine sensible.... Il reconnut avec désespoir que, des émotions réitérées ayant probablement usé le peu de forces de la princesse Amélie, il ne restait aucun espoir de la sauver.

Ce fut alors que monseigneur arriva ; la princesse Amélie venait de recevoir les derniers sacrements, une lueur de connaissance lui restait encore ; dans une de ses mains croisées sur son sein elle tenait les *débris de son petit rosier*.

Monseigneur tomba agenouillé à son chevet ; il sanglotait. — Ma fille !... mon enfant chérie !... — s'écriait-il d'une voix déchirante.

La princesse Amélie l'entendit, tourna légèrement la tête vers lui, ouvrit les yeux... tâcha de sourire et dit d'une voix défaillante : — Mon bon père... pardon... aussi à Henri... à ma bonne mère... pardon....

Ce furent ses derniers mots.... Après une heure d'une agonie pour ainsi dire paisible.... elle rendit son âme à Dieu....

Lorsque sa fille eut rendu le dernier soupir, monseigneur ne dit pas un mot... son calme et son silence étaient effrayants... il ferma les paupières de la princesse,

Hôtel des Fleurs de Marie.

la baisa plusieurs fois au front, prit pieusement les débris du petit rosier et sortit de la cellule.

Je le suivis ; il revint dans la maison extérieure du cloître, et, me montrant la lettre qu'il avait commencé d'écrire à Votre Altesse Royale, et à laquelle il voulut en vain ajouter quelques mots, car sa main tremblait convulsivement, il me dit : — Il m'est impossible d'écrire... je suis anéanti... ma tête se perd !... Écris à la grande-duchesse que je n'ai plus de fille !....

J'ai exécuté les ordres de monseigneur.

Qu'il me soit permis, comme à son vieux serviteur, de supplier Votre Altesse Royale de hâter son retour... autant que la santé de M. le comte d'Orbigny le permettra... La présence seule de Votre Altesse Royale pourrait calmer le désespoir de monseigneur..... Il veut chaque nuit veiller sa fille jusqu'au jour où elle sera ensevelie dans la chapelle grand-ducale.

J'ai accompli ma triste tâche, madame ; veuillez excuser l'incohérence de cette lettre..... et recevoir l'expression du respectueux dévouement avec lequel j'ai l'honneur d'être, de Votre Altesse Royale, le très-obéissant serviteur,

WALTER MURPH.

.   .   .   .

La veille du service funèbre de la princesse Amélie, Clémence arriva à Gerolstein avec son père.

Rodolphe ne fut pas seul le jour des funérailles de Fleur-de-Marie.

NOTES.

I.

(Voir la fin de la page 114.)

A ce sujet, nous avons reçu de nouvelles réclamations et quelques documents curieux, les uns de Hollande, les autres d'Italie; nous donnons ces renseignements ci-après, en exprimant toute notre gratitude aux personnes qui nous ont fait l'honneur de nous les adresser.

Plusieurs officiers judiciaires ont bien voulu nous faire observer que, dans beaucoup de circonstances, la chambre des avoués de Paris a instrumenté officieusement et sans frais, lorsque les parties faisaient preuve d'indigence. Rien de plus honorable, de plus louable, de plus charitable assurément que cette aumône judiciaire; mais ceci est un *don*, un *octroi volontaire*, par conséquent *variable*, *révocable*, et non pas une *institution*, un *fait légal* et acquis virtuellement aux classes pauvres. Ce n'est pas une *aumône* que nous demandons pour elles, c'est un *droit reconnu*, car il nous semble que l'indigence a aussi ses droits. Il est au moins étrange que la France, qui devrait marcher à la tête de la civilisation, ne fasse pas jouir les classes les plus nombreuses et les plus laborieuses de la société des charitables avantages qui leur sont acquis chez presque toutes les nations de l'Europe.

En Hollande, en Sardaigne, dans presque toutes les légations d'Italie, les pauvres, ainsi qu'on va le voir, sont mille fois mieux traités qu'en France sous ce rapport. Le document suivant, traduit du Code hollandais, vient de nous être communiqué par l'un des avocats les plus distingués d'Amsterdam. On ne peut qu'admirer une telle législation :

Extrait du Code de procédure civile néerlandais relatif aux classes pauvres.

« Art. 855. Toutes personnes, soit demandeurs, soit défendeurs, en fournissant la preuve qu'elles sont hors d'état de payer les frais d'un procès, peuvent obtenir du juge qui doit connaître de l'objet du procès l'autorisation de plaider *sans frais*. — Art. 856. Cette autorisation se demande par requête écrite sur papier *non timbré*; et si la requête est adressée à une cour ou à un tribunal d'arrondissement, elle est signée par un avoué désigné à cet effet, au besoin par le président. — Art. 857. Cette requête contiendra le résumé des faits et une indication sommaire des arguments sur lesquels est fondée la demande ou la défense de l'exposant. — Art. 858. Cette requête sera accompagnée d'un certificat de l'indigence de l'exposant, délivré par le chef de l'administration du lieu de son domicile. — Art. 859. La cour ou le tribunal ordonne, par simple disposition, la citation de la partie adverse devant deux juges-commissaires, et désigne, selon l'importance de la cause, un avoué, ou bien un avocat et un avoué pour l'assister à l'audience. — Art. 860. La demande, ainsi que l'ordonnance du juge, seront, à la requête de l'exposant, signifiées par huissier *et sans frais* à la personne ou au domicile de la partie adverse. Cet exploit sera enregistré *gratis et exempt du droit de timbre*. — Art. 861. Si la partie adverse ne comparaît pas devant les commissaires, la cour ou le tribunal, sur le rapport de ses commissaires, examinera si l'exposant a suffisamment prouvé son indigence; elle accorde, dans ce cas, l'autorisation demandée, à moins que le juge ne considère la demande ou la défense au fond dénuée de tout fondement. — Art. 862. Si la partie adverse comparaît, elle peut s'opposer à ce que l'autorisation soit accordée, en prouvant que les assertions de l'exposant sont sans fondement. Ces preuves doivent se faire, quant aux faits, par des documents concluants, et, quant au droit, par une disposition expresse de la loi. — Art. 863. La partie adverse peut également fonder son opposition sur le manque ou sur l'insuffisance du certificat d'indigence, ou bien sur l'indication des moyens pécuniaires suffisants de la part de l'exposant. — Art. 864. Sur le rapport des juges-commissaires, la demande de l'exposant est accueillie ou refusée. Si elle est accueillie, on désigne pour l'*assister gratis* un avoué, ou un avocat et un avoué, si déjà il n'y a été pourvu. — Art. 865. Si celui qui a obtenu de plaider sans frais a succombé en première instance, il ne pourra plaider sans frais en appel ou en cassation sans y être autorisé de nouveau. S'il a gagné son procès en première instance, il n'a pas besoin d'une nouvelle autorisation pour plaider sans frais en appel ou en cassation. Sur sa requête, il lui sera seulement désigné un nouvel avocat et un nouvel avoué. — Art. 866. Tous exploits devront se faire par un huissier domicilié dans le canton, ou, à son défaut, par l'huissier d'un canton voisin. — Art. 867. Le jugement qui accueille la demande de plaider sans frais et tous les actes qui l'ont précédé sont *exempts de timbre et seront enregistrés gratis. Aucun salaire d'huissier, d'avoué et d'avocat ne pourra jamais de ce chef être porté en compte ni à l'exposant ni à la partie adverse.* — Art. 868. Si la demande de plaider sans frais est accueillie, tous les actes produits par le plaideur sans frais seront visés pour timbre et enregistrés en *débet*, tous droits de greffe et d'amendes judiciaires, dus de ce chef, seront également mis en *débet*, et le plaideur sans frais ne *sera jamais tenu de payer* aucun salaire aux avocat, avoué et huissier qui lui auront été adjoints. — Art. 872. Lorsque des indigents, en dehors d'un procès proprement dit, ont besoin d'une autorisation judiciaire, d'une approbation ou de toute autre ordonnance sur requête, ils peuvent adresser leur requête écrite sur papier *non timbré*, en y joignant un certificat d'indigence. Dans ce cas, la réponse ou l'ordonnance leur sera délivrée *libre de timbre, de droit d'enregistrement et sans aucuns frais.* — Art. 873. Dans ce cas, et si les indigents ne sont pas munis d'avoué, il leur en sera désigné un par le président. — Art. 874. Les bureaux de bienfaisance, les administrateurs d'institutions charitables et des églises des divers cultes peuvent également, et de la même manière, obtenir de plaider sans frais, sans être tenus de produire des certificats d'indigence — Art. 875. Les décisions des cours, tribunaux et justices de canton (de paix), relativement à l'admission de plaider sans frais, ne sont pas sujettes à appel. »

Le document suivant est relatif aux institutions de certains États d'Italie :

« Dans les États du duché de Modène et dans les légations des États-Romains, où toutes les lois civiles protègent et favorisent les riches et les nobles, il y a cependant une institution fort belle.

» Il arrive très-fréquemment que des pauvres ont besoin de faire valoir leurs droits, et se trouveraient dans la nécessité de les abandonner faute de moyens pécuniaires, s'ils devaient payer les taxes prescrites, les rétributions aux avocats et les dépenses du papier timbré. Il y a dans lesdits États une institution très-charitable, c'est-à-dire qu'il existe auprès des tribunaux des avocats reconnus, qu'on appelle *avocats des pauvres*, lesquels sont autorisés à faire les actes sur *papier libre, avec exemption de toute taxe,* et obligés d'agir *sans recevoir aucune rétribution.* Les places d'avocats des pauvres sont très-recherchées, particulièrement par les jeunes avocats qui commencent leur carrière. Le malheureux qui veut jouir du bénéfice de la susdite loi n'a qu'à produire au tribunal civil un certificat d'indigence délivré par le curé et visé par le maire de l'arrondissement ou de la commune. »

A propos d'institutions philanthropiques, on nous communique cette autre note.

Que l'on compare les intérêts énormes que le Mont-de-Piété, en France, exige des malheureux, et la charitable générosité avec laquelle ces établissements sont administrés dans plusieurs États d'Italie :

« Il y a dans toutes les villes d'Italie des Monts-de-Piété. L'intérêt fixé par les lois est de 6 pour 100 pour les *grands Monts-de-Piété,* et de 3 et 4 pour 100 pour les petits. Ceux-ci servent absolument aux pauvres, parce qu'on n'y fait que de petits prêts. Dans plusieurs villes commerçantes, les lois qui règlent les intérêts de l'argent permettent, à titre de commerce, de porter les intérêts à 8 et même à 10 pour 100; *mais jamais les intérêts sur les prêts des Monts-de-Piété ne dépassent* 6 *pour* 100. On conçoit facilement cette mesure d'équité et de moralité pour les établissements de bienfaisance.

» Il y a dans plusieurs villes d'Italie des Monts-de-Piété tout à fait *gratuits* (dans lesquels on prête sans intérêts), entre autres celui qui existe à la Mirandole, duché de Modène. Non-seulement cet établissement prête sans intérêts, mais il tient pendant cinq ans (y compris l'accumulation des intérêts à 5 pour 100) à la disposition des emprunteurs ou héritiers l'excédant au nom de la vente aux enchères des objets engagés. Lorsque ce délai de cinq ans est expiré, il y a prescription; mais les sommes abandonnées ne tombent pas dans le domaine de l'établissement : elles servent à former des dots pour de pauvres filles indigentes, parmi lesquelles on donne la préférence aux orphelines. »

II.

(Voir la fin du chapitre I*ᵉʳ*, page 19.)

LETTRE AU RÉDACTEUR DU JOURNAL DES DÉBATS.

A propos d'un chapitre des *Mystères de Paris*, dans lequel j'essayais de prouver par l'exposition d'un fait dramatisé que *les pauvres ne pouvaient presque jamais jouir du bénéfice de la loi civile,* j'ai reçu les réclamations de plusieurs magistrats et officiers judiciaires.

Tout en m'encourageant avec une bienveillance sympathique, dont je suis aussi touché que reconnaissant, à persévérer dans la tâche que j'ai entreprise, ils m'engagent à écarter de mes assertions tout ce qui, en paraissant exagéré, pourrait diminuer la portée morale qu'ils reconnaissent à mon livre.

Permettez-moi, monsieur, de répondre à ce passage d'une lettre que M*** , président d'un tribunal civil du ressort de la cour royale de Nancy, m'a fait l'honneur de m'écrire, ce passage résumant pour ainsi dire les diverses objections qui m'ont été adressées :

« Vous dites, monsieur, que la justice civile *est trop chère pour les pauvres gens.* Je crois que, dans
» son malheur, la femme dont vous peignez la triste situation avait un abri sûr contre la brutalité, les
» persécutions et les désordres de son mari; il lui suffisait de déposer sa plainte au parquet de M. le
» procureur du roi; des poursuites auraient été dirigées par ce magistrat au nom de la vindicte publi-
» que, et la répression eût été prompte et efficace, sans qu'il en coûtât rien à l'épouse; le mari pouvait
» être puni, la femme protégée. Avec le jugement obtenu en police correctionnelle contre son mari pour
» délit de coups volontaires, elle avait la faculté d'intenter ensuite une action en séparation de corps
» pour sévices, et sa demande eût été nécessairement *accueillie à très-peu de frais...* car ici l'audition
» des témoins au civil devenait inutile : la seule production du jugement motivait la séparation. »

Nous reconnaissons tout ce qu'il y a de juste dans cette observation ; mais nous croyons que le vice que nous avons signalé n'en subsiste pas moins.

En effet, *la femme est toujours obligée d'intenter une action en séparation de corps ;* or, quoique cette demande soit accueillie *à très-peu de frais,* ces frais n'en sont pas moins si exorbitants, relativement à la condition du pauvre, qu'il lui devient matériellement *impossible* de profiter du bénéfice de la loi.

Nous avons, d'après des autorités irrécusables, porté le chiffre de la somme nécessaire pour payer les frais d'une demande en séparation de corps à 4 ou 500 fr. : en admettant que ces frais soient réduits de moitié par la production du jugement obtenu en police correctionnelle pour sévice et violences, il restera toujours 200 fr. de frais, 100 même si l'on veut... Eh bien ! ceux qui connaissent la position des classes ouvrières diront comme nous que 100 fr. est une somme non pas difficile, mais *impossible à réaliser,* pour une mère de famille qui, gagnant à peine trente sous par jour, est obligée d'entretenir et de nourrir elle et ses enfants avec cette somme.

Pour réaliser 100 fr., il lui faudrait *ne pas vivre,* elle et sa famille, pendant plus de deux mois.

Un officier judiciaire nous a objecté qu'un magistrat pouvait, préventivement et en vertu de son pouvoir discrétionnaire, ordonner d'expulser un mari violent et débauché du domicile conjugal.

Soit : ceci est une mesure transitoire ; mais la *séparation légale,* efficace, définitive, ne peut s'obtenir que par un jugement ressortissant d'un tribunal civil, et, nous le répétons, nous le prouvons, il est impossible aux pauvres de subvenir aux frais de ce jugement.

Nous convenons de notre peu d'autorité comme légiste ; c'est le seul bon sens qui nous a toujours guidé dans nos nombreuses observations critiques : laissons parler un magistrat, auteur d'un noble et beau livre où nous respirons la plus touchante, la plus intelligente philanthropie, unie à un sentiment religieux d'une haute élévation [1].

« Les pauvres ont le droit de plaider, mais devant les tribunaux civils il ne s'agit pas d'avancer
» 15 fr. — Pour lancer une assignation, les frais sont énormes ; peu de procès coûtent moins de 50 fr. ;
» il s'agit donc, pour le journalier, du prix de vingt-cinq journées de travail, c'est-à-dire que *pendant*
» *vingt-cinq jours il ne donnera pas de pain à sa famille,* ou grèvera son avenir d'un passif qu'il
» payera Dieu sait quand. Que fera-t-il ? Il ira chez le juge de paix, qui citera les parties par lettres ;
» le défendeur ne se rendra pas devant le magistrat, l'ouvrier sera obligé de le faire assigner, c'est-à-
» dire qu'il faudra qu'il fasse l'avance des fonds nécessaires : indigence trouve peu de crédit. Si le
» journalier ne peut faire valoir ses droits, le débiteur abusera de cette misérable position, il ne le
» payera pas, ou le réduira à subir des transactions désastreuses. »

Et plus loin (page 274) :

« Si l'ouvrier maltraite sa femme, s'il passe sa vie dans les cabarets et dans les maisons de débau-
» che, s'il force sa compagne à travailler seule pour les faire vivre tous deux, s'il la *contraint de se*
» *prostituer au profit de la communauté,* qui défendra cette malheureuse contre son infortune? Elle
» gagne 75 centimes à 1 franc par jour. »

Nous le répétons : si modérés que soient les frais de justice civile, ils sont matériellement inabordables aux classes pauvres.

Dans le même chapitre, nous tâchions de peindre les douleurs et l'effroi d'une malheureuse mère qui craint de voir son mari chercher un lucre infâme dans la prostitution de sa propre fille.

On nous écrit à ce sujet :

« — Quant au projet de prostitution ou d'excitation à la débauche du père envers sa fille, il convient
» aussi de se pénétrer des dispositions de l'article 334 du Code, et vous serez convaincu, monsieur,
» que la société n'est pas désarmée en présence de si monstrueux attentats, et la prévoyance du légis-
» lateur ne pouvait aller plus loin. »

— A ceci je me permettrai de répondre qu'ainsi que je l'ai prouvé,

Le père est admis à faire inscrire sa fille *au bureau des mœurs,* sur le registre de la prostitution ; le mari a le même pouvoir sur sa femme.

Enfin, je citerai les passages suivants du livre de M. Prosper Tarbé :

« ...... Aujourd'hui, si une jeune fille de *onze ans et demi* (et Dieu sait quelle raison, quelle expé-
» rience on peut avoir à cet âge !) est victime d'une séduction, si sa mère éplorée vient demander jus-
» tice aux magistrats, on lui demande s'il y a eu publicité ou violence ; et si cette malheureuse répond
» négativement, on ne *peut rien* pour son cœur de mère profondément outragé, rien pour sa pauvre
» fille corrompue, déshonorée avant d'être femme, rien pour la société, qui voit avec indignation toutes
» les lois de la morale indignement méconnues. (Page 114.)

» Long-temps j'ai refusé de croire à l'inceste ; ce me semblait une fiction faite pour la tragédie...
» mais la vie judiciaire tue une à une toutes les illusions du cœur... Que de pauvres mères sont venues
» conter en pleurant qu'elles avaient pour rivales leurs propres filles !... d'autres se disent victimes des
» brutales amours de leurs fils... Faut-il dire que quelquefois j'ai vu le père et la fille maltraiter la
» mère et la chasser honteusement de sa propre maison pour y goûter en paix, si Dieu le permettait,
» leurs coupables amours !... Et lorsque ces misères sont connues d'un procureur du Roi, *la loi le con-*
» *damne à l'inaction...* Oh ! c'est alors qu'on sent combien une législation qui laisse à la
» justice de Dieu le soin de punir des actes qui font tant de mal sur la terre !

» A la société qui demande vengeance, aux bonnes mœurs, à la religion, à la nature qui s'indignent,
» au malheureux qui pleure et vient demander justice et secours, l'homme de la loi doit répondre : *Je*
» *ne peux rien... je ne ferai rien.*

» Qu'on ne me dise pas que le ministère public peut faire des remontrances. Nul n'est censé ignorer
» la loi ; cet adage est une vérité, et l'on sait bien maintenant répondre aux reproches du parquet : —
» La loi ne le défend pas, de quoi vous mêlez-vous ? » (Pages 120 et 121.)

---

[1] *Travail et Salaire,* par M. Prosper Tarbé, substitut du procureur du roi à Reims — Paris, 1841.

La loi étant impuissante à réprimer l'inceste, comment, je le demande, atteindra-t-elle le père qui, usant de son droit de chef de la communauté, poussera sa fille au déshonneur, afin de profiter du prix de la honte de cette malheureuse?

Veut-on un autre exemple de l'impossibilité où sont les classes pauvres de jouir du bénéfice de certaines lois civiles?

Voici un fait qui s'est passé le 8 de ce mois :

Une rixe s'engage entre deux hommes ; l'un reçoit un coup dangereux dont il meurt.

Je lis dans le journal qui rend compte des assises [1] :

« ... On introduit la veuve de la victime, jeune femme de vingt-cinq ans, vêtue en grand deuil, et » d'une pâleur mortelle.

» *Demande.* — Avant de s'aliter, votre mari n'était-il pas venu au parquet de M. le procureur du » roi pour porter plainte et pour déclarer qu'il se portait partie civile ?

» *Réponse.* — Oui, monsieur le président, il voulait s'assurer, pour éviter d'aller à l'hospice, qu'il » serait en état de payer son médecin en demandant des dommages et intérêts, car il ne doutait pas » qu'il allait faire une maladie (ensuite du coup qu'il avait reçu) ; mais comme on lui demanda *de* » *déposer d'abord une somme que nous n'avions pas, nous autres pauvres gens,* IL FALLUT RENONCER » AU BÉNÉFICE DE LA LOI ; et je vous le dis, messieurs, quelque temps après mon mari mourut à » l'hôpital.

» La pauvre veuve se met à pleurer.

» — M. LE PRÉSIDENT, *avec bonté :* Venez, madame, venez vous asseoir au pied de la Cour, à côté » de votre avocat... »

Je le répète, ceci s'est passé hier...

J'avais dit, dans le même chapitre des *Mystères de Paris,* qu'au moins l'exécution capitale était infligée *gratis...*

On m'écrit à ce sujet :

« Voici, monsieur, ce qui est arrivé dans une ville du département de l'Oise, où j'ai une maison de » campagne : un homme fut condamné à mort par la Cour d'assises ; il fut exécuté. Eh bien, monsieur, » *les frais d'exécution furent tels que sa malheureuse veuve fut obligée de vendre sa vache et sa petite* » *maison pour y subvenir...*

» Ce fut grâce à une souscription ouverte par moi dans le pays, et généreusement remplie par nos » braves paysans, que la pauvre femme dut de ne pas mourir de faim. »

. . . .

Je n'aurais pas, monsieur, de nouveau soulevé ces questions sans les réclamations que je viens de signaler ; l'extrême bienveillance dont elles étaient empreintes, l'autorité morale que leur donnaient le caractère et la position des personnes qui ont bien voulu me les adresser, motivaient cette réponse, ou plutôt cette preuve de déférence, toujours et seulement due à une critique loyale, intelligente et sérieuse... C'est pour cela qu'il ne me convient pas de répondre aux attaques dont les *Mystères de Paris* ont été hier l'objet à la tribune de la chambre des députés.

Permettez-moi, monsieur, de le répéter encore en terminant cette lettre : Oui, il est d'utiles, de grandes, d'importantes réformes à introduire dans certaines parties de la législation ; et, pour en revenir au sujet précédent :

Le jugement de police correctionnelle qui condamnerait un homme accusé de violences graves envers sa femme, ne pourrait-il pas, *à la demande de la femme, dont la pauvreté serait constatée, entraîner virtuellement et sans frais la séparation de corps?*

Je livre cette proposition à l'examen des gens spéciaux.

Veuillez agréer, etc.

EUGÈNE SUE.

Paris, le 13 juin 1843.

III.

(Suite du sujet précédent.)

AU MÊME.

Monsieur, je reçois d'un haut fonctionnaire diplomatique français en Piémont la note suivante, qu'il me fait l'honneur de m'adresser au sujet de l'institution de *l'avocat des pauvres.* Cette belle institution, fondée en Piémont depuis plusieurs siècles, permet aux indigents d'intenter *sans frais ou droits régaliens toute espèce d'action judiciaire tant au civil qu'au criminel.*

Ainsi que je l'ai fait remarquer dans une lettre précédente, cette même législation, si charitable et si réellement libérale et démocratique, existe en Hollande, dans le duché de Modène et dans la plupart des légations.

Est-il permis d'espérer qu'un jour la chambre des députés, à qui toute initiative appartient, comprendra qu'il est au moins étrange qu'en France les classes pauvres et ouvrières soient incomparablement moins bien traitées que dans les états si souvent appelés *despotiques?* — Il est du moins consolant de constater que des souverains en qui réside la toute-puissance veillent si paternellement, si pieusement aux intérêts des malheureux. En raison même du pouvoir presque absolu dont ils jouissent, ce

[1] *Bulletin des Tribunaux,* 8 juin 1843. — Cour d'assises, présidence de M. Bresson.

sont ces princes que l'on doit personnellement glorifier, au nom de l'humanité, d'avoir maintenu ou fondé des institutions si généreuses.

Voici la note sur l'*institution de l'avocat des pauvres*, qui vous semblera, je l'espère, monsieur, digne d'un vif intérêt :

« L'institution d'un magistrat chargé, aux frais du gouvernement, de la défense des pauvres, tant au civil qu'au criminel, est très-ancienne dans les États de Piémont et de Savoie. On a, à ce sujet, une constitution du duc Amédée VIII, qui remonte au quatorzième siècle.

» Voici comment ce service est maintenant organisé.

» Il y a auprès de chaque Sénat du royaume (Turin, Chambéry, Nice, Gênes et Casale) un bureau des pauvres qui se compose : 1º d'un *avocat des pauvres*, qui très-souvent a le grade de sénateur, avec un nombre proportionné de substituts, selon l'étendue de la juridiction du Sénat ; ces substituts sont tous avocats, ils font partie de la magistrature et passent ensuite à des places plus éminentes ; 2º d'un *avoué des pauvres*, assisté d'un certain nombre de substituts ; 3º de quelques secrétaires occupés de la tenue des registres.

» Le bureau des pauvres est d'abord chargé de la défense de tous les criminels ; il a le privilége d'intervenir dans les procès qui se jugent par défaut ; cependant il ne se sert que rarement de ce droit, et dans les cas extraordinaires ; car autrement il y aurait lésion de la justice, et ce serait autoriser tous les prévenus à se soustraire aux mesures générales d'arrestation provisoire.

» L'avocat des pauvres intervient aux visites des prisons, qui sont prescrites deux fois par an au Sénat.

» Le Sénat se réunit dans une salle des prisons, assisté de l'avocat-général, du greffier, etc., et là il entend toutes les réclamations des détenus ; l'*avocat des pauvres* est autorisé à les appuyer et à les soutenir, s'il les juge raisonnables.

» Les prévenus ne peuvent pas refuser le patronage de l'avocat des pauvres. Le gouvernement a dicté cette mesure dans l'intérêt des prévenus, voulant qu'ils soient défendus et bien défendus. Maintenant ils sont libres d'associer à leur défense un autre jurisconsulte.

» Dans les affaires civiles, la partie qui veut être admise au *bénéfice des pauvres* présente une requête au président du tribunal dans le ressort duquel elle veut intenter son action ; cette requête est communiquée à l'avocat des pauvres, qui rend ses conclusions pour l'admission ou pour le rejet.

» Les conditions d'admissibilité sont : 1º l'*indigence*. Elle est attestée par un certificat du maire ou de deux conseillers de la commune, légalisé par le juge de paix, qui est obligé de prendre des informations particulières, et d'attester qu'elle résulte de la vérité de ce qui est exprimé dans le certificat ; 2º que l'action que veulent intenter les pauvres soit fondée en droit. Sur ce point, la plus grande circonspection est recommandée aux avocats des pauvres, afin que ce qui est un bénéfice pour les uns ne devienne pas un moyen de vexation pour les autres.

» Une fois qu'on est admis au bénéfice des pauvres, il n'y a plus aucuns frais à faire ; l'administration de l'enregistrement délivre du papier timbré à débit (*a debito*). Tous les fonctionnaires publics, compris les notaires, sont obligés de délivrer à l'avocat des pauvres tous les actes qu'il requiert, sauf répétition en cas de succès.

» Si l'affaire doit se plaider dans la ville de la résidence du Sénat, par-devant quelque tribunal que ce soit, l'avocat des pauvres instruit et discute lui-même l'affaire ; si c'est dans la province, le président du tribunal délègue un avocat et un procureur pour faire les fonctions du bureau des pauvres.

» Dans les procès qui concernent les pauvres, les tribunaux sont autorisés à abréger les délais.

» L'avocat des pauvres, outre son traitement fixe (5,000 francs), perçoit en répétition ses honoraires comme tout avocat, en cas de condamnation de la partie adverse aux dépens.

» Quelques clients de mauvaise foi s'étaient permis de transiger sur les frais, et de donner quittance moyennant la moitié ou un quart. La jurisprudence des tribunaux a paré à cet abus indigne, en déclarant que le montant des frais était une créance particulière du bureau des pauvres, qui seul peut libérer le débiteur. Cette jurisprudence, désormais établie, était nécessaire dans l'intérêt du fisc, qui fait l'avance de tous les frais, nécessaire aussi dans l'intérêt de tous les fonctionnaires publics, qui délivrent copie de leurs actes.

» Pour assister le bureau des pauvres, tous les stagiaires y sont attachés pendant un an. Ceux qui aspirent à entrer dans la magistrature y restent ordinairement pendant plusieurs années, et ils y trouvent l'avantage de voir passer sous leurs yeux grand nombre d'affaires, dont autrement ils ignoreraient.

» Tous les règlements qui concernent le bureau des pauvres se trouvent dans les anciennes constitutions du Piémont. Probablement elles seront reproduites, à quelques modifications près, dans le nouveau code de procédure dont on s'occupe. »

Puisse, monsieur, ce nouvel exemple de justice et de charité, emprunté au code *piémontais*, non moins admirable en cela que le code *hollandais*, inspirer enfin à quelqu'un de nos législateurs la pensée de soulever devant le pays cette grave question... cette question vitale pour les classes pauvres !

EUGÈNE SUE.

Paris, 30 juin 1843.

IV.

(*Chapitre X, page 165, 5ᵉ ligne.*)

Par une rencontre dont nous nous félicitons au nom de la vérité, ces lignes étaient sous presse depuis quelques jours, lorsqu'a paru dans *le Siècle* (6 août 1843) un article signé de plusieurs *chirurgiens des hôpitaux de Paris*, où nous lisons les lignes suivantes :

« Les intrusions que nous déplorons (il s'agit de médecins ayant obtenu par faveur des *salles* dans les hôpitaux civils) doivent être encore examinées d'un autre point de vue, celui de la moralité. *Un mot malheureux a été prononcé, le mot d'*ESSAI. Des arrêtés portant création de services donnés contre l'esprit et la lettre du règlement disposent que cette création a pour objet d'autoriser telle personne à FAIRE L'ESSAI DE SA MÉTHODE DE TRAITEMENT. Un pareil langage étonne à une époque comme la nôtre, où personne *n'a le droit de considérer les malades pauvres comme une matière à essai de quelque genre que ce soit;* et d'ailleurs ces essais, combien de temps doivent-ils durer? sur combien de malades doivent-ils être tentés? Ne doivent-ils pas être constamment surveillés par une commission permanente tenue d'en faire connaître les résultats? Il y aurait une incurie profonde à laisser non résolues de semblables questions. Puis, une fois lancé dans cette *malheureuse carrière des* ESSAIS, qui sait où on s'arrêtera? Toutes les prétendues méthodes nouvelles ne viendront-elles pas demander à leur tour de faire leurs preuves dans un service d'hôpital? et alors homœopathie, hydrosudopathie, magnétisme, machine à rompre les ankyloses, tout cela, soyez-en sûr, réclamera *son droit d'*ESSAI. »

Et plus loin :

« Des frais très-considérables ont été faits avec une utilité très-problématique pour ces services, véritables superfétations dans les hôpitaux, qui n'ont pas toujours le nécessaire. Ainsi, tandis que l'administration est *réduite à économiser sur l'eau de Seltz, sur les sirops nécessaires à la tisane des pauvres fiévreux, sur la charpie,* etc., etc., on a accordé en dépenses extraordinaires, pour frais d'appareils, des sommes trop considérables, eu égard au peu d'avantage qu'on en a retiré. »

V.

(Chapitre X, page 166, 39e ligne.)

Ceci n'a rien d'exagéré ; nous empruntons les passages suivants à un article du *Constitutionnel* (19 janvier 1836). Cet article, intitulé : *Une visite d'hôpital,* est signé Z, et nous savons que cette initiale cache le nom d'une de nos célébrités médicales, qui ne peut être accusée de partialité dans la question des hôpitaux civils :

« Lorsqu'un malade arrive à l'hôpital, on a soin d'inscrire aussitôt sur une pancarte le nom de l'arrivant, le numéro du lit, la désignation de la maladie, l'âge du malade, sa profession, sa demeure actuelle. Cette carte est ensuite appendue à l'une des extrémités du lit. *Cette mesure ne laisse pas d'avoir de graves inconvénients* pour ceux à qui des revers imprévus font temporairement partager le dernier refuge du pauvre. Croiriez-vous, par exemple, que ce fût là pour Gilbert, malade, une circonstance indifférente à sa guérison? J'ai vu des jeunes gens, j'ai vu des vieillards imprévoyants à qui cette divulgation de leur misère et de leur nom de famille inspirait une profonde tristesse.

» *C'est une rude corvée pour un malade que le jour où on l'admet à l'hôpital.* Jugez si le malade doit être fatigué dès le lendemain de son arrivée; dans l'espace de vingt-quatre heures, il s'est vu successivement interrogé : 1° par son propre médecin ; 2° par les médecins du bureau d'administration ; 3° par le chirurgien de garde ; 4° par l'interne de la salle; 5° par le médecin sédentaire de l'hôpital; et enfin 6° le lendemain matin par le médecin en chef du service, ainsi que par *dix* ou *vingt* des élèves zélés et studieux qui suivent la clinique publique. Sans doute cela profite à l'expérience maintenant si précoce des jeunes médecins, autant qu'au progrès de l'art; *mais cela aggrave les maux ou retarde certainement la guérison du malade.....*

» Un de ces malheureux disait un jour :

» — Je serais un accusé de cour d'assises que je n'aurais pas eu en quinze jours plus d'interrogatoires ; cinquante personnes, depuis hier, m'ont harcelé de questions presque toutes semblables. Je n'avais qu'une pleurésie en entrant ici ; mais je crains bien que l'insatiable curiosité de tant de personnes me donne à la fin une fluxion de poitrine.

» Une femme me disait :

» — On m'obsède à chaque instant, on veut connaître mon âge, mon tempérament, ma constitution, la couleur de mes cheveux, si j'ai la peau brune ou blanche, mon régime, mes habitudes, la santé de mes ascendants, les circonstances sous lesquelles je suis née, ma fortune, ma position, mes plus secrètes affections et le motif supposé de mes chagrins ; on va jusqu'à scruter ma conduite et jusqu'à épier des sentiments que je devrais soigneusement renfermer dans mon cœur, et dont le soupçon me fait rougir. Et plus loin : — On frappe ma poitrine en vingt endroits et devant tout le monde, *on y fait de vilaines marques d'encre, pour indiquer apparemment le progrès des obstructions qui ont envahi mes entrailles.* — Les médecins — ajoutait cette femme, — ressemblent à des inquisiteurs ; on guérit maintenant comme on punissait jadis, et cela me chagrine. »

Plus loin, après avoir décrit les formalités de la visite, M. Z. ajoute :

« Le docteur ne fait qu'apparaître aux lits des anciens malades qui sont en voie de guérison ou convalescents ; mais, parvenu à un des lits occupés par des malades nouveaux ou en danger, il ne saurait en approcher qu'après avoir traversé la double haie d'étudiants, conservant là patiemment depuis le matin leur poste d'observateurs vigilants. Quant au malade, il reste muet et silencieux au milieu de cette foule curieuse et attentive, ET SOUVENT LA MALADIE S'AGGRAVE *en proportion de cette affluence, indiquant le danger et motivant toujours l'inquiétude.* Tandis que le patient envisage le médecin avec cette émotion qui participe de la confiance et de l'anxiété, celui-ci porte circulairement sur les assistants un regard de recueillement et de circonspection, qui s'illumine soudain en arrivant au malade, *dont le trouble intérieur est ainsi comblé.* »

VI.

La lettre suivante d'un de MM. les magistrats du parquet de Toulouse a été adressée à M. Eugène Sue, au sujet de la banque des travailleurs sans ouvrage.

« Toulouse , 7 août 1843.

» Monsieur, dans un chapitre de la dernière partie des *Mystères de Paris*, vous tracez le plan d'une banque destinée à prêter, sans intérêts, à des ouvriers sans travail. Je crois devoir vous faire connaître qu'une institution de ce genre existe déjà à Toulouse, sous le titre de Société de prêt charitable et gratuit, où elle a été autorisée par une ordonnance du Roi du 27 août 1828. Fondée par des personnes bienfaisantes, qui ont contribué à son établissement par une souscription de 600 fr. au moins, elle prête sans intérêt et sur gage à des ouvriers d'une moralité reconnue, jusqu'à concurrence de la somme de 300 fr. L'administration municipale a contribué à cette bonne œuvre, en affectant dans l'Hôtel-de-Ville un local pour le service de ses bureaux, et en lui allouant un secours annuel de 1,000 fr. pour ses frais d'administration. Quoique ses moyens d'action ne soient pas aussi étendus qu'on pourrait le désirer, elle contribue toutefois à arracher quelques victimes à la rapacité des usuriers.

» Mais si les ravages de l'usure sont diminués dans la ville de Toulouse par cette institution charitable, sa population pauvre n'en ressent pas moins les tristes conséquences de l'élévation des frais de justice, et de l'impossibilité où se trouve l'indigent d'avoir recours aux tribunaux. Ces inconvénients, que vous avez fait ressortir avec tant de force dans une autre partie de votre ouvrage, appellent hautement une réforme, et nul n'en sent plus l'indispensable nécessité que les magistrats du parquet, appelés trop souvent à être sur ce point les témoins de la douleur de l'indigent, à qui ils ne peuvent offrir que de stériles conseils. Attaché à ses fonctions depuis treize années, combien de fois j'ai appelé de mes vœux une loi qui permît aux pauvres l'accès gratuit des tribunaux ! Cependant notre législation n'est pas complètement muette à cet égard ; l'article 75 de la loi du 25 mars 1817 autorise le procureur du roi à poursuivre d'office, sans droits de timbre et d'enregistrement, les rectifications et réparations d'omissions dans les registres de l'état civil, d'actes qui intéressent les individus notoirement indigents, et cette disposition, que la mauvaise tenue de ces registres dans les campagnes rend d'une application fréquente, épargne à bien des pauvres gens, qui en usent le plus souvent au moment de contracter mariage, c'est-à-dire dans une époque où leurs faibles ressources doivent pourvoir à de nombreuses dépenses, leur épargne, dis-je, les frais d'une procédure qui ne coûterait pas moins de 50 à 60 fr.

» Sans doute on doit se féliciter d'une semblable disposition ; mais ne serait-il pas juste qu'elle fût étendue à d'autres cas non moins urgents? Sur ce point on peut citer, indépendamment des exemples pris chez divers peuples d'Italie et que vous avez fait connaître dans le *Journal des Débats*, la législation des Pays-Bas : elle se trouve consignée pour ce pays dans diverses lois et arrêtés de 1814, 1815 et 1821, qu'on trouve rapportés dans le *Répertoire de Jurisprudence* de Merlin (v° *Pauvres*, tome XVII. 4e édit.). Il en résulte que les indigents qui justifient de leur position sont admis à plaider dans tous les tribunaux, soit en demandant, soit en défendant, avec exemption des droits de timbre, d'enregistrement, de greffe, d'expédition et d'honoraires d'avoués et d'huissiers. Ces droits sont toutefois acquittés par la partie qui perd son procès, si elle n'est pas indigente ; ainsi la perte pour le fisc n'est pas absolue dans tous les cas.

» Combien il serait à désirer que la France, dont la législation a servi de modèle à ses voisins sur tant de points, leur empruntât à son tour une si philanthropique institution ! Par là se trouverait anéanti un des griefs que le peuple exprime avec le plus d'amertume contre l'ordre de choses existant ; par là les magistrats ne se verraient pas trop souvent forcés de refuser à un justiciable la justice qu'il réclame et qui lui est due.

» Continuez, monsieur, à faire servir votre voix puissante à signaler d'aussi déplorables lacunes dans notre législation : il est impossible qu'elle ne soit pas enfin entendue de nos législateurs.

» Veuillez agréer, etc. »

VII.

LETTRE AU RÉDACTEUR DU JOURNAL DES DÉBATS.

Monsieur, *les Mystères de Paris* sont terminés ; permettez-moi de venir publiquement vous remercier d'avoir bien voulu prêter à cette œuvre, malheureusement aussi imparfaite qu'incomplète, la grande et puissante publicité du *Journal des Débats ;* ma reconnaissance est d'autant plus vive, monsieur, que plusieurs des idées émises dans cet ouvrage différaient essentiellement de celles que vous soutenez avec autant d'énergie que de talent, et qu'il est rare de rencontrer la courageuse et loyale impartialité dont vous avez fait preuve à mon égard.

J'invoquerai encore une fois cette impartialité, monsieur, pour vous dire quelques mots en faveur d'une modeste publication, fondée et *exclusivement rédigée par des ouvriers,* sous le titre de LA RUCHE POPULAIRE. Quelques artisans honnêtes et éclairés ont élevé cette tribune populaire, où ils exposent leurs réclamations avec autant de convenance que de modération. (Je citerai entre autres une lettre aussi touchante que respectueuse, adressée au Roi par M. Duquesne, ouvrier imprimeur.) *L'organisation du travail, la limitation de la concurrence, le tarif des salaires* y sont traités par les ouvriers eux-mêmes, et, à cet égard, leur voix mérite, ce me semble, d'être attentivement écoutée par tous ceux qui s'occupent des affaires publiques.

Mais malheureusement il se passera peut-être bien des années encore avant que ces grandes questions d'un intérêt si vital pour les masses soient résolues. En attendant, chaque jour amène et dévoile de nouvelles misères, de nouvelles souffrances individuelles : les fondateurs de *la Ruche* ont espéré qu'en faisant chaque mois un appel en faveur des plus malheureux de leurs frères, ils seraient peut-être écoutés des heureux du monde.

Permettez-moi, monsieur, de vous citer la première page de *la Ruche populaire* :

LA RUCHE POPULAIRE.

> « Secourir d'honorables infortunes qui se plaignent, c'est bien. S'enquérir
> » de ceux qui luttent avec honneur, avec énergie, et leur venir en aide,
> » quelquefois à leur insu... prévenir à temps la misère ou les tentations qui
> » mènent au crime... c'est mieux. »
>
> RODOLPHE, dans *les Mystères de Paris.*

« Si, dans notre conviction, le peuple ne peut être délivré ou secouru avec efficacité que par des mesures législativement prévoyantes, ce n'est pas pour nous une raison de méconnaître ou de repousser aveuglément les dons offerts avec délicatesse.

» Le rôle que M. Eugène Sûe fait remplir à Rodolphe dans *les Mystères de Paris* nous ayant inspiré l'idée de nous enquérir de familles honnêtes et malheureuses, et qui, à ces titres, sont dignes de l'évangélique fraternité, nous faisons à l'humanité des personnes riches un pieux appel : car un bienfait suffit quelquefois à détourner le malheur, à sauver de la misère, du désespoir, du crime peut-être, une famille dépourvue de tout... Et puis les aumônes dégradent... Ce que nous conseillerons principalement, sera de procurer du travail ou quelques places rétribuées suffisamment, enfin tout ce qui peut mettre au-dessus de la terrible nécessité !

» Nous avons à soulager plusieurs familles intéressantes et dans la détresse : les bienfaiteurs peuvent s'adresser au bureau de ce journal, où on leur confiera les adresses, pour qu'ils puissent aller eux-mêmes administrer leurs dons.

» Nous citerons entre autres une famille composée du père, de la mère et de quatre enfants, dont le plus âgé a six ans; ils ont vainement sollicité des emplois qui leur permissent de vivre, mais qu'ils n'ont pas obtenus pour le motif même qui devrait exciter le plus touchant intérêt : *parce qu'ils avaient une nombreuse famille.*.

» Une autre de ces familles vient de perdre son chef, honnête ouvrier peintre, qui, en travaillant, est tombé d'un quatrième étage. Il laisse une femme enceinte et plusieurs enfants en bas âge dans la plus profonde douleur et le plus grand dénûment. »

C'est avec bonheur, je vous l'avoue, monsieur, que j'ai cité cette page, où mon nom est inscrit d'une manière si flatteuse; car je me regarderai toujours comme récompensé au delà de toute espérance chaque fois que je croirai avoir inspiré, par mes écrits, quelque action généreuse ou quelque pensée charitable, et l'idée mise en pratique par les fondateurs de *la Ruche populaire* me semble de ce nombre.

Ainsi, les personnes riches qui voudraient s'abonner à ce journal mensuel (6 francs par an, au bureau de *la Ruche,* rue des Quatre-Fils, nº 17, au Marais) seraient chaque mois instruites de quelque infortune respectable qu'il leur serait peut-être doux de soulager; car, disons-le hautement, il y a généralement en France beaucoup de commisération pour ceux qui souffrent; mais bien souvent l'occasion manque pour exercer la charité d'une façon profitable au cœur, et, si cela peut se dire, *intéressante.* Sous ce rapport, *la Ruche populaire* offrirait de précieux renseignements aux âmes d'élite qui recherchent les pures et nobles jouissances.

Un dernier mot, monsieur.

Comme vous avez été de moitié dans mon œuvre par l'immense publicité que vous lui avez donnée, je crois pouvoir vous instruire d'un résultat dont vous vous féliciterez, je l'espère, avec moi. On m'écrit de Bordeaux et de Lyon que plusieurs personnes riches et compatissantes s'occupent de réaliser, dans ces deux villes, mon projet d'une Banque de *prêts gratuits pour les travailleurs sans ouvrage,* et quelqu'un qui fait ici l'usage le plus généreux et le plus éclairé d'une immense fortune m'a donné, au sujet d'une fondation pareille pour Paris, les plus encourageantes espérances.

Souhaitons maintenant, monsieur, qu'un législateur véritablement ami du peuple prenne en main les questions relatives :

A l'établissement d'avocats des pauvres ;

A l'abaissement du taux exorbitant de l'intérêt prélevé par le Mont-de-Piété;

A la tutelle préservatrice exercée par l'État sur les enfants des suppliciés et des condamnés à perpétuité ;

A la réforme du Code pénal à l'endroit des abus de confiance ;

Et peut-être ce livre, attaqué récemment encore avec tant d'amertume et de violence, aura du moins produit quelques bons résultats.

Veuillez encore agréer, monsieur, l'expression de ma vive gratitude et l'assurance de mes sentiments les plus dévoués.

EUGÈNE SUE.

Paris, ce 15 octobre 1843.

TABLE DES CHAPITRES

DE LA QUATRIÈME PARTIE.

AVIS AU RELIEUR

POUR LE CLASSEMENT DES GRAVURES DE LA QUATRIÈME PARTIE.

PARIS. IMPRIMÉ PAR BÉTHUNE ET PLON.

www.ingramcontent.com/pod-product-compliance
Lightning Source LLC
Chambersburg PA
CBHW050737030726
47505CB00002B/294